病案本《びょうあんぼん》

CASE FILE COMPENDIUM

肉包不吃肉［著］
呉聖華［訳］
yoco［Illustration］

すばる舎
プレアデスプレス

1

病　案　本　Case File Compendium　Vol. 1

第　一　話　　　　割れた鏡

・

・

・

第　三十五　話　　　はあ、また殺人事件だ

この物語はフィクションです。現実の社会情勢、職場制度、地理位置、科学理論などは、本編内容と大きく異なりますので、ご注意ください。

Book Design　Coji Kanazawa
Illustrations　yoco

第一話　割れた鏡

暗闇を照らすように光が灯《とも》り、画面が表示された。

「カチッ」

＊＊＊

建ち並ぶ築百年の古い校舎、そこから一番離れた場所にひっそりと佇《たたず》む教員寮。経験の浅い、若い教師が住まわされる場所だ。洋風の美しい建物は赤いレンガ造りで白い階段があり、青々とした蔦《つた》を艶めかしくまとっている。通りがかる者がみな思わず何度も目をやってしまうほどの建物だが、運よく教師になり中に入れた者だけがその実態を知ることができた――なるほど、この見目麗《みめうるわ》しい建物は長年繰り返し改修されたせいで、内側の壁はすっかりまだらになっているのだ。何度も化粧直しをしたヨレヨレ顔のようである。

寮の備え付けのテレビは、今や骨董品《こっとうひん》と言っても差し支えないブラウン管タイプである。


一人の青年が教員寮に入ってきた。

「長江《ちょうこう》の中下流地域を、次々と豪雨が襲い……」

管理人室の窓からはテレビの音が漏れており、いつもなら管理人の老婦人がここで青年を引き留めてお小言を並べる。

「ちょっと、アンタ。知らないのかい？　ここは教員寮、先生たちが住む場所さ。アンタは学生なんだから、そんな頻繁に来ないでちょうだい」

ところが今日、老婦人はあれこれうるさく言わなかった。もしかしたら、ぼんやりしていただけかもしれないし、老眼のせいで青年が暗闇の中を通ったのに気づかなかったのかもしれない。

そのまま三階へ上がった青年は、慣れた様子で鉄のドアをノックする。

ドアは「ギーッ」と音を立てて開き、中から女性が顔を覗《のぞ》かせた。

「あら？」

青年は小さな声で「謝《シエ》先生」と呼んだ。

夜更けの招かれざる客。しかし、教師として、そして学校の中で最も青年に近しい人間として、謝《シエ》先生と呼ばれた女性は少し驚いただけで、青年を部屋に招き入れた。

お茶を淹《い》れ、スライスした生姜《しょうが》を加える。外は雨が降っていたため、雨に濡《ぬ》れて冷えた体を温めてやろうと、生姜茶にしたのだ。

謝《シエ》先生はもくもくと湯気《ゆげ》を立てているカップを、青年の前のローテーブルに置いた。

「いつ帰ってきたの？」

「今日、帰ってきたばかりで」

青年は落ち着かない様子でソファの前に立っている。

謝《シエ》先生に「早く座って」と促され、ようやく腰を下ろした。しかし、青年はその手で膝の上に拳を作ったまま、かしこまってカップに触れようともしない。

「帰ってくるのなら事前に言えばよかったのに。ずいぶん遅い時間だけど、まだ学校に来るバスがあったのね」

「……はい」

「家のことはなんとかなりそう？」

青年はしばらく口をつぐんだあと、うつむいてジーンズに空いた穴をいじった。

「母は、やっぱり大学を辞めろって……」

今度は謝《シエ》先生が黙り込む番だった。

大学なのだから、学生が学業を続けるかどうか、学校には口を出す権利はない。それでも彼女は青年の母親と話し合い、就学困難な家庭のために用意された学費減免の手続きをすると約束した。せっかく苦労して入学できた大学なのだし、通うことを許してほしい、と。

ところが、青年の母親はすげなくそれを断った――。

「勉強がなんになるっていうの。しかも国語の勉強？　中国語なら勉強なんかしなくても分かる。あんたら、どうせお金を騙《だま》し取ろうとしてるだけでしょ！」

謝《シエ》先生は気持ちを抑え、穏やかに説得を試みた。

「息子さんはとても優秀な学生です。もう二年生ですし、中途半端に辞めるのはもったいないです。あと二年勉強してから社会に出たほうが、就職もしやすくなります。それに、息子さんから聞いたんですが、将来は教師になりたいと。今の成績であれば、正規採用の教師になるのも難しくはありません。彼の夢でもありますし、教師は安定した仕事ですから……」

「教師になんてなれるわけがない！　あいつの顔、見てるんでしょ！」

電話の向こうにいる母親の一言は、切れ味の鈍いナイフのように、電話回線越しの会話に振り下ろされた。

込み上げる激しい怒り。しかし、どう返せばいいのか、謝《シエ》先生には分からなかった。

「今すぐ帰ってきて働いてもらうから！　うちにはお金がないの！　これ以上時間を無駄にしないで！　あの顔――あんな顔で……勉強してなんになるっていうの！　教師になったところで、あいつを雇う学校なんてないわよ！」

「あの顔」。それはどんな顔なのだろうか？

謝《シエ》先生の部屋には白熱灯が灯《とも》っている。ワット数が低いせいで薄暗いが、それでもしっかりと青年の容貌を照らし出していた。

謝《シエ》先生にとって、その顔は見慣れたものである。ただ、初めて青年の顔を見る人なら、誰でも息を呑むだろう――顔の片側の色が違うのだ。何かの病気のせいなのか、額から首筋にかけて、ただれた皮を被《かぶ》せられたかのように、青紫のアザが覆っている。

ドキリとするほどおぞましく、明らかに普通ではない。

「ビョーキ野郎！」

「あいつに近づくな、うつされるぞ！」

「おい！　この仮面男！」

その顔と共に青年は、影のごとく付きまとう侮辱と嘲笑の中で成長した。

病気持ちだから。

病気がひどくて、顔が醜すぎて、逃げることも隠れることも知らないから。

青年は幼い頃から白い目を向けられ続けてきた。いくら頑張って勉強しても、いくら心穏やかに他人と接しても、彼は相変わらず青天白日のもと、街中を歩き回る凶悪なドラゴンのように、少しも平等な扱いをしてもらえなかった。

青年のもう片側の顔はかなり利口そうで、優しい目鼻立ちをしているのだと、謝《シエ》先生のように気づける者は少ないのだ。

青年はいつも優しく、みんなの嘲笑をただ受け止めていた。時々本当に何か間違いを犯したように、他人に合わせてちょっと笑うことだってある。

しかし、彼はいったい何を間違えたというのだろうか？

謝《シエ》先生からすれば、青年はいつでも真剣に勉強に励む、一番真面目で素直な学生だ。チームワークが必要な時は黙って誰よりもたくさんの作業をこなし、ほかの人にいじめられても、怒ることなくそれを受け止めて口数も少ない。

「大丈夫です、先生。こうして先生と話ができるだけで、俺は嬉《うれ》しいので。村にいた頃は、俺を見かけただけでみんな俺を避けようと回り道してましたよ。先生みたいに、きちんと俺の話を聞いてくれる人なんていませんでした。それに、クラスメイトたちもいい人ばかり。少なくとも、レンガで俺を殴ろうとしませんし」

そう穏やかに話す彼は、いつも顔を下に向け、背中を縮こめている。長きにわたって背負い込んできた重い侮辱が、青年の脊椎を変形させ、押し曲げていた。

「夜自習のあと、もしよかったらいつでも私のところにおいで」

ある時、謝《シエ》先生はそう言った。

「マンツーマンで教えてあげるから。分からないことや、手伝ってほしいことがあったら遠慮なく言ってね」

青年は相当きまりが悪そうに笑う。アザのないほうの顔は、気まずさと恥ずかしさでほんのりと赤みを帯びていた。

青年と出会ってから二年。謝《シエ》先生は猫背のこの青年が書いた論文、散文、詩歌などの指導を求めて、寮のドアをノックすることにすっかり慣れていた。

今の時代、罵詈雑言《ばりぞうごん》を口にする者は多いが、詩を好んで書く者はほとんどいない。

けれど、青年は粘り強く書き続けていた。

クラスメイトは彼を嘲る。

「バケモノがキモい文章書いてるとかマジ無理だわー。腐ったブドウみたいな顔のくせに」と。

そこまで言われても彼は静かに笑うだけで、決してペンを止めることはなかった。

しかし彼は今、それすらできなくなってしまった。

これまでのことを思い出し、謝《シエ》先生は心の中でため息を吐《つ》いた。可哀想に、と思いながら目の前の青年を眺める。

青年が口を開いた。

「今日来たのは、先生に別れを告げるためなんです。明日、出発しないといけないので」

「実家に帰るの？」

「……まぁ、そんな感じです」

青年はそこで一旦言葉を切ったあと、続けた。

「先生、もし俺の病気が顔じゃなく、誰にも見られないような場所にあったら、みんなも俺に優しくしてくれたでしょうね。それならどんなによかったか」

謝《シエ》先生の目は、とうとうたまらず赤くなった。ここに至るまで、やれることは全てやった。とはいえ、残念なことに彼女は青年の家族ではない。最終的な決定を下す権利もなければ、彼を救う力もないのだ。青年の家の状況は日に日に悪くなっており、母親は彼を大学へ行かせたことを後悔していた。なにせ、彼の家にはもう一人子どもが、それも健康な子どもがいるのだ。まだ中学生ではあるが、病気の子を呼び戻して、代わりに〝普通〟の子を送り出そうというわけだ。

謝《シエ》先生には、この母親のやり方が間違っているとは言えなかった。母親として、家の状況も考慮しないといけないわけで、この決定はむしろ当然とも言える。

「あ……あなたがこの前、見てほしいって置いていった論文ね、まだ全部直せていないの――」

涙が溢《あふ》れそうだと思った謝《シエ》先生は、慌てて話題を変えた。

「でも前半はしっかり読んだわ。退学手続きをちょっと先延ばしにして、これを全部直してからでも……」

「いえ」

彼は笑って首を横に振る。

「夜が明けたら、もう行かないといけないので」

謝《シエ》先生は猛烈な後悔に襲われた。

どうしてまだ時間があると思っていたのだろう？

どうして一晩徹夜をしなかったのだろう？

どうして出かけたり、雑談したり、どうでもいいような長ったらしい会議に出たりなんかしていたのだろう？

目の前に今にも壊れそうな学生の夢があって、放っておけば彼の心はやがて死んでしまうというのに。自分はどうして、彼の最後の先生として、その夢に花束を手向けてやれないのだろう。

「ごめんね……」

「大丈夫ですよ」

青年は言った。

「でも、最後に詩を一編書いたんです。先生、受け取ってくれませんか？」

彼女は間髪入れずうなずいた。

青年は鞄《かばん》から薄い紙を取り出し、彼女へ差し出す。そのぺらりとした紙は、重さがまったく感じられない。

一文字ずつ、謝《シエ》先生は丁寧に文字を目で追いかけた。深くもつれ合った愛について書かれた詩だ。火傷しそうなほどに情熱的なのに、そのくせとても慎み深い。

謝《シエ》先生は今まで、多くの有名作家が書いた「愛」を読んできた。古人《こじん》が書いた『何《いず》れの時か虚幌《きょこう》に倚《よ》り、双《なら》び照らされて涙痕《るいこん》乾かん』[1]から、今日《こんにち》の『俺の目はもっと綺麗《きれい》だよ。だって、そこにあなたが映っているから』まで。しかし今、そのどれもが青年のこの一枚の紙には敵《かな》わないように思えた。

青年は何も明かさない。言ってしまったら最後、この韻律《いんりつ》が欠けてしまうかのようだった。

彼は詩人だ。詩の心を除いてしまえば、かけ離れた立場の愛情はきまり悪さしか残さないことを知っていた。

「先生に何かプレゼントしたくて」

醜いほうの顔も普通なほうの顔も、優しさをたたえている。

「でもごめんなさい、先生。俺、プレゼントを買うお金がなかったから」

「こんなに素敵なプレゼント、ほかにはないわ」

青年に背を向けて、謝《シエ》先生は嗚咽《おえつ》をこらえた。

「な、何か食べてって。今、茶菓子でも準備するから」

1 杜甫の詩。いつになったらまた、垂れ絹のそばであなたと寄り添い、互いを思う涙を月明かりに拭ってもらえるのだろうか、の意。

あちこち探し回って気持ちを落ち着かせたあと、謝《シエ》先生は一缶のバタークッキーをローテーブルに置いた。

青年は礼儀正しく礼を述べる。謝《シエ》先生が見つめる中、慎重にカップに触れるも、手を引っ込めて「すごく熱いです」と小声でつぶやいた。

彼女はカップに触れ、「あれ？　ぬるいよ」と言った。

それでも謝《シエ》先生は青年のために冷たい水を注《つ》ぎ足した。

大好物のクッキーを頬張りながら、青年はちびちびとお茶を飲み始める。

一通り食べ終わっても、夜はまだ明けない。

「先生、ここでもうちょっと本を読んでいってもいいですか？」

「もちろん」

青年は再び笑って、残念そうに付け足した。

「もう学校を辞めるのに、最後の最後にこんな迷惑をかけてしまって」

「平気よ、少しくらい長居したって構わないから……そうだ、あとで住所を教えて。いい本を見つけたら送ってあげる。あなたは賢いから、独学でもきっと……上手《うま》くやれるはずよ」

謝《シエ》先生からの、精一杯の励ましの言葉だった。

「何かあったら、いつでもＷｅＣｈａｔ[2]で連絡して」

青年は彼女へ視線を向けて「ありがとうございます」と告げた。

少し黙ってから、「みんなが先生みたいだったら、もしかしたら……」と言いかけて首《こうべ》を垂れ、それ以上言うのをやめた。

謝《シエ》先生の部屋にはたくさんの本がある。醜い見た目で病態が明からさまなため、青年は図書館に行くたびに好奇の目に晒《さら》されていた。それもあって、彼女は青年を教員寮へ招き、自分の蔵書を読ませていたのだ。

こうして、青年は謝《シエ》先生の部屋で一晩中、本を読み漁《あさ》った。まるで本に書かれている全ての文字を、故郷へ持って帰ろうとしているかのように。

彼が自分の意思をこれほど表に出すのは珍しい。今まで、青年がこんなに遅くまで部屋に居続けたことはなかった。先生の生活リズムを乱してしまうのではないかと、いつも心配だったからだ。

けれども、今日は例外だった。

謝《シエ》先生が青年の最後のわがままを責めることはなかった。遅くまで青年に付き添っていたものの、さすがに眠くなり、彼女はいつの間にか机に突っ伏して眠ってしまった。

夢うつつの間に、彼女はふと、自分を呼ぶ青年の声を聞いた。

「謝《シエ》先生」

彼女はもごもごと返事をする。

「あと一つ、謝りたいことがあるんです」

青年が切り出す。

「この間クラスで失《な》くし物が続いたことがありましたよね……何人かの学生の物が失くなって、結局犯人は見つからず、そのせいで先生が怒られてしまった。あれ、実は俺が盗《と》ったんです」

半分寝ぼけていた彼女は驚き、目を開けようとする。ところが、疲れ切ってしまった体は、すっかり重くなっていて起こせない。

青年はどこか悲しげだ。

「でも、俺、自分のものにしてませんし、びた一文手を付けてません。あんな風にからかわれたから、心の中ではやっぱり恨めしくて……だから、あいつらの鞄《かばん》を草むらに

2 中国で使われるメッセンジャーSNSアプリ。

投げ捨てたあと、火をつけて綺麗《きれい》に燃やしてやったんです。あの時、あいつらは俺のことを疑ってましたが、先生、俺を問いただすこともなく庇《かば》ってくれましたよね。でも実は、俺が犯人だったんです。俺、認める勇気がなかったんです。俺が普通の人間として、まともな人間としていられたのは、ある人といる時だけだった……。

それは、先生、あなたです。

先生、俺は卑怯《ひきょう》なんです……でも、先生にまで見放されてしまったら、俺、もうどうしたらいいか分かりません。今まで生きてきた中で、俺を認めてくれたのは先生だけだから」

どんどん小さく、か細くなっていく声。

それとは裏腹に、青年の瞳は重荷から解き放たれたかのように、透明に近いほど澄み渡っていく。

「――人生で一番後悔していることはこれです……謝《シエ》先生、本当にごめんなさい。俺の病気は、どうやら顔から、心にも移ったみたいです。もし来世があるなら、俺、〝普通の人〟になりたいです……誰かを愛する資格もないくらいの病気を思うなんて、もう嫌なんです。謝《シエ》先生……」

びゅう、と風が窓から吹き込み、机の上に置かれた紙をまるで魂を呼び寄せる招魂幡《しょうこんはた》のようにはためかせる。

そして、部屋は再び静寂に包まれた。

ローテーブルの上のお茶は、完全に冷めていた。

翌朝目を覚ました謝《シエ》先生は、自分が一晩中机に突っ伏したまま寝ていたことに気づいた。部屋の中は整理整頓されている。元来礼儀正しい青年だが、今回は別れも告げずに、荷物を片付けて帰ってしまったようだ。

どうにも気が塞いでしまう。彼女は体を起こすと、寝ぼけまなこでリビングへ向かった。

ローテーブルに視線を向け――。

彼女は頭から冷水を浴びたように、目を大きくみはった。

昨晩青年に淹《い》れたお茶が、凍っていた。まさか……ありえない……。

室温は明らかに、二十七、八度あるのに！

なぜ？　どうして？

謝《シエ》先生は目を丸くしたまま、部屋中を探し回る。〝証拠〟が見つかる度、彼女の心はどんどん冷えていった――缶に入ったバタークッキー、昨日確かに青年が食べるところをこの目で見たのに、一枚も減っていない。カップの中の液体は凍っているうえ、こちらも手つかずのまま。何より――。

あの慎み深い愛を記した詩。内容はまだ彼女の脳裏に焼き付いている。青年から贈られた、一枚の別れの手紙。

その手紙が、消えていた。

というよりも、初めから存在していなかったかのようで。

謝《シエ》先生は鳥肌が立つのを感じた。突然、「ピロン」と音を立てて振動したスマートフォンに、彼女は飛び上がる。急いで手に取ってみると、ただの迷惑メールだった。ホッと胸を撫《な》で下ろすも、謝《シエ》先生は何かに気づいて、すぐさま青年に電話を掛けた。

プルル……プルル……プルル……。

心臓が、電話の呼び出し音と共に脈を打つ。

「もしもし？」

繋《つな》がった。

耳慣れた中年女性の声がスピーカーから流れてくる。荒っぽいが、いつもと違って涙交じりだ。彼女は電話の向こうにいる青年の母親といくつか言葉を交わす。

謝《シエ》先生の心は、真っ暗な穴へ勢いよく落ちていった。

こう、聞こえたのだ――。

「またあんたらね！　電話しようと思ってたのよ！　そっちから掛けてくるなんて！」

母親の糾弾は続く。しかし、そこで何を話したか、謝《シエ》先生はもう覚えていない。棒で殴られたかのように、最後の凄惨な叫び声で頭が真っ白になり、耳にこびりついて離れないからだ。

「あいつは死んだの！　死んだのよ！」

スッと血の気が引き、全身が凍りついた。

死んだ？

「あんたらのせいだわ!!　私と喧嘩《けんか》して大雨の中、飛び出してったの。警察は銅線むき出しのケーブルがあったからって……」

耳鳴りが止まらない。

激しい罵りと哀哭《あいこく》。彼女はなんとかさらに二言を聞き取った。それは呪いの言葉のようで、およそこの世の別れには似つかわしくないものだった。

女は電話の向こうで、耳をつんざくような大声で叫んだ。

「それで？　いったいなんの用なの!?　昨日は、あの子の初七日だったのよ!!」

第二話　あの時はまだ学生だった

タイピング音が止まり、賀予《ハーユー》は教員寮の一室の書斎にあるデスクから離れて立ち上がった。

六十平米にも満たない部屋。壁を隔てた向こうのリビングでは、古ぼけたテレビが延々と詩にまつわるバラエティ番組を垂れ流していた。電波が悪いため、時折「ザザッ」と雑音が混ざる。

ソファは先ほどの物語に出てきたそれで、茶も缶入りクッキーも、全部ある。

しかし、壁に掛けられた時計の針は六時九分を指しており、外の街灯は早くも点いていた。深夜ではない。夏真っ盛りの空気はジメジメと湿気を帯びている。蛾《が》が明かりの下でぐるぐる飛び回り、蚊や虫は低く飛んでいたが[3]、雨はまだ降っていない。

賀予《ハーユー》は小さな書斎のドアを開けてリビングへ出る。薄汚い窓から差し込んだ光により、部屋全体に幻想的な雰囲気が漂っていた。先ほど彼が書き上げた物語よりも、よほど現実味がないように感じられる。

若い女性が一人、ソファに横たわっている。エアコンは低い温度に設定され、彼女はコーラルフリース生地の毛布をかけて眠っていた。その前に置かれているのは、涙や鼻水を拭いた何枚かのティッシュだ。

賀予《ハーユー》は「起きろよ」と声をかける。

「んー……」

「起きろって」

「静かにして……全然寝てないから……」

若い女性は疲れた様子で呻《うめ》いて、口を軽く動かした。

「もうちょっと……」

賀予《ハーユー》が口を開きかけたその時、テレビで流れていたバラエティ番組は古い映画の紹介を始めた。

「誰の心の中にも、ブロークバック・マウンテン[4]がある」

女性を起こすのを止め、彼はリモコンを手に取るとチャンネルを替えた。

賀予《ハーユー》はゲイが大嫌いである。

「どうも、医学養生コーナーへようこそ――」

3 虫の羽が湿気により重くなり、高く飛べなくなることから、虫が低く飛ぶのは雨の予兆とされる。

4 同性愛者について描いた映画に登場する山。

もう一度チャンネルを替える。医者と病院も嫌いなのだ。

「昔者《むかし》、荘周《そうしゅう》、夢に胡蝶《こちょう》となる。栩栩然《くくぜん》として、胡蝶なり……」[5]

今度はチャンネルをそのままにした。賀予《ハーユー》の品性に鑑みて、これはギリギリBGMに耐えうるものらしい。

リモコンを置き、仰向けでいびきまでかいている女性を一瞥《いちべつ》した賀予《ハーユー》は、身を翻してキッチンへ向かった。油でべたつく冷蔵庫の扉を開ける。冷蔵庫の明かりが若者の顔を照らし出した。

中をゴソゴソと漁《あさ》り、卵を二個、一塊《ひとかたまり》のハムを手に取る。それから昨晩食べ残したのだろう、ご飯も一杯見つけた。そして、いまだにリビングで眠り続けている女性へ声を張り上げて問いかける。

「謝雪《シエシュエ》、ネギある？　見あたらないんだけど」

女性からの返事はない。

「揚州《ようしゅう》チャーハンを作ってあげるよ」

しばしの沈黙。賀予《ハーユー》が振り向くと、いつの間にか若い女性はソファから起き出し、キッチンの入り口にもたれ掛かっていた。

「……じゃあ、卵二つ。あと、ハムも一塊大きいのを入れて」

そう言ったあと、彼女は躊躇《ためら》いがちに尋ねる。

「本当に作れるの？」

賀予《ハーユー》は袖を捲り、振り向いて穏やかで優雅な笑みを浮かべた。

「向こうで座って待っててよ、すぐできるから」

謝雪《シエシュエ》と呼ばれた女性はプラプラと別の部屋へ引っ込んでいった。

彼女は書斎で電源がついたままのノートパソコンに気づき、開きっぱなしになっていたワードの原稿を一通り読んだ。

「賀予《ハーユー》！　これ、私がモデルなの？」

換気扇の音に遮られて聞こえず、賀予《ハーユー》が「なに？」と聞き返す。

「だーから！　これの！　モデル！　私なのかって！　聞いてるの！」

謝雪《シエシュエ》は賀予《ハーユー》のパソコンを抱えて出てきた。

「これ、この怖い話に出てくる謝《シエ》先生！」

「あー」

5 荘子の説話。荘周（荘子）が、自分がひらひらと舞う蝶々になった夢を見た、という意味。

賀予《ハーユー》は黙り、卵を一個割って小さく笑う。

「まあね。君を思い浮かべながら書いた。芸術は現実からインスパイアされるって言うだろ、謝《シエ》先生」

「でも、ここに私に片思いしてるって」

「……芸術は現実とは異なるからね、先生」

最後の一言は嘘《うそ》だ。

確かに、賀予《ハーユー》は謝雪《シエシュエ》に片思いしているのだから。

賀予《ハーユー》と謝雪《シエシュエ》が知り合って十年以上になる。

賀予《ハーユー》よりも五つ年上の謝雪《シエシュエ》は、滬州《こしゅう》大学芸術学部の脚本演出科で教える一年目の新米講師であり、賀予《ハーユー》は彼女の講義を受けている。

謝雪《シエシュエ》が脚本演出科の新入生名簿を見た時、驚いて賀予《ハーユー》にチャットメッセージを送った。

『マジですっごい偶然！　今年二つのクラスに脚本演出を教えるんだけど、その中にあなたと全く同じ名前の男子がいるの！』

当時、賀予《ハーユー》は飛行機の窓側の席に座り、頬杖《ほおづえ》をついて滑走路で点滅している明かりを眺めていた。通知音が鳴り、画面に現れたのは見慣れたアイコン。十年越しの片思い相手からのメッセージに返事をしようと思った瞬間、通信機器の電源を切るようにとアナウンスが流れた。

顔を横に向けたまま少し考えて、賀予《ハーユー》は謝雪《シエシュエ》に返事をせず、スマートフォンの電源を落とした。

この世にそんな偶然など、あるわけがないのに。

（バカだな。僕が頑張って勝ち取った結果だよ）

——現実は賀予《ハーユー》自らが編み出した物語とは全く異なる。

賀予《ハーユー》という若者は貧乏でもなければ、醜いどころか、非常に整った顔立ちをしている。大きな製薬会社の御曹司で、金のさじを口に咥えて生まれてきた子である。彼は外国の高校に通っていた。謝雪《シエシュエ》が大学を卒業して教員の資格を取り、国内の滬州《こしゅう》大学の講師になったと知って、賀予《ハーユー》は三十分もしないうちに滬州《こしゅう》大学芸術学部の入試情報サイトへアクセスしていた。

数カ月後、滬州《こしゅう》大学芸術学部の新学期が始まった。

新米の謝雪《シエシュエ》は若く経験がないので、仕事の厳しさを知らなかった。

脚本演出科の新入生一〇〇一組、一〇〇二組、一〇〇三組を担当する補導員[6]の蒋麗萍《ジアンリーピン》は、学内でもちょっとした

6 学生の日常管理や就業指導などを行う職員。

厄介者である。学識もなければ教養もない彼女がどうやってこのポジションを手に入れたのか……それは大学の理事と寝たからだというのがもっぱらの噂《うわさ》だ。彼女は妖艶《ようえん》で美しく、自分の見た目を利用することはなんら恥ずべきことではないと考えているらしい。堂々と理事と曖昧な関係を続けており、容姿に恵まれた女子学生や女教師に対しては、もれなく明らさまな敵意をむき出しにする。

謝雪《シエシュエ》がノートパソコンを抱えて急いで教室に入ると、地面につくほど長く赤いドレスを着た蒋麗萍《ジアンリーピン》が、自分が立つはずの講壇を占領して、新入生たちに注意事項を言い渡している場面に出くわした。

「すみません蒋《ジアン》先生。もう一限目が始まってますし……」

謝雪《シエシュエ》はやんわりとお願いした。

ところが相手は手をひと振りし、

「ちょっと待ちなさい。こんな朝自習の時間じゃ足りないわ。最後にあと二つ、言いたいことがあるの」

と言い放ったのだ。

わざと意地悪をしているのかどうか分からないが、蒋麗萍《ジアンリーピン》は「最後の二つ」の説明にたっぷりと十五、六分かけた。

「さて、私が注意したいのはこれくらいかしら。さあ授業を始めて。えっと……ごめんなさい、まだ新人の先生の名前を覚えていなくて。あなた、ちゃんとやってちょうだいね。緊張なんてしないでよ」

言い終えると、蒋《ジアン》先生は十五センチほどの真っ赤なハイヒールでコツコツと音を立てながら、教室を後にした。レトロな長いドレスが彼女の後ろで高慢な赤いさざ波を打つ。その場に残された面目丸つぶれの謝雪《シエシュエ》は、大人しくパソコンを抱えて講壇に上がった。

困ったことになった。

蒋麗萍《ジアンリーピン》があんなことを言わなければまだ意識せずにいられたのに。謝雪《シエシュエ》は緊張してきてしまい、生唾を呑んだ。

有名校の学生たちの多くは能力が抜きんでており、他人の言うことを素直に聞くタイプではない。もとより新人講師への信頼なんてベテランに対するそれよりも低い状態なのに、追い討ちをかけるように姑息《こそく》な蒋麗萍《ジアンリーピン》は去り際に謝雪《シエシュエ》の顔に泥を塗っていったのだ。

賢すぎる学生たちは瞬時に悟った。なるほど、うちのクラスの先生は、補導員にすら名前を覚えてもらえない実習生レベルなんだ、と。

（なんてことなの）

謝雪《シエシュエ》がどれほどやる気に燃えていたとしても、大教室を埋める学生たちの声には敵《かな》わない。新人教師の謝《シエ》先生は、たった十分で自信満々な状態から、言葉すらつかえて上手《うま》く出てこなくなってしまった。クラクラして、足元もおぼつかない。

それもあって、彼女は全く気づいていなかった。一番後ろの席に座った長身の男子学生が椅子にもたれ掛かりながら、気怠《けだる》げにペンを回して自分を見つめていることに。

「皆さん、こんにちは。皆さんの脚本演出の授業を担当します、謝雪《シエシュエ》です。えっと……」

学生たちは彼女を完全になめている。

「先生、今年いくつなんですかー？」

「ねえ、オネーサン、一緒にミルクティーでも飲まない？」

「先生、私より若く見えるー……」

授業の主導権を握らせてもらえず、謝雪《シエシュエ》は焦りを禁じえない。仕方なく、彼女は虚勢を張った。

「静かにしなさい！　ふざけてないで真面目にして。在学中は大事な青春を無駄にせず、しっかり勉強して知識を蓄えなさい。実際、私はとても厳しいし、融通も利かないの。ほかの先生方と違って、容赦なく単位を落とすからね。ちゃんと気を引き締めて、私の話を真剣に聞くように」

賀予《ハーユー》は思わずうつむいて声を出して笑った。口角が吊り上がり、遠慮せずに大きな弧を描く。その脳内にはこんな考えが浮かんでいた――。

（こいつ、本物のバカだな）

学生たちは黙り込み、猿でも見るかのようにジロジロと謝雪《シエシュエ》を眺める。そんな中、一人の男子学生はため息をこぼし、鞄《かばん》を片付けて教室から出て行こうとした。

「ちょっと！　待ちなさい！　あなた――」

「先生、どんなに怒ったって俺は単位を落としませんよ。これから彼女とデートなんで。では」

「マジウケるんですけど。単位を落とすって脅すような実習生を滬大《こだい》が雇うなんて。俺たち、あんなに必死になって周りを蹴散らしてこの大学に入ったのにさ、新米教師の実験用ラットにされんの？　なんでうちのクラスはあんたで、隣のクラスは沈《シエン》教授なんだよ？　今から校長に抗議の手紙を出してくるわ。付き合ってらんないよ」

謝雪《シエシュエ》はいたたまれなくて仕方がなかった。

なんとか平静を装ってこの反抗的な数名の学生たちの

名前を聞き出し、減点とタブレットに書き記したものの、謝雪《シエシュエ》は見るからに狼狽《うろた》えていた。話そうとしてもしどろもどろになり、準備してきた授業の内容はどこへやら、混沌とした時間だけが過ぎていった。要領を得ない話を繰り返し、盛り上がると踏んでいた参加型の課題にまでどうにかこぎつけるも、壇上に上がって協力しようとする学生は一人もいない。

「先生、僕がやりますよ」

涙をこらえきれず、逃げ出そうとしたその時。不意に教室の最後列から男子の声が上がった。

悲惨な状況に陥っている謝雪《シエシュエ》は、その耳に心地良い声が自分にとって馴染《なじ》みのあるものであることに気づかないまま、感謝のこもった視線を助っ人へ送った。

四年ぶりに見る彼の顔が、視界に飛び込む。ひどく驚き、謝雪《シエシュエ》は呆然《ぼうぜん》としてポカンと大きく口を開けた。

「え、賀予《ハーユー》!?」

教室の後ろに座っている男子はすっきりとした目鼻立ちで、口角を吊り上げて笑っている。唇は薄く特徴的で、少し鋭く、どこか妖しい雰囲気をまとっている。『インファナル・アフェアII』[7]の若き日のラウが、顔を上げて酔っぱらったマリーを見る瞬間のように。若い男が獲物を見つけた時の喜びと、欲望に満ちた雰囲気を醸し出していた。

賀予《ハーユー》は眉を跳ね上げる。

「お久しぶりです、謝《シエ》先生」

＊＊＊

かくかくしかじか、このような経緯があって今に至る。

寮へ戻ったあと、謝雪《シエシュエ》はとうとう我慢の限界に達し、溜《た》め込んだものを発散させるかのように大声で泣き始めた。好意を寄せている相手に対して、賀予《ハーユー》は余計なことを言ってしまいがちだ。謝雪《シエシュエ》を上手《うま》く慰めるどころか、彼はこう言い放った。

「とりあえず泣いてて。僕、書斎でちょっと書き物をしてるから。落ち着いたら、また出てくるよ。晩ご飯を一緒に食べてあげる」

「賀予《ハーユー》、ちょっとは慰めてよ!!」

7　二〇〇二年公開の香港映画『インファナル・アフェア』の続編で二〇〇三年公開。

「じゃあ、先生が出した課題はやらなくていいの？」

「……課題をやって」

ところが賀予《ハーユー》が物語を書き終えて書斎から出てきた頃には、謝雪《シエシュエ》はすでに泣き疲れて眠っていた。

呼んでも起きないが、賀予《ハーユー》に焦る様子は見られない。

謝雪《シエシュエ》の一番好きなことは食べること、次いで眠ることなのだ。おいしいものを作れば、あっさりベッドから起き出してくる。この点に関しては、たとえ大学の先生になったとしても変わらないはずだ。

十五分後。

「……コレ、なに？」

賀予《ハーユー》は視線を下げ、キッチンから運んできたばかりの、べっとり焦げた特製〝ハムと卵の米粒炒め〟を見る。賀予《ハーユー》は内心きまりが悪かったが、そんなことはおくびにも出さず、尊大に言い放った。

「見れば分かるだろ、揚州《ようしゅう》チャーハンだよ」

「こんなものを揚州《ようしゅう》チャーハンって呼ぶの？」

「食べないならいい、デリバリーでも頼むから」

賀予《ハーユー》はムスッとして、スマートフォンを取り出す。最も評価が高いレストランを探して届け先住所を入力していると、教員寮のドアのチャイムが鳴った。

賀予《ハーユー》は視線を上げる。

「あれ、同僚？」

「違うよ、まだそこまで仲良くなってないし」

謝雪《シエシュエ》は箸を置いて時計を見た。

「こんな時間に誰だろう……」

そう言いながら、謝雪《シエシュエ》はスリッパをズリズリ引きずりながら玄関へ向かう。

数秒後――。

「お兄ちゃん！」

謝雪《シエシュエ》の驚きと喜びが混ざった声が玄関から聞こえてきた。

「どうしてここに？　今日は残業しなかったの？」

「……!!」

「お兄ちゃん」の一声は、まさしく青天の霹靂《へきれき》だった。賀予《ハーユー》の僅かばかり悪ぶった、心ここにあらずといった気怠《けだる》げな表情は一瞬にして消え失せた。代わりに様々な暗い記憶が、走馬灯のようにその脳内を駆け巡る。

即座に立ち上がって、テーブルに置かれた恥ずべきチャーハンもどきの皿を引っ掴《つか》み、キッチンのゴミ箱へ直行させようとした。

しかし、時すでに遅し。謝雪《シエシュエ》が兄と腕を組んで部屋に入ってきた。

「お兄ちゃん、まだ言ってなかったよね。賀予《ハーユー》が帰国したんだよ。しかも、私のクラスの受け持ちで、今ちょうど遊びに来てるの。二人とも会うのは久々でしょ？ ――あれ、賀予《ハーユー》？」

謝雪《シエシュエ》が賀予《ハーユー》を呼び止める。

「その皿、どこに持って行くつもり？」

「……」

まあいい。

帰国したのだし、どうせそのうち会うことになる。

賀予《ハーユー》は兄妹に背を向けたまま、表情に滲《にじ》み出ていた本心を全て収めてから、ゆっくりと振り返る。その姿は温和で優雅そのものであり、あか抜けていた。

目の前に立つ十三歳も年上の謝《シエ》家の長男と比べても、勝るとも劣らない気品がある。

謝雪《シエシュエ》と目鼻立ちが多少似ている謝《シエ》家の大黒柱へ視線を向け、賀予《ハーユー》は手を持ち上げ自分のうなじを軽くつねる。相手の顔を一瞥《いちべつ》し、少し動きを止めた。

「お久しぶりですね、謝《シエ》先生……なんか……」

賀予《ハーユー》はじっくり相手を見つめる。

この男は昔と変わらない。凛《りん》とした眉目《びもく》に、骨ばった鋭い輪郭。すこぶる攻撃的な顔立ちだ。切れ長で縁に微かな赤みを帯びた桃花眼《とうかがん》は、謝雪《シエシュエ》のそれと似ていて美しく、ほかの者であれば艶めかしい印象を与えるだろう。しかし、彼の場合はまさしく「性格は顔に出る」という言葉通り、美しい桃花潭《とうかたん》〔中国の安徽《あんき》省にある淵〕の水すら氷に変えてしまえるほどに冷徹な空気を漂わせている。兄妹二人、同じ目をしているのに、謝雪《シエシュエ》は愛らしく、一方の兄は色気の欠片《かけら》もない。それどころか、冷ややかな瞳は人を全く寄せ付けず、プライドの高さが冷酷に感じられる。

他者に横暴かつ高圧的な印象を抱かせる見た目。封建的な家の当主そのものだ。この青白い顔で、テンの毛皮でできた襟巻き付きの持つ軍人っぽい黒マントを羽織らせ、仕上げに襟に軍閥の者がよくつける銀のチェーンを二つ付ければ完璧だろう。

賀予《ハーユー》は優しく微笑んだが、目はちっとも笑っていなかった。

「謝《シエ》先生は全然変わらないですね。今も昔もお若い」

第三話　最初から苦手だったあいつ

この人こそ謝雪《シエシュエ》の兄、謝清呈《シエチンチョン》だ。

謝清呈《シエチンチョン》は昔、賀家《ハー》が雇った賀予《ハーユー》専属医として、彼の病気を診ていた。

賀予《ハーユー》の外見は普通の人となんら変わりはなく、周囲からは温和で性格も良い、成績優秀な子どもだと思われてきた。ところが、賀家《ハー》には一部の人間しか知らない秘密がある。それは、誰もが羨むお手本のような賀予《ハーユー》は、実は幼い頃から珍しい精神疾患を患っている、というものだ。

類《たぐ》い稀《まれ》な病気であり、カルテに記録として残されている患者もたったの四人。どの患者も基本的な状況は似たようなもので、ホルモンの分泌と神経系統に先天的な欠陥を持つ。それらが乱れた時、性格が豹変《ひょうへん》する。彼らは普段から痛覚が麻痺《まひ》しており、ひとたび発作が起きれば発狂して血を好む。他人や自身に対して強い破壊衝動を抱くのだ。これは反社会性パーソナリティ障害と似たところがある。そして高熱や錯乱などの症状が現れ、発作のたびにひどくなっていく。

臨床の現場では「精神的なエボラ」と呼ばれているこの病気は、徐々に人の精神を崩壊させて、肉体を麻痺させる。そのため、患者は心と体、二重の意味で死ぬことになるのだ。

病状はガンのように、少しずつ進行する。理性的に振舞える状態から、次第に正気を保てなくなり、ついには思考力も理性も失って、完全な狂人と化してしまうことが予測されていた。

カルテナンバー第一号から第三号の患者は、この最終段階に達する前に、苦痛に耐えられず死んでしまった。

賀予《ハーユー》は第四号の患者である。

両親は彼を国内外の何人もの有名な医者に診せたが、全て徒労に終わった。医者たちはただ、病状の進行を遅らせるために、医療従事者をそばに置くことぐらいしか提案できなかった。長期間にわたってつきっきりできめ細やかな看護を行うことで発作頻度を減らす、というわけだ。

熟慮の結果、賀家《ハー》が最終的に雇った医者こそ、まだ二十一歳だった謝清呈《シエチンチョン》である。

当時、賀予《ハーユー》は八歳だった。

しかし、今や賀予《ハーユー》は十九歳、謝清呈《シエチンチョン》は三十二歳である。

謝清呈《シエチンチョン》は昔に比べてますます冷静沈着さに磨きがかかっ

ていた。冷淡だと感じさせるほどに。ちょっとやそっとのことでは動じない性格は相変わらずで、突然帰国して目の前に現れた賀予《ハーユー》に対してもほとんど驚くことはなかった。三、四年会っていないこの青年を頭からつま先までさっと見ただけで、その礼儀正しい挨拶を無視した。

謝清呈《シエチンチョン》の年齢と社会的な地位を鑑みれば、二十歳にも満たない男子と会話を楽しむ気持ちなど持ち合わせていないし、社交辞令を交わす必要もない。

謝清呈《シエチンチョン》が聞いたのは「なぜここにいるのか」だけだった。

「それは……」

「もうこんな時間だぞ。それに、ここは女性職員の寮だ」

賀予《ハーユー》は微笑んだ。今すぐ「あんたもここにいるじゃないか、クソッタレ」と罵りたいのをぐっとこらえ、丁寧に答える。

「ずいぶん謝雪《シエシュエ》先生に会っていなかったので。しゃべってたらつい、遅くなっちゃいました。すみませんね、謝《シエ》先生」

「先生と呼ぶ必要はない。もう医者じゃないんだ」

「ごめんなさい、つい」

賀予《ハーユー》は小さな声で謝った。

「……あら」

気まずい雰囲気を察した謝雪《シエシュエ》は、急いで場を和《なご》ませようとする。

「まあ、お兄ちゃん、怖いからそんなムスッとしないで……ほら、賀予《ハーユー》も座って座って。もっとリラックスしてよ、みんな会うのは久々なんだし」

言いながら、謝雪《シエシュエ》はまた賀予《ハーユー》から若干離れた。心なしか他人行儀に——謝雪《シエシュエ》はいつもこうだ。賀予《ハーユー》と二人きりの時は気を許した様子で親密そうに振る舞うが、他人、とりわけ謝清呈《シエチンチョン》がいる時、彼女は賀予《ハーユー》と節度ある距離感を保とうと離れていく。

幼い頃からずっと謝清呈《シエチンチョン》に叱《しか》られていたせいで怖いのだろう、と賀予《ハーユー》は考えていた。家父長制の中にあって、一家の当主である彼女の兄は、家族、特に女性に対して強権を振りかざす昔ながらの父親そのものである。

このタイプの人間は、家族の女性の安全を脅かすであろう危険に対してやたらと敏感だ。謝雪《シエシュエ》が幼い頃、膝が出るような丈のスカートは穿《は》かせてもらえなかったほどである。また、学校のイベントで謝雪《シエシュエ》がブレイクダンスを踊った時など、ステージ下で見ていた謝清呈《シエチンチョン》はこれ以上ないというほど険しい顔をしていた。その後謝雪《シエシュエ》がステージを降りるや、謝清呈《シエチンチョン》は沈んだ表情でどうしてあんな恥知らずなダンスをしたのかと詰問し、強引に自分のスーツのジャケットを羽織らせていた。

今もまだせいぜい夜の六時か七時であるのに、謝清呈《シエチンチョン》にしてみれば〝かなり遅い時間〟の部類に入るのだろう。なおかつ賀予《ハーユー》と妹、旧知の仲とはいえ独身男女が部屋に二人きりというのは、不謹慎以外の何物でもないのだ。

部屋に入ってきた謝清呈《シエチンチョン》は当然のように椅子を引いて座ると、長い脚を組んだ。そして謝《シエ》家の大黒柱はカフスボタンを一つ外し、賀予《ハーユー》になんの感情も読み取れない視線を向けた。

「答えろ。どういうつもりだ。謝雪《シエシュエ》の学校に、しかも謝雪《シエシュエ》が教えている学科に入学するなんて。大した偶然もあったものだな」

「……」

ふんぞり返った偉そうなこの態度、完全にかつて医者だった頃の振る舞いが染み付いてしまっている。賀予《ハーユー》は一瞬、自分は病院へ助けを求めに来た患者で、不機嫌だと顔に書いてある医者に「どこが悪いんだ、早く言え」とどやされているような気分になった。

そんな想像を繰り広げるうち、賀予《ハーユー》はだんだん笑いが込み上げてきた。

質問に答えるどころか、何やら口元に微かな笑みを浮かべ始めた賀予《ハーユー》に、謝清呈《シエチンチョン》の目つきはさらに冷たくなる。

「言えないのか？」

「……」

いや、患者と向き合う医者などではない。

この口調、容疑者を尋問する警察官だ。

賀予《ハーユー》はため息を一つ吐いて答えた。

「そういうわけじゃないんです」

「なら言え」

「外国にあんまり馴染《なじ》めなかったんです。それに、脚本演出に興味があって。どうしてこんな偶然がって聞かれても、僕にも分かりません」

賀予《ハーユー》はいかにも自分は鷹揚《おうよう》な人物であると言わんばかりに、笑顔で続けた。

「僕、占い師じゃないんで」

「脚本演出に興味があるだと？」

「はい」

謝清呈《シエチンチョン》はそれ以上掘り下げなかった。その視線は、賀予《ハーユー》が持っている皿の〝ハムと卵の米粒炒め〟に注がれていたからだ。

謝清呈《シエチンチョン》は眉間に皺《しわ》を寄せる。

「……ソレはなんだ」

賀予《ハーユー》は今すぐ、大金でも貸しているかのごとく恩着せがましい表情をした謝清呈《シエチンチョン》の顔面に皿を投げつけ「あんたには関係ないだろ」と言ってやりたかった。

しかし謝雪《シエシュエ》の手前、賀予《ハーユー》は彼女の兄に礼儀正しい微笑みを浮かべて返した。

「揚州《ようしゅう》チャーハンです」

謝清呈《シエチンチョン》は数秒間じっと眺めてから、つれない父親面のまま言い放った。

「エプロンを脱げ。作り直してやる」

「……」

「お前、ここ数年、外国でどうやって生きてきたんだ」

「……デリバリーです」

賀予《ハーユー》を見る謝清呈《シエチンチョン》の瞳はさらに鋭くなり、非難の色が混ざる。

その目線に、賀予《ハーユー》はなぜだかふと、彼と初めて会った時のことを思い出した。邸宅の新しく整備された芝生で、謝清呈《シエチンチョン》は七歳――正確にはその日で八歳になるが――の自分を見下ろしていた。彼の凛《りん》とした鋭い目で見つめられると、胸を切り開かれて、心臓の中まで覗《のぞ》かれているかのような錯覚を覚えた。

あの日は賀予《ハーユー》の誕生日で、たくさんの子どもが賀《ハー》家の大きな邸宅で遊んでいた。そのうち遊び疲れた子どもたちは、白い砂利が敷き詰められた池のほとりで「将来の夢」について話し始めた。

「大きくなったら芸能人になる！」

「私は科学者ね」

「ぼく、宇宙飛行士！」

一人の小太りな少年は何になりたいのか答えられず、かといって周りに遅れを取ってなるものかと、何かないかとキョロキョロ辺りを見渡していた。すると、ちょうど執事に連れられ前庭を横切る若い医者の姿が目に入った。

緑の映える芝生、青々と澄み渡った空。若い医者は主人を訪問するために買った花束を抱えている。満開のエンドレスサマー〔紫陽花の一種〕にネコヤナギと八重咲きのバラが添えられ、銀色の紙でラッピングされている。その上には、薄手のチュールが一風変わった飾りとして被《かぶ》せられていた。

謝清呈《シエチンチョン》は片手に花束を抱え、もう片方は手持ち無沙汰に服のポケットに入れている。清潔で体によくフィットした実験室にはつきものの白衣に、胸元にはボールペンが二本。仕事中ではないため、白衣のボタンは留められておらず、中のグレーのワイシャツと、カジュアルなスラックスに包まれた長い脚が見えていた。

小太りな少年はこの医者らしき若者の姿をしばらくポカンと眺める。そうして、ソーセージのような短くて太い指で謝清呈《シエチンチョン》を指さし、声高らかに宣言した。

「おれ……おれ、医者になる！」

突然強い風が吹いた。

花屋の店員のいい加減な包装のせいで、謝清呈《シエチンチョン》の花束に被《かぶ》せられていたチュールは風に乗って芝生の上を舞う。風が止まると、今度はひらひらと舞い降りてきた。

子どもたちは揃《そろ》って顔を上げ、白いチュールの行方を見守る。それは、唯一興味を示していなかった賀予《ハーユー》の前に寸分の狂いもなく着地した。

「……」

賀予《ハーユー》は家によく現れる医療関係者やら、MR《医薬情報担当者》やら、研究者たちが嫌いだったが、どんな相手にも礼儀正しく振る舞うようにしていた。彼は素直に頭を下げて柔らかいチュールを拾い、医者のほうへ向かった――。

「先生、落としものです」

賀予《ハーユー》が仰ぎ見ると、冷淡な瞳と目が合った。

ちょうど漢詩を勉強中だった賀予《ハーユー》の脳内に、なぜか夏には不似合いな一節が思い浮かんだ。

『雪の声、竹の傍に偏《かたよ》り[8]』

謝清呈《シエチンチョン》はうつむいて、チュールを受け取る。彼の白衣は動きと共に風にふわりとなびき、まるで妖《あやかし》に変化《へんげ》した白鶴《はっかく》のようだった。

「どうも」

その時、賀予《ハーユー》はふと謝清呈《シエチンチョン》の袖口から漂う淡い薬の匂いを嗅ぎ取った。

とある研究によれば、人の第一印象は、匂いで決まることが多いらしい。

つまり、もし相手の体臭が自分好みであれば、より一層一目惚れしやすく、逆に苦手であるとか不安に感じる匂い

8 唐代戎昱(じゅういく)の『桂州腊夜(けいしゅうせきや)』より。雪が音を立てながら竹林のそばに落ちていく、という意味。

であれば、二人の関係は発展が見込めないということだ。

賀予《ハーユー》は謝清呈《シエチンチョン》の匂いが嫌いだった。

幼い頃から飲み続けている苦い薬か、注射前に皮膚に塗られるアルコールかポビドンヨードか、もしくはひとりぼっちの、ひんやりとした白い病室を満たす消毒液の匂いか。とにかく、冷たくて、かたい印象を抱かせる匂いだったのだ。

賀予《ハーユー》はこの匂いに対して、ほとんど本能的な恐怖を感じ、無意識に眉間に皺《しわ》を寄せていた。

しかし、執事はにっこり微笑んで賀予《ハーユー》の肩に手を添え、彼にとっては恐怖の対象でしかないこの若い医者に紹介した。

「謝《シエ》先生、こちらが坊ちゃまです」

謝清呈《シエチンチョン》は動かそうとしていた視線を戻す。深い色の瞳が賀予《ハーユー》をじっと見つめる。

「……君なのか」

どういうわけだか、謝清呈《シエチンチョン》の視線は賀予《ハーユー》に手術用のメスを連想させた。異常なほどに鋭いせいで、賀予《ハーユー》は心臓を取り出され、顕微鏡の下に置かれるような奇妙な場面を連想していたのだ。


若い医者が続ける。

「初めまして。君の病気の治療は、これから俺が担当するかもしれない」

賀予《ハーユー》は医者が苦手だ。優しい女医の先生ですら抵抗感があるのに、この全身から冷気を発している厳《いかめ》しい夜叉《やしゃ》など言うまでもない。八歳になったばかりの子どもはすぐにいたたまれなくなった。しかし、それでも賀予《ハーユー》は礼儀正しい態度を崩さず、なんとか笑みを繕ってきびすを返し、その場を後にした。

タイミングよくバルコニーに出ていた賀予《ハーユー》の母親呂芝書《リュージーシュー》は、その一部始終を目撃していた。その晩、仕事を終わらせた呂芝書《リュージーシュー》は、息子を書斎へ呼んだ。エメラルドグリーンのクロスを敷いたローテーブルの上には、飲み頃のホットチョコレートが置いてある。彼女はそれを賀予《ハーユー》のほうへ押しやった。

「今年から担当してもらう謝《シエ》先生には、もう会ったの?」

「会った」

賀《ハー》家は厳格で、母親といえどもそこまで近しくないため、彼女を前にしても賀予《ハーユー》はかしこまっていた。

呂芝書《リュージーシュー》はこの厄介な病気を持つ息子に失望していた。当時、彼女にはすでに二人目の息子がいた。次男は確かに長男ほど賢くはないものの、少なくとも可愛くて口達者で、健康だ。それもあって、呂芝書《リュージーシュー》の気持ちは完全に次男に傾いており、賀予《ハーユー》とは根気強く話す気すらなかった。

「あの人は謝清呈《シエチンチョン》、これからあなた専属の医者になるの。毎週うちに来て、あなたの病気を診てくれるから、先生の言うことは必ず聞きなさい。もしどこか具合が悪くなったら、いつでも彼を呼んでいいから」

「うん」

目の前にいる八歳の少年の落ち着き払った態度に、呂芝書《リュージーシュー》はいつも少したじろいでしまう。居心地の悪い空気から逃れようと、彼女はため息を吐いて少年に意地悪く問いかけた。

「賀予《ハーユー》、謝《シエ》先生はあなたの病気を治すまでは専属医を辞められないっていう契約を結んだの。もしあなたの病気を治せなかったら、うちの奉公人になりさがるわ。一年中休みも給料もなく、結婚もできない。これがどういうことか、分かる？」

「そこまでは」

「つまり、あなたが先生の言うことを聞かずに治療を無駄になんかしたら、先生はいつまで経っても辞められない。そのせいで謝《シエ》先生が結婚できなかったら、あなたは責任を取って一生謝《シエ》先生を養わないといけないってことよ」

早熟な子どもだったとはいえ、その時の賀予《ハーユー》はまだ八つである。母親の発言に衝撃を受け、すぐに顔を上げて「その契約は破棄できないの？」と問いかけた。

「できないわ」

ここ数日、呂芝書《リュージーシュー》は飛行機の機内で見た、中華民国時代の家督《かとく》争いを描いたドラマに夢中になっていた。そういうわけで、彼女は少し考えて、さらに悪辣な言葉を付け足した。

「それに、謝《シエ》先生はうちに責任を取らせるために、あなたを嫁に貰《もら》いたいって言い出すかも。ほら、あなた綺麗《きれい》な顔をしているし。童養媳《トンヤンシー》[9]にするのも、悪くないわね」

その頃の賀予《ハーユー》は情やら愛やらに対して露ほどの興味もなければ、関わりたくもなかった。そのため、この国の婚姻制度が男女に限ったものだとはまだ知らず、母親の一言のせいでトラウマがより深く刻み込まれてしまった。一時期は謝清呈《シエチンチョン》が夢にまで現れ、「やだ、おまえなんか嫌いだ

9 幼女を貰って、年頃まで育ててその家の息子と結婚させる旧中国の風習。

……おまえと結婚なんてしたくない……！」となされたほどである。

この悪夢は半年後、父親の賀継威《ハージーウェイ》が事の成り行きを聞いて、やっと終わりを迎えた。

賀継威《ハージーウェイ》は、自らの妻をこっぴどく叱りつけた。

「子ども相手にデタラメ言うもんじゃない！」

その矛先は、賀予《ハーユー》にも向かった。

「あんな与太話を信じるなんて。いつもの賢さはどこに行った？　お前は男で、謝《シエ》先生も男だろう。何が結婚して責任を取る、だ。お前の頭には太平洋の海水でも詰まってるのか！」

賀予《ハーユー》は憂鬱そのものだった。

ちゃんと言うことを聞いて謝《シエ》先生に治療してもらえなかったら、あの全身から冷気を放っている医者に童養媳《トンヤンシー》にされるかもしれない。そう思ってこの半年間、賀予《ハーユー》はわざと謝《シエ》先生の前で何度も醜態を晒《さら》したり馬鹿なことをした。なんとか印象を最悪にして、仮に最終的にそうなったとしても、自分に対して邪《よこしま》な気持ちを決して抱かせないようにするためだ。

ところが、半年間謝清呈《シエチンチョン》の前で馬鹿なふりをし続けた結果、得られたのは父の呆気《あっけ》ない「母さんはお前をからかっただけ」という一言だけだった。

賀予《ハーユー》の素行が悪ければ、その場ですぐ「このクソッタレ！」と罵っていたことだろう。しかし、なにぶん、賀予《ハーユー》は厳しく躾《しつ》けられすぎていた。このような口汚い言葉どころか、「馬鹿」ですらこの八歳児の辞書には載っていなかった。

ただ、謝清呈《シエチンチョン》の前で恥を晒すという半年間にわたるたゆまぬ努力のおかげで、賀予《ハーユー》はとある偉業を成し遂げかけていた。それは、どのように賀予《ハーユー》が頑張っても、その後六、七年……。

いや、それでもまだ足りない。謝清呈《シエチンチョン》と別れた十五歳の時から今に至るまで、謝清呈《シエチンチョン》にとって――。

賀予《ハーユー》は、三次元にいる、息ができる文字通りの大馬鹿者のままなのだ。

そして今この時、彼が持っている大惨事チャーハンは、謝清呈《シエチンチョン》の目には、四年経った今でも「賀予《ハーユー》はチャーハンすらまともに作れない稀代《きだい》の馬鹿」である有力な証拠として映っているのだろう。

賀予《ハーユー》はチャーハンを置き、スーツ姿の謝《シエ》家の大黒柱にエプロンを渡した。その様子ははたからは冷静で従順なように見えたが、実は少し落ち込んでもいた。

(しくじった。なんで料理なんかしたんだ。これじゃあ、謝清呈《シエチンチョン》に笑いものにされるだけじゃないか)

第四話　いつも見上げていたあいつを、初めて見下ろした日

狭いキッチンからジュージューとチャーハンを作る音が聞こえてくる。賀予《ハーユー》と謝雪《シエシュエ》は少しベタつく小さなダイニングテーブルを挟んで腰を下ろした。

謝雪《シエシュエ》はすっかりリラックスして、ニコニコと兄の手料理を待っている。

一方の賀予《ハーユー》は取ってつけたような笑みを浮かべていたが、内心呆《あき》れ果てていた。

ポスターが貼られたキッチンのスライドドアが開かれる。懐かしくておいしそうな匂いが部屋に広がり、謝清呈《シエチンチョン》が姿を現した。エプロンを脱いだ彼は、相変わらずピシッと糊のきいたスラックスにシャツを入れている。性格こそ冷めきっているが、謝清呈《シエチンチョン》は良き兄である。両親を早くに亡くし、幼い頃から一家の大黒柱として妹の面倒を見ていたこともあって、料理の腕前も相当なものなのだ。

謝雪《シエシュエ》は兄が腕捲りのまま、トレーに乗せたチャーハンを粗末なテーブルに並べるのを見ると、「わあ」と歓声を上げた。そして嬉《うれ》しそうに椅子から勢いよく立ち上がり、兄を手伝った。

「すごくいい匂い！　お兄ちゃん、ほんとめっちゃカッコいい！　大好き、もうちょー愛してる！　早く！　お腹ペコペコだよ！」

謝清呈《シエチンチョン》は厳しい表情で妹をたしなめる。

「女の子なんだから、もっと言葉遣いに気をつけろ。はしたないぞ。ほら、手を洗ってこい」

そして、賀予《ハーユー》のほうを向き、「お前もな」と付け足す。

賀予《ハーユー》がこんな立派なチャーハンを食べるのはかなり久しぶりだった。

謝清呈《シエチンチョン》が作ったチャーハンはふっくらとしており、黄金色でパラパラしている――幼い賀予《ハーユー》も調理台の横で、この謝雪《シエシュエ》の大好物を作る謝清呈《シエチンチョン》を見ていたことがあった。だから、おいしいチャーハンを作るコツを知っていた。それはまず、前日炊いた、それも柔らかすぎず、硬すぎないご飯

を使うこと。そして、先にご飯を溶き卵と混ぜ、お米の一粒一粒まで均等に黄金色にしておくのだということも。

　パチパチと跳ねるくらいに十分油を熱したあと、素早く卵を二つフライパンに割り入れる。混ぜてからサッと取り出し、フライパンにラードを投入。そして、卵液にたっぷり浸かったご飯を入れ、さらに強火で上下をひっくり返しながら炒めるのだ。

　実を言えば、これは正統派の揚州《ようしゅう》チャーハンではない。謝清呈《シエチンチョン》が謝雪《シエシュエ》の好みに合わせてアレンジしたものであり、グリーンピースは入っていないが、おいしいことに変わりはない。もくもくと湯気《ゆげ》を立てている三皿のチャーハンの米粒は全て黄金色であり、明かりの下でつややかに光を放っている。サイの目状に小さく切られたハムと、プリッとしたエビ、そしてパラパラとふりかけられた青々としたネギ。見た目も匂いも、食欲をそそる一品だ。

　賀予《ハーユー》はチャーハンを食べながら、考えを巡らせた。

　考えすぎて、味も分からなくなるほどに。食卓では謝雪《シエシュエ》は笑いながらしゃべっているが、謝清呈《シエチンチョン》が来た時から、彼女の笑顔のほとんどは兄へ向けられていた。自由に談笑する兄妹二人。一方の賀予《ハーユー》はといえば、二人と離れていた時間が長すぎたせいで話題に入れず、すっかり存在感皆無な部屋の壁と同化していた。

　壁はご機嫌斜めだ。なんとかして、謝清呈《シエチンチョン》を帰らせないと。

「おかわりはいるか？」

　ボーッとしている間に、いい匂いを振りまいていたチャーハンを無言で完食していた。我に返った賀予《ハーユー》は、こちらを見る謝清呈《シエチンチョン》へ丁寧に「いいえ」と答えた。

「お兄ちゃん、私、おかわり！　もうちょっと食べたい！」

　謝清呈《シエチンチョン》は謝雪《シエシュエ》の皿を持ってキッチンへ向かう。謝雪《シエシュエ》は箸を咥えて賀予《ハーユー》に言った。

「うちのお兄ちゃんのほうが何倍も上手だよね。こんなにおいしいのに、おかわりしないの？」

　賀予《ハーユー》は愛想笑いを浮かべる。

「体重計を壊す人間は一人で十分、僕はやめておくよ」

「ちょっと！　何よその言い方！　私が嫌いなわけ!?」

「先に僕の手料理をけなしたのはそっちだろ――」

　二人が騒いでいると、キッチンから謝清呈《シエチンチョン》の声が聞こえてきた。

「謝雪《シエシュエ》、なんで水の入ったバケツがこんなところにあるんだ？」

「あ！」

　謝雪《シエシュエ》はすぐに賀予《ハーユー》とじゃれるのをやめ、彼と笑い合っていた人物とは別人のようにかしこまって答える。

「学校側から明日寮が断水するって言われて、バケツに溜めておいたの。でも、キッチン狭いし、ほかの場所に置くと邪魔になるから、キャビネットの上にしたんだよ」

「こんな高いところに置くなんて、ドアを開けた時落ちてきたらどうするつもりだ」

　お馬鹿な妹が続けた。

「もう、お兄ちゃん、心配しないで！　大丈夫だから」

　何気なく交わされる言葉。しかし、それは聞く者の注意を引き付けた。賀予《ハーユー》は、好きな女の子のおさげは引っ張りたいタイプである。兄妹の会話を聞き、美しく透き通った杏眼《あんがん》でキッチンをチラリと見た。そして、頭の中に忽然《こつぜん》と、凶悪極まりない悪戯《いたずら》がひらめいた……。

　片付け嫌いな謝清呈《シエチンチョン》の代わりに、賀予《ハーユー》は優しくて頼り甲斐のあるデキる男を装って、食事を終えると自ら皿洗いを買って出た。

「手伝おっか？」

　謝雪《シエシュエ》が尋ねる。

「必要だったら声かけるから」

　賀予《ハーユー》は曖昧な笑みを浮かべて言うと、きびすを返してキッチンに行き、ドアを閉めた。

　一瞬にして彼の顔から笑みが跡形もなく消え失せる。

　賀予《ハーユー》は角度をじっくり観察して、まずキャビネットの上に置かれた水入りのバケツを少し外側、それこそドアを開ければすぐに当たるような位置へずらした。

　そして、謝雪《シエシュエ》がキャビネットの二段目に入れているドライヤーを淡々と取り出すと、瞬きもせずにそれをシンクに置いて蛇口を捻る。

「ジャーッ」

　謝雪《シエシュエ》が半月分の給料をはたいて買った高級ドライヤーは、こうして彼女が決して犯人だと疑うことはない賀《ハー》坊ちゃまの手によってただの燃やせないゴミにされた。

　完璧。

　その後、賀予《ハーユー》は落ち着いた様子で、ドライヤーについた水滴を拭い取り、棚の中に戻した。

　これで準備完了だ。

　顔色ひとつ変えずに、賀予《ハーユー》はドアの隙間から謝清呈《シエチンチョン》と楽しげに話している女性を一瞥《いちべつ》する。体の向きを変えて白シャツの袖を捲り上げると、大人しくもう一度蛇口を捻って食器を洗い始めた。

その姿はまさしく良識ある大人そのもの、もはや模範的な好青年と言ってもいい。

しかし、因果応報、悪事をしすぎれば必ず報いを受けるというもの。

一連の悪戯《いたずら》の下準備を終えた賀予《ハーユー》が手についた水滴を払って、ヒロインに今回の〝アクシデント〟に巻き込まれてもらおうと考えたその時。不意にキッチンの外から足音が聞こえてきた。賀予《ハーユー》はとっさに振り返る。すりガラスに映っているのは、背の高い男性の姿だ。

賀予《ハーユー》の杏眼《あんがん》は大きく見開かれる。止める間もなく、外から謝清呈《シエチンチョン》の声が響いた。

「賀予《ハーユー》、手を洗わせてくれ」

「まっ、――」

最後まで言い終える前に、驚くほどに盛大な騒音が耳に届いた。賀予《ハーユー》がわざとキャビネットの縁に置いたバケツはぐらぐらと揺れ、そして――。

「バシャーッ！」

バケツいっぱいの大量の水。賀予《ハーユー》の計画通りであれば、謝雪《シエシュエ》が頭からかぶるはずだった水。その水は真っ直ぐ、謝雪《シエシュエ》ではなく謝清呈《シエチンチョン》のハンサムな顔へと勢いよく降り注いだ。

（クソッ！　しかも一滴残らず全部かかるなんて！）

「……」

飛び散る水しぶき。キッチンはめちゃくちゃだ。見事に任務を達成したバケツは、頭のてっぺんからつま先までぐっしょり濡《ぬ》れてしまった謝清呈《シエチンチョン》の足元をコロコロと転がっていく。そして、最後には散歩に出かけた老人のように、ゆっくりとリビングへ向かい、物音を聞いて慌てて駆けつけた謝雪《シエシュエ》のスリッパの前で満足げに止まった。

外でこの出来事を目撃した謝雪《シエシュエ》は、もはや震え上がっていた。

（終わった……マジでこれは本当にヤバい！）

謝雪《シエシュエ》は全身水浸しの兄が、ゆっくりとこちらを振り向くのを見た。天から降り注いだバケツ一つ分の甘露《かんろ》によって洗われた白い顔は一層白く、眉目《びもく》はさらに黒く見えた。濡れた前髪は額にかかり、ぽたぽたと雫《しずく》を垂らしている。つぅ、と水滴が眉を伝い、驚きで見開かれた瞳に入る。謝清呈《シエチンチョン》は反射的に目を細め、そしてついに我に返った。

「謝雪《シエシュエ》!!」

謝雪《シエシュエ》はビクッと体を震わせて、恐ろしさに縮こまる。

謝清呈《シエチンチョン》は水を滴らせている前髪を払って激昂した。

「だから言っただろう、バケツをキャビネットの上に置くなと！」

「ごめんなさい、ごめんなさい！」

謝雪《シエシュエ》はぶるぶる震えながら駆け寄り、あたふたとモップとティッシュを手に取る。ティッシュを兄に渡してから、キャビネットの中にあるドライヤーを探した。

「まさか落ちてくるなんて……さっき出入りした時大丈夫だったのに……ほら、お兄ちゃん、先に髪の毛を乾かして。風邪引いちゃうよ」

その後ろで、賀予《ハーユー》はやましさから温和な杏眼《あんがん》を瞬かせる。

何も知らない謝雪《シエシュエ》は、謝清呈《シエチンチョン》をリビングへ連れて行った。

そして、賀予《ハーユー》が水をかけて壊した、もはやただのゴミにすぎないドライヤーをコンセントにさし、スイッチを入れる。

何も反応がない。

「あれ？」

カチッ、ともう一度。

それでも、起動しない。

「……」

カチッ、カチッ、カチッ。

「……お兄ちゃん」

謝雪《シエシュエ》はどんよりと曇りきった兄の顔を見た。私の人生はここまでかも、と思いながら声を震わせる。

「ド、ドライヤー、壊れちゃったみたい……」

謝清呈《シエチンチョン》は冷たく桃花眼《とうかがん》を細めた。

「これが、お前が前に言っていた、四千元出して買ったというドライヤーか？」

謝雪《シエシュエ》は膝から崩れ落ちそうになる。

(私、なんでこんなにツイてないの!?)

そもそも、謝清呈《シエチンチョン》はなぜ謝雪《シエシュエ》がこの普通のテレビよりも高価なドライヤーを買ったのか理解不能だった。ドライヤーを買った時には、散々叱咤《しった》もした。当時、謝雪《シエシュエ》は繰り返しこのドライヤーの良さや、髪のケアができること、何よりも二十年使っても壊れないという質の高さを繰り返し説明して、なんとか謝清呈《シエチンチョン》を納得させたという経緯があってのこれである。

「誓うよ！　今後二十年はこのドライヤーだけ使うから！じゃなかったら勉強代として、私の首を切り落としてもいいよ！」

あの時の自分の言葉が耳元に蘇る。謝清呈《シエチンチョン》の見る者を凍り付かせる極寒の視線を一身に受け、謝雪《シエシュエ》は首のあたりがヒヤリとするのを感じた。思わず一歩後ろに下がり、首を手で覆う。

どうすれば良いのか半ばパニックの中、謝雪《シエシュエ》はふと視界の隅にキッチンから出てくる賀予《ハーユー》を捉えた。手を綺麗《きれい》に拭いて、一人余裕な顔をしている。彼女はひらめいて、まるで救世主にすがるように、泣きながら賀予《ハーユー》のもとへ駆け寄る。

「賀予《ハーユー》！　手伝ってくれない？　ドライヤーが壊れちゃったの！　今日ツイてなくて。寮に着替えある？　ドライヤーはあるよね？　お兄ちゃんを着替えさせてやってくれない？　ほんとこの通り！」

「……」

（兄さんの前だからって、またそんなよそよそしくしちゃって）

賀予《ハーユー》は笑って相手に合わせ、謝雪《シエシュエ》に「謝先生《シエ》、僕らの仲でしょ」と答えて視線を謝清呈《シエチンチョン》へ向けた。

謝清呈《シエチンチョン》はソファにもたれ掛かり、輪郭の鋭い顎からいまだに水滴をぽたぽたと垂らしている。カジュアルな灰色のワイシャツはぐっしょりと濡《ぬ》れて肌に張り付き、胸の輪郭と細い腰のラインが薄っすらと浮かび上がっている――この時、謝清呈《シエチンチョン》は唇を軽く一文字にひき結び、顔を曇らせて横目に謝雪《シエシュエ》を見つめていた。正義のためなら家族だろうがなんだろうが、このごくつぶしな妹を人道的に消そうとしているかのようだ。

賀予《ハーユー》はその様子に、微かな頭痛を覚える。

もともとの計画なら、水浸しでどうしようもなくなって、髪を乾かすために自らの寮を訪れるのは謝雪《シエシュエ》だったはずだ。

（ったく、それがなんで謝清呈《シエチンチョン》になったんだ？）

賀予《ハーユー》は男に少しも興味のないストレートで、医者嫌いだ。あの謝清呈《シエチンチョン》様が自分の部屋に来るなんて、全力でお断りしたいところである。

しかし、起きたことは変えられないし、謝清呈《シエチンチョン》がこんなにも惨めな姿になった元凶は賀予《ハーユー》自身である。それに、謝雪《シエシュエ》も助けを求めている。彼はそっとため息を吐いて、謝清呈《シエチンチョン》の前に行き、ソファに座っている陰険な表情の医者に言うほかなかった。

「びしょ濡れなんだから、そんなに睨《にら》まないでくださいよ。

謝《シエ》先生、僕と着替えに行きましょ？　僕の寮はここから歩いて十分で、近いですから。ほら」

＊　＊　＊

滬州《こしゅう》大学芸術学部の男子学生寮は四人部屋である。賀予《ハーユー》が謝清呈《シエチンチョン》を連れて戻ったのはちょうど夕食時だったため、ルームメイトたちは全員出払っていて部屋には誰もいなかった。

賀予《ハーユー》は「これを」と、クローゼットから洗濯済みの服とズボンを取り出して謝清呈《シエチンチョン》に差し出す。

謝清呈《シエチンチョン》の顔にハッキリと嫌悪の表情が浮かんだ。

「運動用のTシャツ？」

「それが何か？」

（何か、だと？）

こういう服は学生が着るもので、謝清呈《シエチンチョン》がこの手の服を着たのは十数年かそれ以上前のことだ。彼自身ですらこういう服を着た自分の姿を思い出せないのに、今着たところで似合うわけがない。

「ワイシャツをくれ」

「チッ、すいませんね、謝《シエ》先生。ほかに選択肢はないんで」

賀予《ハーユー》は笑った。謝雪《シエシュエ》がいない今、取り繕う必要もない。

賀予《ハーユー》の微笑みは突然あしらうような軽々しいそれへと変わり、目の奥は暗く、真摯《しんし》な様子は一切なかった。謝清呈《シエチンチョン》に対する口調も、すっかり砕けたものになる。

「ここであんたのサイズに合うものは、これだけなんです。僕のワイシャツじゃ、ダボダボしちゃうでしょ」

謝清呈《シエチンチョン》は視線を上げる。鋭い眼光は濡《ぬ》れた前髪を抜け、賀予《ハーユー》の顔へと向けられた。

礼儀正しさの仮面を取り払った賀予《ハーユー》は、明らかなからかいを口角に滲《にじ》ませる。謝清呈《シエチンチョン》と視線を合わせると、彼は眉を跳ね上げて付け足した。

「嫌ですか？　なら裸で出て行くしかないですね」

「……」

謝清呈《シエチンチョン》は半ば強引に賀予《ハーユー》から服を引ったくると、仏頂面で浴室へと向かった。

賀予《ハーユー》は浴室の外で彼が着替えるのを待つ。ふと、この光景にデジャヴを感じた……。

すりガラスを隔てて、賀予《ハーユー》は浴室にいる男に声をかける。

「そういえば、謝《シエ》先生。ちょっと思い出したことがあるんですけどね。あの時のこと、覚えてます？　僕が先生の大学の学生寮に――」

「覚えてない、失《う》せろ」

賀予《ハーユー》が笑う。言い終えてもいないのに、謝清呈《シエチンチョン》はきっぱり否定したのだ。これは認めたも同然じゃないか。

謝清呈《シエチンチョン》も確実に自分と同じく、昔のあの因縁を覚えているのだ。

悪事は自分に返ってくる、という言葉があるように、この服も、謝清呈《シエチンチョン》への数年越しの仕返しである。

そう思うと、賀予《ハーユー》はどういうわけだか少し嬉《うれ》しくなる。

数年越しに恨みを晴らせたからだろうか？

「じゃあ早くしてくださいよ」

謝雪《シエシュエ》がいないため、賀予《ハーユー》の化けの皮は剥がれかかっていた。賀予《ハーユー》は笑って浴室のドアの横にもたれ掛かり、腕を組む。その声からは隠しきれない性の悪さが見え隠れする。彼は人差し指を曲げてすりガラスをノックした。

「着替えたらまた、あんたの妹のとこに戻らないといけないし」

数分後、謝清呈《シエチンチョン》は勢いよく扉を開けて出てきた。そのままドンッと賀予《ハーユー》にぶつかり、賀予《ハーユー》は危うくその場に転がりそうになる。

予想外の出来事に、賀予《ハーユー》は思わず呻《うめ》いて体を曲げ、鼻を押さえた。

謝清呈《シエチンチョン》は冷淡に視線を上げる。

「なんでそんなところにいるんだ」

賀予《ハーユー》はあまりの痛みに取り繕うのをやめた。

「……謝清呈《シエチンチョン》、よく見ろよ！　ぶつかってきたのはそっちだろ」

怒った賀予《ハーユー》は、ほかに誰もいなければ謝清呈《シエチンチョン》を呼び捨てにする。

謝清呈《シエチンチョン》は一瞬動きを止めた。

「氷で冷やしておけ」

「氷なんて、どこにあるんだよ？」

賀予《ハーユー》はすっかり赤くなった鼻筋をさすりながらどうにか怒りを抑えようとしたが、我慢できずに突っかかった。

「そうだ、あんた氷みたいに冷たいから、あんたに冷やしてもらおうかな。手を貸してよ」

謝清呈《シエチンチョン》はその様子を脳裏に思い浮かべ、冷え切った表情で賀予《ハーユー》の提案をばっさり切り捨てた。

「男同士でそれはない。俺はゲイじゃないから」

そう言うと謝清呈《シエチンチョン》は賀予《ハーユー》の胸を押してどかし、彼を避けて部屋で何かを探し回る。

謝清呈《シエチンチョン》の言葉に賀予《ハーユー》は呆《あき》れ果てた。

「何言ってんだよ、そういうつもりじゃないって。それを言うなら僕だって違うし……」

「ドライヤーは？」

謝清呈《シエチンチョン》はそれ以上釈明をする機会を与えなかった。聞くのも面倒くさいのだ。

「……椅子の上」

謝清呈《シエチンチョン》はドライヤーをコンセントにさして髪を乾かし始める。いまだに少し不機嫌な賀予《ハーユー》はベランダに出て、遠くから髪を乾かす謝清呈《シエチンチョン》を眺めた。

（ほんとなんでこんな奴が、謝雪《シエシュエ》の兄さんなんだろう？）

謝雪《シエシュエ》は、自分の兄を救世主のようにとてつもなく尊敬しているが、謝清呈《シエチンチョン》のどのへんを見ればそう感じるのか、賀予《ハーユー》には分からない。

どこからどう見ても、ただのおじさんだ。

ところが見ているうちに、賀予《ハーユー》は物思いに耽《ふけ》り始める。

子どもの賀予《ハーユー》にとって、謝清呈《シエチンチョン》は悪夢といっても過言ではない存在だった。謝清呈《シエチンチョン》が怖くてたまらなかったが、それでも会わなければならず、しかも彼の前で恥を晒《さら》さなくてはならなかった。賀予《ハーユー》が発作に苦しむ様子を謝清呈《シエチンチョン》は全て見ている。それこそ拘束具に縛り付けられ、狂ったように暴れ回ったことも、イカれた獣のように謝清呈《シエチンチョン》に向かって叫んだこともある。あの時の謝清呈《シエチンチョン》は、いつも冷静な瞳で賀予《ハーユー》を見つめていた。

無影灯《むえいとう》の下で賀予《ハーユー》に近づく姿。ひんやりとした消毒液の匂い。そして、皮膚を突き破る注射針……。

あの頃の賀予《ハーユー》には、謝清呈《シエチンチョン》はとても大きく感じられた。

そして、冷たいとも。

力が強く、有無を言わせない謝清呈《シエチンチョン》。どんよりとした曇り空のように賀予《ハーユー》に覆い被《かぶ》さり、この悪夢から一生逃げ出せないのでは、とさえ思ったほどだ。

ところが数年ぶりに会ってみれば、誰が誰を仰ぎ、誰が誰を見下ろすのか、全てひっくり返った。

賀予《ハーユー》は視線を下げて謝清呈《シエチンチョン》を眺める——。

どうしてだろう。

今見れば、謝清呈《シエチンチョン》は昔ほど怖くないように思える。

子ども時代の出来事は、往々にしてある種の虚像《きょぞう》を残すからかもしれない。そしてそれらは脳が歳月を凝縮して作り上げたものであり、現実とは異なるのかもしれない。例えば、子どもの頃に観たドラマ。ずっと観ていたように感じていたが、振り返ってみれば、二十数話しかなかったこととか。もっと言えば、幼い時に恐れていた牧羊犬。馬よりも大きく立派だと思っていたが、古い写真を見ると、その大きさは大人の膝くらいしかなかったこととか。

謝清呈《シエチンチョン》に対する妙な違和感も、このタイプのものなのだろう。

賀予《ハーユー》の目は謝清呈《シエチンチョン》が気づくほど、長く彼のもとに止まっていた。

謝清呈《シエチンチョン》は振り返り、「なんだ?」と賀予《ハーユー》に冷ややかな視線を向ける。

賀予《ハーユー》は間を置いて答えた。

「僕の服、合うかなって」

「……」

「まあ、確かに大きすぎるね」

賀予《ハーユー》が続けた。

「謝清呈《シエチンチョン》。僕の記憶の中じゃ、あんたはもっと背が高かったのに」

「俺が身長や体型で威張る必要なんてないと思うが」

謝清呈《シエチンチョン》は冷たくそれだけ言うと、再び体の向きを変え、髪を乾かし続けた。ただ、そうする直前の顔色は、あまり良くはなかった。

その瞬間、賀予《ハーユー》は気づいた。子ども時代の悪夢はごく普通の、なんならちょっと痩せてすらいるただの男でしかないのだ。自分の白Tシャツはサイズが合わずダボダボで、襟から真っ白な肌がのぞいている。まるで雪山から流れてきた水が、服の陰に溜《た》まっているかのようだ。

(本当に不思議だな。どうして僕は昔、あんなにもこいつが怖かったんだろう?)

いつの間にか、謝清呈《シエチンチョン》は髪を乾かし終えていた。無骨なこの男はあまり身なりを気にしないようで、鏡に向かって適当に髪を整えてからドライヤーを置いた。そして振り返り、賀予《ハーユー》に言う。

「もう帰る。服は明日返すから」

「返さなくていいよ。ほかの人が着た服を着るのはあんまり好きじゃないし。家に帰ったら捨てといて、もう古いから」

そこまで言われては、謝清呈《シエチンチョン》も食い下がらない。彼はまだ若干濡《ぬ》れている毛先を手で払って続けた。

「分かった、それじゃあな」

「一緒に謝雪《シエシュエ》のところに戻らないの？」

「戻らない」

謝清呈《シエチンチョン》が答える。

「今夜はまだほかに用事があるんだ」

「論文でも書くのか？」

プライベートを隠す習慣がないのか、それとも本当に気にしていないのか。謝清呈《シエチンチョン》は腕時計をつけてバックルを留め、チラリと賀予《ハーユー》を見やった。

「いや、見合いだ」

単なる雑談のつもりだった賀予《ハーユー》は、一瞬何を言われたのか、理解できなかった。心ここにあらずといった様子で、内心謝清呈《シエチンチョン》がやっと空気を読んで帰ってくれるのかと喜んですらいた。しかし数秒後、「見合い」の文字は彼の脳内を地球一周分ぐらいはるか遠くまで旅をして、ようやくゴールへ辿《たど》り着いた。

少し驚いたあと、賀予《ハーユー》は杏眼《あんがん》を大きく見開く。

謝清呈《シエチンチョン》は結婚していたんじゃないのか？

なぜ見合いを？

謝雪《シエシュエ》はどうして何も言わなかった？

さまざまな疑問が次から次へと浮かび上がる。賀予《ハーユー》は瞬きをして、ぐちゃぐちゃの頭でなんとか、糸口を一つ掴《つか》む。

顔の半分だけ光に照らされている冷淡な謝清呈《シエチンチョン》を見つめて、躊躇《ためら》いがちに問いかけた。

「あんた……離婚したのか？」

第五話　あいつは離婚した

謝清呈《シエチンチョン》はそれ以上賀予《ハーユー》に説明するつもりはないようで、「謝雪《シエシュエ》から聞いていないのか？」とだけ問いかけた。

「いや」

「まあ、俺のプライバシーに関わると思ったんだろうな」

賀予《ハーユー》はしばらく黙り込んでから聞き返す。

「李若秋《リールオチウ》さんと上手《うま》くいかなかったのか？」

李若秋《リールオチウ》とは謝清呈《シエチンチョン》の前妻の名前だ。

賀予《ハーユー》は謝清呈《シエチンチョン》と結婚したあの女性のことはかなりよく覚えている。こんな奴と結婚しようとするぐらいだ、よっぽど頭がおかしいんだろうなと思ったからである。謝清呈《シエチンチョン》のような冷たくて亭主関白な男と、結婚という人生の墓場を共にしようだなんて。

賀予《ハーユー》の知る限り、謝清呈《シエチンチョン》は絵に描いたような無欲な人物だった。おびただしい数の本がぎっしり詰まった本棚の前にある事務机に、きちんと白衣を着て座り、体からは冷ややかで少しツンとくる消毒液の匂いを漂わせている、それが謝清呈《シエチンチョン》だ。

謝清呈《シエチンチョン》が誰かを愛する。それは賀予《ハーユー》には信じがたいことだった。そして、誰かが彼を愛するということは、なおさらありえないことのように思えた。

とはいえ、謝清呈《シエチンチョン》は確かに結婚した。

賀予《ハーユー》はまだ彼の結婚式の日のことを覚えている。あの日、賀予《ハーユー》は母の言いつけに従い、祝儀を持って式に出た。何も準備しないまま、制服のジャージすら着替えず会場に向かった。運転手が賀予《ハーユー》を会場のホテルへ送り届ける。賀予《ハーユー》はショルダーバッグを引っ掛け、白いスニーカーを履き、手をジャージのポケットに入れた状態で、ホテルへ足を踏み入れた。

謝清呈《シエチンチョン》は客を出迎えていた。

結婚式のスタッフに軽くメイクを施された彼は、大勢の招待客の中で背筋をピシリと伸ばし、上品な立ち居振る舞いを見せていた。漆黒の眉と瞳はまるで星を降らせているかのようだ。司会者が話しかけるが、周りの喧騒《けんそう》と長身のせいでよく聞こえなかったようで、謝清呈《シエチンチョン》は体ごとそちらに向き直り、司会者が耳打ちできるように姿勢を変えた。周囲と比べるとその顔は一層驚くほどに白く、スポットライトを当てられた薄手の陶磁器のようで、軽く触れただけで割れてしまいそうだ。唇の色も少し薄く、氷の下で凍っている血を思わせた。

肌は瑠璃《るり》のごとく、唇は霜雪《そうせつ》に紛れた紅梅のごとし。

賀予《ハーユー》は男が好きというわけではないが、その審美眼は男女を問わず発揮された。

あの瞬間、ある思いが賀予《ハーユー》の脳裏を過《よぎ》った。確かに、李若秋《リールオチウ》と呼ばれる女性はかなり美しい。賀予《ハーユー》が想像するところではあるが、先入観を交えずとも彼女と謝清呈《シエチンチョン》のプロポーズ現場はこんな感じだったに違いない――。

謝清呈《シエチンチョン》は白衣を着て、その胸ポケットには使い慣れたボールペンと万年筆がささっていただろう。両手をポケットに突っ込んだ彼は、高嶺の花のようにスッと立ち、憤死しても文句は受け付けないといった口調で、相手の女性に言い放つのだ。

「結婚してやる。跪《ひざまず》いて感謝しろ」

当然、賀予《ハーユー》は偽ることが得意なので、本音は心の中に留めた。

賀予《ハーユー》はバッグを背負ったまま、笑みを浮かべてハンサムな新郎と美しい新婦の前にやってきた。

「謝《シエ》先生、奥さん」

「こちらは……?」

問いかける李若秋《リールオチウ》に、謝清呈《シエチンチョン》は「友達の息子だ」と紹介した。

謝清呈《シエチンチョン》は賀《ハー》家と、「賀予《ハーユー》が病人であることは口外しない」という約束を交わしていた。

「綺麗《きれい》な子ね。顔立ちがすごく整ってるわ」

李若秋《リールオチウ》が褒めると、賀予《ハーユー》は礼儀正しくお辞儀をした。紳士な雰囲気をたっぷりと漂わせて、深黒の瞳には微笑みをたたえている。

「いいえ、奥さんこそ。花のようにお綺麗です」

そう言いながら、賀予《ハーユー》はキャンバス地のショルダーバッグから、あらかじめ用意された分厚い祝儀袋を取り出した。そして、穏やかな声で丁寧に「謝《シエ》先生と末長くお幸せに」と付け足す。

(なーにがお幸せに、だ)

当時、賀予《ハーユー》は謝清呈《シエチンチョン》のような男と上手《うま》くやっていける人なんて存在しない、と思っていた。けれども、まさかあの結婚がここまで短命に終わるとは。自分は言霊《ことだま》でも使えるのだろうか?

ざまあみろと思う気持ちを抑えながら、賀予《ハーユー》は表情ひとつ変えずに尋ねる。

「どうして離婚したんだ?」

謝清呈《シエチンチョン》は何も言わない。

「覚えてるよ。あの人、あんたのことすごく愛してただろ?結婚したあとに二人で僕んちに来た時、あんたしか目に入らないって顔をしてたし」

謝清呈《シエチンチョン》が口を開いた。

「賀予《ハーユー》、これ以上は俺のプライバシーに関わる」

賀予《ハーユー》は微かに眉を持ち上げる。

孤高を貫く謝清呈《シエチンチョン》を眺め、ふと感慨に耽《ふけ》る。数年ぶりに帰国して再会したこの人は、ずいぶん……いろいろと変わったようだ。

ただ、謝清呈《シエチンチョン》の変化は、賀予《ハーユー》の好奇心をくすぐるほどのものではない。そのため、賀予《ハーユー》は最後に小さく笑うだけに留めた。

「じゃあ答えなくていいよ。お見合い、成功するといいね」

謝清呈《シエチンチョン》はさりげない視線で賀予《ハーユー》を一瞥《いちべつ》し、礼も言わずにきびすを返して歩き出した。

　そして、その背中は寮のドアの向こうに消えた。

　賀予《ハーユー》が前妻の話を持ち出したせいで、見合いへ向かう途中、謝清呈《シエチンチョン》はいつの間にか李若秋《リールオチウ》との結婚生活を思い出していた。あれは、はなはだ失敗だったと言えよう。

　実のところ謝清呈《シエチンチョン》は、謝雪《シエシュエ》が賀予《ハーユー》にこの件を話さなかった理由を知っている。

　離婚原因が兄にとっていたたまれないものだったからだ――李若秋《リールオチウ》は、間違いなく謝清呈《シエチンチョン》を愛していた。そして、謝清呈《シエチンチョン》を愛するのをやめた。

　李若秋《リールオチウ》は、浮気したのだ。

　これは謝清呈《シエチンチョン》にとって受け入れ難いことだった。確かに愛とはなんたるか、彼には分からない。しかし、家庭で自分が担うべき責任は知っている。そして、謝清呈《シエチンチョン》が抱く一部の家族観はかなり保守的だ。

　その点において、李若秋《リールオチウ》と嚙《か》み合わなかった。

　李若秋《リールオチウ》にとって、結婚で一番大事なものは責任ではない。愛なのだ。そういうわけで、結局二人は袂《たもと》を分かつことになった。彼女は既婚者と恋に落ち、浮気が発覚したあと、なんと自分のことを棚に上げて、泣きながら謝清呈《シエチンチョン》を責めた。あなたは仕事のことしか考えていない、と。

「あなたとの結婚生活は、無味乾燥な仕事のスケジュール表と結婚したようなものよ！」

　その涙の訴えは、あながち的外れなものとは言えなかった。謝清呈《シエチンチョン》とて、自分自身はつまらない人間だという自覚がある。

　二人の関係を通しても、その実、謝清呈《シエチンチョン》は李若秋《リールオチウ》に愛というものを感じることはなかった。李若秋《リールオチウ》は何年も謝清呈《シエチンチョン》にアタックし続け、そのうち謝清呈《シエチンチョン》も彼女となら上手《うま》くやれるかもしれないと思うようになった。そしてしばらく付き合ってから、そのまま結婚に至った。

　結婚したあとは、夫としてやるべきことも、尽くすべき義務も、謝清呈《シエチンチョン》は全てこなした。

　ところが、李若秋《リールオチウ》がほしかったのは、こんな結婚生活ではなかった。

　謝清呈《シエチンチョン》は責任感が強いが、ロマンチックさに欠け、性格も若干冷淡だった。夫婦の営みの時ですら、彼は常に冷静で理性を保ち、行為に深くハマることも夢中になることもなかった。家庭生活を送るうえで必須の仕事であるかのごとく、義務的にこなしてはいたが、そこまで熱意もなかった。

徐々に、李若秋《リールオチウ》の心は冷めきってしまった。

浮気した李若秋《リールオチウ》は、こう謝清呈《シエチンチョン》に言い放った。

「謝清呈《シエチンチョン》、あなたには心ってものがないんじゃない。この期に及んでも、まだ分からないでしょうね。私がほしいのは愛情なの、こんな形だけの結婚じゃない」

しかし、愛情とはなんだろうか？

謝清呈《シエチンチョン》は激しい頭痛を覚えた。怒りに駆られて机を叩きたい衝動を、どれほどの意志でもって抑え込んだのか、もはや分からない。そして机を叩く代わりに、彼は長いこと、李若秋《リールオチウ》を眺めていた。最終的に凪《な》いだ海のような、起伏のない声で淡々と問いかけた。

「その男は君のことが好きなのか？　妻と娘がいるんだろう。どれくらい君に本気なのか、分かってるのか？」

そう聞かれた李若秋《リールオチウ》は顔を上げ、謝清呈《シエチンチョン》には到底理解できない何かでギラギラと瞳を燃やしながら言った。

「……妻だの娘だの、そんなのどうでもいい。ただ、あの人が私を抱きしめる時、少なくとも情熱はある。それは分かるの。どんどん速くなる鼓動だって、聞こえるわ。あなたとは全然違うのよ、謝清呈《シエチンチョン》。あなたは確かに悪いことはしないし、誰かに手を出したりもしない。私にお金も家も任せてくれてる。でもね、私といる時の鼓動は死んだ人の心電図そのものよ。こんなに長く一緒に過ごしてるのに、ずっと真っ直ぐな一本線のまま。人生はたったの数十年しかない。あの人は不幸な結婚に束縛されているし、それは私も同じ。もう分かったの。正妻の座も、お金も、名声もいらない。淫乱と言われたって、尻軽と言われてもいい。私はあの人と一緒にいたいだけ」

謝清呈《シエチンチョン》は目を閉じる。手に持ったタバコは短くなり、もうすぐ指に辿《たど》り着きそうだ。

「李若秋《リールオチウ》、正気か？　この世に愛情なんて存在しない。そんなもの、脳内のドーパミン反応、ホルモンの作用にすぎないんだ。だが、責任も家庭も、この世に実在している。なりふり構わずそいつと一緒になりたいようだが、そいつは君のために離婚してくれるのか？」

沈黙。

そして、李若秋《リールオチウ》の瞳の炎は、さらに激しく狂気じみたものになる。彼女はついには涙ながらに、しかし頑として、「私は後悔したくないだけなの」と謝清呈《シエチンチョン》に言い放った。

「謝清呈《シエチンチョン》、この世に愛情は存在する。背徳的なものかもしれないし、道理にもとるかもしれない。泥にまみれるほどに下賤で、どうしようもなく汚れているかもしれない。でも、そこに確かにあるものなの。ホルモンやらドーパミンなんて関係ない。悪いけど、あなたとはもうやっていけない。本当の愛がどんなものかを知ったからね。彼を愛しているの、たとえそれが人の道から外れているとしても」

　離婚して数年。謝清呈《シエチンチョン》は今でも、この会話を思い出すたび、馬鹿馬鹿しくなる。

　明らかに間違っている、散々な目に遭うと分かっていながらも構わず突き進むものが愛なら。

　一歩先は深淵《しんえん》だと分かっていても、頑なに過ちを認めないものが愛なら。

　罵りや誹《そし》りを受け、道徳も、命も、人として越えてはいけない一線も……全てをなげうってもいいものが、愛なら。

　謝清呈《シエチンチョン》にとって、それは愛というより、ある種の〝病《やまい》〟だ。

　そんなものに、共感できるわけがない。

　謝清呈《シエチンチョン》は冷静沈着だが、律儀で男としてのプライドもそれなりにある。妻が浮気し、しかもその相手が妻帯者だということには、さすがに傷ついていた。

　離婚したばかりの頃、謝清呈《シエチンチョン》はいつものように仕事をしていた。論文を書き、学生を教える。辛《つら》い素振りは少しも見せなかった。しかし、周りの人は全員、目に見えて彼がどんどん痩せ、頬もこけ、声もしわがれているのに気づいていた。

「もしこのまま彼がぽっくり逝ってしまったら、本校はＳＮＳのトレンド入りを果たしてしまうだろう」

　そう思った上司は、謝清呈《シエチンチョン》を気遣った。

「謝《シエ》教授、体調が悪いのなら、しばらく休みを取ってください。無理は禁物です」

　ところが、謝清呈《シエチンチョン》は上司に、パワーポイントの圧縮ファイルをどっさり送りつけてきた。最新の授業用資料だ。内容は手が込んでおり、簡潔な形式だが洗練されている。上司自身、自分が一番頭脳明晰で体力があった時でも、短期間でここまで完璧なものを作り上げられなかっただろう、と思うほどの出来だった。

「これでも帰れと言うんですか？」

　謝清呈《シエチンチョン》はオフィスチェアにもたれ掛かり、長い指を組んだ。紙のように薄い身体で、立ち込める煙のようにひょろひょろの彼が視線を上げる。その目には依然として力が宿り、鋭さを感じるほど冷たく冴え渡っていた。

「確かに休みたいです。ただ、それはこの資料を使った初回講義を、私レベルで行える人物がいればの話ですが」

そんな人物は当然いない。

上司もそのたいまつのように燃える瞳から、この学校はまだSNSを賑《にぎ》わせることはないだろうと思い知らされた

――あれは、死に際の人間の目ではない。

ただ、ほとんど誰も知らなかった。仕事を完璧にこなすため、そして支離滅裂な気持ちを心の奥底に押し込むため、謝清呈《シエチンチョン》は家に帰ればタバコに火をつけ、咳込んでもひたすら吸い続けていたのだ。その勢いは、もはや自分の肺を真っ黒に染め上げ、部屋全体をニコチンの楽園にしようとしているかのようだった。

隣に住む黎《リー》婦人は、謝清呈《シエチンチョン》の様子にひどく胸を痛めた。

謝《シエ》家はもともと、比較的裕福な家だった。両親ともかつては警察の非常に高いポジションにいたが、担当していた事件で大きなミスが発覚し、二人とも末端まで降格されてしまった。当時、謝清呈《シエチンチョン》の母親が病気になったこともあり、その医療費のために一家は大きな持ち家を売り、滬州市《こしゅうし》の旧市街にある小さな弄堂《ロンタン》[10]へ移り住んだ。確かに生活は貧しかったが、おかげで多くの心優しい近所の人と知り合えた。

両親が死んだ時、謝清呈《シエチンチョン》は未成年だった。若くして一家の大黒柱にならなければならない少年を可哀想に思い、近所の人たちは兄妹の面倒をよく見てくれた。その中で、一番謝清呈《シエチンチョン》に優しくしてくれたのが、黎《リー》だ。

黎《リー》は謝清呈《シエチンチョン》の母親より少し年下である。子ども好きだが、結婚しておらず独り身だった。そのため、彼女は謝《シエ》家の兄妹を我が子のように可愛がった。特に謝《シエ》家の両親が亡くなってからというもの、この独身女性と両親に先立たれた兄妹は、深い絆で結ばれるようになったのだ。

謝清呈《シエチンチョン》が離婚し、黎《リー》はしばらく涙に暮れたが、その後は心配性な母親のごとく気合を入れ直し、見合い話を持ってくるようになった。

謝清呈《シエチンチョン》はと言えば、黎《リー》の心遣いを無下にしないためにも、言われるがまま見合いへ赴いた。しかし、謝清呈《シエチンチョン》は見合いの場では適当にやり過ごしていただけだった。それに、女性たちにとっても、彼はあまり優良物件とは言えなかった。

10 石庫門などの集合住宅の間に走る路地。

初めて結婚した頃、謝清呈《シエチンチョン》の条件は決して悪くはなかった。顔が良く背も高い。国内トップレベルの病院に務める医者であり、二十代でまだ若く、将来有望だった。

唯一の欠点といえば、家が没落してしまって、あまり裕福ではないことくらいだろう。

しかし、今の謝清呈《シエチンチョン》はバツイチであり、医者の時よりも給料の低い大学教授で、若くもない。そういうわけで、見合い相手は彼の欠点にばかり目がいくようになってしまった。バツイチ、三十過ぎ、立派な持ち家や良い自家用車を持っているわけでもない。それに、面倒を見なければならない連れ子ならぬ、未婚の連れ妹が一人。

いくら顔が良くたって、俳優ではないので一文にもならない。

相手の女性たちの両親がそれらの欠点を見逃すはずはない。

見合いは恋愛とは違う。第一印象が決め手だとは言うが、実際は総合的な条件の量《はか》り合いである。そのため、以下のような会話がしばしば交わされた。

「悪くないお仕事でしょうけど……。家のことはちゃんとできます？」

「いえ。医学部の教授なので、講義内容はミスがないよう、よく精査しないといけないんです。それに学生からの質問も多いので、よく残業しています」

「へえ……では、ご収入は？　悪いなんてことはないですよね」

「多分あと三年くらい勤めないと、昇給はできません。ただ、三年後も大学にいるかどうか、分からないです」

「なるほど……ほかにご家族は？」

「……妹が一人」

「妹さん、ご結婚は？」

「まだです」

探るような質問はいつも鋭く率直だ。ナイフのように相手を切り開いて、その状況を剥《む》き出しにする。そして同時に、質問した側の、希望が込められた笑みも綺麗《きれい》に削ぎ落とす。

それを知った黎《リー》は焦りを隠せなかった。

「もうっ、お見合いは自分を最大限良く見せる場所だよ！　これは決まりなの。ほかの人は自分を持ち上げるのに、アンタって子は自分を下げるようなことばっかり。本人に言われたら、本当はもっと悪いんだって思われるでしょ。ほんと、逆のことをするなんて！」

率直に「もう結婚したくないんです」と言おうとした謝清呈《シエチンチョン》だったが、黎《リー》の焦りと悲しみを滲《にじ》ませた目線に気づき、言い換えた。

「……そうやって言うのに慣れてしまって。すみません」

黎《リー》は謝清呈《シエチンチョン》を睨《にら》みつけていたが、そのうち涙声になった。

「こんなにも優秀な子なのに、どうして仏様は守ってくれないんだろうねぇ……毎日お線香をあげて、仏様にお願いしているんだよ。うちの可愛い子に、もう一回良縁をくださいって。それがあれば、アタシはもう今すぐ死んでもいいって……」

「黎《リー》おばさん、死んでもいいだなんて、変なこと言わないでください」

「アタシはもう歳だから、何も怖くないさ。だけど、アンタは違う。まだ若いわ。いい暮らしができないままだったら、アタシはあの世でどんな顔をして、アンタの父親と木英《ムーイン》さんに会えばいいって言うんだい……」

その後も、黎《リー》はなんとか良縁があるようにと、諦めることなく様々なタイプの女性を紹介し続けた。

その度、謝清呈《シエチンチョン》はなんとも言えない気分に襲われた。彼はプライドの高い頑固者だ。嘘《うそ》を吐《つ》くのも、けちをつけられるのも嫌いである。何よりも様々な理由から、彼の心持ちはすでに李若秋《リールオチウ》と一緒にいた時のそれとは完全に異なっており、二度と誰かと共に余生を送ることはないだろうと確信していたのだ。

けれども、謝清呈《シエチンチョン》のような大黒柱らしい世話焼きな性分は、近しい人たちが自分のために悲しんだり涙を流したりするのを見過ごせない。彼らが自らの庇護《ひご》のもとで幸せに過ごすこと以外、許せないのである。

だから、結果が分かりきっていても、黎《リー》を少しでも喜ばせるために、謝清呈《シエチンチョン》は仕事の面接のような見合いへ行くとうなずくのだ。

＊＊＊

今回、謝清呈《シエチンチョン》と見合いするのは白晶《バイジン》という非常に若い女性である。どこかの大学の、看板学部である医学部で教授をしている親戚がいるらしい。ただ彼女自身は、滬州《こしゅう》で今一番流行りのショッピングモールにある、高級ブランドショップのスタッフをしている。

裕福な沿岸都市でそこここに目につくのが、億万長者たちだ。白晶《バイジン》は日がな一日、湯水のように金が飛び交う高級ブランドショップに身を置いている。そこを行き交う客たちの得意げで大げさな会話を聞いていると、自分もクールなセレブ美人だという錯覚を抱くようになった。誰かを見る時は顎を上げて上から見下ろし、先に服のロゴを一瞥《いちべつ》する。アディダスやナイキを身につける男性には貧乏の烙印を押し、せめてプラダでなければ彼女に話しかけるチャンスすら与えない。

謝清呈《シェチンチョン》がカフェに到着した時、白晶《バイジン》は親友と電話をしていた。

「ほんとその通り。マジでああいう馬鹿、うちの店で毎日会うわ。今日来た親子二人組なんてさ、ブランドはよく分かんないけど、息子のほうは多分タオバオ〔中国の通販サイト〕で安く買った服だよ。あたしがプロじゃなかったら、呆《あき》れて物も言えないくらいだったわ。つーか、タオバオの服を着てうちのショップに来るなんて、ちょーウケるんですけど」

ネイルストーンのついた小指を跳ね上げ、コーヒーカップの中身をクルクルとかき回している。親友は電話の向こうで何事かを話したようで、白晶《バイジン》は口を隠して楽しげに笑った。

「何が買えるって？　何も買えないに決まってんじゃん。うちのショップじゃ、スリッパ一足だって多分あの親子の半年分の給料ぐらいするよ。あ、てか聞いて。あの息子さ、あたしのところに来て、なんて言ったと思う？　『ベースボールキャップありませんか？　母さんが運動好きで、今日誕生日なので買ってあげたいんです』だってさ」

白晶《バイジン》はクスクスと笑い続ける。

「だからね、あたしハッキリ言ってやったの。『すみません、うちのブランドでそういうのは出していないんです。あまりうちをご存じないようですね？』って。はははっ、あの顔ときたら！　ほんとサイコー……あ、待ってね、なんか見合い相手が来たっぽい。一回切るわ、今度ブルガリでアフタヌーンティーでもしよっ。愛してる！　ちゅっ！」

残念なことにカフェは混み合っており、謝清呈《シェチンチョン》も見合い相手を探すことに集中していたため、この長広舌《ちょうこうぜつ》を耳にすることはなかった。

白晶《バイジン》はキョロキョロしているその様子と、仲人が言っていた「背がすごく高くて、イケメン、桃花眼《とうかがん》だけど冷たい雰囲気」という描写を重ね合わせ、すぐに謝清呈《シェチンチョン》へ手を振った。

「ハアイ！　謝清呈《シエチンチョン》、謝《シエ》教授ですか？」

謝清呈《シエチンチョン》は白晶《バイジン》のほうへ向かい、「あぁ、どうも」と挨拶をした。

ジロジロと謝清呈《シエチンチョン》を眺め回す白晶《バイジン》の視線は、彼が着ているシンプルなTシャツに止まった。唐突に彼女は満面の笑みになり、声のトーンも八オクターブくらい上がって甘えたようなものになった。

「こんにちはぁ、あたし、白晶《バイジン》ですぅ」

第六話　見合いにも行かないといけないなんて

謝清呈《シエチンチョン》は見合いに来る前から、今目の前にいる女性が男性の収入を気にするほうだという情報を耳にしていた。ところが、自分の給料はそこまで高くないと明かしたあとでも、意外なことに彼女の見合いにかける熱量は少しも衰える様子はなかった。

白晶《バイジン》はニコニコと笑う。

「謝《シエ》教授はさすがインテリ、ほんと謙虚ですよねぇ。もう、このご時世でこんなに真面目な男性なんて、なかなかいないですよ」

「……」

「それに、謝《シエ》教授、すごくセンスがありますよね。きっと素敵な生活を送ってるんだろうなぁ」

謝清呈《シエチンチョン》は眉間に皺《しわ》を寄せた。

「いや、それは――」

「その格好を見れば分かりますよぉ」

「……」

しばらく彼女の言葉を理解できずにいる謝清呈《シエチンチョン》。とうとうしびれを切らして、白晶《バイジン》が口を開く。

「謝《シエ》教授が今着てるそのTシャツ、うちのブランドの正規品でしょ。全滬州《こしゅう》でも納品されたのは五、六着しかなかったので、超レアですよ。いくらお金を積んでも買えないくらいなのに、ほんと、控えめな人ですね」

ここに来てやっと、謝清呈《シエチンチョン》は気づいた。見合いの雰囲気をおかしくしている元凶は、賀予《ハーユー》が適当によこしたこの着替えだ。

女性の言葉について少し考えてから、先程、賀予《ハーユー》がさらりと言い放った言葉――「返さなくていいよ。ほかの人が着た服を着るのはあんま好きじゃないし。家に帰ったら捨といて、もう古いから」――を思い出す。

「……」

（鼻持ちならない金持ちめ）

白晶《バイジン》は相変わらずニコニコとしている。

「謝《シェ》教授、あたしと真心のこもったデートをしようと思ってないんですね。この服一着で普通の人の給料一年分するのに。しかも、ツテがないと国内でも滅多に手に入らない。そんな服を着てる人が、あたしに奢《おご》るのは安っぽいコーヒーですか？」

謝清呈《シェチンチョン》が答えた。

「誤解だ。これは友達から借りた物なんだ」

「借り物ぉ？」

途端、白晶《バイジン》は大きく目をみはった。

その後の会話は言うまでもない。喜びを露わにしていた女性は真相を知るや否や、見合いは本来のあるべき空気に落ち着いた。

謝清呈《シェチンチョン》への興味は目に見えて失せ、白晶《バイジン》は強引に彼と写真を一枚撮ったあと、デザートを撮ったり、自撮りをしたりしていた。途中、顧客たちから連絡が入ると、白晶《バイジン》は相手を気遣う素振りもなくボイスメッセージで返事をした。

「張《ジャン》さん、安心してくださいね。あの限定品のバッグはちゃーんと、取ってありますから。やだ、追加の謝礼なんていりません、水臭いですよぉ」

「王《ワン》社長、この前のドレス、店に届きましたよ。いつお越しになりますか？　そうです、サイズは社長のものに合わせて変えてあります。サイズはLで、前は二センチ詰める、ですよね。安心してください、全部メモしてますから」

異常なほどに気まずい雰囲気の中で、食事は終わった。

謝清呈《シェチンチョン》は支払いの合間に、視線を下げて白晶《バイジン》をちらりと見やる。この女性はおそらく自分が受け持っている学生と同じくらいの年齢だろう。もともとこちらにも真面目に見合いをする気はなく、ここに来たのも黎《リー》の気持ちに応えるためだけだった。それもあって、謝清呈《シェチンチョン》は相手の様々な言動を気にもせず、持ち前の責任感を発揮して、白晶《バイジン》に告げた。

「タクシーを捕まえてやろう」

「はぁい」

白晶《バイジン》は少しの遠慮もなく答えた。

「じゃあ、謝《シェ》教授、お言葉に甘えて」

今二人がいるのは滬州《こしゅう》で一番賑《にぎ》やかな通りである。帰宅のピークと重なって、待てど暮らせど、二人の前を通るのは客を乗せたタクシーばかりだった。

謝清呈《シエチンチョン》はため息をこぼす。

「もしよければ、もう少し向こうのほうまで行こう。あの交差点を曲がれば、タクシーも捕まえやすいはずだから」

「それでもいいですよ。あっ、でも八時半から生配信をしないと。いつも決まった時間にやってるんです、ドタキャンしちゃうとファンが怒っちゃうので。いいですかぁ？」

謝清呈《シエチンチョン》は生配信アプリに手を出したことはないが、謝雪《シエシュエ》が使っているので、多少の知識はあった。白晶《バイジン》の言葉に、何気なく問いかける。

「生配信をやってるのか？」

「そうです、すっごく頑張ってるんですよ。私がトップ配信者になる日も近いと思います。ふふ」

謝清呈《シエチンチョン》はうなずいた。

「夢があるのはいいことだ。なら、少し歩こうか。俺は気にしないから」

「ありがとうございます。謝《シエ》さんはそこまでお金持ちじゃないかもだけど、まあまあカッコいいですよね」

白晶《バイジン》が笑いながら謝清呈《シエチンチョン》に追いつく。

「そうだ、あとでカメラ向けても大丈夫ですかね？　ほら、みんなイケメンを見たいだろうし」

「……好きにすればいい」

十分後、謝清呈《シエチンチョン》は適当に言い放ったこの言葉をひどく後悔するはめになった。

すっかり時代遅れな謝清呈《シエチンチョン》は、今どきの若者がこのような形で生配信をするとは、想像すらしていなかった。バッグの中からピンク色の自撮り棒を取り出した白晶《バイジン》は、右に左にとアングルを変えた。謝清呈《シエチンチョン》にとって奇妙で意味の感じられない言葉を口にしながら、彼女は何が言いたいのか分からない話をダラダラと続ける。

「ここは滬州《こしゅう》で一番賑《にぎ》やかな通りです。イケメンも美人もたっくさん。あれ、皆さん、今歩いて行った人が背負ってたバッグ見ました？　よくできてますけど、アレはニセモノです。一目で分かっちゃいました。なんで分かったのか知りたかったら、フォローしてくださいねぇ。あ、そうそう。隣にいるのは今日知り合ったイケメンです。すっごくお上品で、ちょー賢い教授さんで、年収も一〇〇万元！　この方が着ているシャツを見てください。今はもう手に入らない限定品なんですよ。はい、そうですよ。今日ご飯奢《おご》ってくれたのはこの方です。今からあたしを家に送り届けてくれるんです。ふふ、お祝いありがとうございま～す！」

謝清呈《シエチンチョン》はもはや自分の耳がおかしくなったのではないか、と疑い始めた。振り向いて反論しようとするも、白晶《バイジン》はすでに素早くカメラを切り替え、マイクをミュートにしていた。

「ごめんなさい、謝《シエ》さん。生配信っていろいろと大変なんですよ。バラさないでもらえませんか？」

「……」

どうして偽りの幸せをネットに流し、肥大した物欲を刺激して観客を引き付けたがるのか。謝清呈《シエチンチョン》には到底理解できない。

（まあ、いい。小娘と言い争いなんてまっぴらごめんだ）

今回の見合いはあともう少し我慢すれば無事に終わるはずだった――その後、ある人に遭いさえしなければ。

場所はとある三叉路《さんさろ》。

謝清呈《シエチンチョン》と白晶《バイジン》が十数分ほど歩いて、人通りの少ない道端でタクシーを待ち始めた時だ。白晶《バイジン》は生き生きと顔を輝かせて、生配信ルームにいる視聴者たちに今シーズンのハイブランドの商品を紹介している。

紹介が半分ほど進んだところで、めざとい白晶《バイジン》はふと、画面の自分から少し離れた後方に、ぼんやりとした人影を見つけた。行ったり来たりとゆらゆらしており、何かするのを躊躇《ためら》っているようだ。

初めは気に留めていなかったものの、その人影は、白晶《バイジン》に向かって勢いよく近づいてきた。事態にようやく気づいた時には、すでに汚れた身なりの年老いたホームレスの顔が画面に映し出され、彼女に飛びかかろうとしていた。

呆気《あっけ》に取られる白晶《バイジン》。振り返った途端、彼女は我慢できずに悲鳴を上げた。

そこにいたのは、全身から悪臭を漂わせている汚らしい老人だった。着ている服はボロボロで、大小さまざまな穴があちこちに空いていて、おそらく一度脱いでしまえば二度と着られないだろう。その傍らには足を引きずったきつね色の子犬もいて、老人にひっついて白晶《バイジン》に向かって激しく吠え始めた。

「娘よ！　あぁ、うちの娘だ！　やっと見つけた！」

「やだ！　頭おかしいんじゃないの！　誰が娘よ！　離れて！」

「いや、お前は俺の娘だろう？　なあ、父ちゃんのことを覚えていないのか？　顔を見せておくれ、本当に久しぶりだ……」

老人は何か精神疾患を患っているようだ。涙を流しながら、気持ちを昂《たかぶ》らせて白晶《バイジン》に抱きつこうとする。

恐ろしさのあまり白晶《バイジン》は真っ青になった。配信を止めることすら忘れて、あたふたと後ろに下がりつつ全力で叫ぶ。

「マジでどうかしてるわ！　つーか誰？　あっち行って！」

「どうして父ちゃんのことが分からないんだ？」

頬を涙で濡《ぬ》らした老人がズイッとにじり寄ってくる。燃え残った硬い炭のように黒灰色で痩せこけた手が、ぶるぶると震えながら伸ばされる。

「会い……たかった……父ちゃんは本当に、お前に会いたくて……」

老人の言葉は中原《ちゅうげん》地域の田舎訛りが強く、滬州《こしゅう》生まれの白晶《バイジン》の父親ではないことは明らかだ。謝清呈《シエチンチョン》はすぐに状況を把握し、白晶《バイジン》を後ろに庇《かば》ってなだめた。

「大丈夫だ、俺の後ろに隠れていろ」

白晶《バイジン》は取り乱したままである。

「マジで怖いんだけど！　なんでこんな人がうろついてるわけ!?　城管《じょうかん》[11]はちゃんと仕事してないんじゃないの？　きゃあああ!!」

言い終わった途端、白晶《バイジン》は再びけたたましい悲鳴を上げて飛び上がった。老人の傍らにいた子犬がいつの間にか近づき、彼女の足元の匂いを嗅いでいたからだ。

「助けて！　か、噛《か》まれる！　なんなの、この犬！　リードは？」

白晶《バイジン》はキャーキャー叫びながら逃げ惑い、パニックになりながらスマートフォンを掴《つか》んで警察を呼ぼうとする。

ただでさえ年老いたホームレスに怯えているところに、醜い野良犬がさらに追い討ちをかけた。

（全員捕まっちゃえばいいのに！　あたしをビビらせたうえに、生配信の邪魔まで……あれ、待って、生配信！）

白晶《バイジン》はまだ配信を終わらせていなかったことにハッと気づき、慌ててスマートフォンを持ち上げて画面を見る。

数秒後、彼女の瞳孔は激しく収縮した。信じられない——。

彼女のありきたりな生配信には普段であれば二、三十人程度しか視聴者がいない。それが、この奇妙で突発的な事件により、たったの数分でなんと三〇〇人ほどに増えてい

11　城市管理行政執法局の略称。

るではないか。

画面の中の人数カウンターはぐんぐん上がり続け、コメント欄のコメントも増えていく。

『マジかよ、何があったんだ？　滬州《こしゅう》のホラーナイトってか？』

『なんか頭がヤバいホームレスに会ったっぽい。配信者、大丈夫？　カメラを向けてよ、現場の状況を見せて！』

『ワクワクワクワク、うちの近くじゃん！』

『あのホームレスのおっさん、痴漢じゃないだろうな。配信者に抱きつこうとしてたぞ！　配信者、早く様子を教えてくれ！　でもなんかあったらすぐ警察を呼べよ！』

気球が上昇するように、次から次へと画面を流れていくコメント。そして、高価な投げ銭[12]を意味するロケットが打ち上がり、生配信画面でバーンと爆《は》ぜる。

白晶《バイジン》は身震いをした。そのロケットで我に返ったのだ。

唐突に彼女は、自分はこれから何をするべきかを察した。慌てて髪を整え、カメラアングルを変えると、謝清呈《シエチンチョン》が反応するよりも先に彼の背後から飛び出した。

謝清呈《シエチンチョン》が「危ないぞ！」と注意する。

12 生配信の機能として配信者へお金を投げるシステム。

ところが、謝清呈《シエチンチョン》が予想もしなかったことに、さっきまであんなに怯えていた女性は危険を顧みず、愛らしい顔をあげてホームレスの隣に立ったのだ——ただし、老人に触られないよう、自らの小さなブランドバッグはちゃっかり背後に隠して。

「ちょっと！　その訛り、この辺のですらないのに、どうしてあたしの父親だって言えるわけ？　クソオヤジ、痴漢したいだけなんでしょ？　あたしには分かるから！　いい年して、この恥知らず！」

老人は驚き、数歩後ろへ下がった。

状況は完全に一変した。謝清呈《シエチンチョン》は、老人が本当に悪意を持っていないと気づいた。よく見れば、老人の顔に深い悲しみの色が浮かんでいる。とても嘘《うそ》を吐《つ》いているようには見えないのだ。

謝清呈《シエチンチョン》は思わず眉間に皺《しわ》を寄せる。

「白《バイ》さん、配信を止めてくれないか。このお年寄りは具合が悪そうだ。人違いだろうから、城管《じょうかん》に電話して対応してもらおう」

白晶《バイジン》の耳にはもはや謝清呈《シエチンチョン》の言葉は届いていない。視聴者がどんどん増えていくのを見て、彼女は老人の臭いに構わずメイクばっちりの顔をさらに近づけた。

「ほら、見てよ！　視聴者の皆さんも見てください！」

白晶《バイジン》はホームレスに自らのスマートフォンの画面を見るように促した。自撮り棒のおかげで、二人の姿はちょうど画面の中に収まっている。

「このエロ親父！　あたしと自分を見比べてみなさいよ！　このあたしがお前の娘なわけないでしょ？　自分がどんな格好か分かってんの——服もボロボロ、顔も垢だらけで汚いし、それでも痴漢じゃないって？」

老人はきょとんとして、白晶《バイジン》の言う通りに目を細めて自撮り棒の先端へ視線を向けた。

画面に映る二人の姿が鮮明に見えたのだろう。一瞬呆《ほう》けたあと、老人は自らの惨めさに気づいたのか、慌てて後ろへ逃げようとする。

老人が引き下がったことで、白晶《バイジン》はもっと調子づいた。

潔癖症な配信者に心理的な障壁を一瞬にして克服させ、薄汚い老人と躊躇なく近づいて撮影できるようにするには、視聴者をどんどん増やすだけでいいらしい。

「皆さん、見てください！　これ、新手の痴漢ですよ！　絶対頭がおかしいふりをしているだけですから！　今化けの皮を剥がしますね！」

白晶《バイジン》は老人を追いかけ、その姿をカメラに収めようとしながら叫んだ。

「ねえ！　こっち来なさいよ！　あたしが娘だって言ったくせに！　滬州《こしゅう》はこんなに広いし、治安だっていいのに、よりによってここで当たり屋しようだなんて！　自分がどんだけクサいか分かんないの？　来いってば！」

老人は多少頭がハッキリしたような様子だった。目はまだ澱《よど》んでいるものの、先ほどよりは力が戻っているようにも見える。

隣で見ていた謝清呈《シエチンチョン》は、老人が痴漢をしに来たわけでも、当たり屋として来たわけでもないことを確信していた。老人の精神状態は最悪だ。謝清呈《シエチンチョン》に言わせれば、老人はまるで落ちぶれて中国のあちこちを放浪したあと、江南《こうなん》の霧雨《きりさめ》で濡《ぬ》れそぼつ痩せこけた犬だ。「探す」という言葉はもはや骨の髄まで染み付いているようで、一目見ただけで老人が失《な》くした何かを必死に追い求め続けているのだと分かる。

ただし、それらは白晶《バイジン》にとってはどうでもいいことだ。

白晶《バイジン》は半年以上生配信をやってきたが、内容が平凡すぎるせいで視聴者を集められずにいた。そのくせ、頑張っている同業者へは強烈な嫉妬心を抱いていた。
どうやっても注目を集められなかった白晶《バイジン》は、いつから
か、有名な販促系配信者の生配信で罵詈雑言《ばりぞうごん》のコメントを
書き連ねるようになった。
今日「お高く止まっちゃって！　毎日穏やかに過ごしてま
すーみたいな顔してさ、どうせスポンサーのおかげ、援助の
おかげだろ？　今見せてる田舎の生活とやらも、全部ニセモ
ノだろ！」と罵ったかと思えば、翌日はまた別の標的に「男
のくせに女が汗水垂らして稼いだ金で、豪邸を買うなんて！
たくさんの人が言っているよ、みんなが買った口紅は、全部
あいつが家を買う資金になったって！　コイツのものを買う
女はマジで目を覚ませよ！」となじる。明後日にはまた別
の人にターゲットを変え、「何が自立した現代の女性だよ。
毎日可哀想なふりしてさ、配信は仕事じゃないの？　疲れる
けど金は儲けてんだろ？　怒られたって金は入ってんだろ？
それだけ儲かってんなら、文句を言うなよ！」と雑言を浴び
せる。
布団にこもってスマートフォンを連打する白晶《バイジン》の醜く歪《ゆが》
んだ顔を、知る者はいない。
忙《せわ》しない地下鉄の中、人が行き交うビルの谷間。綺麗《きれい》に
着飾った人たちや彼らの贅沢三昧《ぜいたくざんまい》な日々に白晶《バイジン》は囲まれて
いる。しかし、彼女自身はハイヒールを履いて懸命に仕事
に勤しみ、卑屈に上客の機嫌を取ろうとするただの女の子
だ。シンディーという、英語風の名前で呼ばれるいちスタッ
フだという現実から抜け出せない。
腰を曲げて姿勢を保ち、屈んで陳《チェン》家や李《リー》家の奥様のため
に靴のボタンをしなやかな指で留める時。彼女たちが金色
に輝く広いロビーから出ていくのを、頭を下げて恭しく見
送る時。優雅に去っていく後ろ姿を見て、いつの日か自分
もお高く止まっているカウンタースタッフに頭を下げて出
迎えられる立場になるのだと白晶《バイジン》が何度考えたか、誰も知
らない。
金がほしい。
名声がほしい。
喉から手が出るほどそれらを渇望している白晶《バイジン》からは、
恐れも潔癖さも消え失せる。当然、老いたホームレスの震
える唇にも、彼の目に滲《にじ》む熱い涙にも気づかない。
「お前の娘は滬州《こしゅう》の人なわけ？　てか、娘とかマジウケる。
お前みたいなクソジジイ、結婚してるかどうかも怪しい
わ！　どうせ頭がイカれたふりをして、女の人に痴漢して

んでしょ！　何逃げてんの？　そっちから寄ってきたくせに！　みんなに顔を見せなさいよ！　ほら！」

「いやだ……やめてくれ……」

老人は相当、怖がっているようだ。首をすくめて体を縮こませ、口からは幼児のようなもごもごとした、悲しい声が漏れ出す。

「すまない……お、俺の……見間違い……」

「はあ？　謝ってなんになるっていうの？　こっち来て、カメラ見なさいよ！　なんて格好してんの！　詐欺でも、格好くらいちゃんとしてよね！」

画面のコメント欄で、何も知らない視聴者たちは「通りで痴漢するホームレスを撃退している強気な女性配信者」を応援しており、投げ銭も次から次へと贈られた。気球のようにコメント数が上昇していくにつれ、彼女の気分も膨れ上がっていったようだ。

焦った老人が身を隠そうとする。ヒステリーの発作で娘を見間違えて興奮した姿から、意識がハッキリして逃げ惑う心細そうな姿まで。カメラに追いかけ回された老人は、その傍らにいる野良犬と同じだった。退路を断たれた老犬のように、〝正義〟に糾弾されて激しく動揺し、頭を抱えて逃げ惑っている。

「頼むから、撮らないでくれ……俺が悪かった……俺を撮らないでくれ、……お嬢さん、俺を撮らないでくれ……」

老人は全身が震えていた。両脚も、穴だらけのズボンの中でガタガタ揺れている。

老人はカメラの前で顔を隠したが、ボロボロの服も隠そうとして、ついにはどこを隠せばいいのか分からなくなった。体の隅から隅まで、身につけている衣類全部が、惨めで見せるのも恥ずかしいもののように。涙が皺《しわ》だらけの顔を伝う。次から次へと、ポロポロと止めどなく。老人は縮こまる。今にも土下座して白晶《バイジン》に赦《ゆる》しを乞わんばかりだ。

「頼む、お嬢さん……どうか情けを……」

「あたし――」

白晶《バイジン》はまだしつこく何かを言おうとしていたが、突然自撮り棒を取り上げられてしまった。

すぐに彼女のスマートフォンは一切遠慮のない動きでそこから取り外され、謝清呈《シエチンチョン》は自撮り棒を投げ捨てた。

「ちょ、ちょっと！　何すんの!?」

「何をする？　忠告したはずだ。この方は精神疾患があるようだから刺激するなと。君は耳が悪いのか、それとも頭が悪いのか?」

謝清呈《シエチンチョン》は強制的に配信を終わらせた。

白晶《バイジン》の顔色は、呆気《あっけ》なく配信を強制終了されたことで真っ青になり、その苛立ちから徐々に黄色、興奮した赤色へと変わっていく。コロコロと変化する様子は信号機さながらで、そしてとうとう彼女はヒールを踏み鳴らし、謝清呈《シエチンチョン》を怒鳴りつけた。

「余計なことしないで! さっさとスマホを返しなさいよ! 何を配信するかはあたしの勝手でしょ! 金を稼がないといけないの、分かる? あたしはインフルエンサーになるんだから!」

「君が何になろうが、俺には関係ない」

謝清呈《シエチンチョン》は冷ややかに告げた。まるで父親のように、容赦なく白晶《バイジン》を叱りつける。

「白《バイ》さん、恥ずかしくないのか? あのお年寄りだって自分の状況は分かってるんだ! 注目されたいあまりに、間違ってることだと分かりながら、それでもやるとはな。そうすることでどんな結果が訪れるのか知っているのに、手段を選ばず相手を追い詰めようとする。君のむごい行動が、この方にどれほどの苦痛をもたらすのかも、分かってるんだろう? なのに自分とは関係ないからと、人の痛みを踏み台にしてでも注目を浴びたいなんて、とんだろくでなしだな!」

「ごちゃごちゃ言わないで! あたしにお説教なんて、父親のつもり? ただの見合い相手のくせに! ほっといてよ!」

頭に血が上った白晶《バイジン》は、スマートフォンを奪い返そうと距離を詰める。

ところが、謝清呈《シエチンチョン》は彼女よりもさらに気性が荒い。白晶《バイジン》を押さえつけると、ナイフのような鋭い目つきで彼女を見下ろした。

「他人の尊厳も、命も、君にとっては生配信の視聴者数稼ぎの道具にすぎないってか。人間のクズだな」

「あたしに口出しするわけ? このアホ――」

怒り心頭に発し、白晶《バイジン》は飛びかかって謝清呈《シエチンチョン》にビンタをお見舞いしてやろうと振りかぶった。

しかし、謝清呈《シエチンチョン》は片手で白晶《バイジン》の手首をあっさり掴《つか》み、力を入れて捻った。痛みで白晶《バイジン》が「きゃあ」と悲鳴をあげる。

謝清呈《シエチンチョン》の声は冷たい。

「これ以上騒ぐなら、口だけじゃない、手も出すぞ」

「は、放しなさいよ！　じゃなかったら警察に通報する！　人も呼ぶからね！」

通りには通行人がポツポツとしかいなかったが、あまりの騒ぎにすでに遠巻きに野次馬が集まり始めていた。しかし、謝清呈《シエチンチョン》は一向に気にしていなかった。元来、自分に向けられる視線は空気のように何も感じない性分である。ただ、ここで予想外の出来事が起こった。野次馬の中にいた、めざとい婦人が突然大きな声を上げた。

「やだ、どうしちゃったの！　あのお爺ちゃん、なんだか様子がおかしくない？」

謝清呈《シエチンチョン》はすぐに老人へ目を向ける。精神障害を患っているらしい老人は、娘を見間違えた挙句、白晶《バイジン》のカメラに追いかけ回され、激しい感情の起伏に心臓がついていけなかったようだ。老人の唇は真っ青で、血の気がすっかり引いていている。そして、老人は胸を押さえてゆっくりと体を曲げ、バタンとその場に倒れ込んでしまった。

第七話　あいつは僕に、運転の腕はどうだと聞いてきた

もう辞めたとはいえ、医者をしていた謝清呈《シエチンチョン》の反応は速かった。掴《つか》んでいた白晶《バイジン》の手首を振り払い、身を屈めて老人の身体を診る。

臨床において、急性心筋梗塞は死亡率が非常に高い突発的な心血管疾患である。そして、激しい感情の起伏は高齢者たちがこの病を引き起こす要因の一つだ。

白晶《バイジン》はまだ何が起きたのか気づいておらず、相変わらず悪態を吐いている。

謝清呈《シエチンチョン》は袖を捲って救急処置をしながら白晶《バイジン》を振り返り、怒鳴りながら奪ったスマートフォンを投げ返してきた。

「ボーッとするな！　急性心筋梗塞だ！　救急車を呼べ、早く！」

「それが何よ……って心筋梗塞!?」

その言葉に白晶《バイジン》は呆気《あっけ》に取られた。

金色のアイラインで彩られた目は、溢《あふ》れ出す驚愕《きょうがく》と恐怖を隠せない。白晶《バイジン》は瞬く間に真っ青になり、ぼんやりとその場に立ち尽くすだけだった。

謝清呈《シエチンチョン》が声を荒げる。

「救急の番号を知らないのか!?」

知っているはずなのに、思いがけない状況のせいで白晶《バイジン》の頭の中は真っ白だ。

「な、何番だったっけ？」

「一二〇！」

「そ、そうよね……！」

まさか命に関わるようなことになるなど、白晶《バイジン》も思っていなかったのだろう。彼女は慌てて謝清呈《シエチンチョン》が投げ返したスマートフォンで救急に電話をかけた。

「もしもし？　一一〇ですか？　あ、違う違う！　切らないで！　言い間違えたんです！　警察じゃなくて、救急であってます！　あ、あたしのところに、お爺さんがいきなり急性気絶……じゃなくて、なんていうの、急性心筋症……」

「急性心筋梗塞！」

「あっ、そう！　心筋梗塞で！」

舌をもつれさせながらも通話を終わらせて、白晶《バイジン》はホッと胸を撫《な》で下ろす。ようやく少し落ち着いてきたものの、いまだに謝清呈《シエチンチョン》と老人に近づけない。

謝清呈《シエチンチョン》は老人の口と鼻についた分泌物を処理してから、窒息しないよう慎重に老人を横たえた。そして額いっぱいに汗を滲《にじ》ませながら、顔を上げて白晶《バイジン》に告げる。

「手を貸せ」

白晶《バイジン》は間髪入れずに断った。

「いやよ！　マジでキモいし！　伝染病とか持ってるかもしんないし！　この服、高かったから汚れたら嫌だし」

謝清呈《シエチンチョン》は激怒した。

「大抵はこれだけじゃ感染《うつ》らない！　命よりも服が大事なのか！　さっさと手伝え！」

「やだ、正義のヒーロー気取り？　どんだけ苦労して、どんだけ長い時間働いてこの服を買ったと思ってんの？　それに、発作はきっと元から病気とかがあったんでしょ！　あたしのせいじゃないし。あたし……」

さらに大きく口から泡を吹いた老人を見て、白晶《バイジン》は喉がキュッと詰まる。吐きそうになりながら、慌てて後ろに下がった。

「無茶言わないでよ……マジで無理だから」

このやりとりを見かねたのか、野次馬たちの中から一人の婦人が飛び出した。婦人は真っ先に白晶《バイジン》を叱りつける。

「お嬢ちゃん、良心ってもんはないのかい？　あんただってそのうち年寄りになるんだ！　そんな綺麗《きれい》な服着て、きったない心してんだね！」

「あたし――」

婦人は呆《あき》れて視線をそらし、それ以上彼女に構わずに謝清呈《シエチンチョン》へ問いかけた。

「何すればいいの、手伝うわ」

得てして群衆とはこんなものだ。遠く離れた場所で静かに佇《たたず》んでいる間は、誰も助けに来ようとしないが、誰か一人でも先陣を切れば、雪崩を打ったように次から次へとほかの者が続く。

勇気ある婦人の後ろから、面倒事に巻き込まれまいと遠巻きに眺めていた人々がぞろぞろと近づいてきた。いい薬を売っている薬局がないか近くを探してくると提案する者や、熱がこもらないよう扇ぐ者も現れ、白晶《バイジン》は強引に脇へ押しのけられた。

しかし、周囲の人がどれほど力を尽くしても、差し迫った状況が好転する兆しは見えない。焦りと共に、時間が一分一秒と過ぎるのを待つしかないのだ。

一同の願いも虚しく、事態はより悪いほうへ転がっていく。白晶《バイジン》のスマートフォンに着信が入った。

病院からの連絡だ。

「すみません、そちらに向かう道路のうち、一本が陥没したんです。おまけに水道管も破裂してしまったので、大通りは水浸しになって迂回もできません。別の道も古い通りで渋滞がひどくて入れないですし、一方通行なので、引き返さないといけない状況です」

白晶《バイジン》は謝清呈《シエチンチョン》に状況を伝えた。謝清呈《シエチンチョン》は老人に救急措置を施しながら鋭く問う。

「あとどれくらいかかる？」

すっかり怖気づいた白晶《バイジン》は、ただの伝書鳩のように慌ただしく尋ねる。

「あ、あとどれくらいですか？」

「引き返してから行くので、早くても三十分です」

謝清呈《シエチンチョン》は老人の様子を見た。この状態で三十分もかかったら、命に関わる。

（こんな時に事故だなんて、運が悪すぎる。しかも道路の陥没に水道管の破裂だと⁉）

どうすればいいのか決めかねていたその時、突然眩しい車のライトが交差点を照らした。四角いテールライトをゆったりと光らせた、翼のエンブレムを持つ黒いロールスロイスのカリナンが、煌《きら》びやかな街明かりの向こうから音もなく現れる。そしてタイミングよく、一方通行の道から騒動が起きているこの交差点へやってきた。

白晶《バイジン》は高級品と見るや、配信したくて居ても立っても居られなくなる。人の生死がかかっているこの瞬間ですら、彼女はカリナンを逃さないと言わんばかりに、無意識にスマートフォンを向けようとした。

ところが、カリナンはゆっくりとこちらに近づいてきたばかりか、なんとすぐそばに止まったのだ。

予想外の出来事に白晶《バイジン》は大きく目を見開く。

続いて繰り広げられた一幕は、さらに彼女の瞳孔を震わせた。白晶《バイジン》が夢にまで見た高級車の後部座席の窓は音もなく下げられ、一人の女性が顔を覗《のぞ》かせる。そして、白晶《バイジン》の横で老人に救急処置を施している謝清呈《シエチンチョン》に向かって叫んだ。

「お兄ちゃん!」

白晶《バイジン》は驚きを隠せない。

その女性、謝雪《シエシュエ》が続ける。

「賀予《ハーユー》が串焼きを奢《おご》ってくれるって言うから、近くに来てたの。遠くからなんかお兄ちゃんっぽい人がいるなって思って寄せてもらったら、まさかこんなところにお兄ちゃんがいるなんて……えっ! 待って! その人、どうしちゃったの! なんかあったの!?」

謝清呈《シエチンチョン》は顔を上げ、視線をそちらへ向けた。本革が張られた座席の、奥のほうに座っている賀予《ハーユー》は闇に紛れている。ここからは落ち着いた様子の優雅な横顔のライン、そしてハンサムで上品な整った顔かたちが薄ぼんやりと見える。だが、よくよく目をこらすとどことなく腹黒い雰囲気も感じとれる。

謝清呈《シエチンチョン》は賀予《ハーユー》に面倒をかけたくなかったが、今はそれどころではない。

「急病人だ。強いストレスがかかって急性心筋梗塞を起こした。軽く処置はしたが、急いで病院に運ばないと」

謝雪《シエシュエ》が驚き、「救急車は?」と尋ねた。

「電話した。だが、道路の状況が悪くて、あと三十分はかかるらしい」

それを聞き、謝雪《シエシュエ》はすぐにドアを開けて車を飛び降り、老人のそばへ急いだ。嫌がる素振りは少しもなかったが、なにぶん救急の知識が皆無である。呆然《ぼうぜん》とその場に立ち尽くすしかなく、どう手伝えばいいかも分からないため、謝雪《シエシュエ》は焦って車に向かって叫んだ。

「賀予《ハーユー》! 賀予《ハーユー》、早く降りて手伝って!」

優雅な見た目の腹黒が車から降りてくる。老人の紫色がかった唇を見るや、賀予《ハーユー》はすぐに決断を下した。

「僕の車で行こう」

謝雪《シエシュエ》は頭が追いつかない様子だ。

「道を譲ってもらえなかったらどうするの？　今一番混んでる時間帯だよ」

賀予《ハーユー》は冷ややかに笑い、「ぶつかれるものならぶつかってくれればいいさ」と答え、振り返って運転手に声をかけた。

「趙《ジャオ》さん、運転大丈夫か？」

「それはもちろんですが、普段は安全運転第一ですから、速さはなんとも……」

（それに、ぶつけてもいいと言われたとしても、そんな勇気ありませんよ、坊ちゃま！）

趙《ジャオ》は心の中で叫んだ。

「なら降りてくれ」

賀予《ハーユー》は袖を少し捲り、長い足を運転席に滑り込ませた。そして、ガムを噛《か》みながら、手慣れた様子でハンドブレーキを操作する。

「乗って、十分で市立病院に着くから」

「免許証は？」

そう問いかける謝清呈《シエチンチョン》に、賀予《ハーユー》は無表情で答えた。

「ない。乗るか乗らないか、どっち？」

「持ってるから！」

二人のやりとりに謝雪《シエシュエ》は呆《あき》れるしかない。特に賀予《ハーユー》だ。こんな時まで、兄につっかかるなんて。

「賀予《ハーユー》の国際免許証、最近国内用に変えたばかりだよ！　お兄ちゃん、賀予《ハーユー》は嘘吐《うそつ》いてるだけだから！」

謝清呈《シエチンチョン》の指示のもと、老人はそっと慎重にカリナンへ運び込まれた。全員が車に乗り込んだあと、シートベルトを締めた賀予《ハーユー》がカーアクション映画なみにアクセルを床まで踏み込もうとしたその時。老人の子犬が足を引きずりながら必死に車に寄ってきた。そして、ゆっくりと閉められていくドアの前で、ワンワンと吠え始めたのだ。

「可哀想……」

全身ボロボロで足を引きずりながらもついて来ようとする犬を見て、心優しい謝雪《シエシュエ》は思わずつぶやいた。

賀予《ハーユー》は謝雪《シエシュエ》を一瞥《いちべつ》する。助手席のドアが再び開かれた。

「乗せていいよ」

謝雪《シエシュエ》は間を置かずに車を降りた。薄汚れた子犬の前足の下に手を回し、抱き上げて車に乗せる。

子犬は「くぅうん……」と鳴いた。

置いて行かれずに済んだと分かったのだろうか。子犬はまず振り返り、後部座席に横たわっている老人を見た。そして、モフモフな顔を持ち上げ、黒豆のような鼻先で感激したように謝雪《シエシュエ》の頬をくんくんと嗅いだ。それが終わると今度は運転席へ顔を寄せて、湿った舌でそっと賀予《ハーユー》の頬をペロッと舐めた。

賀予《ハーユー》は子犬の媚びるような行動を無視し、ボタン一つでバックミラーを調整してから、骨張った大きく美しい手でハンドルを握って告げる。

「救急にもう一回かけて、病院に向かいながらこっちの状況を伝えよう。さ、出すよ」

不幸中の幸い、と言うべきか。老人は初期段階で謝清呈《シエチンチョン》から専門的な救急処置を施されたうえに、病院にすぐ運んでもらえた。遅くまでかかったが、なんとか危険な状態を脱することができた。

夜間救急室の外、謝清呈《シエチンチョン》は救急の書類一式にサインをしていた。スマートフォンの支払いアプリを起動させた時、お金が足りないことに気づいた。窓口のスタッフになんと言えばいいのか躊躇《ためら》っていると、不意に後ろから手が伸び、窓口に一枚のカードが差し出される。

謝清呈《シエチンチョン》が振り返ると、賀予《ハーユー》の顔が目に飛び込んできた。

「なんでお前が？」

「まあ、礼はいいよ」

老人はホームレスで、身寄りがあるのかも分からなければ身分証もない。通常であればかなり煩雑な手続きが必要だが、幸いにも謝清呈《シエチンチョン》は市立病院に勤めていたことがあり、夜間救急担当の主任とも知り合いだった。そのため、事務処理もスムーズに終わった。

老人が危機を脱したとはいえ、引き継ぎやら必要な手続きやらは、まだたくさん残っている。その処理を手伝ってもらおうと、病院はホームレスの支援を行う公的部署に連絡を入れた。

勇敢にも救命活動にあたった善良な市民として、賀予《ハーユー》たちもしばらくはここに留まらなくてはならない。

「あの白《バイ》っていう苗字の女の人が、見合い相手？」

費用を立て替えたあと、謝清呈《シエチンチョン》と一息吐《ひといきつ》こうと病院の裏庭を歩きながら賀予《ハーユー》はそう問いかけた。

「そうだが、白《バイ》さんはどこに？」

「謝雪《シエシュエ》と地下駐車場で休んでる。もう遅いし、二人とも眠そうだったから。謝雪《シエシュエ》があんたを心配して、僕をよこしたんだよ」

賀予《ハーユー》が続ける。

「どうしてあんな子と見合いを?」

謝清呈《シエチンチョン》は仏頂面で、「ちょっと食事をしただけだ」と答えた。

「あんたも誠意あるようには見えないしさ、直接仲人に言って断ればいいのに。謝雪《シエシュエ》と同じくらいの歳だろ、あの子。あんたももう中年なんだから、つり合わないって」

謝清呈《シエチンチョン》はこれまでの緊張から解放され、賀予《ハーユー》が鬱陶しく思えてきた。

(三十二で中年だと? 本気で言ってるのか?)

もし賀予《ハーユー》が老人の救助に力を貸していなければ、謝清呈《シエチンチョン》はきっと「このクソガキ、死ぬほど余計なお世話だ」と悪態を吐いていただろう。しかし、ついさっき賀《ハー》家の坊ちゃまを運転手にしたうえにＡＴＭにまでしてしまったため、さすがの謝清呈《シエチンチョン》でも正面から罵るのは、はばかられた。

その代わり充血した瞳を細め、なんとか「中年」という言葉を飲み込み、冷ややかな態度を崩さず吐き捨てた。

「ご親切にどうも、賀《ハー》お坊ちゃま。確かに俺も三十にもならない半人前のガキとこれ以上話す気はない」

「……」

「ガキ」と「中年」が火花を散らす。お互い言葉では一歩も譲ろうとしないため、謝清呈《シエチンチョン》はいっそのこと顔を背けてしまった。

市立病院の裏庭にある藤棚の回廊は長い。謝清呈《シエチンチョン》は手をポケットに入れ、暗い表情で何も言わず前へと進み続ける。ここは十年前によく通った道だ。あの時はまだ庭園の工事が終わっておらず、今のように綺麗《きれい》な景色は広がっていなかった。そして城管《じょうかん》がやって来る前にと、道の両脇には無許可の屋台が店を出し、天津煎餅《てんしんせんべい》[13]やお粥、麺料理、おにぎりを売ったりしていた。

謝清呈《シエチンチョン》が病院を辞めてから、この道を歩くのは実に数年ぶりである。

懐かしい景色に何か感慨めいたものを感じたのか、謝清呈《シエチンチョン》はしばらく黙ったあと、出し抜けに「なあ、ガキンチョ」と賀予《ハーユー》を呼んだ。

「ん?」

「お前みたいな若いやつは、みんなインフルエンサーになりたいのか?」

「僕は興味ないけどね。ただ、儲かるからなりたい人は多

13 薄い皮で揚げパンやソーセージなどを包んだクレープのような軽食。

いみたい。あの白晶《バイジン》も、インフルエンサー目指してるの？」

「……なんで分かったんだ」

賀予《ハーユー》は「見れば分かるよ」と軽く笑って続けた。

「あのお爺さんが倒れたのと関係あるのか？」

夜風が吹き抜け、藤がサラサラと音を立てる。

「あのお爺さん、白晶《バイジン》を娘と見間違えたんだ」

謝清呈《シエチンチョン》が答えた。

「それで、彼女が生配信をしながらお爺さんを追いかけ回した。お爺さんはずっとカメラから逃げて、撮らないでくれと頼んでいたが、彼女は聞く耳を持たなかった。彼女が気にしていたのは、自分の生配信の視聴者数だけ。注目されたいだけなんだよ」

そこで一旦言葉を切り、謝清呈《シエチンチョン》はすげなく言い放つ。

「あんなもの、何になるというんだ」

賀予《ハーユー》はため息をこぼした。

「謝清呈《シエチンチョン》、あんたには分からなくても、ほかの奴らにとっては人生が変わるチャンスかもしれないんだよ。名声やお金にすがるのを変に思うかもしれないけどさ、あいつらも、あんたがどうしてそれをどうでもいいって思えるのか、理解できないと思う。生物学上は同じ生き物だけど、生き物としてのあり方がこんなにバラバラなのって人間ぐらいじゃないか。お互いを信用することすらままならないのに、相互理解なんてもってのほか。こうやって二人の人間が向き合っていても、実は別の生き物を見ているのに等しい時だってあるんだから」

ここまで言うと、賀予《ハーユー》のスマートフォンが鳴り出した。運転手からの電話だ。どうやら、賀予《ハーユー》の運転が抗争中のマフィア並みに荒く強引だったせいで、激怒した交通機動隊が病院まで怒鳴り込んで来たらしい。

運転手が切り出す。

「坊ちゃま、お医者様に証言してもらいましょうよ……事情があったわけですし……」

「いや、免許証を渡して点数引かせて、罰金払えばいいよ。そんなことで時間を無駄にする必要はないから」

それだけ言って、賀予《ハーユー》は電話を切った。

「金は燃やすほどあり余ってるってか？」

謝清呈《シエチンチョン》が口を開く。

「僕にとって、時間とお金はイコールだよ。無用なことで時間を無駄遣いするなんてごめんだし、公務員相手に言い訳するなんて無駄の極みだね。それに、記者を呼んで、感動的なインタビューを書かれることになるかもしれないしさ」

視線を下げた賀予《ハーユー》の杏眼《あんがん》は極めて冷淡で、意識しなければ気づかないであろう、病的な雰囲気をまとっている。しかし、その口元には意地悪い笑みが浮かんでいた。

「それだったら、あんたと話してるほうがまだマシ。あいつらにできることはあんたでもできるんだし。ね？　僕の免許証を確認するとかさ」

「……」

謝清呈《シエチンチョン》が顔色を変えるのを見て、賀予《ハーユー》の口元に浮かんでいた皮肉は深まった。賀予《ハーユー》は手をポケットに突っ込み、目を前方へ向ける。謝清呈《シエチンチョン》の顔を視界に捉えることもなく、見るとはなしに視線を泳がせた。そして、おもむろに身を屈め頭を下げて、謝清呈《シエチンチョン》の首筋に顔を寄せると、相手の頸動脈《けいどうみゃく》近くで薄い唇を止める。

青年はそのままの姿勢で、遠くを眺めながら男の耳に届くくらいの小さな声でささやいた。

「ねえ兄さん、僕のテク、どうだった？」

「……」

謝清呈《シエチンチョン》の顔は不機嫌さを増す。

（なんでまだ免許証を持ってるか聞いたことにこだわっているんだ？　器の小さい奴だな！）

謝清呈《シエチンチョン》は陰気な顔つきで冷笑した。

「暇ならもっと腕を磨け。落ち着いて練習すれば、卒業する頃には立派な運転手になれるだろうさ」

賀予《ハーユー》と無駄口を叩きたくなく、謝清呈《シエチンチョン》は言い終えると冷たい表情のまま目の前に垂れていた藤を払いのけて、一人でさっさと歩き出した。

ところが、ここまでのやり取りで調子づいた賀予《ハーユー》はもっと謝清呈《シエチンチョン》をからかいたくなり、彼の冷たい態度にもめげずに嫌味たらしく続けた。

「謝《シエ》社長、僕が専属の運転手になりましょうか。どんな車を運転させてくれるんです？　月給は？」

謝清呈《シエチンチョン》は振り返らずに答えた。

「五菱《ウーリン》の宏光《ホングアン》[14]だな。なんなら薬も出してやろうか。やりたきゃどうぞ、やる気がないなら失《う》せろ」

賀予《ハーユー》はポケットから手を出すことなく謝清呈《シエチンチョン》の後ろ姿を眺めた。苛立たしげにスニーカーで地面を蹴り上げると、瞳から病的な何かを覗《のぞ》かせながら低く罵る。

14　中国で売られている手ごろな値段の自動車。

「薬を出してやる？　……本当あんたらしいよ、謝清呈《シエチンチョン》。僕があんたに借りがあるとでも言いたいのか？」

第八話　しかも僕を召使い扱いするんだ

「この老人は庄志強《ジュアンジーチアン》さんで、我々も手を焼いていたんです」

三十分後、政府部門の民政局《みんせいきょく》に属する救助部の職員がやってきた。職員は病院の関係者と謝清呈《シエチンチョン》たちに礼を述べて説明した。

謝雪《シエシュエ》と、高級車に乗る機会を逃してはなるものかと同乗してきた白晶《バイジン》も地下の駐車場から上がってきていた。応接室のソファに座り、具体的な状況に耳を傾ける。

「庄志強《ジュアンジーチアン》さんは……その、少し状況が特殊だったものですから。今まで解決できずにズルズルときてしまいました」

職員は手をすり合わせながら、看護師が紙コップに淹《い》れたお茶を飲んだ。そして、味わうように口を動かして、ため息をこぼして続けた。

「大体三年ほど前ですかね。娘を探すと言って、ここへやってきたんです。それで、戸籍を調べたんですが、庄《ジュアン》さんは一人暮らしで陝州《せんしゅう》の窰洞《ヤオトン》〔崖や地面を掘った家〕に住んでいることが分かりました。本当に何もないところでしてね、近くに住んでいる人もいなければ、水を手に入れるのに一キロも歩かないといけません。うちも職員をわざわざ送って調べさせたのですが、村の人に聞いても、人付き合いをしない老人で詳しくは知らないとの返事ばかりでした」

「だからって無責任なんじゃないんですか。あんな危険な奴、とっとと捕まえてくださいよ！　街のイメージダウンになるし、何より誰かを襲うかもしれませんよ？」

白晶《バイジン》が我慢できずに喚《わめ》いた。

「それはですね」

職員は困った表情を浮かべる。

「私たちにはホームレスを捕まえる権限はないんです。あの人たちもあなたたちと同じ一般市民で、住む場所を提供して、治療するために病院へ送ることしか……」

白晶《バイジン》は恨めしさを滲《にじ》ませた。

「そんなの知りませんよ。精神病患者なんて、全員強制的に拘束されるべきです。あんな異常者、隔離されて当然でしょ？」

賀予《ハーユー》はもともと、この女性に対してはなんの感情も抱いていなかった。彼の道徳的なボーダーラインは低く、言い換えると他人に対する許容範囲が広いのだ。先ほど謝清呈《シエチンチョン》から聞いたことは、賀予《ハーユー》からしてみれば、「どうぞお好きに」という類いのことだった。人にはそれぞれの生き方があり、それぞれの選択があるのだから。

ところが白晶《バイジン》の精神病患者に対する明らかな差別意識の表明は、さながら賀《ハー》坊ちゃまの地雷原で激しく踊り狂うような、命知らずな行為と言ってよかった。

賀予《ハーユー》の口元にふと、微かな冷笑が浮かぶ。首を垂れて、変わらず沈黙を守っていた。

救助部の職員は暑さで滲《にじ》み出た汗を拭きながら答える。

「まあ、落ち着いてください。確かに現状では、庄志強《ジュアンジーチアン》さんの病状は悪化する可能性があるし、そうなると一般市民としての生活がもっと難しくなるかもしれません。もっと回復してから、我々と協力関係にある精神病院に監護と治療をかねて連れて行くと約束しますから……」

謝清呈《シエチンチョン》は出し抜けに、「どこの精神病院です？」と問いかけた。

「この状況だと、おそらく成康《せいこう》でしょうね。施設や体制が整っているとは言えませんが、宛平路《えんへいろ》にある病院は契約した収容人数を超えてしまったので、もうそこしか」

それを聞いて白晶《バイジン》はやっと満足したようで、「まあ当然よね……」と一人つぶやく。そうしているうちに救急を担当した医師がやってきた。

医師は庄志強《ジュアンジーチアン》の状況を説明し、適切に処置が施されたおかげで、老人は命の危機から脱したこと、そして、見舞いたい場合は一人であれば病室へ入れることを伝えた。

「女性のほうがよいかと。患者はまだ意識がハッキリしておらず、ずっと娘はどこだとうなされているので」

謝雪《シエシュエ》は「私が行きます」と立ち上がり、医師について病室へ向かった。

賀予《ハーユー》はそれまでずっとだらしなく姿勢を崩してソファに座っていた。肘をソファの背につけて背もたれに体を預け、うつむいたまま淡々とした表情で会話を聞いていたが、謝雪《シエシュエ》が立ち去るのを見て、彼は伸ばしていた長い脚を引っ込めてその後に続こうとする。

謝清呈《シエチンチョン》は露骨に賀予《ハーユー》をジロジロ見てから、警戒した口調で「止まれ」と制止した。

「なんです？」

「一日中俺の妹に付きまとって、なんのつもりだ？」

青年は改めてソファに座り直す。しばらくの沈黙のあと、彼は穏やかな礼儀正しい口調で、しかし目にたっぷり嘲笑とからかいを込めながら謝清呈《シエチンチョン》に言い放った。

「なら、一日中あなたに付きまとう、ってのはどうですか？」

「……」

賀予《ハーユー》は優しく続ける。

「ほら、見合い相手もいることですし、僕がここに座ってるのもなんですから。あとはお二人で。お邪魔虫はいないほうがいいでしょ？」

「この人となんてありえないから！」

白晶《バイジン》は賀予《ハーユー》の期待を裏切らずにすぐさま叫んだ。

賀予《ハーユー》は軽く笑い、白晶《バイジン》には目もくれずに顔を横へ向ける。

そして、謝清呈《シエチンチョン》にしか聞こえないような声でそっと言った。

「謝《シエ》先生、歳を取って魅力がなくなってきたんじゃないですか？　あんな小娘一人を落とせないなんて」

「……」

本当に下劣な奴だ。

（こいつの先祖の墓はトイレ代わりにされてるのか？　そうでもなければこんな人でなしが生まれてきた説明がつかん）

謝清呈《シエチンチョン》は冷め切った顔で唇を微かに動かし、「さっさと失《う》せろ」と吐き捨てる。

小さく笑って立ち上がった賀予《ハーユー》だったが、いきなり手を謝清呈《シエチンチョン》の背中の後ろに回した。謝清呈《シエチンチョン》はぎょっとする。想定外な行動ばかりする、見目《みめ》だけは麗《うるわ》しい人でなしの意図が読めないのだ。ただ、賀予《ハーユー》が前のめりになりこちらへ体を寄せた時、謝清呈《シエチンチョン》は青春真っ盛りの肉体が放つ独特なフェロモンと、触れなくても伝わってくる胸の熱さを感じ取った。

若い男の身体をこんなに間近に感じることは、同性の謝清呈《シエチンチョン》にとって非常に不慣れな状況と言えた。しかしすぐに持ち前の男らしさを取り戻し、自らのテリトリーを侵されたオス特有の苛立ちを覚えた。

謝清呈《シエチンチョン》が賀予《ハーユー》を押しのけようとした時には、彼のパーソナルスペースに侵入してきた男子学生はすでに体を起こしていた。その手には謝清呈《シエチンチョン》の後ろのテーブルに置いてあった、大きな紙袋が握られている——賀予《ハーユー》が先ほどデリバリーを頼んだのだが、そのままになっていたのだ。

「飲み物を取っただけですよ」

男の穏やかでない様子を眺め、賀予《ハーユー》は口角に浮かんだからかいの色をさらに濃くしながら、紙袋に入っていたコーヒーを配り始める。救助部の職員、医師、看護師、そして老人の見舞いに行っている謝雪《シエシュエ》には届けてもらうようわざわざ人に頼み、ご丁寧に白晶《バイジン》の分もあった。

ところが――。

「おっと、すみません。謝《シエ》先生の分を忘れちゃいました」

そこで言葉を切り、賀予《ハーユー》は自分のアイスコーヒーを謝清呈《シエチンチョン》に差し出す。

「僕の、飲みます？」

ストローがカップに差し込まれており、どこからどう見ても本気じゃないのは明らかだ。そんな状態で、カップが謝清呈《シエチンチョン》の唇の前に差し出される。

謝清呈《シエチンチョン》はきっと断るだろうと、賀予《ハーユー》は高をくくっていた。

そんな予想に反して、いい加減頭にきていた謝清呈《シエチンチョン》は、ソファに座ったままジロリと視線を上げた。賀予《ハーユー》に奉仕してもらうような姿勢で、色の薄い唇を少し開く。そして、賀予《ハーユー》を見すえて、ゆっくりと口元にあるストローを咥えた。

唇でストローを挟み、視線をそらさず、謝清呈《シエチンチョン》は力強く、そして遠慮なくコーヒーをズッと吸い上げる。

喉仏を上下させ、謝清呈《シエチンチョン》は挑発的に口内の液体を飲み込んだ。

「横に置いといてくれ」

ストローから口を離した謝清呈《シエチンチョン》の唇は潤んでいた。視線の鋭さは変わらずに、彼は付け足す。

「お前みたいな奴でも長幼の序ってものを知ってるとはな」

「……」

賀予《ハーユー》は謝清呈《シエチンチョン》がうつむいて口を開き、ストローを咥える動きを見守っていた。苛立ちだろうか、心がどうもざわついて仕方がない。目の前にいる男は本当に痛い目に遭いたいらしい。一連の行動は、相手が気まずくなって狼狽《うろた》えたり、恥ずかしさから怒り出す姿を見物するつもりでやったものだった。

それなのに、煽られた謝清呈《シエチンチョン》は賀予《ハーユー》の意地悪などに動じることなく、お高く止まった振る舞いを見せた。

賀予《ハーユー》は一瞬、思い通りにならない相手の冷たい保護者面に、アイスコーヒーをぶちまけたい衝動にかられる。頭から茶色い液体を滴らせ、服もぐっしょりと濡《ぬ》れた惨めな姿を見てやりたい。

しかし、賀予《ハーユー》は微笑み、ローテーブルにコーヒーをそっと置くだけに留めた。うつむいた瞬間、謝清呈《シエチンチョン》に小さな声で言う。

「分かりました。ほしがったのはあなたですし、一滴も無駄にしないでくださいね。ちゃんと飲んで、飲み干して、足りなかったら言ってください。また持ってきてあげますから」

「ここまで運転手になって、その次はATM、挙句デリバリーの配達員までやるつもりか？　それはさすがに申し訳ないな」

謝清呈《シエチンチョン》は冷たく笑ってコーヒーを持ち上げる。長い指で水滴のついたカップをつぅ、と撫《な》でた。

「自分の心配だけしてろよ」

そう言って、謝清呈《シエチンチョン》は賀予《ハーユー》に向けてカップを揺らす。

賀予《ハーユー》は沈んだ顔で応接室から出た。

周りの人たちは二人の刺々《とげとげ》しいやりとりをただ眺めていた。その相容れない様子を察して多少気まずい空気になったが、謝清呈《シエチンチョン》は気にも留めない。

彼は立ち上がり、全員が見ている前でコーヒーをゴミ箱に入れた。夜にコーヒーを飲むなど、子どものすることだ。

（俺の歳でこの時間にコーヒーなんて飲んだら、眠れなくなるだろうが）

謝清呈《シエチンチョン》は再び腰を下ろし、冷静に救助部の職員へ謝罪した。

「すみません。顧客の息子なんですが、聞き分けがないもので。お恥ずかしいところをお見せしました」

「い、いえ」

職員は乾いた笑いをこぼす。

謝清呈《シエチンチョン》が続けた。

「どこまで話を……あぁ、そうだ。庄志強《ジュアンジーチアン》さんに娘がいないのは確かですか？」

「そうです、親族は一人もいません」

職員は我に返って答える。

「普段私たちはホームレスとその親族との連絡や、勤め先との連絡を取り持ったりしますが、この老人には連絡できるような相手がいなくて」

謝清呈《シエチンチョン》は黙り込んだ。

彼の経験からすれば、庄志強《ジュアンジーチアン》の反応は単純なヒステリーではないように思えるのだ。〝娘〟はきっと老人の心にあるわだかまりなのだろう。

＊　＊　＊

「娘よ……」

病床で鼻に管を挿した老人が、眠りの中でブツブツと、実在するのかも分からない人物に語りかけていた。

「お前は本当にすごい子だな。父ちゃんは、お前のことをずっと見守ってきた。小さな鞄《かばん》を背負って学校に行ったあの日も、大学に合格して都会へ旅立った日も……」

そこで少しの間うわ言が途切れ、濁った涙が一滴、老人の皺《しわ》だらけな目尻から滲《にじ》み出る。

老人の寝言に、切ない涙声が混じった。

「なのにどうして……どうしてお前の父ちゃんに、俺に会いに帰ってこないんだ……」

心優しい謝雪《シエシュエ》は、そばでその言葉を聞いてボロボロと涙をこぼした。看護師の許しを得て、彼女は庄志強《ジュアンジーチアン》の手を握り、話しかける。

「お爺ちゃん、泣かないで。わ……私、ここにいるよ。そばにいるから。早く良くなってね……」

患者と面会できる時間は短い。意識が朦朧《もうろう》としている老人をしばらく慰めたあと、謝雪《シエシュエ》は医師にそろそろ面会時間は終わりだと告げられた。

謝雪《シエシュエ》は消毒を終えて救急処置室を出る。涙を拭《ぬぐ》うためにバッグからティッシュを取り出そうとして、すでに使い切っていたことに気づいた。

その時、美しい手が伸びてきて、彼女に紳士物のハンカチを差し出した。

謝雪《シエシュエ》は少し腫れぼったい目を持ち上げる。賀予《ハーユー》の優しい微笑みが視界に飛び込んできた。

謝清呈《シエチンチョン》の前では、賀予《ハーユー》はろくでなしのように振る舞っているが、謝雪《シエシュエ》の前ではそれなりにまともである。差し出されたハンカチは精緻な装飾が施され、真っ白な絹には皺一つない。

「あ、ありがと」

「拭きなよ」

「どういたしまして」

謝雪《シエシュエ》の反応はおおむね賀予《ハーユー》の予想通りである。

謝雪《シエシュエ》は幼少の頃に両親を亡くした。祖父母も早くに他界していたため、幼い頃から彼女はほかの子が大きな声で、「パパ」や「ママ」、「おじいちゃん」、「おばあちゃん」と呼ぶ姿を見て羨ましい気持ちになったものだ。彼女にとってそれらの言葉は、先祖の墓参りをする清明節の折、謝清呈《シエチンチョン》が差す黒い傘の下で優しい白菊を一束持ち、雨に濡《ぬ》れた冷たい墓石に対して小声で発するものだった。

だから、謝雪《シエシュエ》は両親や祖父母くらいの歳の身寄りのない人を見ると放っておけないのだ。

「先生」

彼女は涙を拭い、救急科の医師に問いかけた。

「お爺ちゃんを精神病院に転院させる時、一声かけてもらえませんか？　私、一緒に行きますから」

賀予《ハーユー》は微かに眉を寄せる。

「そんな場所に行ってどうするんだよ」

「平気。ちょうど学校からも、刑務所とか精神病院に行って、学生取材の話をしてきてほしいって言われてたし。脚本演出科の学生たちに、いろんな経験をしてほしいんだって。でも、私まだ行けてなかったから」

謝雪《シエシュエ》は鼻をすすった。

「全部ついでだよ」

そこまで言われてしまえば、賀予《ハーユー》ももう口を出せず、そばにいたきつね色の子犬を抱き上げるしかなかった。

子犬はぷよぷよとした脇の下を掴《つか》まれ、賀予《ハーユー》の顔の前へ持ち上げられる。黄色と白が入り混じった足が宙を掻いた。賀予《ハーユー》の杏眼《あんがん》に見つめられ、犬は若干ポカンとしているようだ。

賀予《ハーユー》は穏やかに言った。

「登録[15]してあげるから、しばらくはうちに住むといい。ご主人様が治ったら、一緒に帰してあげるから」

子犬はプルプルと震え、「くぅん……」と鳴いた。

動物には、第六感と呼ばれる能力が備わっている。微笑みの下に隠された有無を言わせない圧と病的な気配が分かるのだ。そういうわけで、子犬は本能的な恐怖半分、ご機嫌取り半分で柔らかい舌を出し、緊張しながら賀予《ハーユー》をペロッと舐めた。

賀予《ハーユー》は笑いながら、犬の頭を撫《な》でる。指先を舐められてもたしなめることなく、底知れない闇をたたえた瞳でつぶやいた。

「いい子だね。あの男より、物分かりがいいよ」

15　犬を飼う時、中国では犬やその飼主などを登録する必要がある。

第九話　あんなやつに構うものか、あの子に告白するんだ

思わぬ厄介事がようやくひと段落して、一同は疲労と空腹に見舞われた。そこで賀予《ハーユー》が夜食でも食べに行こうと言うと、最初に諸手《もろて》を挙げて賛成したのが、彼らと一番関係のない白晶《バイジン》だった。

「行こ行こっ！　お粥でもどう？　外灘《がいたん》にすっごくおいしいフカヒレとウニのお粥を出すお店があるんだけど、そこにしない？」

賀予《ハーユー》は謝雪《シエシュエ》へ視線を向ける。

謝雪《シエシュエ》は涙を拭い、やや不機嫌そうに白晶《バイジン》を一瞥《いちべつ》する。

「串焼きがいい、あのグルメ通りの」

「じゃあそこで」

謝雪《シエシュエ》と賀予《ハーユー》のやり取りに白晶《バイジン》が不平を漏らす。

「え……それってさすがに……まあいいや……」

謝雪《シエシュエ》がいるため、多少謝清呈《シエチンチョン》の顔も立ててやろうと思った賀予《ハーユー》は、謝清呈《シエチンチョン》にも聞いてみた。

「どうします？」

「俺はやめておく。この犬を注射に連れて行くから。引き取り手を探してもらうために感染症の検査も受けさせないと。飼うなら、あとでお前のところに届けるぞ」

言いながら、謝清呈《シエチンチョン》は足のそばに大人しく座っている子犬をちらりと見た。

子犬はむしろ謝清呈《シエチンチョン》が気に入ったようで、嬉《うれ》しそうに彼の周りを回ってから、「わん！」とふわふわの尻尾を揺らした。

＊　＊　＊

三十分後。

滬州《こしゅう》の夜市にて。

「すみません、鳥のひざ軟骨とラムを五十串、焼き餅と焼きシイタケを十串、あと焼き牡蠣《がき》を一ダース、それからビール五本お願いします」

店に着くなり、謝雪《シエシュエ》は慣れた様子で注文する。

「衛生的じゃないんじゃ……あたし、こういうところで食事をしたことないわ」

白晶《バイジン》は二本指で、できるだけ爪先でつまむようにベタベ

タしたメニューをめくる。

謝雪《シエシュエ》はほとほと呆《あき》れたように目を向けた。

「そっちが勝手に車に乗って、勝手についてきたくせに」

「あらやだ、そんな怖い顔しないでよ。あたしだってお腹空いてたんだから」

白晶《バイジン》はそう言いながら、賀予《ハーユー》に一番近い椅子に遠慮なく自らの高貴なお尻を落ち着けた。

「悪いけど、もうちょっと脂っこくない食べ物を注文してよ。夜遅いし、太りたくないもん」

謝雪《シエシュエ》は彼女を睨《にら》みつけ、恐ろしい形相でテーブルを叩いて、声高らかに叫んだ。

「店長さん、あと兎頭《うさぎあたま》の強火炒めを追加！　頭は十個入れて！」

「ちょ、――――！」

何か言いかけた白晶《バイジン》に、賀予《ハーユー》がさらりと付け足す。

「あぁ、二十個にしてよ。僕も食べたい」

白晶《バイジン》は黙るしかなかった。

串焼きはシンプルな料理だからこそ、焼く人の腕によって味に差が出る。同じひざ軟骨を焼くだけでも、その辺の店員が焼いたものと、店長が焼いたものでは別次元の代物になる。店長が腕を振って竹串を揺らせば、油を垂らす黄金色の軟骨から余分な脂肪が落とされる。落ちたそれは炭の中である種の化学反応を起こし、油の焦げた独特な匂いを立てて火花を散らした。煙の後ろにいる店長は、微かに鼻を動かしただけで、能力を隠す絶世の達人よろしく煙に混じる絶妙な旨味の匂いを嗅ぎ取る。そろそろ、火から離す頃合いだ。

　皿に乗せ、熱いうちにテーブルへ運ぶ。適度な火加減で焼かれ、人の心を慰める力をも秘めた串たちは、まさしく美食界の美女だ。火から上げるのがちょっとでも早いと火の通りが不十分であるし、逆に焼きすぎると干からびてパサパサになってしまう。これはまさしく最高のタイミングで焼き上げられた一品である。一口食べれば、脂の香りが雪のようにふわりと口内で溶け広がっていく。

　謝雪《シエシュエ》はこの店の常連である。注文した串は、ビニールの薄いクロスを敷いたテーブルの上に、所狭しと並べられた。重さでテーブルが壊れるのではないかと思うほどだ。ご馳走を遠慮なく頬張る謝雪《シエシュエ》とは対照的に、白晶《バイジン》はまだ控えめに振る舞い、全力で川劇《せんげき》の精髄《せいずい》――変面《へんめん》[16]を披露していた。

16 中国の伝統芸能の演目の一つ。役者が顔に手を当てるとお面が変わる。

「賀坊《ハー》ちゃまは、うちらと同じ滬州《こしゅう》の人じゃないでしょ？」

白晶《バイジン》はパーマをかけてクルンとさせたまつ毛をバサバサさせながら、グロスを塗った唇を大きく横に引いて満面の笑みを作り出す。

「なんかアクセントが違う気がする」

賀予《ハーユー》は笑いながら問いかける。

「白《バイ》さん、ずいぶん細かく聞きますね。僕の戸籍でも調べる気ですか？」

「やだぁ、そんなことしないよぉ」

白晶《バイジン》は急いで手を横に振り、気まずそうに髪の毛を梳《す》いた。

「その、昔、燕市《えんし》の大学院に通ってたからさ。燕市《えんし》経済大学で経営管理を勉強してたの。賀坊《ハー》ちゃまのアクセントは結構標準的だし、北の生まれなんじゃないかなーって」

「優秀なんですね」

賀予《ハーユー》は優雅に笑って、死んでも死にきれないと言わんばかりに目を見開いたままの兎頭を、大皿から取り出した。

「そう。ブランドショップで働いてるのも、経験を積むため。そのうちマネージャーに昇進するからね」

相手の言葉の真意を察していない白晶《バイジン》が話し続ける。

「第一線でやってれば生きた知識が身に付くし。それに、芸能人とか経営者もたくさん接客したんだよ。この間も俳優が来てさ、ほらあのゴールデンタイムのドラ――」

バキッ。

賀予《ハーユー》の真っ白な歯が、兎頭の頭蓋骨を噛《か》み砕く。

白晶《バイジン》はグッと言葉に詰まった。言いかけた台詞は兎頭と同じく、賀予《ハーユー》に周囲の空気ごと噛み砕かれたように思えて、途端、白晶《バイジン》は首に痛みが走った気がした。

賀予《ハーユー》は微笑む。白晶《バイジン》はこの時初めて、彼の犬歯に気づいた。ハッキリと見て取れないが、口元を吊り上げて笑う時、薄い唇の下から微かに覗《のぞ》くのだ。賀予《ハーユー》は落ち着き払った様子で兎の脳みそを食べ進める。

「白《バイ》さん、話してばかりいないで食べてくださいよ。せっかく一緒に来たんですから、お腹いっぱい食べないと。あぁ、兎頭は嫌いですか？」

白晶《バイジン》は慌てて手を横に振る。

「あ、あたし、普段すごく少食なの。コーラもちょっと飲めばお腹いっぱいになるから、気にしないで……」

「そうなんですか？」

賀予《ハーユー》は砕いた兎の骨を皿に投げ入れて笑いながら「それ

は残念」と続けた。

酒が進み、白晶《バイジン》の言動は多少大人しくなった。けれども、無謀なミーハー心を抑えられず、白晶《バイジン》は賀予《ハーユー》のＷｅＣｈａｔアカウントを教えてほしいと言い出した。それを見て、謝雪《シエシュエ》の堪忍袋の緒はついにブツリと音を立てて切れた。

（この女、お兄ちゃんとお見合いしに来たのに、なんで賀予《ハーユー》と連絡先を交換しようとしてるの？　お兄ちゃんをバカにするにもほどがあるわ！）

謝雪《シエシュエ》は口調に怒りの色を滲《にじ》ませて言い放つ。

「申し訳ないけど、この子の連絡先は渡せないから」

「どうして？　あなた、カノジョなの？」

「私、――違うわ！」

謝雪《シエシュエ》は怒りに任せてデタラメを言った。

「でも賀予《ハーユー》には彼女がいるから。すごく美人で、性格もキツくて、すんごいヤキモチ妬きのね。賀予《ハーユー》よりうんと年上で、めちゃくちゃ怖いんだから。言うことを聞かなかったらビンタが飛んでくるし、出かける時も私に見張っててってお願いするくらい。そうでしょ、賀予《ハーユー》？」

ところが、賀予《ハーユー》はすげなく「それ、彼女じゃなくてスパイかなんかだろ」と答えた。

（もうっ！）

謝雪《シエシュエ》は苛立って、テーブルの下で賀予《ハーユー》の足を踏みつける。

賀予《ハーユー》が続けた。

「そんな彼女はいないし、それにヤキモチ妬きで性格のキツい美人なんて、そもそもタイプじゃないから」

（この野郎！）

謝雪《シエシュエ》は踏みつける足に一層力を込めた。しかし、足に走る痛みを不思議に思って視線を下げると――。なんということだ。踏んでいたのはテーブルの足だった。

賀予《ハーユー》はフッと笑って、顔色ひとつ変えずにテーブルの足近くに置いていた長い脚を引っ込める。そして、花椒《かしょう》パウダーをまぶした串を謝雪《シエシュエ》の皿に乗せ、こちらを期待たっぷりに見ている白晶《バイジン》を振り返った。

「でも、好きな人がいるのは事実なので、ほいほい女の子と連絡先を交換しないことにしてるんです。すみません」

白晶《バイジン》はあからさまに落ち込んだ。

「普通の友達でもダメ？」

賀予《ハーユー》の顔から、あしらうような笑みすら消え失せる。馴れ馴れしい若者特有な雰囲気は一瞬で消え失せた。賀予《ハーユー》は静かに相手を見る。

「そう思ってくれてどうも。ただ、僕らはとても同じ世界の住人とは思えないので」

その一言は白晶《バイジン》の未練がましい譲歩を一蹴するもので、ひどく気まずい空気に包まれた。

賀予《ハーユー》はティッシュを手に取り、串焼きの脂がついた指を、一本一本丁寧に拭いた。そしてポイ、とティッシュを捨て、冷淡に目を細めてまだ珍妙な表情のまま固まっている女性を眺める。

「手を洗ってきますね」

世の中、鈍感な人間ばかりではない。白晶《バイジン》はこの金持ちなイケメンが自身に向ける冷たい態度を的確に感じ取った。それに加え、同じテーブルにいる謝《シエ》という女も、先ほどのことがあってから自分と話したくなさそうだ。気まずさを感じた白晶《バイジン》は、急用ができた、とやっと適当な言い訳をしてすごすごとその場を後にした。

しばらくして戻ってきた賀予《ハーユー》は、白晶《バイジン》がいないことに気づいた。しかし、眉を軽く上げただけでそれ以上は聞かず、何事もなかったかのように謝雪《シエシュエ》の隣に腰を下ろす。

謝雪《シエシュエ》は呆《あき》れた顔で白晶《バイジン》に対する文句をいくつか口にした。

その後、軟骨二串をガリガリ食べてから、賀予《ハーユー》へ視線を向ける。

「好きな人がいるって、ほんと？　誰？」

「あんなの冗談だって」

謝雪《シエシュエ》は胸を叩いて、ビールを軽く一口飲んだ。

「はあ、もうマジでびっくりしたよ……」

賀予《ハーユー》は一瞬手を止め、隣に座る女性の何ら隠し立てする所のない、清々しい横顔を眺める。

「どうして私を見るわけ？」

「僕に好きな人がいるのが怖い？」

「当たり前じゃん」

「どうして？」

「私がまだ独身だから。賀予《ハーユー》に恋人ができたら、気軽に遊びに誘えなくなるでしょ」

（……そんなくだらない理由かよ）

「なに笑ってんの」

謝雪《シエシュエ》が問いかける。

賀予《ハーユー》は手を伸ばし、謝雪《シエシュエ》の口角にいつの間にかついていた胡椒の粉を、親指でそっと拭う。表情を和らげ、先ほどの会話を打ち消すかのように話をそらした。

「串を食べてるだけなのに、口元汚してるし」

実を言えば、賀予《ハーユー》は前々から謝雪《シエシュエ》に告白しようと思っていた。それこそ帰国した時から、ずっとそのつもりだった。

とはいえ、賀予《ハーユー》はこだわりが強い。彼にとって告白とは、真剣かつ慎重に実行しなければならないものである。その場の思いつきで、長年心に秘め続けた想いを騒がしい街中であっさり打ち明ける、なんていうのはありえないのだ。

そこまで考え、賀予《ハーユー》は話題を変えた。

「てか、君の兄さんにこんな若い見合い相手をあてがうのはやめろよ。あの人もいい歳なんだから。あんなお堅い性格、同世代のおばさんですら嫌がるだろ。それをあんな若い子なんてなおさらじゃないか。ジェネレーションギャップがデカすぎるって」

「お兄ちゃんの悪口を言わないでよ。お兄ちゃん、賀予《ハーユー》に優しくしてるのに！」

「事実を言ったまでだから」

「ふん！」

賀予《ハーユー》は呆《あき》れる。謝雪《シエシュエ》のブラコンが心底理解できない様子で口撃をやめない。

「いい加減その身内の贔屓目《ひいきめ》はやめたほうがいいんじゃない？　バツイチの中年男だぞ。物静かでちょっとでも性格がいい人が見つかればマシなほう。あんな若いのは絶対に合わないから」

「余計なお世話よ。お兄ちゃんはあんなにイケメンで優しいんだから、妥協する必要なんかないし」

「イケメンって言ったって、毎日偉そうに人を見下してるし、ふんぞり返っちゃってさ。恩着せがましい」

そこまで言って、賀予《ハーユー》の目の前に、謝清呈《シエチンチョン》の淡々とした顔が思い浮かんだ。軽く口を開いて体を傾け、歯の間にストローを挟む様子が脳裏に蘇る。

あの偉そうな態度。他人に仕えられるのを当たり前だと思っているどこぞの社長のようだ。社長どころか、貧乏なくせに。何がどうなったらあんな風に顔色一つ変えずに、皮肉を言ったり挑発したりできるのだろうか。

考えているうちに、賀予《ハーユー》は再び苛立ちを覚えた。何を〝謝《シエ》社長〟の口元に押しつければ、彼の落ち着きを完全に奪い去り、茫然《ぼうぜん》とした目つきにさせ、狼狽と屈辱に顔を歪《ゆが》ませられるのだろう。

ただ、謝清呈《シエチンチョン》の顔に、本当にそんな脆《もろ》さを剥《む》き出しにするような表情が浮かぶことはあるのだろうか……。

少なくとも賀予《ハーユー》はこれまで見たことがない。試しに想像してみようとしたが、やはり無理だった。

「なに考えてるの？」

賀予《ハーユー》は心ここにあらずな様子で答える。

「謝雪《シエシュエ》の兄さんのこと」

「え？」

「……あの人も、誰かに負かされて、醜態を晒《さら》したり、あたふたしたりすることがあるのかなって」

「あぁ、そんなこと考えるだけ無駄だよ。私が物心ついた時からそんな姿を見たことがないもん。うちのお兄ちゃんは本当にすごくて、いつも冷静で、タフなんだから。今でこそ一日中スーツ姿で本を持ってるけど、賀予《ハーユー》くらいの歳の時は、うちの周りで一番喧嘩《けんか》が強かったんだよ。私がヤンキーたちにいじめられた時なんて、お兄ちゃん、一人で鉄パイプを持って十数人いたヤンキーを叩きのめしたあと、警察に連れてったんだからね……あれ以来、ヤンキーたちはお兄ちゃんを見るとカーペットを敷く勢いで、ぺこぺこ頭を下げて『兄貴』って呼んでたよ。一人を除いてね……でもまあ、アレはまた別だからノーカンか」

目を輝かせる謝雪《シエシュエ》に、賀予《ハーユー》はますます面白くないと思い、軽く笑いながら皮肉った。

「ほんと、子どもん時と変わらないよな。あの人の話になると、顔中尊敬の文字でいっぱいだ。救世主かなんかかよ」

「だってそうだし！　賀予《ハーユー》には分からないだろうけどさ、お父さんとお母さんが亡くなったあと、お兄ちゃんは親代わりに一人で私を育ててくれて、本当に大変だったんだから……」

「謝雪《シエシュエ》もいい子だったろ？　世話の焼けるタイプじゃなかったし」

「……はあ、私はダメ。私が十人いたってお兄ちゃんには敵《かな》わない」

謝雪《シエシュエ》は串を食べながら首を横に振る。

「私、ほんとダメダメなの」

二人はそんな調子で話し続けた。賑《にぎ》やかさに包まれながら、賀予《ハーユー》はどこか引け目を感じている様子の謝雪《シエシュエ》を眺める。なんだか少しおかしく思えてきて、賀予《ハーユー》の目に少しずつ優しさが混じる。こんなにいい子なのだから、好きになるのはきっと自分だけじゃないはずだ。

これ以上、待ってはいられない。

その日の夜、賀予《ハーユー》は寮には戻らなかった。遅くなってしまったので、ルームメイトたちを起こしたくなかったからだ。そういうわけで、彼は謝雪《シエシュエ》を教員寮へ送ったあと、運転手に馴染《なじ》みのホテルへ向かうよう告げた。シャワーを浴びてから、ガチョウの羽毛でできた柔らかい枕に頭を沈める。

『着いたよ、あのさ……』

指がスマートフォンの画面を素早くタップしていく。しかし、半分進んだところで、指が止まった。

最終的に、賀予《ハーユー》はため息をこぼして、会話欄に書いた文字を全て消した。画面のクマのアイコンを眺めてから、シンプルな挨拶だけを送る。

『おやすみ』

スマートフォンを閉じようとした時、通知音が響いた。謝雪《シエシュエ》からの返事かと思い、賀予《ハーユー》はすぐに画面を見る。

しかし、メッセージは例の救世主からの振り込み通知だった。

『さっきは病院でネットバンクの制限に引っかかってた。もう解除したから、金を返す』

賀予《ハーユー》は昔から、謝清呈《シエチンチョン》のこういうところが大嫌いだ。謝雪《シエシュエ》からの返事ではなかったことも手伝って、なおさらつっけんどんにならざるをえない。

『人助けをしただけだから。てか、なんであんたが金を払うんだよ？』

一方の謝清呈《シエチンチョン》も同じく賀予《ハーユー》のこうした態度が大嫌いだった。とはいえ、賀予《ハーユー》と喧嘩《けんか》するのも面倒だったため、きっぱりと返信した。

『なら、サービス料ってことにしてくれ』

『どういうこと？』

『運転手をしてくれた分だ。あの場で代行運転を探しても、お前みたいな若くて、無謀な運転手は見つからなかっただろうからな』

「……」

本当に大した男だ。

本気で賀《ハー》坊ちゃまを運転手扱いしたうえに、サービス料まで払う人なんて、この世に何人いるのだろう？

（しかも、なんか特殊なサービスの料金みたいに聞こえるんだけど！）

賀予《ハーユー》は眉間に皺《しわ》を寄せ、返信をしようとして、うっかり戻るボタンを押した。謝雪《シエシュエ》とのチャット画面が目に飛び込む。

謝清呈《シエチンチョン》の話をする謝雪《シエシュエ》のキラキラとした瞳や、彼女が言っていた「あなたには分からないだろうけど、一人で私を育てるのって、本当に大変なことなんだから……」が再び脳裏に蘇る。

「……」

（まあいいや。いくら気に食わなくても謝雪《シエシュエ》の兄さんだしな）

そして、賀予《ハーユー》は返事をした。

『どういたしまして、謝兄《シエ》さん。何かあったらいつでもどうぞ。絶対気持ちよく乗せてあげるし、毎回満足させてあげるから』

『お前が国外で出した自動車保険金請求書を見せてから言え』

賀予《ハーユー》はまた元のしかめっ面に戻る。人が下手《したて》に出たらすぐこれだ！

この時、再びスマートフォンが振動した。

今度は謝清呈《シエチンチョン》ではなく、謝雪《シエシュエ》だった。

『おやすみ！　今日はありがと』

滬大《こだい》教員寮の風呂から上がった謝雪《シエシュエ》は、濡《ぬ》れた髪を拭いながらあくびをした。スマートフォンを手に取ると、賀予《ハーユー》からの『おやすみ』が目に入った。思わず頬を緩ませて、返信をする。

その後、謝雪《シエシュエ》は机の前に座り、手帳を開いた。今の時代、紙の日記をつける人は少なくなったが、あえてそのレトロさを楽しもうという人もいる。インクと、先の尖った万年筆、そしてベージュの紙を携えて、自分の過ごした一日を散策する人はまだいるのだ。

デスクライトを点けて、謝雪《シエシュエ》は寝る前の日記を書き始める。

『今日、お兄ちゃんがまたお見合いした。でも、私はあの女の子が嫌いだ。思うに……』

順調に五百文字以上書いていく。謝清呈《シエチンチョン》の恋愛状況について言及したからか、謝雪《シエシュエ》はついでに自分がまだ独身であることも思い出した。

ため息を吐いて、窓の外、夜の闇に街灯が浮かぶさまを眺める。

謝雪《シエシュエ》は、兄とは違う。

謝清呈《シエチンチョン》は愛情と婚姻に失望し切っており、人生を達観しすぎている。細められた桃花眼《とうかがん》は、誰を見ても少しうんざりしているようだ。

けれども、謝雪《シエシュエ》には好きな人がいる。

目の前に微かに浮かんでくるその姿は、幼い頃から今に至るまで、いつも目の前をウロチョロしていた。こんなにも近くにいるのに、遥《はる》か遠い星のような存在。

二人が別々の世界の住人であることはよく分かっているつもりだ。生きる場所も、立場も大きく異なるうえに、彼は謝雪《シエシュエ》よりも年下……。

ただ、二人は今、滬大《こだい》にいる。彼に思いを寄せる女の子たちは秋に波打つ穂よりも情熱的なのは、謝雪《シエシュエ》も気づいていた。

もし想いを伝えなければ、手遅れになるだろう。このまますれ違いが続けば、今後後悔するかもしれない……最悪、兄と同じく大して好きでもない人と、結婚生活における些細なルールを話し合い、心にもないことを誓って結婚とう人生の墓場に入ることになる。そしてある日突然ゾンビのように墓から這い出て独り身に戻り、目上の人を悲しませないように見合いをし続けるのだ。

謝雪《シエシュエ》は時々、今まさにこのような生き方をしている兄を見ていられなくなる。謝清呈《シエチンチョン》がほぼ他人のためだけに生きているように思えて仕方がない。他人の視線は気にしないと言いながら、家族のことを一番気にかけているのも彼だ。

謝清呈《シエチンチョン》の生き方は窮屈すぎて息が詰まりそうだ。

謝雪《シエシュエ》が兄の説得を試みたことは二度や三度ではない。しかし毎回言い終わらぬうちに、謝清呈《シエチンチョン》は彼女を一瞥《いちべつ》して、「そんなことより勉強しろ。お前は自分のことだけ考えていればいい」と言うか、「大人のことに口を出すな。子どもに何が分かる」と叱るかのどちらかだった。

実のところ、謝清呈《シエチンチョン》の感情を一番理解できていないのは、謝清呈《シエチンチョン》自身だろう。人生を三十数年生きてきて、得られたのは失敗だらけの結婚生活だけだったのだから。

『好きな人に思い切って告白しようと思う。小さい頃からお兄ちゃんが、勇気を持て、と言ってくれていたけど、これもきっと同じ。成功するかどうかはともかくとして、頑張ったことは事実として残る。あとで思い返しても、後悔しなくて済む』

最後の一行を書き終えて、謝雪《シエシュエ》は手帳を閉じた。

ここから数キロ離れたホテルの一室で、賀予《ハーユー》も全く同じことを考えていたとは露知らず……。

第十話　告白の日、事件が起きた

数日後、賀予《ハーユー》はホテルの高層階にあるレストランを予約した。週末の夜に謝雪《シエシュエ》を誘い、そこできちんと自分の思いを伝えようと決めたのだ。

電話に出た謝雪《シエシュエ》は賀予《ハーユー》の真意を知らなかったが、食事と聞いてすぐに喜びを露わにした。

「分かった！　行くよ！　絶対に行くから！」

「じゃあ二十日の夜六時に。待ってるよ」

「あれ？　二十日の夜？」

「何かある？」

謝雪《シエシュエ》は少し困った様子だ。

「その日はちょっと遅くなるかも。滬州《こしゅう》第一人民病院の救急科からさっき電話があって、二十日の午後に救助部が庄《ジュアン》お爺ちゃんを成康《せいこう》精神病院に転院させるんだって。だから私も、先方の責任者と学生取材の話をしようと思ってアポを……」

賀予《ハーユー》はため息をこぼした。

「それなら、別日にしようか」

「でもそのレストラン、なかなか予約取れないでしょ。この前電話したら、最短でも三カ月前から予約しないといけないって言われたし」

「平気だよ」

賀予《ハーユー》が笑う。

「行きたい時に行けばいい。あのレストラン、うちも出資してるからさ」

「……」

金というのはなんと嫌なものなのだろう。そこにかける労力やその対価として得られる充足感など、全てを消し去ってしまうのだから。

「それは申し訳ないよ。レストランの支配人さんにも迷惑をかけるし、そういうのはあんまり好きじゃない」

謝雪《シエシュエ》は続けた。

「やっぱり二十日にしよ。やらなきゃいけないことは早く終わらせるし。何かあったらまた連絡するから」

賀予《ハーユー》は手を額に当て、一層笑みを深める。

「分かったよ、仰せのままに」

謝雪《シエシュエ》は嬉《うれ》しそうに電話を切った。

（やった、おいしいご飯が食べられるぞー！）

瞬く間に二十日が訪れた。

学校の代表として話しに行くので、謝雪《シエシュエ》はフォーマルに滬大《こだい》教員制服のスーツに身を包み、救助部の職員と庄志強《ジュアンジーチアン》老人と共に成康《せいこう》精神病院に向かった。

以前に話に上がった宛平路六〇〇号《えんへいろ》にあるもう一つの病院とは異なり、成康《せいこう》はかなり古い民営の精神病院である。車を降りると、にわかに鼻をつくような悪臭が一同を襲った。不満げな顔をした介護士が、病人たちの糞尿で汚れた布団などをゴミ収集車に引き渡している最中だった。その隣では、業務用の車両に入っているガソリンが少ない、ごまかしているのではないかと、二人のスタッフが首まで真っ赤にして言い争っている。

庄《ジュアン》老人は怖気付き、思わず後ずさって謝雪《シエシュエ》の手を握った。

「こ、これは……」

「大丈夫ですよ、お爺ちゃん。少しの間だけだから。すぐにまた別のところに引っ越しましょ。ね？」

その言葉にやっと庄《ジュアン》老人はノロノロと歩き出し、謝雪《シエシュエ》に続いて施設の中に入った。

精神病院の受付は、来訪者に緊張感を与えないないように配慮されている。設備こそ古びているものの、清潔感があり、心を落ち着かせる色合いで統一されていた。

「庄志強《ジュアンジーチアン》さんの臨時看護サービスを申し込みに来た、救助部の張《ジャン》さんですよね？」

「そうです」

「お話は聞いております。こちらへ」

症状が軽かったこともあり、庄志強《ジュアンジーチアン》は一階の部屋をあてがわれた。謝雪《シエシュエ》は職員と共に部屋の中を見て、少しばかり胸を撫《な》で下ろす。庄志強《ジュアンジーチアン》が部屋に入ると、謝雪《シエシュエ》とほぼ同年代の介護士がにこやかに老人に声をかけた。すると老人は、今度はその介護士を娘と思い込み、延々ととりとめのない話をし始めた。

「では、お手数をおかけしますが」

救助部の職員は入院手続きの担当者と共にオフィスへ戻り、必要な書類にサインをする。

ただ、謝雪《シエシュエ》が約束していたのはここではない、もっと上の階にいる人物だった。受付係は謝雪《シエシュエ》を上へ案内するつもりでいたが、手が離せないので、三階のオフィスにいる梁《リアン》主任を直接訪ねるよう伝えた。

成康《せいこう》精神病院の三階は重症患者用エリアである。エレベーターから出た途端、謝雪《シエシュエ》は本能的に寒気を感じた――

下の階とは全く違う風景が広がっていたからだ。

鉄格子がはめられた窓、そして鍵のかかったドア。まるで監獄だ。廊下中を満たす鋭い叫びとさめざめとした泣き声のせいで、ホラー映画のワンシーンかと錯覚しそうになる。

蛍光灯が常に灯《とも》されている廊下は確かに明るいが、雰囲気と相まって異常なほどに白く見えた。

「死んじゃうよ！　死んじゃうよおははははは——！」

「病気だ！　あんたらのほうが病気なんだ！」

「俺は人間じゃない、幽霊だ。いや、ちがう、幽霊じゃない、俺は人間だ！　……俺はいったいなんなんだ？　人間なのか、幽霊なのか……？」

全ての病室のドアは分厚い鉄の扉で、固く閉ざされている。扉にはA4サイズほどの防爆用強化ガラスが取り付けられた窓があり、中の様子が窺《うかが》えるようになっていた。

謝雪《シエシュエ》は恐る恐る奥へと進んでいく。しばらく歩いたところで、とうとう好奇心に負け、比較的静かな病室の前に立ち止まった。そして、爪先立ちになりながら小窓の中を覗《のぞ》く。

一人の女性が、呆《ほう》けた笑いを浮かべながら座っている。自殺や自傷を防ぐためのスポンジやクッション材が病室の至る所に敷き詰められ、テーブルどころか、椅子すらない。ベッドも尖ったところのない特殊なもので、そこから黒い拘束ベルトが垂れ下がっている。

中にいた女性は拘束ベルトを撫《な》でていた。親しげに拘束ベルトに身を寄せ、それを自分の豊満な胸元へグイグイと押し込みながらぼんやりと笑う。

「あんな淫乱と浮気するからよ。ほら、今の自分の姿を見て……私がぜーんぶ細長く切り刻んじゃった……私以外、もう誰もこうやって撫でたり抱きしめたりしないわよ？　ねえ、あなた……」

謝雪《シエシュエ》は次の部屋を覗いたが、空っぽだった。おそらく、患者は治療に連れ出されたのだろう。

その次の部屋には、隅で壁に向かい、縮こまって座り込んでいる男がいた。男は極めて穏やかな様子で、何かを壁に塗りつけている。しかし、よくよく見ると、男が壁に塗りたくっているのはなんと自身のものであろう排泄物だった。

さらに先へ進む。今度の部屋には青年が一人。自傷傾向が強すぎるのだろう、彼は特製のベッドの上に縛り付けられていた。どれくらい長い間縛られているのかは定かではないが、青年は上を向き、一心不乱に笑い声を上げながら泣いている。

「クソったれ！　なんで俺を縛る？　死にてぇんだよ！　死にてぇって言ってんのが分からねぇのか!!　死なせてくれねぇんなら、ここから出たら殺してやるからな……！　全員、殺してやる!!　外に出せ!!　行かせろ！」

見れば見るほど恐ろしい気持ちになるのとは裏腹に、見たいという気持ちに抗えなくなっていく。

謝雪《シエシュエ》の視線は目の前の部屋のガラス窓から、次の部屋へ移り――。

「きゃあ!!」

不意にガラス窓に張り付いていた目玉と目が合い、びっくりした謝雪《シエシュエ》は悲鳴を上げて反射的に反対側の部屋まで飛びすさった。そこの鉄扉へピタリと背中をくっつけ、ハアハアと肩で息をする。

病室のガラス窓に張り付いて外を見ていた男の目は寄り目だった。充血した瞳は恐ろしいほどに大きく、自分に驚いた謝雪《シエシュエ》を見て、ケタケタと爆笑している。皮膚炎を起こしている赤い鼻がガラスに擦り付けられ、垢が窓を汚していた……。


謝雪《シエシュエ》の心臓はバクバクと激しく鼓動した。やっと多少落ち着いてきたところで、不意に何か冷たいものがくるぶしに触れたのに気づいた。

視線を下げてみると――。

「いやあああああ……!!」

謝雪《シエシュエ》は先程よりも大きな声で叫ぶ。

手だ！

鉄の扉には上のガラス窓以外にも、下から食事を差し入れるための、パネルつきの小窓がある。

小さく蒼白《そうはく》な手がそこから伸び、ドアの近くにあった彼女のくるぶしをがっしりと掴《つか》んでいた。

謝雪《シエシュエ》の精神はもう限界ぎりぎりだ。彼女は飛び上がって、泣き叫びながら足踏みをした。手は引っ込められ、中にいた患者は部屋の中央、ちょうどガラスを覗《のぞ》けば見えるような場所に下がっていく。一人の男の子だ。白皮症を患い、漂白剤で洗われたかのように全身が真っ白だった。透明にすら見える瞳で、男の子はジィッと謝雪《シエシュエ》を見つめたあと、にっこりと白い歯を見せる。

「おねえちゃん……ふふふ……」

成康《せいこう》精神病院の病室の壁は薄い。謝雪《シエシュエ》の叫びで、このフロアにいる患者全員が状況を察し、窓のほうへ押し寄せて謝雪《シエシュエ》を見た。お互い呼応するかのように、彼らは奇妙な声を上げる。海に漂う海藻のように、何本もの手が下の小窓から伸ばされ、何かを掴《つか》もうとしていた。

「女が来たぞ！」

「どんな人？　医者？」

「医者なわけあるか！　面会に来たんだよ！」

「女の幽霊よ！」

「そいつの足を掴め！」

当然、彼らが謝雪《シエシュエ》を掴むことはできない。しかし、その傍若無人すぎるほどの笑い声で、謝雪《シエシュエ》は一瞬、自分が梟《ふくろう》の妖怪が棲む森に迷い込んだのではないかと思った。魍魎《もうりょう》の声があちらこちらから響いてくる、そんな森だ。

我慢できなくなり、謝雪《シエシュエ》はきびすを返して逃げようとした。どれくらい待つことになっても構わない。下の階にいる受付係の手が空いてからまた来ればいい。

その時。誰かが彼女の肩を叩いた。

「助けてええええ！」

三度目の衝撃に、ここまでなんとか均衡を保っていた謝雪《シエシュエ》の精神は限界を突破した。

「シーッ」

冷や汗まみれの顔で謝雪《シエシュエ》が恐る恐る振り向くと、まず美しい顔立ちが視界に入った。

そこにはこの場にはいささかそぐわないような、綺麗《きれい》な女性が立っていた。

女性は時代感のあるレトロな赤いドレスを身に着け、赤いハイヒールを履いている。年齢は謝雪《シエシュエ》よりもかなり上、五十代といったところか。それでも、若い頃はすこぶる美人だったことが分かる。たとえ今水分を失ったリンゴのように干乾びつつあるように見えていても、それでもかつての妖艶さを窺《うかが》い知ることのできる、そんなレベルの美女だ。

彼女の胸元には名札が付いており、そこには、「梁季成《リアンジーチョン》」とある。

謝雪《シエシュエ》はその瞬間、胸を撫《な》で下ろした。穴の空いた風船のように、気が抜けてしまいそうだ。

「り、梁《リアン》主任……」

梁季成《リアンジーチョン》はフッと微笑んだ。けれども、どういうわけだか、その顔は少し強張《こわば》っている。顔の筋肉を上手《うま》くコントロールできずに、表面的な作り笑いをしただけのようにも見えた。

彼女は優しい声で謝雪《シエシュエ》に言った。

「ここでは絶対に大声を出さないでくださいね。叫ぶほど、患者たちは興奮するし、あなたをびっくりさせようとしますから。さて、私のオフィスに行きましょう」

＊　＊　＊

五時半。

突然、賀予《ハーユー》の元に謝雪《シエシュエ》のメッセージが届く。

『多分時間通りに行けると思う』

賀予《ハーユー》は返信した。

『そっちの話し合いは順調？』

『いい感じ。少ない人数だったら、取材に来てもいいって。でもちょっと条件が多すぎるから、まだ粘ってる』

少し間が空いて、謝雪《シエシュエ》から、

『そうだ、今日対応してくれてる梁《リアン》主任、すっごい美女で上品な人だよ。一緒に来ればよかったね』

と送られてきた。賀予《ハーユー》はそれ以上返信するのが面倒になり、スマートフォンをポイと放って体を起こす。そして着替えると、レストランで謝雪《シエシュエ》を待つために出発した。


賀予《ハーユー》は待ち合わせ時間より早くレストランに到着した。支配人が彼を予約した屋上の席へ案内する。個室もあるが、賀予《ハーユー》はあえてテラス席にした。滬州《こしゅう》全体の景色を一望できるうえに、心地良い夜風も楽しめ、茜色に染まった夕焼け空も眺められる。こっちのほうが、謝雪《シエシュエ》は喜ぶはずだ。

ところが、六時〇五分。

謝雪《シエシュエ》はまだ来ない。

賀予《ハーユー》は『今どこ？　渋滞？』とメッセージを送った。送信ボタンを押した直後、近くからウェイターの声が聞こえてきた。

「皆さん、足元にお気をつけください」

顔を上げると、周囲にはたくさんの人が集まってきていた。ビジネスの会合か、会社のトップの集まりがあったようだ。

がやがやと騒がしいので席を変えようかと迷っていた時、賀予《ハーユー》は賑《にぎ》やかな集団にさっと視線を走らせると、淡々とした表情を浮かべた一人の男を捉えた。

賀予《ハーユー》は思わず呆気《あっけ》に取られる。

「謝清呈《シエチンチョン》？」

謝清呈《シエチンチョン》が勤める医学部で重要なイベントがあり、数カ月前から学校はこのホテルを会場として押さえていたのだ。そして、今ちょうどそのイベントが終わり、ホテルのレストランへ夕食を摂りに来たところなのである。

(なんでこんなにツイてないんだ。せっかくデートしにこまで来たのに、謝清呈《シエチンチョン》に出くわすなんて)

こんな封建的な一家の大黒柱がいる場所で、謝雪《シエシュエ》に告白なんてできるわけがない。もしそんなことをしたら、謝清呈《シエチンチョン》は自分を最上階から下の川へ投げ落とすだろう。

謝清呈《シエチンチョン》も賀予《ハーユー》を見つけ、同僚と何かしゃべってからこちらへ挨拶に来た。

「誰か待っているのか?」

「……まあ」

謝清呈《シエチンチョン》の物好きな同僚もこちらへやってきて、賀予《ハーユー》をまじまじと眺める。

「お、イケメンだなあ。謝《シエ》教授、親戚か?」

「顧客の息子なんだ」

「へえ……イケメンくん、カノジョとデートか?」

世の中には腹が立つくらいに馴れ馴れしい人間というものが存在する。

そして、このタイプの人間は決まって他人のプライベートにズカズカと踏み込むような質問をするのだ。

育ちの良い賀予《ハーユー》はそんな苛立ちはおくびにも出さず軽く笑って、「謝《シエ》教授の妹を待ってるんです」と答えた。

同僚はさらに調子づいて、謝清呈《シエチンチョン》のほうを向き、思わせぶりな目配せをする。

「妹の旦那さん、すごくカッコいいじゃないか」

謝清呈《シエチンチョン》の顔色で、賀予《ハーユー》は察した。今日謝雪《シエシュエ》に告白しようものなら、謝清呈《シエチンチョン》はきっとテーブルを壊しかねない勢いで殴りかかってくるだろう。

(……やっぱりやめておくか。また日を改めればいい。今日は純粋に、謝雪《シエシュエ》とご飯を楽しむことにしよう)

「誤解ですよ、ただの友達ですから」

賀予《ハーユー》はにっこり微笑んで答えた。

謝清呈《シエチンチョン》は相変わらず眉間に皺《しわ》を寄せている。

「あの子を呼び出して、なんの用だ?」

「帰国してから、まだちゃんとご飯を奢《おご》ってなかったんで」

謝清呈《シエチンチョン》はまだ何か言いたげだった。けれども、早く座るよう同席者たちに急かされ、同僚にもせき立てられて、それ以上ここに留まるわけにはいかなかった。謝清呈《シエチンチョン》は警告するように賀予《ハーユー》を一瞥《いちべつ》し、自らのテーブルへ戻った。

六時十五分。

医学部の教授たちがいるテーブルには、もう料理が運ばれ始めている。しかし、謝雪《シエシュエ》はまだ現れない。

それどころか、十分前に賀予《ハーユー》が送ったメッセージにも返信が来ていない。賀予《ハーユー》はもう一度メッセージを送って様子を聞いたが、相変わらず何も反応がない。

何かがおかしい。そう思った賀予《ハーユー》はアプリの音声通話のボタンを押した。

繋《つな》がらない。

今度は電話をかけてみる。

呼び出し音が鳴るが、いくら待っても、誰かが出る様子はない。

もう一度――。

本当に何かがおかしい。

「おかけになった電話は、電波の届かないところにあるか、電源が入っていないため、かかりません。のちほどおかけ直しください」

それまで繋がらなかった謝雪《シエシュエ》の電話は、突如電源を切られた。

今度こそ賀予《ハーユー》は謝雪《シエシュエ》に何かあったのだと確信した。すぐに立ち上がり、レストランを出る。支配人は賀《ハー》お坊ちゃまの冷ややかな眼差しと急ぐ様子に驚き、あたふたと問いかける。

「賀《ハー》様、何か不手際でも？」

「いや」

賀予《ハーユー》はエレベーターのボタンを押した。その眼差しはますます険しくなっていく。

「フロントに車を呼べと伝えてくれ、今すぐ必要なんだ」

「は、はい、ただいま」

賀予《ハーユー》の怒りは爆発寸前だった。

（このクソみたいなビル、なんでこんなに高いんだ？　ただ上下するためだけに、エレベーターを乗り換えさせるなんて！）

「チーン」

散々文句を投げつけられたエレベーターがようやく賀予《ハーユー》のいる階へ到着し、暗い灰色の扉が開かれる。乗り込んだ賀予《ハーユー》が扉を閉めようとした時、なんの前触れもなく伸びてきた手が「バンッ」と扉を押さえ、無理やり押し開けた。

賀予《ハーユー》は剣呑《けんのん》な様子で顔を上げる。邪魔をした馬鹿は誰かと確認しようとした途端、腕時計をはめた、長い指を持つ美しい手が視界に飛び込んできた。奥まで見やると、そこにあったのは謝清呈《シエチンチョン》の冷たく険しい顔だった。

「何があった？」

＊　＊　＊

四十分後。どれほどの赤信号を無視したのか、減点しようにも引くべき点はもう一点たりとも残っていないような状態で、ホテルのバンが成康《せいこう》精神病院の前で止まる。

賀予《ハーユー》と謝清呈《シエチンチョン》は一緒に病院へ入った。

辺りはすでに暗くなっており、病院のロビーには明かりが点いていた。一階に入院中の軽症患者たちが数人、介護士の付き添いの元でリハビリをしている。

「どなたをお探しですか？」

険しい表情の賀予《ハーユー》と謝清呈《シエチンチョン》が入ってきたのを見て、受付の看護師は一瞬呆気《あっけ》に取られながら立ち上がり、問いかけた。

謝清呈《シエチンチョン》が口を開く。

「午後に女性が来ましたよね。滬大《こだい》の先生で、梁《リアン》主任とミーティングをする予定だったはずです。私はその女性の兄なんですが、今どこにいるんですか？」

「三階だと思いますよ」

看護師は謝清呈《シエチンチョン》を眺めてから、頬を赤らめて笑った。

「ずいぶん妹さんが心配なんですね？」

彼女は優しくからかう。

「そんなに緊張しなくてもいいですよ、うちは正規の病院ですから。何も問題はありません。もしかしたらミーティングが長引いてるだけかも。それに、うちの梁《リアン》主任は五十代の既婚者で、奥さんも子どももいるんです。そんな――」

「今、なんて!?」

賀予《ハーユー》が出し抜けにその話を遮った。

「梁《リアン》主任は、妻子持ちなんですか？」

「そ、そうですよ」

賀予《ハーユー》の顔色がサッと変わった。

不安から生じた推測は、確信に変わった。間違いない、謝雪《シエシュエ》に何かが起きたのだ。

スマートフォンの中にはまだ、謝雪《シエシュエ》から送られたメッセージが残っている。あの時、彼女は賀予《ハーユー》にこう送っていた――。

『そうだ、今日対応してくれてる梁《リアン》主任、すっごい美女で上品な人だよ……』

——梁《リアン》主任が女性であるはずがないのに！

賀予《ハーユー》は即座に上の階へ急いだ。

＊　＊　＊

時を同じくして。

成康《せいこう》精神病院のオフィスで、ささやかな歌声が響いていた。

「落とそうよ、ハンカチを。後ろにそっと置いておくから、みんな黙ってて……」[17]

〝梁季成《リアンジーチョン》〟は何気ない様子で童謡を口ずさみながら、手の中に持ったメスを何度も振り下ろす。

扇風機がその頭上でグルグルと回り、光と影を乱していく。扇風機の羽が切り裂いた光が、彼女の目の前にあるものを照らし出した——。

それは、死んで間もない死体だった。

鮮血はその服を真っ赤に染め上げている……滬大《こだい》教員の制服……。

謝雪《シエシュエ》だ。

〝梁季成《リアンジーチョン》〟はようやく死体の片腕を切り落とした。切断された腕を持って、しばらく眺めてから、彼女は無表情にソレを放り投げる。ソレは、すでに冷たくなった死体の横にゴロリと転がっていった……。

第十一話　あいつが人質になった

梁季成《リアンジーチョン》のオフィスはしっかり鍵がかかっていた。特殊設計の防犯・防爆仕様のドアは、謝清呈《シエチンチョン》と賀予《ハーユー》が二人がかりでぶつかってもびくともしない。下の階にいた受付係も異状を察し、鍵を握りしめて慌ただしく上の階に急ぐ。

「中から声がする」

賀予《ハーユー》が口を開く。

謝清呈《シエチンチョン》は激しくドアを叩いた。知り合って長いこと経つが、こんなに鬼気迫るような表情の謝清呈《シエチンチョン》を見るのは初めてだった。正気を失ったかのように謝清呈《シエチンチョン》が叫ぶ。

「謝雪《シエシュエ》！　謝雪《シエシュエ》ッ!!　いるのか！　誰か中にいたら返事をしてくれ！　謝雪《シエシュエ》!!」

17 一九四八年に発表された中国の有名な童謡。ハンカチ落としをする時によく歌われる。

返事はない。

ただ女の優しい歌声だけが、妖《あや》しげに部屋の中から響くのみだった。

「落とそうよ、ハンカチを……」

「か、鍵……鍵です！」

受付係が駆け寄り、謝清呈《シエチンチョン》に鍵を差し出した。

それを受け取った謝清呈《シエチンチョン》は、ガタガタとひどく震える手で鍵を開けようとする。一度目は鍵穴を外して、二度目でようやく鍵を差し込んだ。そのまま数回回転させ[18]、カチャ、と鍵は開いた。謝清呈《シエチンチョン》はドアに体ごとぶつかっていった。大きな音と共にドアは開き、ブワッと押し寄せてきたのは、濃い血の匂い。そして、謝清呈《シエチンチョン》の視界に、血だらけでもはや原型を留めていない謝雪《シエシュエ》らしき死体が飛び込んだ。

激しい衝撃が謝清呈《シエチンチョン》を襲う。目の前が真っ暗になる。頭を思い切り殴打されたか、空が落ちてきて四肢を押しつぶしているかのようだ。長身が前へぐらりと傾く。反射的にドア枠を掴《つか》んでいなければ、謝清呈《シエチンチョン》はその場に崩れ落ちていただろう。

18 中国のドアは鍵を差し込んだあと、数回回してから扉が開く仕組みになっていることが多い。

いまだにグルグルと回り続けている天井の扇風機は、強烈な生臭さを部屋中に拡散させている。

謝清呈《シエチンチョン》は血が苦手だというわけではない。しかしこの時、謝清呈《シエチンチョン》は自分がこの毒々しいまでに鮮やかな深紅に呑まれ、溺れ死ぬのではないかと感じていた。目に映るあらゆるものに、もやがかっているようにすら思える。崩壊寸前の体から魂が引き離され、意識も徐々に遠のいていく。それだけではない。聴覚も、視覚も、触覚も……全てがぼやけ始めた。

後ろで誰かが悲鳴を上げているようだ。一緒に来た受付係だろうか……。とはいえ、謝清呈《シエチンチョン》にはそう確信できるだけの判断材料がない。その耳にはもう何も届いていないのだから。

ただ、嗅覚だけは、恐ろしいほどにハッキリしていた。

血の匂いが、先を争うように謝清呈《シエチンチョン》の感覚器官に入り込み、彼の肺をぐちゃぐちゃに引き裂こうとしている。

謝清呈《シエチンチョン》はおぼつかない足取りで部屋の中に入った。たとえ身の危険があろうが、もうどうでもいい。今、中にいるであろう犯人が飛びかかってきて自分を殺したとしても、構わない。

……あそこにいるのはたった一人の妹なのだ。

謝清呈《シエチンチョン》は、誰かのつぶやきを聞いた。

「謝雪《シエシュエ》……謝雪《シエシュエ》……」

怖いくらいに、震えた声。

けれども、それは自分のかすれた喉から絞り出された呻《うめ》きのようにも聞こえる。

「謝雪《シエシュエ》ーーッ!!」

「やめろ!」

突然、何者かが謝清呈《シエチンチョン》の腕を掴《つか》んだ。そのまま謝清呈《シエチンチョン》を力強く引き戻して、彼の腰を抱いた。

「そっちに行くな! 謝清呈《シエチンチョン》!」

謝清呈《シエチンチョン》は瞬きをすることも、その人物の手を振りほどくこともしない。ただ驚くほどに強い力で、ひたすら前へ進もうとしている。謝清呈《シエチンチョン》はすでに麻痺《まひ》していた。この世で自分が心を砕くべき人は、もうほんの一握りしか残されていないというのに……。

ふと、謝清呈《シエチンチョン》は目の前で大雨が降りだした気がした。錆《さ》びた匂いの雫《しずく》に包まれ、彼はポツンと一人佇《たたず》んでいる。あれは謝清呈《シエチンチョン》が初めて死というものに触れた時のことだ——。

両親が血の海に横たわっている。轢《ひ》かれた死体はぐちゃぐちゃだ。母親の体の半分はもはや泥の塊のようになっていて、ちぎれた片方の腕は遠くまではね飛ばされていた。

謝清呈《シエチンチョン》はそちらへ歩いていく。腕はつま先の、すぐ前にある。

虚ろな両目で、謝清呈《シエチンチョン》はソレを見つめ……。

「謝清呈《シエチンチョン》! あれは謝雪《シエシュエ》じゃない! 目を覚ませ! よく見ろ!!」

その言葉は恐ろしい魔法の鏡を打ち砕く呪文のように、謝清呈《シエチンチョン》の胸にガツンと打ち付けられ、彼の意識を計り知れない恐怖の中から引きずり戻した。

ゆっくりと振り返る謝清呈《シエチンチョン》。桃花眼《とうかがん》の焦点が、そう言ってくれた人物に合う。

その人は……。

賀予《ハーユー》だ。

賀予《ハーユー》が、そう言っている。

偽物。

本物じゃない。

死んでいない……。

謝清呈《シエチンチョン》はハッと我に返り、勢いよく振り向いて、もう一度目の前の光景を見た――。

　真っ先に目に飛び込んできたのは、やはり謝雪《シエシュエ》の制服だ。ただ、よく見ると、血まみれの死体は、身長も体型も謝雪《シエシュエ》のそれとは異なっている。謝雪《シエシュエ》の滬大《こだい》の制服は強引に死体に着せかけられていただけで、胸元はボタンすら留められていない……男だ！

　謝清呈《シエチンチョン》の足から力が抜けそうになる。体から離れかかっていた魂は、その瞬間耐えられないほどの乱暴さでもって、再び体の中へ強引に押し戻された。

　謝清呈《シエチンチョン》は目を閉じ、しばし自分を落ち着かせる。そしてようやく、先ほどの破滅的な恐怖から立ち直った。とはいえ、全身汗びっしょりで、眉間には冷や汗が滲《にじ》んでいる。

　普通の人間であれば、この無惨に切り刻まれた死体がいったい誰のものなのか、瞬時に判別することなど到底無理だろう。

　あの血の匂いを嗅いだだけでも、気が遠くなり、正気を保っていられなくなるほどなのだから。

　しかし、賀予《ハーユー》は精神疾患においても稀な「精神エボラ」を患っており、その中でも、血に対する受容度が最も高いカルテナンバー第四号の患者だ。賀予《ハーユー》は血腥《ちなまぐさ》いものを恐れないどころか、発作時にはむしろ血を欲する。

　だからこそ、賀予《ハーユー》はすぐさま死体が謝雪《シエシュエ》でないことを見抜けたのだ。

　冷え切った声で、賀予《ハーユー》は中の〝梁季成《リアンジーチョン》〟に問う。

「女の子はどうした？」

　〝梁季成《リアンジーチョン》〟が顔を上げた――。

　その人物は、謝雪《シエシュエ》から送られてきた最後のメッセージにあったように、類をみない美女と言っても過言ではなかった。時の流れもその力を発揮できないのか、歳月は彼女の顔にそれほど残酷な痕跡を残していない。同じ年齢の女性たちよりも、遥《はる》かに美しく艶かしい。

　謝清呈《シエチンチョン》と賀予《ハーユー》の後ろで腰を抜かして座り込み、さらに失禁までしていた受付係は〝梁季成《リアンジーチョン》〟の顔を見た瞬間、歪《ゆが》んだ悲鳴を上げた。

「あいつだ!!　あいつだ!!」

　この時、警備員たちも次々に駆けつけてきた。目の前の光景に口から魂が飛び出さんばかりに驚愕《きょうがく》してほとんどが言葉を失う中、一握りの人たちが上擦《うわず》った声で叫んだ。

「江蘭佩《ジアンランペイ》！」

「どうやって出てきたんだ⁉」

江蘭佩《ジアンランペイ》は成康《せいこう》精神病院の〝長老〟である。普通の病院の霊安室を含め、この類いの病院には不文律《ふぶんりつ》がある――長い間引き取り手のない、いわゆる〝身寄りのない〟患者あるいは死体は〝長老〟と呼ばれるのだ。

江蘭佩《ジアンランペイ》がここに来てから、もうすぐ二十年が経とうとしている。

誰も彼女を見舞ったことはない。

それどころか江蘭佩《ジアンランペイ》がここへ来た理由すら、情報を電子化する際にカルテを紛失してしまい、不明になっている。

成康《せいこう》精神病院のスタッフは、江蘭佩《ジアンランペイ》が一切関わってはならない患者だということしか知らない。江蘭佩《ジアンランペイ》は正常に見えるからだ。ほかの患者たちは汚らしく、何を言っているのかも分からないほどなのに、江蘭佩《ジアンランペイ》は毎日美しく身なりを整え、会話をしても普通の人と話しているかのようによどみなく応答してくれる。

しかし、病院の人間であれば、江蘭佩《ジアンランペイ》の話すことは筋道が通っているが、実のところ全てが嘘であることを知っている。つまり、一見まともな妄言《もうげん》なのだ。

「あの女と長々と話し込んではいけない。狂った女は心を惑わすから、看護作業が終わったらすぐに離れること」

これは、病院のトップだった梁仲康《リアンジョンカン》が決めたルールだ。彼の死後、その弟の梁季成《リアンジーチョン》とビジネスパートナーたちが病院を引き継いだ今でも、このルールは生き続けている。

そして今床に倒れているこの男こそ、本物の梁季成《リアンジーチョン》だ。

江蘭佩《ジアンランペイ》は不気味な表情でドアの外にどんどん集まってきた人たちを見渡し、「警察を呼ぶな」と言い放つ。

「早くけい――」

「呼べるものなら呼んでみなさい！」

江蘭佩《ジアンランペイ》はメスを持った手をサッと上げ、目の前の人々に向ける。その瞳には狂気の光が宿っていた。

「ここに来てもうすぐ二十年になるわ、もううんざりなのよ！ ここから出て、家に帰るの！ 子どもたちが私を待ってるのよ！」

「お、お前に子どもなんていないだろ、江蘭佩《ジアンランペイ》！」

警備の責任者は肝が据わっているようで、前屈みに進み出た。そして、緊張した面持ちで江蘭佩《ジアンランペイ》へ向かって叫ぶ。

「お前に子どもはいない！ 独身なんだ！ 俺たちが二十年近く、お前の世話を――」

「デタラメ言わないで！ 私を二十年世話してきたって？

あんなの、世話をしたって言えるの？　さっさとここから出して！　今すぐ出て行くんだから！　どいて！　全員どけ！　どかないなら……あの小娘の居場所、永遠に教えないから！」

その言葉に賀予《ハーユー》と謝清呈《シエチンチョン》の表情が曇る。

先に口を開いたのは謝清呈《シエチンチョン》だ。

「あの子はどこにいる⁉」

「私を馬鹿だと思ってるの？　教えるわけないじゃない！　教えたらあいつらが私を捕まえるんでしょ！」

謝清呈《シエチンチョン》は真っ青のまま、しかし何か思いついたように一歩前へ出た。

江蘭佩《ジアンランペイ》は二歩ほど後ろへ下がり、鋭いメスを謝清呈《シエチンチョン》の胸元へ向ける。メスからはまだポタポタと血が滴っていた。

「何するつもり？　近づくなって言ったでしょ！」

「あの子を捕まえたのは、人質にするためなんだろう？」

「……」

謝清呈《シエチンチョン》は手を持ち上げる。じっと江蘭佩《ジアンランペイ》の瞳を見つめながらいきなり、血だらけの刃を握った。江蘭佩《ジアンランペイ》は甲高く叫びながらその手からメスを取り戻そうとする。謝清呈《シエチンチョン》の掌《てのひら》はすぐに裂け、血が溢《あふ》れ出した。

「何を――あの小娘の命が惜しくないの？　あなた――」

謝清呈《シエチンチョン》は刃を握ったまま、それを自らの胸元へ導いた。

周りにいた全員が顔色を変える。

瞬き一つせず、謝清呈《シエチンチョン》は言った。

「俺がなる」

江蘭佩《ジアンランペイ》はその場に固まった。

謝清呈《シエチンチョン》はゆっくりとメスを握った手を離し、今度は一音ずつ、ハッキリと告げた。

「俺が、身代わりになる。だから今すぐあの子の居場所を教えろ。ここへ連れて来させるんだ！　俺はここで待つ。もしあの子に何かあったら、お前が本当に狂っていようがそのふりだろうが、この手でぶっ殺してやる！」

江蘭佩《ジアンランペイ》はしばし考えたが、若干混乱しているせいで、思考が上手《うま》くまとまらない。

ゾッとするような謝清呈《シエチンチョン》の目つき。バラバラ死体を作り出した殺人鬼であるにもかかわらず、目を合わせた江蘭佩《ジアンランペイ》は、息が詰まりそうになった。彼女はいっそのこと考えるのをやめると、グイッと謝清呈《シエチンチョン》を引き寄せ、彼の頸動脈《けいどうみゃく》に刃先を押し当てる。

賀予《ハーユー》が「謝清呈《シエチンチョン》ッ！」と叫んだ。

「あの小娘は私の部屋にいるわ。B三〇〇九よ」

「その部屋はとっくに見たぞ！　そいつに騙《だま》されるな！」

警備員の一人が声を上げる。

「江蘭佩《ジアンランペイ》！　お前の部屋には誰もいなかった！」

江蘭佩《ジアンランペイ》は冷たく笑った。

「ベッドをどかすのよ。可動式の板が出てくるから。その下に小さい隠し部屋があるの。何人かで行ったほうがいいわ。あの小娘以外にも、〝サプライズ〟が待ってるから」

警備員たちは顔を見合わせ、その中の三人が行くことになった。

「待ちなさい！」

突然、江蘭佩《ジアンランペイ》が口を開く。

「……全員、携帯を出して床に置いてちょうだい」

「……」

居合わせた面々は従うしかなく、続々と通信機器が床に投げ出された。この階のほかの部屋には電話が取り付けられておらず、上や下に向かう階段の踊り場もここから丸見えである。そうして、三名の警備員はB三〇〇九へ向かうことを許された。残された者はこの場でただ待つほかない。

皆が思っていたよりも早く、江蘭佩《ジアンランペイ》の部屋へ向かった警備員たちが駆け足で戻って来た。

隠し部屋で何を見たのか、三人の顔色は上手《うま》く混ぜられなかったコンクリートのように灰色がかっていた。彼らがシーツで作った臨時担架には、意識のない謝雪《シエシュエ》が乗せられている。

謝清呈《シエチンチョン》は謝雪《シエシュエ》を見た途端、心臓がギュッと縮んだように思えた。

彼は心から安堵していた。薬を盛られているのか意識はなさそうだが、謝雪《シエシュエ》が無事なことに変わりはない。一方で助け出された謝雪《シエシュエ》の姿に、彼の胸は張り裂けそうになっていた。服が脱がされていたせいだ。今は夏と秋の季節の代わり目でまだ暑い。制服を脱がされた謝雪《シエシュエ》の体には、白いレースの薄い下着しか残されていなかった。

謝清呈《シエチンチョン》はちらりとその光景を見ただけで、すぐに目をそらした。怒りで体が震える。

そして、謝清呈《シエチンチョン》は手を上げ——。

「何するつもり？」

江蘭佩《ジアンランペイ》が口を開いた。

「動かないで！」

「クソッタレが、この子は俺の妹なんだ！」

謝清呈《シエチンチョン》はシャツのボタンを外す。そして、グッと押し付けられた、微かに震えているメスに構うことなく、脱いだシャツを賀予《ハーユー》へ投げつける。目を真っ赤に染め上げて賀予《ハーユー》に命令した。

「謝雪《シエシュエ》に掛けろ！」

そう言われるまでもなく、賀予《ハーユー》は服を受け取るや否や、謝雪《シエシュエ》の体を隠して彼女を抱き上げた。謝雪《シエシュエ》は力なくその腕に抱かれている。賀予《ハーユー》は謝清呈《シエチンチョン》のほうに向き直った。

「で、あんたはどうするの」

「どうもこうもあるか！」

謝清呈《シエチンチョン》は荒々しく返した。

「もうこうするしかないんだ。本当にお前と関わるとロクなことがない。なんであの時のシンデレラドレスをちょっとまさぐらなかったんだ。中の毒を飴だと思って食ってしまえば、お前は綺麗《きれい》に死んでたのに！」

賀予《ハーユー》はスッと目を細めた。

謝清呈《シエチンチョン》のこの恨み節のような台詞の意図を察したからだ。

しかし、その隠された意図に江蘭佩《ジアンランペイ》が気づいた様子はない。

「全員、屋上に行くのよ」

江蘭佩《ジアンランペイ》は命令する。

「上に着いたら、こいつを解放してやるわ」

自ら逃亡するために人質を盾にする犯罪者の決まり文句は「車を呼べ。警察に通報するな。自分が無事逃げられたら人質を解放してやる」だ。なのに、この江蘭佩《ジアンランペイ》は健常者のように見えてもやはりそうではないらしい。下に行かずに、上へ向かうときた。

屋上にヘリコプターでもあるというのだろうか。

しかし、犯人がそう命じるのなら、従うしかない。

江蘭佩《ジアンランペイ》が言う。

「ほら！　先に行って！　あなたたちは前に！　一番上の階まで行くの！　早く！」

一人ずつ促して全員が部屋から出るのを見届けてから、江蘭佩《ジアンランペイ》は謝清呈《シエチンチョン》を拘束したまま慎重に移動し始めた。

成康《せいこう》精神病院は市街地から離れた、辺ぴな場所にある。屋上は灯《あかり》がまばらで、ゴウゴウと吹き荒ぶ風が人々の冷や汗を乾かし、肌を粟立たせた。

全員に離れたところに座るよう命じてから、江蘭佩《ジアンランペイ》は給水塔のそばまで後ずさった。メスは相変わらず謝清呈《シエチンチョン》の首筋に当てがわれている。

謝清呈《シエチンチョン》が「目的は?」とだけ尋ねた。

「言ったでしょ、ここから逃げることよ!」

「それは本当の目的じゃないだろう」

江蘭佩《ジアンランペイ》が言い返す。

「あなたに何が分かるの? 空の上にいる人たちが、私を迎えに来るんだから……」

鋭利な刃先をきつく押し付けられている謝清呈《シエチンチョン》の肌から、少し血が滴り落ちた。

江蘭佩《ジアンランペイ》は爪先立ちになり、謝清呈《シエチンチョン》の耳元にそっとささやく。

「その時が来たら、みーんな死ぬしかないわ」

謝雪《シエシュエ》の安全を確認したあと、謝清呈《シエチンチョン》はすっかり落ち着きを取り戻していた。頭脳明晰《ずのうめいせき》な彼にとって、自身の命は間違いなく取るに足らないものである。

謝清呈《シエチンチョン》は江蘭佩《ジアンランペイ》に感情のない声で言った。

「それなら、今ここで俺を殺せばいい。お前の言う通りなら、どうせ最後には死ぬんだからな」

「あなた、――!」

「殺せないのか?」

「……」

「何を待ってる? 空の上にいる奴らか? 上に人なんていない。スモッグが濃いから星すら見えないぞ」

江蘭佩《ジアンランペイ》は聞こえるか聞こえないかぐらいの声でつぶやく。

「待ってればいいのよ」

言いながら、江蘭佩《ジアンランペイ》は体力の限界を感じていた。いくら若く見えるといっても、彼女は五十歳前後の中年女性である。爪先立ちで神経を張り詰めながら謝清呈《シエチンチョン》を脅し、同時に周囲にも気を配り続けなければならない。とてつもなく労力を要する作業であろう。江蘭佩《ジアンランペイ》は給水塔の周囲を目の端でさっと見回し、工事や点検に使う麻縄《あさなわ》を見つけた。そして、メスを謝清呈《シエチンチョン》の首に当てたまま、足でそれを引き寄せる。

続けて、江蘭佩《ジアンランペイ》は謝清呈《シエチンチョン》を給水塔にしっかりと縛り付けた。

謝清呈《シエチンチョン》が冷笑する。

「結構慣れてるな。精神病院での二十年間は、ずっとコレを練習してたのか?」

その言葉に何か気に障《さわ》るところがあったようで、江蘭佩《ジアンランペイ》はバシッと謝清呈《シエチンチョン》に平手打ちを見舞い、吐き捨てた。

「黙りなさい」

縄が解けないことを確認してから、江蘭佩《ジアンランペイ》は数歩後ろに下がる。ようやくホッとしたようだ。

憎しみの光を瞳に宿しながら、彼女は言った。

「あなたたち男なんて、みんなクズよ」

二人の後ろで、警備員たちが我慢できずに声を潜めて話をしていた。謝雪《シエシュエ》の救出に行かなかった警備員が、救助に向かった三人に問う。

「江蘭佩《ジアンランペイ》の部屋には、本当に隠し部屋があったのか？」

三人の顔色はほかの人たちと比べて相当に悪く、うち二人はまだどこか心ここにあらずといった様子だった。彼らは恐怖を滲《にじ》ませた眼差しで江蘭佩《ジアンランペイ》を見つめる。

「あった」

残った一人がなんとか答えた。

「中には何があったんだ？」

――中には何があった？

三人の警備員が揃《そろ》って身震いする。

誰かが答える前に、江蘭佩《ジアンランペイ》が彼らの会話を聞きつけてゆらりと振り向いた。その手にはまだメスが握られている。

江蘭佩《ジアンランペイ》は小さく笑った。

「何があったかって？」

笑顔の中の憎悪がじわじわと烈火のごとく燃え上がり、焦げそうなほどの熱がこの瞬間、実体を持ったようだ――。

「中にあるものは何かしらね？　はは……ははは……愛よ！　とびっきり特別な情愛なの……！　そうでしょ？」

顔を歪《ゆが》ませる江蘭佩《ジアンランペイ》。確かに、彼女は狂っている。

三人の中で唯一まだ話せる警備員が、頭を抱えた。娘がいてほかの二人よりも年配である彼は、苦しそうに口を開く。

「梁季成《リアンジーチョン》は、江蘭佩《ジアンランペイ》をレイプしていたんだ」

「!!!」

「もう十数年も……毎晩毎晩、一日も欠かさず、彼女の体調にかかわらずにな。梁季成《リアンジーチョン》は毎度ご丁寧にその様子を写真に撮って残していたようだ。暗い隠し部屋のそこら中に写真が……」

「それだけじゃないわ」

江蘭佩《ジアンランペイ》は軽やかな笑みを浮かべる。

「隅っこの骸骨《がいこつ》、見たでしょ？」

「……」

「あれはね、梁季成《リアンジーチョン》が連れて来た『デザート』なの」

内緒話をするような口調で、しかし響き渡る声で江蘭佩《ジアンランペイ》が言い放った。その声は乱雑にギャアギャア鳴くカラスのようにかすれている。

「外で食べると、デザートのカスが落ちちゃうし、その匂いで猫が寄ってくるでしょ？　それが怖くて、あいつはこのイカれた人だらけの場所に連れて来たの！　私の部屋には初めから隠し部屋があった。あいつと、あいつの兄しか知らないものよ。あいつらはデザートを食べるの……あの子は屈辱に耐えきれなくて、頭をぶつけて死んだのよ！」

江蘭佩《ジアンランペイ》が何かを言うたびに、聞く者たちの顔に浮かぶ驚愕《きょうがく》の色が濃くなっていく。

けれども賀予《ハーユー》だけは、終始落ち着いた表情だった。

一方、謝清呈《シエチンチョン》の顔には、憎しみと怒りがありありと浮かんでいた。

「デザートはね、自分で頭を打ちつけて死んだの。でもゴミ箱に捨てるわけにはいかないし、処理しづらいから、隠し部屋にずっと放置されてた。硫酸に浸したから、肉はすぐになくなって、骨もほとんど残らなくて……でも、あいつら、私に見せるためにあえて少し残したのよ……。脅すためにね。私が自殺しないように、死んだら同じ目に遭うぞって」

刺激が強すぎて意識がぼんやりしてきたのか、記憶を呼び起こそうとしている江蘭佩《ジアンランペイ》の言葉は途切れがちだ。しかし、彼女の顔にある狂気は全く消えていない。

「私、怖がるふりをして、毎日あいつらの言うことに大人しく従ってた……その後、あいつが死んで……弟一人だけになって……はっ！　あの弟、あいつよりも気持ち悪い。頭からつま先までスケベそのものだわ……」

「どうして言わなかったの！　警察を呼んでって、言ってくれればいいのに！」

若い看護師は聞いていられなくなり、涙ながらに叫んだ。

「通報してたら、私たちだって手伝えたのに！」

「私の言葉なんて誰が信じるの！　私は頭がおかしいの！　狂ってるのよ！　あいつらが私と話すなって！　離れてろって言ったから！　あなたたちは毎日私に薬を飲ませてたんでしょ！　薬を飲ませて！　何を言っても適当にあしらって！　私の言葉をちゃんと聞いて、信じた人はいた？　そんなの誰一人いなかったじゃない!?」

江蘭佩《ジアンランペイ》が怒鳴る。

「私はイカれてるのよ！　だから、あなたたちにとって私はただの猛獣にすぎないわ！　真剣に話を聞く必要もなければ、心から気遣う必要もない。そう思ってる人間に、話せるわけないでしょ？　話したら最後、梁季成《リアンジーチョン》に殺されるだけよ！」

B三〇〇九はまるで錆《さ》びた溶解炉だ。約二十年分の欲望と罪悪がその中で浮き沈みしている。

普通の人間はどうしても「病気だから」という先入観にとらわれる。頭のおかしい女と、精神病院の主任。誰でも後者を信じるだろう。次第に、ベッド下の隠し部屋は、日の光が当たらない蜘蛛《くも》の巣になった。そして、女の血肉が、その上で腐り果てたのだ。

「あなたたちみんな、気持ち悪いの！　全員、憎くてたまらないのよ！」

そこまで言うと、江蘭佩《ジアンランペイ》の目に輝く光は、ますます狂気じみたものへと変わっていく。声は少しずつ小さくなり、彼女は頭を抱えた。

「誰も助けてくれない……私はとっくに……自分が誰かなんて、忘れたわ。どこから来たのかも……私はね……空の上に帰るしかないの」

江蘭佩《ジアンランペイ》は勢いよく顔を上げた。

「あなたたちも一緒に来るのよ」

言い終えた途端、江蘭佩《ジアンランペイ》はふと警備員の一人の目つきがおかしいことに気づいた。えも言われぬ緊張感が滲《にじ》み出ているのだ。江蘭佩《ジアンランペイ》は一瞬動きを止めたものの、たちまち勘づいて振り向いた――。

同時に、江蘭佩《ジアンランペイ》は強風が襲ってくるのを感じた。なんとかそれを避けたものの、すぐに相手の長い脚によって容赦なく蹴られ、屋上の粗いコンクリートの床に体を押し付けられる。江蘭佩《ジアンランペイ》は信じられないと言わんばかりの表情で、曇った夜空を背にして立つ、半裸の男を眺めた。がっしりと引き締まった肩の、険しく鋭い表情のその男を。

「縛ったのに、ど……どうして……」

「言い忘れていたが」

謝清呈《シエチンチョン》はクールに付け足す。

「俺の両親は警察でな。縄遊びは子どもの頃死ぬほどやったんだ」

第十二話　犯人は火の光に変わった

地面に押さえ付けられた江蘭佩《ジアンランペイ》の両目は血走り、息も荒い。それでも、彼女は狂ったように笑い続けていた。

「あははは……警察……警察がなんの役に立つっていうの、あいつらはただのゴミよ！　私が長年ここに閉じ込められてるって気づいた警察官はいた？　いなかったでしょ！　みんな役立たずだわ！」

江蘭佩《ジアンランペイ》の意識は散漫になっており、言葉尻を捉えてはそこにこだわり、あちらからこちらへと落ち着きなく彷徨《さまよ》う。

罵詈雑言《ばりぞうごん》を吐くその口に、風に吹かれた髪の毛が入る。

江蘭佩《ジアンランペイ》はペッと吐き出し、さらに凶悪な目つきになった。

「これからどうするの？　私を殺すんでしょ？　お巡りさん？　あなた、自分の職務怠慢を隠すために私を殺すつもりなんでしょ？」

言いながら、江蘭佩《ジアンランペイ》の顔に冷たくも艶やかな笑いが浮かび上がる。取り押さえられていてもなお、彼女の瞳には皮肉の色が滲《にじ》んでいた。

「知ってるわ。男って生き物はみんなそう、役立たずばっかり！　女の体を使ってでしか、無能さからくる苛立ちを発散できない、使えないクズだらけ！　私は二十年もの間、まるで家畜のような扱いを受けてきた……どうやって時間を数えていたと思う？　あのクソ野郎が壁に貼った写真よ！　毎日あの気持ち悪い写真を眺めてたの。最初の一枚に写った私はまだ二十九歳だったのよ！　二十九歳！　それが今や五十に……あれ？　五十二？　五十一？　五十前だったかな？」

江蘭佩《ジアンランペイ》の意識は再び散漫にあたりを漂い始める。赤い唇が作り出す笑みは色っぽく、酒に盛られた猛毒のようだった。

「まあいいわ、もうどうでもいいの……大事なのは、私があそこから出られたってこと。どうやって出たと思う？　何年もかけて、私はあいつの話を聞いて、褒めそやしてやったの。あいつ、私のことを見下してるくせに、イカれてる私を犯すの。私の前で偉そうにして、可哀想な男のプライドとかいうものを取り戻そうとしてた……あははは……だから、調子に乗るくらいあいつを褒めまくってやった。そしたら、ここ数年は私に対する警戒心もなくなってきたみたいで、ズボンを脱いだ拍子に隠し部屋に病室の鍵を落としてそのまま、なんてこともあったわ」

江蘭佩《ジアンランペイ》は内緒話をするかのように小声だったのが、やがて我慢できないといった様子で大笑いし始めた。

「でもね、私、拾わなかった。あの夜、鍵をあいつに渡して、これはなあにって聞いたの。あいつは鍵を見た途端に顔色を変えてたわ。でも、やっぱりこいつはイカれてるんだなって安心したみたい。病気が悪化して……鍵が何かすら分からなくなったと思い込んでたの、ははッ！」

江蘭佩《ジアンランペイ》の目つきは突然鋭くなり、声も同じように棘《とげ》を帯びる。

「二十年もこんな生活をして、イカれない人なんていけない！　あいつはね、あの鍵で私をからかったの。私が出口を見つけても出る方法を知らない馬鹿犬だとでも思ったんでしょうね！　あいつの得意げな顔、今思い出しても気持ち悪くて反吐《へど》が出るわ！　でも私はお芝居が得意でね――精神病患者は人を騙《だま》せないなんて、誰が言ったのかしら！　私の演技が上手《うま》すぎたから、完璧にあいつを騙せた。それからあいつはどんどん油断して、監視が緩くなった。あいつが鍵を落としていくたび、私はこっそり抜け出して……知らない場所がないくらいに、この狂った場所を隅から隅まで調べ上げたわ！　でも私は逃げなかった！　あの男たち全員をまだ地獄に落としてないから！

やっと準備が整って、昨日……あいつがまた鍵を落としていったの。それを拾って、夜まで待って抜け出した……それでこっそりメスを盗んだ」

江蘭佩《ジアンランペイ》の手にはまだしっかりとそのメスが握られていた。銀色に輝く刃先の血液はすでに乾き始め、醜い赤褐色へと変わっている。

謝清呈《シェチンチョン》には分かっていた。今、力を緩めれば女はきっと再び飛び上がり自分の胸にメスを突き刺すだろう、と。

女の顔からあまりにも強い獣じみた凶暴性が滲《にじ》んでいるからだ。

どこを見ても、憎悪の色しかない。

二十年という歳月は、彼女をただの病人から、歯軋《はぎし》りをしながら血をすする、追い詰められた獣へと変えたのである。

「私はメスをベッドの下に隠したの。その後、あいつがまたやってきて、脂ぎった唇を私の体に擦りつけてきた。あいつを迎え入れながら、手をマットレスの下に伸ばして、それで……」

江蘭佩《ジアンランペイ》の瞳孔から溢《あふ》れ出すのは、梁季成《リアンジーチョン》を殺した時に吹き出した鮮血、そして悲鳴だ。

「あははは……あははははッ……熱い血だったわ……。ねえ、どうしてあんな心が冷え切った人間でも、血は熱いのかしら？　おかしいったらありゃしない……！

それから、あいつをオフィスに引っ張って行って……バラバラにしようとしたの。でもドアの外から物音が聞こえて。隙間から見たら、知らない女の子が何かを探してるみたいだった。私の計画は誰にも邪魔させない！　何年も何年も待ったのよ！　だから、死体をロッカーに突っ込んで、あいつの名札をつけて廊下に出た……あなたの妹と話をするためにね……」

江蘭佩《ジアンランペイ》の顔は歪《ゆが》んでいる。謝清呈《シエチンチョン》に話しかけているようでいて、独り言のようにも思えた。

「綺麗《きれい》な子よね。しかも、壁に頭をぶつけて死んだあの『デザート』にちょっと似てた。それで私、思ったの……ふふ、デザートが生まれ変わったんだなあって……まぁ、どっちでもいいけど。どうせデザートがどんな顔をしてたか、よく覚えてないし。でも彼女くらいの年齢よ。運命だと思ったわ。騙《だま》してオフィスまで連れて行ったあと、隙をついて鎮静剤を飲ませたの……どれが鎮静剤か、分かってるわ。精神病患者を見下してナメてかかるのは、あなたたち健常者の一番笑えるところよ。あの特製の薬についてはとてもよく知ってる。私が言うことを聞かなかった時、あの梁《リアン》って野郎に一杯丸々、無理やり飲まされたことがあったからね！　あの子が気を失ったから、隠し部屋に連れて行ったの。私が仇《かたき》を討って、あの子の家族が探しに来たら……きっと……きっとこの場所を徹底的に探すでしょ！　私と違って……私と違って……私……」

そこまで言うと、江蘭佩《ジアンランペイ》の瞳はまた曇り始めた。どういうわけだか、彼女の表情はどこか孤独で寂しそうだ。

謝清呈《シエチンチョン》は刺すような視線で相手を睨《にら》む。

「つまり、お前の当初の計画では、全部が終わってみんなが謝雪《シエシュエ》を探すことで、あの隠し部屋を見つけてもらうことだったのか？」

「……」

女は答えず、ぎこちなく歪《ゆが》んだ笑みを浮かべただけだった。

「今となっては、もうどうでもいいけどね。あなたの妹を隠し部屋に閉じ込めたあと、梁季成《リアンジーチョン》をロッカーから引きずり出した——あそこで、初めてあいつと会ったあの場所で、一緒に死んでやるの！　私たち二人だけ、初対面の時と同じ……ほかに誰もいない状態でね！　誰にも助けてもらえないまま、私のこの手で、ちょっとずつあいつを切り刻むのよ——」

江蘭佩《ジアンランペイ》はそこで言葉を止めた。謝清呈《シエチンチョン》をキッと見すえる瞳には、強烈な憎しみが満ちあふれている。

「でも、あなたたちが来た。あなたたちが邪魔するから、あそこであいつへの復讐《ふくしゅう》の仕上げができなくなったじゃない！　あなたたちのせいで……あなた、警察？　警察でしょ。警察はみんな、悪者の肩ばかり持つものね。だったらほら、私を殺しなさいよ。私を殺したら、遅かれ早かれ、私もあなたの命をもらいにいくから！」

憎しみ。毅然《きぜん》さ。獰猛《どうもう》さ。痴笑《しれわらい》。

あらゆるものが江蘭佩《ジアンランペイ》の顔からほとばしり、長い牙となって目の前の男を突き刺そうとする。

しかし、謝清呈《シエチンチョン》は江蘭佩《ジアンランペイ》を凝視して、一言一言、ハッキリと告げた。

「俺は警察じゃない。それに、お前を殺すつもりもない」

女はビクリと体を震わせる。予想外の台詞に、江蘭佩《ジアンランペイ》は歯をむき出しにして、相手を睨《にら》みつけた。

「なら、何をするつもり？」

「その人はあなたを警察に連れて行こうと思ってるんだ」

賀予《ハーユー》は謝雪《シエシュエ》を横にいた女性看護師に引き渡してから、謝清呈《シエチンチョン》のほうへ向かう。その表情は夜の闇に紛れ、判別しがたい。

「ここで受けた被害を、全て警察に話してもらうためにね」

「行かないわ！」

江蘭佩《ジアンランペイ》はヒステリックに叫んだ。

「いやよ！　誰も信じてくれないのに！　行くわけないでしょ！　嘘つき……あなたたち、みんな嘘つきよ！」

叫ぶ相手に構わず、賀予《ハーユー》は江蘭佩《ジアンランペイ》にゆっくりと近づいていく。

謝清呈《シエチンチョン》は振り返り、「何しにきた!?」と賀予《ハーユー》を怒鳴った。

「謝清呈《シエチンチョン》、あんたはこの人のことをちゃんと分かってない」

賀予《ハーユー》が答える。

「こんなに長いこと話してるのに、怒鳴られる以外の返事をしてもらってないだろ」

賀予《ハーユー》は二人のそばまで行くと、謝清呈《シエチンチョン》を引き離し、江蘭佩《ジアンランペイ》の体を起こそうとする。その瞬間、江蘭佩《ジアンランペイ》は驚くほどの力を発揮し、賀予《ハーユー》にメスを突き出してきた。

しかし、彼女と視線を合わせた賀予《ハーユー》が放った一言により、江蘭佩《ジアンランペイ》はピタリと動きを止める。

賀予《ハーユー》はこう言ったのだ。

「江蘭佩《ジアンランペイ》、僕も精神病患者だよ」

大学生の青年と女性の瞳の距離は拳一個分ほどで、杏眼《あんがん》は正気を失った女の目を映し出していた。

近くにいる謝清呈《シエチンチョン》以外、誰にも聞こえないくらいの、小さな声。賀予《ハーユー》は緩やかに手を持ち上げ、江蘭佩《ジアンランペイ》の瞳を見つめながら、顔色一つ変えずに冷たいメスを握りしめた。

今江蘭佩《ジアンランペイ》が我に返ってメスを引っ込めれば、賀予《ハーユー》はきっと怪我をするだろう。ただ、賀予《ハーユー》の様子はこの場にそぐわないぐらい平穏そのものだった。体に多少力は入っているが、表情はいつもと変わりない。まるで普通の女性か、母親、あるいは、正常な人と話をしているかのようだった。

「あのね、僕も精神病患者なんだ」

いつの間にか音もなく、メスは賀予《ハーユー》の手の中に移動していた。

その手から鋭い刃物を失って初めて自分の身の危険に感づいたようで、江蘭佩《ジアンランペイ》は真っ青な顔で賀予《ハーユー》を睨《にら》みつけた。

「あなた――」

けれども、賀予《ハーユー》には江蘭佩《ジアンランペイ》を傷つけるつもりは微塵《みじん》もなかった。

賀予《ハーユー》は指で女の乱れた前髪を払ってその耳にかける。そして、江蘭佩《ジアンランペイ》と視線を合わせて、続けた。

「僕は珍しい精神疾患を患ってる。僕の目を見て。あなたもイカれてるんだから、同類かどうか、分かるでしょ?」

江蘭佩《ジアンランペイ》の顔からはまだ警戒の色が抜けない。それでも、江蘭佩《ジアンランペイ》はじっくりと賀予《ハーユー》を見つめ、おもむろに彼の匂いを嗅いだ。

賀予《ハーユー》は無表情を貫く。動物のように、一番原始的な方法で江蘭佩《ジアンランペイ》が確認するのを冷静に待っていた。おそらく、どの類いの人にも彼らなりの安全確認の方法があり、狂気に呑まれた人の獣性と第六感は普通の人のそれよりも強いのだろう。

「本当なのね」

ついに、江蘭佩《ジアンランペイ》はそっとつぶやいた。

「嘘じゃないよ」

「誰のせい?」

「生まれつき」

賀予《ハーユー》は淡々と続ける。

「僕には、復讐《ふくしゅう》できる相手すらいない」

「……」

「でも、僕は確かに病人だけど、あいつらは僕の言うことを全部信じるんだ」

「どうして?」

賀予《ハーユー》が笑う。雲が散り、蒼白《そうはく》な月明かりの下で、彼の瞳は霜のような銀色を帯びている。露わになった犬歯は気味が悪いほど、鋭利に見えた。

同じ病を持つ患者に病魔に打ち勝つ秘訣を共有するように、賀予《ハーユー》は顔を寄せ江蘭佩《ジアンランペイ》の耳に小声で優しく吹き込んだ。

「だって僕もあなたと同じ、ごまかすのが得意だからね。あなたは愚かなふりをするけど、僕は正常なふりをしてる」

瞳に冷え切った霜をたたえて、賀予《ハーユー》は微笑んだ。

「もう十九年もふりをし続けてるけど、僕の病気に気づいた人はほとんどいない。僕らはみんな保護色が必要、そうでしょ?」

江蘭佩《ジアンランペイ》は一瞬呆《ほう》けた表情をしたが、すぐに我に返った。

「でも……私は人を殺したの、私の偽装は終わりよ——」

「あいつらが信じられないなら、僕を信じて。先に秘密を一つ、教えてあげるから」

江蘭佩《ジアンランペイ》は目を見開いて話を聞いている。

賀予《ハーユー》は指を一本持ち上げ、そっと自分の口元につけた。

「もうすぐ、警察が来る」

「ッ!!」

江蘭佩《ジアンランペイ》の瞳孔が縮んだ。

「何よ、それ? あいつら、警察を呼んだの!? 結局通報したのね! あの嘘つきども——」

「通報したのは僕」

賀予《ハーユー》は冷静沈着な様子で言った。

「あなた、どうして……私たち同類じゃ……どうしてあっち側の肩を持つの、あなたは……だって……」

江蘭佩《ジアンランペイ》は二の句を継げない。

「僕はあなた側の人間だよ」

賀予《ハーユー》が続ける。

「でも、梁季成《リアンジーチョン》が死んだあとでも、その名声と地位を地に落としたいと思わない? 二十年も苦しんできたんでしょ。なのに、こんなにあっさりと、しかも被害者としてあいつを死なせるなんてさ。もしかしたら優秀な実業家として偲《しの》ばれて、墓の前にたくさん花まで供えられるかもしれない。事情を知らない患者の家族たちがあいつを悼む一方で、あなたはただの悪名高い殺人犯。新聞の一面にはあなたの一番醜い写真が載って、見る人全員、あなたを恩知らずの畜生だって罵る。あなたの苦痛は誰にも知られず、死後もみんなから罵詈雑言《ばりぞうごん》を浴びせられる——よく考えてよ、そんなの割に合わないでしょ？」

「……」

「警察に全部知らせても、残されるのは絶望だけとは限らないし、梁季成《リアンジーチョン》の名声も終わる。あいつ本人と、あいつの名声。合わせて二回も梁季成《リアンジーチョン》を殺せるよ」

賀予《ハーユー》は顔を横へ向け、蠱惑《こわく》するように江蘭佩《ジアンランペイ》の耳にささやく。

「かなりお得でしょ。どうしてそうしないの？」

江蘭佩《ジアンランペイ》は心が一瞬、揺らいだようだった。

ちょうどその時である。遠くから満ちてくる潮水のように、サイレンの音が、暗闇の中にぽつんと立っているこの精神病院目掛けて四方八方から押し寄せてきた。

「車から降りろ！」

「全員出動だ！」

下から聞こえてきた声に、江蘭佩《ジアンランペイ》は目を動かし、もがきながら体を起こそうとする。警備員たちはその様子を見て取り押さえようとしたものの、賀予《ハーユー》は優しく江蘭佩《ジアンランペイ》を助け起こした。

「一緒に見に行ってあげるからさ、ちょっと見てみて。前には……明るい出口があるかもしれないよ」

江蘭佩《ジアンランペイ》は賀予《ハーユー》の言葉に惑わされたかのように、震えながら前へ進んでいく。そして、屋上の手すりの前まで来ると、にわかに錆《さ》びた冷たい手すりを掴《つか》み、首を伸ばして下を覗《のぞ》いた。

ぼやけた視界に映るのは、一面を照らす、パトカーの赤と青のライト。長年〝牢獄〟に囚われていた江蘭佩《ジアンランペイ》が、一度も目にしたことのない光景だ。

今まで受けてきた不当な扱い、屈辱、苦難、その全てが明るく照らし出されているかのように。

あの二十年分の秘密が刻まれた暗い隠し部屋も、この光によって青天白日の下に晒《さら》されているかのように。

眺めているうちに、江蘭佩《ジアンランペイ》は唐突に気持ちが昂《たかぶ》り、瞳から涙が溢《あふ》れ出した。

江蘭佩《ジアンランペイ》はゆっくりと振り返る。夜風に吹かれて、赤いロングドレス——梁季成《リアンジーチョン》が自分の性癖を満たすために、親族のいない患者を気遣う名目で江蘭佩《ジアンランペイ》に着せ、淫猥《いんわい》な手つきでその体から剥ぐのが常だった——が、パタパタと音を立てていた。

「……すごく明るいわ」

江蘭佩《ジアンランペイ》は小声でつぶやく。

「夜が明けたみたい。ありがとう。でも……」

江蘭佩《ジアンランペイ》の赤い唇からこぼれたいくつかの音は、下にいる警察官たちのメガホンの音と重なった――。

「閉じ込められている皆さん、落ち着いてください！　落ち着いてください！　エレベーターは使用しないように！　なるべく近くの水場を探してください！　布を濡《ぬ》らして！　口と鼻を覆ってください！　体は低く！　消防も到着しています！　可能であれば、身の回りのものでハッキリ見えるように居場所を示してください！　すぐに助けに向かいますから！」

江蘭佩《ジアンランペイ》の瞳から光が失われていく。

「もう手遅れよ。世の中全てを恨むのに、二十年は十分すぎるぐらいの時間だった。あなたたちがオフィスに入ってきた時に、私の計画はもう最終段階に進んでしまったの。私は、もう戻れない」

江蘭佩《ジアンランペイ》の言葉を証明するかのように、突然――。

「ドォオンッ!!!」

天地を轟《とどろ》かせるほどの爆発音が響いた。

屋上にいた人々は慌てふためきながら屋上のふちへ寄って音のしたほうに視線を向ける――精神病院のリネン室の近くにあった部屋の扉と窓が、中で激しく燃え盛る炎によって吹き飛ばされたようだ。

江蘭佩《ジアンランペイ》は炎に照らされて、ゆっくりと言った。

「成康《せいこう》精神病院には、お天道様の下には出せないものが多すぎる。梁季成《リアンジーチョン》はこの病院にたくさん隠し部屋を作っていて、その中にガソリンと着火剤を蓄えていた……大きな声では言えないから、私みたいな馬鹿の前で自慢げに話すのよ。オフィスの隠しボタンを押せば、十分以内に火の手が上がるって……。

後ろめたいんでしょうね。ここの火災報知器と監視システムはもうとっくに壊れてて、ベッドで私とシてる時も、誰かと電話でこのことを話してた。ぜーんぶ聞いてたの。この数年で、私は誰よりも成康《せいこう》に詳しくなった……本当はこんな大事《おおごと》にする気はなかった。でも、よりによって私が死体をバラバラにしているタイミングで、あなたたちが来るんだもの……警察に捕まるなんてごめんよ。だから隠し部屋へあの女の子を助けに行った時に、ボタンを押したわ」

「お前、まさか――！」

謝清呈《シエチンチョン》が声を上げる。

「そう。あなたたちを上に連れてきたのはね、時間稼ぎのため。火が燃え広がれば、誰も出られない。みんなで一緒に死ぬの。死ねばもうあんな苦しい思いをしなくて済む。今さらやめるなんて――」

江蘭佩《ジアンランペイ》は悲痛に笑って、ハッキリと言い放った。

「無理なの。もう手遅れよ……私も、あなたたちも……」

「まだ諦めてはいけません!!」

風に紛れて耳に飛び込んできたのは、聞きなれない野太い叫びだった。江蘭佩《ジアンランペイ》はすぐに振り返る。その目に映ったのは、まだ火の伝っていない壁を、縄梯子を使って素早く登ってきた消防士だった。

防火服を身に着けた熊のように逞《たくま》しい男は、ここでどのような会話が繰り広げられていたのか、きちんと聞き取れていなかったのだろう。ただ、屋上に到着した途端、逃げ遅れたと見られる女性の無理だの手遅れだのという言葉は聞こえた。

(俺の職務遂行能力を疑ってるのか?)

自分の仕事にかけるプライドが許さないと、消防隊の熊男はいても立ってもいられず、大声で叫んだ。

「まだ大丈夫です! 俺、こう見えても機敏に動けます! 皆さん、早くこっちへ! 今のうちに下へ降りましょう! 火はもうすぐここまで回ってきます!! 急いで! 女性と子どもが先です!!」

「私! 私が行く!!」

これまでただ呆然《ぼうぜん》と立ち尽くすしかなかった若い看護師にとって、目の前に現れた消防士は突如舞い降りた神のように見えた。彼女は泣きながらそちらへ走っていく。その後、数人の消防士が次々と縄梯子を使って屋上へ登って来て、火が勢いを増す前に全員を助け出そうと奮闘し始めた。

謝雪《シエシュエ》とほか数名の女性スタッフは最初に屋上から助け出された。消防士は江蘭佩《ジアンランペイ》に向かって叫ぶ。

「そこの方!! こちらへ!! 一人でそんなところに立って何をするつもりですか!? 下に連れていきますから! しっかり守りますから、怖がらないで! 家に連れて帰ってあげますから! ほら早く!!」

江蘭佩《ジアンランペイ》は雷に打たれたかのように、ビクンと体を震わせた。大きな給水塔の下に立つ彼女の赤いドレスが、風に吹かれてなびく。

家……私の家はどこにあるの?

私は、いったい誰なの?

助けられたとして、いったいどこへ行けるっていうの？

正気ではなくなってからの時間が長過ぎて、外の世界のことなど、とうに忘れてしまった。江蘭佩《ジアンランペイ》にとっての世界とは、暗くて、数千枚もの写真が貼られていて、限りない憎しみと寂しさに満ちた小部屋でしかないのだ。

私はここにある全てと一緒に、地獄に堕ちないと。

江蘭佩《ジアンランペイ》は火の手が回るのを待っていた。そうすれば、全ての闇は天に昇り、長き夜の終わりを告げる曙光となるのだ。

「早くこっちへ来てくださーい！」

下の階の窓ガラスが熱気で爆《は》ぜる。炎はもはや音もなくあちこちを舐め回すだけではなく、その身を龍に変えて、黒煙を吐き出しながら怒り狂っていた。火影が真っ暗な空を明るく照らす。

江蘭佩《ジアンランペイ》は震えながら一歩前へ進んだ。

そして、足を止めた。

彼女は背後にある給水塔を仰ぎ見る。給水塔はほとんど使われておらず、中の水も少ない——否、あれは水などではない。

彼女の口角には寒々とした笑みが浮かぶ。

あそこに入っているのは、ガソリンだった。梁季成《リアンジーチョン》に気づかれないのをいいことに、鍵を盗んでこっそりと抜け出した時、保管場所からくすねて溜めておいたのだ。そして、江蘭佩《ジアンランペイ》のドレスの胸元には、彼女が「空の上」に行くために必要な、最後の道具が隠されている。

謝清呈《シエチンチョン》は江蘭佩《ジアンランペイ》の意図を察して、賀予《ハーユー》の腕を掴《つか》んで反対側へ駆け出した。

「賀予《ハーユー》、来い!!!」

二人が走り始めたのと同時に、江蘭佩《ジアンランペイ》は微笑み、胸元からスチール製のライターを取り出す。カチッ、と火をつけ、ぽたぽたとガソリンを垂らす給水塔へ投げつけた——。

「……ドゴォン!!!」

轟音《ごうおん》と共に噴き出した炎が、たちまち江蘭佩《ジアンランペイ》の体を包み込んだ。

謝清呈《シエチンチョン》は賀予《ハーユー》と一緒に地面へ伏せる。二人の背後では炎が轟々《ごうごう》と燃え盛っていた。消防士たちはすっかり呆気《あっけ》に取られ、両腕を広げて天を仰ぐ江蘭佩《ジアンランペイ》を見つめるしかない。神の救いを待つような、今にも天へ飛び立ちそうな格好で、江蘭佩《ジアンランペイ》は猛火に呑まれていった。

謝清呈《シエチンチョン》と賀予《ハーユー》が振り返る。

「……」

火がバチバチと飛び散る。焦げた臭いを放ちながら大火は黒煙を勢いよく吐き出した。女性の凄惨な叫びとその腐蝕した人生とが混じり合ったかのように、狂暴な煙はすぐに柱となる。激しく踊り狂う烈火は、煙と共に炎が無理やり引き裂いた闇夜へ向かう。打ち付けるように猛烈な勢いで大空を破り、怒涛のごとく上へ、上へと登っていった――。

「二十年経ってるのよ。もう誰も信じられないわ。私には後戻りできる道なんて残されていない。空の上にいる人が、私を迎えに来てくれる。私は空に行くの」

二度と、振り返ることなく。

第十三話　僕たちは九死に一生を得た

最後に消防士と縄梯子を下りてきたのは謝清呈《シエチンチョン》だった。

その時、火はすぐそこまで迫っており、濃い煙で目も開けられないほどになっていた。やっとの思いで地面に足をつけると、すぐに救急隊員が謝清呈《シエチンチョン》の怪我を診るために駆け寄ってきた。

謝清呈《シエチンチョン》は群衆の中で、数人の医療関係者らしき人たちに囲まれている謝雪《シエシュエ》を見つけ、すぐにそちらへ向かった。

「この子の具合は？」

「あなたは……」

「兄です」

「ああ、ご安心ください。バイタルも安定していますし、薬の効き目が切れれば目を覚ましますよ。大丈夫ですよ」

謝清呈《シエチンチョン》はここにきてようやくホッと胸を撫《な》で下ろした。

答えた女性の救急隊員はこの上半身裸な長身の男をまじまじと眺めた。食欲や色欲は人の性《さが》である、とはよく言ったものだ。このような緊迫した場面で不適切かもしれないが、ここまでの美形であれば、見ているだけで仕事がはかどりそうである。

一方の謝清呈《シエチンチョン》は自らの姿――均整の取れた肩と背中、すらりとした上半身のライン、銀のバックル付きのベルトを巻いた細い腰――がどれほど他人の目に魅力的に映るかに気づいていない。彼は冷淡な性格で無頓着なところがあり、他人の視線が気にならないのは無論のこと、自分の見た目にすら普段はほとんど気を遣わないのだ。

そういうわけで、ジロジロと眺め回す救急隊員に気づくことなく、謝雪《シエシュエ》の無事を自分の目で確認すると、謝清呈《シエチンチョン》の意識は今やすっかり火の海となった成康《せいこう》精神病院に全振りされた。

激しい炎に包まれた屋上を仰ぎ見る謝清呈《シエチンチョン》の心中には、様々な思いが過《よぎ》った。まだ救出されていない患者たちが、慌てふためきながら窓の鉄柵を叩いている様子が見える。

「助けてくれ!!」

「助けて！　火が！　火がもうそこまで来てる！」

「まだ死にたくない……助けて！　お願い、助けてよぉお！」

柵はもともと、患者が窓から飛び降りて脱走することを防ぐためのものだったが、この状況では救助の大きな障壁となってしまっていた。縄梯子をかけて窓から迅速に救出するという方法は使えない。唯一残された道は、命の危険を冒して中に入り、それぞれの部屋の鍵を開けて中にいる患者を逃す、というものだけだった。

その場に響き渡るのは、悪霊の呻《うめ》きにも似た凄惨な叫び声。成康《せいこう》精神病院全体は江蘭佩《ジアンランペイ》が呪った通り、現世の煉獄《れんごく》へと姿を変えた。

火元に一番近い病室の老人は、泣き叫びながら両親を呼んでいた。痴呆症を患った彼はたびたび正気を失ってしまうため、子女に存在を疎まれ、ここへ送り込まれた。

おそらく、呆《ほう》けた頭ではあっても、老人にはなんとなく分かっているのだろう。自分が死んだほうが子どもたちは喜ぶであろうこと、そして、自らを深く愛してくれていたのは亡くなった両親だけだったことを。だからこそ、老人は死の間際、幼子《おさなご》のようにお父さん、お母さんと号泣し続けているのだ……。

消防士たちは強引に窓を割ろうとしていたが、手遅れだった。老人の部屋が火元に近すぎたのだ。こうして老人は、そこに居合わせた全ての人が見守る中、火の渦に飲み込まれた。鉄の檻から抜け出そうと、精一杯片手を伸ばした格好のまま……。

必死に手を伸ばしていたその人は最期の瞬間、病気のせいで捨てられた老人だったのか。それとも両親を恋しがる子どもだったのか。それは、永遠に答えの出ることのない問いである。

消防士は唇を震わせ、振り返って群衆に向かい、大声で怒鳴った。

「鍵はどこだ？　脱出した時、誰も鍵を持って来なかったのか？」

「い、いえ……ていうか、そこまで気が回りませんよ」

「三階のオフィスにあるはずです！」

再び耳をつんざくような爆発。窓ガラスの破片と木くずが弾き出された。

助け出された介護士が立ち上がる。

「もう、中には入らないでください！　危険すぎます！」

「そうですよ……もう間に合わない……助けられるわけがないんです……」

小声でこんなことを言う人もいた。

「あそこは全部重症患者の部屋だ……階が上になればなるほど症状も重い。命がけで助け出したところで、なんの役にも立ちゃしない奴らばっかりだよ……」

辺りは騒然としていた。

不意に、謝清呈《シエチンチョン》は混乱し蠢《うごめ》いている人々の中で、ただ一人ポツリと佇《たたず》む孤独な姿を見つけた。燃え盛る建物を少し眺めると、その人物は今は誰も見やることはないであろう茂みの奥に入っていく。どうやら北門に向かったようである。

謝清呈《シエチンチョン》は驚きを隠せない――。

賀予《ハーユー》!?

「すみません、マスクを借ります」

そう言いながら謝清呈《シエチンチョン》は全体の火の様子を確認すると、防煙マスクを二つ手に取って賀予《ハーユー》のほうへ走っていった。

「ちょ！　ちょっと！」

救急隊員がハッと我に返る。

(待って、イケメンでもそういう自分勝手な行動はダメでしょ！)

救急隊員は大声で叫んだ。

「何してるんです！　中に入らないでください!!」

しかし、謝清呈《シエチンチョン》はその声に構わず、獲物を狙うチーターのように賀予《ハーユー》の後を追った。

まさか賀予《ハーユー》がまた火災現場へ戻ろうとするとは、思ってもみなかった。いったい何をしようとしているのだろう？

実際、賀予《ハーユー》が向かったのは消防士の集まっている北門ではなかった。まだ垂らされたままの縄梯子に手をかけると、賀予《ハーユー》は先ほど脱出したばかりの屋上へ戻った。謝清呈《シエチンチョン》は彼の後ろに続いて梯子を登る。火が燃え広がり、縄梯子の下半分はすでに灰と化している。今さら誰かが二人に続こうにも、もう間に合わない。

賀予《ハーユー》は手すりをひょいと乗り越え、給水塔の下を一瞥《いちべつ》する。そこにはまだ燃え続ける丸焦げの縮んだ死体があった。江蘭佩《ジアンランペイ》だ。

賀予《ハーユー》はバンッと防火扉を開け、火の勢いを確かめてからオフィスへ向かおうとする。

どうかしてる、と謝清呈《シエチンチョン》は思った。

（まあ、こいつは元からイカれているが）

駆け出そうとする賀予《ハーユー》の腕を、謝清呈《シエチンチョン》はグイッと掴《つか》んで、厳しく叱りつける。

「何をする気だ？　死にたいのか？　今すぐ俺と降りろ!!　こっちの火はそこまで大きくないし、まだ間に合うから」

賀予《ハーユー》は知らない人を見るかのように、謝清呈《シエチンチョン》の顔を見つめる。

「あんた、何しに来たんだよ？」

無駄話をしている暇はない。謝清呈《シエチンチョン》の目つきが鋭くなる。

「グダグダぬかすな、俺と降りろと言ってるんだ！」

「できないよ、今回は違う。今回は、人を助けるんだから」

「なッ、――」

「この人たちは、僕の同類なんだ。助けられるのは僕しかいない。僕なら、全員外に出せる。下にいる人たちがなんて言っていたか、聞いただろ。目の前であの爺さんが生きたまま焼かれて、たくさんの人の命が危険に晒《さら》されてるっていうのに、あいつら、『放っておけ』って」

恐ろしい眼差しで、賀予《ハーユー》はそっとつぶやく。

「精神病患者を助ける価値なんてない。こんなことが起きたら、全員見捨てられて、死ぬべき存在」

賀予《ハーユー》は謝清呈《シエチンチョン》と目を合わせる。ゾッとするほど冷たい笑みが、ゆっくりと口元に浮かんだ。

「あんたもそう思ってる？　謝《シエ》先生？」

「あれは本当に間に合わなかったからだ……もっと理性的になれ！　一つひとつドアを開けていくなんて無理だ」

謝清呈《シエチンチョン》の声はしゃがれていた。

「もう時間がないぞ」

賀予《ハーユー》は何も言わずに謝清呈《シエチンチョン》の手を振り払うと、オフィスのほうへ走り出した。

幸運にも、オフィスのあるエリアと一番火の勢いが強いエリアの間には広いトイレがある。建築時の手抜きで、内装にはタイルが敷き詰められており、本来はめられるはずだった木枠が一つもない。だがそのおかげで、このエリアの燃え広がり方は最も遅かった。

賀予《ハーユー》はオフィスで鍵がじゃらじゃらと付いているホルダーを取り、三階のまだ火が回っていない病室へ向かった。

「助けて……」

「助けてくれえ!!」

「まだ死にたくない……まだ死にたくないよ!!!」

「ううう、悪魔の炎が来たのか？　悪魔の炎だ!!」

廊下の明かりはすでに消え、両側の部屋から聞こえてくるのは泣き声ばかり。しかし、声すらしなくなった部屋のほうがそれ以上に多かった……。

鍵には部屋番号が書かれている。賀予《ハーユー》は一番近くの部屋番号の鍵でドアを開けにかかる。

謝清呈《シエチンチョン》が追いついた時、賀予《ハーユー》はすでに一つ目のドアを開けていた。中から髪をふり乱した女性が飛び出し、ギャーギャーと喚《わめ》いている。その光景に、謝清呈《シエチンチョン》は希望が潰《つい》えていくのを感じた——これでは、話にならない。

こんな状況、普通の人ですら理性を失うのに、ここにいる患者なんてもってのほかだ。

悲鳴を上げる女性は、やぶから棒に火のほうへ向かおうとする。制止しようとした謝清呈《シエチンチョン》は、賀予《ハーユー》が手を伸ばして彼女を引きずり戻すのを見た——。

「そっちはダメだ！」

「話しても無駄だ——」

「火！　火だよおおお!!」

混乱を極める状況の中、ふと、謝清呈《シエチンチョン》は何かがキラリと光るのを見た。

賀予《ハーユー》は、オフィスに鍵を取りに行った際、ついでにナイフを持ってきていたらしい。彼はナイフで自らの掌《てのひら》を切ったのだ。

傷口からたちまち血が溢《あふ》れ出す。その行動の理由をすぐに理解できなかったが、とある古い記憶が少しずつ謝清呈《シエチンチョン》の脳内で目を覚まそうとしていた。それをハッキリと思い出す前に、謝清呈《シエチンチョン》は本能的に全身の毛が逆立つのを感じた。

次の瞬間、謝清呈《シエチンチョン》の大きく見開かれた目が見ている前で、賀予《ハーユー》はホルダーから鍵を一束外し、その上に自分の血を塗り付けた。そして小さい声だが、有無を言わさない口調で正気を失った女性に命令したのだ。

「この束の鍵でドアを開けて。一つ開けたら、中の人に別の鍵を渡して、そいつにまた別のドアを開けろと命令するんだ。急いで。あなたたちが速ければ速いほど、助け出せる患者が多くなる。早く行ってくれ」

すると驚くべきことが起こった。先ほどまでヒステリーを起こしていた女性は、鎮静剤を打たれたかのように、賀予《ハーユー》の血の匂いを嗅いだ途端、極めて冷静な目つきになった。

賀予《ハーユー》の血が嗅覚を通して、女性の脳内に何かしらの反応を引き起こしたようだ。女性は賀予《ハーユー》にコントロールを許しているようである。

女性は束になった鍵を受け取り、躊躇《ためら》うことなくほかのドアへ走っていった。

ここまではごくごく僅かな、一瞬の出来事だった。しかし、一部始終を目撃した謝清呈《シエチンチョン》は全身が冷え切り、それどころか指先まで凍るような感覚に襲われていた。

カルテナンバー第四号、賀予《ハーユー》。成人後の疾病関連異能《いのう》はシミュレーションデータの中で常に〝懸案事項《けんあんじこう》〟とマークされていた〝血蠱《けっこ》〟だ！

精神エボラは臨床データが少なく、前の三症例と数値シミュレーションで病状を推測するしかない。それでも明確に言えるのは、この病気を患う者は全員、共通する基礎的な疾患以外にも、それぞれ疾病由来の異能を身につける、ということである。

つまり、この病気は患者の体内で変異を起こすのだ。ただし、ＤＮＡの違いにより、その変異も様々であり、往々にして患者の年齢と共に進行する。そして、成人後にどのような変異を起こしたかが明らかになり、その力も安定していく。

カルテナンバー第一号に現れた疾病関連異能は、嗅覚増強だった。

病は第一号の嗅覚神経を変異させ、鼻が異常なほどに利くようになった。一般的に、犬の嗅上皮面積は人間の四倍広いと言われている。しかし、変異の後、一号の嗅覚はなんと一般人の八倍以上になった。どれほど微かな匂いでも、それが空気中に漂っている限り、彼女の嗅覚を刺激する。それは彼女をひどく苦しめ、狂気に追い込んだ。

第二号、第三号も、死ぬ前に疾病に起因する独特な異能を見せた。

ところが第四号の賀予《ハーユー》は、謝清呈《シエチンチョン》が辞職するまで、なんら明確な変異の予兆すら見せなかった。

謝清呈《シエチンチョン》はもしかしたら精神エボラの個体の変異は絶対的ではなく、賀予《ハーユー》は例外なのかもしれない、などと思っていた。

それがまさか、シミュレーションから導き出された、最も恐ろしい変異——血蠱《けっこ》だったとは。

　いわゆる血蠱とは、賀予《ハーユー》の血が一定の条件下において、精神疾病を患う者限定ではあるが誘導や麻痺《まひ》の作用を持つことを指す。セロトニンのように患者の情緒をすぐに安定させられるだけでなく、麻薬のようにその脳内報酬系を刺激し、「賀予《ハーユー》の話を聞けば、もっとたくさん褒美を手に入れられる」という錯覚を抱かせる。それによって、患者は賀予《ハーユー》の言葉に絶対服従し、「蠱術《こじゅつ》[19]にかかった」のと同じ状態になるのだ。

　当時、実験室ではあくまで一種の推測とされ、〝血蠱〟という変異可能性が導き出された時は、その結果を疑った研究員もいたほどだ。

　なのに、今——。

　患者たちによって、ドアが次々に開かれていく。

　目をみはるようなスピードで、部屋から解放された者もまた、次のドアを開ける作業に加わる。鍵はあっという間にそれぞれの手に渡り、狂気に呑まれていた患者たちは血蠱により、全員、訓練を積んだ兵士へと姿を変えた。

　患者たちの心を支える指導者のように、賀予《ハーユー》は冷酷な表情で彼らの間を抜け、廊下の奥へ辿《たど》り着いた。ここは唯一まだ火の手を逃れている北の出口の避難階段に続いている。もうすぐ消防士たちも三階に辿り着きそうなのか、彼らの声は踊り場まで響いていた。

　しかし、同時に廊下の反対側で燃え盛る炎が、威嚇する龍のように、むせ返りそうな濃い煙を帯びて迫りつつあった。窒息してしまいそうな毒煙と、あらゆるものを溶かすほどの高熱が、薄暗く狭い廊下で賀予《ハーユー》たちに襲い掛かる。

　ここには水がないため、口と鼻を濡《ぬ》れたもので塞ぐという火災の基本対策も取れない。できることと言えば急ぐことだけだった。

　賀予《ハーユー》は防火扉の前に立ち、顔を僅かばかり横に向けて患者たち全員に指示した。

「なるべく身を屈めて、ここから降りて消防の人間を探すんだ。急げ」

　患者たちはプログラミングされたロボットのように、驚異的な速度で秩序をもって進み、避難階段を駆け下りる。SF映画に登場する予め動きも決められているアンドロイドですら、今の彼らの足元にも及ばないだろう……。

　最後の一人が階段を降りて行った時、火の手はすぐそこ

19　中国古代から伝わる呪術。

まで迫っていた。煙はますます濃くなり、もはや地面に這《は》いつくばらなければ呼吸もできないほどである。近づいてくる、すこぶる顔色の悪い謝清呈《シエチンチョン》を見やり、賀予《ハーユー》は無言で体をずらして彼を避難階段に招き入れた。

バン、と重い音が響く。防火扉が二人の背後で閉じられ、近づいてくる炎を一時的に遮った。

氷のように冷えた杏眼《あんがん》が、暗闇の中で驚愕《きょうがく》している桃花眼《とうかがん》を見つめる。

「謝清呈《シエチンチョン》、このことは誰にも言うな」

謝清呈《シエチンチョン》はこれ以上ないほどに青ざめている。それでも、彼は何も言わず、手に持ったマスクの一つを賀予《ハーユー》へ渡した。

「付けろ、行くぞ」

火が勢いよく防火扉へぶつかる。賀予《ハーユー》と謝清呈《シエチンチョン》は救出された患者たちと共に、下の階へ向かって駆け出した……。

「お兄ちゃん！　お兄ちゃああん！」

消防士たちと合流し、建物から逃げ出した謝清呈《シエチンチョン》と賀予《ハーユー》を迎えたのは、声を裏返らせた叫びだった。謝清呈《シエチンチョン》がマスクを外すと、目を覚ました謝雪《シエシュエ》が顔一面を涙で濡《ぬ》らしながらこちらへ駆け寄ってくる姿が見えた。消防士が履かせた靴もすでに脱げてしまっている。

「おにいちゃぁあん……お兄ちゃん‼　もぉおっ‼　びっくりしすぎて死ぬかと思った！　私を殺すつもりなの⁉　お兄ちゃんも私を捨てたんじゃないかって‼　一人取り残されるんじゃないかって思ったじゃん‼　お兄ちゃん、うわぁあん……」

謝雪《シエシュエ》はガバッと謝清呈《シエチンチョン》の胸に飛び込み、兄の腰を折らんばかりの力で謝清呈《シエチンチョン》を抱きしめた。周囲には爆発音と悲鳴がまだ響き続けている。もう助ける術のない人が残されているのだ……。あまりの恐ろしさに、謝雪《シエシュエ》は自分の体から血液が全て失われ、抜け殻の皮膚だけが残されたような錯覚を抱いていた。長身の兄をぎゅうっと抱きしめている時だけ、しゃくり上げて泣きながら謝清呈《シエチンチョン》の匂いを嗅いでいる時だけ、もう一度心臓が鼓動を取り戻し、全身に血が巡るような感覚だった。

涙が次から次へと溢《あふ》れ出す。謝雪《シエシュエ》の顔はすでにぐちゃぐちゃだったが、見た目のことなど何一つ構わずに大きく口を開けて号泣し、涙声でハッキリとは聞き取れない言葉を叫んでいた。

「お父さんとお母さんみたいに捨てていかないで‼　私を

捨てないで、お兄ちゃん!! 怖かったの……ほんと、怖かったんだから……もう早く、ぎゅってしてよ!!」

「大丈夫、大丈夫だから」

謝清呈《シエチンチョン》にとって、これほど強烈な感情が自分に向けられることは滅多にない。彼なりに家庭をとても大切にしてきたつもりだが、謝清呈《シエチンチョン》が家族に向ける愛はいつも控えめで、むしろ叱咤《しった》の形で表されることのほうが多い。

しかし、そんな謝清呈《シエチンチョン》でもこのような状況ではさすがにこらえ切れなかったのか、ロングコートを羽織って震える妹を抱きしめ、その乱れた髪に口づけた。彼の目の周りは若干赤くなっていた。

「もう大丈夫だから、謝雪《シエシュエ》」

謝雪《シエシュエ》はしばらく謝清呈《シエチンチョン》の腕の中でわんわん泣いてから、賀予《ハーユー》に気づいた。

たった今少し落ち着いたばかりの謝雪《シエシュエ》の気持ちは再び崩壊する。謝雪《シエシュエ》はまた泣きながら賀予《ハーユー》の胸へ飛び込んだ——いや、正確に言えば、賀予《ハーユー》を自らのほうへ引き寄せ、兄と一緒くたに抱きしめたのだ。賀予《ハーユー》は否応なく謝清呈《シエチンチョン》と体を密着させることになった。

賀予《ハーユー》の優雅でハンサムな顔に、どことなく気まずさが浮かぶ。同性とここまで距離が近いのは生まれて初めてだった。何よりも、その相手が謝清呈《シエチンチョン》であるため、余計に気まずかった——謝清呈《シエチンチョン》の顔を見れば、それは彼も同様らしかったが。

けれども、二人とも今は何よりも謝雪《シエシュエ》の気持ちが最優先で、文句ひとつ言わず、じっとそのままにさせていた。カオスでしかないこの状況の中、強引に抱きしめられた状態で、無事再会できた喜びを謝雪《シエシュエ》に味わわせていたのだ。

＊　＊　＊

「助けてくれー! 助けてくれよ! おーい誰か! まだ人が残ってるんだ! 私はここにいるぞ!!」

成康《せいこう》精神病院のエレベーター前、白髪の男がパニックになって叫んでいた。男は成康《せいこう》における最古参管理職者の一人だ。少しばかり前、梁季成《リアンジーチョン》とポロをした時に足を骨折して、今は車椅子でしか移動できない。臨時に処理しなければならない仕事がなければ、今日この場にはいないはずの人物だ。

男は車椅子の上でガタガタ震えていた。ズボンの股はすでにぐっしょり濡《ぬ》れており、尿がズボンの脚の部分を伝って下へ流れていく。生まれて初めて、男は一人で身の回りのことができない病の恐ろしさを味わった。燃え盛る炎がすぐそこまで迫っている。エレベーターに乗ってはいけないどころか、エレベーターは壊れているのが分かっていても、男は矢も盾もたまらず、狂ったようにボタンを押し続けた。

「早く！　はや……く、助けてくれ……金ならある……だれか、たすけてくれぇ……金ならたっぷりあるぞ！」

男の顔の筋肉は緊張で激しく痙攣していた。

突然――。

祈りが天に届いたのか、真っ暗な避難階段から防煙マスクをした消防士らしき人物が駆け上がって来て、車椅子の男を見つけた。

男は神を見つけたように、すかさず声をあげる。

「ここだ!!　助けて!!　早く助けてくれぇ!!」

男の小鼻は興奮でヒクつき、蒼白《そうはく》になったそこに汗が細かく滲《にじ》んでいた。昂《たかぶ》る感情で収縮する瞳孔が、消防用らしき器具を持ってこちらへ近づいてくる姿を捉える。

そして、男は固まり、目を大きく見開いた。

防火服を着た人物は、マスクの後ろで冷たい笑みを浮かべ、手に持った器具を構える……だがしかし、それは消火用ではない。それは……。

ガソリンだ！

「お、お前は――！」

「成康《せいこう》はめちゃくちゃで、もう手が付けられない。バレるのも時間の問題だから、『掃除』に行けと命令されて来た」

マスクの下からくぐもった男の声らしき低音が聞こえてくる。

「お前の金は、地獄に堕ちてからゆっくり使うといい」

「やめてくれ!!!」

ゴォオッ!!

恐怖で歪《ゆが》み切った男の顔面目掛けて、ガソリンとライターが投げつけられた。ムンクの叫びのように歪んだ顔は、瞬く間に火に飲み込まれていった……。

第十四話　昔のことと秘密について話した

どうにかこうにか謝雪《シエシュエ》をなだめ、大人しく椅子に座らせて、救出された人たちと一緒に休ませたあと、賀予《ハーユー》と謝清呈《シエチンチョン》は改めて消防士から厳しいお叱りを受けることとなった。それが済むと、二人は端のほうへ落ち着いた。賀予《ハーユー》は視界の端で、タバコ――警察官にお願いして分けてもらった物だ――に火をつけている謝清呈《シエチンチョン》を捉えた。謝清呈《シエチンチョン》がとった先程の行動の理由が分からず、賀予《ハーユー》は尋ねる。

「謝清呈《シエチンチョン》、さっきはなんで僕についてきた？」

「お前が向かった場所はまだそこまで危険じゃなかったから」

謝清呈《シエチンチョン》はタバコを一口吸うと、ゆっくりと煙を吐き出す。完全にリラックスしているようだった。

指先に挟まれた光が明滅し、雪のようにはらりと灰が落ちていく。

「それよりも、お前の現状を教えてくれ」

謝清呈《シエチンチョン》は灰を軽く落とす。その視線は前へ向けられたままだった。

「いつ気づいた？」

血蠱《けっこ》のことを聞いているのだ。

「……あんたが辞めたあとだよ。私立病院に再検査に行った時、精神疾患を持つ患者に出くわしてたまたま気づいた。僕の血をエサにすれば、あの人たちは僕の言いなりになるって。これがなんなのか、知ってるのか？」

「まあな」

謝清呈《シエチンチョン》は軽く咳込んだ。もう一口タバコの煙を吸い、なるべく淡々とした口調で続ける。

「血蠱。精神エボラがもたらす変異の一種だ。……誰にも言っていないよな？」

賀予《ハーユー》は少し暗い目つきで「あんたしか知らないよ」と笑う。

「……」

「いつか口封じが必要になったら、あんたを殺せばおしまいだ」

謝清呈《シエチンチョン》が呆《あき》れて軽く賀予《ハーユー》を睨《にら》んだ。

「やれるもんなら」

警察官からもらったタバコは謝清呈《シエチンチョン》の好みに合わなかった。

(カプセル入りのメンソールだなんて、カッコつけすぎだろ)

何度もむせてしまい、鬱陶しくなった謝清呈《シエチンチョン》はついにタバコを消した。

「ほかのやつには言うな。医者にもだぞ」

「そこまで馬鹿じゃないから」

賀予《ハーユー》の返事はつれない。貴公子とはまさしく彼のことだろう。これほど大変な経験のあとにもかかわらず、人々の中でも賀予《ハーユー》は最も身なりがきちんとしている。いかにもどこぞの上流階級のイケメン然としていて、近くにいた何人もの被災者たちがこっそり賀予《ハーユー》を盗み見ていた。

「精神エボラ自体希少な病気だってのに、精神病患者をコントロールする力まで持ってるなんて、もう穏やかな生活なんてできないだろ。でもさ、謝清呈《シエチンチョン》。覚えててよ」

不意に賀予《ハーユー》が距離を詰めた。冷ややかな杏眼《あんがん》で謝清呈《シエチンチョン》の顔のパーツを一つひとつ舐めるように眺め回す。

「あんたの目は、全てを目撃した唯一の目で――」

まつ毛同士が触れてしまいそうなほどの距離で、賀予《ハーユー》の低い声がゆっくりと謝清呈《シエチンチョン》の耳に入ってくる。周りが騒然としていても、謝清呈《シエチンチョン》だけに聞こえる音量だ。

それはささやいているようにも、脅迫しているようにも聞こえる。

「あんたの口は、真実をバラせる唯一の口なんだ」

賀予《ハーユー》の視線は謝清呈《シエチンチョン》の唇へ移る。色が浅く薄いそこを撫《な》でるように、探りの意味を込めた視線が往復する。何気ない気配を宿したその瞳には、強烈な威嚇が込められていた。

謝清呈《シエチンチョン》は今、消防士が被災者たちに配った服を羽織っている。

賀予《ハーユー》は謝清呈《シエチンチョン》の前に立ち、その顔をじっと見つめながら手を持ち上げ、謝清呈《シエチンチョン》の服の襟を軽く整えた――傍らから見れば丁寧な所作だったが、謝清呈《シエチンチョン》も賀予《ハーユー》も、心の中ではハッキリと分かっていた。賀予《ハーユー》の手には相当強い力が込められ、襟は音もなく引っ張られている。これは警告であり、脅迫なのだ。

「だから、この秘密をさ――」

服を整え終えると、賀予《ハーユー》は極めて優しく、上品に微笑んだ。

「ちゃーんと口に含んで、咥えててよ。しっかり中まで咥え込んで、漏らさないで」

謝清呈《シエチンチョン》は冷たく問い返す。

「脅すつもりか？」

「とんでもない。念を押してるだけさ」

賀予《ハーユー》の手が謝清呈《シエチンチョン》の襟から滑り落ちる。賀予《ハーユー》はため息をこぼし、「僕は普通の生活がしたいだけだから」と続けた。

これ以上、この頭のおかしい青年と話をしても無駄だ、と謝清呈《シエチンチョン》は思った。

賀予《ハーユー》はどうしてこんなことを？

謝清呈《シエチンチョン》が本気で誰かに話す気があるのなら、初めから賀予《ハーユー》に「ほかのやつに言うな」と念を押していない。

とはいえ、賀予《ハーユー》はそう思っていない様子である。それは、謝清呈《シエチンチョン》のことをそこまで信頼していないからだ。

今の賀予《ハーユー》にとって、謝清呈《シエチンチョン》の口は今すぐに塞いでしまいたい脅威だ。できることならば、彼の口に何かを強引に押し込んで、それこそ誘拐された人質のように塞いで、何も話せなくしてしまいたい。そうすれば、自分の秘密を漏らされる心配はないだろう。

謝清呈《シエチンチョン》は賀予《ハーユー》を見つめる。

「普通の生活がしたいと言っておきながら、どうして危険を冒してまで火の中に飛び込んだ？　なんで血蠱《けっこ》を使って患者たちを助けたんだ」

「したいって思うことと、現実はいつも違うから」

賀予《ハーユー》が答えた。

「僕だって普通の人でいたいよ。でも、結局僕は精神病患者にすぎない。助けに行ったのは、火がまだあっちまで燃え広がってなかったから。間に合うって分かってたし。それに、僕、言っただろ。人と人は永遠に分かり合えない、同じにはなりえないし、全く違う種族だって。僕にとっては、あんたたちに比べたら、あの人たちのほうが同類に近い。僕とあの人たちの唯一違う点は、僕のほうが、まともな人に偽装するのに若干長《た》けてるってことくらいだよ」

賀予《ハーユー》は淡々と続ける。

「もし僕まで、あの人たちの命はどうでもいいって思うなら、あの人たちをちゃんとした生身の人間として見る人はいなくなる」

社会、団体、正義の組織、犯罪組織。どんな人にも、同類は必要である。

絶対的な孤独は人を狂わせてしまうのだから。

賀予《ハーユー》は孤独すぎる。誰一人としてその病が賀予《ハーユー》にもたらす痛みを理解できない。同じ病を持つほかの三人はもうこの世にいないのだから。他人はせいぜい賀予《ハーユー》の話を聞いて、表面的に彼の苦痛を知ることぐらいしかできないのだ。

当の賀予《ハーユー》にできるのは、自分と似たような人たちの中から、世界へと繋《つな》がる小さな浮き橋を見つけるということだけ。

けれども、同時にこのような賀予《ハーユー》は危険な存在でもある。

同類の心を惑わすことができるからだ。賀予《ハーユー》の血液は、精神病患者にとって最高級の褒美であり、賀予《ハーユー》の言葉は、逆らうことのできない命令である。

賀予《ハーユー》がその気になれば、自らの力を犯罪に使うこともできる。他人に知られたくないのも無理はないし、唯一事情を知る謝清呈《シエチンチョン》の口を塞ごうとするのもうなずける。

謝清呈《シエチンチョン》が口を開いた。

「お前にとって、同類はそんなに大事なのか。命も捨てられるほどに」

「医者のあんたに僕らのことなんて理解できっこないよ」

賀予《ハーユー》は冷淡に答える。

「明るい場所にいるあんたの目には、闇夜は見えないんだ」

「……」

謝清呈《シエチンチョン》も、もうこれ以上この話題を続けたくなくなり、ため息をこぼした。

「最後に一つ聞かせてくれ。血蠱《けっこ》という能力を持ってるのに、どうして江蘭佩《ジアンランペイ》と対峙した時に使わなかった?」

「絶対あの人を押さえ込めるとは限らないから。僕の血は、患者をもっと狂わせる可能性もある。あんな状況で賭けなんてできない。あんたと違って――」

そこで賀予《ハーユー》はふと言葉を止めた。

「本当あんたさ、捕まってるのに、呑気にシンデレラドレスの話をするとか。あんな大胆な賭けに出て、もし僕が反応できなかったらどうするつもりだったんだよ?」

「お前は賢いって知ってるからな」

謝清呈《シエチンチョン》はあっさりと言った。

「それに、この前着替えを貸してくれた時、言おうとしたのはこのことだろう?」

賀予《ハーユー》はしばらく黙り込んでからうつむいてフッと冷笑し、謝清呈《シエチンチョン》も額に手を当てた。ここに来てようやく、二人の間に九死に一生を得たあとの、リラックスした緩い雰囲気が生まれた――。

二人とも覚えているあの出来事が、まさか通報の合言葉になるとは。

あれは、賀予《ハーユー》が八、九歳の頃の出来事だ。

当時、謝清呈《シエチンチョン》は賀予《ハーユー》には基本的な治療だけではなく、外出して気晴らしをすることも必要だと思っていた。精神疾患を持つ患者の治療には、薬物が欠かせないと考える医者が多い。しかし謝清呈《シエチンチョン》は、精神状態は人の環境に対するある種の反応であり、患者を社会から切り離してはいけないという、異なる考えを持っていたのだ。精神疾患との戦いにおいて、鍵となるのは薬ではない。完治できるかどうかは、患者が社会や家庭との間にどのような橋を改めて架けるのかにかかっている、というのが謝清呈《シエチンチョン》の見解だった。

そういうわけで、謝清呈《シエチンチョン》はこの考えを呂芝書《リュージーシュー》に告げた。

仕事の電話で大忙しな様子の呂芝書《リュージーシュー》は、視線を上げて申し訳なさそうに謝清呈《シエチンチョン》へ笑いかけた。

「時間がないのよ、謝《シエ》先生。あなたが代わりにあの子を連れて行ってくださらない？」

謝清呈《シエチンチョン》は怒りを抑えて続ける。

「ですが、あなたの息子さんですよ」

呂芝書《リュージーシュー》は仕事を処理するかのように、慣れた様子で顔も上げずに「追加料金は払うから」と言った。

「……」

言葉を失う謝清呈《シエチンチョン》をよそに、呂芝書《リュージーシュー》は電話で滔々《とうとう》と話をしながらその場を後にした。彼女の人生における優先順位の最たるものは商売であり、母親であることはその二の次でしかないようだ。ふくよかな婦人は始終、電話に向かってにこやかに「張《ジャン》社長」だの「李《リー》社長」だのと呼びかけ、その視線は一度も謝清呈《シエチンチョン》へ向けられなかった。

謝清呈《シエチンチョン》の背後にいる賀予《ハーユー》には、言わずもがなである。振り向いて視線を下げた謝清呈《シエチンチョン》は、一方の賀予《ハーユー》もこのような母親の様子を気にも留めていないことに気づいた。こうした親子関係には慣れているようで、幼い彼はソファに座り、うつむいて一人で大きな黄色いみかんを剥《む》いていた。

その手よりも大きなみかんは、半分ほど剥かれたところで、賀予《ハーユー》の手から落ち、コロコロとローテーブルの下へ転がっていく。賀予《ハーユー》はソファからぴょんと降りて、手を伸ばしてそれを拾おうとするが、代わりに視界に飛び込んだのは真っ赤なりんごだった。

「落ちたものを食べるつもりか？」

謝清呈《シエチンチョン》はため息をこぼす。どうしてこの少年にほだされたのか分からないまま、謝清呈《シエチンチョン》はりんごを賀予《ハーユー》に渡し、埃を被《かぶ》ったみかんを拾い上げた。

「明日、遊園地に連れて行ってやる」

翌日、謝清呈《シエチンチョン》は妹と賀予《ハーユー》を連れて遊園地へ向かった。明るく、よく笑う謝雪《シエシュエ》は、年下の賀予《ハーユー》の面倒を上手に見ていた。そのため、賀予《ハーユー》の状態はかなり良くなったようだった。

しかし、帰り道で、突然の大雨が三人を襲った。

なんとかタクシーに乗り込んだ時、三人はすでにびしょびしょに濡《ぬ》れていた。賀《ハー》家の邸宅は遠い郊外に位置しており、少し距離がある。謝清呈《シエチンチョン》は子どもたちをまず医学部の寮へ連れ帰ることにした。

謝清呈《シエチンチョン》の大学の寮は今の賀予《ハーユー》のものと同じで、四人部屋だった。

彼がびしょ濡れの子ども二人を連れて寮へ戻った時、ルームメイトたちは実験で忙しかったこともあり、部屋の中には誰もいなかった。

「お兄ちゃん！　お兄ちゃんのサボテンが花を咲かせてるよ！」

謝雪《シエシュエ》は部屋に入るなり、慣れたように謝清呈《シエチンチョン》の机へ向かった。そして、満面の笑みで卵の殻を鉢にした丸いサボテンをいじる。サボテンの上には、円を描くように薄い黄色の花が咲いていた。

「わあ……綺麗《きれい》だねぇ」

謝雪《シエシュエ》は何度もここへ遊びに来たことがあるようだ。

謝清呈《シエチンチョン》は温かい生姜《しょうが》茶を二杯淹《い》れ、有無を言わさず子どもたちの手にマグカップを押しつける。

「熱いうちに全部飲むんだぞ」

謝雪《シエシュエ》は辛いものが好きなので、マグカップを受け取るとすぐにゴクゴクと飲み干した。一方の賀予《ハーユー》はそうはいかない――根っからのお坊ちゃまは刺激が強すぎるものは飲めないのだ。賀予《ハーユー》はうつむいたまましばらくマグカップを抱えていたが、中身は一向に減らなかった。

手を洗うため、謝清呈《シエチンチョン》は浴室に行った。熱く、辛く、それに鼻をつくような匂いまで放つ飲み物を持て余している賀予《ハーユー》とは対照的に、隣にいる謝雪《シエシュエ》は満足げに息を吐いた。

「おいしいー」

「……」

賀予《ハーユー》は横を向き、静かに謝雪《シエシュエ》を眺める。

相手の視線に気づき、謝雪《シエシュエ》も顔をそちらへ向けた。へへっ、と笑いかけてから、謝雪《シエシュエ》は何度もちらちらと賀予《ハーユー》のマグカップを見た。

「もし嫌いならさ……」

「いや、好きだし」

賀予《ハーユー》が淡々と答える。

「嘘《うそ》つき！　こんなに経ってるのに、ちょーっとしか飲んでないじゃん！」

賀予《ハーユー》は小さく笑う。

「好きだから、飲むのがもったいないんだよ」

「……へえー……」

謝雪《シエシュエ》は納得したようで、残念そうにうなずいて視線をそらそうとする。

その段階になって、賀予《ハーユー》はようやく、さっきから誰かに押し付けたくてたまらなかったマグカップを「あげる」と差し出した。

「え？　でも、さっき好きだって」

「飲みたいなら、ゆずってあげる」

単純な謝雪《シエシュエ》は大きく目を見開き、感激しながらマグカップを受け取った。

賀予《ハーユー》は冷静に念を押す。

「早く飲んでよ。僕が渡したってバレないようにしないと。君が怒られちゃう」

「うんうん」

まんまとはめられたのにも気づかず、謝雪《シエシュエ》は感激しながらゴクゴクと熱いお茶を一気に飲み干して、むせた。

「ケホッ、ゴホッ……」

賀予《ハーユー》は微笑みながら謝雪《シエシュエ》の背中を優しくさする。

「私、生姜茶《しょうが》が大好きなの」

咳が治まった謝雪《シエシュエ》は穏やかな目つきで、ぬるくなったマグカップを両手で持ちながらヒソヒソと賀予《ハーユー》に言った。

「私んち、狭い路地にあるんだけどね。私が今よりもっとちっちゃかった頃、雪が降った時とか、体を温めるものがなかったから、お兄ちゃん、いつもこれを作ってくれてたんだ……」

本来ならば辛《つら》い経験のはずなのに、その話をする謝雪《シエシュエ》の瞳はキラキラと輝いていた。

最高に楽しい思い出を語るかのように。

手を洗い終えて戻った謝清呈《シエチンチョン》は、ベッドの縁に並んで腰掛けている子ども二人へ視線を向ける。

「全部飲んだか？」

子どもたちが目を合わせる。隠し事をしているのは同じにもかかわらず、賀予《ハーユー》は落ち着き払っていたが、謝雪《シエシュエ》はどこか落ち着かない態度だった。彼女は急いでうなずいたものの、飲みすぎのせいでうっかり小さなゲップを漏らした。

それ以上子どもたちに構わず、謝清呈《シエチンチョン》は後ろを向くとクローゼットで着替えを探し始めた。謝雪《シエシュエ》は格闘技の一つである散打《さんだ》を習っており、教室は医学部がある場所のすぐ近くだ。習い事が終わると謝雪《シエシュエ》は汗だくになるので、着替え用に謝清呈《シエチンチョン》は子ども服を何枚か常備していた。それがこんな時に役に立つとは。

「ベルとシンデレラ、どっちがいい？」

クローゼットをまさぐる兄の薄い唇から、優しい童話のプリンセスの名前が飛び出す。

少女は大喜びしてすぐに「ベルがいい！」と返事をした。

謝清呈《シエチンチョン》が淡い黄色のドレスを差し出すと、謝雪《シエシュエ》は「わあ」と喜びの声をあげ、ドレスを抱えてパタパタとトイレへ着替えに向かった。

ベッド横には、いまだびしょ濡《ぬ》れのままの賀予《ハーユー》が佇《たたず》んでいる。

もう一度クローゼットを探してから、謝清呈《シエチンチョン》はため息を吐く。そして気がつくとこのうえなく残酷な行為に出ていた――。

「これを着てろ」

服を受け取った賀予《ハーユー》はそれを広げ、落ち着いた様子で「先生、間違えてるよ」と言った。

「いや、合ってる」

賀予《ハーユー》は一瞬動きを止め、ゆっくりと視線を上げる。彼の目は細められ、隠しきれない暗さが表情に滲《にじ》みだしていた。

「でもこれ、ドレスだよ」

しかも、シンデレラの青いドレスだ。

怒りを抑える賀予《ハーユー》に、わざとかどうかは分からないが、謝清呈《シエチンチョン》はなんとフッと笑った。ただ、雪のように冷たい顔では、それが冷笑なのか本当におかしくて笑っているのか、見分けがつかない。

「ほかに選択肢はない。お前に合うサイズのものは、それだけなんだ」

「先生のシャツでもいいと思うけど」

謝清呈《シエチンチョン》は腕を組み、二段ベッドの梯子へもたれ掛かって賀予《ハーユー》をじろりと見下ろす。

「ガキンチョ、俺のシャツじゃダボダボするだろ」

「……」

「嫌か？　なら裸で出て行くしかないな」

「……」

しとしと降り続く雨の音が、この会話のBGMとなっていた……。

＊　＊　＊

成康《せいこう》精神病院の火は徐々に制圧されていった。消防士が次々と中へ入り、警察官たちも忙《せわ》しなく調査を始めている。謝清呈《シエチンチョン》と賀予《ハーユー》は目を見合わせ、あの日の出来事の影を互いの瞳の中に見つけた。

「あんた、あの時僕に言ったでしょ。損はしない、ドレスのポケットの中に飴があるからまさぐってみろ。精神的なダメージへの補償にとっておけって。でも、僕は毒があるから、そんなものは食べないって答えた。今考えても、ほんと、あの時のあんたは意地悪だったよ」

「……覚えてないな」

謝清呈《シエチンチョン》は言うなり、立ち去ろうとする。

「嘘だね」

賀予《ハーユー》は片手を謝清呈《シエチンチョン》の背後の木へ突き、その行く手を遮って目を細めた。

「覚えてない？　なら、どうして江蘭佩《ジアンランペイ》に捕まった時、シンデレラドレスの飴の話をしたんだよ？　ポケットの中のスマホを見つけて、通報してほしかったんだろ？」

謝清呈《シエチンチョン》は後ろめたい様子など欠片《かけら》も見せず、堂々と「たまたまだ」と答えた。

賀予《ハーユー》は苛立ちが募るのを感じた。

寮に謝清呈《シエチンチョン》を連れ帰った時、Tシャツを渡したのは本当に失敗だった。今思えば、バイク便を使ってでもウェディングドレス、しかもレース付きガーターやストッキングも全部ついたセクシータイプを届けさせて、謝清呈《シエチンチョン》に押し付けるべきだった。抵抗しようものならベッドに縛りつけて、無理矢理にでも着せてやればよかった。

（この羞恥心のカケラもない男は、そこまでしないと辱めにならないからな！）

「覚えてない、ね。なるほど」

賀予《ハーユー》はうつむいて謝清呈《シエチンチョン》に言った。

「なら、気をつけてよ。二度とあんな風にぐっしょり濡《ぬ》れちゃわないように……」

視線でゆっくりと謝清呈《シエチンチョン》の眉目《びもく》を撫《な》で、賀予《ハーユー》はささやく。

「じゃなかったら次に着せるのは、お古のTシャツじゃなくなるかも」

脅されても、謝清呈《シエチンチョン》は賀予《ハーユー》の頬を軽くぺしぺしと叩いただけだった。

「安心しろ、ガキンチョ。もうそんなチャンスは来ない。濡れても、裸で外に出ればいい話だ」

「裸で何をするって？」

一人の若い警察官がこちらへ向かってくる。目の前にいるのが先ほど火の海に飛び込んでいったイカれた男二人組だと気づくと、すぐにたしなめた。

「二度と裸で火災現場に入らないでください！　危険すぎます！　いや、ていうか、服を着ててもダメですけど」

賀予《ハーユー》は穏やかな表情で、優しく微笑む。

「でしょう？　僕もさっきそう叱ったんです。危ないって。ねえ、謝兄《シエ》さん？」

「君に叱る権利はないでしょう。そもそも君が入ったから、お兄さんも中に追いかけて行ったんだし」

警察官が二人を睨《にら》みつける。

「まあ、この件はもういいですよ。ところで、傷の処置はもう済みましたか？　終わったのなら一緒に派出所へ来てください。今夜は忙しくなりそうです」

かなりの騒動だったうえに、関係者の人数が多かったので、全員詳しく事情聴取を受けて調書を作ることになったのだ。

パトカーは関係者たちを何回かに分けて派出所へ運んで行った。しかし、あまりにも人数が多くて手が回らないので、休憩するための個室もいくつか用意された。まだ事情聴取を受けていない人たちが、このカオスな夜をやり過ごせるように、という気遣いだった。

謝清呈《シエチンチョン》たちのあとに到着した謝雪《シエシュエ》は女性看護師と同室になり、賀予《ハーユー》と謝清呈《シエチンチョン》はその隣の部屋で休むことになった。

部屋に入るまでに、謝雪《シエシュエ》はかなり落ち着きを取り戻していた。気絶していたので血腥《ちなまぐさ》い場面をあまり見ておらず、さほどショックを受けていなかった。そのため、謝雪《シエシュエ》はいまだにショック状態の看護師を慰め始めた。

「平気ですよ、大変なことのあとには必ず福が来るって言うじゃないですか。先に休みましょ、私たちの番になったら警察が呼びに来てくれますから」

「眠れないですぅううう……」

「眠れないなら歌でも歌ってあげましょうか。落とそうよ、ハンカチを……」

「いやあああ！　そんな歌なんて、絶対に歌わないで！　ゾッとする!!」

謝雪《シエシュエ》は首を傾げる。

「なんですかねー、ふとこの歌が浮かんじゃって。気絶してる時に誰かが隣で歌ってたような……じゃあ違う歌にしますね。青き空、銀河に、白い小舟……」[20]

看護師は「はてなマーク」を顔いっぱいに浮かべた。

「な、なんか頭が回らなくて」

謝雪《シエシュエ》はしょんぼりと肩を落とす。

「ごめんなさい、やっぱり面白い話でもしましょうか」

一方、謝清呈《シエチンチョン》と賀予《ハーユー》も休憩室前に到着した。

「お二人ともここで仮眠でも取ってくださいね。すみません、居心地のいい場所とは言えませんが、ご辛抱いただければと。必要なものがあれば声をかけてください。順番になったらお呼びしますので」

慌ただしく必要事項を説明して、警察官はどこかへ行ってしまった。まだたくさんの証人たちが案内を待っているのだ。

謝清呈《シエチンチョン》は賀予《ハーユー》と共に部屋へ入る。そして、部屋の配置を見て、二人とも固まった――。

本当に急ごしらえの仮の休憩室のようだ……。

部屋の中には、ソファベッドが一つだけ。

仮眠仮眠って、ここでどうやって寝ろと？

20 原名『半月』。一九二四年に作曲家尹克栄によって創作された朝鮮語童謡。一九五〇年に中国語に翻訳された。

第十五話　僕たちは一つのソファベッドで寝た

狭い休憩室は急遽準備されたため、余計なものは一切なく、古びたソファベッドが一つと、服をかけるための椅子しかない。違法営業の風俗店のようなシンプル極まりない配置のせいで、一層異様な雰囲気を醸し出していた。

「……」

沈黙が部屋を包み込む。先にそれを破ったのは賀予《ハーユー》だった。彼はスマートフォンを適当に置いてから、振り返って

「ベッド使っていいよ、いい歳なんだし」と謝清呈《シエチンチョン》に言った。

謝清呈《シエチンチョン》は不機嫌を露わにする。

「まだ席やベッドを譲られるほどじゃない」

疲労困憊だった賀予《ハーユー》は、謝清呈《シエチンチョン》と言い合いを続ける気にはなれなかった。

「まあいいや。これなら二人で寝ても大丈夫そうだし、僕、寝相はいいから。あんた、気にする？」

これは若者の紳士的な譲歩だった。

賀予《ハーユー》は誰かとベッドを共にしたことはない。これまでの記憶を辿《たど》っても、ベッドはただ寝るためのものにすぎな

かった。一方、謝清呈《シエチンチョン》は違う。結婚していたこともある身としては、誰かと同じベッドで寝ることに、どうしても奇妙な感覚を抱いてしまう。

謝清呈《シエチンチョン》は僅かに眉をひそめた。

「俺は眠くないから、座っていればいい」

そうは言ったものの、謝清呈《シエチンチョン》の顔は若干青ざめている。強がっているが、表情からは隠しきれない疲労が滲《にじ》み出ていた。

「別に取って食うわけじゃないんだから、そんなビビらないでよ。それとも、夜中、トチ狂った僕に殺されるんじゃないかって怖がってる?」

「……デタラメ言うな」

精神疾患を持つ若者の心は繊細なようだ。

ただ、謝清呈《シエチンチョン》が疲れているのも事実である。体力が有り余っている者でも限界を感じるほどに、いろいろと尋常ではない一日を過ごしたのだ。賀予《ハーユー》と言い合う気力もなくなり、謝清呈《シエチンチョン》は「ならベッドで寝よう」とため息混じりに妥協した。

謝清呈《シエチンチョン》は顔を壁に向ける形でソファベッドに体を横たえた。ややあってからベッドのもう半分が微かに沈み、賀予《ハーユー》が近くに寝転がった音が耳に届く。

謝清呈《シエチンチョン》はまだ若干居心地が悪かった。誰かが隣で寝ている感覚が、すこぶる嫌いなのだ。特に賀予《ハーユー》は若く、体温も高い。そこまで距離が近くなくとも、狭い空間ゆえに、謝清呈《シエチンチョン》はハッキリと相手の温度と気配を感じ取っていた。周りが静かになった途端、賀予《ハーユー》の微かな呼吸すら聞こえてくる。

そんなこんなで、疲れているにもかかわらず謝清呈《シエチンチョン》はリラックスできずにいた。

ずっと一家の大黒柱として、保護者として生きてきた。幼い頃は謝雪《シエシュエ》が、大人になれば李若秋《リールオチウ》が隣で眠った。今まで謝清呈《シエチンチョン》がなんとか自らのテリトリーに入れられたのは、自分を頼りにするような女性だけである。

しかし、十八、九歳の男子では、醸し出す雰囲気が全く異なる。オス特有のフェロモンを感じると、どうも違和感を覚える。賀予《ハーユー》から感じ取る、侵略されるような感覚に慣れないのだ。

謝清呈《シエチンチョン》は目を閉じ、眉間に皺《しわ》を刻みながらベッドの端へモゾモゾと体をずらした。

もう一度。

さらに……。

「それ以上行ったら、床で寝ることになるけど」

唐突に無感情な声が背後から響く。

賀予《ハーユー》は突然体を起こし、謝清呈《シエチンチョン》が反応する前に、手をベッドについて体を謝清呈《シエチンチョン》のほうへ傾けた。賀予《ハーユー》の半身が触れるか触れないかの距離で、謝清呈《シエチンチョン》に覆《かぶ》い被さっていく。若者特有の気配が縦横無尽に突き進み、謝清呈《シエチンチョン》にぶつかった。

謝清呈《シエチンチョン》は桃花眼《とうかがん》を見開く。

「何をする？」

離れようとする謝清呈《シエチンチョン》に、病気なのを嫌がっているのだと誤解した賀予《ハーユー》は、悪意を込めて体をさらに近づけた。

謝清呈《シエチンチョン》の首筋に唇をくっつけるようにして、尖った歯を覗《のぞ》かせながらそっとささやく。

「発作が起きたから、口封じにあんたを殺しちゃおうかなーって。今すぐ逃げたほうがいいんじゃないか？」

（何が発作だ！）

賀予《ハーユー》の発作はこんなものではない。謝清呈《シエチンチョン》も賀予《ハーユー》が気を悪くしたからわざとこのような物言いをしているのだと分かっているので、冷たく硬い口調で「先に俺の上からどけ」と言い放った。

「スマホを取りたいんだよ」

どくどころか、賀予《ハーユー》はもっと距離を縮めてのしかかってくる。

本当にスマートフォンを取ろうとしているのかどうか、謝清呈《シエチンチョン》にとってはもはやどうでもよかった。パーソナルスペースを侵されている現状に耐え切れなくなりそうで、吸い込む息すら、若い男の熱で満たされている。それほど、賀予《ハーユー》が近い。

謝清呈《シエチンチョン》は顔を横へ向けてしばらく我慢していたが、やはり気持ちがいいものではなかった。とうとう彼はガバッと起き上がると、賀予《ハーユー》の手首を掴《つか》んだ。その体は猟豹《チーター》のように反り、肩甲骨が蝶《ちょう》のように開く。そして懲らしめるつもりで、有無を言わさず賀予《ハーユー》を荒々しく下へ組み敷いた。

少しの沈黙のあと、賀予《ハーユー》は小声で言った。

「なんで飛びかかってくるんだよ。僕が怖いんじゃなかったの？」

「怖がる？　寝言は寝て言え。大人しくする方法を教えてやってるんだ」

「……」

賀予《ハーユー》はしばらく黙り込んでから、そっとため息を吐く。

「兄さん、結構痛いんだけど」

謝清呈《シエチンチョン》が反感を抱いているのは至近距離に男がいることであり、精神病患者から離れたいわけではないと分かると、賀予《ハーユー》は抵抗をやめた。されるがままに、自分の手首をがっしりと掴《つか》んで押さえ込んでいる男を見上げる。

賀予《ハーユー》の口調と視線は、もはや病的なほどに淡々としていた。

「大人しくするんで、大変申し訳ございませんが、スマホを取っていただけませんか？」

謝清呈《シエチンチョン》はのしかかられていた時はひどい不快感を覚えていた一方で、同じ男である若者を見下ろす番になると、その感覚は薄まった。おそらく男でいようとする自意識が強すぎるからだろう。相手が誰であれ、謝清呈《シエチンチョン》は同性にテリトリーを侵され、制圧される感覚が嫌いなのだ。

無駄口を叩く気にはなれず、謝清呈《シエチンチョン》は体を起こしてベッドの横へ手を伸ばす。果たして、そこには賀予《ハーユー》のスマートフォンがあった。先ほど何気なく置いたのだろう。

謝清呈《シエチンチョン》はスマートフォンを賀予《ハーユー》に差し出す。

「どーも」

スマートフォンを受け取った賀予《ハーユー》は仰向けで画面のロックを解除し、気にした風もなく問いかける。

「謝《シエ》先生さ、僕らどっちもゲイじゃないし、なんでそんなピリついてるんだよ。もしかして、男と同じベッドで寝たことがないとか？」

謝清呈《シエチンチョン》の声音は冷え切っている。

「独り寝に慣れているんだ」

賀予《ハーユー》は軽く笑う。スマートフォンを見る長いまつ毛は、呼吸に合わせて微かに震えていた。画面に照らされ、まつ毛に霜が降ったかのようにも見える。

「へえ。お義姉《ねえ》さんとも、別々で寝てたのか？」

皮肉じみた一言。

謝清呈《シエチンチョン》には分かっていた。あの患者たちを目にした賀予《ハーユー》は、明日は我が身、と感じているのだ。淡々としているように見えても、きっと気分は最悪なのだろう。

しかし、どれほど賀予《ハーユー》の機嫌が悪くとも、その鬱憤を受け止めるゴミ箱になる義務も責任も、謝清呈《シエチンチョン》にはない。

そのうえ、気分が悪いのは、彼も同じだった。

それゆえ、謝清呈《シエチンチョン》が賀予《ハーユー》を見る瞳は冷酷さを増し、叱責《しっせき》に近い色が浮かぶ。

「もう寝る。静かにしてろ」

謝清呈《シエチンチョン》は体の向きを変え、再びベッドへ横になった。

寝るとは言ったものの、謝清呈《シエチンチョン》はなかなか寝付けずにいた。賀予《ハーユー》はといえば、寝転がっているのは単純にその姿勢が疲れた体には一番楽だからだ。若いので、もとより本気で仮眠を取ろうとはしていない。彼は静かに謝清呈《シエチンチョン》の背中を見つめ、どうしてこいつはこうも父親臭いのだろう、と考えていた。まるで息子のように自分を叱りつけるのだから。

(チャンスがあれば、たとえ力ずくでもウェディングドレスを着せてみよう。そうすればきっと、一生、二度と僕の前で顔を上げられなくなる)

暇を持て余した賀予《ハーユー》は、通販サイトを開き、『ウェディングドレス』と入力した。

表示されたのは全て普通のドレスだった。どれも立派で美しいが、賀予《ハーユー》が思うような致命的なダメージは与えられそうにない。

しばし考えてから、賀予《ハーユー》はチラリと謝清呈《シエチンチョン》の背中を見やると、再び視線を画面に戻してキーワードを足した。

『セクシー』

素晴らしいの一言に尽きるドレスたちが、ずらりと表示される。

黒や白のレースガーターストッキング付きやら、拘束プレイ用、スケスケのドレスなど、様々なスタイルが取り揃えられている。下までスクロールするにつれて、賀予《ハーユー》は眉まで微かに吊り上げた。

(なかなかに面白いな。こと快楽の追求において、人類の想像力は無限大らしい)

気になるドレスを見つけるたび、賀予《ハーユー》はスマートフォンを謝清呈《シエチンチョン》の背中に軽く合わせた。謝清呈《シエチンチョン》が自らの手に落ち、縛られた状態でこの服を無理やり着せられるところを想像するだけで、眠気が吹き飛んでいく。

子どもの頃の賀予《ハーユー》にとって、謝清呈《シエチンチョン》はなかなかに恐ろしい存在だった。とはいえ、オスの成長過程は往々にしてそんなものである。つまり、幼い頃に目の前に聳《そび》え立った山岳が険しければ険しいほど、圧倒的であればあるほど、大人になってから一層それを征服したくなるものなのだ。その氷山や雪原を越え、立場を逆転させた時、少年たちは成長し、長らく渇望していた主導権を握ったと実感できるのである。

だからこそ、謝清呈《シエチンチョン》に楯突くと、賀予《ハーユー》は至上の快感を覚えるのだ。

　夢中で見ていたからだろう。うっかり賀予《ハーユー》は手を滑らせ、生配信ページが開かれた。しかも運の悪いことに、スマートフォンのマナーモードは解除されている。

　そういうわけで、この十平米に満たない狭い休憩室に、配信者の甘ったるい声が響いた。

「このセクシーなウェディングドレスは、ほんとにちょー綺麗《きれい》なんです。初夜に着れば、きっと旦那さんもケダモノ間違いなしですよぉ〜……」

　黙り込んだ賀予《ハーユー》。謝清呈《シエチンチョン》も何も言わない。

　謝清呈《シエチンチョン》、どうか寝ていてくれという賀予《ハーユー》の願いもむなしく、謝清呈《シエチンチョン》はくるりと体を賀予《ハーユー》のほうへ向け、ひんやりと鋭い視線を投げつけた。昔と何一つ変わらないその視線は、ナイフのように賀予《ハーユー》の胸を開き、剥《む》き出しの心を取り出そうとしてくる。

「何をしている？」

　ここまで来て賀予《ハーユー》もごまかす気はなく、「ショッピングサイトをちょっと」と紳士らしく微笑んだ。

「ウェディングドレスを買うのか？」

「買わないけど見るくらいはいいだろ？」

　謝清呈《シエチンチョン》は相当イライラした様子で、冷笑する。

「ウェディングドレスなんて、誰に着せるつもりなんだ？」

　賀予《ハーユー》は目を彷徨《さまよ》わせ、考えた。

（ここであんただって言ったら、僕は殺されるかな？）

　ただ、派出所で殺人が起きたなんて、人民の公僕に悪い評判を与えてしまう。

　そう考え、賀予《ハーユー》はサラッと言い放った。

「あんたには関係ないだろ」

　謝清呈《シエチンチョン》の表情はもはや氷点下と呼べるほどに冷え切っている。

「スマホを閉じろ。くだらないものを見るな。相手すらいない子ども《ガキ》のくせに、そんなものを見るなんて」

　冷淡な口調で、表情には多少の嫌悪が滲《にじ》んでいる。その様子に、賀予《ハーユー》は少なからず気分を悪くした。

（なんでこんなにいちいち口を出してくるんだよ？　僕らは特に関係もないだろ？）

　ふと、賀予《ハーユー》は謝清呈《シエチンチョン》にちょっかいをかけてやりたい衝動に駆られる。

　謝清呈《シエチンチョン》の桃花眼《とうかがん》を静かに見つめ、ゆっくりと、皮肉じみた意味深な笑みを浮かべる。

「そう心配してもらわなくても、謝兄《シェ》さん、僕はもうすぐ恋人ができるから」

賀予《ハーユー》は一旦言葉を切り、続けた。

「そうなったら、いろいろ教えてよ。年上だし、経験者だろ？　結婚して、離婚もして、それこそ経験豊富。女の子にどう優しくするかも知ってるよね。謝《シェ》教授、ご指導のほど、よろしくお願いしますね」

そこまで口にして、賀予《ハーユー》はギラリと目を輝かせた。ごろつきのような笑顔に、悪意が色濃く浮かぶ。

「でも、すっごく気になることが一つあってさ。お義姉《ねえ》さんとあんなに長い間結婚してたのに、どうして子ども、できなかったの？」

「……」

謝清呈《シエチンチョン》の表情はすっかり暗くなっている。

昼間、全ての人の前で、礼儀正しく教養もある素振りを見せていた品のある若者は今、人間という仮面を脱ぎ捨てた憎たらしいケダモノになっていた。美しい瞳が気怠《けだる》げに下をチラリと見て、笑いに嘲りの色が滲《にじ》む。

「もしかして、不能？」

数秒の沈黙のあと、謝清呈《シエチンチョン》は乱暴な動きで賀予《ハーユー》に答えた。

賀予《ハーユー》の襟を掴《つか》んで床へ放り出し、枕も布団も全て投げつけて賀予《ハーユー》を生き埋めにしようとする。

確かに、賀予《ハーユー》は謝清呈《シエチンチョン》にちょっかいをかけてやろうと思ってやったことだ。しかし、まさか、ここまで大きな反応が返ってくるとは。

謝清呈《シエチンチョン》は激怒していた。

実際、彼は性的な事柄に対して熱心とは言い難く、むしろ多少淡泊なほうだ。それでも――。

（このクソガキ、ごちゃごちゃぬかしやがって）

「賀予《ハーユー》」

賀予《ハーユー》を睨《にら》みつける謝清呈《シエチンチョン》の瞳も声も、氷のようだった。

「やり方が幼稚なんだよ、クソが」

謝清呈《シエチンチョン》は体を起こし、服を軽く整えただけで部屋の外へ向かう。休憩室のドアは「バンッ」と大きな音を立てて閉められた。

派出所のポーチに出てから、謝清呈《シエチンチョン》はタバコを吸った。

李若秋《リールオチウ》との関係を話題にされることを、謝清呈《シエチンチョン》はかなり嫌っている。むしろ憎悪していると言ってもいいくらいなのに、賀予《ハーユー》はわざわざピンポイントでそこを狙ってきた。

謝清呈《シエチンチョン》は柱にもたれかかる。服も髪も乱れ、ピシリと身なりを整えた冷静沈着な姿はもはやどこにもない。苛立ちの滲《にじ》む眉間、赤く充血した瞳、タバコのフィルターを咥える乾いた唇。ぼんやりとした表情にくゆらせた紫煙が混ざって、普段の謝清呈《シエチンチョン》には見られない退廃《たいはい》的な美しさが浮かび上がる。

通りかかる警察官たちすら、謝清呈《シエチンチョン》を一瞥《いちべつ》せずにはいられない。そうしているうちに、一人の若い男性警官が駆け寄り、冷えたビールを差し出してきた。

「あの、気分でも悪いんですか？　分かりますよー、今夜は本当に――あれ？　謝《シエ》兄さん、なんでここに？」

我に返り、謝清呈《シエチンチョン》は警官へ視線を向けた。

「……陳慢《チエンマン》」

陳慢《チエンマン》と謝清呈《シエチンチョン》は知り合いである。

陳慢《チエンマン》の本名は陳衍《チエンイエン》だ。ただ、何をするにしてもせかせかしていて、もっと落ち着いてほしいと思った彼の家族は、その願いを込めて「遅い」を意味する慢を名に入れ、陳慢《チエンマン》というあだ名をつけた。するといつの間にやら、ほかの人たちまでもが身分証に書かれている陳衍《チエンイエン》ではなく、陳慢《チエンマン》と呼ぶようになっていた。

謝清呈《シエチンチョン》と陳慢《チエンマン》が知り合ったきっかけは、陳慢《チエンマン》の兄だ。陳慢《チエンマン》の兄も警察官で、謝清呈《シエチンチョン》の父親の部下だった。その後兄が殉職して、陳慢《チエンマン》は兄と同じ道を選び、今は時間をかけて下積みをしている最中である。

「どうして謝《シエ》兄さんまで事件に巻き込まれたんだ？」

陳慢《チエンマン》は相手が謝清呈《シエチンチョン》だと分かると動きも緩やかになり、隣に立つと改めてビールを開けてから、謝清呈《シエチンチョン》の前に出した。

「話せば長くなる」

謝清呈《シエチンチョン》はため息を吐き、タバコを咥えたままビールを受け取る。お礼代わりにそれを軽く傾けてから、苛立たしげに再び柱にもたれかかり、夜空へ目を向けた。

それ以上説明しようとしない謝清呈《シエチンチョン》。陳慢《チエンマン》はしばらくその隣に付き添ってから、口を開いた。

「謝《シエ》兄さん、寒くないか？　おれの服、よかったら……」

「いや、平気だ。こんな暑い日に寒いわけないだろう」

「季節的にはもう秋だけど……」

イライラの真っただ中にいる謝清呈《シエチンチョン》にとって、陳慢《チエンマン》は口数が多すぎる。

「もう行ってくれ。人と話すような気分じゃないんだ。ビール、ありがとう」
「本当に大丈夫か？」

「嘘《うそ》は吐《つ》かない」

それを聞いてようやく、陳慢《チェンマン》は名残惜しそうにその場を離れた。

「待て」

不意に謝清呈《シエチンチョン》が陳慢《チェンマン》を呼び止める。

「戻ってこい」

陳慢《チェンマン》は素早く謝清呈《シエチンチョン》のもとへ戻った。

謝清呈《シエチンチョン》が陳慢《チェンマン》の制服をグイッと掴《つか》む。昔から付き合いがあり、二人はかなり親しい。なので、謝清呈《シエチンチョン》は遠慮なく陳慢《チェンマン》の服に手を突っ込み、タバコを一パック取り出した。

陳慢《チェンマン》はタバコを吸わないものの、警察では大多数が喫煙者である。タバコを持っていると、他部署に行く時など何かと便利なのだ。

無事タバコを取り上げた謝清呈《シエチンチョン》は、陳慢《チェンマン》の制服を整えてその肩を叩いた。

「もう行っていいぞ」

「……うん。吸いすぎないようにね。最近ちょっと量が多いよ」

謝清呈《シエチンチョン》は再び陳慢《チェンマン》を無視して、柱にもたれたままタバコを吸い終えた。

しばらくもしないうちに、再び足音が聞こえてくる。

謝清呈《シエチンチョン》は苛立ち交じりに、「今夜は仕事しないつもりか？」と問いかけた。

「仕事って？」

「……」

振り返った謝清呈《シエチンチョン》の瞳に映ったのは、陳慢《チェンマン》ではなく、賀予《ハーユー》だった。

それが賀予《ハーユー》だと分かった途端、謝清呈《シエチンチョン》の瞳は冷たさを増し、何も言わずに目をそらした。

賀予《ハーユー》は黙って謝清呈《シエチンチョン》のそばに立っていたが、僅かの間をおいて、渋々口を開いた。

「謝《シエ》先生、すみませんでした。お義姉《ねえ》さんとのこと、本当にごめんなさい……」

謝清呈《シエチンチョン》が抑え込んでいた怒りが、一気に溢《あふ》れ出す。賀予《ハーユー》は本当に分《ぶ》を弁《わきま》えずに、踏み込みすぎた。もとより謝清呈《シエチンチョン》は冷静沈着な性格であり、今の今までずっと我慢してきた。けれども、まるで皮肉のようなこの謝罪は、一層謝清呈《シエチンチョン》を刺激した。もし賀予《ハーユー》がこうして礼儀正しく話かけてこなければ、まだなんとかできたのかもしれない。ところが、賀予《ハーユー》のいかにもそれらしい謝罪を耳にするや、怒りがふつふつと湧き上がった。この行為は、賀予《ハーユー》の謝罪に大した誠意が込められていないことを意味しているからだ。賀予《ハーユー》は彼の両親と同じく、商売人が場の雰囲気を和ませるように、取り繕っただけ。謝罪する姿も何かを宣言する資本家のようである。

あらゆる苛立ちが一瞬にして爆発し、謝清呈《シエチンチョン》は陳慢《チェンマン》からもらったばかりのビールをバシャッと賀予《ハーユー》の顔にぶちまけた。

「何に謝ってる？」

骨に染みるほど冷たいビールが賀予《ハーユー》の頬を伝う。しかし、謝清呈《シエチンチョン》の声は、それ以上に冷え冷えとしていた。

「申し訳なさを欠片《かけら》も感じないぞ。そんな謝るふりごときで、他人は騙《だま》せるだろうが、俺には通用しない。どんな姿のお前も見てるんだからな」

「……」

賀予《ハーユー》は何も言わない。ビールを引っ掛けられるなど、生まれて初めてのことで、反応すらできなかった。

「それから」

謝清呈《シエチンチョン》が容赦なく付け足す。

「『お義姉《ねえ》さん』なんて呼ぶな。俺たちはもう離婚してる。だが、たとえ離婚してなくても、俺はお前の本当の兄じゃないし、あいつもお前の義姉じゃない。お前を見てるとイライラするんだ。今夜はもう顔を見せるな！」

しばしの沈黙のあと、賀予《ハーユー》はゆっくりと一言ずつ尋ねた。

「なら、どうしろと？　口から出た言葉を、もう一回飲み込めって？」

水滴が黒い眉間から流れ落ちる。変人とはまさしく賀予《ハーユー》のことだろう。こんな時になってまで、ゆっくりと笑みを浮かべられるのだから——優しすぎて恐ろしい笑顔ではあるが。

「それとも、土下座してごめんなさいと言えば、誠意を見せたことになるわけ？」

「何もしなくていい」

謝清呈《シエチンチョン》は空になった缶を握りつぶした。賀予《ハーユー》から視線をそらさず、缶をゴミ箱へ投げ入れる。

「だが、賀予《ハーユー》、覚えておけ。俺は確かに結婚という他人と愛情で結びつく行為には失敗したかもしれないが、お前ごときに馬鹿にされる筋合いもない。お前は何を言っても嘘《うそ》偽《いつわ》りだらけで、態度も病的だ。そんな風に他人に接していても、誰も本気でお前を好きになったりはしないぞ。――さっき、もうすぐ告白すると言ってたよな？　なら、やってみればいい」

「……」

黙る賀予《ハーユー》をよそに、謝清呈《シエチンチョン》は続けた。

「好きな人が誰かなんて俺の知ったことじゃないが、その子が一カ月以上お前と付き合えたら、俺は苗字を賀《ハー》にしてやるよ」

第十六話　でも別れるまでずっと喧嘩《けんか》をしていた

事情聴取の間も、賀予《ハーユー》と謝清呈《シエチンチョン》はお互いを無視し続けた。

全てが終わると、謝清呈《シエチンチョン》は謝雪《シエシュエ》を連れて真っ直ぐ帰宅しようとした。謝雪《シエシュエ》は賀予《ハーユー》と一緒に帰りたいと言ったが謝清呈《シエチンチョン》がそれを許さず、無言で謝雪《シエシュエ》の頭をタクシーの中へ押し込んだ。

賀予《ハーユー》は静かに後ろ手を組んで柱にもたれかかっていた。何も言わず、無理について行こうともしない。その様子は、捨てられると分かっていながらもあとを追いかけられない犬のようで、謝雪《シエシュエ》はいたたまれない気持ちになる。

「えっと……お兄ちゃん、やっぱり賀予《ハーユー》も一緒に……」

「乗れ」

「でも……」

「いいから乗るんだ！」

謝清呈《シエチンチョン》のとりつく島のない態度に、謝雪《シエシュエ》は折れるしかない。

「……じゃあ賀予《ハーユー》、家に着いたら連絡してね」

「話はもう終わったか？　行くぞ」

謝雪《シエシュエ》はまだ何かを言いたげだったが、賀予《ハーユー》は静かに首を横に振ってそれを遮る。

謝雪《シエシュエ》がしっかりシートに体を落ち着けるのを待ってから、賀予《ハーユー》は手を振り、遠ざかるタクシーを見送った……。

謝雪《シエシュエ》は座席にもたれ、我慢できずにため息をこぼした。

「お兄ちゃん、賀予《ハーユー》とまたなんかあったの？」

助手席にいる謝清呈《シエチンチョン》は返事をするのも面倒だと言わんばかりに、陳慢《チェンマン》から取り上げたタバコのパッケージを開け、一本取り出した。火をつけようとしたところで謝雪《シエシュエ》がいるのを思い出し、タバコを口に咥えるだけに留めて、片肘を開かれた窓につける。謝清呈《シエチンチョン》はそのまま無表情に、流れていく都会の夜を眺めた。

謝雪《シエシュエ》は小声で尋ねる。

「もしかして、賀予《ハーユー》、なんか言っちゃいけないことでも言った？　だから怒ってるの……？」

「……」

「お兄ちゃん、あんまり賀予《ハーユー》を責めないであげて。確かにちょっと気分屋だけど、根は悪い子じゃないから。私、聞いたよ。今回もし賀予《ハーユー》がいなくて、二人とも私のことに気づかなかったら、今以上に最悪なことになってたかもしれないって。賀予《ハーユー》は……」

「だからなんだ」

黙って聞いていた謝清呈《シエチンチョン》はついに口を開き、タバコを指の間に挟んで冷たく言い放った。

「あいつとは距離を取れとあれほど言ったのに、なんでまだあいつとつるんでる？」

謝雪《シエシュエ》は少しやりきれなくなる。

「でも、賀予《ハーユー》は結構いい子だし、私に優しいし、お兄ちゃんのことだって尊敬してて……」

謝清呈《シエチンチョン》の顔色がサッと変わった。怒りで言葉も出ない。

（尊敬だと？　ふざけるな！）

賀予《ハーユー》は人前でそういう演技をしているだけである。病気の件はたとえ実の妹でも守秘義務があって教えられないため、謝雪《シエシュエ》は普段の礼儀正しく穏やかな賀予《ハーユー》しか知らないのだ。今、実は賀予《ハーユー》に侮辱されたんだなんて打ち明けたところで、この妹は信じてくれないだろう。このまま自分一人の腹に収めるしかない。

「お兄ちゃん……」

「うるさい！」

謝雪《シエシュエ》は大人しく口を閉じた。

家族はこういうものだ。命からがら難を逃れた時は、もう二度と喧嘩《けんか》などせず、穏やかに共に毎日を過ごそうと思っていた。声を荒らげず、きちんとコミュニケーションを取ろう、と。

とはいえ、絶体絶命の状況がもたらす魔法が解けてしまえば、亭主関白もお小言も、なんなら説教まで元通りだ。あれは期間限定の特別仕様だった。

切ないけれど、仕方がない。なんと言ったって、相手は自分の兄なのだから。

（まあ、いいや。私が甘やかさなかったら誰がお兄ちゃんを甘やかすの。保護者っぽいこの性格は、贔屓目《ひいきめ》に見てあげるしかないよね……)

謝雪《シエシュエ》は後部座席で腕を組み、呆《あき》れて唇を軽くへの字に曲げた。

(賀予《ハーユー》は優秀で品行方正なのに、どうしてお兄ちゃんはいつも仲良くするな、って言うんだろう？　それに、時々賀予《ハーユー》にやたらと文句をつける時もあるし。ホントわけ分かんない……)

「あっ……」

しばらく経ってから、謝雪《シエシュエ》が「そうだ」と口を開いた。

謝清呈《シエチンチョン》は返事をしない。ただ、謝雪《シエシュエ》は兄の沈黙が何を意味するのか、分かっていた。言いたいことがあるなら、さっさと言え、だ。

謝雪《シエシュエ》は慎重に言葉を選んで続けた。

「さっき休憩してた時に、あの人から……電話があって、何があったんだって聞かれたから、私……」

謝清呈《シエチンチョン》は「あの人」が誰なのかを聞かない。「あの人」が誰を指すのか、あえて言わずとも二人とも分かっているようだ。

「なんて答えたんだ？」

謝清呈《シエチンチョン》が聞き返す。

「大丈夫以外、何も言えないよ。あ、ベラベラ余計なことをしゃべったりもしてないから」

謝雪《シエシュエ》はそこで一旦言葉を切り、「お兄ちゃん、少しは機嫌よくなった？」と聞いた。

「あいつの話を聞いて、俺の気分がよくなるとでも？」

仕方がなく、謝雪《シエシュエ》は前へ体を寄せ、後部座席から顔を覗《のぞ》かせた。そして、子猫のように座席の背もたれに手をかけて、ぶりっこしながら兄の気を引こうとする。

「じゃあ私を見て。ほらほら、お兄ちゃんの大事な妹はちゃーんと無事だよ。これならどう？」

「……これからは、もう一人であんな危ないところに行くんじゃないぞ」

やっと、少し口調が和らいだ。

「うんうん、分かったよ……」

謝雪《シエシュエ》は急いでうなずく。

タクシーは一度も止まることなく、夜の街を走り続けていた。

＊　＊　＊

成康《せいこう》精神病院の事件は翌日、新聞の一面を飾った。

屋上へ連れて行かれた被害者たちの証言により、江蘭佩《ジアンランペイ》が発作を起こして殺人と放火を犯した背景には、この女性が二十年近く監禁され、死んだほうがマシだと思うような出来事の数々が隠されていたことが判明した。けれども、残念なことに梁季成《リアンジーチョン》はすでに死に、その兄の梁仲康《リアンジョンカン》もとうにこの世から去っている。事件の詳細を知っているかもしれないほかの管理職者たちも、もういない。その中の数人はまさに今回の火災で命を落としていた。

江蘭佩《ジアンランペイ》がつけた復讐《ふくしゅう》の炎は、まるで意志を持つ生物のように、加担した悪人たちを全員飲み込んだのだ。

賀予《ハーユー》が言っていたように、江蘭佩《ジアンランペイ》の一番醜い写真が新聞に載せられた。とはいえ、そんな写真でも、彼女は驚くほどに妖艶だった。死んだ女性は、真っ直ぐ新聞の外へ視線を向けている。逞《たくま》しさと一筋の迷いを瞳にたたえながら。

彼女の写真の下にはこう記されている。

『「江蘭佩《ジアンランペイ》」は本名ではない可能性があるが、書類の紛失により、情報が不足している。警察は現在、江蘭佩《ジアンランペイ》の遺体でDNA鑑定を行っているものの、二十年という時間を経ているため、明確な結論は出ないだろうとのことだ。情報提供は以下の関連部門へ。連絡先：138XXXXXXXX』

自宅にいた賀予《ハーユー》は新聞を閉じた。

精神病院、精神疾患の患者。

これらの話題は議論の的となり、中年太りしたおじさんから若い女性まで、みんながみんな社会学や医学の専門家のような口ぶりでそれらしく語り合っている。

多くの人たちにとって、精神疾患を持つ者は往々にして〝あの人たち〟と線引きされた向こう側にいる。当然、相対的な位置にいるのは〝私たち〟だ。どれほど哀れでも、患者は〝私たち〟の一員にはなれない。

しかし、精神疾患はどのようにして生まれるのか？

賀予《ハーユー》は、かつて謝清呈《シエチンチョン》が言っていたことを思い出した。

「精神疾患の大多数は、異常な環境に置かれた正常な人が起こした反応だ。強迫症、うつ病、双極性障害……その患者たちの生活には、きっと一つないしは複数の異常な状態があって、彼らを圧迫している。例えば、学校のいじめ、ネット暴力、残忍なレイプ、あるいは不平等な社会的立場。こういう異常な雰囲気や〝あの人たち〟の心に大きなショックを与えた真犯人は皮肉なことに、しばしば家庭や職場、社会、そして〝私たち〟に由来している。

精神疾患の患者の精神面を立て直したいなら、どうしようもない場合以外、どこかに閉じ込めておくべきじゃないと思う。むしろ普通の人と同じように外へ出て、もう一度〝私たち〟の一員にさせるべきだ。檻は犯罪者のためのものなので、苦痛をたくさん味わっている病人のためのものじゃない」

賀予《ハーユー》は謝清呈《シエチンチョン》が好きではないが、この言葉には賛同している。

謝清呈《シエチンチョン》が賀予《ハーユー》のそばにあれほど居続けられたのも、この理念があったからだ。少なくとも謝清呈《シエチンチョン》は、ちゃんと自分を生身の人間として扱ってくれていると、賀予《ハーユー》が感じられたからである。

だからこそ昨日、あんなことを言ってしまって、せめて謝罪しようと思っていた。口を滑らせたせいで謝清呈《シエチンチョン》の気分を害してしまったと、さすがの賀予《ハーユー》も気づいたのである。

ところが、賀予《ハーユー》の偽装に慣れっこになっていた謝清呈《シエチンチョン》は、真面目な気持ちで謝ったのにどうせ嘘《うそ》だろうと決めつけて、賀予《ハーユー》の顔面めがけてビールをかけた。

そこまで考え、賀予《ハーユー》の気持ちはどんよりと沈み始めた。目を閉じ、冷たい液体が頬を伝っていくあの屈辱的な感覚をなんとか脳内から追い出そうとする。

（まあいい……もうこれ以上考えないでおこう）

謝清呈《シエチンチョン》は賀予《ハーユー》を怒鳴り、ビールを引っかけただけで、他人のように、精神病の患者を動物のように扱ったりはしていない。

それにもし成康《せいこう》のような精神病院に入れられていたら、自分の病気はもっと悪化していただろう。

江蘭佩《ジアンランペイ》があの中にいた約二十年間。果たして彼女の病気は快方に向かったのだろうか。それとも、悪化したのだろうか。

もしかしたら、あのような結末を迎えずに済んでいたのかもしれない。

「坊ちゃま、お申し付けいただいたことは、全て整いました」

趙《ジャオ》が部屋をノックする。賀予《ハーユー》の許可を得て中に入り、状況を説明した。その後ろで怯えた様子の子犬がおずおずと尻尾を振っている。

「救助部の方にはもう声をかけ、旦那様にも坊ちゃまのお考えを説明してあります。庄志強《ジュアンジーチアン》さんは宛平《えんへい》ではなく、一時的に我々の療養センターに入っていただくことになりました」

「分かった。ご苦労さま」

庄志強《ジュアンジーチアン》は運が良かった。あてがわれた病室が下の階だったため、消防隊に真っ先に救い出されたのだ。かの老人に何かしら不思議な縁を感じ、さらにはあんな事件もあったため、賀予《ハーユー》は彼を放っておくつもりはなかった。

それに、謝雪《シエシュエ》もきっと庄志強《ジュアンジーチアン》を気にかけているはずだ。

成康《せいこう》の大火災に巻き込まれた人たちには、もれなく一週間ほどの休暇が与えられた。心身の調子を整えるためである。

ただ、時の流れは止まらない。せっかく火の海から生き延びられたのだから、なおさら楽しく、安らかに暮らしていかないといけないのだ。

賀予《ハーユー》はふと思い浮かべた。謝清呈《シエチンチョン》は誰も賀予《ハーユー》と付き合わないだろうと言っていた。確か、一カ月以上付き合える人がいようものなら、賀《ハー》の苗字を名乗るとも。

(見てろよ。だったら何がなんでも謝雪《シエシュエ》と付き合ってやる)

謝清呈《シエチンチョン》の一番親しい人と付き合い、謝清呈《シエチンチョン》の妹を奪い取る――そうなれば、謝清呈《シエチンチョン》は賀清呈《ハーチンチョン》と名乗らないといけなくなる。その時、あの男はいったいどんな気持ちになるのだろうか。

そこまで考えて、賀予《ハーユー》は微かな喜びを感じた。誰よりも偉そうな、冷たく険しいあの顔に……今までに見たことのない表情が浮かぶのだろうか?

賀予《ハーユー》は一週間ほど休んでから、すぐに大学に復帰した。謝清呈《シエチンチョン》の鼻をへし折ってやる準備はできている。謝清呈《シエチンチョン》が一番大切にしている妹に、告白をするのだ。

＊　＊　＊

場所は変わり、とある邸宅のバルコニー。

ほの暗い室外灯の周りを、数匹の虫がうようよと飛んでいる。汗を滲《にじ》ませたかのようにぼんやりとした明かりは、バルコニーの入り口に背を向けているアームチェアを包み込んでいた。

誰かがそこに座っている。

姿は見えず、ドアを開けて入ってきた部下の目に映ったのは、アームレストに乗せられた肘の半分だけだった。

「へえ? あの精神病患者たちが、短時間で逃げ出せたというのか?」

「そうです、段様《ドワン》」

「面白い……」

椅子に座った「段様《ドワン》」と呼ばれた男は小さく笑った。

「しかもお互いに助け合って、だと？　成康《せいこう》は精神病院で、子どもにマナーやモラルを教える幼稚園じゃないはずだろう。全くおかしな話だ」

部下は額に冷や汗を滲《にじ》ませる。

「成康《せいこう》の監視カメラはもとから壊れているものが結構ありまして、ちゃんと動作していたものも、火災で全て破損しました。当時のデータを抜き出そうとしたのですが、どうしても……」

「梁季成《リアンジーチョン》みたいな役立たずから使える情報を手に入れようなんざ、はなから期待してない」

そこで、段《ドワン》は一旦言葉を止めた。

「警察は？　何か情報をくれたか？」

「はい、そちらは。患者の何人かが、別の患者から鍵をもらって、助け合いながらドアを開けた、と言っていました。ですが、それ以上のことは何も聞き出せませんでした」

段《ドワン》が冷たく笑う。

「鍵を渡してドアを開けろと言うだけで、その通りに動くような連中でもあるまいし」

「火事の真っ最中、しかも命に関わる場面だぞ」

部下はハッとする。

「……」

「まさか――」

男はそれ以上何も言わない。ほんのりとした明かりが、男の前に置かれたメモを照らし出していた。

その上に書かれた二文字は、周りをぐるりと円で囲まれ、後ろには疑問符がつけられている。

その二文字とは――、

血蠱《けっこ》。

第十七話　僕はあいつと一緒に閉じ込められた

成康《せいこう》精神病院の事件があってからというもの、謝雪《シエシュエ》は一躍、学内の有名人になった。

講壇に戻った彼女の授業は、遅刻者も欠席者もいないどころか、どれも超満員といえるほどの大盛況ぶりだった。他学科のクラスの学生さえもぐり込もうとする始末で、演劇科の四年生で一番イケメンな学生まで、呑気に覗《のぞ》きに来たりしていた。学生たちは皆、変態殺人鬼から逃れた、もはや伝説になりかけている強運の持ち主を一目見んと、好奇心を露わに謝雪《シエシュエ》に群がっていたのだ。

ついには、謝雪《シエシュエ》の写真を寮の部屋のドアに貼り付けておけば、その部屋の学生は全員単位を落とさずに済む、などというとんでもない噂《うわさ》まで流れ始めた。

しかし、本人はそんなことになっているとは露知らず、自分の授業の内容が面白すぎるから、爆発的な人気が出ているのだと自信満々に解釈していた。

「私って、ほんとに教育界に彗星のごとく現れた奇才だよね」

謝雪《シエシュエ》は嬉《うれ》しそうな様子で、学生たちの課題を届けに来た賀予《ハーユー》に言い放った。

「あ、そうだ。賀予《ハーユー》、体調は良くなった？　学校側があなたを表彰するって言ってたよ。確かに行動自体は無鉄砲で褒められたものじゃなかったけど、校長が思いやりのある勇敢な学生だからって……」

賀予《ハーユー》は小さく笑った。

「結構良くなってきたよ。まあ、その賞も、どうせ僕の両親のためのものだからね」

賀継威《ハージーウェイ》と呂芝書《リュージーシュー》は今回の事件のことを知ってはいるが、息子の無事はもう分かっているからと、家に帰ってこなかった。特に呂芝書《リュージーシュー》のほうは徹底している。呂芝書《リュージーシュー》は人と接する時は笑顔を絶やさず、次から次へと面白い冗談が口をついて出てくる。内実を知らない人からすれば、呂芝書《リュージーシュー》はとてもユーモア溢《あふ》れる人間で、家庭やプライベートを大事にするタイプだと勘違いするだろう。

けれども、謝雪《シエシュエ》や謝清呈《シエチンチョン》のように、長く彼女を知っている人であれば分かる。呂芝書《リュージーシュー》のユーモアも親しみやすさも作り物でしかない。呂芝書《リュージーシュー》にしてみれば、多少危ない目に遭った長男より、仕事のほうが大切である、というのは言うまでもない。

ただ、呂芝書《リュージーシュー》は学校の理事会に電話し、賀予《ハーユー》をねぎらうよう学校に言ってと頼む、といった根回しも抜かりない。

実のところ、賀予《ハーユー》にとって、そんな形ばかりの賞などどうでもいいの極致ではあるが。

謝雪《シエシュエ》は言葉に詰まる。そんな風にしか扱ってもらえない賀予《ハーユー》が可哀想に思えて、それ以上は賀《ハー》家の事情には触れず、軽めの話題に切り替えた。

「えっと、あっ、そういえば、金曜日、学園祭だね。いろいろ大変だっただろうし、クラスメイトとリラックスして楽しむいいチャンスだよ。気晴らしに来たら？」

「いや、その日はちょっと用事があって」

「そっかー……」

謝雪《シエシュエ》は残念そうな表情を浮かべた。

「残念。付き添ってもらいたかったんだけどなぁ」

無関心を露わにしていた賀予《ハーユー》の視線が謝雪《シエシュエ》へ向けられる。

「参加するの？」

「ていうか、参加しなきゃいけないんだよね」

謝雪《シエシュエ》はデスクの裏から、モフモフした大きな狐の頭を取り出した。続けてガサゴソと漁《あさ》ると、「ほら見て」と白い尻尾を引っ張り出す。

「なんだ、ソレ」

「九尾狐の着ぐるみ。学校が準備したの。それぞれの学科の先生から一人ずつ、着ぐるみに入って案内役をやれって。私運悪いからさ、その役割に選ばれたうえ、くじ引きでいっちばん、つまんない場所の担当になったんだよ」

「……バカは運がいいって言うけど、謝雪《シエシュエ》は頭も運も悪いんだね」

賀予《ハーユー》はため息をこぼしたが、それでも「どこの担当になったんだ？」と聞いた。

「中心湖に造られた夢幻島《むげんとう》」

からかう賀予《ハーユー》に言い返すのも面倒になり、謝雪《シエシュエ》はふてくされる。

「あそこ、夢幻島って名前だけどさ、学生がライトで飾ってプラネタリウムを置いただけのボロい島だし、普段とあんまり変わらないよ。しかもすっごく遠いし……はあ、本当は今年はやらない予定だったのに、校長が伝統だって言うから……」

謝雪《シエシュエ》は肩を落として狐の尻尾をデスクの上に放り、だらりと椅子に体を沈めた。

賀予《ハーユー》はフサフサな白い尻尾を手に取り、じっと眺めて物思いに耽《ふけ》る。それ以上何も言わなかったものの、彼の心にはある考えが浮かんでいた。


あっという間に金曜日になった。

甘いケーキの香りが、調理室からふわりと漂う。

賀予《ハーユー》はオーブンを開き、ケーキを仕上げて白いワックスペーパーに乗せてから、箱の中に入れる。その後、借りた調理室を清掃スタッフの代わりに綺麗《きれい》に片付けてから、調理室を出た。

学内は学園祭で大いに賑《にぎ》わっている。

用事があると言っていた賀予《ハーユー》は、謝雪《シエシュエ》の大好物のマンゴームースケーキを持ち、片手をポケットに突っ込んでのんびりと学内を一周回った。

迷路で遊んだついでに、賀予《ハーユー》は犬のぬいぐるみ――天使のような微笑みをたたえ、クリクリしたコーヒー豆のような瞳を持つ白いサモエド犬だ――を手に入れ、小脇に抱えた。

「ちょっと見て！」

隣にいた女子学生たちが口元を隠して何やらささやき合っており、賀予《ハーユー》の耳にも少し届いた。

「あれって、賀予《ハーユー》先輩だよね！　先生を火の海から救い出したっていう……写真より本人のほうが、全然カッコいいんだけど……」

「何が先輩よ、バカね。あの子は年下！　脚本演出科一〇〇一組の子だよ！」

「え、マジ？　チョー背高いんだけど……一八〇は超えてるよね、いや、一九〇くらいあるんじゃ……？」

「女友達が同じクラスなんだけど、なんかすごいお金持ちだって言ってたよ！　カッコいいし成績も文句なしだって」

「それって衛冬恒《ウェイドンホン》先輩と同じじゃん！」

「やめてよ、あんなクズ男。綺麗な顔してるけどすっごく態度デカいし。あんなのをまだ先輩って呼んでるわけ？　もはやお局様だよ。金持ちらしいけどさ、まあお高く止まってて。先週、演劇科五組のクラス一の美人があいつに告白したんだけど、なんて言われたと思う？」

「なんて？」

「『お前ごときが？　鏡でも見てみろよ。スキンケアグッズでもあげようか？』だって」

「……」

「でも賀予《ハーユー》は違うよ。優しいし、礼儀正しいし、大声を上げたりもしない。それに、命がけで謝《シエ》先生を助けたんだよ！　こんないい男、滅多にいないって」

噂《うわさ》の的になっている賀予《ハーユー》は、女子学生たちに向かってニッコリと微笑む。女子学生たちはきゃあきゃあと騒ぎ、「聞かれちゃった！」と恥ずかしがりながら蜘蛛《くも》の子を散らすようにどこかへ行ってしまった。

賀予《ハーユー》は優しく優雅に笑みを引っ込め、代わりに掴《つか》みどころのない暗い目つきを浮かび上がらせる――。

本当に謝清呈《シエチンチョン》に聞かせてやりたいものだ。

誰が誰にも好かれない、だって？

ただ、こんななんの変哲もない女子たちには少しの興味もない。ほしいのは……。

唯一ほしいのは、あの人だけなのだから。

その時、賀予《ハーユー》のスマートフォンが振動した。取り出して見ると、そこにはこう書かれていた。

『賀《ハー》さんよ、マジであの吊り橋を壊すのか？』

二年生の、アウトドア部の先輩からのメッセージだ。

夢幻島《むげんとう》は滬州《こしゅう》大学の中心湖の中央に位置している。島の中心にはアウトドア部のキャンプ場があり、普段はこの先輩が管理しているのだ。

賀予《ハーユー》が返事をする。

『長いこと修理されてませんし、残しておくのも危ないですよ。壊してしまえば、校長も新しいものを建てられますから』

『でも校長が学期始めにメンテナンスさせたばかりだぞ。夢幻島は俺たちアウトドア部が管理してるし、こんな短期間で壊れたら、うちの部が賠償金を出すことになる。小さい橋とはいえ、修理ってなったら三〇〇〇元以上はかかるよ……』

メッセージを送った直後、先輩のスマートフォンはチャリンと音を立てた。

『Alipay[21]振込　五〇〇〇元』

すぐに賀予《ハーユー》のメッセージが続く。

『お手数をおかけしますが、徹底的に、お願いします』

「……」

貧乏な先輩は黙り込むしかなかった。

金持ちのコミュニケーションは、単純明快だ。

学園祭マップに記されている学園祭攻略によれば、〝九尾狐〟はアヒルボート乗り場で、夢幻島へ行く学生たちのお供をする役目である。

落ち葉だらけの湖畔へ向かうと、案の定九尾狐の着ぐるみを着た謝雪《シエシュエ》がそこで学生たちがやって来るのを待っていた。

静かにアヒルボートの上に鎮座する白狐。九本ある尻尾の一本は水面に垂れ、ゆらゆらと揺れるボートと共に、湖面にさざ波を作っていた。

21　中国のオンライン決済アプリ。

葉っぱを踏みつけ、軽く音を立てながら賀予《ハーユー》は狐に近づいていく。九尾狐は考え事をしているのか、近づいて来る賀予《ハーユー》に全く気づかない。そして賀予《ハーユー》はそばに立ち――。

「謝雪《シエシュエ》」

九尾狐は少しびっくりした様子で、視線を賀予《ハーユー》のほうに向けた。

「僕が来るとは思わなかった？」

そう笑いかけ、周りを一通り見渡してから、賀予《ハーユー》は続けた。

「本当に辺ぴな場所に配属されたもんだね。僕じゃなかったら、こんなところ誰も来ないよ。一日中ずーっと、一人でポツンと寂しく待つことになっちゃうだろうな」

その言葉に同意しかねているようで、九尾狐は黙ったままである。

「ほかに誰が来るって？　君の兄さん？」

「……」

賀予《ハーユー》の声は穏やかだ。

「君の兄さん、もうすぐ更年期なのに見合いまでさせられちゃってさ。一日中若い女の子たちにイライラして更年期の薬を飲むのに忙しいから、妹に構ってる暇なんかないって」

「…………」

九尾狐は相変わらず一言も発さない。

賀予《ハーユー》はひょいとボートに飛び乗った。

「だから、僕が一緒に夢幻島《むげんとう》に行ってあげるよ」

湖と呼ばれてはいるものの、大学構内にあるので当然大きさはそれほどでもなく、アヒルボートは二分もしないうちに〝土の塊〟である夢幻島に到着した。

予想通り、島は荒廃して寂れていた。形ばかりのライトがいくつか飾られて、埃を被《かぶ》ったキャンプ道具がキャンプ場のあちらこちらに転がっている――この時期は蚊が多いため、新学期が始まって一カ月経った今でも、アウトドア部は一度も活動していないようだ。

賀予《ハーユー》が提案した。

「先生の仕事、手伝ってあげるから。どこでスタンプを押せばいい？」

九尾狐は頭をくいと動かし、ある方向を指した。

段々と着ぐるみ姿の謝雪《シエシュエ》が滑稽に思えてきて、賀予《ハーユー》は聞いた。

「こんな暑い日に、その格好ムシムシしない？　頭、取ってやろうか？」

賀予《ハーユー》が手を伸ばすのを見て、九尾狐は頭を押さえ、ひどく冷静にスッと一歩後ろに下がった。

「……嫌だって?」

こくん。

「……あー、分かったよ、そのままでどうぞ。あとで暑いって泣きつくなよ?」

九尾狐は気にした風もなく真っ白な腕を下ろし、両腕を抱える仕草をした。

「なんか、よく見たら結構可愛いよね」

とそれを見た賀予《ハーユー》が素直な感想を漏らす。

「そのままじっとしてくれてたら、賀予《ハーユー》お兄ちゃんがアンケートのサービス欄に満点をつけてあげるよ」

「……」

「ほら、案内して」

スタンプ台は夢幻島《むげんとう》の中心にあり、簡易なデスクと椅子が設置されていた。九尾狐は静かに木に寄りかかり、遠くを眺めている。

スタンプを押して振り向いた賀予《ハーユー》は、目の前の光景がまた一段と面白く思えてきた。謝雪《シエシュエ》が被《かぶ》っている着ぐるみの頭が重そうで、いじめっ子気質の賀予《ハーユー》は、ダメだと言われれば言われるほど、その頭を奪い取りたくて仕方がなくなる。

そういうわけで、九尾狐が顔を反対側へ向けているのを見るや、意地悪な考えがひらめいた。音もなく近づき、勢いよく着ぐるみの頭を取って、笑いかける――。

「謝雪《シエシュエ》、――」

「!!」

(待て、どうなってるんだ!?)

突然被り物を外され、ボサボサ頭で振り向いたのは謝雪《シエシュエ》などではない。どこからどう見ても凶暴な目つきをした謝清呈《シエチンチョン》じゃないか!

「……」

二人は何も言葉を発しない。謝《シエ》教授は口をパクパクさせてから、唇を一文字にひき結んでしばらく黙り込んだ。乱れた前髪を乱暴にかきあげ、ナイフのような視線を賀予《ハーユー》に投げつける。薄い唇の下から、白い歯が覗《のぞ》く。

謝清呈《シエチンチョン》はゾッとするような声で言い放った。

「お前、頭、大丈夫か?」

謝清呈《シエチンチョン》だと分かった途端、賀予《ハーユー》の表情はみるみる暗くなった。

「いや、なんであんたが着ぐるみに入ってるのを僕に教えてくれなかったんだよ？」

謝清呈《シエチンチョン》は、眉間に深い縦皺《たてじわ》を刻みながら着ぐるみを脱いでいく。これはこれでとても珍しい光景だ。エリートな謝《シエ》教授はいつもぴしりと身なりを整えている。なのに今ときたら、ぐちゃぐちゃに髪を乱して着ぐるみから出てくるという、なんとも情けない姿を賀予《ハーユー》に晒《さら》していた。

「言ったところでどうなったっていうんだ？　ダラダラ無駄話ばかりしやがって。スタンプを押したんならとっとと失《う》せろ」

賀予《ハーユー》は引き下がらず、謝清呈《シエチンチョン》を見つめる。

「謝雪《シエシュエ》は？」

「暑いのが嫌だから代わってほしいと頼まれたんだ。……誰が一日中見合いで忙しくて、更年期の薬を飲んでるって？」

「……」

メスのように鋭い謝清呈《シエチンチョン》の視線を一身に受けて、先ほどの発言を思い出した賀予《ハーユー》は小さく笑った。

「ごめんなさい、そんなつもりじゃなかったんで」

派出所での一件があってから、二人は今日まで顔を合わせていなかった。予想外な場所で出会うという驚きが二人の間を通りすぎると、途端に気まずい雰囲気が漂う。

特に謝清呈《シエチンチョン》は居心地が悪くて仕方がなかった。あの日、賀予《ハーユー》にビールを引っかけたあと、やはりあんなことをする必要はなかった、と反省したのだ。いつも冷静沈着な謝清呈《シエチンチョン》だが、あの時はさすがに気持ちが張り詰めていた。加えて、賀予《ハーユー》が的確すぎるくらいに痛いところを突いてきたせいで、ついらしくもない喧嘩《けんか》をしてしまった。しかし、普段の謝清呈《シエチンチョン》であれば、十三歳も年下の男と口論なんてそもそもしていなかったはずだ。

賀予《ハーユー》から再度謝罪され、謝清呈《シエチンチョン》は髪を整えようと動かしていた手を止めた。少しトーンを和らげ、この奇妙な空気を変えようと切り出す。

「……もういい。ところで、今日は用事があるんじゃなかったのか？」

「そうだけど、どうしてそれを？」

「謝雪《シエシュエ》が、お前からそう聞いたと言っていた。もともとお前に代わってもらおうと思っていたらしい。でも、用があると言われて、遠慮したんだと」

「……」

賀予《ハーユー》は謝清呈《シエチンチョン》に答えることなく黙り込んだ。被《かぶ》り物とサモエドのぬいぐるみをそばに置き、額に手を当てて今聞いた事実を飲み込む。そしてきびすを返し、マンゴームースケーキの入った袋を手に、来た道を戻っていった。

「……出かける時に黄暦《こうれき》[22]を見ればよかった」

ところが、なんとかなるだろうと夢幻島《むげんとう》の渡し場に着いた賀予《ハーユー》が目にしたのは、向こう岸でふんぞり返ってゆらゆら揺れているアヒルボートだった。水面に映っている黄色い嘴《くちばし》は波で歪《ゆが》み、あざ笑っているようにも見える。

ここで、賀予《ハーユー》は謝雪《シエシュエ》と二人きりの状態で告白できるように、島に上陸したら島に到達する全ての手段を断ってほしいと例の先輩にお願いしていたのを思い出した。

これぞまさに、身から出た錆《さび》。

賀予《ハーユー》の眉はぴくりと震えた。

「どうした？」

背後から近づく足音。振り向かなくても分かる。この島で、呼吸する毛が生えた自分以外の霊長類は謝清呈《シエチンチョン》だけだ。島に独身男女が二人きりというシチュエーションは、告白にちょうどいいと思っていた。それが今や、独身男が二人。

22 中国の旧暦。その日の避けるべきことなどが書かれている。

しかも、自分が一番嫌っている男と、二人きりときた。

この状況について考えれば考えるほど、賀予《ハーユー》の頭は凶暴な考えで満たされていく。この寂れた場所で謝清呈《シエチンチョン》を後ろ手に拘束し、木に縛り付けて死ぬほどいたぶってやりたい、とさえ思える。真っ青になるまで、身体を草で汚して、それこそ気絶するまで謝清呈《シエチンチョン》を一晩中虐《いじ》めぬいてやる。どうせここには誰も来ないし、告白もできない。それならいっそ自らの手で謝清呈《シエチンチョン》を殺してしまおう。とにかく、せっかく自分が心を込めて作った無人の環境を無駄にしちゃいけない。

（邪魔するこいつが悪いんだから）

着ぐるみを脱いだ謝清呈《シエチンチョン》はスラリとしていて、まとっている雰囲気もすっかり変わっていた。謝清呈《シエチンチョン》が近づくにつれ、賀予《ハーユー》はまた、あの無情な薬と消毒液の淡い匂いを嗅いだ気がした。

賀予《ハーユー》はその匂いが苦手である。気を静め、非現実的な犯罪欲を引っ込めてから謝清呈《シエチンチョン》へ視線を向けた。

「どうしてか分からないけど、ボートが向こう岸に戻っちゃってて……」

「……管理室で操縦してるのかもな」

謝清呈《シエチンチョン》は手をポケットに入れ、無表情のまま考えてから、口を開いた。

「大丈夫だ、確か橋があったはずだから。ついて来い」

五分後――。

すでに半分ほど湖に沈んだ粗末な吊り橋を前に、謝清呈《シエチンチョン》は無言になった。彼の顔にはなんとも言えない複雑な表情が浮かんでいる。

「吊り橋も壊れてるな」

「あー、ツイてない。多分誰かの悪戯《いたずら》だよ」

平静を装っていたが、賀予《ハーユー》の内心は不機嫌真っ盛りだった。

（驚いたか？　想定外だろ？　でも、まだこれからだよ。このあとスマホが圏外だって気づくから）

謝雪《シエシュエ》と夜中までこの島にいるつもりだったため、賀予《ハーユー》はわざわざ大学入試で使われているのと同じタイプのジャミング装置を用意していた。

いや、おそらく大学入試のものよりもっと強力なはずだ。なにせ、そのプログラムを改造したのは賀予《ハーユー》本人なのだから。

この分野における賀予《ハーユー》の才能は、飛び抜けたものがある。暇な時は気を紛らわせるのを兼ねて、ハッキングやらジャミングやらを研究している。

ハッキングは相手側のファイアウォールと、一分一秒を争う勢いで戦わなくてはならず、病の苦痛を紛らわせるのに役立っていた。そうして数年間のトレーニングを重ねた結果、賀予《ハーユー》はいつの間にか恐ろしい手練《てだ》れのトップハッカーになっていたのだ。

もちろん、ジャミング装置は自分が設定したものだと先輩に言うわけもない。賀予《ハーユー》は先輩に向こう岸で装置を起動させ、待機していてほしいとだけお願いしておいた。謝雪《シエシュエ》を孤立無援な状態にできるし、夢幻島《むげんとう》に行きたいという学生が来た場合は、このイベントはつまらなさすぎて一時的に閉鎖したと伝えてもらうこともできる。

二人きりになるための、完全無欠な告白計画。

そう思って、賀予《ハーユー》は先輩に念まで押していた。

『岸辺で待機していてください。夜の十二時以降にまた、ボートをこっちに寄越してくれればいいですから』

『任せてくれ、賀《ハー》さん』

『途中でどんなに僕らが外へ助けを求めようとしても、スルーしてくださいね。あの子の前ではちゃんとそれっぽくしないと疑われますから』

『問題ないさ、賀《ハー》さん』

そして今、当の賀《ハー》さんは線が細い長身の謝清呈《シエチンチョン》の後ろ姿を見て、微かな頭痛を覚えていた。

（問題ないって？　問題しかないだろ……）

「待て、向こう岸に誰かいる」

島を半周したところで、謝清呈《シエチンチョン》は向こう岸にいる先輩に気づいた。

「声をかけてみよう」

「あんたじゃダメだって」

賀予《ハーユー》はため息をこぼし、最後の希望を胸に抱いて言った。

「僕がやるから」

「なんで俺にやらせない？」

「あんたを尊敬してるから。僕は老いを敬い、幼きを愛す模範青年だから。これでいいだろ？」

賀予《ハーユー》の苛立ちは最高潮に達していた。それ以上謝清呈《シエチンチョン》と無駄話をしようとせず、向かい側の協力者へ声をかけ始める。

十五分後……。

喉がカラカラになり、賀家《ハー》のお坊ちゃまは木にもたれかかった。

その様子に、謝清呈《シエチンチョン》は淡々と問いかける。

「お前の尊敬は尽きたみたいだが、もう限界か？」

成人したばかりの男子のプライドは非常に高く、最も聞き捨てならない言葉は「限界」である。しかし、かといってこの状況の背景を詳しく説明するわけにもいかない。謝清呈《シエチンチョン》の顔を見ていたくなく、賀予《ハーユー》は木の反対側へ回ると、膝ほどの高さの猫じゃらしを一束むしった。苛立ちに任せ、ぺしぺしとそれを使って周りの蚊や虫を追い払い始める。

そうしていても、苛立ちは募るばかり。とうとう賀予《ハーユー》は草を放り投げ、森のほうに向かった。

「どこに行くんだ？」

謝清呈《シエチンチョン》が問う。

「……キャンプ場。水を飲みに行く」

叫びすぎたせいで、若者の声はすでにしゃがれていた。

謝清呈《シエチンチョン》から十分に距離を取ってから、賀予《ハーユー》はジャミングを受けないよう設定した別のスマートフォンを取り出し、不機嫌丸出しで先輩にメッセージを送った。

『ちょっと手違いが起きたので、ここから出してください』

先輩からすぐに返事が返ってきた。きっちり金持ちへのお世辞付きで。

『さすが、賀《ハー》さん！　マジでそれっぽいわ。このメッセージもどうせ演技なんだろ？』

数秒後。

『ちゃーんと覚えてるって。何があっても岸に戻すな、だろ？しっかりやるから安心してくれ。十二時すぎたら迎えに行くし、島に近づこうとする奴がいれば追い返すから。リラックスして二人だけの時間を楽しめよ』

「……」

この何もない島で何を楽しめと？

謝清呈《シエチンチョン》をか？

殺人が違法行為じゃなければ、今頃謝清呈《シエチンチョン》を縛り上げて草むらに放り込み、一晩中楽しめていたかもしれないが、今の状況でどうしろと？

第十八話　あいつが辞めた日を思い出した

言うまでもなく賀予《ハーユー》たちの生きるこの国は法治国家である。当然、謝清呈《シエチンチョン》を草むらに引きずりこんでいたぶり、復讐《ふくしゅう》するなんて賀予《ハーユー》にできるはずもない。


しかし、どう足掻《あが》いてもここから離れられないと分かり、ついに二人は諦めてキャンプ場に戻ることにした。

目を合わせたところで、できるのは世間話くらいである。

自分たちの置かれた状況を鑑みると、アダムとイブも本気で愛し合っていたわけではなかったのだろうなと推察された。木の上にいる蛇《へび》とばかり会話をするわけにもいかないし、目の前の相手以外に選択肢がなかっただけに違いない。

「ガキンチョ」

謝清呈《シエチンチョン》以外、賀予《ハーユー》を「ガキンチョ」などと呼ぶ者はいない。

しかも、こう呼んだということは、謝清呈《シエチンチョン》にも少なからず賀予《ハーユー》ときちんと話をする気があることを意味している。

賀予《ハーユー》は「ん？」と軽く顔をそちらに向けた。

「……手の怪我はもういいのか？」

「もうすっかり」

軽く笑って賀予《ハーユー》は続ける。

「謝《シエ》先生、僕の怪我、気にしてどうするの？　あの日派出所にいた時は、先生自ら刺してやろうか、ぐらいの勢いだったのに」

「……分かってるだろ。昔のことを言われるのは本当に嫌なんだ」

「じゃあ、僕も本気で謝ろうとしてたってことは分かってた？」

謝清呈《シエチンチョン》が無言のまま視線を上げる。

賀予《ハーユー》は相変わらずニコニコとしていたが、謝清呈《シエチンチョン》を見る視線はひんやりしていた。

「僕の話し方はいつもあんな感じだよ、謝清呈《シエチンチョン》。別に謝るつもりがなかったわけでも、気にしてなかったわけでもない。それに、ちゃんと気持ちをコントロールしろって子どもの時から言い聞かせてきたのは、そっちじゃん。辞めてからずいぶん経つし、もしかして自分で言ったことも忘れたのか？」

しばしの沈黙。

ややあって、謝清呈《シエチンチョン》は「確かに、辞めてから結構経つな」と口を開いた。

「四年だよ」

「……ちゃんと聞いていなかったが、最近、病気のほうはどうだ？」

「かなり良くなってる」

言ってから賀予《ハーユー》は再びにっこり笑う。

「心配しなくていい。あんた個人をどう思おうと、あんたの医療理念には賛同してるし。教えてくれたこと、ちゃんといつも心に留めてるから」

謝清呈《シエチンチョン》は冷淡な表情をした青年を見やる。

「なら良かった。あの病気の治療には、お前自身の協力と助けが必要だ。どんな医者が担当しようとも、一番大事なのはお前の心持ちだからな」

賀予《ハーユー》はしばらく黙り、うつむくと微笑んだ。

「なんか、すごく聞き覚えがある台詞だね……あぁ、そうか」

賀予《ハーユー》は一旦言葉を止める。その瞳は冷え切っていた。

「思い出した。それ、前に一回言ってくれただろ。まだ覚えてるよ、謝《シエ》先生。先生が辞めたあの日だよね……」

謝清呈《シエチンチョン》が辞職する前日。

賀予《ハーユー》と謝雪《シエシュエ》が図書館を出ようとした時、外では雨が降っていたので、賀予《ハーユー》は傘を差して謝雪《シエシュエ》を家に送った。

「ありがとね、ここまで送ってくれて」

「どういたしまして」

「上がってく？　うち、ちょっと狭いけど……」

「迷惑にならない？」

「そんなわけないじゃん、逆にダサいって思われるかもって心配してるくらいなのに」

謝雪《シエシュエ》は笑顔で、賀予《ハーユー》の手を引いて家への路地を進んだ。

謝清呈《シエチンチョン》は留守だったが、家には李若秋《リールオチウ》がいた。

女性は机の前に座り、誰かとチャットをしているようだった。顔には抑えきれない笑みが浮かんでおり、義理の妹が帰宅しても、顔を上げることなく「おかえりー」と適当な返事をしただけだった。

李若秋《リールオチウ》とあまり顔を合わせたことがなかった賀予《ハーユー》は、家に入ると礼儀正しく「お邪魔します」と挨拶をした。

その声を聞き、李若秋《リールオチウ》は驚いて顔を上げた。

「……あら、珍しいお客様ね。どうぞ座って」

李若秋《リールオチウ》はお茶を淹《い》れようと、慌てて立ち上がる。

賀予《ハーユー》は微笑んだ。

「いえ、お構いなく。謝雪《シエシュエ》を家まで送ってきただけなので、すぐ帰ります」

「それはダメよ、座ってて。今、お菓子を出してあげるから」

李若秋《リールオチウ》は茶菓子を準備しに行った。

謝雪《シエシュエ》は声を潜める。

「お義姉《ねえ》ちゃん、いい人なんだよ。親切で言ってくれてることだから、断ったら逆に機嫌を損ねちゃうかも」

李若秋《リールオチウ》が気の強い女性であることは、たった数回、顔を合わせただけでも分かる。何よりも、普通の女性が謝清呈《シエチンチョン》みたいな冷淡で父親臭い男と結婚するわけがないのだ。

賀予《ハーユー》は椅子に腰かけた。滬州《こしゅう》の路地にあるこの古い家は狭く、一つの部屋をカーテンだけで仕切っている。成長期の少年は中学生にして、すでに大人の分別を身につけており、他人の家において知るべきものもそうでないものも、全て理解していた。

賀予《ハーユー》が謝清呈《シエチンチョン》のプライベートな空間に踏み込んだのは、今回が初めてである。家具を見渡し、賀予《ハーユー》の瞳は薄いカーテンから覗《のぞ》くダブルベッドに止まった。なんだか妙な感覚だ。

謝清呈《シエチンチョン》と李若秋《リールオチウ》が、ああいうことをする様子は想像しがたい。

賀予《ハーユー》は行儀よく視線をそらした。

「はい、お茶とお菓子。口に合うといいんだけど」

李若秋《リールオチウ》は上機嫌で、温かいお茶を一ポッドとお菓子、それにカットされたフルーツを一皿トレーに乗せてやってきた。

「どうぞ、お菓子は私の手作りよ」

「そんな気を遣わなくても」

李若秋《リールオチウ》は口を隠して笑い、賢い目で賀予《ハーユー》と謝雪《シエシュエ》を交互に見た。

確かに二人は歳が少し離れているが、思春期の男子は成長が早く、加えて賀予《ハーユー》は今日制服を着ていない。黒い秋物のタートルネックにジーンズ、ベースボールキャップを被《かぶ》った一八〇センチ近い長身は、賀予《ハーユー》から中学生らしさをあまり感じさせなかった。

その高い身長に大人びた容姿は、年上の謝雪《シエシュエ》と並んでもお似合いと言えるほどだった。

部屋はしばし静けさに包まれる。

数秒後、李若秋《リールオチウ》は我慢できずにプッと吹き出し、軽く手を振った。

「二人ともおしゃべりしてて。私、黎《リー》おばさんのところに行ってくるから」

「あっ」

謝雪《シエシュエ》が口を開く。

「お義姉《ねえ》ちゃ――」

李若秋《リールオチウ》は大人の余裕を漂わせながら去っていった。

去り際のにやけが何を意味するのか、どんなに鈍くても分かる。謝雪《シエシュエ》はすぐ気まずくなり、小さな顔はみるみる赤く染まった。

「あの、ごめんね、賀予《ハーユー》。お義姉ちゃん、恋愛ドラマ好きでさ、いろいろ見すぎて、変な方向に考えがちなの」

「へーき」

賀予《ハーユー》は視線を下げ、温かいお茶をすする。李若秋《リールオチウ》にそんな風に思われて、悪い気はしなかった。

「気にしてないから」

もとから謝雪《シエシュエ》のことが好きなのだ。誤解されたところで、痛くも痒くもない。

「あっ。謝雪《シエシュエ》の兄さんさ、明日仕事じゃないけど、なんか用事があるらしくて、うちに来るんだ。謝雪《シエシュエ》も一緒においでよ。全部終わったら、串焼きに連れてってあげる」

食べ物があると聞き、謝雪《シエシュエ》は目を輝かせて間を置かずに了承した。

ところが、その夕方。

家に帰った賀予《ハーユー》は、リビングの明かりがついていることに気づいた。ドアを開けて中に入ると、座って新聞を読んでいる呂芝書《リュージーシュー》を見つけた。

賀予《ハーユー》にとっては少し予想外な状況だ。

呂芝書《リュージーシュー》と賀継威《ハージーウェイ》はいつも留守である。賀《ハー》家には自宅が二軒あり、一軒は滬州《こしゅう》に、もう一軒は燕州《えんしゅう》にある。燕州《えんしゅう》のほうは本宅で、賀予《ハーユー》は五歳までそこで暮らし、その後、南の滬州《こしゅう》に連れて来られた。一方、賀予《ハーユー》の弟は賀予《ハーユー》と異なり、学校に通わなければならないこともあるが、燕州《えんしゅう》の金持ちの友人たちと遊び暮らす毎日だ。また、オールマイティな兄を見ると劣等感が刺激されるのでこちらには寄り付かず、ほとんど本宅にいる。

兄弟二人は離れて暮らしているが、両親は暇があると当然純粋で可愛い宝物のような弟を構いに行く。何か用事などがない限り、ほとんど賀予《ハーユー》のところには来ない。

「……どうしてここに？」

「出張から戻ったばかりでね」

呂芝書《リュージーシュー》は新聞を脇に置き、長男に言った。

「座って。話したいことがあるの」

中学三年生の少年は鞄《かばん》を下ろし、中へ入る。母親は少年を仰ぎ見なければならなかった。

目を伏せ、賀予《ハーユー》は「話って？」と母親を促す。

呂芝書《リュージーシュー》はワインを注ぎ、一口飲んでからやっと口を開いた。

「謝《シエ》先生があなたを診るのは、明日で最後よ。これからはもう、うち専属の医者じゃなくなるわ」

そんなこととは露知らず、賀予《ハーユー》は思わず動きを止める。

少し経って、賀予《ハーユー》は冷静にも聞こえる口ぶりで問いかけた。

「……ずいぶん急だね」

「ええ。前もって言ったらあなたが思い悩むんじゃないかと思って」

「……どうして？」

質問には答えず、呂芝書《リュージーシュー》は自分の話を続ける。

「お金はいま精算中だし、明日私に引き継ぎ事項を伝えたら、あなたにも声をかけると思う。ただこれからは――」

彼女はもう一口ワインを飲んで、「もうあの家の人と関わらないでちょうだい」と言い放った。

「……」

「私の言いたいこと、分かるでしょう？　私たちは違う世界の人間なの。今日の午後、趙《ジャオ》さんに迎えに行かせたら、あなたが陌雨巷《はくうこう》にある謝《シエ》先生の家で遊んでいて、謝《シエ》先生の妹と一緒にいると聞かされたわ」

呂芝書《リュージーシュー》がため息をこぼす。

「本音を言えばね、あなたにはずいぶん失望してるのよ。孟母三遷《もうぼさんせん》、隣を選びて居《お》く。[23]親としては当然、息子には、立派なお友達に囲まれててほしいわ」

背が高く逞《たくま》しい少年の体つきを眺めてから、呂芝書《リュージーシュー》は上へ視線を動かし、早くも美青年の気配が垣間見えるその顔を見つめる。

「特に、女友達はね」

静けさがリビングを包み込む。

賀予《ハーユー》は「それ、謝《シエ》先生が言い出したこと?」と問いかけた。

「辞職自体はね。ただ、あの人たちから離れてほしいのは、私の考えよ」

堂々と認めたあと、呂芝書《リュージーシュー》は笑みを作り、賀予《ハーユー》の前までやってきた。手を伸ばし、賀予《ハーユー》の額にかかった髪を後ろへと軽く払う。

「でも、謝《シエ》先生も同じ考えだと思う。仕事の関係はもう終わったのに、取らなくてもいい連絡なんて、したくないに

23 引っ越した先が子どもに影響を与えたため、孟子の母親が三回転居したという故事。

決まってる。謝《シエ》先生は自分の分《ぶ》ってものを相当弁《わきま》えているわ。これは、私もあなたのお父さんも、謝《シエ》先生を認め、信用している理由の一つなの」

「……」

「信じられないなら、明日自分で聞いてみなさい」

＊　＊　＊

翌日、謝清呈《シエチンチョン》はやってきた。

手続きを全て終わらせ、謝清呈《シエチンチョン》は賀予《ハーユー》に最後の検査を行った。そして、治療用の長椅子の上に横たわる少年に向かい、謝清呈《シエチンチョン》はそっけなく口を開いた。

「お母さんから聞いただろう」

「……」

「明日から、もう俺は来ない。これからは体調が悪くなっても、昔みたいに自傷して気をそらそうとするなよ。あと、覚えておいてくれ。どんな医者がお前を診ようとも、一番大事なのはお前の心持ちだからな」

そう告げる若い医者は、案の定事務的な口ぶりだった。

呂芝書《リュージーシュー》の言う通りだ。謝清呈《シエチンチョン》は、いつも賀予《ハーユー》との間に明

確に一線を引いている。彼らは全く違う世界に属している。

賀予《ハーユー》は賀《ハー》家の長男で、賀継威《ハージーウェイ》の息子だ。

一方の謝清呈《シエチンチョン》は、賀《ハー》家に雇われた医者にすぎない。

賀予《ハーユー》にとっても、一人の医者だけを頼りに、精神の苦境を和らげてもらうのは、いいことではない。

冷静な謝清呈《シエチンチョン》は、その点をはっきりと知っているのだ。

患者の面倒を見たり、支えたり、精神的に励ましたりすることはできるが、別れを言うべき段階では、謝清呈《シエチンチョン》はなんら未練を持たない。謝清呈《シエチンチョン》はいつも患者との関係を割り切って考えている。そのため、最後だというのに謝清呈《シエチンチョン》の口から放たれたのは、あっさりとした一言だけだった。

「……それじゃあ、ガキンチョ。早く元気になれよ」

思春期に突入した少年は、心に燃え盛る怒りを抑えながら、謝清呈《シエチンチョン》を見つめる。

「……ほかに何か言うことはないの？」

「……」

いくら待っても、謝清呈《シエチンチョン》が反応を示さないので、賀予《ハーユー》は口を開いた。

「なるほど、ないんだね。僕はある」

「……」

「謝清呈《シエチンチョン》、僕はいろんな医者に診てもらってきた。薬を飲ませてくれたり、注射を打ってくれたり、あいつらは独特な精神病患者を見るような目で僕を見てたけど、あんただけは違ってた。確かに、あんたのことは気に食わないよ。でも、あんたの言うことは、全部ちゃんと聞いてきた。社会に溶け込んでもいい人間のように僕を扱ってくれたのは、あんたしかいなかったから。注射も薬も大事じゃない、他人とちゃんと関わって、強い心を持つことが僕の唯一の出口だって教えてくれたのは、あんただけだったから」

賀予《ハーユー》は続ける。

「謝《シエ》先生、確かに僕らはそこまで親しいわけじゃない。けど、……」

「……」

「僕……」

賀予《ハーユー》は言葉を詰まらせ、杏眼《あんがん》でじっと謝清呈《シエチンチョン》の顔を見つめる。

「あんたは患者としてだけじゃなく、僕をちゃんと感情を持つ普通の人として扱ってくれてると思ってた」

「確かにお前を感情のある普通の人として扱っていた」

「だったらなんで、こんないきなりいなくなるんだよ？」

中学生の少年の体つきはすでに大人のそれに近く、怒りを孕《はら》んだ時の雰囲気は恐ろしくて威圧的だ。

「普通の人の付き合いってのは、こんな風に終わるものなのか？」

謝清呈《シエチンチョン》は一拍子置いてから、口を開いた。

「賀予《ハーユー》。確かにお前にとっては突然だろうし、もっと前もって言うべきだったと思う。だが、お前の両親とは話をつけてあるんだ。特にお前の父親は俺の古い知人で、雇い主でもある。規則に従えば、俺がまず優先させなければいけないのはあっちの意向だ……」

「じゃあ僕の意向は？」

「俺はただの医者だぞ」

「僕だって雇い主だろ」

賀予《ハーユー》は相手をじっと見つめる。

「なのに、なんで僕の意見は聞かないんだよ」

しばしの沈黙のあと、謝清呈《シエチンチョン》はため息をこぼした。

「気持ちをコントロールしろ、若者。お前を尊重していないわけじゃないが、お前はまだ学生だ。俺を雇う金だって、お前が出せるような額じゃない」

なぜなのか、賀予《ハーユー》にも分からない。当時の賀予《ハーユー》はすでに落ち着き払っており、大人とやり取りをしていても、礼儀を欠くことなく引き際を見極められるほどだった。

ところが、謝清呈《シエチンチョン》も謝雪《シエシュエ》もいなくなると考えただけで、賀予《ハーユー》はどうしようもなく心細くなる。そして、予想外な言葉が口から飛び出した。

「僕、たくさんお小遣いあるんだ、だから――」

「とっておいてケーキでも買えよ」

謝清呈《シエチンチョン》は理性的に賀予《ハーユー》に言った。

「ただ、俺はケーキじゃない。親父さんが買ってくれなかったから、お前がどうにかして金で手に入れられるようなものじゃないんだ。お前の治療をしている理由のほとんどは、親父さんのよしみからだし、その意向に背くことなんてできない。分かるだろう？」

「なんであの人はあんたを辞めさせたの？」

「辞めさせられたんじゃない。俺が、自分で辞めたんだ。さっき、普通の人の付き合いはこんな風に終わるのかって聞いただろう？」

謝清呈《シエチンチョン》は賀予《ハーユー》の目を見つめる。

「その通りだ。いくらお前が俺にとって感情がある普通の人間だったとしても、お前との付き合いはしょせん〝医者と患者〟を前提にして成り立っている。人と人の付き合いは段階的に変化するものだし、お前にとって一番親しい両親だって、一生お前のそばにいることはできない」

一旦言葉を切って、謝清呈《シエチンチョン》は続けた。

「今、俺とお前の、医者と患者という関係が終わろうとしている。俺がいなくなるべき時が来たんだよ。これが普通の人同士における、付き合いのごく一般的な終わらせ方だ」

「……」

「はじめにお前の父親と約束したのも、七年間だった」

謝清呈《シエチンチョン》は再び賀予《ハーユー》と視線を合わせる。

「今のお前の病状では、誰かにこんな風に付き添ってもらうのは、もう妥当じゃない。遅かれ早かれ、お前は自分の力で、心の闇から抜け出さないといけないんだ。分かるか？」

「……つまり、あんたも母さんと同じような考えってことか。今日を過ぎたら、僕たちも、僕と謝雪《シエシュエ》も、もう余計な連絡を取り合う必要なんてない。そう思ってるんだろ？」

「俺たちの助けが必要なら、いつでも連絡をすればいい」

そこで謝清呈《シエチンチョン》は言葉を止め、「それ以外の理由なら、確かに必要ないな」と付け足した。

「……」

「それに、お前の母親が、お前は謝雪《シエシュエ》とよく二人きりで遊びに行くと教えてくれた。あの子の保護者として、確かにそれは不適切だと思っている」

謝清呈《シエチンチョン》は目の前の中学生を眺め、冷静に言って聞かせた。

「お前たちは歳が離れているし、お前は謝雪《シエシュエ》に依存しているだけで、他意はないだろう。だが、時が経つにつれて、良くない言葉も聞こえてくる。それはお前にとっても謝雪《シエシュエ》にとっても、いいことにはならない」

賀予《ハーユー》は相手の古臭く、短絡的な考えを訂正しようとはしなかった。

「だから、母さんのやり方に賛同するんだな」

「そうだ」

長いこと謝清呈《シエチンチョン》をじっと見つめたあと、賀予《ハーユー》は椅子の背もたれに背中を預け、頬杖《ほおづえ》をついて小さく笑った。その笑顔はまるで太陽を隠す雲のように、やっと少しだけ露わになった心を丸ごと隠してしまった。

「先生は本当に……冷静だよね。冷静すぎて、病気でもないのに、僕よりも心がないように思えるよ。分かった。そこまで言うんなら、もう辞めてもらって結構。先生に言われたことは、ちゃーんと覚えておくから。冷静に自分を助けながら、冷静に生きていくよ。先生の仕事がこれからも順風満帆にいくように、祈っておく。でもさ――」

笑いながらそこまで言うと、賀予《ハーユー》は話をさっと変えた。

「確かに謝雪《シエシュエ》はあんたの妹だけど、どうしようが謝雪《シエシュエ》の勝手だろ？　あんたらがなんと言おうと、僕は会いに行くから」

謝清呈《シエチンチョン》は眉間に皺《しわ》を寄せ、目つきがにわかに険しくなる。

「謝雪《シエシュエ》は女の子だぞ。それに、お前はもう十五だ。正しい距離ってもんがあるだろ。どうしてあの子じゃないといけないんだ？」

「あんたと違うから」

光と影が床に線を作り、二人をそれぞれ明と暗に隔てる。まるで真っ二つに折られた何かの欠片《かけら》のように。

「謝雪《シエシュエ》は僕と世界をつなぐ、唯一の架け橋なんだ」

賀予《ハーユー》の台詞に、謝清呈《シエチンチョン》は少し黙ってから「ほかの橋を探せ」と返す。

ここまでで時間が来てしまい、ほかにも処理することがあったため、謝清呈《シエチンチョン》はそれ以上賀予《ハーユー》に何か言うことなく、去っていった。

その日、賀予《ハーユー》は動かず椅子にじっと座り続けた。黄昏時《たそがれどき》から、深夜になってまで。

賀予《ハーユー》は、実のところ謝清呈《シエチンチョン》はかなりのやり手だと思っていた。

謝清呈《シエチンチョン》の言うことはいつも理にかなっている。賀予《ハーユー》に普通の人として自分自身をみなすようにと言ったのも、自らの力で心の闇から抜け出せると言ったのも、謝清呈《シエチンチョン》だ。

そのせいで、賀予《ハーユー》も錯覚していた。どれほど謝雪《シエシュエ》に近づいたとしても、謝清呈《シエチンチョン》は謝雪《シエシュエ》の兄として、自分を受け入れてくれる、と。

けれども、この日。謝清呈《シエチンチョン》が下した決定によって、賀予《ハーユー》は自らの思い過ごしに気づいた。

雇用関係は人付き合いの中でも一番シンプルなものだ。十年続いても、二十年続いても、関係が終われば、お金を渡してそこまで。人情のもつれもなければ、お互いに借りも残らない。

専属の医者は金をもらい、仕事をする。利益がなくなれば、あとは去るのみ。

昔いた医者たちに比べれば、謝清呈《シエチンチョン》にはこれといった特別なところがあるわけではない。それどころか、賀予《ハーユー》を異類だとみなしたほかの医者よりも、謝清呈《シエチンチョン》は残酷だった。一番長く賀予《ハーユー》を騙《だま》していたし、賀予《ハーユー》の情熱と苦痛から、一番多く利益を得ていた。謝清呈《シエチンチョン》のせいで、賀予《ハーユー》は謝清呈《シエチンチョン》との関係が永遠で揺るぎないものであり、謝雪《シエシュエ》を好きなこの気持ちも保護者に受け入れられると、勘違いしてしまったのだ。

ただ、何もかも、そうではなかったが。

賀予《ハーユー》は過去に思いを馳せながら、謝清呈《シエチンチョン》の顔を見る。

どれだけ長い年月を経ていても、謝清呈《シエチンチョン》はまだ当時の謝《シエ》家の兄のままだ。少しも変わっていない。

昔と同じように、謝雪《シエシュエ》と賀予《ハーユー》が二人きりになるのを嫌がり、変わらず尊大で独裁的とも言える保護者ヅラをして、妹を背中に庇《かば》う——賀予《ハーユー》を諭す言葉すら、あの時と一字一句違わない。

謝清呈《シエチンチョン》はおそらく相当優秀な医者なのだろう。称賛に値する理念を持ち、公正な思想があって、患者に対しても責任を持って接っすることができる。

だが、残念なことに、謝清呈《シエチンチョン》には心がない。

「まだ昔のことを考えてるのか？」

謝清呈《シエチンチョン》の声が、賀予《ハーユー》を記憶の中から呼び戻す。

賀予《ハーユー》は我に返った。

「……そりゃ、話が出ればね。でも、よく考えてみれば、昔僕がどんな感じで話をしていたかなんて、あんたが覚えていないのも無理はないよな」

ちょっと笑って、賀予《ハーユー》が言った。

「僕たちはしょせん、関係を終わらせた医者と患者でしかないし。そうだろ？」

謝清呈《シエチンチョン》が何かを言う前に、突然空中を光が過《よぎ》り、「ドーンッ」と花火が咲き誇った。

一年に一回の学園祭は、いつもこの華やかな花火がトリを務める。

数回大きな音が響き、真っ暗な空を色とりどりの花が飾った。

「そうだ」

謝清呈《シエチンチョン》は言った。

煌《きら》びやかな花火の中、不意にゴロゴロと雷が響いたかと思うと、にわか雨が降り出した。熾烈だが優しい花火は、雷の傲慢さと冷酷さに敵《かな》わず、すぐになりを潜めた。学生たちが戯《じゃ》れ合いながら講義棟や寮に雨宿りに向かう。豆粒大の雨がザーザーと賑《にぎ》やかな俗世へ注がれた。

再び暗くなった空の下、賀予《ハーユー》は薄っぺらい笑みを浮かべている。

「一緒に雨宿りでもしよっか、先生。あんたの明晰なロジックで分析すれば、僕たちは医者と患者である以外にも、あんたは僕の先生の兄でもある。あんたがびしょ濡《ぬ》れになったら、謝雪《シエシュエ》になんて言えばいいか」

口調は依然と皮肉じみていた。

「医者と患者っていう関係を終わらせた二人が、一緒に雨宿りするのは普通だろ。度を過ぎたことでも、失態でもないよな？」

賀予《ハーユー》がまだ自分に対して抵抗感を抱いているのは、謝清呈《シエチンチョン》にも分かっていた。

とはいえ、それをなだめる我慢強さも寛容さもないため、謝清呈《シエチンチョン》はすげなく「あぁ」とだけ返事した。

賀予《ハーユー》は笑って提案した。

「あっちのほうに洞窟があるから、お先にどーぞ」

＊　＊　＊

賀予《ハーユー》と謝清呈《シエチンチョン》が雨宿りしようとしている頃、金を受け取った先輩はまだ律儀に言いつけられた任務――入り口を見張り、ほかの学園祭参加者を島に入れさせない――を全うしていた。

この時間であれば、ほかの人も十分に楽しんだ頃合いで、わざわざ夢幻島《むげんとう》へスタンプラリーに行こうなんていう暇人もそうそういないはず。そう思い、先輩はかなりリラックスしていた。

「うーわ、すげぇ雨だな」

感慨深げにアヒルボートに乗りながら、先輩は何か見えないかと野次馬のように島に視線を向ける。

しかし、いかんせん遠すぎて近眼な先輩の目にぼんやりと見えたのは、賀予《ハーユー》と背の高い人物が一緒にいる様子だけだった。

（あの美女、一八〇近くあるよなぁ。ヒールでも履いてんのかな？　賀《ハー》お坊ちゃまは好みも独特だ。あんなに背の高い子が好きだなんて。はあ……金持ちの人生って、マジで羨ましい）

あれやこれやと考えているうちに、先輩はじれったくなる。雨の中、島にいるあの二人がどうやって過ごしているのか、気になって仕方がない。二人とも傘を持たずに島に向かったうえに、あそこには洞窟が一つしかない。普段学生が行くこともほとんどなく、学校の監視カメラの死角でもある。噂《うわさ》では、この洞窟で夜な夜な青姦をするのが大好きなカップルもいるらしい。賀予《ハーユー》は御曹司であの見た目だ。これほど手の込んだことまでして一八〇センチの美女を口説いているのだから、きっと今頃もう彼女を手に入れているに違いない。

(いっそのこと、メッセージでも送って、あの金持ちにコンドームでも売りつけてやろうか)

そう思いながら、先輩はスマートフォンを取り出した。告白の夜にそのまま一発ホームラン。それこそ、何かにつけてペースの速い今の生活に相応《ふさわ》しいはずだ。

そうして、賀予《ハーユー》のジャミングを受けないほうのスマートフォンへ、先輩はポチポチとメッセージを打ち始めた。金持ちからうまい汁を吸うために——。

『賀《ハー》さん、島の洞窟には救急箱があって、その二段目にコンドームが何箱か入ってるから。もし必要なら、探してみてくれ。あ、使ったら追加ボーナスよろしく……』

第十九話　やっと喧嘩《けんか》が終わった

先輩がメッセージを送信した途端、突然背後から声がした。

「そこのおにーさん」

やましい稼業の真っ最中だった先輩は、危うく湖に落ちそうになる。

声をかけてきた人物は素早くボートを安定させ、笑いながら謝った。

「びっくりさせて悪いな」

「あ、い、いえ」

先輩が顔を上げると、目の前には三、四十代と思《おぼ》しき髭面の男がいた。

タンクトップにビーチサンダルと、何を生業としているのか分からない、ひどくだらしない格好だったが、その眼光は鋭い。

謎のビーチサンダル男は笑顔のまま聞いてくる。

「このボート、使ってるのか」

「あ、これですか」

先輩は適当に嘘を吐くことにした。

「壊れてるんです」

「……壊れてる？」

「はい。底に穴が空いてて使えないんで、浅いところに停めてるんですよ」

ビーチサンダルが続ける。

「ずいぶん偶然が重なるもんだな。あの島に続く橋も、壊れてるみたいだし」

「そうなんですよ」

先輩は胸を張って答えた。

「俺がこわ、――ゴホンッ、まあ、誰かが壊したんでしょうね。ところで、あなたは？」

ビーチサンダルはニカッと笑った。

「俺はこの学校の電気工事士だ。修理してほしいって連絡があったから、島に様子を見に行こうと思ってな。ほら、工具箱まで持ってきてんだ」

学校の、と聞いた途端、先輩は後ろめたくなって何度か咳をした。キョロキョロ周りを見回してからビーチサンダルに顔を近づける。

「その、もうぶっちゃけますけど、島で告白するからって、金持ちの学生があそこを丸ごと占領しちゃったんです。ほら、他人の恋路を邪魔するような奴は馬に蹴られてなんとやらって言うでしょ？　せっかくの雰囲気を壊すようなこと、やめたほうがいいですよ」

ビーチサンダルはハッとして、野次馬のように目を輝かせる。

「へえ、島を独占して告白か。そりゃまた、ロマンチックなことで。さすが、若者は違うねえ」

「そりゃそうですよ」

先輩は太ももを叩くと、人差し指と親指を擦り合わせて、お金のジェスチャーをした。

「なんてったって、金があるんで」

ビーチサンダルは物分かりのいい様子でニコニコと相槌を打つ。

「なるほど。じゃあこのボート、いつになったら使えるようになるんだ？」

「深夜過ぎじゃないですかね。付き合いたてですし、勢いのままに初めて禁断の果実を味わって、うっかり燃え上がっちゃったら、そんなすぐには戻れないでしょ」

気さくな相手だと分かり、先輩の口数も増えていく。

男同士、こんな話をする時は、どうしても下世話な目つきになるものだ。

先輩はニヤニヤと続けた。

「いっそのこと、明日の朝まで待ったほうがいいかもしれませんね。そしたら絶対あそこには誰もいませんから。二人のうち、一人は優等生なんで、授業をサボったりしないはずですよ」

ビーチサンダルはゲラゲラ笑った。

「授業へ出ようとする優等生は、美人でも引き止められないってか」

「だから優等生なんじゃないですか」

ビーチサンダルは少し先輩と世間話をしてから、工具箱を提げてその場を離れた。

誰もいないところまで行き、ビーチサンダルは足を止めた。タバコに火をつけ、工具箱の中から携帯電話を取り出す。もはやどこにも売っていないような、旧型のものだ。

「お疲れ様です、鄭《ジョン》隊長。もう数時間ください、今夜中に島には行けなさそうで……トラブル？　ああ、いえ、大したことでは。学生が二人、告白するために島を貸し切ってるそうで。はい。ええ、分かりました。明日朝一で見に行きます」

軽く灰を落としてから、ビーチサンダルが呆《あき》れた様子でため息をこぼす。

「ところで、この情報屋、ちょっと慎重すぎやしませんか。メールは使わないし、情報を渡す時は一番目立たないからって、いつも学生の伝言ノートに書くし。はあ……まあ、いいですよ。もう戻ります。情報を取りに来ただけなのに、ガキのノロケ話まで聞かされるなんて、警察も本当、大変ですよ……」

ブツクサとこぼしながら、ビーチサンダルは去った。

＊　＊　＊

夢幻島《むげんとう》の洞窟の中。

そこは狭く、中も暗い。急な豪雨でなければ、きっと普通の人は来ないだろう、と謝清呈《シエチンチョン》は思った。しかし、身を屈めて洞窟の中へ入った時、謝清呈《シエチンチョン》は自らの思い違いに気づくことになった。

スマートフォンの光に照らされて、人工洞窟の中にアウトドア用品がいくつか転がっているのが分かる。ランタン、防水シート、折り畳みの椅子、高輝度ＬＥＤ懐中電灯、それに一セットの小さなキャンプ用調理器具まであった。

「秘密のユートピア」

「なんだって？」

謝清呈《シエチンチョン》が振り向く。

賀予《ハーユー》は「ここにそう書かれてる」とスマートフォンの明かりで壁を照らした。

言われて初めて、謝清呈《シエチンチョン》は洞窟の濡《ぬ》れた壁にある、今までの豪傑たちが残したであろう書――うっかりこの秘境に踏み込んでしまった学生たちの落書き――を見つけた。

その中でもとりわけ大きく書かれている文字が〝秘密のユートピア〟だった。

謝清呈《シエチンチョン》はこうした落書きには少しも興味が湧かず、チラリと見るだけに留めた。そのまま洞窟の入り口近くに腰を下ろし、ぼんやりと雨を眺め始める。

そんな謝清呈《シエチンチョン》と違い、賀予《ハーユー》は演出と脚本を学ぶ学生である。目の前に現れた文字は、いつも注意を払って読むようにしていた。

「かつて仏は衆生を救い、理想の境地に達した。なのになぜ、私を本の海から救ってくれないのだろうか？」

「周《ジョウ》さんを一生愛す。いかんせん出会った時には、すでに他人の夫となっていた彼。求むに得られず、恋しさに気も狂わんばかり。けれどその思いを口に出せず、ただ、ひたすら待つのみ」

明かりで照らした壁の落書きを声に出して読みながら、賀予《ハーユー》は首を横に振る。

「すごく文学的だけど、辛《つら》そうなものばっかり」

そして、反対側の壁を照らした。

先ほどのものよりはいくぶん気楽なものが多く、内容も様々だった。賀予《ハーユー》が読み上げ続ける。

「高等数学マジいらない。大学のカリキュラムから消えてほしい」

「もうすぐ卒業。すごい監督になりたいな。頑張れ、自分」

「ここにて雨しのぎ、互いを……」

ふと途切れた賀予《ハーユー》の声に、逆に好奇心を駆り立てられ、謝清呈《シエチンチョン》が「互いをなんだ？」と続きを促した。

「……なんでもない」

その言い分に納得せず、謝清呈《シエチンチョン》が振り向く。途端、言葉に詰まった――。

『ここにて雨しのぎ、互いを愛す。天より賜りし良縁に感謝』

文字の下にはこのオシドリたちの名前が刻まれており、

その周りを大きなハートが囲んでいた。

気まずくならずにはいられないこの言葉。どうりで賀予《ハーユー》は読むのをやめたはずだ。謝清呈《シエチンチョン》は無関心に言う。

「数年会わなかっただけなのに、文字を黙って読めなくなったか？」

「でもさ、結構面白いと思わない？　この人たち、今じゃどこに行ったのかも分からないし、もしかしたらこの壁にこんな言葉を刻んだことすら、とっくに忘れてるかもしれないんだよ」

賀予《ハーユー》は手を持ち上げ、消えかけてまだらになっている文字を指でなぞった。

「土に還った人だっているかもしれないのに、文字はまだここに残ってる」

「なら、後世の人たちに崇《あが》めてもらうために、お前の筆跡も残したらどうだ？」

謝清呈《シエチンチョン》の声は冷たい。皮肉のつもりで放った一言だったが、思いがけず賀予《ハーユー》は頭を下げて薄い石を拾いあげた。そして、壁の空いているスペースを見つけ、考えるところがあるように、「それもそうだね、何を書こう」とつぶやいた。

賀予《ハーユー》は謝清呈《シエチンチョン》を一瞥《いちべつ》する。その瞳の中には隠し切れないほどの嫌悪が滲《にじ》んでいた。それもそのはず……『ここにて雨しのぎ、互いを愛す。天より賜りし良縁に感謝』もそうだが、例えば白蛇が笑いながら小舟に乗った許宣《シューシュエン》[24]から傘を借りたり、ニコレッタが長い階段を下りられるようにと、ベニーニが雨の中で、階段に赤いじゅうたんを敷いたり。どこかで聞いたような陳腐なラブストーリーはいつもこうして始まるのだ。

もし今ここにいるのが謝雪《シエシュエ》なら、この夜も楽しいものになっていただろう。前人に倣い、雨で縁を結んだ先輩たちの筆跡の下に、「上に同じく」と書いていたかもしれない。

とはいえ、残念なことに、一緒に島に閉じ込められているのは謝清呈《シエチンチョン》である。

ただでさえ、ストレートの男同士で一緒にいるのはつまらないのに、二人の関係もそこまで良いものではない。

賀予《ハーユー》から向けられる悪意ある視線に気づき、謝清呈《シエチンチョン》も一層悪意を込めて睨《にら》み返す。

「なんで俺を見る？」

「そりゃすみませんね、ほかに見る人もいないもんで」

賀予《ハーユー》は石を何度か軽く上へ放り投げてから、適当に『夢

24　許宣とは中国古代の民間四大伝説の一つである『白蛇伝』の登場人物。

が叶いますように』と刻んだ。

石の粉末がさらさらと落ちていく。

書き終えると、賀予《ハーユー》は石をポイと投げ捨て振り向いた。

「先生も、一回くらい子どもっぽいことしてみたら？」

謝清呈《シエチンチョン》の瞳が微かに揺らぐ。しかし、ついには何もせず、視線を外の土砂降りへ戻した。霧のごとくぼんやりとしたオレンジ色の明かりに照らされ、謝清呈《シエチンチョン》の横顔は風に吹かれたらどこかへ飛んでいきそうな便箋のようだった。

「やめておく。俺の夢は現実味がないから」

「へえ」

賀予《ハーユー》の返事はそっけない。

「じゃあ教えてよ、どんな夢？　――って、聞いてもいいよね？　別に失礼にはならないだろ？」

吹き荒れる風、降り続ける雨。謝清呈《シエチンチョン》は長いこと沈黙を保っている。これ以上自分と話をしたくないのだろうと賀予《ハーユー》が思ったその時、謝清呈《シエチンチョン》は外の地面に溜まって川のように流れていく雨水を眺めながら、落ち着いた口調で告げた。

「昔、医者になるつもりはなかった」

「今だって、医者じゃないだろ」

「小さい頃は医学を勉強しようだなんて、思いもしなかったんだ」

さすがに意外に思えて、賀予《ハーユー》は視線を持ち上げる。

「なら、何を勉強したかったんだよ？」

謝清呈《シエチンチョン》は体を起こして洞窟の中に戻り、賀予《ハーユー》が刻んだ『夢が叶いますように』を眺めてつぶやく。

「……ずいぶん昔のことだから、よく覚えてない」

あしらうような、相手に対する誠意が一切感じられない嘘《うそ》。瞳の奥にある落胆を隠そうともしない様子に、賀予《ハーユー》は謝清呈《シエチンチョン》が話すついでに自分のＩＱを辱めたのでは、と疑いたくなった。

謝清呈《シエチンチョン》は顔をそらす。もうこれ以上この話題を続けたくないようで、「何か食べ物はないか？」と賀予《ハーユー》に問いかけた。

確かに夕食の頃合いである。賀予《ハーユー》が島に持ってきたのは、謝雪《シエシュエ》のために作ったマンゴームースケーキ一つだけだった。それも、こんな状況ではもう二人の食料として捧《ささ》げるしかない。

謝清呈《シエチンチョン》に対して興味がなく、彼が昔描いた人生計画を言うつもりもないのならと、賀予《ハーユー》もさらに掘り下げようとはしなかった。

　賀予《ハーユー》はケーキを取り出し、謝清呈《シエチンチョン》に差し出す。ひどくお腹を空かせていたのだろう、謝清呈《シエチンチョン》は受け取るとよく見もせずに頬張り始めた。

「ティッシュはあるか？」

　綺麗《きれい》好きな謝清呈《シエチンチョン》は、食べ終わると秘書に問うかのように賀予《ハーユー》に尋ねた。

　賀《ハー》秘書は周りを見渡し、アウトドアテーブルに置かれている救急箱に気づいた。ティッシュが入っているかもしれないと、そちらに向かい、中をガサガサと探す。

　ほんのりとした明かりの下、賀予《ハーユー》はそれらしいサイズのものを見つけて、そのまま謝清呈《シエチンチョン》へ投げた。

　受け取った謝清呈《シエチンチョン》は開けようとしてから、ふとその感触に首を傾げる。

（なんで箱入りなんだ？）

　謝清呈《シエチンチョン》は目を凝らした。

「…………」

「どうしたの？」

　黙ってしまった謝清呈《シエチンチョン》に、賀予《ハーユー》が問いかけた。

　謝清呈《シエチンチョン》はコンドームの箱を賀予《ハーユー》に冷たく投げ返す。

「お前の目は節穴か」

　賀予《ハーユー》は受け取った物を数秒間静かに見つめてから、無言でそれを救急箱へ戻した。

　なんということだ。しかも、イボ付きのロングプレイ用だなんて。

　賀予《ハーユー》も謝清呈《シエチンチョン》も、こんな性的なことを恥ずかしがるようなタイプではない。賀予《ハーユー》は普通の人よりも物事に対する受容度が高く、加えて今回は単純な間違いであり、気にした様子もない。

　一方の謝清呈《シエチンチョン》も、冷静沈着で簡単に動揺するような性格ではなく、何よりもバツイチだ。情事に興味があるほうではないが、コンドームごときで大騒ぎすることもない。

　謝清呈《シエチンチョン》は軽く眉を寄せただけだった。

「今どきの学生の風紀は、ちょっと乱れすぎてるんじゃないか」

「まあまあじゃないかな」

　さらりと賀予《ハーユー》が答える。

「あんたが知らないだけで、もっと乱れてるのもあるよ」

　言いながら、賀予《ハーユー》の目は救急箱の横に置かれたノートに引き寄せられた。

『ユートピア伝言ノート』

この類いのノートは、しばしば身近な人には言えない秘密を発散する場のように使われている。前の内容に関するコメントを他人が書き連ねて、それを前任者が読む機会があるかどうか定かではないが、さらにそこにまた別の者がコメントを書くこともできる。全てを繋《つな》げて読むと、案外面白いことになったりするのだ。

当然、このようなノートの内容は最終的に恋愛・出会いを求めるものに偏るので、中身はおそらく面白いのだろう。

ふと何を思ったのか、賀予《ハーユー》はノートを持ち上げ、謝清呈《シエチンチョン》に提案した。

「先生、読んでみる？　いろんなことが書かれてるだろうし、もっとイマドキの若者を理解できるようになるかも」

やることもないので、二人は一緒にノートを読み進めることにした。

案の定、ノートは愛の宣誓だの、友達探しだの、秘密の暴露だのと、様々な筆跡でみっちりと埋まっていた。

パラパラとページをめくり、突然賀予《ハーユー》は「ん？」と声を漏らす。

「謝清呈《シエチンチョン》、ここにあんたのことも書かれてるよ」

第二十話　でもあいつにバレてしまった

謝清呈《シエチンチョン》はそれほどじっくり読み込んでいたわけではなかったので、賀予《ハーユー》に言われて、もう一度目を通した。そして、A4サイズのページの端に『ゲイ交流用』と書かれた欄があり、そこに頻繁に自らの名前が出てくるのに気づいた。

「……」

なんだか嫌な予感がしてくる。

二人で読んでいくと、あろうことか、そこに書き込んでいたのは全員いわゆるネコたちだった。

彼らは自分たちが周りの大学などで見かけたカッコいいタチについて、ダラダラと議論している——簡潔にいえば、タチがいなくて飢えていたのだ。

最初に謝清呈《シエチンチョン》の名前を書いた人物は、ボールペンを使っていた。文字は色褪《いろあ》せ、ちょっと年季が入っている。その人物は、隣の大学の医学部に新しく謝清呈《シエチンチョン》という名前の教授が来たこと、とてもカッコ良く、タチに相応《ふさわ》しい冷ややかな空気をまとっており、抱かれたくてたまらない、とのコメントを残していた。

その下には、その人物を「淫乱ビッチ」と嘲るコメントがいくつも散見される。

ところが、途中に挿入されたコメントのおかげで、流れは一変する。

『謝清呈《シエチンチョン》はマジでやばい！　上の先輩たち、冗談抜きであの人はハンパないですから。このコメントをまた目にすることがあったら、医科大に見に行ってみてください。ネコなら濡《ぬ》れちゃうくらい、ガチのイケメンなんです。脚は長いし、肩幅が広くて腰は細い。槍みたいにすらっとしてるんですよ。スーツにネクタイ姿とか、カッコ良すぎてもう死んじゃうかと思いました。ひと目見たあの日から三日連続で、あの人のエロい夢を見ました』

続くコメントはさらに大胆で遠慮がない。

『お兄さんに可愛がられたい』

『謝《シエ》教授、離婚してるらしいし、もしかしたらお仲間かも』

『うっそ、マジ？　お仲間なら、一回でいいから抱いてほしい。そしたら一生独身でもいいや』

この部分まで読んでから、賀予《ハーユー》は長いことピタリと黙り込んでしまったが、とうとう我慢できなくなった――。

もう意地になっている場合じゃない。こんな完璧なネタを前に、何もイジらずスルーなんてできるわけがない！

そういうわけで、賀予《ハーユー》は笑いながら言った。

「謝《シエ》先生、意外だね。抱かれたいタチナンバーワンだってさ。みんなあんたに抱かれたいって言ってるよ。一人選んで可愛がってあげたら？」

青を通り越してもはや白い顔をした謝清呈《シエチンチョン》は、すぐさまページをめくろうとした。

しかし、賀予《ハーユー》がすかさずページを押さえてめくらせない。

「まだ読み終わってないから」

「ページをめくれ」

「待ってよ」

「めくれと言ってるんだ」

「もうちょっとだけ」

賀予《ハーユー》の声の調子は小馬鹿にしている風だった。

恥をかいたと感じた謝清呈《シエチンチョン》は、強引にページをめくった。

賀予《ハーユー》はろくでなしにしか見えない笑みを浮かべながら、続きを読んでいく。ほかにも謝清呈《シエチンチョン》特集がないかと期待して。

ところが、数ページも進まないうちに、賀予《ハーユー》の笑顔も凍りつく。

なんと今度は自分の名前を見つけたのだ。

しかも、同じような『ゲイ交流』を目的にしたコメント内に。謝清呈《シエチンチョン》もすぐに気づいたようで、二人は一緒にコメントを目で追った――。

『前のページはネコばっかだったから、ここはタチ専用な。うちの学校でおすすめの綺麗《きれい》系な男の子がいたら、教えてクレメンス』

ごちゃごちゃといろんな名前の羅列が続いたかと思うと、突然賀予《ハーユー》の名前が現れた。

『そりゃーなんてったって賀予《ハーユー》だろ。誰にでも礼儀正しく振る舞ってるけどさ、結構お高くとまってるんだぜ。どんな人でもすげー距離取るし。しかも顔がめっちゃ綺麗で上品、背は高いけど、肌は女の子みたいに真っ白。バスケしてんの見たけど、あの力強さと言ったら。あの身体は抱いたら絶対気持ちいいよ』

『上の奴、頭でもイカれてんじゃね？　アイツは賀《ハー》家のお坊ちゃまだぞ』

『だからじゃん！　マジたまんねぇわ』

『……賀予《ハーユー》はバスケだけじゃなく、喧嘩《けんか》も強いって知ってるか？　確かに綺麗な顔をしてるけど、プールで服を脱いだ時に見てねぇの？　筋肉やべーから。水泳選手並みだったぞ……殴られたらマジで逝くぞ』

『それでも抱きてー……』

そこまで読み終えると、謝清呈《シエチンチョン》はすっかり青ざめている賀予《ハーユー》に言った。

「素晴らしいな。これから夜出かける時は、護身用の懐中電灯でも持っていけよ。どうしても怖くなったら俺に電話してもいいぞ。まあ知り合いだったことに免じて、目的地まで送るぐらいしてやるから」

賀予《ハーユー》は「ページをめくってよ」とだけ言った。

謝清呈《シエチンチョン》は手を持ち上げ、ノートを押さえて淡々と返事をする。

「まだ読み足りないんだ」

「……」

しばらく憂鬱な様子で押し黙っていたが、賀予《ハーユー》は謝清呈《シエチンチョン》との口喧嘩《くちげんか》で気力を無駄にしたくない、と決めたようだ。伝言ノートで自分の名前が出ていた二ページを破り取ると、ライターで火をつける。

それだけでは物足りず、賀予《ハーユー》はティッシュを出すと、ノートを触った指を綺麗に拭いた。

無表情な賀予《ハーユー》に、謝清呈《シエチンチョン》も話しかけようとせず、一人でページをめくり続けた。

洞窟内に沈黙が訪れる。外では相変わらず、雨が盛大に降っていた。

この季節の雨はザーッと降ったかと思うとすぐに止む。スマートフォンの時計が八時を示す頃には、土砂降りだった雨はすっかり小雨に変わっていた。謝清呈《シエチンチョン》が長くて白い指を上げ、ノートを閉じようとした時だ。その瞬間にふと違和感を覚えて、謝清呈《シエチンチョン》はすぐさま視線を無意識に一瞥《いちべつ》した一角へ戻した。

「……」

謝清呈《シエチンチョン》は手を止める。ランタンを明るく調整して、険しく真剣な表情で、その一角を見つめた……。

数秒後、賀予《ハーユー》は背後にいる謝清呈《シエチンチョン》から声をかけられた。その声は少し異様なほどに、低く、冷たい。

「賀予《ハーユー》、ちょっとこれを見てくれ」

それは、隅っこのほうにひっそりと書かれた一行だった。

『WZLは近々、殺される』

万年筆によるものらしいこの数文字は、右利きの人が左手で書いたかのように歪《ゆが》んでいる。しかし、それ以上に二人の目が釘付けになっていたのは、その行の最後にある署名のせいだった。この物騒なメッセージを書いた人物は、律儀に自らの名前まで残していた。

それは、二人の予想を裏切る名前で——。

『江《ジアン》。蘭《ラン》。佩《ペイ》。』

遠くで響く雷。縫い針を落としても聞こえそうなぐらい、洞窟の中は静まり返っている。

「……」

「江蘭佩《ジアンランペイ》は精神病院に二十年間、閉じ込められてたんじゃないの？」

賀予《ハーユー》が先に沈黙を破り、小さい声で問いかける。

謝清呈《シエチンチョン》は眉を寄せ、考え込む。

「……たとえ鍵を手に入れ、自由に出入りできていたとしても……」

「それは多分、成康《せいこう》精神病院内に限ったことだろうね」

賀予《ハーユー》は謝清呈《シエチンチョン》の言葉を継いだ。

「でもさ、あの人が誰にも気づかれることなく外へ出て、また戻れると思う？　それで滬大《こだい》の夢幻島《むげんとう》にある洞窟に来て、なおかつこんな目立たないノートに書き込むって」

当然、答えは「不可能」だ。

「しかもインクは結構新しいぞ。最近書かれたものみたいだな」

そう言ってライトで明るく照らしながら、謝清呈《シエチンチョン》はじっくりとノートの赤い文字を観察した。

「このＷＺＬって誰だ……？」

ボロボロの伝言ノートを挟んで、二人はしばし考え込んだ。

「そういえばさ」

突然、賀予《ハーユー》が口を開く。

「ここ何日か、学校である噂《うわさ》を聞いたんだ」

「どんな？」

「江蘭佩《ジアンランペイ》は確かに怖いけど、可哀想で、都市伝説にピッタリだって思った学生がいたみたい。ほら、江蘭佩《ジアンランペイ》が死んだ時、悪霊が大好きな赤いドレスを着てただろ。だから、いい加減な噂話を作って流したんだよ。殺したいぐらい憎い人がいたら、相手の死に様を考えて、それを紙に記す。そこに赤い文字で江蘭佩《ジアンランペイ》の名前を書いておけば、江蘭佩《ジアンランペイ》の霊が代わりにそいつを殺してくれるって」

一旦言葉を切ってから、賀予《ハーユー》は続けた。

「でも、その『憎い相手』は女じゃダメで、男じゃないといけないんだ」

「どうして？」

「新聞に載ってた江蘭佩《ジアンランペイ》の経歴のせいだよ。この話をでっちあげた学生は、江蘭佩《ジアンランペイ》の恨みは男限定だって思ってるみたい」

賀予《ハーユー》の視線はノートへ戻される。

「もしかして、最近この島に来た誰かがノートを読んで、江蘭佩《ジアンランペイ》の悪霊が人を殺すっていう噂を思い出したんじゃない？　ちょうどその人は噂を信じていて、かつ、このＷＺＬっていう男が嫌いだった。だから、噂話に倣ってこのノートに単純な気持ちの発散じゃなく、正式な呪いとしてコメントを書き込んだ。この推測はどう？」

謝清呈《シエチンチョン》は首を横に振り、念のため記録に残しておこうと、スマートフォンを取り出して写真を撮った。

「あとでこのノートを警察に持って行く。どうもこの江蘭佩《ジアンランペイ》は、お前たち滬大《こだい》と関係があるように思えてならないんだ」

賀予《ハーユー》の瞳に映る光が微かに揺れ動く。彼は「僕もそう思う」と言った。

「ん？」

賀予《ハーユー》が答える。

「学校職員の制服、だろ」

ため息をこぼす謝清呈《シエチンチョン》の目つきは険しい。

「俺と同じことを考えていたんだな。警察もおそらく同じことを考えているだろう。ここ何日か、滬大《こだい》の構内で私服警官を見かけた。俺の両親と一緒に働いていた刑事も数人いて、何かを調べているみたいだった」

江蘭佩《ジアンランペイ》が梁季成《リアンジーチョン》を殺害したあの日、ささやかだが、実に不思議なことが一つあった。

——なぜ江蘭佩《ジアンランペイ》はわざわざ謝雪《シエシュエ》が着ていた滬大《こだい》の制服を脱がせ、梁季成《リアンジーチョン》の死体に着せてから、死体をいたぶり、バラバラにしたのか。

「精神病患者の行動は普通、なんらかの理由があるはずなんだ。今回のようなピンポイントな行動であればなおさらな」

謝清呈《シエチンチョン》が説明する。

「俺が思うに、江蘭佩《ジアンランペイ》の事件の捜査はそのうちお前の学校の誰かさんに辿《たど》り着く」

賀予《ハーユー》は手を上げて小さく笑った。

「まあ、絶対僕じゃないだろうね」

「……」

「あの人が閉じ込められたばかりの頃、僕はまだ生まれてなかったかもしれないし」

謝清呈《シエチンチョン》は微かに頭痛を感じた。

「これはもう俺たちが手出しするような問題じゃない。島から出たらノートを警察に渡して、あとは任せればいい」

賀予《ハーユー》はうなずいて、成康《せいこう》精神病院と聞いて何かを思い出したのか、突然「そうだ」と切り出した。

「ん？」

「ここ何日かずっと考えてたんだ。もしあの日、駆け付けた時に謝雪《シエシュエ》がもう殺されてたら、今頃僕らはどうなってたんだろうって」

謝清呈《シエチンチョン》はなんの感情も読み取れない黒い瞳を賀予《ハーユー》に向ける。

「もっといい方向に考えられないのか」

「誰よりも謝雪《シエシュエ》がいい人生を送れるように願ってるよ」

イライラしていたこともあって、謝清呈《シエチンチョン》は賀予《ハーユー》の言葉に隠された意図を汲み取れなかった。ただ煩わしさに任せ、適当にあしらった。

「それは俺もだ」

「でも本当に何かあったらさ――」

「俺は自分が死なない限り、今と変わらない生活を送るだけだ」

――似たようなことは、もう以前に経験しているのだから。

あの時は、今回のような転機も挽回の余地もなかった。

バケツをひっくり返したような大雨の中、目の前に横たわる、すっかり冷え切った両親の死体。後ろには黄と白のバリケードテープを張られ、遅れてきた耳障りなサイレンが鼓膜を突き抜ける。トラックの先頭部分は激しく燃え上がり、空にも届かんばかりの炎に照らされながら、謝清呈《シエチンチョン》は半分だけになってしまった母親の体を見ていた。母親は大きく目を見開いて、茫然と謝清呈《シエチンチョン》のほうを見ている。タイヤに轢《ひ》かれてちぎれた片腕が謝清呈《シエチンチョン》のつま先に落ちていた。

当時、自分はもう生きていけないのではないか、と謝清呈《シエチンチョン》は思った。

とはいえ、あれからもう十九年もの年月が経っている。

謝清呈《シエチンチョン》が何を考えているのか、賀予《ハーユー》には分からない。ただ、その言葉を聞いて、長いこと返事をしなかった。捉えどころのない視線で謝清呈《シエチンチョン》の顔をじっと見つめてから、彼は冷たく微笑んだ。

「ほんと、さすがだよ、謝清呈《シエチンチョン》。いつでも冷静沈着だし、何か失態を犯したとしても一分程度で元に戻れるんだろ」

謝清呈《シエチンチョン》が答える。

「人は一生を悲しみの中で生きてはいけない。悲劇が起きて、すぐに受け入れられなくても、そのうち徐々にそれを呑み込んでいく。苦痛に溺れて動けなくなるくらいなら、その時間を無駄にせず、自分の心身の回復に充てたほうがいい。やるべきことをやって、それ以上の悲劇を防ぐんだ」

「……へえ」

小さな声で賀予《ハーユー》がつぶやいた。

「ずいぶんとさめてらっしゃる」

これ以上、謝清呈《シエチンチョン》と同じ空間にいたくはなかった。この時、雨も少し止んできていたので、賀予《ハーユー》は一人外へ出た。

しばらく頭を冷やして、十二時ちょうどになると、賀予《ハーユー》は向こう岸から何か近づいてくるのに気づいた。

着々と真面目に与えられた任務をこなしていた先輩は最終任務として、時間通りにアヒルボートを漕いで迎えに来たのだ。

賀予《ハーユー》を見るなり、先輩は興奮のあまり揺れるボートの上で立ち上がり、必死に手を振った。

「どうだ！　時間通りだろ？　賀《ハー》さん、告白は成功したか？」

そう聞いてから、先輩はそわそわと賀予《ハーユー》の背後を覗《のぞ》き込む。

「あれ？　カノジョさんは？」

告白も何も、島には自分のほかに超が付くほどに達観した男が一人いるだけ。誰に告白しろって？

賀予《ハーユー》はボートの上にいる馬鹿に微笑みかけた。

「それは、先輩が口を出すようなことじゃないと思いますよ」

「またまたー、恥ずかしがっちゃって。あっはっはっは、分かる、分かるぞー」

先輩は意味深長に目くばせしてから、ＡｌｉｐａｙのＱＲコードを表示させたスマートフォンを差し出す。

「じゃあ残りのお金を」

賀予《ハーユー》は呆《あき》れて、音もなく白目を剥《む》いて見せると、スマートフォンを取り出した。いまだに一本もアンテナが立っていないのを見て、無表情に一度画面をスライドした。

「……先にジャミングを解除してくれませんか」

先輩はジャミングを解除し、興奮しながら尋ねる。

「俺のメッセージは見たか？　もう一台のスマホのほうに送ったんだけど」

「メッセージって？」

賀予《ハーユー》はもう一台のスマートフォンを取り出し、メッセージを見つけた。

『賀《ハー》さん、島の洞窟には救急箱があって、その二段目にコンドームが何箱か入ってるから。もし必要なら、探してみてくれ。あ、使ったら追加ボーナスよろしく……』

野次馬精神を瞳から溢《あふ》れさせながら、先輩はそっと賀予《ハーユー》に近づく。

「特別なロングプレイ用だし、カノジョ、足に力が入らなくなってるだろ」

「……」

賀予《ハーユー》はにっこりと微笑む。

「もうあんなもの、救急箱に入れないでくださいよ。ろくでもなさすぎますって。ね、先輩？」

金持ちが機嫌を損ねていることは、先輩にも伝わった。少し呆気《あっけ》に取られてから、先輩はハッとする。

（これは、まだゲットできていないってことか！）

思わずいまだに姿を見せていないあの一八〇センチの美人を尊敬してしまう。

賀予《ハーユー》と長身美人が一緒にいないのは、長恨歌にある『侍児《じじ》扶《たす》け起こせば嬌《きょう》として力無し、始めて是《こ》れ新たに恩沢《おんたく》を承《う》ける時[25]』のような、体に力が入らない状態だからだとばかり思っていた。

なるほど、あの美人さんは金にも惑わされない冷酷美人なのか！

（可哀想な賀《ハー》お坊ちゃま、どうしてあんな難易度の高そうな相手を好きになったのだろう。あーあ、せっかくここまで金を使ったのに……全部パーだな……）

先輩は何も言わずに空気を読み、お金を受け取ると電話で友人に倉庫からもう一隻、カヤックを届けさせた。そして、アヒルボートを賀予《ハーユー》に残し、二人で先に帰っていった。

証拠隠滅を終わらせて、洞窟へ戻って謝清呈《シエチンチョン》を呼ぼうとした賀予《ハーユー》。ところが、振り返った途端、その場に凍りついた。

当の男はすでに月明かりが照らす木々の間で佇《たたず》んでいた。手をズボンのポケットに突っ込み、一本の柏にもたれかかりながら、無表情にこちらを見ている。いったいいつからあの冷淡な顔で木陰に佇んで、先輩との会話を聞いていたのだろうか。

「……」

黙り込む賀予《ハーユー》の前で、謝清呈《シエチンチョン》はタバコに火をつける。淡々と犯人を尋問するように問いかけた。

「お前にも説明のチャンスをやる」

ゆっくり、紫煙を吐き出す。

「ほら、早く言え」

第二十一話　彼女は逆に、僕にバレた

時を同じくして。

滬州《こしゅう》大学の体育館には、学生が臨時に設営した屋台がいくつか並んでおり、いつにない賑《にぎ》わいを見せていた。

25 白居易の詩。初めて皇帝から寵愛を受けた楊貴妃が、支えがあってもなよなよとして力が入らない、という意。

もともと学園祭の催し物の中では一、二を争う人気のない場所だったが、降り出した雨のせいで屋外イベントが中止となり、行き場を失った学生たちが大挙して押し寄せてきたのだ。

「あ、告白ポストじゃん！」

「ずっと探してたんだけど、こんなとこにあったんだね。やっと見つけた」

女子学生たちは笑い合いながらカプセル型のポストを取り囲んだ。そして我先にと告白の手紙に受取人の名前を記入し、次々にポストに投函していく。

このポストは恥ずかしがりなコミュ障星人のために、面と向かってラブレターを手渡しする気まずさを感じずに済むよう、特別に用意されたものだ。滬大《こだい》の学園祭の名物であり、学生たちからも大好評だった。

謝雪《シエシュエ》はコーナーの隅に座り、ホットミルクを飲みながら手紙を書き上げた。真っ白な封筒に入れてじっくりと眺めてから、一画ずつ丁寧に、密かに思いを寄せる男性の名前を封筒の表に記していく。

謝雪《シエシュエ》の顔に満足げな笑みが浮かんだ。ポストまで行き、手紙を入れようとしたところで突然ポタ、と血が一滴、封筒の上に落ちた。

謝雪《シエシュエ》は呆気《あっけ》に取られる。

「あれ、鼻血出てますよ……」

隣にいた人は謝雪《シエシュエ》の様子を目にして、急いで鞄《かばん》からティッシュを取り出した。

「これ、よかったらどうぞ」

謝雪《シエシュエ》は急いで上を向いて、ティッシュで鼻を押さえた。

「あ、ありがとう、ございます」

（ツイてない。なんでいきなり鼻血なんか出たんだろう？）

鼻血を出すのはずいぶん久しぶりだ。ひょっとすると最後に鼻血を出したのは、子どもの時だったかもしれない。

「この手紙……封筒変えましょうか……？」

「あ、大丈夫です、へーきへーき！　適当に書いただけだし！　おふざけなので！　全然大事なものでもないですし！　お気になさらず！」

謝雪《シエシュエ》は、もし封筒に書いた名前を見られたらいい笑い者にされるんじゃないかと恐れた。さっさとこの場をやりすごすため、あたふたと血のついた封筒をポストに入れる。そして、鼻を押さえたまま振り返ることなく、その場から一目散に立ち去った。

ポストのそばにいた学生は、ここにきてようやく気づいた。

「あれ？　さっきのって謝《シェ》先生……？」

ポストから十分に離れたところで、いきなり鼻血が出るのは医学的に何かあるのか聞いてみようと、謝雪《シエシュエ》は兄に電話した。

ところが、何度かけても電話の向こうから聞こえてくるのは「おかけになった電話は、現在電源が入っていないため、かかりません。しばらく経ってからおかけ直しくださいい」という音声ばかり。

「……」

謝雪《シエシュエ》は黙り込む。

（あれ……もしかしてお兄ちゃん、もう寮に帰って寝ちゃった？）

＊　＊　＊

謝雪《シエシュエ》の思いもよらないことに、当の兄は寝るどころか、彼女の代わりに九尾狐の着ぐるみに入ったせいで、賀予《ハーユー》に数時間も島に閉じ込められていたのだ。


そして、賀予《ハーユー》の尻尾は、見事に兄に掴《つか》まれた。

今、件《くだん》の男たちは岸辺に立ち、二人ともポケットに手を入れ、冷淡な表情でお互いを見ている。

謝清呈《シエチンチョン》は賀予《ハーユー》が釈明するのを待っていた。

「……良き時、美しき景色、水面に映る月」

ついに、賀予《ハーユー》は悠々と口を開く。

「今夜は月が綺麗《きれい》だ。これ、どういう意味か、分かる？」

「人の言葉をしゃべれ」

「あんたが綺麗だから、僕もデートしたいなーって」

「おい、ふざけるのもたいがいにしろ」

謝清呈《シエチンチョン》はタバコの灰を落とし、「お前とじゃれるつもりはないんだ」と付け足した。

賀予《ハーユー》の笑みは徐々に消えていく。おそらくもうごまかせないと観念したのだろう。ようやく飄々とした仮面を引っ込め、目つきを曇らせた。

「全部聞いてたんなら、改めて説明することもないと思うけど」

謝清呈《シエチンチョン》の冷たく鋭い視線に見つめられ、賀予《ハーユー》はしばし言葉を止める。諦めたように吐息を漏らして、簡単に整理した。

「言うよ。好きな人がいて、告白するつもりだったんだ。

でもその子、来なくて。これで納得？」

どこかおかしい、という思いが謝清呈《シエチンチョン》の脳裏を過《よぎ》ったが、何がおかしいかが分からない。

何よりも「賀予《ハーユー》に好きな人がいる」というカミングアウトのほうにすっかり気を取られてしまった。

「学校の子か？」

「うん」

「誰だ？」

賀予《ハーユー》が笑う。

「あんたには関係ないと思うけど」

謝清呈《シエチンチョン》は長い脚を動かし、ゆっくりと賀予《ハーユー》に近づいてくる。賀予《ハーユー》より身長は低いものの、謝清呈《シエチンチョン》が小高くなった場所に立っていたので、賀予《ハーユー》を居丈高《いたけだか》に見下ろす形になった。彼の桃花眼《とうかがん》は、月の光を宿しているようにも見える。

「賀予《ハーユー》、お前、自分の病気のことを分かってるのか？」

賀予《ハーユー》は淡々と「精神エボラ症」と答えた。

「治癒もしていなければ、コントロールもできていない。なのになんで、恋人なんて作ろうとするんだ？」

賀予《ハーユー》は少しの間黙り込んだ。

謝清呈《シエチンチョン》からこのような反応が返ってくることなど、まるで全部お見通しだと言わんばかりだ。

賀予《ハーユー》は視線を相手へ戻し、小さい声で言う。

「あんたが言ったんじゃないか。僕はまた改めて、人と、社会と繋《つな》がる橋を架けるべきだって。誰か親しく付き合う相手を作って、友情や家族との絆、それから愛を育むように励ましてくれたのもあんただ。それにこないだ、僕を恋人すらいない、永遠にただのガキンチョだって馬鹿にしてたくせに」

「あれは怒った勢いで言ってしまっただけだ」

謝清呈《シエチンチョン》の目つきはナイフのように鋭い。

「お前は賢いんだから、嘘《うそ》か本当かちゃんと分かるだろ」

「お褒めいただき光栄でーす」

対する賀予《ハーユー》も、一歩も引かない。

「僕はまだ十九だからさ、あんたが思うほど達観できてないんだよ」

謝清呈《シエチンチョン》は険しい表情で言った。

「よく考えろ、賀予《ハーユー》。世の中のいったいどれだけの人が失恋のせいで心身のバランスを崩していると思う？　普通の人ですら愛情に振り回されて散々な目に遭うんだぞ。お前に必要なのは、日々のメンタルが穏やかで落ち着いていることなんだ。全ての数値が正常になったら、好きなだけ相手を探せばいい。俺には関係のないことだし、聞くのも面倒だからな」

賀予《ハーユー》の頭の中に、謝雪《シエシュエ》のえくぼが浮かび上がる。

なかなかに面白い。謝清呈《シエチンチョン》はまだ賀予《ハーユー》の好きな相手が謝雪《シエシュエ》であると分かっていない。なのに、もうコレである。今夜、島に閉じ込められるはずだったのは妹だと知ったら、今頃容赦のないビンタが飛んできていることだろう。

謝清呈《シエチンチョン》は続ける。

「ここ数年、お前は自分の感情を完全にコントロールできているか？　それができていないのなら、誰かを好きになる資格はないぞ」

賀予《ハーユー》の色の濃い瞳が謝清呈《シエチンチョン》の目を捉える。

「僕がこうすると決めたんだから、ちゃんとコントロールできると思っている証拠だよ」

「思い上がりすぎだ」

「思い上がり？」

その言葉を繰り返して、賀予《ハーユー》はそっと問いかける。

「謝《シエ》先生、この十九年間、僕は誰も傷つけてないと思うけど？」

「……」

「……僕はただ、誰かを好きになっただけなのに」

「……」

「そんな権利すら、僕にはないってこと？」

「この病気が今後どうなっていくのか、全く知らないだろ。それに、お前は血蠱《けっこ》の異能を持つ患者で、――」

「謝《シエ》教授」

賀予《ハーユー》は穏やかに謝清呈《シエチンチョン》を遮った。

「あんたはもう僕専属の医者じゃない。寂しい中年だし独り寝でなかなか寝付けないとか、若者の人生に口出ししたいとかも無理はないと思うけどさ。僕のこの件に関しては、マジで関係ないと思うよ」

賀予《ハーユー》の口調に、謝清呈《シエチンチョン》も怒りを覚え始める。

「……俺がお前の人生に口出ししたいとでも？　お前の父親の顔を立ててやってるんだ。それに、俺はお前の病気を七年診た。七年も飼った犬のことが気になるのは普通だろう。それが人相手ならなおさらだ」

賀予《ハーユー》はうつむいて笑い、舌先で自分の歯を舐めた。

「はあ、残念だったね。僕があんたの飼い犬じゃなくて」

「……」

「もう遅いし、これ以上、蚊のエサになるのはごめんだ。ボート、乗ってく?」

賀予《ハーユー》はボートを繋《つな》ぎ停めていた鉄の鎖を下ろし、皮肉交じりに問いかける。

「さっきはずいぶん長いこと洞窟で座ってたし、腰は大丈夫? 支えてあげよっか?」


結局、二人はまた気まずい空気の中で別れた。

寮に戻った謝清呈《シエチンチョン》はシャワーを浴び、少し考える。確かにもう遅い時間だったが、それでもと迷いを断ち切り、賀継威《ハージーウェイ》に電話をかけた。

「おや、謝《シエ》先生。ずいぶんと久しぶりじゃないか」

賀継威《ハージーウェイ》は丁寧な口ぶりで謝清呈《シエチンチョン》の電話に出た。

「電話しようかと思っていたところだよ、ちょうどよかった」

「賀《ハー》さんも私に用があったんです?」

謝清呈《シエチンチョン》はちょっと意外に思って聞き返す。

「あぁ、成康《せいこう》精神病院の件を聞こうと思って」

「……」

謝清呈《シエチンチョン》はなるほど、と悟った。

電話の向こうで、賀継威《ハージーウェイ》は大きくため息をこぼす。

「ここ数日でだいたいの流れは把握したよ。賀予《ハーユー》は本当に親に心配ばかりかけさせる子だ。事件の時は君と一緒にいたらしいね」

「はい」

「警察も、あの日は君がずっと賀予《ハーユー》の面倒を見ていたと言っていた。本当にありがとう」

どうやら賀予《ハーユー》は賀継威《ハージーウェイ》に事件の詳細まで伝えていないようだ。

何がなんだか分からないまま礼を言われるのは好きではなく、謝清呈《シエチンチョン》は成康《せいこう》事件の経緯をかいつまんで賀継威《ハージーウェイ》に伝えた。もちろん、賀予《ハーユー》の血蠱《けっこ》のくだりは省いたが。賀継威《ハージーウェイ》はそれを聞き、ややあって口を開いた。

「そういうことだったのか。あいつは本当に、はあ……」

謝清呈《シエチンチョン》は少し考えてから言った。

「賀《ハー》さんには昔、たくさんお世話になりましたし、今は正式な雇用関係になくとも、賀予《ハーユー》を見かけたら近況に注意するくらいのことはしています。ちょっとお伺いしたいのですが、ここ数年の賀予《ハーユー》の病状は、どうですか?」

「ずいぶんと良くなったよ、君のおかげだ。昔、あの状態なら賀予《ハーユー》は独り立ちするべきだと言っていただろう。はじめはすごく心配していたんだがね、賀予《ハーユー》はことのほか上手《うま》くコントロールしていたよ。たまに体調が悪くなって、注射を打ったり薬を飲んだりしていたが、ほかにこれといった問題はなかった」

「薬物への依存度は強いですか?」

「それは……」

賀継威《ハージーウェイ》は躊躇《ためら》い、苦笑い混じりの声になる。

「知っての通り、私もあいつの母親も仕事が忙しい。薬の服用状況とか、細かいことまで把握できていないんだ……まあ、執事曰く、そこまでひどくはないらしいが。それが何か? 賀予《ハーユー》が何か変な振る舞いでもしたのか?」

「……いえ」

迷ったものの、謝清呈《シエチンチョン》は賀予《ハーユー》が恋愛したいと思っていることは伝えないことにした。

「大したことでは。ちょっと聞いただけですから」

「君さえよければ、いつでも戻って来なさい。賀予《ハーユー》の主治医として、君以上に相応《ふさわ》しい医者はいないからね」

「ご冗談を。もうずいぶん臨床現場から離れていますし、医師免許も更新してませんから」

「君が昔うちに来た時だって、ただの学生だったが……はあ、まあいい……君が嫌なら、もうこの話はやめにしよう。ただ、謝《シエ》先生。今、賀予《ハーユー》の近くに住んでいるんだろう? 暇な時に、私の代わりにちょっと賀予《ハーユー》の様子を見てやってくれないかね? あいつは大人びているように見えるが、実際はまだまだ子どもだ。意地を張ったり、向こう見ずな行動に出ることも多々ある。私もあいつの母親も本当にあいつに構う時間がないが、やっぱり時々心配で仕方がないんだよ」

賀継威《ハージーウェイ》は続ける。

「まあ先生が忙しいのなら、無理にお願いすることではないが……」

「いえ、大したことじゃありませんから。それに、賀予《ハーユー》は長い間受け持った患者ですし」

謝清呈《シエチンチョン》が付け足す。

「賀《ハー》さんのご子息でもありますから。ちょっと気にかけるくらい当たり前のことですよ」

その後たわいのない会話をしてから、二人は通話を終わらせた。

謝清呈《シエチンチョン》は椅子にもたれかかり、こめかみを軽く押した。

謝清呈《シエチンチョン》にとって、賀予《ハーユー》は複雑な人間関係も絡んだ特殊な患者である。

成長して賀継威《ハージーウェイ》の話すら聞かないかもしれないというのに、謝清呈《シエチンチョン》にコントロールできることなど限られているだろう。

今はとりあえず、黙って観察することぐらいしかできなさそうだ。

謝清呈《シエチンチョン》は頭痛を感じながら体を起こした。ドライヤーで髪を乾かしたあと、清潔な服に着替える。確かに今の賀予《ハーユー》は恋愛には相応《ふさわ》しくない状態だが……まあ、告白したところで、相手の不運な女の子がうなずくとも限らない。

とりあえずは、様子見をしよう。

そう結論付けると、謝清呈《シエチンチョン》は秘密のユートピアから持ち帰った伝言ノートを手に取る。玄関を出ると階段を降り、タクシーを拾って派出所へ向かった。

＊　＊　＊

「今年の告白ポスト、重すぎ……」

「どんだけ入ってんだろ」

「面と向かって渡せない恥ずかしがり屋がこんなにいるなんて、はあ……」

学園祭が終わり、撤収係の学生たちは大きなイベント機材を片付けていたのだが、その中には、例の巨大な告白ポストもあった。

「ちょっと！　足を踏まないで……うわっ！」

片付けでてんてこ舞いになっていたその時、告白ポストを運んでいた二人の学生のうち、一人がよろけて転んでしまった。ポストが地面に落ちる。質の悪いプラスチック製の蓋はあっさり取れて、中の手紙が一面にばら撒かれた。夜風に吹かれ、手紙たちは足が生えたかのように、四方八方に散らばっていく。

転んだ学生は真っ青になった。

「やばい！」

ポストをぱんぱんに満たしていたのは、淡い思いを記した無数のラブレターである。まだ当事者の手に届いてすらいないのに、こちらの不手際で失くしましただなんて許されっこない。学生は体についた埃を払い、急いでその後を追いかけた。

しかし、風に吹き飛ばされた手紙の数があまりにも多く、二人だけでは手に負えない。仕方なく、二人は声を張り上げて通りすがりの学生たちに手助けを求めた。ほかの学生も熱心に、風で隅まで飛ばされたラブレターを次々と拾い戻した。

賀予《ハーユー》が通りかかったのは、ちょうどこのタイミングだった。

人前では優しく礼儀正しい貴公子、完璧な人間の鑑として、賀予《ハーユー》は当然先輩たちのため〝逃げ出したラブレター〟拾いに加わった。

「ありがとう、本当に助かったよ！」

ラブレター拾いでいっぱいいっぱいになっていた女性の先輩は顔も上げずに、何度もお辞儀をして礼を口にする。

その隣にいた女子学生は、彼女をつねって小声で言った。

「賀予《ハーユー》だよ！」

「きゃっ！」

先輩は悲鳴を上げて仰ぎ見る。果たして賀予《ハーユー》の顔がそこにあり、途端に心臓が激しく脈を打ってまともに話せなくなった。

「は、賀予《ハーユー》くん、どうも……」

賀予《ハーユー》はにっこり微笑むと手紙を渡し、再び迷子の手紙探しを続けた。

バスケットコート横の草むらに引っかかっている一通の封筒を見つけ、賀予《ハーユー》はそちらへ向かった。真っ白なそれを拾い上げて埃を払ったあと、思わず動きを止める——。

封筒には、血痕があった。

そして、血に隠されてはいたものの、一行のすっきりした美しい文字は難なく見て取れる。

『衛冬恒《ウェイドンホン》 様』

芸術学部演劇科四年生の一組で、クラス一のイケメンである衛冬恒《ウェイドンホン》。彼は同時に、賀予《ハーユー》の〝昔馴染《なじ》み〟でもあるのだ。

滬州《こしゅう》の金持ち商人たちが各家の御曹司の話をする際、二人の名前はかなり頻繁に挙がる。なぜなら、賀《ハー》お坊ちゃまと衛《ウェイ》お坊ちゃまは、いろいろな点でかなり似ているからだ。しかも、同じ歳ではないにせよ、誕生日も同じ日付である。

けれども、この二人は全く正反対に育った。賀《ハー》お坊ちゃまは金持ち界隈でも有名な礼儀正しい教養人で、一方の衛《ウェイ》お坊ちゃまは乱れた贅沢《ぜいたく》な生活を送ることで悪名高い。

衛《ウェイ》家は軍事と政治に携わる厳格な家庭である。とはいえ、おそらく不幸にも先祖の墓の一つをクラブにされて、誰かが日々その墓の上で踊っていたのだろう。でなければ、衛冬恒《ウェイドンホン》のような人間のクズも生まれないはずだ。

幼い頃から、衛冬恒《ウェイドンホン》は車を飛ばしたり、学校をサボったり、不良たちと爆音で街中を爆走して目立ったりと、たくさんの厄介事を起こしてきた。衛《ウェイ》家が大金持ちかつ権力者でなければ、今頃このお坊ちゃまによってボロボロに崩壊していただろう。それもあって、界隈の保護者たちは自分の子どもたちに口を酸っぱくしてこう叱るのだ。

「ほら、賀予《ハーユー》くんを見習いなさい！　そんなんじゃ全然ダメダメじゃない！」

そう言われた子どもたちは、決まって涙ぐみながらにこう返した。

「衛冬恒《ウェイドンホン》を見てよ！　ぼく（わたし）と比べてどう？　全然マシじゃん！」

衛冬恒《ウェイドンホン》の天井知らずの高慢さは、滬州《こしゅう》大学中で周知の事実だった。学校側が演劇科の学生にオーディションの機会を与えても、衛冬恒《ウェイドンホン》は一つも受けなかった。彼が演劇科にいるのは単にここが滬州《こしゅう》大学の芸術学部で一番合格点が低い学科だったからだ。つまり、衛冬恒《ウェイドンホン》がここにいるのは、単純に学歴を得るためだけである。

賀予《ハーユー》はぼんやりと考える――。

あいつにラブレターをあげるなんて、この女の子の目は確かか。

封筒を先輩に返そうとして、ふと賀予《ハーユー》は違和感を覚えて動きを止めた。

もう一度封筒へ目をやる……。

衛冬恒様《ウェイドンホン》……衛冬恒様《ウェイドンホン》……。

賀予《ハーユー》はポカンとする。

この筆跡は。

この字……間違いない。

見えないこん棒に思いっきり殴られたような気分だった。

これは、謝雪《シエシュエ》の字だ。

「どうしたんだ。お、手紙をばら撒いたのか？」

その時、バスケを終えた男子学生たちが汗をぬぐいながらコートから出てきた。うちの一人が適当に視線を泳がすと、賀予《ハーユー》が持っている手紙に気づいた。

すぐに男子学生は笑みを浮かべ、振り返って声を上げる。

「衛《ウェイ》坊ちゃま、今年も大豊作だぜ！」

一人の男子学生がコートから出てきた。身長は賀予《ハーユー》と同じくらいだ。意志の強そうな目つきに、ブリーチをかけた銀髪。耳に五つピアスをつけ、表情はどうしようもなく生意気なチンピラそのものだ。

衛冬恒《ウェイドンホン》、その人である。

衛冬恒《ウェイドンホン》と賀予《ハーユー》が目を合わせた。

先に会釈をしたのは衛冬恒《ウェイドンホン》だ。

「やあ、賀《ハー》くん」

賀予《ハーユー》も会釈を返す。とはいえ、先ほど見た『衛冬恒《ウェイドンホン》 様』という四文字が視界をちらついて離れない。一画一画、よく見慣れた文字だったからなおさらである。

元来ラブレターごときに興味を示すことのない衛冬恒《ウェイドンホン》だったが、それがほかでもない賀予《ハーユー》の手にあったので、興味を惹かれてちらっと見た。途端、その視界に封筒の血痕が飛び込んできた。

「脅迫状か?」

衛冬恒《ウェイドンホン》は眉間に皺《しわ》を寄せる。

「……みたいだね。代わりに捨ててこようか」

賀予《ハーユー》の答えは淡々としていて、唇の動きも微かだ。

「ラブレターなんかに興味ないし、誰が捨てるかが違うだけで、どうせ行き先は同じだろ。賀《ハー》くんなら分かると思うけど。でも、脅迫状は初めてだ。持って帰ってちゃんと読んでみるわ」

衛冬恒《ウェイドンホン》は賀予《ハーユー》に笑いかけると、ひょいと手紙を取り上げた。

「どーも」

賀予《ハーユー》は眉ひとつ動かさず、習慣的に「どういたしまして」と答える。

衛冬恒《ウェイドンホン》がいなくなってからずいぶん経ったあと、賀予《ハーユー》はようやく目の前の事態を把握し始めた。

賀予《ハーユー》はまだ、自分が見たものを信じられなかった。あれは本当に謝雪《シエシュエ》が衛冬恒《ウェイドンホン》に宛てたラブレターなのか。賀予《ハーユー》が振り向くと、ちょうどポストを運んでいた女子学生たちが何やら興奮した様子で自分を見ているのに気づいた。賀予《ハーユー》はそちらへ歩み寄り、問いかける。

「すみません、あの血がついてる手紙って……」

「あぁ、あれは強運な謝《シエ》先生が書いたものだよ」

「そうそう。多分秋で乾燥してたからだろうね、手紙を投函する直前で鼻血出しちゃって。私、ティッシュあげたんだから」

「……そうですか」

一呼吸おいて、賀予《ハーユー》は小声で「ありがとうございます」と礼を言った。

その後寮に戻った賀予《ハーユー》は寝る準備を済ませると、無言でベッドに寝転がった。しかし、結局眠れずに夜を明かした。

謝雪《シエシュエ》と衛冬恒《ウェイドンホン》も旧知の仲だ。

幼い頃、衛《ウェイ》家のお坊ちゃまが賀予《ハーユー》の家に遊びに来た時など、謝雪《シエシュエ》が居合わせると、いつも賀予《ハーユー》と謝雪《シエシュエ》の二人対衛冬恒《ウェイドンホン》という構図になった。あの時、賀予《ハーユー》は、謝雪《シエシュエ》はこの高慢ちきな男の子が嫌いなのだ、と思っていた。

けれども、当時はそれが本当はどういうことなのか、誰も意識していなかった。相手に対する並々ならぬ関心がなければ、事あるごとに対立なんてしないのだから。

謝雪《シエシュエ》と衛冬恒《ウェイドンホン》は同じ高校に通っていた。

謝雪《シエシュエ》が高二の時、衛冬恒《ウェイドンホン》は高一。

謝雪《シエシュエ》が高三の時、衛冬恒《ウェイドンホン》は高一。

その後、謝雪《シエシュエ》が卒業しても、衛冬恒《ウェイドンホン》は高一のままだった。

この男が三年連続で留年したことは、金持ち界隈の珍エピソードとなった。衛冬恒《ウェイドンホン》はあまつさえ自分をイケていると思い込み、「三年連続高一で一番カッコいい男」と名乗りだしたのだ。

衛冬恒《ウェイドンホン》は一度も学校のルールを守らなかった。在学時に謝雪《シエシュエ》が校門で学生の風紀チェックをしていた時でも、衛冬恒《ウェイドンホン》はお構いなしにその横を素知らぬ顔で素通りし、校則を破って昼休みに外に串焼きを食べに行こうとした。謝雪《シエシュエ》は当然怒って制止したが、衛冬恒《ウェイドンホン》に無視されただけではなく、彼の後ろにひっついていた不良たちから嘲笑を受ける羽目になった。

「衛《ウェイ》兄貴、この子がオレたちの義姉《ねえ》さんですか？　ずいぶんと厳しいっすね。ここから出たら兄貴の点数を引くらしいですよ！　コワーイ、ぎゃははは」

「義姉《ねえ》さん、チビっすね。しかもペチャパイ」

「衛《ウェイ》兄貴！　コイツ、マジで規律違反だってメモってますよ！　機嫌取らなくていいんすか？」

不良たちは口笛を吹いたり、はやし立てたりと大盛り上がりで、週当番の赤い腕章をつけた謝雪《シエシュエ》は怒りで目にいっぱい涙を溜めていた。衛冬恒《ウェイドンホン》は片手で鞄《かばん》を肩に引っ掛けるようにして持って去っていく。その後ろ姿に向かって、謝雪《シエシュエ》はつま先立ちになりながら怒声を上げる。

「衛冬恒《ウェイドンホン》！　あなたみたいなゴミ！　宇宙一大っ嫌い！」

ただ、宇宙一嫌いとまで言っていたくせに、どうして大学を卒業すると滬州《こしゅう》大学芸術学部の講師になったのだろう？

立派な学歴があり、成績も優秀な謝雪《シエシュエ》であれば、もっと給料が良く、専門性も高い燕州戯劇《えんしゅうぎげき》大学へ行けるはずなのである。あの時、謝雪《シエシュエ》はチャットで賀予《ハーユー》に、自信がないから就職のハードルの低そうな滬州《こしゅう》大学にした、と言っていた。

賀予《ハーユー》とて当時、何も疑問に思わなかったわけではない。謝雪《シエシュエ》は昔から勇敢だった。賀予《ハーユー》は彼女以上に勇気のある人物に、謝清呈《シエチンチョン》以外では出会ったことがない。そんな人が、難度の高い職場へチャレンジする自信がないなど、ありえないのだ。

今になって、賀予《ハーユー》はようやく気づいた。謝雪《シエシュエ》は滬州《こしゅう》大学に入学した衛冬恒《ウェイドンホン》を追いかけて、ここに来たのだと。

一方の賀予《ハーユー》はと言えば、そんなこととは露知らず、外国大学のオファーを蹴って、謝雪《シエシュエ》を追いかけて今ここにいる。

（……ウケるな）

賀予《ハーユー》はひたすらベッドに横たわり続けていた。

そうやって静かに、無感情に一晩中考えを巡らせ、朝を迎えた。

「賀予《ハーユー》、午前に授業があるぞ。起きてるか？　朝飯《あさめし》食いに行こうぜ」

カーテン越しに促してくるルームメイトに返事をして、賀予《ハーユー》は体を起こした。

途端、胸に鋭い痛みが走り、それはたちまち体中に広がっていく。

「……」

ひんやりしている額に手を当てて、賀予《ハーユー》は枕元に置いた薬を手に取り、低い声を絞り出した。

「ちょっと体調が悪いから、先、行ってて」

＊　＊　＊

賀予《ハーユー》が体調を崩している一方、謝清呈《シエチンチョン》のほうも、素晴らしい夜とは言えそうになかった。

派出所に到着した時点で、すでに何かがおかしいと感じていた。

雨に打たれて体が冷えたからだろうか、めまいと耳鳴りが止まらないのだ。

謎めいたコメントが残されたノートを当直の警察官に渡したあと、あらかたの事情を説明する。全てが終わり、帰りの階段に差し掛かったところで、謝清呈《シエチンチョン》の足から、かくん、と力が抜けた。

「謝《シエ》兄さん？」

なんとか振り返ると、同僚のために資料を運んでいる最中の陳慢《チェンマン》だった。

「謝《シエ》兄さん」

陳慢《チェンマン》は急いで謝清呈《シエチンチョン》に駆け寄る。謝清呈《シエチンチョン》は突然、ひどいめまいに見舞われた。

陳慢《チェンマン》が腰を支えてくれなければ、立っていられないほどである。

陳慢《チェンマン》は緊張した面持ちで謝清呈《シエチンチョン》を見つめる。

「どうしたんだよ？」

「分からない、急にめまいがして……」

「顔も赤いし、どれどれ……うわ、なんでこんなに熱いんだよ！」

陳慢《チェンマン》はあたふたと謝清呈《シエチンチョン》を支えながら、同僚のほうへ振り向いて声を張り上げた。

「あのさ、周《ジョウ》さん、おれの分の荷物を先にどうにかしておいてくれないかな。この人を医務室に連れて行くから！」

第二十二話　あいつは僕のせいで熱を出した

派出所の医務室は怪我の手当てくらいはできるが、きちんとした診療設備はない。結局、謝清呈《シエチンチョン》は陳慢《チェンマン》によって病院へ連れて行かれることになった。

陳慢《チェンマン》が夜間救急診療の手続きをしたり、薬をもらったり、血液検査の結果を待ったりしている間、謝清呈《シエチンチョン》は病院の冷たい鉄製の椅子にもたれかかり、目を閉じて心身共に休ませていた。

しばらくすると、出たばかりの検査報告書を手に、陳慢《チェンマン》が戻ってきた。

その報告書には、陳慢《チェンマン》も思わず目を疑うような言葉が記されていた――『マンゴーアレルギーによるもの』。

「もういい大人でしょう。自分がなんのアレルギーかぐらい、知ってるはずですよね？」

診療した医師が眼鏡を押し上げて、謝清呈《シエチンチョン》をたしなめた。

「不注意にもほどがあります。ほらこの数値、恐ろしいことになってますよ」

そう言いながら、医者は処方箋を書き殴り、どっさり薬を出した。

「通常であれば、アレルギー反応のひどい患者には抗アレルギー薬を注射します。でも、今の状況は三日連続でそれを打たないといけないレベルです。もし仕事が忙しいのであれば、最近開発された新しいタイプの生理食塩液を点滴で打つ、という選択肢もあります。それなら一晩で済みますが、どちらにしますか」

抗アレルギー薬の注射は嫌いだが、それ以上に三日連続で病院に来ることが嫌だったため、謝清呈《シエチンチョン》は「点滴で」と答えた。

謝清呈《シエチンチョン》と陳慢《チエンマン》は点滴室へ向かった。

謝清呈《シエチンチョン》の体は薬物に敏感であり、点滴が速すぎるとめまいを起こしたり吐き気を催してしまう。そのため、看護師がいなくなるのを待ってから、謝清呈《シエチンチョン》は点滴の速度を緩めた。

バタバタと病院内を飛び回っていた陳慢《チエンマン》は全ての手続きを迅速に終わらせ、謝清呈《シエチンチョン》の隣に腰かけた。

目を閉じたままの謝清呈《シエチンチョン》の横顔をじっと見て、小声で問いかける。

「兄さん、マンゴーは食べないよう気をつけてたんじゃなかったのか？」

謝清呈《シエチンチョン》は、自分はとことん運に見放されているようだ、などといったことを考えていた。

「ひどい目に遭ったせいで、目がアホになってたんだ。悪いか」

陳慢《チエンマン》は謝清呈《シエチンチョン》から八つ当たりされることに慣れている。

陳慢《チエンマン》の兄は謝清呈《シエチンチョン》の父の部下だったので、陳慢《チエンマン》は幼い頃から謝清呈《シエチンチョン》と付き合いがあり、謝清呈《シエチンチョン》の性格もよく分かっていた。謝清呈《シエチンチョン》が恥をかいたと憤っている時は、見て見ぬふりをするべきなのである。ウダウダ言おうものなら、今の自分のように、怒られてしまうのがオチだ。

陳慢《チエンマン》はため息をこぼした。

「このままじっとしててよ、おれ、白湯《さゆ》を持ってくるから」

陳慢《チエンマン》はすぐに紙コップを手に戻ってきた。モクモクと湯気《ゆげ》を立てるそれを、謝清呈《シエチンチョン》の冷たい手の横へ差し出す。

「兄さん、ちょっとくらい飲んで」

謝清呈《シエチンチョン》はやっと目を開けると、紙コップを受け取って数口飲んだ。

「っていうか、間違ってマンゴーを食べるなんて、誰に騙《だま》されたんだよ」

すっかり弱っている謝清呈《シエチンチョン》を見て、陳慢《チェンマン》は「ろくでなしにもほどがある」とつぶやく。

白湯《さゆ》を飲んで、謝清呈《シエチンチョン》の語調はようやく少し和らいだ。

「いいや、あいつは借金取りだ……」

そう、平穏な生活をぶち壊す借金取りなのだ。

謝清呈《シエチンチョン》は思い浮かべた。

賀予《ハーユー》に会うといつもロクでもないことになる。

謝清呈《シエチンチョン》は当然、自身がマンゴーアレルギーであること、それも食べるとかなりひどい症状——肌が赤くなって熱を帯びるだけではなく、高熱も出す——が現れると知っている。七、八歳の時から、このフルーツは自分にとって絶対に避けなければならない生物兵器だと自覚していた。マンゴー食べたさによだれを垂らす妹ですら、謝清呈《シエチンチョン》の手前、兄の命を守るために、マンゴー味の物は一切家に持ち込まないようにしているほどだ。

そうして長い時間を過ごしてきたせいで、謝清呈《シエチンチョン》はマンゴーの味を忘れていた。加えて賀予《ハーユー》と夢幻島《むげんとう》にいた時は周囲が暗かったこともあり、ケーキに混ざっているフルーツが何か、ハッキリと見えなかった。だから、マンゴームースを黄桃のケーキだと思って食べてしまったのである。


謝清呈《シエチンチョン》は小さくため息を吐いた。

「ちょっと寝る。お前、急いでるか？」

陳慢《チェンマン》は「分かった」と返事をしてから、すぐに付け足す。

「全然急いでないし、時間あるから。付き添うよ」

疲労も体調不良も最高潮に達し、謝清呈《シエチンチョン》は目を閉じて椅子にもたれかかると、眠りに落ちてしまった。

点滴室のクーラーは設定温度が低く、点滴を打つ患者は寒さに弱くなりがちだ。陳慢《チェンマン》は眠っている謝清呈《シエチンチョン》が微かに眉をひそめたのに気づいた。寒がっている様子を見かねて、陳慢《チェンマン》は紺の制服の上着を脱ぎ、謝清呈《シエチンチョン》の体にかける。

暖かさを感じ、謝清呈《シエチンチョン》の眉間から徐々に力が抜けていった。陳慢《チェンマン》はじっと、謝清呈《シエチンチョン》の男らしく整った顔を見つめる。

いつの間にか、ゆっくりと時間が過ぎていった……。

「点滴を変えますね」

どれほど時間が経ったのだろうか。救急の看護師がやってきた。

看護師は交代制だったようで、先ほどとは別の看護師だ。ところが、謝清呈《シエチンチョン》を見た途端、彼女は驚きの表情を浮かべた——。

看護師は、謝清呈《シエチンチョン》がこの滬州《こしゅう》市第一人民病院、こと滬一《こいち》

病院で働いていた時の同僚だった。ただ、関係はあまりよろしくなく、点滴を打っているのが謝清呈《シエチンチョン》だと分かると、にわかに表情を曇らせた。その目は謝清呈《シエチンチョン》と陳慢《チェンマン》の間を行ったり来たりして、謝清呈《シエチンチョン》にかけられた警察の制服にも数秒、目を留めた。

陳慢《チェンマン》には看護師のこうした振る舞いの所以《ゆえん》が分からず、礼儀正しく「お手数をおかけします」と言った。

看護師は冷笑を浮かべ、いやにひっかかる物言いで答える。

「いいえ。お二人はどういうご関係で？」

「……えっと……」

陳慢《チェンマン》は思わず少し顔を赤らめた。

「友人なんです」

「へえ、ご友人ですか」

看護師が笑う。

「警察も大変ですね。夜中にご友人を病院に送り届けて、しかも優しく付き添いまで」

どこか含みがある言い方のように思えたものの、陳慢《チェンマン》は気に留めなかった。看護師は点滴を変えるとさっさと立ち去った。途中、彼女はスマートフォンを取り出し、画面を何度かタップして同僚のグループにメッセージを送った。

謝清呈《シエチンチョン》が点滴を始めたのは夜半過ぎだった。一番遅い速度で三つの点滴を打ち終え、目を覚ました頃には、すでに朝になっていた。

謝清呈《シエチンチョン》はアレルギー体質のせいで、治療をしたからといって、はい元通り元気になりました、とはいかない。今回はアレルギー反応も激しかったため、針を抜いてもまだ気持ち悪くて仕方がない。それに気づいて、陳慢《チェンマン》は謝清呈《シエチンチョン》に言った。

「兄さん、風邪引いちゃうし、その上着は着ていって」

謝清呈《シエチンチョン》は素直にうなずいて陳慢《チェンマン》の制服を羽織ったまま、力の入らない体で外へ向かう。

滬一《こいち》病院は規模も大きく抱えている患者も多いため、朝イチの時間帯にもかかわらず、ロビーは早くも人で溢《あふ》れ返っている。陳慢《チェンマン》は謝清呈《シエチンチョン》に人が少ない場所で待つよう伝え、処方箋を持って飲み薬を取りに行った。

謝清呈《シエチンチョン》は目を閉じて壁にもたれかかる。そのうち、こちらに近づいてくる足音が聞こえた。

誰かが謝清呈《シエチンチョン》の前に立ち止まる。

陳慢《チェンマン》だと思って、謝清呈《シエチンチョン》は目を開けて「もう終わったのか？」とだけ言うと、相手を見もせずに体を起こした。

「今日は助かった、行こう」

「……謝清呈《シエチンチョン》」

返ってきた声に、謝清呈《シエチンチョン》はサッと顔を上げた。

視界に飛び込む、目鼻立ちのくっきりした、ハンサムで上品な顔。

目の前にいるのは、なんと謝清呈《シエチンチョン》をこんな目に遭わせた元凶――賀予《ハーユー》だった。

賀予《ハーユー》は謝清呈《シエチンチョン》を見つめ、「なんでここに？」と問う。

一瞬にして、謝清呈《シエチンチョン》の顔色は最悪と言っていいものになった。

無理もないだろう、昨晩島で喧嘩《けんか》別れをしたところなのだ。どうにも賀予《ハーユー》と再会してからというもの、顔を合わせるたびに喧嘩ばかりしているような気がする。結局のところ、喧嘩の原因は賀予《ハーユー》が成長して一人前になり、もう子どもの時のように謝清呈《シエチンチョン》を恐れたり、畏敬の念を持たなくなったことにあるのだろう。

賀予《ハーユー》はすでにあらゆる方向から謝清呈《シエチンチョン》に楯突く術を身に着けていた。この男の気分を損ね、かつ相手をやり込めて自分はスカッとするような方法を。

若造に馬鹿にされたくはない謝清呈《シエチンチョン》の目つきは、鋭く冷たいものに変わった。背筋をピシッと伸ばし、体調の悪さなど露ほども感じさせずに答える。

「なんでもない。ちょっと用事があっただけだ」

逆に謝清呈《シエチンチョン》はまじまじと賀予《ハーユー》を眺める。

「お前こそなんで病院にいるんだ？」

聞き返しながら、謝清呈《シエチンチョン》は視線を下げ、賀予《ハーユー》の手に薬の袋らしきものが握られているのを見つけた。

賀予《ハーユー》は音もなく袋を背後に回し、淡々と答える。

「ルームメイトが体調を崩したんだよ。僕は車があるから、代わりに薬を取りに来てあげただけ」

「……」

「……」

お互い一歩も譲らず、見つめ合ったままの二人は、どちらも本当の自分を押し隠している。

ややあって、賀予《ハーユー》は口を開いた。

「羽織ってるその服って……」

ここにきて、謝清呈《シエチンチョン》はようやく自分がまだ陳慢《チェンマン》の制服を羽織っていたのを思い出す。真っ白なワイシャツに、肩にかけられた警察官の制服。確かに目立つし、賀予《ハーユー》が行き交う人の群れの中で簡単に自分を見つけたのも無理はない。

「友達のだ」

「そいつを待ってるの？」

謝清呈《シエチンチョン》はぞんざいにうなずいて見せた。

賀予《ハーユー》から声をかけたものの、実を言うと彼はかなり気分が悪かった。謝雪《シエシュエ》のラブレターから受けたショックが大きすぎて、普段飲んでいる薬では症状を抑えられなくなったため、わざわざ新しい薬を出してもらいに来たのだ。先ほど謝清呈《シエチンチョン》を見かけた時も、本当は無視したかった。だが、謝清呈《シエチンチョン》は謝雪《シエシュエ》の兄であり、病院で会ったのだから挨拶くらいはしないと、と思って声をかけたのだった。

しかし、賀予《ハーユー》はもう謝清呈《シエチンチョン》と話をするのも、その制服の持ち主に会うのも面倒になっていた。

賀予《ハーユー》は「じゃあ僕はまだ用があるから、これで」と言って、きびすを返した。

賀予《ハーユー》の後ろ姿に、謝清呈《シエチンチョン》は微かに眉を寄せる。症状が悪化したら賀予《ハーユー》は薬を飲むが、薬の一部はトップレベルの病院でしか出せない。もしかすると……。

「謝《シエ》兄さん」

戻ってきた陳慢《チェンマン》の声が、謝清呈《シエチンチョン》の考えを中断させた。

「薬もらってきたから、寮まで送っていくよ」

謝清呈《シエチンチョン》の視線に気づき、陳慢《チェンマン》もそちらへ目を向ける。タイミングよく、賀予《ハーユー》は人混みに紛れて姿を消したところだった。

陳慢《チェンマン》は「どうかした？」と問いかける。

「……いや、なんでもない」

謝清呈《シエチンチョン》が答えた。

これ以上何も言いようがない。

自分を病院送りにした張本人に会ったなんて、言えるわけがないのだから。

謝清呈《シエチンチョン》は「行こう」と陳慢《チェンマン》に告げた。

「うん、分かった。あ、兄さん、階段気をつけてよ」

三十分後、陳慢《チェンマン》は謝清呈《シエチンチョン》を車に乗せて、滬州《こしゅう》医科大学の独身寮へ戻った。陳慢《チェンマン》は制服の上着を入り口のコート掛けに引っかけてから、キッチンへ向かった。白湯《さゆ》に溶かした薬を持ってくると、謝清呈《シエチンチョン》へ渡し、彼がそれをゆっくりと飲み干すのを見守る。

「兄さん」

少し考えた末、陳慢《チェンマン》は口を開いた。

「さっき、病院で知り合いにでも会ったか？」

「……」

「それに、昨日の夜、点滴を変えに来た看護師がいたんだけど、すごく妙な態度だったんだ」

それまで無言だった謝清呈《シエチンチョン》は、ようやく陳慢《チェンマン》の質問に答えた。

「その看護師って、面長で、唇の下にほくろがあって、見た目はだいたい三、四十くらいだったか？」

「そうそう」

「その人は周《ジョウ》さんと言って、昔とある年寄り医者の下で働いてたんだ」

謝清呈《シエチンチョン》が説明した。

「まあ、周《ジョウ》さんは俺と馬が合わなくてな」

薬を飲み終えると、謝清呈《シエチンチョン》は再び疲労感に襲われ、ソファに体を横たえた。

すると今度は腹の底からイライラが湧いてきた。滬一《こいち》病院の昔の同僚にしろ、賀予《ハーユー》にしろ、みんな鬱陶しくて仕方がない。こんな風に苛立ちが収まらない時は、謝清呈《シエチンチョン》はタバコを吸いたくなる。点滴をされている間、一晩中我慢してライターにすら触れていなかったからなおさらだ。そういうわけで、謝清呈《シエチンチョン》は目元を覆っていた腕をどかし、そばに座っている陳慢《チェンマン》に「タバコをくれ」と言った。

陳慢《チェンマン》はぎょっとする。

「タバコなんて、ダメに決まってるだろ！　ほらこの数値、自分の目で見てよ――」

「何を見ろっていうんだ。お前は医者か？　違うよな。さっさとタバコを寄越せ」

「持ってないし、あげないからな！」

「持ってないのか、持っていてあげたくないのか、どっちなんだ？」

「あっ、いや――」

陳慢《チェンマン》は言葉を詰まらせる。

謝清呈《シエチンチョン》はグイッと陳慢《チェンマン》の襟を掴《つか》んで引き寄せ、正確に相手の制服のポケットから利群《リーチュン》という銘柄のタバコを取り出した。ほれ見ろと言わんばかりに白目を剥《む》いて見せると、パッケージを開け、タバコを一本口に咥える。

「……」

何も言えずにいる陳慢《チェンマン》に、謝清呈《シエチンチョン》は「火」と促した。

陳慢《チェンマン》は諦めたように、大きくため息を吐いた。

「謝《シエ》兄さん、今の状態は本当にマズイって。おじさんとおばさんが知ったら……」

うっかり謝清呈《シエチンチョン》の両親のことに触れてしまい、顔を曇らせる謝清呈《シエチンチョン》に気づいた陳慢《チェンマン》もそれ以上何も言えなかった。

陳慢《チェンマン》は小声で「ごめん」と謝り、しぶしぶとライターを渡した。

謝清呈《シエチンチョン》が緩慢な自殺行為を行うのを、陳慢《チェンマン》はただ黙って眺めることしかできない。

数回吸ってから、謝清呈《シエチンチョン》は長く蒼白《そうはく》な手をソファの横に垂らした。天井を見る瞳はぼんやりとしている。

謝清呈《シエチンチョン》は口を開いた。

「一晩中いろいろと世話を焼いてもらって、面倒をかけたな。ありがとう。もう帰っていいぞ」

「……面倒だなんて……」

とは言われたものの、これ以上陳慢《チェンマン》に手間をかけさせるわけにはいかないと、謝清呈《シエチンチョン》は頑なに繰り返した。

「もう帰って休め」

「兄さん。おれ、兄さんが心配なんだ」

陳慢《チェンマン》はほかに方法がなく、少し考えてから言った。

「今回マンゴーアレルギーの発作が起きたのも、きっとどっかのろくでなしの仕業なんだろ。いったい誰にやられたのか、言ってよ。おれももう警察官になったんだし、そいつを懲らしめることくらいでき――」

「何ができるって？」

謝清呈《シエチンチョン》はやっと視線を動かし、いまだに子どもっぽさが見え隠れする顔を見やった。なんとか手を持ち上げてグイッと陳慢《チェンマン》が被《かぶ》っている帽子を下へ引っ張り、目を半分隠してやる。

「まだ肩に花[26]もないくせに、何ができるって言うんだ？お前は大人しく、警察官としての仕事をきっちりやってればいいんだ。無関係なことに首を突っ込むんじゃない。お前の家はお兄さんが亡くなって、息子はもうお前しかいない。ご両親にあまり心配をかけさせるな」

「……分かったよ……」

陳慢《チェンマン》は静かに首を垂れた。

謝清呈《シエチンチョン》は脱力してソファに体を沈め、どこか暗然としたように「もう帰れ」と告げた。

そこまで言われては、陳慢《チェンマン》も帰るしかない。

陳慢《チェンマン》は気のいい若者だが、無鉄砲なところがあり、何を

26 階級章。職位と階級を表している。

するにもせかせかとしている。謝清呈《シエチンチョン》は陳慢《チェンマン》がなぜ警察官になったのか、理由を知っていた。それは兄が反社会的組織を摘発する任務の中で命を落としてしまったから、その仇《かたき》を討ちたいのだ。とはいえ、陳慢《チェンマン》はそれほど利口ではなく、警察官としての能力もあまり高くはなかったので、派出所の配属となった。兄が昔いた刑事隊に入れなかったことをずっと悔しく思っているのは、謝清呈《シエチンチョン》も分かっている。

だが、現状が一番望ましいのだろうと謝清呈《シエチンチョン》は思う。

陳慢《チェンマン》の兄は自分の両親に近づきすぎたせいで、少しずつ、引き返せないところまで巻き込まれてしまったのだ。謝清呈《シエチンチョン》は昔から、陳慢《チェンマン》一家に対して負い目を感じていた。

今、陳慢《チェンマン》は警察組織の末端の、普通の警察官である。泥棒を捕まえたり、老人の犬を探したりして日々を暮らしているが、それでもう十分だ。なんなら一生、このままこのポジションに留まっていてほしいくらいである。

翌日の朝まで昏々と眠り続け、謝清呈《シエチンチョン》はスマートフォンの着信音に起こされた。

「もしもし」

電話は謝雪《シエシュエ》からだった。寮で電話しながら身支度を整えているようだ。

「あ、お兄ちゃん……あれ？　声、どうしちゃったの？」

「大丈夫。うっかりマンゴー食べただけだから」

「えっ⁉　アレルギーなのになんで――」

「言っただろ、うっかりしてたんだ。それで、なんの用だ？」

「あ、大したことじゃないよ」

謝雪《シエシュエ》が答える。

「ちょっと言っておこうと思って。今日授業が終わったら学校のイベントの秋旅行で南市《なんし》に行くの」

謝清呈《シエチンチョン》は数度咳をした。体に火がついているようで、熱くてたまらない。

「分かった、気をつけて行ってこい。だが、たとえどんな人であっても二人きりで辺ぴな場所へ行くなよ？　前にも言ったと思うが、成康《せいこう》病院の件は運が良かっただけだ。万が一……」

「はいはい、分かったから！　安心してよ！　お兄ちゃんも、早く良くなってね」

用件を伝えると、謝雪《シエシュエ》は謝清呈《シエチンチョン》の体調を気遣って電話を切った。

その後、謝雪《シエシュエ》はしばし考えて、賀予《ハーユー》に電話した――。

謝清呈《シエチンチョン》はまた眠りに落ちた。

謝清呈《シエチンチョン》という人間は他人の世話に長《た》けているが、それが自分のこととなると途端に疎かになってしまう。陳慢《チェンマン》に家へ連れ戻されてから、薬を飲んで、タバコを何本か吸った以外、今まで何も口にしていない。しんどすぎて何か作る気にもなれず、とにかく寝ていよう、と思ったのだ。

どれほど眠ったのだろうか。夢うつつに、謝清呈《シエチンチョン》は微かに部屋の鍵が開く音を聞いた。空を泳ぐ凧《たこ》のように、ふわふわとしていた意識は、夢から少し引っ張り戻される。目を開けてはいなかったものの、誰かが入ってきたのは分かった。

謝雪《シエシュエ》だろう、と謝清呈《シエチンチョン》はぼんやり思い浮かべる。自分の寮の鍵を持っているのは謝雪《シエシュエ》しかいない。

(でも、秋旅行に行ったんじゃないのか。新人講師が大学のイベントを欠席するのはあまりよくないだろうに、どうしてここに……)

そう考えながら、謝清呈《シエチンチョン》は寝返りを打った。妹に眠りを邪魔されたくなくて、無意識に布団を手繰り寄せようとする。けれども、いくら手を動かしても布団を見つけられない。そこでやっと、帰ってきてから自分はずっとソファに横たわっており、シャツのカフスボタンすら外していないことに気づいた。

苛立ちに眉を寄せていると、ふと体が温かいものに包まれる。

どうやら家に入ってきた人物がこちらへ来て、謝清呈《シエチンチョン》の様子を見て、薄手の毛布を掛けてくれたようだ。

謝清呈《シエチンチョン》は目を開けようとしたが、あまりの眠さに少しし か瞼《まぶた》を持ち上げられない。微かに震えるまつ毛の向こうで、背の高い青年の横顔がぼうっと浮かび上がる。そこまで認識したところで、謝清呈《シエチンチョン》の重い瞼はひとりでに閉じた。

もう一度目を覚ました時には、すでに夕方になっていた。寮の床は綺麗《きれい》に掃除され、換気のために窓も開けられている。ほんのりと湿ったそよ風がカーテンを動かし、真っ白なレースが夕日に照らされ、パタパタと揺れていた。

謝清呈《シエチンチョン》は目を細め、自らの体温で温められた薄手の毛布から片腕を出し、手の甲で目を覆う。

電話をしているらしい男の声が部屋に響く。

「はい……分かりました。じゃあ何日間かもらえますか、そのあと行きますから……いえ、そんなに長い時間拘束されるわけじゃないし、専門的に勉強していること以外の経験も積みたいので、面倒じゃないですよ。安心してください、馮《フォン》さん。もう大学に申請して休みも取ってます。お困りのようですし、予定通りに動きますから。はい、分かりました。それじゃあ」

ぐったりしていた謝清呈《シエチンチョン》はようやく、この声の持ち主が賀予《ハーユー》だと分かった。

勢いよく体を起こして、謝清呈《シエチンチョン》は声のしたほうにバッと顔を向ける——。

すると、ちょうど電話を切った賀予《ハーユー》が、キッチンから出てくるところだった。手には木製のトレーがあり、謝清呈《シエチンチョン》のそばまで来ると、それをローテーブルに置いた。

トレーには大きな美濃焼の器が載っていて、鶏粥がなみなみとよそわれている。長い時間をかけてじっくり煮込んだのだろう、鶏の出汁は食欲を誘う乳白色だった。米は出汁で煮込まれて、粒の一つひとつまでたっぷりと旨味がしみ込んでいる。雪のように白い鶏肉がお粥を彩り、上には香りを引き立たせる白いいりごまがまぶされていた。

「……起きた？　……なら、あったかいうちに食べて。ネットでレシピを見ながら作ったんだ」

そこで一旦言葉を止めてから、賀予《ハーユー》は続ける。

「机の上の検査報告書と処方箋を見たよ」

「……」

「この前は、救急に点滴を打ちに行ってたんだろ？」

謝清呈《シエチンチョン》は額に手を置いて気持ちを落ち着けてから、きちんと座り直した。

自分の声が壊れた楽器のようにしゃがれていないことを確認してから、謝清呈《シエチンチョン》は改めて口を開いた。

「どうしてここに？」

賀予《ハーユー》の様子がどこかおかしい。落ち着きすぎているくらいなのに、その冷静さの中には、言葉にできないような陰鬱さが滲《にじ》んでいる。

自分の体調も万全とは言えないが、それでも謝清呈《シエチンチョン》は微かに相手の異状を感じ取っていた。賀予《ハーユー》の指から上へ視線をやると、青年の手首に巻かれている包帯を発見した。さらに上を見ると、終始下を向いていた杏眼《あんがん》は、少し赤みを帯びている。

そこで、謝清呈《シエチンチョン》は賀予《ハーユー》が病院でもらっていた薬のことを思い出した。

けれども、謝清呈《シエチンチョン》が何かを聞く前に賀予《ハーユー》は体を傾け、謝清呈《シエチンチョン》の肩の後ろ、ソファの背もたれに手をついた。視線を下げ、賀予《ハーユー》はソファに座っている男を眺めながら、口を開いた。

「謝清呈《シエチンチョン》、マンゴーアレルギー、あんなにひどいのになんで病院では大丈夫って言ったんだよ」

「……謝雪《シエシュエ》から聞いたのか？」

「うん。あんたの様子を見に来るように頼まれた。話す時も声がしゃがれてて、体調を崩してるみたいだって」

「……」

青年はグッと近づき、謝清呈《シエチンチョン》を見つめた。

「僕が食べさせたのに。あんたがこうなったのは僕のせいなのに、なんで黙ってるわけ？　どうして僕に言わないいんだ。なんで、病院でちゃんと本当のことを教えてくれなかったんだよ」

「そんなの必要ないだろ。お前も俺がマンゴーアレルギーだって知らなかったし、わざとじゃなかったから」

謝清呈《シエチンチョン》の口調は落ち着き払っている。

「ほかの奴に手助けしてもらえば済む話だ」

相手の返事に賀予《ハーユー》は満足しなかった。それどころか、謝清呈《シエチンチョン》を見つめる瞳に危険な色をさらに滲《にじ》ませた。

「自分のせいでこんな状態になった相手を放っておくほど、僕、そこまで下劣じゃないと思うけど」

「……」

「あんたらにとって、僕はなんなの？」

「……」

あんたら？

謝清呈《シエチンチョン》は眉を寄せる――自分以外に、誰がいるのだろうか？

ただ、賀予《ハーユー》は機嫌が悪いようだったので、謝清呈《シエチンチョン》は掘り下げて聞かなかった。

ややあってから、賀予《ハーユー》は醜態を晒《さら》したと思ったのか、ゆっくりと体を起こして「……もういい」と言った。

賀予《ハーユー》は謝清呈《シエチンチョン》のために水を用意し、机の上に置かれていた検査報告書を片付けた。報告書に記されたアレルギー反応の恐ろしい数値を見て、ため息を吐く。

「ほかに必要なものがないなら、僕もう帰るよ」

七年間にわたって賀予《ハーユー》の病気を診ていた本能から、謝清呈《シエチンチョン》は相手を呼び止めた。

「賀予《ハーユー》」

「なに？」

謝清呈《シエチンチョン》は微かに眉をひそめる。

「何かあったのか？」

「……いや」

「なら、手首の包帯はどうしたんだ。それに、病院でもらった薬――」

賀予《ハーユー》は大学の制服の上着を羽織りながら、振り返ることなく答える。

「薬のことはもう言ったでしょ、友達のものだよ。手首はあんたの家のコンロ周りが汚すぎて、片付けてる時に火傷したんだ」

腕を軽く伸ばすと、包帯はゆったりとした制服の長い袖に隠れた。

またしばし黙ると、賀予《ハーユー》は話題が尽きてしまったようで、別れの挨拶を口にする。

「じゃあ僕、まだ夜自習があるから。謝雪《シエシュエ》に電話して、僕が来たって伝えておいて」

謝清呈《シエチンチョン》はうなずいたものの、やはり違和感を拭えない。

少し考えて、謝清呈《シエチンチョン》は尋ねた。

「謝雪《シエシュエ》は秋旅行に行ったのに、なんでお前、まだここにいるんだ？」

体を丸めて靴ひもを結んでいた青年が一瞬、動きを止める。謝清呈《シエチンチョン》の角度では青年の顔はハッキリ見えないが、陰に隠れた鋭く、流れるような美しい顎のラインだけは視界に捉えることができた。

「つまんないから。演劇科のやつばっかだし、共通の話題もない。そんなの、参加したくないよ」

それだけ言うと、賀予《ハーユー》はぎゅっと力を込めて靴ひもをきつく締め、相手がさらに質問をする前に謝清呈《シエチンチョン》の寮を出た。

第二十三話　僕らが巻き込まれた殺人事件は、まだ終わっていなかった

数日後。

謝清呈《シエチンチョン》の体調はすっかり回復していた。

この日、謝清呈《シエチンチョン》は謝雪《シエシュエ》と滬大《こだい》の食堂で食事をしていた。器に盛られた鶏粥を見て、謝清呈《シエチンチョン》はふと、ここ数日賀予《ハーユー》を見かけていないことに気づく。ＷｅＣｈａｔのタイムラインであるモーメンツを見ても、どこにも賀予《ハーユー》の情報がない。

あの日の賀予《ハーユー》のいつもとは違った様子を思い出して、謝清呈《シエチンチョン》は眉を寄せた。

謝清呈《シエチンチョン》はかなり理性的だが、情の欠片《かけら》もない冷徹人間と

いうわけでもない。何よりも、賀継威《ハージーウェイ》に、賀予《ハーユー》のことを気にかけると約束していた。

謝雪《シエシュエ》がトレーを持って向かい側に座るのを待って、謝清呈《シエチンチョン》は最近の賀予《ハーユー》の様子について聞いてみた。

ところが、謝雪《シエシュエ》は驚いた様子で目を大きくみはった。

「あれ？　知らないの？　ドラマに出るから、休みを取って杭市《こうし》に撮影に行ったんだよ。何も聞いてないの？」

箸を持つ謝清呈《シエチンチョン》の手は動きを止めた。

「あいつは脚本演出専攻じゃなかったのか？」

「まあ、短期間だし、代打の脇役だよ。校門前で朝ご飯を買ってる時にスカウトされたんだって。賀予《ハーユー》自身もちょっと興味があったらしいし、それにあの顔だよ。表舞台に立つことにするのか、それとも裏方に徹するのかなんて、ほんと分かんない。あの子、向上心もあるから、経験になりそうなことは積極的にやるようにしてるんだよ」

「……ずいぶん急だな」

「もともと決まってた役者が怪我しちゃって。演劇科の子だったんだけど、現場入り前、自転車に乗ってる時に校門近くでタクシーとぶつかったらしいの。それで顔に何針も縫う大怪我を負っちゃってね。撮影班はすぐに代役が必要だったから、賀予《ハーユー》に声をかけたってわけ……」

謝雪《シエシュエ》の言葉に、謝清呈《シエチンチョン》はぼんやりと自分が体調を崩した日、賀予《ハーユー》が電話をしていたのを思い出した。おそらくこの件についてのものだったのだろう。

謝雪《シエシュエ》はまだ話し続けている。

「でもちょっと変なんだよね。台本見たけど、すっごくしょーもないネット配信のドラマなの。賀予《ハーユー》のセンス的には気に入らないんじゃないかって思ったんだけど、なぜかオーケーしてさ。まあ、その役の撮影期間もだいたい十日くらいですぐ終わるとはいえ、何考えてるんだろ……休みの申請を出してきた時も、なんだか落ち込んでるみたいだった。話しかけても生返事ばっかでさ」

賀予《ハーユー》の様子を聞くにつれて、謝清呈《シエチンチョン》の表情は徐々に険しいものになる。

脳裏に蘇るのはあの日、賀予《ハーユー》の手首に適当に巻かれていた包帯と、病院の薬袋……。

「賀予《ハーユー》は最近、何か嫌なことでもあったのか？」

「ないよ！」

意気消沈している賀予《ハーユー》とは対照的に、謝雪《シエシュエ》は秋旅行から帰ってこの方、なぜか絶好調のようだった。咲き誇る桃の花のような、潤っている雰囲気すらある。謝雪《シエシュエ》はアイスクリームのスプーンを咥え、少し間を置いて言葉を選びながら付け足した。

「よく分かんないけど……多分、ないと思う……」

謝清呈《シエチンチョン》は何か物言いたげな目で、そんな妹を眺めた。謝雪《シエシュエ》はキラキラと目を輝かせて、なんだかすこぶる機嫌もいい様子だ。

ここ数日、謝清呈《シエチンチョン》は妹が何やらとても楽しそうにしているのを感じ取っていた。旅行から帰ってきてからというもの、日がな一日スマートフォンから顔を上げることなく、頻繁にチャットをしているようである。いったい誰とそんなに話すことがあるというのだろう。

モーメンツもそうだ。これまで投稿していたのは『××に新しくできた××レストラン、誰か一緒に行かない?』といったようなものだった。ところが、最近はなぜかやたらと文学チックな投稿が増え、謝清呈《シエチンチョン》がしかめっ面で読んでも理解できない若者向け青春小説の抜粋やら、湖に浮かぶ二つの木の葉といったような意味の分からない写真ばかりである。昨日の深夜などは、壁にぼんやりと映った、誰のものとも分からない影——謝雪《シエシュエ》自身かもしれない——の写真を上げていた。添えられた文字は『ふふっ、シロくん』だ。

その投稿には、謝清呈《シエチンチョン》もリプライを送っていた。

『シロくんって誰だ?』

謝雪《シエシュエ》が返事したのは、それからずいぶん経ってからのことだった。

『可愛いわんちゃん』

謝清呈《シエチンチョン》はそれに対してさらにこう返した。

『そんな意味のないことばかり投稿してないで、早く寝ろ』

兄のコメントに、謝雪《シエシュエ》は舌を出して笑う絵文字を送ってきた。少ししてから、謝清呈《シエチンチョン》は妹のアイコンが、何かを見つめているハクチョウに変わっているのに気づいた。

こうした細々とした最近の出来事を思い出して、謝清呈《シエチンチョン》は謝雪《シエシュエ》に問いかける。

「ならお前はどうなんだ？　最近いいことでもあったか?」

謝雪《シエシュエ》はサッと顔を赤らめ、スプーンをかじりながらそっぽを向いた。秋旅行中に起こったことは秘密にして、そっと心の中にしまう。

「う、ううん、なんにもないよ」

謝清呈《シエチンチョン》は腕を組んだ。謝雪《シエシュエ》の仕草や恥ずかしがる表情などを静かに観察するその視線は、徐々に鋭く捉えがたいものになる。

「そうだ、お兄ちゃん」

兄の視線に後ろめたくなり、謝雪《シエシュエ》は話をそらそうと口を開いた。

「旅行の時に、お兄ちゃんと賀予《ハーユー》にお土産を買ったの。今週末、暇?」

「暇だが?」

「私……その、ちょうど学校で外せない会議があってね。お土産のおやつも賞味期限があるから、もし時間があったら、代わりに杭市《こうし》で撮影してる賀予《ハーユー》に差し入れで持って行ってくれない?」

謝清呈《シエチンチョン》は眉を寄せる。謝雪《シエシュエ》が何かを隠していると勘づいていたものの、深く追及せずに「分かった」と了承した。どうせ賀予《ハーユー》の病状が気がかりなのだから、撮影を覗《のぞ》くついでに、賀予《ハーユー》の精神状態も確認してみよう、と決めた。

＊　＊　＊

その日の夕方。

廃墟となった成康《せいこう》精神病院の敷地内。

黄と白のバリケードテープは風に吹かれて、パタパタとはためいていた。その後ろの焦げた土から埃が舞い上がる。ここ数日、たくさんの市民がこの場所を訪れていた。哀悼の意を込めて献花に来る者もいれば、怖いもの見たさの冷やかしで来る者もいる。

そういった人たちで構成された人混みの中に、べっこうフレームの眼鏡をかけた地味な男がいた。男はじっと成康《せいこう》精神病院だった焦土を眺め、少し突き出した目玉に疑惑と恐れを滲《にじ》ませて、一見して名状しがたい表情を浮かべている。

「……そうそう、悪いことしてた奴らは全員死んだんだって。病院の上層部は誰も生き残ってないらしい」

「もしかして本当に江蘭佩《ジアンランペイ》の怨霊が命を奪いに来たのか?」

「あの女は死んだ時、赤いドレスを着てたみたい。ああいう悪霊は一番力が強いからね。だからこそ、あいつがつけた火はまるで目でもあるかのように、梁季成《リアンジーチョン》に協力していた奴らを一人残らず焼き殺したんだよ……」

「そりゃまた怖ぇこともあるもんだな!」

眼鏡の男は周りのあれこれ好き放題言い合う声を聞き、ますます震えが止まらない。暑い日なので、背中がびっしょり濡《ぬ》れるほど、全身から汗を吹き出させていた。

ごくりと生唾を飲みこみ、男はきびすを返す――。

今すぐ家に帰らないと。

両親はすでに別居して長く、男は父親と住んでいた。そして彼も父親同様〝組織〟の一員だ。男が幼い頃に住んでいた、両親の共同財産でもある古い邸宅には金庫が一つあり、中には埃を被《かぶ》った書類の束が入っている。

隅を虫に食われたその書類こそ、江蘭佩《ジアンランペイ》の真実が書かれた資料なのだ。

男の父親は、かつて彼に言い聞かせていた。もし自分に何かあったら、この資料を持って警察に自首するように。刑務所に入ることになっても構わない、命だけは助かるから、と。

小心者な男は父親に付き従って組織に関わっていたが、知っているのはごくごく表層の部分だけだった。あの日、警察が男の家に家宅捜索に来た際など、彼は何も言う勇気がなかったどころか、気が動転して吐いたほどである。しかし今落ち着きを取り戻し……新聞に載っていた死者リストを見て、この事件はそう単純ではないことを知った。

まだ死にたくない……悪霊に命を狙われるのも、ごめんだった。怖くてたまらない。今すぐにでも金庫からアレを取り出して、警察に駆け込みたい――。

かつてはひどく恐れていたパトカーのサイレン。悪夢の中でサイレンが響けば、ブルブルと震えながら飛び起きるほどだった。なのに、今になってようやく、男は自分を助けてくれるのは警察しかいないと悟った。

そう思いながら、男は二十年前であればまだ高級住宅街と言えたであろう邸宅エリアに入った。そして間髪入れずに、必死の形相で走り出す。怖い。〝あの人たち〟に追いつかれるのも、江蘭佩《ジアンランペイ》の悪霊に追いつかれるのも、怖くて仕方がない。

真っ赤な炎、真っ赤な悪霊のドレス。

「うあ……うわあああ!!」

考えれば考えるほど恐ろしくなり、走っているうちに男は叫び出していた。尿までもが漏れ出し、眼鏡は脂ぎった鼻から滑り落ちそうになる。

一刻を争うように古い邸宅の庭へ駆け込み、ドアを押し開けて中に入る。

恐怖心に駆られるあまり、男はその時少しも疑問に思わなかった。なぜ、この十数年前に荒廃した古い家の鍵はかかっておらず、ドアもすぐに開く状態だったのか……。

眼鏡男の頭の中はぐちゃぐちゃだった。喘ぐようにゼイゼイと呼吸しながら、地下室に走っていく。朽ちた床は成康《せいこう》精神病院で死んだ患者の死体のように、男の足元で重々しい呻《うめ》きを上げている。男の精神は崩壊寸前だった。唇も制御できないほどに震えてしまう。

助けてくれ……。

頼む、助けてくれ……。

「バンッ」と音を立てて、男は地下室に続くドアを体当たりして開けた。そのままあたふたと踊り場を抜けて階段を駆け降り、金庫に向かう。

暗証番号は覚えている。男の父親は卑しい女好きで、若い頃はよく気の強い母親に馬鹿にされていた。その後、二人は離婚したが、暗証番号はなんと男の母親の誕生日のままだった。

思えば母親も若かりし時は、よく巻き毛にして、赤いドレスを好んで着ていた。当時は香港スタイルが流行し、綺麗《きれい》な女性たちはしばしばポスターに写った香港スターの格好を真似していた。その中でも一番のトレンドは、あの波打つような髪型に赤いドレスだったのだ。

眼鏡男が震える手でダイヤルを回す。一回、二回……。

「カチャッ」

金庫が開いた。

男はすぐさま中へ手を伸ばし――。

数秒後、男は感電したように激しく体を跳ねさせる。もはや痙攣していると言ってもいいほどだった。

ない！

あの書類の束が！　ない!!

ありえない……どうして……。

絶望と恐怖に襲われ、男はふと、何か温かいものがポタ、と眉間に落ちたのを感じた。

全身の骨すら散り散りに逃げ出しそうな感覚に陥る。しかし、皮ふという入れ物に閉じ込められ、それらは絶望したまま男の体に留まるしかない。

ポタッ。

もう一度。

温かい何かが、今度は男の唇に落ちた。

生臭い。

眼鏡男は目をみはる。激しく息を繰り返し、ゆっくりと顔を歪《ゆが》ませながら、上を向いた――。

一人の女が、視界に飛び込む。

先ほど地下室に入った時見向きもしなかった踊り場から、少し頭を突き出すようにして、女は死んでいた。手には銃が握られていて、頭を打ち抜かれ、血が床中に広がっている。衝撃で破損した目は形だけを残し、じっと男のほうを見ていた。

自殺のように見えるが、眼鏡男は絶対に違うと知っていた。

なぜなら、その女は男の――。

「かあ、さん……」

極度の恐怖によるものなのか、悲しみによるものなのか、男は思わず叫んだ。

「母さん！　母さああん！　あぁ！　うあぁあッ！」

母親はここに住んでいないはずなのに……もう十数年、ここに戻って来ていないはずなのに……。

もしかして、母親もあの資料のことを知っていたのだろうか？　あの資料を手に入れて、息子の自分を守ろうとしていたのだろうか？

眼鏡男のメンタルは崩壊した。脱力してドサッと地面に跪《ひざまず》く。涙、鼻水、それから汗と血が顔を汚し、口の中から獣のような咆哮《ほうこう》が漏れ出す。最後には自分が何を叫んでいるのかすら、分からなくなるほどだった。

そして、男は背後から近づく足音を聞いた。ハイヒールだ。

「カツンッ、カツンッ、カツンッ」

優れた技術力の結晶である、痕跡を少しも残さない特殊なシューズカバーをつけている。振り向く前に、眼鏡男は何か硬いものが後頭部に押し当てられるのを感じた。

続いて、男の背後で笑いながら、ささやくように歌う女の声が響いた。

「落とそうよ、ハンカチを。後ろにそっと置いておくから、みんな黙ってて……」

黄ばんだ書類袋が、後ろから男の目の前に差し出された。ほんのりと熱い吐息が男の耳元にかかる。女は優しく尋ねた。

「探してたのは、これ？」

「……お前……」

眼鏡男は振り向けなかった。歯がガチガチと音を立てて震えている。

「あなたのお母さんも、そうだったの」

「……」

「あなたのお父さんは、ビビりなネズミそのものでね。ボスに全然忠実じゃなかった。家にこんなものまで隠しちゃって」

女は優雅に続ける。

「なんでそんなことをしたのやら……ボスが知らないとでも思ったのかしらね？」

「お、お前はいったい……何者だ……？」

女が笑った。

「忠義を尽くせないような奴が、今更何を知ろうっていうの？」

「……」

「地獄で聞きな」

それは眼鏡男が聞いた、最後の言葉だった。

数秒後。

「バァンッ！」

銃声が響き、地下室の埃が舞い上がる。

女は床にどろりと飛び散った赤黒い血だまりを避け、淡々と現場を片付ける。視線を下げ、しばらく江蘭佩《ジアンランペイ》の資料を読んでから、振り向くことなく荒廃した建物を後にした……。

第二十四話　あいつは僕の部屋に入った

『昨晩、郊外の住宅街金玉蘭花園《きんぎょくらんかえん》にて、銃声を二発聞いたと住民から通報があった。駆けつけた警察官は、長年空き家になっていた住宅で男女二人の遺体を見つけた。女性は易《イー》某《なにがし》婷《ティン》さん（五十二歳）、男性は梁《リアン》某勇《ヨン》さん（二十六歳）で、二人は成康《せいこう》精神病院院長兼主任、梁季成《リアンジーチョン》の妻と息子である。

現場では遺書も見つかっており、どちらも成康《せいこう》の事件と関係があると見られている。警察は法の裁きから逃れようと自殺をしたとみて……』

週末の夕方、謝清呈《シエチンチョン》は高速鉄道に乗っている時にこのニュースの通知を目にした。

微かに眉を寄せ、詳しく見ようと通知をタップする。

現れたのは、概要のみ書かれた短い記事だった。いつものように、凄惨な事件であればあるほど、文章が短い。

梁季成《リアンジーチョン》には、妻と息子がいる……。

謝清呈《シエチンチョン》は思い出した。あの日成康《せいこう》精神病院で自分たちを迎えてくれた看護師も確かに、梁季成《リアンジーチョン》には妻子がいると言っていた。だから、賀予《ハーユー》はすぐさま謝雪《シエシュエ》が出会った〝梁季成《リアンジーチョン》〟は偽物だと気づけたのだ。

(妻も息子も自殺したのか……)

謝清呈《シエチンチョン》はどことなくこの事件は腑に落ちない、と思っていた。しかし彼は警察官ではない。報道された内容も少ないうえにモザイクのかかった写真すら載っていないので、じっくり考えるための手掛かりもないのだ。

謝清呈《シエチンチョン》は画面を消し、ため息をこぼした。成康《せいこう》精神病院屋上での火事の光景が目の前に蘇ってくる。

江蘭佩《ジアンランペイ》は壊れたように高らかに笑い声を上げながら、この二十年誰も自分を見つけなかったし、自分のことを思い出さなかった、と言っていた。

彼女は悪鬼となり、成康《せいこう》を地獄に変えようとしていた。

これが、運命に定められた因果応報というものになるのだろうか？

「お乗りのG12×××番列車はあと十分で杭市《こうし》駅に到着します。お忘れ物のないよう、ご注意ください。ご乗車いただき誠にありがとうございました。まもなく杭市《こうし》駅、杭市《こうし》駅」

高速鉄道のアナウンスが謝清呈《シエチンチョン》を深い思考の中から引き戻した。

謝清呈《シエチンチョン》はすみません、と隣の若い女性に声をかける。菓子折りを持って、顔を赤らめながら避けてくれた女性の前を横切り、通路へ出て停車を待った。なにせ、成康《せいこう》の事件はもう過ぎたことなのだ。謝清呈《シエチンチョン》はそれ以上、梁季成《リアンジーチョン》の妻子について考えることはなかった。

＊＊＊

賀予《ハーユー》が引き受けたのは、低予算のネット配信ドラマの脇役だ。

脚本はもちろん、監督も役者も新人で……製作費が少ないため、人こそ〝新しい〟が道具は使い古されたものばかりだった。

ただ、新人には新人の良さもある。経験がなく、接待の席の油と煙に顔を汚されておらず、まだ金や名声、利益という名の泥が靴底についていない。ほとんどが純粋な心を胸に抱き、それを遠慮なくお互いに見せ合っている。その心のどの程度が本物かは分からないが、少なくとも完全な偽物ではないのは確かだ。謝雪《シエシュエ》が言うには撮影班全体の雰囲気は悪くないらしい。

タクシーで撮影現場に到着した時、ちょうど食事休憩前の最後のシーンを撮影しているところだった。

謝清呈《シエチンチョン》が来ることは謝雪《シエシュエ》が事前にスタッフに伝えてある。そのため到着してすぐ、謝清呈《シエチンチョン》は賀予《ハーユー》を待つついでに撮影を見られるようにと、監督のモニター横にある席に案内された。

賀予《ハーユー》は撮影している最中だった。

率直に言えば、謝清呈《シエチンチョン》は賀予《ハーユー》がどんな内容のドラマに出演するのか知らないまま、ここへ来た。しばらく見学してからようやく、ありきたりで陳腐な学園恋愛ドラマであると知った。

賀予《ハーユー》が演じるのは、長年ヒロインに片思いをしているモブだ。金持ちの設定は、賀予《ハーユー》自身の雰囲気にもよく合っている。今はちょうど、金持ちがヒロインに告白して断られ、一人立ち去る、というシーンの撮影が行われていた。

このシーンは土砂降りの設定だった。いかんせん低予算の極致にあって――監督のおばさんやら曽祖母《ひいばあ》さんやらにまで頼んでエキストラに参加させていたほどである――、お金のかかる人工的な雨のシーンは、当然なるべく手短に済ませてしまいたいところだった。

しかし、奇跡的に撮影当日、豪雨に恵まれてしまったケチなプロデューサーは、理性が吹っ飛んだように執拗に役者をいたぶった。そのせいで賀予《ハーユー》は大雨の中、感情を爆発させる芝居を繰り返す羽目になった――。

演劇専攻ではなく、かつ初めての撮影であるにもかかわらず、賀予《ハーユー》の感情のコントロールはかなりそれらしくできていた。

とはいえ、彼は演技をしているというよりも、個人的な感情を遠慮なく発散させているようだった。

謝清呈《シエチンチョン》は意外に思っていたが、そう感じたのは謝清呈《シエチンチョン》だけではない。臨時に建てられたテントのモニター前にいる全員が、同じ感想を抱いていた。

「うわ、このイケメンくんはマジで演技の勉強をしていないの……？」

スタッフは台本をマイクのように丸めて手に持ちながら、小声で問いかけた。

このワンシーンの撮影が終わる頃には、すっかり外は暗くなっていた。

貧乏な撮影班ではあったが、臨時テントの隣には、役者が休憩したり着替えたりするための簡易の役者用テントも建てられていた。撮影を終えた賀予《ハーユー》はすぐに中に入ったものの、それきり長いこと出てこなかった。

謝清呈《シエチンチョン》は賀予《ハーユー》にメッセージを送った。それからさらに十数分経ってからやっと、アシスタントらしき人物がカーテンを開けて出てくる。黒いカーボン骨の傘をさして、謝清呈《シエチンチョン》が待つテントへ来ると、役者用テントの中へ案内した。

テントの中は狭く、白いプラスチックのレジャーテーブルが一つ、それから椅子が数脚置かれているだけである。謝清呈《シエチンチョン》が中に入った時、賀予《ハーユー》は椅子に座り、髪を拭いているところだった。物音を聞きつけ、賀予《ハーユー》は視線を上げて謝清呈《シエチンチョン》を一瞥《いちべつ》した。

それは、謝清呈《シエチンチョン》の予想を裏切る目線だった。

賀予《ハーユー》の状態は良くないのではないか、と謝清呈《シエチンチョン》は思っていた。心の底から感情を爆発させるようなシリアスなシーンに、テントで見守っていたスタッフの中にも心を動かされ、静かに涙を流した者もいたほどだ。なのに、演技を終わらせた賀予《ハーユー》は冷淡な表情で、いっぱしにカッコつけてワイヤレスイヤホンで音楽を聴いている。長く美しい左手をテーブルの上に置き、ぼんやりと指でリズムまで刻んでいる様子は、いたって普通である。

それどころか、病院で会った時よりも精神状態が平常なように見える。

「謝雪《シエシュエ》から来るって聞いてたよ」

賀予《ハーユー》はイヤホンの片耳を外して適当にテーブルの上へ放り投げると、謝清呈《シエチンチョン》に笑いかけた。

「アレルギーはもう治まったの？」

謝清呈《シエチンチョン》は少し胸を撫《な》で下ろす。

「治まってなかったら今頃死んでる」

ちらりと賀予《ハーユー》のスマートフォンの画面を視界に捉えて、「何を見てるんだ？」と尋ねた。

「ニュース」

賀予《ハーユー》は答える。

「成康《せいこう》精神病院の続報だよ。梁季成《リアンジーチョン》の奥さんと息子、昨日の夜に死んだんだって。自殺らしい。見たんだろ？」

謝清呈《シエチンチョン》がうなずくのを見て、賀予《ハーユー》は微笑む。

「こんな奴にも妻と息子がいて……誰かに好かれてたんだね」

謝清呈《シエチンチョン》は賀予《ハーユー》の言葉に滲《にじ》む陰鬱さに気づくことなく、謝雪《シエシュエ》に頼まれて持ってきたお土産の菓子折りを賀予《ハーユー》に放った。

「謝雪《シエシュエ》からだ」

賀予《ハーユー》はその重さを確かめるように持ち、しばし黙ったあと、「どーも」と礼を言った。

謝清呈《シエチンチョン》は平然と聞き流すと、少し間を置いてから口を開いた。

「梁季成《リアンジーチョン》の話はここまでにして、お前の話を聞かせてくれ。なんでいきなりドラマに出ようと思ったんだ？」

「いろいろチャレンジしようと思って、ちょうどいい機会だったからさ。それに、この役が気に入ったし」

謝清呈《シエチンチョン》はうなずき、椅子を引き寄せると腰を下ろした。ついでにタバコを手に取ったが、火をつける前に、賀予《ハーユー》が口を開く。

「タバコ、やめてくれない？」

「……」

幼い頃から両親の客がタバコをふかすのを見ているので、賀予《ハーユー》は喫煙という行為になんともいえない抵抗感を抱いている。

謝清呈《シエチンチョン》は大人しくタバコを箱へ戻したものの、それでも無意識に下唇を一度噛《か》んだ。かなり癖になっているような動きだ。

賀予《ハーユー》は謝清呈《シエチンチョン》を見る。

「昔はタバコを吸ってなかったよね」

「……あぁ」

「いつから？」

黙っているようにも、考えているようにも見える謝清呈《シエチンチョン》。ついには目を上げて淡々と「覚えてないな」と答えた。

この話題を続けたくないようで、謝清呈《シエチンチョン》はテーブル越しに若者を眺めて話をそらした。

「演技、結構上手《うま》いんだな。役に入りきってるかと思った」

賀予《ハーユー》は歯の裏を舌で舐めてから、フッと笑った。気分が良くても悪くても、落ち込んでいようがそうでなかろうが、賀予《ハーユー》はよく笑う。彼にとって笑顔は感情を表す手段ではなく、人付き合いをする際に習慣的に着ける仮面のようなものになりつつある。それは見る者にとっては気ままに噴きかけられる幻覚剤のようであり、ひどく蠱惑《こわく》的で、彼の本心を探りがたくさせる。

「いや、僕、そこまで馬鹿じゃないから。ほかの人が作ったものを演じてるだけだし、本気にはしないよ」

「なら、どうやって演じてるんだ」

「嘘《うそ》を吐《つ》くのと同じ感じ。ここ数年ずっと演技をしてきたわけだし」

賀予《ハーユー》はじっと謝清呈《シエチンチョン》を見つめる。その声は謝清呈《シエチンチョン》にしか聞こえないくらいの、小さいものだった。

「僕は病気だけどさ、ずっと普通の人のふりをしてるからね」

「……」

そう言うと、賀予《ハーユー》は椅子にもたれ、気怠《けだる》げにテーブルに置いたイヤホンをいじり始めた。

イヤホンはコマのように、クルクルとテーブルの上で回っている。

謝清呈《シエチンチョン》が口を開いた。

「何かあったのかと思ったんだ。撮影に参加することにしたのも、気持ちを発散させるためだと」

賀予《ハーユー》は軽く顔を上げて、謝清呈《シエチンチョン》へ目をやる。

「そんなに僕、上手《うま》かった？」

「まあまあだな。手首の火傷はどうだ？」

賀予《ハーユー》は反射的に自分の手首をさすったが、すぐに手を離した。そして率直で気ままに、それこそ気にした風もなく、それを謝清呈《シエチンチョン》に見せる。

「大丈夫だよ。でも撮影で傷は見せちゃいけないから、ちょっと隠してもらったけど」

そこはメイクスタッフが傷隠しのために施した、緻密なタトゥーがあり、ほとんどがサンスクリット語の文章だ。禅宗の荘厳さに混ざるのは、タトゥーの凶暴さ。確かに賀予《ハーユー》の役の内向的で陰気な性格にマッチしている。

「どう、似合う？」

賀予《ハーユー》が問う。

「いいや。その制服に合わせたらもっと最悪だ」

「高校生の設定の時はタトゥー入ってないから、あとで衣装を変えたら、また別の方法で隠すと思う。まだ残って見てく？　多分結構遅くまでかかると思うけど」

「いや、お前の制服姿なんて、十年近く見飽きるほど見てるからな」

と言いながらも、謝清呈《シエチンチョン》は賀予《ハーユー》に聞いた。

「今夜はどんなシーンなんだ？」

「テストを受けるシーン」

賀予《ハーユー》は言いながら、馬鹿にしたように笑う。

「確かに、見どころはないよ。このお土産さ、ホテルまで持って行ってくれない？　部屋のカードキーを渡すから。……あんたも今日は撮影班が泊まってるホテルに泊まるの？　違うならいいよ、終わったら自分で持って帰るし」

謝清呈《シエチンチョン》は謝雪《シエシュエ》からもらったメッセージを確認する。

「俺は八〇六二だ」

「お隣だね」

謝清呈《シエチンチョン》はうなずき、賀予《ハーユー》が発作を起こしていないのを確認できたので、差し出されたホテルのカードキーを受け取って立ち上がる。明日は早い時間の列車に乗り、大学に戻って授業をしないといけないため、ホテルに戻って休むことにした。

＊　＊　＊

カードキーで賀予《ハーユー》の部屋に入った時、特段おかしなところは見当たらなかった。

いかにも宿泊者は男子大学生、といった部屋である。まだ洗濯していないと思われる服が数着、ベッドの上に適当に放り投げられており、部屋の隅にはバスケットボールが一つと、スニーカーが数足。デスクの上には、本が二冊置かれていた。

謝清呈《シエチンチョン》は菓子折りをデスクの横に置くと、自分の部屋に戻りシャワーを浴びた。ホテルのゆったりとした白いバスローブを羽織り、髪を拭きながらデスクのそばまで来た時、スマートフォンが鳴った。

陳慢《チェンマン》からだった。

「謝《シエ》兄さんの寮に来てるんだけど、今日はもしかして出かけてる？」

「今は杭市《こうし》にいるんだ」

陳慢《チェンマン》は少し呆気《あっけ》に取られたようだ。

「治ったばかりだろ。杭市《こうし》に何しに行ってるんだよ？」

「患者に会いに来てるんだ」

「……患者って……もう医者を辞めてずいぶん経つだろ？」

謝清呈《シエチンチョン》はタバコに火をつけた。やっと吸える。

「お前とだいたい同じくらいの歳のガキンチョ……いや、お前よりちょっと下だな」

どういうわけだか、電話の向こうで陳慢《チェンマン》は数秒黙ったあと、唐突に質問を投げつけてきた。

「男？　女？　兄さん、なんでわざわざ会いに行ったんだ」

謝清呈《シエチンチョン》はタバコを一口吸う。陳慢《チェンマン》の真意は分からなかったが、それでも説明した。

「男だ。そいつの父親とちょっと個人的に関わりがあって、昔ずっと診てやっていたんだ。でなければ、俺も関わりたくはない。というか、そんなこと聞いてどうする」

陳慢《チェンマン》の口調はなぜかまた明るくなり、笑いながら答える。

「いや、ちょっと適当に聞いただけだよ」

「……それで、お前は寮まで来てなんの用だったんだ？」

「あぁ、母さんがカニみそソースを作ったからさ、渡そうと思って。麺にかけるとすごくいい風味が出ておいしいんだよ」

「謝雪《シエシュエ》のところに置いといてくれ」

陳慢《チェンマン》はぎょっとした。

「ダメダメ！　謝雪《シエシュエ》はすごく食いしん坊だし、渡したら最後、全部食べちゃうだろ。いいや、謝《シエ》兄さんが帰ってきてからまた話そう」

「……まあそれでもいい」

「兄さん、なんか声が疲れてるよ。ちゃんと休んでね。じゃあ、おれ、そろそろ……」

謝清呈《シエチンチョン》は気怠《けだる》げに「うん」と返した。

それ以上別れの挨拶など交わすこともなく、謝清呈《シエチンチョン》は電話を切った。

陳慢《チェンマン》は昔、ここまで謝清呈《シエチンチョン》に懐いていなかった。兄を亡くしてから長いこと気落ちしていたため、謝清呈《シエチンチョン》も心配してよく様子を見に行っていた。その後立ち直った陳慢《チェンマン》は今度は謝清呈《シエチンチョン》の元を頻繁に訪れるようになり、謝清呈《シエチンチョン》が鬱陶しいと思い始めた頃にやっと、いくらか控えめになった。

とはいえ、陳慢《チェンマン》の言う通り、今日は一日中動き回っていたため、さすがの謝清呈《シエチンチョン》も疲れを感じていた。バスローブ姿のまま、謝清呈《シエチンチョン》はベッドで目を閉じ、ちょっと休むことにした。


「ちょっと」のつもりがすっかり寝入ってしまい、再び目を覚ました謝清呈《シエチンチョン》がテーブルのデジタル時計に目をやると、夜の十一時十分を示していた。

この時間であれば、賀予《ハーユー》も戻ってしばらく経っている頃合いだ。先ほどはぐっすり眠っていたため、外の物音にも気づかなかった。

仕方がない。明日の朝には戻らないといけないうえ、賀予《ハーユー》の撮影も朝早くから始まる。顔を合わせられるかどうかも分からないことを考えると、謝清呈《シエチンチョン》はカードキーを返すべく、テーブルの上に置いた薄いカードを手に隣の賀予《ハーユー》の部屋に向かった。

ところが、何度ノックしても返事どころか物音すらしない。

謝清呈《シエチンチョン》は夕方、土砂降りの中で何度も芝居をしていた賀予《ハーユー》の姿を思い出す。おそらく疲れて眠ってしまったのだろう。手を下げ、謝清呈《シエチンチョン》は身を屈めてカードキーをドアの下の隙間から差し込もうとした。あとでメッセージでも送っておけば、明日目を覚ました時に気づくはず。

カードキーを押し込む直前、ふと謝清呈《シエチンチョン》はあることに気づいた——。

賀予《ハーユー》の部屋の明かりが点いているのだ。

それほど明るくはなく、フロアライトが一つ点いている程度とはいえ、ドアの下の隙間からでもハッキリと見て取れるぐらいだ。

なぜかドキリとして、謝清呈《シエチンチョン》は体を起こし、先ほどよりも強めにドアをノックした。

「賀予《ハーユー》、中にいるのか？　カードキーを返しに来たんだ」

返事がない。

謝清呈《シエチンチョン》はスマートフォンを取り出し、賀予《ハーユー》に電話をかける。すぐに、ドアの向こう側で賀予《ハーユー》のスマートフォンが鳴り出した。

賀予《ハーユー》の病状が気がかりで、謝清呈《シエチンチョン》はもう二回ほどドアをノックし、固く閉ざされた灰褐色のドアへ呼びかける。

「賀予《ハーユー》、返事をしろ。じゃないと、このまま中に入るぞ」

「……」

「聞こえてるのか？」

中はシーンとしている。

謝清呈《シエチンチョン》は古びたカードキーをセンサーに当てる。ピッ、という小さな音と共に、ドアが開いた。

分厚いカーテンが引かれている部屋には、濃いアルコールの匂いが漂っている。

途端、謝清呈《シエチンチョン》は嫌な予感がした。

部屋を見回すと、謝清呈《シエチンチョン》は隅に縮こまっている青年を見つけた。

「……お前！」

最悪な予想が的中し、謝清呈《シエチンチョン》は激怒した。

檻の中に縮こまっている小さなドラゴンのように、青年は僅かに動いただけで、反応を示さない。

謝清呈《シエチンチョン》は賀予《ハーユー》の偽装に隠された真相をようやく目の当たりにした――自分の直感は正しかった。賀予《ハーユー》は理由もなく代役を引き受け、いたずらに時間を潰していたわけではない。心のバランスを崩して、感情を発散させる必要があったからなのだ。

実のところ、謝雪《シエシュエ》が衛冬恒《ウェイドンホン》のことを好きだと知った時から、賀予《ハーユー》は発作を起こしていた。ただ、一番ひどい状態にまではなっておらず、まだコントロールできていた。

自身の異常に気づいてすぐ、賀予《ハーユー》は病院で薬をもらい、その後気晴らしのために撮影へ来た。しかし、昼間人前で落ち着いたふりはできるものの、夜一人きりになると、自制が効かなくなった。病状を悪化させないために、賀予《ハーユー》は持ってきた薬を適当に飲んだが、それでも気が滅入ってしまい、追加で酒も飲んだ。そういうわけで、部屋に入ってきた謝清呈《シエチンチョン》が目にしたのは、床中に散らばった酒瓶と薬の箱だった。

賀予《ハーユー》は薬を乱用している。

辞職前、謝清呈《シエチンチョン》は入念に賀継威《ハージーウェイ》に薬の服用を厳しく管理することの重要性を伝えていた。もしこれらの薬が効かなくなり、賀予《ハーユー》の病状がもっと悪化してしまえば、あとは病院に送って物理的に抑えるしかなくなるのだ。

説明時、謝清呈《シエチンチョン》は「治療」という単語すら使っていなかった。

その状態まで落ちてしまえば、賀予《ハーユー》は成康《せいこう》精神病院で見た人たちのように――全てを管理され、身体を拘束されるだけではなく、電気ショックに監禁も――扱われるしかなくなってしまう。一切合切が治療効果を持たず、ただ賀予《ハーユー》を化け物にさせるだけである。誰かを傷つけさせないように、彼を枷《かせ》で縛り、口輪をつけるのだ。

そんなことをされては、賀予《ハーユー》は狂人に成り果ててしまうだろう。

医者は往々にして、患者が自らを蔑《ないがし》ろにするのを見ていられない。賀予《ハーユー》に近づいていく謝清呈《シエチンチョン》の声に、多少の怒りが滲《にじ》んだ。

「……賀予《ハーユー》」

「……」

「賀予《ハーユー》」

「……」

「賀予《ハーユー》ッ！」

三度目にしてようやく男子大学生は少し動いた。濃くて長いまつ毛の下で、美しい杏眼《あんがん》が、フロアライトに照らし出されたバスローブ姿の謝清呈《シエチンチョン》へ、ゆっくりと向けられる。

「あんたか」

謝清呈《シエチンチョン》が返事する前に、賀予《ハーユー》はこつんと頭をベッドのサイドテーブルへもたれかけさせ、そっとつぶやいた。

「チッ、マジか……何しに来たんだよ」

「……」

「今日一日疲れて、ちょっと酒を飲んだだけだから。大丈夫だし、もう帰ってよ」

アルコールは確かに賀予《ハーユー》の血を好む暴力的な因子を抑え込んだものの、彼の頭の動きを鈍くさせていた。普段は賢い青年が、もはやそれらしい嘘を吐けなくなるぐらいに。だが、くたくたに疲れているのも、これ以上嘘を吐く気力が残っていないのも事実だ。

「早くどっかに行けよ、余計なことに首を突っ込んでないでさ」

言葉の代わりに返ってきたのは、手首に走った痛みと、自らを引っ張る強い男の力だった。我に返る間もなく、賀予《ハーユー》は強引に立たされて一人掛けソファへ放り出される。ぼんやりとする賀予《ハーユー》の視界に映るのは、謝清呈《シエチンチョン》のあの懐かしく、険しい表情を浮かべた顔と——。

一対の桃花眼《とうかがん》。

途端、何かに刺されたように、賀予《ハーユー》は視線をそらした。そのまま真っ直ぐ、隅に掛けられた、ただ部屋の装飾のためだけに存在している絵画を見つめる。それはホテルによくあるゴッホの星月夜で、歪《ゆが》んだ夜空に入り乱れた星が描かれていた。

「謝清呈《シエチンチョン》、大丈夫だって言ってるだろ」

なんとか声色こそ落ち着いていたが、賀予《ハーユー》はひどい鼻声だった。

「なんでまだここにいるんだよ。こうして僕が酔っ払っていることにも、毎回説教する気か？」

「俺が説教したいとでも思ってるのか？　今の自分を見てみろ。全くひどいザマだぞ」

「……」

口うるさい相手に構うのが面倒になり、賀予《ハーユー》は手を持ち上げると目元を覆った。

その時、薄暗いフロアライトに照らされた賀予《ハーユー》の手首を、謝清呈《シエチンチョン》はハッキリとその目で見た——。

描かれていたタトゥーはすでに落とされ、傷を隠すためのファンデーションも消えている。そして露わになった青年の手首には、最近つけられたものであろう、深い切り傷が残っていた。

謝清呈《シエチンチョン》の心はずしりと沈んだ。

「お前、またリストカットしたのか！」

「あんたには関係ないだろ！　あんたの手首を切ったわけでもないんだから！」

こんな奴のことなど、もう放っておこうと、謝清呈《シエチンチョン》は本気で思った。

しかし、精神エボラのことや賀継威《ハージーウェイ》が以前自分に言った言葉を思い出して、謝清呈《シエチンチョン》は歯軋《はぎし》りをして踏みとどまった。

「分かった。もう厳しいことは言わないし、叱りもしない。それでいいだろう？」

言いながら、謝清呈《シエチンチョン》はデスクに向かった。そこには賀予《ハーユー》の薬が入ったケースが一つ置かれている。

「さっさとこれを飲め」

再び賀予《ハーユー》の前に戻ってきた謝清呈《シエチンチョン》は白湯《さゆ》を入れたコップと、ケースの中から改めて選んだ鎮静効果のある薬を二粒持ってきた。いつの間にか再び床に戻り、膝を抱えて座っている賀予《ハーユー》へ差し出す。

賀予《ハーユー》はそっぽを向いた。

「自分で飲むか、無理やり俺に飲まされるか、選べ」

「……」

「飲め。そしたらもうお前を放っておいてやる」

賀予《ハーユー》はどうしても謝清呈《シエチンチョン》の前で惨めな姿を晒《さら》したくはなかった。何より酒を飲みすぎて、頭がぼんやりしている。

結局、賀予《ハーユー》は力なく視線を持ち上げ、謝清呈《シエチンチョン》から薬を受け取って白湯で流し込んだ。

「ほら、飲み終わったよ。もう帰ってくれる？」

謝清呈《シエチンチョン》は君子といった類いの人間ではないので、舌の根も乾かぬうちから約束を違え、そのまま賀予《ハーユー》の手首を掴《つか》んだ。

「ちゃんと座れ」

無表情で手を引き戻そうとする賀予《ハーユー》に、謝清呈《シエチンチョン》が命じる。

「じっとしてろ」

「薬を飲んだら放っておいてくれるって話だろ？」

賀予《ハーユー》は後ろへもたれて頭を壁につけて、唾を飲み込んだ。

謝清呈《シエチンチョン》は返事をしない。

賀予《ハーユー》は目を閉じた。

「……このまま一人にしてよ、いいだろ?」

青年の長いまつ毛が震え、喉仏が上下する。

「もう、放っておいて」

賀予《ハーユー》は本当に意気消沈しているらしい。瀕死の魚すら生きたいと思う時は跳ね回るのに、今の賀予《ハーユー》は運命に身を委ね、最後の一息が肺から出るのを待っているかのようだった。

謝清呈《シエチンチョン》は賀予《ハーユー》の手首を離さず、桃花眼《とうかがん》を下げて厳しく問いかける。

「何があったんだ?」

「……」

謝清呈《シエチンチョン》は続けた。

「お前は精神病患者だが、何も恥ずかしがることはない。悪いのは病気であって、お前じゃないからな。七年だぞ、賀予《ハーユー》。もう病気を隠したり、治療を嫌がったりしないと思っていたのに、そんな風に自分を蔑ろにするなんて」

「……」

手首を掴《つか》まれたまま、賀予《ハーユー》は謝清呈《シエチンチョン》を仰ぎ見て眉を寄せる。自分の心臓がアルコールと薬によってますます鼓動を速め、パニックになりそうなほどだった。

彼の手首を押さえつける謝清呈《シエチンチョン》の手は、脈を取ってているようにも思える。

昔何度もされた時と同じように、必死で隠した気持ちと病巣を全て見抜かれていく。

このままじゃダメだ、と賀予《ハーユー》は微かに感じて、本能的にもがき始めた。謝清呈《シエチンチョン》の掌《てのひら》から手首を引き戻そうとして、二人は激しく引っ張り合う。賀予《ハーユー》の酔いはもっと回って、とうとうまた後ろにもたれかかることになった。上を向いて息を乱して、胸を起伏させる。

「謝清呈《シエチンチョン》、絶対手は離さないってか?」

若者は顔をそらす。再び前を向いた時、賀予《ハーユー》は目のふちまで赤くなっていた。半分は酔いから、もう半分は恨めしさからだ。彼は冷たく笑う。

「そうだよ、僕は今最高に気分が悪いし不機嫌だし、自分をコントロールできていない。全部あんたの言う通り、ぜーんぶあんたの読み通り。これで満足か? 馬鹿にしたいんだろ、ほら、好きにしなよ」

謝清呈《シエチンチョン》は表情を曇らせた。

「俺がお前を馬鹿にして面白がるとでも思ってるのか? 親父さんの代わりに面倒を見てるのは、お前に何かあったらと心配だからだ」

「何かあったらと心配？」

目を赤くしている賀予《ハーユー》の声には皮肉が滲《にじ》んでいる。

「医者と患者っていう関係は、もう終わってるだろ。代わりに何を見るって言うんだよ？　あいつに金をもらってるわけでもあるまいし！　使うだけ使われて金すらもらえない、それこそヤリ逃げされるって分かってて、それでも僕に構うのかよ！」

言い終えるとすぐに、賀予《ハーユー》は思い切り手を引いた。今度は少し呆気《あっけ》に取られている謝清呈《シエチンチョン》を振り払うことができた。

若者の言う「ヤリ逃げ」の意味はハッキリとは分からなかったものの、謝清呈《シエチンチョン》はその言い草にカチンと来て、厳しく賀予《ハーユー》を叱りつけた。

「なんてことを言うんだ！　ヤリ逃げだなんて、賀《ハー》さんはお前の父親だぞ！　そんなことを言うなんて、どうかしてる！」

「何かって言えば父さんの面子《めんつ》ばっかり大事にしてさ。そんなに父さんの言うこと聞きたいなら、今から会いに行って給料を出してもらいなよ。そしたら話も聞いてやるから。どうせ僕じゃ、あんたを雇えないし」

ひどく酔っていて、同時に精神的に強く圧迫されている賀予《ハーユー》は、冷笑しながら、謝清呈《シエチンチョン》をじっと見つめる。

「どうしても口を出すって言うんなら、僕だってあんたをヤリ逃げするしかない。分かる？　タダであんたを使うってことだよ。謝《シエ》先生、それでいいの？」

「……」

謝清呈《シエチンチョン》は賀予《ハーユー》の目を見た。

潤んでいて、空っぽで、自嘲的であり、皮肉も滲んでいる……長く濃密なまつ毛に覆われていても、周りがほの暗くても、彼の瞳から乱雑な感情が溢《あふ》れ出しているのが分かった。賀予《ハーユー》は仰いだまま、少し顔を傾けている。目じりには涙が溜まっているようにも、何もないようにも見えた。

斜めになって寄りかかったまま、賀予《ハーユー》は謝清呈《シエチンチョン》を見すえる。

「こんなんじゃつまらない。そうだろ、謝清呈《シエチンチョン》？　嫌なんだろ？　出しゃばるなんてさ、なんの意味があるんだよ？　リスカしたくらいで死にはしないし、ちょっとくらい心ゆくまで発散させてよ。それもダメなのか？　誰も殺してないし放火もしてない。これ以上何を頑張れって言うんだよ、リスカくらいいいだろ？　僕が鬱になったって、あんたらに何か迷惑かけたのか？　みんなして僕を殺したいのか！
いい加減にしてくれよ！」

賀予《ハーユー》の脳内はますます混乱し、目に見えるように理性が消えていく。普段謝清呈《シエチンチョン》に対して一度にこんなにたくさん話すことはない。酔った勢いで乱暴になり、言葉数も増えていた。

謝清呈《シエチンチョン》は視線を下げて賀予《ハーユー》を見つめ、その言葉に耳を傾けていた。そして――。

突然、謝清呈《シエチンチョン》は手を持ち上げて、賀予《ハーユー》の目を覆った。

目の前が暗くなり、賀予《ハーユー》はポカンとしてから、謝清呈《シエチンチョン》の手首をグッと握る――その力は強いが、続く声は弱々しく、ささやきに近いものだった。

「謝清呈《シエチンチョン》」

目を覆われた状態で、賀予《ハーユー》は手の下から覗《のぞ》く唇を動かす。

「あんたはいったい何がしたいんだよ？」

第二十五話　僕はあいつにキスをした

このような時、普通に考えればかつての主治医として、そして、年長者として、青年を慰めてしかるべきであろう。

しかし、謝清呈《シエチンチョン》はそうしなかった。

賀予《ハーユー》の目元を覆って、視線を下げる。彼の手首はまだ賀予《ハーユー》の手にきつく掴《つか》まれたままだった。

謝清呈《シエチンチョン》は口を開いた。

「言っておくがな、賀予《ハーユー》。俺はお前に対してそんなに辛抱強く付き合ってやれない。薬をめちゃくちゃに飲むだけじゃ飽き足らず、自分を傷つけやがって。こうやってきちんと話してるだけありがたいと思え。俺のせっかくの好意を踏みにじっているくせに、そんな嫌な目で俺を見るな。目を閉じてちょっと冷静になれ。余計なことは考えるな」

「……」

謝清呈《シエチンチョン》はかなり強く賀予《ハーユー》を押さえつけている。その言葉から慰めの気配など一ミリも感じられなかったが、強大な何かがその手から伝わり、賀予《ハーユー》の心に入り込んだ。

徐々に賀予《ハーユー》は大人しくなった。頭はまだぼんやりとしているが、掌《てのひら》で目を覆われたまま、ただじっと座っていた。

しばらくしたあと、賀予《ハーユー》は瞬きをした。まつ毛が謝清呈《シエチンチョン》の掌を撫《な》でていく。

賀予《ハーユー》が落ち着いてきたのを感じ、謝清呈《シエチンチョン》は力を抜こうとして、ふと手首だけではなく、頬にも薄いあざがあるのに気づいた。

謝清呈《シエチンチョン》は呆《あき》れかえる。

「その顔、どうしたんだ？　……撮影中に、自分の顔にまで傷をつけたのか？」

「……リハの時に、坂道で転んで石にぶつけたんだ」

「まだお前の言葉を信じるとでも？」

「……信じないならいい。出てってよ」

賀予《ハーユー》が謝清呈《シエチンチョン》に言い放つ。苛立ちで再び意識が混沌とし始めていた。

謝清呈《シエチンチョン》の掌に顔の上半分を隠されたまま、青年が薄い唇を動かす。必死に冷静さを保っているようだ。

「出ていけってば」

「最後にもう一回だけ言うぞ、賀予《ハーユー》」

こんな風になってまでも相変わらずの賀予《ハーユー》に、謝清呈《シエチンチョン》は怒りを抑えきれない。

「俺がお前を理解していないと思っていても、お前の気持ちに共感できない人間だと思っていてもいい。だが、病気だったら治療をするなんてのは、何も恥ずべきことじゃないだろ。どこか痛いなら鎮痛剤をもらえばいいし、気持ちが塞ぐと思ったら定期的にきちんと薬を飲めばいい。薬が苦いなら文句を言って、飴でももらえ。病気の時にちょっとくらい甘えたって、責める人なんかいない。無理して頑張る必要はないし、自分を傷つける必要なんて、どこにもないぞ」

「……」

「お前はまだ十九だ、賀予《ハーユー》。もっと言えば、お前は法律ではまだ結婚を認められない[27]ぐらい子どもなんだ。痛いと言ったっていいし、飴をねだってもいい。痛い、苦しいと訴える患者を笑う医者も看護師もいないんだからな。成康《せいこう》精神病院のような大事件まで乗り越えて、それこそ九死に一生を得てるんだ。むしろ喜べよ。そんなに大荒れするようなことはないだろ」

壁にもたれかかっている賀予《ハーユー》は、黙って胸を緩やかに上下させている。

謝清呈《シエチンチョン》はそんな賀予《ハーユー》を見ていた。だんだん彼の呼吸がゆっくりになり、鼻息が落ち着いていく様子を見守る。自らの手で目を覆っているので、賀予《ハーユー》の杏眼《あんがん》がどんな風になっているのかは分からないものの、謝清呈《シエチンチョン》は先ほどよりも賀予《ハーユー》から抗おうとする気配を感じなくなっていた。

27 中国では男子の婚姻できる年齢は二十二歳以上となっている。

若干躊躇《ためら》ってから、謝清呈《シエチンチョン》はもう片方の手で、青年の汗に濡《ぬ》れて額にかかった髪をかき上げた。

賀予《ハーユー》は僅かに身をすくませる。

掌《てのひら》から、とある感覚がハッキリと伝わってくる。

謝清呈《シエチンチョン》は固まる——掌が濡れた気がしたのだ。

確信は持てなかったが、かと言って確かめる勇気もなかった。賀予《ハーユー》が目の周りを赤く染めるのを見たことはあっても、本当に涙を流している姿はほとんど見たことがない。そうしてまた、手を離せなくなってしまう。勘違いではないか、とさえ思った。

ただ、その時の謝清呈《シエチンチョン》には知る由もなかったが、賀予《ハーユー》をなだめるための一連の発言が、もともと酩酊《めいてい》状態にあった賀予《ハーユー》を、さらに夢と現実の区別さえつかない海原に放り込んでしまっていた。

賀予《ハーユー》の脳裏に謝雪《シエシュエ》の姿が浮かぶ。

ずいぶん昔、似たような台詞を、謝雪《シエシュエ》に言われたことがあった。

あれは幼い日のことだ。謝雪《シエシュエ》は首を傾げ、礼儀正しそうに見えて、その実、彼女を鼻であしらっている男の子に問いかけた。

「ねえねえ、気分が悪いの？」

「……」

「お兄ちゃんが、あなたのお父さんとお知り合いだって聞いたの。あなたのおうちに来てるのも、お父さんのお仕事を手伝うためだって。これから、多分私たちももっと会うことになると思うよ」

女の子は言いながら、賀予《ハーユー》の手を引いた。

「あのね、もし嫌な気分になったら、お兄ちゃんにチョコをもらえばいいよ。虫歯で甘いものを食べちゃいけない時以外は、お兄ちゃん、バカにしたりしないし、ダメって言ったりもしないから。私もいつもこうやってチョコをもらうの。ほら！　今朝も一個もらったんだよ！」

ゴソゴソと花柄のワンピースのポケットをまさぐって、女の子はミルクチョコレートを取り出す。にっこりと笑いながら、甘くて柔らかいチョコレートを賀予《ハーユー》の冷たい掌に押し付けた。

「これ、あげる。あなたにはおっきいおうちがあるけど、お兄ちゃんからもらったチョコはないでしょ」

「……」

「私、謝雪《シエシュエ》っていうの。あなたは賀予《ハーユー》だよね？　このチョコを食べれば、もうお友達だよ」

「……」

「これからは毎日楽しく過ごしてね。やなことがあったら、私のところにおいでよ。私、人を喜ばせるの、すっごく上手《うま》いんだから。一日中、一緒にいてあげる……」

子どもと大人では流れている時間が違う。彼らにとっての一日とは、大人が言う一生に匹敵するくらい、悠久の時を指す。一日で十分、満ち足りた時を過ごすことができるのだ。

だからこそ、子どもたちは「一日」をひどく大事なことのように言い、一方の大人は「一生」をさらっと大したものでもないように伝える。

酩酊しておぼろげな意識の中で、賀予《ハーユー》は今、自分は十年前のあの日の午後にいるのだと錯覚していた。

謝雪《シエシュエ》とはこれから、長い長い一日を共に過ごすのだ。

賀予《ハーユー》はため息を吐いた。ややあってから、いきなり謝清呈《シエチンチョン》の骨ばった手首を握る自らの手に力を込めた。そして少しずつ、それを無理やり目元から引き剥がす。

電球色の明かりが、青年のほの暗い色をたたえる瞳に差し込む。急に視界が明るくなったせいか、賀予《ハーユー》の目つきは散漫としたものになった。

突然、自分の前にいる人物がいったい誰なのか、分からなくなる。

賀予《ハーユー》は黙り込む。

謝清呈《シエチンチョン》はと言えば、至近距離から賀予《ハーユー》の杏眼《あんがん》に映る、自分の姿を見ていた。

「さっきの……」

ついに賀予《ハーユー》は口を開き、小さな声でつぶやく。じっと謝清呈《シエチンチョン》を見つめる瞳は虚ろで、焦点が合っていない。

「前にもそう言ってくれたこと、あったよね」

どこか違和感を覚えて、謝清呈《シエチンチョン》は眉を寄せた。青年の熱っぽい、アルコールの匂いを漂わせた吐息が、毛穴の一つひとつに入り込んでくる。

謝清呈《シエチンチョン》は、賀予《ハーユー》が今、謝雪《シエシュエ》との初対面の回想に入り込み、意識もほぼ混濁していて、誰が誰なのかを認識できていないことを知らない。ただ、賀予《ハーユー》のこの唐突な台詞に不可解さを覚えていた。

「それでさ、知りたいんだ。もし僕がすごく嫌な気分だったら、どれくらい長い間一緒にいてくれるんだろうって」

「……」

「ねえ、どれくらい？」

謝清呈《シエチンチョン》は我に返る。

「何をわけの分からないことを……」

「質問してるんだ」

「……」

「答えろよ」

賀予《ハーユー》の言葉遣いは荒く、傲慢だと言ってもいいくらいだった。謝清呈《シエチンチョン》を見つめる狼のような目つきは今までに見たことのないもので、自分から離れようと決心したメスを見ている獣のオスのようだ。彼が謝清呈《シエチンチョン》の前では、一度も晒《さら》したことのない目つきである。

本能的に、謝清呈《シエチンチョン》は首筋がひやりとするのを感じた。かなり肝が据わっているほうだが、さすがに居心地の悪さを覚え始める。

「この酔っぱらいが。先に立て」

遅れて回ってきた酔いのせいで、賀予《ハーユー》の意識はますますぐちゃぐちゃに乱れた。うん、と返事をしたものの、賀予《ハーユー》は謝清呈《シエチンチョン》を掴《つか》んで離さない。謝清呈《シエチンチョン》の瞳を見つめる目は、徐々にぼうっとしていった。

「嘘吐《うそつ》き。あんたもどうせ僕を馬鹿だって思ってるんだろ」

「……」

じっと凝視され、謝清呈《シエチンチョン》は一層神経が張り詰めていくのを感じた。血肉の奥底にあるＤＮＡが危険を察知して、警鐘を鳴らしている。

賀予《ハーユー》と会話が嚙《か》み合わない。

発作を起こしかけると、賀予《ハーユー》は孤島のようになる。心を閉ざして自分の言いたいことだけを口にし、他人に内心を探られるのを拒絶するのだ。

同時に謝清呈《シエチンチョン》は、今いるこの場所が賀《ハー》家ではないこと、拘束ベルトも特製の鎮静剤入り注射もないことに気づいた。

そもそもこんな状態の賀予《ハーユー》と二人きりになるべきではなかった。

賀予《ハーユー》は効き目の強い薬も飲んでいるし、しばらくすれば眠るはずだ。話はやはり明日、賀予《ハーユー》の意識がハッキリしている時にしたほうがいい。

そう思い、謝清呈《シエチンチョン》は体を起こそうとする。

「まあいい。今夜はとりあえず休んで――」

残念なことに、謝清呈《シエチンチョン》の決断は遅すぎた。手は賀予《ハーユー》によってがっしり捉えられ、全く振りほどけない。

賀予《ハーユー》は謝清呈《シエチンチョン》の目を凝視し続ける。

謝清呈《シエチンチョン》の目は、妹の謝雪《シエシュエ》とそっくりだ。

二人の桃花眼《とうかがん》は、雰囲気が異なっているだけで瓜二つである。謝雪《シエシュエ》のものは温かく、生きることへの好奇心と情熱にいつも溢《あふ》れている。一方、謝清呈《シエチンチョン》のものは冷たく、この世で一番風情があると言われる目の形なのに、彼のまとう雰囲気によって、すっかりひんやりと鋭いものになっている。

普段の賀予《ハーユー》であれば、絶対に間違えることはないだろう。けれども、今の賀予《ハーユー》は気分がどん底の酔っ払いであり、部屋の明かりもほの暗い。今にも眠ってしまいそうな人のように、賀予《ハーユー》の目はぼんやりとしている。

それもあって、見ているうちに、賀予《ハーユー》は何が本当なのか分からなくなっていた。

「なるほど。何がなんでも僕から離れようとするんだね」

「何をするつもりだ？」

問いには答えず、青年はもう一度聞き返す。

「なあ、僕から離れようとしてるんだろ？」

謝清呈《シエチンチョン》は強い力でその手を振り払う。

「いったい、何をするつもりなんだ？」

頭を下げて、賀予《ハーユー》は嘲るように笑った。整った上品な顔立ちをしているが、自分をコントロールしなくなった時、賀予《ハーユー》は骨まで沁み込んだ病気由来の陰鬱としたものや邪悪な雰囲気を遠慮なく解き放つのだ。

賀予《ハーユー》の口元に浮かんだ微かな笑みを見て、謝清呈《シエチンチョン》は肌が粟立つのを感じた。

サッと体を起こして部屋を出ようとするも、一歩を踏み出す前に、再度手首を掴《つか》まれてしまう。

あっと思う間もなく、謝清呈《シエチンチョン》は若い男の力強い手に引き寄せられた。賀予《ハーユー》は立ち上がり、片手で謝清呈《シエチンチョン》の手首を、もう片手で腰を捕らえて、半ば強引に相手を近くのテーブルへ押し倒した。もつれ合う二人の足がフロアライトの延長コードに引っかかり、ライトはガシャンと音を立てて分厚い絨毯に倒れて消える。部屋は暗闇に包まれた。

「ガンッ」と大きな音を立てて、謝清呈《シエチンチョン》の後頭部がテーブルにぶつかった。グラリとめまいを感じ、謝清呈《シエチンチョン》は思わず呻《うめ》きを漏らす。

「賀予《ハーユー》、――！」

謝清呈《シエチンチョン》が反応できなかったのも無理はない。あまりにも乱暴な、一瞬の出来事だった。まるで巣の中で丸まり眠っていた凶暴なドラゴンが、堪忍袋の緒を切らしたかのようだ。それまでは話しかけてくる侵入者をただ無視していたドラゴンは、我慢の限界に達した瞬間、恐ろしくゴツゴツとした大きな翼を広げた。そして、ゾッとするほどに力強い爪で巣の壁を容赦なく引っ掻き、岩が降りしきる中、テリトリーを侵した生贄を石の寝床に押さえつけたのだ。

次の瞬間には歯を首筋に食い込ませ、動脈を食いちぎりそうな勢いである。

実のところ、この段階では謝清呈《シエチンチョン》の力でも、抜け出そうと思えばできていた。しかし、いかんせん堅物の謝清呈《シエチンチョン》は賀予《ハーユー》がまた血をほしがり、暴れ回るという発作を起こしかけていると思い、ほかの可能性をこれっぽっちも考えなかった。そのせいで、最後の脱出の機会をみすみす逃してしまった。

荒い吐息に交じり、アルコールの匂いが広がる。

夜色《やしょく》の中、カーテンの隙間から微かに漏れる街明かりだけが、相手の輪郭を薄っすらと照らし出している。賀予《ハーユー》はそれをじっくりと眺めてから、このうえなく見慣れた桃花眼《とうかがん》に視線を止める。

暗闇に紛れ、酔いに呑まれて、あらゆる境界線が滲《にじ》んでぼやける。

賀予《ハーユー》は至近距離にある目を見つめた。心の中にある裂け目が、どんどん広がっていく。

賀予《ハーユー》は頭を下げた。長い間抑え込んできた悔しさも苦痛も、虚しさも片思いも全部、積み上げられた岩を盛大に押しのけ、新たな姿に変わった。

悲しみへと、震えるまつ毛へと。

必死に謝清呈《シエチンチョン》の手首を掴《つか》む手へと、はらりと落ちた一滴の熱い涙へと。

その熱い涙がどこに落ちたのか、賀予《ハーユー》には分からない。

しかし、もがいていた謝清呈《シエチンチョン》はピタリと動きを止めた。

何か温かいものが、胸元に落ちたのを感じたからだ。

「賀予《ハーユー》、お前……」

最後まで言い終える前に、首を垂れて嗚咽《おえつ》を漏らしていた青年は、いきなり謝清呈《シエチンチョン》の後頭部に両手を回した。そして彼は目を閉じて顔を近づける。微かに熱く湿った唇は有無を言わさず、謝清呈《シエチンチョン》の少し冷たい唇を食《は》んだ。

「ッ!!」

雷に打たれたかのように、謝清呈《シエチンチョン》は大きく目を見開く。

時が止まり、頭の中が真っ白になった。

混乱して何も感じられず、それどころか賀予《ハーユー》を押しのけ

ることにすら、気が回らない。賀予《ハーユー》が自分にキスをしていて、熱を持った息がかかっている。与えられているのは、今までに感じたことのない、力強い口づけだ。

ねっとりと激しく、熱いくせに、切羽詰まっていてどこか悲壮感の漂うキス。

謝清呈《シエチンチョン》は誰かとキスをしたことがないわけではない。李若秋《リールオチウ》と性行為に及んだこともあるが、謝清呈《シエチンチョン》自身冷淡で、李若秋《リールオチウ》も取り澄ましていたため、二人の触れ合いはもはや芝居のようであり、火花を散らさんばかりに熱烈な口づけを交わすことはなかった。

それなのに今、彼は血気盛んな若者に押し倒され、一方的に唇を奪われている。真っ直ぐ襲いかかってくるのは、ハイティーンの若者の、火傷しそうなほどに熱い吐息だ。若者の口づけは年長者のそれとは異なり、テクニックと呼べるものはない。それでも恐ろしいほどに、燃えていた。唇が触れ合い、絡み合う。謝清呈《シエチンチョン》は本能的にもがこうとしたものの、賀予《ハーユー》にがっしりと押さえ込まれてしまった。

「ぅんッ、——！」

若者の欲望は真っ直ぐで、抑制が効かない。今すぐ解消してやらなければ、誰にも救ってもらえずに死んでしまうのではないかと感じさせるほどだ。ただし、身を引くタイミングを見誤れば、その熱は遠慮なく骨をも溶かしてしまうだろう。

一瞬にして、謝清呈《シエチンチョン》は脳の神経がブツン、と切れた気がした。

自分の頭がおかしくなったのでは、と疑う。今起こっていることは本当に現実か？　それとも、悪夢なのか？　そんな漠然とした感覚は、賀予《ハーユー》の目から再び涙が降ってくるまで続いた。ポタ、と落ちてきたそれは、謝清呈《シエチンチョン》の頬から、ツーッともみあげへ流れていく。そこでようやく、謝清呈《シエチンチョン》はこの驚くべき背徳的な行為から完全に目を覚まし、死に物狂いで抵抗を始めた。だがあいにく、目の前にいるのは謝雪《シエシュエ》だと賀予《ハーユー》は思い込んでいるため、手を離そうともしない。バクバクと激しく脈を打っている謝清呈《シエチンチョン》の首筋を押さえつけ、賀予《ハーユー》は少し顔を離してからもう一度目の前にある唇に口づけた。

謝清呈《シエチンチョン》は決して力が弱いわけではないが、ここまでの出来事が彼に与えたショックはあまりにも大きい。加えて、謝清呈《シエチンチョン》が反撃する前に賀予《ハーユー》はすっかり圧倒的優位な立場になってしまっており、謝清呈《シエチンチョン》の腰を抱えてベッドへ運ぼうとさえしていた。

「賀予《ハーユー》……賀予《ハーユー》！　この野郎、よく見ろよ……クソッタレが……」

硬派で男らしい性格の謝清呈《シエチンチョン》である。当然、こんなことを受け入れられるはずもない。すぐ戻るつもりで部屋を出てきてしまったため、謝清呈《シエチンチョン》はバスローブ姿だった。賀予《ハーユー》の手を薄い布地越しに感じると、そこから無視できない熱が伝わってくる。

謝清呈《シエチンチョン》は頭皮まで痺れたように感じた。思い切り抵抗しているうえ、謝清呈《シエチンチョン》自身一八〇センチあり、成人男性として華奢《きゃしゃ》な部類ではないが、いかんせん賀予《ハーユー》のほうが若く背も高い。目の前の〝子ども〟は綺麗《きれい》な顔をしているものの、体はしっかり鍛え上げられ、それこそ服を脱げば腹筋も鮮明に見てとれるほどなのだ。力も相応に強く、本気を出されると恐ろしい存在となる。

初めから賀予《ハーユー》は優勢を保っていたせいで、我に返った謝清呈《シエチンチョン》は簡単に振りきれなかった。何よりも、今回は賀予《ハーユー》にとってファーストキスである。

賀予《ハーユー》は十九歳の童貞であり、何年も自らの性欲を抑えてきている。そんな人物が初めて誰かにキスをしたとなれば、その勢いは、獲物を手に入れられなかった年に初めての肉にありつけたケモノと変わらない。

賀予《ハーユー》は酔っていて、発作も起こしているのに加えて、意識も曖昧だ。そんな状態だったが、それでもしっかり快感と興奮を覚えていた。謝清呈《シエチンチョン》が逃げないよう、賀予《ハーユー》は粗暴なまでの動きで謝清呈《シエチンチョン》の髪を引っ張る。謝清呈《シエチンチョン》はひどい痛みを感じた。目を赤く染めていたが、おそらく怒りと焦りからだろう。

一度快感の味を占めた若者は、謝清呈《シエチンチョン》を逃がそうとしなかった。とはいえ、必死にもがかれるのが煩わしくなったのか、賀予《ハーユー》はするりと手を謝清呈《シエチンチョン》の髪からうなじへ移し、乱暴にそこを掴《つか》んだ。

謝清呈《シエチンチョン》は足を持ち上げて賀予《ハーユー》を蹴る。賀予《ハーユー》は避けることなくそれを受け止め、必死に抗ってベッドへ横たわろうとしない男を、反動を使って強引に押し倒した――。

「このっ、――！」

ぐるりと世界が回ったかと思いきや、謝清呈《シエチンチョン》は柔らかいマットレスに倒された。その上に、賀予《ハーユー》の熱い体温が覆いかぶさる。

謝清呈《シエチンチョン》の胸も強張《こわば》っていく。衝撃が大きすぎて、瞳孔まで縮んだ……。
謝清呈《シエチンチョン》が横たわっている賀予《ハーユー》のベッドには、青年がこ
こ数日撮影で使ったあと、脱ぎっぱなしにした高校の制服
が何着か放り出されていた。洗われていない制服からは若
者の汗の匂いがして、枕元には読みかけの参考書も数冊
置かれている。学生の気配がたっぷりと漂うこのベッドは、
謝清呈《シエチンチョン》に、自分は高校生男子に乱暴されているという錯覚
すらもたらした。
賀予《ハーユー》は本当に、相手が誰なのか分からなくなっていた。
意識を欲望に引っ張られ、声も出さずに謝清呈《シエチンチョン》の首を絞め
た。謝清呈《シエチンチョン》を凝視し、相手の力が徐々に抜けていくのを待つ。
十数秒経ち、謝清呈《シエチンチョン》の顔は真っ赤になった。賀予《ハーユー》の目に
一瞬、謝清呈《シエチンチョン》の桃花眼《とうかがん》を抉《えぐ》り出さんばかりの、ひどく恐ろ
しい色が過《よ》ぎる。
しかし直後、賀予《ハーユー》は突然ひどく無力で絶望しているよう
な表情を浮かべた。ポカンとしてから、ゆっくりと謝清呈《シエチンチョン》
の首から手を離す……。
空気が再び肺に入り、謝清呈《シエチンチョン》は大きく息を繰り返しなが
ら激しく咳込んだ
「ゲホッ、ゴホゴホッ……！」

「……ごめん……」
賀予《ハーユー》は微かに意識を取り戻したようだ。混乱した瞳で
彼――実のところ賀予《ハーユー》にとっては〝彼女〟であるが――に
謝る。
「ごめん……傷つけようとは……思ってないんだ……僕は
ただ……」
何を言えばいいのか分からず、賀予《ハーユー》はうつむいてゆっく
り目を閉じた。すっと通った鼻の先端を謝清呈《シエチンチョン》の首へ擦り
つけながら、自らがつけた指の痕へ何度も唇を触れさせる。
鼓動を刻む動脈へ触れる熱い唇が、そっとつぶやいた。
「傷つけるつもりじゃ、ないんだ……」
謝清呈《シエチンチョン》は怒りで体を震わせる。脳の血管が切れてしまい
そうだ。賀予《ハーユー》はその首にキスをしてから、また謝清呈《シエチンチョン》を見
つめ、抵抗を許さない動きで熱く唇を重ねた。うっとりと
謝清呈《シエチンチョン》の唇を食《は》んで、大きな手を謝清呈《シエチンチョン》の乱れた黒髪に絡
ませる。無理やり自らのキスと略奪を受け入れさせようと
しているかのごとく……。
賀予《ハーユー》は唇の間から強引に舌を割り込ませ、謝清呈《シエチンチョン》のもの
と絡ませようとし始めた。
さすがに我慢ならなくなり、謝清呈《シエチンチョン》は賀予《ハーユー》の唇を容赦な

く噛《か》んだ。途端、血の味が口内に広がる。隙をついてそっぽを向き、謝清呈《シエチンチョン》は熱すぎる青年の吐息を避けながら罵った。

「クソが、イカれてんのか？　放せ……！　あんなに飲むから、頭がおかしくなったんだろ。さっさとどけ！」

ところが、賀予《ハーユー》の胸を押しのけようとする手は、青年によってグッと押さえつけられた。しかも、十本の指を絡ませた形で。

謝清呈《シエチンチョン》の頭皮にぞわりと悪寒が走り、全身に鳥肌が立つ。このまま賀予《ハーユー》を背負い投げしてしまいそうな勢いだった。

けれどもその時、賀予《ハーユー》の目から三度目の涙が落ちてきた。

今度は謝清呈《シエチンチョン》の、目の近くに。

間を置かずに賀予《ハーユー》の指が謝清呈《シエチンチョン》に触れ、指の腹が謝清呈《シエチンチョン》の桃花眼《とうかがん》の周りをなぞる。

暴言を吐きかけた謝清呈《シエチンチョン》の耳に、賀予《ハーユー》の小さなため息が届いた。ぼうっと謝清呈《シエチンチョン》の顔を見つめ、指を曲げて男の頬に触れる。

「謝《シエ》……」

そこで一旦言葉が切れ、続く声はさらに小さくなったので、謝清呈《シエチンチョン》は賀予《ハーユー》の「謝《シエ》」という呼びかけしか聞こえず、その後の「雪《シュエ》」を聞き取れなかった。

「……」

賀予《ハーユー》の広い肩と背中は、謝清呈《シエチンチョン》を丸ごと包むように覆いかぶさる。そして頭を横へ向け、賀予《ハーユー》は謝清呈《シエチンチョン》の首元でそっとささやいた。

「好きなんだ……本当に、好きなんだよ……」

第二十六話　酔いが醒《さ》めたあと

「好きなんだ……」

「……」

「本当に、好きなんだよ……」

「……」

青年は項垂《うなだ》れたまま少し顔を離し、謝清呈《シエチンチョン》の唇のすぐ近くでブツブツと同じ言葉を繰り返している。前髪が額にかかり、燃えるような瞳には混乱が浮かんでいた。

謝清呈《シエチンチョン》の手をきつく握りしめている賀予《ハーユー》。一方の謝清呈《シエチンチョン》はこの唐突な告白のせいで固まったまま動けずにいた。

先ほどまでは怒りと驚きに支配されていたが、今のこれは完全に青天の霹靂《へきれき》だ。

驚愕《きょうがく》しすぎて、抵抗することすら忘れてしまう……。

(誰が、誰を好きだって？　賀予《ハーユー》が、俺を？　そんなのありえないだろ……)

二人とも男で、賀予《ハーユー》も今までゲイのような素振りを見せたことはなかった。それに、自分はこの若者よりも十三歳年上なのに……。

謝清呈《シエチンチョン》の体にはかろうじてバスローブが引っかかっており、全身汗まみれで賀予《ハーユー》のベッドに横たわっていた。ゆっくりとぎこちなく、暗闇の中で上に覆いかぶさっている青年へ視線を向ける。青年も謝清呈《シエチンチョン》を見ていたが、その目は謝清呈《シエチンチョン》を通して、彼によく似た女の子を見ていることに、謝清呈《シエチンチョン》は気づかない。

「すごく、好きなんだ……」

「……」

「だからさ、あいつと付き合わないでよ……」

「……」

その一言で、謝清呈《シエチンチョン》はやっとのことで衝撃から我に返り、歯噛《はが》みしながら「……このクソが！」と放った。

酔っぱらっている賀予《ハーユー》は、あろうことか人違いをしているのだ！

謝清呈《シエチンチョン》は賀予《ハーユー》の顔から視線をそらせた。ここまで不思議に思っていた点と点が、瞬時に線となった――急遽《きゅうきょ》決めたドラマの出演、いきなり起きた発作、夢幻島《むげんとう》で女の子に告白するつもりだと言っていたこと、酔っぱらって何度も繰り返された言葉……一気に疑惑が解けた。

なるほど。

(賀予《ハーユー》は、例のツイてない女の子に告白して、振られたんだな……)

謝清呈《シエチンチョン》は我慢できずに天井を見上げて、青年との激しい揉《も》み合いですっかり汗だくになった額に手を当てた。湿った前髪をイライラしながらかき上げ、息を整えるべく胸を上下させる。

賀予《ハーユー》に絞められた首はまだジクジクと痛んでいるが、頭はもっと痛かった。なんてめちゃくちゃな一日なんだ、と思いながらも、顔も知らない女の子が難を逃れたことにホッとする――。

こんなひどい目に遭ったのが女の子じゃなくてよかった。賀予《ハーユー》も賀予《ハーユー》だ。

精神エボラの患者に必要なのは冷静さと自制である。感情の起伏を減らし、常に理性的に過ごす。恋愛などという煩わしいことには、できることなら関わらないほうがいいのだ。ただ、賀予《ハーユー》は今〝謝清呈《シエチンチョン》PTSD〟になっているようで、ほかの人の話なら聞くが、謝清呈《シエチンチョン》の医学的アドバイスだけには耳を傾けようとしない。

結局こんなことになってしまったが、この程度で済んで幸いだった。まだ丸く収めることができる。

大柄で体温の高い青年に押し倒されている謝清呈《シエチンチョン》は、頭の中で状況を整理したあと、表情を曇らせて賀予《ハーユー》の胸を押した。

「この野郎……俺の上から降りろ。どけ!!」

先ほどからずっと、賀予《ハーユー》の目は焦点が合っていない。

飲んだ薬が効いてきたのだろう、鎮静効果が現れている様子だ。それでも賀予《ハーユー》は謝清呈《シエチンチョン》を見つめ続けていたが、手の力はだんだんと弱くなっていた。狂気は鳴りを潜め、呼吸も徐々に落ち着きを取り戻していく。

賀予《ハーユー》の瞳に一瞬だけ明確な光が現れたものの、またすぐに意識は散ってしまった……。

隙を突いて、謝清呈《シエチンチョン》はグッと力を込めて賀予《ハーユー》の拘束から抜け出し、バスローブを雑に整えてベッドから起き上がる。掴《つか》まれていた手首がズキズキと脈打つように痛んだ。

賀予《ハーユー》はやっと静かになった。もしくは、薬物がようやくその体内の暴力的な因子を麻痺《まひ》させた、と言うべきか。押しのけられた賀予《ハーユー》は何もしなかった。

虚《うつ》ろな瞳で一拍子を置いてから、そっと言った。

「あのさ……僕、橋を見失っちゃったんだ……」

「なんだって?」

「見つからなくなっちゃって……出られなくて……僕……どうやっても、出られないんだよ……」

微かなつぶやき。謝清呈《シエチンチョン》に言ったわけでも、ほかの誰かに言ったわけでもない。この言葉を口にした時、賀予《ハーユー》の目はすでに空っぽだった。自身がどこにいるか、それすら分からず、暗闇に向けてうわ言をささやいているようだった。

賀予《ハーユー》はゆっくりと目を閉じる。まつ毛が小さく震えていた。

謝清呈《シエチンチョン》は賀予《ハーユー》の言っている「はし」が何をさすのかは分からない。一連の出来事のせいで発狂寸前になっており、そんなことに構っていられる余裕はなかった。怒りと気分の悪さをこらえて、強張《こわば》った表情で賀予《ハーユー》をベッドに倒す。布団を放り投げるように彼に被《かぶ》せると、きびすを返して洗面所へうがいに行った。

謝清呈《シエチンチョン》は性的に淡泊で、他人と不必要な身体接触をするのが嫌いだ。それが同性とのキスともなれば、なおさらのことである。

どうしようもなく気持ち悪くなり、ザーザーと蛇口から出る水で何度もうがいをする。しばらくそうしてから、顔にパシャッと水をかけて、洗面台に手をついた。やっと多少気が静まり、視線を上げて鏡に映る水を滴らせた自らの顔を見た。

若者の感情なんて、デタラメな帳簿みたいなものだ。ちょっとめくれば、ごちゃごちゃとしたものが目に飛び込んでくる。もし謝清呈《シエチンチョン》が巻き込まれている張本人でなければ、一瞥《いちべつ》すらしたくない。

(本当にクソほど、とんでもないな。どうなってんだ)

ここまで面倒を見ているのだから、賀継威《ハージーウェイ》から金をもらわなければやっていられない。戻ったら請求してやろうか。

沈んだ表情でしばらく気持ちを落ち着けてから、謝清呈《シエチンチョン》はズキズキと痛むこめかみを手で押さえた。蛇口を閉めて洗面所を出ると、ベッド横の一人掛けソファに腰を下ろして、ぼんやりと物思いに耽《ふけ》る。

賀予《ハーユー》は薬が効いてきたおかげですやすやと眠っていた。布団を抱きしめて眠る様子は大人しく、普段の模範的な良い子の大学生に戻っている。先ほどしつこくまとわりついてきたケダモノとは別人のようだ。

謝清呈《シエチンチョン》は鬱々とした表情を浮かべ、部屋に備え付けられたミネラルウォーターを飲んで苛立ちを収めようとする。ところが、ペットボトルに唇が触れた途端、ズキリと痛みが走った。謝清呈《シエチンチョン》は思わず息を呑む。触れてみると、なんと賀予《ハーユー》に噛《か》まれて唇が切れていた——三十二年生きてきた中で、誰かに唇を切れるまで噛まれたのは初めてである。謝清呈《シエチンチョン》の顔に不快感が滲《にじ》んだ。

ペットボトルを叩きつけるように置くと、賀予《ハーユー》の好みには構わず、タバコに火をつける。眠っているクソガキにたっぷりと副流煙を吸わせてから、タバコを消した。

(……もういい。水に流してやる!)

キスしてしまったものは、もう仕方がない。今更何をしてもその事実は覆らないのだから。

謝清呈《シエチンチョン》はそう結論づけた。

自分は男だし、何か損失があったわけではない。ちょっと気持ち悪かったくらいで、特にこれといった問題もなかった。それに、結局のところ、賀予《ハーユー》が勘違いしていただけのことなのだから。

謝清呈《シエチンチョン》は非常に理性的な人間である。ただの愚かな過ちに、感情を浪費するような無駄なことはしない。

それに、と謝清呈《シエチンチョン》は冷静に考える。今注意を払うべきは、賀予《ハーユー》の状況だ。

結果的に今回、賀予《ハーユー》の現段階の発作を、身をもって経験することになった。コントロールされた状況での不完全な発作だったが、それでもなかなかの狂気を感じた。

もしこれが完全な発作だったら？

もっと大変なことになってしまうのは目に見えている。見えている表面的な姿ほど、賀予《ハーユー》は楽観視できる状態ではないかもしれない。

謝清呈《シエチンチョン》は目を閉じる。賀予《ハーユー》が恋をすれば、病気にある程度の影響を及ぼすであろうことは、すでに予想できていた。

あの日、夢幻島《むげんとう》で賀予《ハーユー》に告白を考え直すように言ったのは、相手の女の子のためだけではなく、賀予《ハーユー》のためを思ってしたことでもある。しかし、賀予《ハーユー》は耳を貸そうとしなかった。

「謝《シエ》先生、この十九年間、僕は誰も傷つけてないと思うけど？　僕はただ、誰かを好きになっただけなのに。そんな権利すら、僕にはないってこと？」

そう訴える賀予《ハーユー》の目を見た謝清呈《シエチンチョン》は、すぐには言葉が出てこなかった。

稀少《きしょう》で厄介な病に冒されている賀予《ハーユー》を、子どもの時から見てきた。賀予《ハーユー》は二十年近くの間、心理的かつ生理的な深淵《しんえん》の中で彷徨《さまよ》っているのに、まだ出口の一つすら見つけられずにいる。

この病を患う者が心に抱く残忍さは強烈で、発作を起こした時は恐ろしいまでに暴力的になり、血を好む。

それなのに、賀予《ハーユー》はいつも、独りでそれを抱え込むことを選んできた。

巣に引きこもる凶悪なドラゴンのように声を枯らして叫んだり、暴れ回ったりすることはあれど、外に出て誰かを傷つけることは一度もなかった。日差しの届かない暗がりで、一人苦しみに耐えてきたのだ。

謝清呈《シエチンチョン》の知らない賀予《ハーユー》の思い人は、彼が追い求めた一筋の光なのだろうか？

謝清呈《シエチンチョン》は賀予《ハーユー》が自分の上に落とした涙を思い出した。嗚咽《おえつ》を漏らしながら好意を訴える若者の姿が脳裏に蘇る。

謝清呈《シエチンチョン》は知らず知らずのうちに振り向き、ベッドでぐっすり寝入っている賀予《ハーユー》へ目をやった。

その女の子のせいで、賀予《ハーユー》は学校から離れ、現実から逃げた挙げ句、発作を起こしたのだろうか？

謝清呈《シエチンチョン》は無意識に賀予《ハーユー》にキスされた唇に触れた。「このケダモノは心底憎たらしい」という気持ちの中に、多少の「本当に可哀想なやつだ」という同情心が芽生える。

とはいえ、謝清呈《シエチンチョン》も賀予《ハーユー》に襲われてかなりのショックを受けていたため、先ほどの賀予《ハーユー》の言葉について掘り下げて考えることはしなかった。賀予《ハーユー》が口にした「謝《シエ》」という苗字は、意識が朦朧《もうろう》としている最中に自分を見たから口にしたのであり、それが謝雪《シエシュエ》のことであるという可能性すら考えもしなかった。

謝清呈《シエチンチョン》からすれば、賀予《ハーユー》と謝雪《シエシュエ》は同世代にくくれるかもしれないが、五歳という歳の差があるので、男女の愛情が生まれることはありえないと思っていた。だから謝清呈《シエチンチョン》はこれまでに一度も、賀予《ハーユー》が謝雪《シエシュエ》に対して何か分不相応な考えを抱いていると疑ったこともない。

それに、賀予《ハーユー》はたったの十九歳。年齢の最初の数字が二にも満たないような奴は、昔なら弱冠にも及ばない、ただの未成年だ。

実のところ、謝清呈《シエチンチョン》のお固い頭では、十九歳男子が恋愛することと自体、早すぎると見なされる。青二才の学生の分際で恋愛だなんて。自分の心すら定まっていないのに、長続きなんてできるのだろうか？　万が一授かったりなんてことになったら、相手の女の子を民政局へ連れて行き、結婚証明書を発行してもらい、ハンコをついてもらって結婚登記するところまで責任を取れるのだろうか？　たった一馬力で、一家三人のみならず、お互いの両親まで養えるのだろうか？　両親の援助なしに赤ん坊のミルク代を稼ぎ、妻の妊娠期間中、家計の心配をかけずに安心させてやることができるのだろうか？

とんだ戯言《たわごと》だな。できるわけがない。

アレはまだ少年《ガキ》で、男《おとな》ではないのだから。

そんな人物が将来の義弟に……、なんてことは、謝清呈《シエチンチョン》の頭に浮かぶはずもない。

その時、ベッドにいる青年は何か嫌な夢でも見ているのか、美しく整った眉を寄せた。しかし、謝清呈《シエチンチョン》はこれ以上、賀予《ハーユー》を視界に収めておくのは限界だった。見るにたえないほどに乱れてしまったベッドはなおさらだ。

立ち上がり、謝清呈《シエチンチョン》は賀予《ハーユー》の部屋を後にした。

翌朝、賀予《ハーユー》は目を覚ました。

ぼんやりと瞼《まぶた》を持ち上げて乱れた前髪を指で払い、ひんやりとした額に手を置く。

二日酔いの青年の記憶は、割れた陶器の欠片《かけら》のようだ。繋《つな》ぎ合わせて修復しようと手を出すと、その鋭利な角で傷つき、痛みを感じるはめになる。

ズキズキとした頭痛に耐えながら、賀予《ハーユー》は少しずつ昨晩の出来事の大まかな輪郭を復元していく。混乱していたせいでやってしまった、あの人違いの口づけを思い出した途端、ピタリと動きを止めた。昨日の夜のあれは――。

(僕……もしかして……謝清呈《シエチンチョン》にキスをしたのか……)

「……」

賀予《ハーユー》は真っ先に、悪夢であってほしい、と願った。ただ、噛《か》まれた唇にはまだ微かに血が滲《にじ》んでいて、ちょっと舐《な》めるだけで錯覚ではない痛みが伝わる。それは、昨晩の出来事が紛れもない事実だということを賀予《ハーユー》に伝えていた。

幼い頃からずっと、様々な知識を受け入れてきた優秀な模範生賀予《ハーユー》は、優等生であるうえで欠かせない資質――あらゆることに対する受容性が高く、反応速度も速い――を持っている。とはいえ、この事件は彼のキャパを大いに突破していた。賀予《ハーユー》は顔面蒼白《そうはく》で、呆《ほう》けたままベッドに座る。

その時だ。「ピッ」とカードキーを通す音がして、ドアが勢いよく開かれた。無意識のうちにセクハラしてしまった相手が曇った表情で部屋に入ってくるのを、賀予《ハーユー》はポカンと見つめる。

謝清呈《シエチンチョン》は部屋に戻っても眠れず、一晩中起きていた。数時間もの間考えを整理して、今ではすっかり冷静さを取り戻している。賀予《ハーユー》が起きる前にはすでに身支度を整えており、部屋に入ってすぐ、イカれた若者が目を覚ましているのに気づいた。ボサボサ頭で、杏眼《あんがん》を自分のほうへ向けている。

茫然《ぼうぜん》としていて、自分は無実だと言わんばかりだ。眉目《びもく》秀麗《しゅうれい》に整った優等生面と合わさって、第三者が見れば被害者はむしろ賀予《ハーユー》だと思うだろう。

(このケダモノめ)

謝清呈《シエチンチョン》は一人掛けソファに置かれた賀予《ハーユー》の白いTシャツをサッと掴《つか》んだ。ケダモノ優等生の顔面めがけて真っ直ぐ投げつけ、自身をイラつかせる、あの眼差しを隠してしまう。

そして、無感情に言い放った。

「ぼけっとするな、目を覚ませ」

ケダモノ優等生は顔からTシャツをひっぺがし、言いづらそうに口を開く。

「謝清呈《シエチンチョン》……あのさ、昨日の夜、僕たちは……その、僕はあんたと……もしかして……」

謝清呈《シエチンチョン》は冷ややかに「そうだ」と答え、賀予《ハーユー》の顔色がさらに悪くなるのを見て、続けた。

「だが、あんなクソみたいなこと、二度と口にするな」

「……」

賀予《ハーユー》はまた呆気《あっけ》に取られた。まさか目の前の男が口を開いた途端、やることをやった挙句に責任を取ろうとしないクズ男のような、そっけない態度を遠慮なく露わにするとは思わなかったのだ。自分の記憶が正しいという確信がなければ、昨日の夜は人を間違えてキスをしたのではなく、長く下心をもって企《たくら》んできた謝清呈《シエチンチョン》が酔った自分に付け入ってセクハラしてきたのではないかと疑っていたところだ。

無情なクズ男謝清呈《シエチンチョン》はテレビ台に寄りかかり、腕を組む。淡々と、しかし厳しい顔つきで賀予《ハーユー》を見た。

「身なりを整えろ。話がある」

昨晩、二人はあれほど気まずい身体的接触を持ったのだ。誤解とはいえ、後ろめたいことに変わりはない。

普段であれば、こんな言い草はすぐに言い返しているところだが、賀予《ハーユー》はキスしてしまった手前、強くは出られない。さすがにいつも通りとはいかず、謝清呈《シエチンチョン》の言う通りにした。

「好きな女の子に告白したのか?」

「……いや」

「まだごまかすつもりか?　自分が昨日何を言ったか、覚えてないのか」

記憶は曖昧だったものの、賀予《ハーユー》は多少覚えていた。けれども、今の賀予《ハーユー》はまだ頭が上手《うま》く回転しておらず、沈黙のあとにやっと答えた。

「……人違いしたんだよ。告白はしてないけど、あの子に好きな人がいるって知ったから……って、なんであんたにこんな事細かに説明してるんだろ。馬鹿にしたいならすればいい」

賀予《ハーユー》は視線を上げる。

「喜んでるんだろ、どうせ。全部あんたの言う通り。誰も僕を好きになってくれないし、僕も自分自身をコントロールできていない。あんたの言葉はビンゴ、大当たり。嬉しいか?」

謝清呈《シエチンチョン》は賀予《ハーユー》を睨《にら》む。

「お前の精神状態が最悪なところまで進んでなくて、嬉しく思っているがな」

賀予《ハーユー》の顔にでかでかと警戒の二文字が浮かんでいるのを見て、謝清呈《シエチンチョン》はそこで一旦言葉を切った。賀予《ハーユー》は、謝清呈《シエチンチョン》がこう言うべきだと思っているようだ——患者さんよ、一晩中考えたんだが、次の二つの治療方法のうち、好きなほうを選ばせてやる。化学的去勢と物理的去勢、どっちがいい？　遠慮せずに選んでくれ、と。

謝清呈《シエチンチョン》はため息をこぼす。この問題をとことん追及する気はなかった。そんなことにこだわるのは大人のすることではないし、時間の無駄だ。そう思い、謝清呈《シエチンチョン》は「……もういい、賀予《ハーユー》」と言った。

「この件はもう水に流そう」

賀予《ハーユー》は謝清呈《シエチンチョン》を凝視する。優等生は隠された意図を察するのが得意なものだ。ベッドに腰掛けているこの飛び抜けたケダモノ優等生も、それは同様である。そういうわけで、賀予《ハーユー》は続きを促すように「ただし、条件があるんだろ？」と問いかけた。

「ただし——」

謝清呈《シエチンチョン》教授は険しい表情で賀予《ハーユー》の顔を一瞥《いちべつ》する。相手の催促に不満を露わにして言った。

「ちょっと考えたんだ。昨日の出来事で思ったが、今のお前の状態はかなり悪い。実を言えば、親父さんと前に電話をした時、自分の代わりにもっとお前の面倒を見てくれと頼まれたんだ。発作のあとに薬をあんなに飲んで、それだけじゃなく誰にも相談しないなんて本当によくないぞ。だから……」

賀予《ハーユー》の〝父親〟——謝清呈《シエチンチョン》氏のお小言が始まった。

まだ若干朦朧《もうろう》としている賀予《ハーユー》は、頭の中がぼんやりとして、心ここにあらずといった様子である。〝父親〟はしゃべり続けていたが、聞いていたのは最初だけで、残りは耳に入って来なかった。どうせタダでは済まさない、といった類いの言葉なのだから。

とはいえ、と賀予《ハーユー》は考え直す。自分は一度も謝清呈《シエチンチョン》に「面倒を見てほしい」と言ったことはない。謝清呈《シエチンチョン》が勝手に賀予《ハーユー》のテリトリーに入り込んで、自分から近づいてきたのだ。二人とも同性に興味のないストレートで、運が悪いと言うのならば、それは自分も同じ。何も負い目を感じる必要はない。

昨晩、謝雪《シエシュエ》の名前をうっかり言わなくてよかった。でなければ、もっと大変なことになっていただろう……。

「……まあ、こんなもんだな」

いつの間にか、〝父親〟はお小言を終わらせたようで、まとめにかかっていた。

「聞いてたか？」

賀予《ハーユー》は顔を上げ、謝清呈《シエチンチョン》の今にも氷がボロボロこぼれ落ちてきそうな冷たい眼差しを受け止める。

話をして喉が渇いたのだろう。謝清呈《シエチンチョン》はそばにあるミネラルウォーターを手に取ると、蓋を開けた。昨晩口をつけなかった水を飲んで、愛想なく言い放つ。

「もしお前がそれでいいなら、この件は水に流す」

謝清呈《シエチンチョン》が言っていたことを、賀予《ハーユー》はほとんど聞いていない。ジンジンと痛む二日酔いの脳みそは「この件は水に流す」という言葉だけを拾う。そして、優秀であることがすっかり身についている模範生として、賀予《ハーユー》は反射的にうなずいていた。

謝清呈《シエチンチョン》は表情なく賀予《ハーユー》を見下ろす。

「よし。なら、撮影が終わったら、医科大に来い」

「……」

そこでようやく賀予《ハーユー》は我に返り、呆《ほう》けている間に自分は謝清呈《シエチンチョン》の何かしらの要求を呑んだことに気づいた。そこで完全に意識が鮮明になり、賀予《ハーユー》はかすれた声で問いかけた。

「待って、ごめん。さっきなんて？」

謝清呈《シエチンチョン》の顔色はサッと暗くなり、語調はぶっきらぼうなものになる。

「条件でもつけるつもりか？」

（条件って？）

賀予《ハーユー》は思い浮かべる。

相手がさっき唇をパクパクと動かして、事もなげに言ってきたことすら、よく聞いていない……。

（嘘だろ。僕、何にうなずいたんだ？）

一方、謝清呈《シエチンチョン》は、自分は本当に賀予《ハーユー》に対して寛容だと思っていた。

それどころか、昨日起きたゴタゴタについて賀予《ハーユー》を咎《とが》めてもいない。頭皮までもがゾワゾワしたあの口づけについて、どうしても言及したくないから、というのが主な原因ではあるが。

賀予《ハーユー》のこの現状を知らなければ放っておいたのだが、知ってしまったからには、放っておけない。賀継威《ハージーウェイ》の面子《めんつ》を立てることとは別にしても、病人がこんな風に目の前にいたら、何もせずに、ただ手をこまねいているなんてありえないのだ。

昔のように自ら直接治療にあたることはないだろうが、少なくとも賀予《ハーユー》の情緒をコントロールして、多少の導きを与えることくらいはできる。

それにこの約束に従えば、もれなく賀予《ハーユー》を使い走りにできるというオマケがついてくる——賀予《ハーユー》という労働力は、彼が素直に言うことを聞く時であればかなり役に立つ。敏《さと》くて賢く、耐性もある。昔と同じように雑用に使わせてもらえれば、犬に舐められたことも帳消しにできるだろう。

一石二鳥だ。

上の空な賀予《ハーユー》を見て、謝清呈《シエチンチョン》はうんざりしながらも先ほど伝えたことを要約して繰り返した。

「撮影が終わったら、医科大に来い。俺の言う通りに自分を磨いて、メンタルを鍛えるんだ。俺の手伝いをしたりして、ちょっと気を散らせ。一日中しょげたまま、あることないこと考えるな。好きな人がいるんならしっかり気持ちを整えて、なるべく早く情緒をコントロールできるようにならないと。損はさせないから」

ややあって、賀予《ハーユー》は答えた。

「あの子には好きな人がいるんだ、僕以外の」

謝清呈《シエチンチョン》はため息をこぼす。

「好きな子も、まだ若いんだろ？」

「……うん」

「将来のことなんて誰にも分からない。何より、今後その女の子がお前を好きにならなくとも、お前は別の子を好きになるかもしれない。その時までに病状を抑え込められたら、それも悪くないじゃないか」

賀予《ハーユー》は、またしばし黙ってからいきなり「僕の好きな人が誰かって、どうして聞かないの」と尋ねた。

「俺には関係ないだろ」

「……」

賀予《ハーユー》はうつむく。下を向いた瞳には皮肉の色が滲《にじ》んでいた。

「確かに、関係ないね」

派出所にいた時、謝清呈《シエチンチョン》と交わした会話が賀予《ハーユー》の脳内に蘇る。

あの時、謝清呈《シエチンチョン》は絶対自分を好きになる人はいない、失敗するに決まっている、と言っていた。

顔面を思いっきりビンタされた気分だった。当時、賀予《ハーユー》はもし謝雪《シェシュエ》と付き合うことになったら、そうと知った謝清呈《シェチンチョン》の無様な姿を見てやろうと思っていた。事実を受け止めきれずにひどいショックを受けるであろう謝清呈《シェチンチョン》を見てやろうとも。しかし今、立場は全て逆になった。

謝清呈《シェチンチョン》に無様な姿を見られてしまった。

もし今また引き下がれば、今度こそ面目が丸つぶれになる……。

賀予《ハーユー》は瞬きして笑う。

「突き詰めれば、あんたはわざわざ惨めな僕を見に来たんだろ？」

「お前がそう思っているのなら、それでもいい」

「……」

挑発的で淡々とした男の目つきに、賀予《ハーユー》の心は、ますますささくれ立っていく。

謝清呈《シェチンチョン》のこの表情や態度が、このうえなく嫌いなのだ。幼い頃から何度も見てきた。その都度謝清呈《シェチンチョン》の冷酷さと、見る者をげんなりさせる強気さを感じていた。

しばし憂鬱な気分になってから、ついに賀予《ハーユー》は顔を上げて謝清呈《シェチンチョン》を見た。

「手伝いで僕の気を散らすって言ってたけど、僕は何をすればいいわけ？」

「まだ決めてない」

謝清呈《シェチンチョン》はさらりと答える。

「でも、昔、俺と一緒にいたし、俺の性格は知ってるだろう？　苦しい思いを味わわせるために、結構遠慮なくお前を使うぞ」

「……虐《いじ》める気？」

謝清呈《シェチンチョン》は少し黙ってから、微かに眉尻を吊り上げる。

「怖いのか」

面目が潰れたうえにプライドまで失うなど、賀予《ハーユー》はごめんだった。

「ご冗談を。怖いものなんてないから」

その返事を聞いた謝清呈《シェチンチョン》は頭を下げると、タバコを一本取り出して咥え、もごもごと言った。

「それが本当ならいいがな。始めて三日で、泣きながらもう辞めるなんて言うなよ。あぁ、ライターをお前の枕元に置いてたんだ、取ってくれ」

賀予《ハーユー》は謝清呈《シェチンチョン》を無視して、洗面所で歯磨きをしようとベッドを下りた――昨日のキスの余韻は欠片《かけら》も残っていないとはいえ、やはり気持ち悪い。人違いで男にキスしただけでなく、あんなにも気持ちを乱してしまうなんて。そう思うと、一層不快で、早く全てを洗い流してしまいたくなる。

洗面所に入る前に賀予《ハーユー》は振り向いて、昨晩自分の気持ちを乱した相手を一瞥《いちべつ》した。今では意識もハッキリし、品行方正な自分を取り戻した。発情したように謝清呈《シエチンチョン》をベッドに押さえつけてキスしたのが、別人であるかのごとく言い放つ。

「副流煙を吸うのは鍛えることに入らないよね。それ、もはや緩やかな殺人だから。吸うなら外で吸ってよ」

言いながら歯を磨くべく、ドアを閉めた。

洗面所内。

賀予《ハーユー》は鏡を見た。昨晩、謝清呈《シエチンチョン》に噛《か》まれて、切れてしまった唇を指の腹で撫《な》でる――。

水をすくって顔にかけたあと、蛇口を握った。

青年の手の甲に微かに筋が浮かぶ。グッと蛇口をひねると、水は一瞬で止まった。賀予《ハーユー》は体を起こし、もう一度鏡に映る人物を見た。

(鍛えるって？　どうせ引き続き笑い種にしたいだけだろ。僕をいたぶって、利用したいだけのくせに)

……とはいえ、今回は大いにやらかしてしまった。エロオヤジ謝清呈《シエチンチョン》に付け入る隙を与えてしまうとは。

第二十七話　あいつは陳慢《チェンマン》に会いに行った

超がつくほど四角四面で面白みがなく、色事にも興味がない謝清呈《シエチンチョン》は、自分より十歳以上年下の男子から心の中で〝エロオヤジ〟と罵られる日が来ようとは、思ってもみなかっただろう。

しかも昨晩、謝清呈《シエチンチョン》を組み敷き、激しい息づかいで強引に情熱的なキスを浴びせるだけでは飽き足らず、舌まで潜りこませようとした〝エロガキ〟にだ。

このことからも分かるが、イマドキな若い男子の一部は、整った顔立ちに優秀な成績、加えて数百年前なら未成年である年齢を盾に、なんの根拠もない言いがかりをつけたりするのだ。

当の優等生は芝居をすることで失恋の悲しみを多少発散させたが、あくまでも出番の少ない代役で、ドラマ自体も短いものだったため、しばらくもしないうちにクランクアップして学校へ戻ることになった。

スーツケースを引いてホテルを出る前に、賀予《ハーユー》は謝清呈《シエチンチョン》にメッセージを送った。

＊　＊　＊

賀予《ハーユー》が戻ってくるその日の朝、陳慢《チェンマン》は謝清呈《シエチンチョン》を墓参りに誘っていた。

初めて一人で担当した事件を解決に導いた若い警官は、この記念すべき出来事を兄に報告しようと思ってのことだった。

「省をまたいだ事件だったんだ」

陳慢《チェンマン》は籠盛りのフルーツと冥銭《めいせん》を持って兄の墓の前にやってきた。墓地を歩く陳慢《チェンマン》は相変わらずせかせかとしており、低木に足を引っかけて危うく転びかける。

「省をまたいだ自転車窃盗グループの事件だな」

謝清呈《シエチンチョン》が言い直すと、陳慢《チェンマン》は頬を赤らめた。

「じ、自転車だって車だし、人民の財産だから……」

謝清呈《シエチンチョン》は口ごもる陳慢《チェンマン》を無視して、彼の手から籠をもらい受ける。供物のフルーツをきちんと並べてから、冥銭を燃やした。空気が炎の熱に当てられて歪《ゆが》んでいく。謝清呈《シエチンチョン》は墓石に飾られた若い警察官の写真と、金箔《きんぱく》で箔押しされた文字を眺めた。

陳黎生《チェンリーション》之墓。

陳黎生《チェンリーション》の時間は、二十代前半で永遠に止まってしまった。彼がどんな人物だったか、曖昧な印象しか残っていないが、陳慢《チェンマン》と違って、真面目で落ち着いた青年であったことは覚えている。まだ幼い陳慢《チェンマン》を連れて謝清呈《シエチンチョン》の家に遊びに来た時は、いつも「お手数をおかけします」や「すみません」といった一言を欠かさなかった。

彼が殺される前に同僚に送った最後のメッセージも『今日は用があって遅れるかもしれません。すみません』だった。

深い黒色の墓石を見つめながら、謝清呈《シエチンチョン》は口を開いた。

「あなたの弟も、独りで事件を解決できる警察官になりました」

そこに陳慢《チェンマン》は急いで付け足す。

「将来、もっとデキる警察官になる予定だから。刑事隊に入ろうと思ってるんだ」

謝清呈《シエチンチョン》は首を横に振る。

「お前のＩＱじゃ厳しいぞ」

「……」

「賢いＤＮＡは、全部お兄さんのほうにいっちゃったんだろうな」

陳慢《チェンマン》は、謝清呈《シエチンチョン》が自分の昇格を望んでいないことを知っている。上へ行けば行くほど、風当たりが強くなる。うっかり落ちてしまえば、すぐさまズタボロになってしまう。だから、謝清呈《シエチンチョン》はいつもこんな言い方をするのだ。

それを知っているから陳慢《チェンマン》は怒ったりせず、ボソボソと墓の中の兄に、また何事かを話しかけてから、タバコに火をつけて供えた。

「兄さん。いつか絶対、兄さんが解決できなかった事件に決着をつけるから」

陳慢《チェンマン》は目を閉じ、手を合わせた
「……」

陳慢《チェンマン》がどの事件のことを言っているのか、謝清呈《シエチンチョン》には分かっていた。自分の両親が殺されたあの事件だ。

あれはどこからどう見ても普通の交通事故ではなかったし、警察官たちもそのことは内心よく分かっていたはずだ。しかし、誰にもどうすることもできなかった。謝清呈《シエチンチョン》の両親は事件の捜査中に死んだわけではないので、殉職した「烈士《れっし》」とみなされず、事故を起こした犯人もなんら手がかりを残さなかった。あらゆる証拠が、これは暴走したトラックが引き起こした単なる事故である、と指し示している以上、そう結論付けるしかない。

誰かの恨みを買ったから、という線で絞り込もうにも、両親ともかつては警察の上層部にいて関わった重大事案の数も膨大だった。報復を企む犯罪組織や薬物の密売組織を挙げたらキリがない。疑わしい者が多すぎて、手がかりになりそうなものも乏しい状態では、捜査のしようもなかったのだ。

謝清呈《シエチンチョン》とて、両親の死の真相を知るべく、精一杯自力で調査してみたこともある。けれども、結局諦めざるを得なかった。

謝清呈《シエチンチョン》は達観しすぎていると言ってもいいくらい、達観している。たとえまだ目が涙に濡《ぬ》れていても、心が死んでいても、それでも、もがきながら未来に続く道を進もうとするのだ。

謝清呈《シエチンチョン》は線香をあげ終えると傍らを見た。陳慢《チェンマン》はまだ少し時間がかかりそうだと思い、その辺をブラブラすることにした。謝清呈《シエチンチョン》の両親の墓はここにはない。この墓地の一区画あたりの値段は高価で、お堂つきのものになると二線《にせん》都市[28]で一軒家が買えるほどである。年間の管理費用も驚くほどかかるため、金と権力のある者だけが、ここで永い眠りにつく権利を得られるのだ。

そぞろ歩いていると、謝清呈《シエチンチョン》はとある大理石彫刻の前にやってきた。

欧米を真似て作られた、死者の生前の姿がかたどられている等身大の墓石だ。静謐《せいひつ》な墓地に聳《そび》え立つその像は、白衣を着た医者である。椅子に座り、分厚い眼鏡をかけて頭を下げ、手に持った本を読んでいる。

彫刻の下には、こう書かれていた。

秦慈岩《チンツーイエン》（1957—2017）

最後に治せなかったのは、人の心だった。

謝清呈《シエチンチョン》は秦慈岩《チンツーイエン》を知っている。

二人はかつて……同じ病院で働く同僚だった。

秦慈岩《チンツーイエン》は滬州《こしゅう》医科大学の有名な卒業生の一人で、脳神経外科の権威だった。数十年前に滬州《こしゅう》医科大学を卒業し、アメリカで造詣《ぞうけい》を深めた。その後帰国すると、母校で教鞭《きょうべん》を執ったり、チームを率いて研鑽《けんさん》を積んだりした。苦難に満ちた半生だったが、その甲斐《かい》あって生涯にわたる栄誉を手に入れた。輝かしい功績や名声を手にして、それこそのんびり明かりの下でお茶を飲み、悠々自適な晩年を楽しむ生活も送れたはずなのに、秦《チン》教授は第一線から退くことをよしとしなかった。

外科医たるもの、メスを動かさずにペンを動かすことに励むなど、到底許されない。

そのモットーに基づき、秦《チン》教授は六十歳で定年退職すると、燕州《えんしゅう》から故郷である滬州《こしゅう》へ戻り、滬州《こしゅう》市第一人民病院に再雇用された。そこは、謝清呈《シエチンチョン》がいた病院でもある。

ところが、今から遡ること四年前のある日の黄昏時《たそがれどき》。

長年連れ添った妻の誕生日を祝うために、六十歳の秦慈岩《チンツーイエン》がオフィスを片付けて帰り支度をしていると、突然無精ひげを生やした若い男が訪ねてきた。籠盛りのフルーツと感謝の印である錦の旗を持った男は患者の家族を名乗り、遠くからここへ駆けつけたのは秦《チン》主任に母親を助けてもらった礼を述べるためだ、と言った。

28 地域レベルで、影響力の高い都市。

秦慈岩《チンツーイエン》にとって、このような患者家族は珍しいものではなかった。顔を真っ青にして全身から汗を滲《にじ》ませている男を見て、きっと遥々《はるばる》ここまでやって来て疲れているのだろうと思い、秦慈岩《チンツーイエン》は男をオフィスへ迎え入れ、お茶を淹《い》れた。

しかしその時、誰にも予想だにできないことが起こった。年老いた医者が下を向いてお茶を淹れていると、それまでおどおどしていた若い男は突然音もなく立ち上がり、籠の底から冷たい光を放つ包丁を取り出した。そして、ニコニコと秦慈岩《チンツーイエン》がお茶を淹れ終えて振り向いた瞬間、たちまち凶悪な表情を浮かべて「わあっ」と叫びながら、秦慈岩《チンツーイエン》を刺し殺してしまった。

これが、四年前全国を震撼《しんかん》させた易北海《イーベイハイ》による医師殺害事件だ。

その後、警察が確認した監視カメラの映像によれば、犯人である易北海《イーベイハイ》は秦慈岩《チンツーイエン》医師を壁に押し付け、その胸部と腹部を十三回も刺していた。広くはないオフィスと、机の上の手書きカルテに飛び散る真っ赤な鮮血。犯人がカモフラージュのために持ってきた錦の旗も、全てがゾッとするような赤に染め上げられた。

騒ぎを聞きつけた人々が駆け付けると、易北海《イーベイハイ》は、もはや人なのか化け物なのか判別がつかないくらいに、全身血まみれだった。辺りに悲鳴が響き渡る中、易北海《イーベイハイ》はその一生を医療に捧《ささ》げた老人の死体を持ち上げ、開けっ放しだった窓から外へ放りだした。

——グシャッ！

すでに血みどろになっていた死体は、高いところから落とされたことにより、完膚《かんぷ》なきまでにぐちゃぐちゃになってしまった。

窓から顔を引っ込めた易北海《イーベイハイ》は、得意げな表情で血の海に立ち、いまだに血を滴らせている包丁を片手に、空を仰いで歪《ゆが》んだ笑みを浮かべた。そして、声高らかに叫ぶ。

「当然の報いだ！　お前が金を騙《だま》し取らなきゃ、こんな目には遭わなかったんだよ！　地獄に落ちろ！」

ただ、彼の言う「報い」——もみあげに白髪が混ざるような年寄りの医者に対して、患者の若い家族が極悪非道な事件を起こしてしまうほどの——は、いったいどれほど深い恨みによるものなのだろうか。

警察が捜査の結果得た情報を公表した途端、全国民が怒りに包まれ、世論は沸騰した——。

易北海《イーベイハイ》の母親は、悪性の脳腫瘍を患っていた。腫瘍の場所は非常に際どく、たくさんの病院を回ったが、手術を引き受けようとする医者はいなかった。

　シングルマザーだった母親は、治療費のことをひどく心配し、そのまま何もせず死ぬことを考えた。しかし、毎日をダラダラと無駄に過ごしている三十歳ニートの息子のことを思うと、自分が死んだら誰が面倒を見てくれるのだろうかと、死ぬに死ねない心持ちになっていた。

　そうして不定期に治療を受けたり、必要な治療を先延ばしにしたりしているうちに、徐々に病状は悪化していった。そんなある日、彼女は滬州《こしゅう》市第一人民病院の脳神経外科がとても良いらしいという噂《うわさ》を聞きつけた。しかも、医者たちは徳が高く、たまに患者を哀れに思った優しい医者が貧困にあえぐ病人のために資金を算段《さんだん》したり、減免してくれたりするうえに、手術の腕も群を抜いているらしい。

　母親は希望を胸に、故郷の特産品である海産物の入った麻袋を背負った。そして格安な鈍行の緑色の列車に乗って、縁もゆかりもない、活気ある都会の地に降り立ったのだった。

　無事到着したものの、母親は戸惑っていた。立ち並ぶ高層ビル、複雑に入り組んだ道路。母親は電子決済などは全くできない状態で、病院を見つけるだけでもかなり時間がかかった。なんとか病院に辿《たど》り着いたものの、受付のやり方も分からず、また、臆病者であったため人に聞くこともできない。母親は多くの人が行き交う病院のロビーで一日中立ち尽くす羽目になってしまった。

　退勤時間になってようやく一人の医者が、いつまで経ってもロビーから出ようともせず、全身から生臭い魚の匂いを漂わせているこの女性に気づいた。

　ここへ来た理由を聞き出すと、医者は母親からカルテを受け取り、なんとかできないか考えてみる、と電話番号を渡した。

　こうして、母親の分厚いカルテのコピーは、第一人民病院の脳神経外科に渡った。当時、医者たちが何を話し合ったのか、どんな議論を交わしたのか、関係者以外は知らない。ただ、母親は当初の願い通りに医療費の減免を受けられることになり、速やかに手術を受けられることとなった。母親は溢《あふ》れんばかりの感謝と感激を噛《か》みしめながら、生命の新しい夜明けを待った。

　母親の遠い故郷にいるギャンブル依存症の息子はその間、たったの一日たりとも、彼女を見舞うことはなかった。

手術費は減免されたものの、滬州《こしゅう》のような真珠や金すら大した価値がないと思えるほど繁栄している都会に住むとは、母親にとってはかなり痛い出費だった。母親は必死に衣食住を切り詰め、臭くてジメジメと湿った小さな宿の八人用相部屋に泊まった。食事も、三食分に分けた饅頭《マントウ》を少しずつ、ボランティアからもらった白湯《さゆ》に浸して食べるという有様だった。

その月の末になる頃、女性の古い携帯電話が鳴った。相手は息子で、いつも通り金をせびるものだった。

「母さんね、今、滬州《こしゅう》の病院にいて、お金がたくさんいるのよ。今月は本当にもう残ってないから……」

「はぁあ?」

電話の向こうで、若い男が怒りを露わにする。彼の声は病気を患う年老いた女性の鼓膜をびりびりと震わせるほどに大きかった。

「金がねえってなんだよ? じゃあオレは今月どう過ごせばいいんだ? 誰がオレを養うってんだ! とにかく、なんとかしろよ! こっちは飯食う金もねぇんだ!」

「本当にもうお金はないの」

女性は背中を丸め、所々塗料がハゲてしまっている電話を握りしめておどおどと話す。彼女のほうが間違いを犯してしまったかのような、そんな口調だ。

「ここに来る時、道が分からなくて、何回かバスに乗らなきゃならなかったの。今はもう道を覚えたから歩いて行けるし、それから病院にかかるお金も減らしてもらったから……もうちょっと節約して、来月には絶対お金を作るから……待ってて……」

「なんで滬州《こしゅう》の病院なんかに行ったんだよ!」

男は相変わらず電話の向こうで怒鳴っている。

「言っただろうが! あそこは金が有り余ってるアホどもを騙《だま》す場所なんだって! んなとこに行くなんて、何考えてんだよ? うちの県城《けんじょう》〔県政府所在地〕で十分だろ! ちゃんと飲み食いもできてんだから、どうせ大した病気じゃねぇに決まってる! 無駄遣いしやがって!」

その言葉を聞いて、女性の皺《しわ》くちゃの目尻から大粒の涙がぽろぽろとこぼれて、宿のベタつくコンクリート床に落ちた。

息子の怒りは収まらない。

「あんな医者たちに金を払うなんて、どんだけ慌ててんだよ……。少しでも多くの金を搾り取ろうとしてんのが、分かんねぇのか？　毎日人の命で金を儲けて、お前みてぇな馬鹿が病気になって、列になって自分たちに金を運んで来るのを待ってんだよ！　でなけりゃ病院なんてやっていけねぇからな！　ほんっと分かってねぇ。今じゃ金は全部持ってかれて、てめぇのガキすら養えねぇなんてよ。チッ！」

罵詈雑言《ばりぞうごん》を浴びせて、それ以上女性と話したくなくなったようで、息子の易北海《イーベイハイ》は電話を切った。イライラしながら上着を羽織ると、ベッドの下に挟んでおいた最後の五十元を取り出し、村の入り口にある裏賭博場に向かった。

息子の心無い言葉にひどく傷ついた女性は、もう治療をやめようと思った。しかし結局、見かねた医者が女性を説得し、易北海《イーベイハイ》とも話をしてくれた。

医者の辛抱強い説得の末ついに、易北海《イーベイハイ》は苛立たしげに、手術するのならしろ、自分から金を取らないならそれでいい、と言った。また、滬州《こしゅう》まで行く時間と労力が惜しいので、手術のリスクなどは電話で確認して録音を残し、その時になったら同意書は母親に書かせればいい、とも。

これは正規の手順から外れていたため、院内からもかなりの異議が唱えられたものの、院内における秦慈岩《チンツーイエン》の権威と信望のお陰で、手術は予定通り行われることとなった。入院、事前の調整、術前の説明など……全てつつがなく進んだ。

そしてついに、手術日がやってきた。

担当医はもう一度、孤独な女性と手術のリスクについて確認し合った。腫瘍は危険な場所にできており、手術をしなければ余命は約三カ月程度であること、しかし手術をするのも相当危なく、失敗すれば命を落とす危険があることを伝えた。

「あの……手術前に電話をかけてもいいですか？」

ベッドに横たわった女性はおずおずと問いかけた。

差し出された電話を受け取り、女性は震えながら番号を入力する。生死の境を彷徨《さまよ》う前に、もう少しだけ息子と話をしたかった。

ところが、永遠に続くかと思われる呼び出し音のあと、女性に応えたのは昨日となんら変わらない、冷たい機械的な音声だった。

ギャンブル好きな易北海《イーベイハイ》は、一旦賭け始めてしまうと昼夜の区別がつかなくなるほどにのめり込んでしまう。年老いた母親の電話に出る暇など、これっぽっちもないのだ。

女性は、とうとうゆっくりと電話を下ろした。潤んだ瞳で鼻をすすり、小さく笑う。

「ありがとうございます、先生。その……」

「なんです？」

言いづらそうにする女性。口にするのも恥ずかしいようで、かなり悩んでいる様子だった。

手術前の準備を担当する若い医者は優しく促した。

「なんでもおっしゃってください、大丈夫ですから」

女性は少し怯えたように「痛いでしょうか？」と聞いた。

「え？」

「手術です。痛いですか？」

言うなり、女性は赤面した。土気色だった顔に、薄っすらと赤みが差す。

「あぁ、そのことですね」

相手の言わんとすることを察して、若い医者は微笑み、緊張を和らげるように穏やかに言った。

「痛くないですよ。手術の間は麻酔で眠っていただくので。少しも苦しくありませんし、目を覚ました頃には、全部終わってますから」

医者の優しい言葉に、女性の目から〝憧れ〟にも似たような感情が溢《あふ》れ出した……。

（少しも、苦しくないのね……）

手術室に入る時、女性は廊下の真っ白な天井と、そばにいる手術着を身に着けた看護師と医者を見た。脳内にはまだ最後に聞いた一言が浮かんでおり、皺《しわ》のある口角は控えめな笑みを残していた。

執刀医は秦慈岩《チンツーイエン》だった。高齢の秦慈岩《チンツーイエン》は、その日すでに三つの大きな手術を終えて疲れており、体調もあまり芳しくなかった。とはいえ、この手術は極めて難しく、秦慈岩《チンツーイエン》自身が執り行うほかない。

時間が一分一秒と過ぎていく。緑色の手術服の下で、年配の医者はじわじわと汗を滲《にじ》ませていた。

「鑷子《せっし》」

「タンポン」

「もう二つタンポン」

手術を行う手は落ち着いており、一時も休むことなく、それでいて急ぐようなこともない。

しかし、全身の筋肉は強張《こわば》っていて、繊細さを必要とする場面では瞬きすらしない。

最初に異状を発見したのは、第二助手だった。膿盆《のうぼん》を差し出した時、秦慈岩《チンツーイエン》の体が微かに震えているのに気づいた。

医者は医者だが、自身が病人である時もある。

第二助手の焦った目線を受け、秦慈岩《チンツーイエン》も自分がまずい状態だと悟った。中断できない動きをゆっくりと完璧に終わらせてから、ほかの医者がパニックを起こさないよう冷静な声で言う。

「クラクラして、前がよく見えないんだ」

秦慈岩《チンツーイエン》は二歩ほど下がり、さらに何事か言いかけたものの、目の前が暗くなった。そして、彼はそのまま昏倒《こんとう》してしまった……。

秦慈岩《チンツーイエン》がこのような状態になったのは初めてである。高脂血症を患っている秦慈岩《チンツーイエン》は首の横に大きな血栓があり、頻繁に頭痛がしたり吐き気を感じたりしていた。だが、今まで気を失うようなことはなかった。

手術中にこのようなアクシデントが起こるのは稀《まれ》だったが、前例がないわけではない。医者たちは不測の事態に備え、研修医時代に対処方法を学んでいるため、残りのメンバーで協力して手術を終わらせる術を知っていた。それでも、女性の腫瘍ができた場所が悪かった。医者たちは全力を尽くしたが、結局手術は失敗に終わってしまった。

母親は死んだ。

息子は途端に孝行者になった。というよりむしろ、そうならざるを得なかった。毎月母親に入ってきていたささやかな給付金を頼りに生きてきたのだ。何よりも、母親が死んだことで、彼女が一人でこなしていた彼のお手伝い兼料理人兼召使いも……一気にいなくなってしまった。易北海《イーベイハイ》は地獄に堕《お》ちたように感じた。どうしても、この事実を受け止めきれない。

いろいろ考えるうちに、自ずと医者たちが悪い、という結論に至った。

医者たちはきっと母が僅かに残した金目当てに、母を言いくるめて入院と手術を受けさせたに違いない。

補助？　減免？

そんなおいしい話、あるわけがない。きっとまだお金を巻き上げ足りなかったから、あの老いぼれを無償で使える実験台にしようとしたに違いない。一人ぼっちで遠い場所まで医者を訪ねた可哀想な高齢の母を騙《だま》し、メスで切り刻んで犬死にさせたのだ。

考えれば考えるほど筋が通っていると、易北海《イーベイハイ》はベッドに寝そべりながら思った。外は長い夜の漆黒に包まれ、村のどこかにいるフクロウが笑いにも似た奇妙な声で鳴いている。易北海《イーベイハイ》の脳内でグルグルと渦巻いていた憎しみは、彼を丸ごと呑みこんだ。

翌日、易北海《イーベイハイ》——学がなく、金もすっかり底をついて賭け事もできず、あちこちで借金までしている——は、錆《さ》びた肉切り包丁を探し出した。それを研ぎ石で磨いてから、分厚く汚い布で包む。

その後、彼は村の入り口の小さな売店で店主を脅迫して全ての現金を奪い、滬州《こしゅう》へ向かった……。

数日後、易北海《イーベイハイ》による医師殺害事件は凄まじい雷のように、全国民の心を震わせ、衝撃を与えた。

メディアやSNSは、この事件に対する驚きと、犯人への怒り、そして秦慈岩《チンツーイエン》を偲《しの》ぶ声で溢《あふ》れかえっていた。

けれども、混乱に乗じて邪《よこしま》な者たちも徐々に姿を現した。

『秦慈岩《チンツーイエン》は本当に見かけ通りの、思いやり溢れる、慈悲深い医者だったのか?』

『易北海《イーベイハイ》の母親の死は、確かに疑わしい』

『易北海《イーベイハイ》も同情に値する。母親と二人、ずっと貧乏で食うや食わずの生活をしていたらしいし、そんな状態じゃ子どもの心が歪《ゆが》むのも無理はない……』

そんなセンセーショナルな言葉や議論が、WeChatの情報発信アカウントやWeiboの実名認証されたインフルエンサーたちによって拡散される。注目されたいがために、秦慈岩《チンツーイエン》の学術論文やら秦慈岩《チンツーイエン》の人となりやらを疑問視する者も少なくはなかった。曰く、歳を取ったのなら素直に引退すればいいものを、地位と権力を手放さずに仕事を続けたから、自分にも他人にも害を及ぼすことになったんだ、と。

それだけではない。何がなんでも秦慈岩《チンツーイエン》やその家族の情報を探り出そうとする者まで現れ、好き勝手書き込み始めた。

『秦慈岩《チンツーイエン》の娘ってさ、外国人と結婚して外国へ移住してるらしいけど、外国人の何がいいわけ? 祖国の金を使って売国奴を育てたようなもんじゃん』

そして、こう言う人も。

『秦慈岩《チンツーイエン》の嫁って、秦慈岩《チンツーイエン》よりも十歳以上年下だよね。なんで秦慈岩《チンツーイエン》と結婚したんだろう? 絶対金目当てだよ。もしかしたら本妻じゃないのかも。みんな頑張って情報を集めてよ。あの人、成りあがりの愛人だったりして』

被害者である医者のプライベートは、こうしたモラルと品性を失った人間にとって麻薬同然だった。いまだ病院に残る血の匂いが届くことはなく、彼らは他人のプライベートを貪り、人の心を食らう悦《よろこ》びにどんどん呑み込まれていった。

とある有名インフルエンサーに至っては、秦慈岩《チンツーイエン》が十数年前、被災地へ救助活動に行った時に撮影されたドキュメンタリーを、どこからともなく掘り出してきた。自身が咎《とが》められることなく波風を立てる方法を熟知していた彼は、何もキャプションをつけずに、しかしわざと秦慈岩《チンツーイエン》一行が救急車に乗っているシーンだけを抜き出してアップロードした。それは、あまりの疲労と渇きに、自らの先生を心配した若い医者が、ブドウ糖をひと瓶開けて秦慈岩《チンツーイエン》に飲ませている場面だ。

コメント欄は大いに荒れた。

『秦《チン》さんは立派なお医者さんだったんだろうけどさ、でもぶっちゃけ、こういう被災地って物資不足じゃん。患者を助ける分だって足りないのに、一口であんなに飲んじゃって……ベッドで苦しんでる今にも死にそうな被災者のこと、考えてないわけ?』

『ブドウ糖飲んでたけど、金は払ったのか……』

『専門医たちの権力はかなり大きいから。ほら、誰かの手術費を無料にしようと思えばできちゃうし、ブドウ糖程度に金を払うわけないだろ。滬一《こいち》病院の内部スタッフを知ってるけど、専門医はみんなヤバいって言ってた。手術するだけで五桁の謝礼を受け取るって。患者の費用を減免してるのは、実際患者で危ない実験をするってこともあるよ。じゃなかったら手術も上手《うま》くならないだろ』

その中でも、最も人々にショックと失望を与えたのは、易北海《イーベイハイ》の行為に対する定義だった。

調査発表によると、易北海《イーベイハイ》は間欠性の精神疾患を患っていたのだ。

『刑法』の第十八条にはこう書かれている。

『精神の障害によって事理弁識能力、もしくは行動抑制能力を失っている時に他者に危害を及ぼした場合、法律上の手続きに則《のっと》った鑑定にて確認の後、刑事責任を負わないものとする……』

のちに、様々な裏付けによって、易北海《イーベイハイ》が秦慈岩《チンツーイエン》を殺害した時、精神状態は完全に正常だったことが分かった。心神喪失ではなかったため、易北海《イーベイハイ》は変わらず死刑判決を受けた。それでも、この結論に至るまでに現れたあらゆる方面の論争や、社会に現れた理解しがたい世論は、当時、多くの医療関係者を憤慨させ、悲しませた。

今になっても、一連の事件についていまだ評論し続けている人がいるほどに……。

そんな昔の出来事を思い出しながら、謝清呈《シエチンチョン》は無表情にしばらく彫刻を眺めて、彫刻に近づこうとして――。

「謝清呈《シエチンチョン》？」

背後から突然、複数の足音が聞こえる。続いて、女性の驚く声も届いた。

「あなた……なんでここにいるわけ？」

第二十八話　僕も陳慢《チェンマン》に会った

謝清呈《シエチンチョン》は振り向いた。偶然にもほどがある。今日は墓地で、バーゲンセールでもやっているのだろうか。なんで、みんなわざわざこの日を選んで墓参りに来ているのだろう。

そこにいたのは、病院で働いていた頃の同僚たちだ。

同僚といっても、彼らは秦慈岩《チンツーイエン》の教え子でほとんどが脳神経外科に所属していたため、謝清呈《シエチンチョン》とは診療科が違っていたが。

先に口を開いたのは謝清呈《シエチンチョン》だった。

「……ずいぶん久しぶりだな」

数人の医者に紛れて、この間、夜間救急で謝清呈《シエチンチョン》の点滴を交換した看護師の周《ジョウ》もいた。

周《ジョウ》は怒りっぽく、一本気な性格である。謝清呈《シエチンチョン》のことがどうにも気にいらないようで、しばらく睨《にら》んでから我慢できないとばかりに問いかけた。

「謝清呈《シエチンチョン》、あなたどういうつもり？　ていうか……秦《チン》先生のお墓の前で、何してんの？」

「……」

「早くどっか行きなさいよ。あなたのような人間に、先生の墓参りをする資格なんてないから」

「墓参りをする気はさらさらない。うっかり通りかかってしまっただけだ」

「ちょっと、――！」

謝清呈《シエチンチョン》の言葉に、周りの医者たちもざわめき立つ。

「謝清呈《シエチンチョン》教授、医科大はどうだ？　ずいぶんお気楽な身分らしいじゃないか」

一人の医者が冷笑を浮かべた。

「こうして墓地をぶらぶら散歩する余裕があるんだからな。

教師ってのはやっぱ、医者より暇でいい」

　謝清呈《シエチンチョン》は淡々と医者たちを眺める。

「なんだ、俺は何か罪でも犯したっていうのか？　それとも、俺が間違ってるって言いたいのか？　秦慈岩《チンツーイエン》みたいになりたければ、自分たちがなればいいだろ。みんながみんな同じ道を歩む必要はどこにもない」

「謝清呈《シエチンチョン》！」

　その言葉を聞いて、周《ジョウ》は言葉を詰まらせる。彼女の馬面が抑えきれぬ怒りに歪《ゆが》んだ。

「あなた、恥ってものを知らないの！」

　謝清呈《シエチンチョン》は、

「俺にそこまでの強い覚悟はない。それに、俺は命のほうが大事だ」

　と続けた。

「……帰って。今すぐ消えて！」

「そうだ！　今度ここで会ったら容赦しないぞ！」

　色めき立った若い医者たちは、この場で謝清呈《シエチンチョン》を絞め殺してしまいそうな勢いだ。言い争う声が大きすぎて、墓地の管理人が騒ぎに気づいてやって来た。

　灰色の服を着た管理人は、慌てて止めに入る。

「ちょっとちょっと、何をしてるんです。『静粛に、話す時は小声で』って書いてあるでしょ！」

　遠くにある看板を指さし、管理人は真面目な顔で付け足した。

「そんなにうるさくしたら、眠っている方々のお邪魔になります。何か揉めなければならないことがあるのなら、外でどうぞ。墓地を出たら好きなだけ騒いでもらって結構。でもここでは、大声を出さないでください！」

　怒りのあまり、ひん剥《む》かれたままになっていた周《ジョウ》の目玉は、今にも飛び出しそうな勢いだった。

「外までコイツの顔なんて見たくないわ。ほんと、見てるだけでムカつく……」

　謝清呈《シエチンチョン》は淡々と言い返す。

「こっちこそ、お前たちのアホ面を拝むなんざ、縁起でもない」

「謝清呈《シエチンチョン》、あなたね――！」

「謝《シエ》兄さん！」

　ちょうどその時、兄の墓参りを終わらせた陳慢《チエンマン》が騒ぎを聞きつけてやって来た。

「何かあったのか？」

警察の制服を身に着けている陳慢《チェンマン》に、謝清呈《シエチンチョン》を取り囲んでいた者たちは何となしに口をつぐんだ。

一方、周《ジョウ》はスッと目を細めた。やって来た男に見覚えがあったのだ。

あの夜、謝清呈《シエチンチョン》のそばに付き添っていた若い警察官がまた……。

陳慢《チェンマン》が「どうしたんだ？」と尋ねる。

「なんでもない」

謝清呈《シエチンチョン》は、その桃花眼《とうかがん》で一人ひとりの医者の顔を眺めてから陳慢《チェンマン》に言った。

「行くぞ」

「うん……」

謝清呈《シエチンチョン》はこの人たちと何かあったのだろう、と陳慢《チェンマン》は察した。しかし、謝清呈《シエチンチョン》はおそらく詳しく話したがらないだろうと思い、話題を変えた。

「謝兄《シエ》さん、気をつけて。さっき雨が降って、滑りやすくなってるから」

去ろうとする謝清呈《シエチンチョン》と陳慢《チェンマン》に、周《ジョウ》が抱いていた不快感は、限界にまで膨れ上がった。以前に滬一《こいち》病院で起きた出来事の数々が脳裏に蘇り、小ざっぱりとした謝清呈《シエチンチョン》の後ろ姿に、強烈な嫌悪が湧き上がる。親しげな二人を見て、周《ジョウ》は何を思ったか、謝清呈《シエチンチョン》に向かって暴言を吐いた。

「謝清呈《シエチンチョン》、病院であなたがゲイだって噂《うわさ》が流れた時、私はあなたの肩を持ってあげたのに。こうしてみると、噂は本当だったのね。警察官までベッドに連れ込んじゃうなんて、なかなかやるじゃない。夜は一緒に寝てくれて、昼間は世話を焼いてくれて守ってくれる若い警官がいたら、さぞや安心でしょうね。もう二度と心配しな――」

「何をデタラメ言ってるんだ！」

今度は陳慢《チェンマン》が怒りを爆発させた。周《ジョウ》の言葉を遮り、つっかかろうとする。

謝清呈《シエチンチョン》はグッと陳慢《チェンマン》を引き留めた。

「言わせておけ」

「でも、あいつ兄さんを馬鹿に――」

「いいから、陳慢《チェンマン》。お前は今制服を着ているんだぞ。振る舞いにもっと気をつけろ」

冷ややかに警告する謝清呈《シエチンチョン》の声に、陳慢《チェンマン》は頭から水をかぶったように冷静さを取り戻す。胸を上下させながら、歯を食いしばって目の前の者たちを睨《にら》みつけると、謝清呈《シエチンチョン》と共に墓地を離れた。

帰路についても陳慢《チェンマン》は怒りが収まらず、車の中でブツブツと文句を言っていた。

「侮辱するなんてさ……あの時の謝《シェ》兄さんの選択だって、間違ってないのに……なんで自分の考えを押し付けたり、あんな嫌な言い方するんだよ……」

当の謝清呈《シェチンチョン》といえば、落ち着いていた。言われたことを全く気に留めていない様子で、まるで何事もなかったように、はなから誰にも会わなかったと言わんばかりだった。

「兄さん、なんで怒ってないんだ！」

「怒る必要なんてないだろ」

「だ、だってあいつら、あんな風に――」

「あいつらは秦慈岩《チンツーイエン》が大事にしていた教え子たちで、周《ジョウ》さんに至っては秦慈岩《チンツーイエン》が採用した人なんだ。俺が気に食わないのも無理はない」

「それだけじゃない、おれと謝《シェ》兄さんが、その……」

「カップルだって？」

「……」

「俺はゲイじゃないし、好きなように言わせておけばいい。気にするだけ無駄だ」

と言いながら、謝清呈《シェチンチョン》はスマートフォンを取り出した。


午前中ほとんど放置していたスマートフォンのロックを解除する。

墓地に向かう時にサイレントモードにしており、今になってようやく、賀予《ハーユー》からのメッセージに気がついた。

『今日大学に戻るけど、約束してたあれっていつから？』

謝清呈《シェチンチョン》は眉を寄せる。

不意に、ホテルでの混乱にまみれた激しいキスを思い出した。

どことなく居心地が悪くなる。思えば、最初に滬一《こいち》病院で謝清呈《シェチンチョン》がゲイだという噂《うわさ》が流れたのも、この賀予《クソガキ》のお陰だった。

それは謝清呈《シェチンチョン》に会うため、賀予《ハーユー》が病院を訪れた時のことだった。賀《ハー》少年は背が高く、中学生なのに身長は一八〇センチに迫ろうかというほどあった。制服を着ていなかった賀予《ハーユー》の姿に、当時独身だった周《ジョウ》看護師は目の色を変えた。賀予《ハーユー》を二十代の若者だろうと勘違いし、周《ジョウ》はナンパしようと電話番号を聞いた。ところが、ろくでなしなクソガキは周《ジョウ》の心を傷つけないため、そして断ったあとの気まずさを避けるため、なぜかニコニコとこう答えたのである。

「あぁ、すみません。でも僕、謝《シェ》先生の彼氏なんです。先生があがるのを待ってるんで」

そこまで思い出して、謝清呈《シエチンチョン》は煩わしさにため息をこぼした。賀予《ハーユー》に返事するのも面倒になり、何もせずに画面をロックした。

「ちょっと寝る」

謝清呈《シエチンチョン》は陳慢《チェンマン》に言った。

「午後の授業があるんだ」

ぶつくさ言っていた陳慢《チェンマン》は、その言葉を聞いてピタリと話すのをやめた。

「あ、うん……おやすみ、着いたら起こすから」

謝清呈《シエチンチョン》は眠りに落ちた。

木々の梢《こずえ》を抜けて、パラパラと木漏れ日が車の窓に注がれる。日差しは、くっきりした輪郭を持つ謝清呈《シエチンチョン》の顔を辿《たど》り、すらりと細い首筋へ、血の気のない肌へ、そして最終的に適度に糊《のり》のきいたシャツの中へ隠れた……。

男は全身から冷静で、冷淡で、それでいて猛々《たけだけ》しい雰囲気を醸し出している。

どういうわけだか、陳慢《チェンマン》の脳裏に、先ほど墓地で周《ジョウ》が放った、謝清呈《シエチンチョン》は警察官すらベッドに連れ込めるという侮辱を思い出す。心が震え、怒りを感じながらも、なんとも言えない微妙な感情もそこへ混ざった。

陳慢《チェンマン》の視線が謝清呈《シエチンチョン》の眉目《びもく》を撫《な》でる。鼻筋をなぞり、最終的に謝清呈《シエチンチョン》の凍った血のような色をした唇に止まった。謝清呈《シエチンチョン》が起きている時、この唇から優しい言葉は滅多に聞けず、トーンもぶっきらぼうだ。けれども目を閉じて眠っていると、それはひどく柔らかく見えて……。

徐々に、陳慢《チェンマン》は目の前の光景に夢中になった。呼吸に滲《にじ》む熱も、普段よりも僅かに高く感じられた。

滬大《こだい》。

秋の香りがし始めたばかりの校内には、やかましいセミの鳴き声はもうない。しかし、枯れ葉は人の世の静けさが気に食わないのか、次々に枝先から落ちていく。学生たちが踏みつけるたびにガサガサと音を立て、こうして、賑《にぎ》やかさは梢から地面へと移ろっていた。

賀予《ハーユー》がスーツケースを引っ張って校門へ入ろうとしていると、ちょうど売店の入り口脇にもたれかかり、上を見上げている謝雪《シエシュエ》に出くわした。

「……どうしたの？」

見なかったふりをして回り道でもしようと思ったが、そんな必要はないと思い直した。自分は謝雪《シエシュエ》に告白したわけではないし、衛冬恒《ウェイドンホン》が謝雪《シエシュエ》の気持ちを受け入れるとも限らない。自分たちは少なくとも、まだこのまま友人関係を続けられるはずだ。

「分かんない」

謝雪《シエシュエ》はティッシュで鼻を押さえながら、くぐもった声で答える。

「秋で乾燥してるからかな、また鼻血が出ちゃって。あ……そういえば、おかえり。戻るなら前もって教えてくれてもいいのに」

「……わざわざ言うほどのことじゃないし。ていうか、そんな頻繁に鼻血出すなら、休みをもらって病院行きなよ。一緒に行ってあげるから」

「へーきへーき、そんな大げさだよ」

「大げさって。僕が昔体調を崩した時も、病院に付き添うって言ってくれただろ。良心的な僕からのお返しってことにしといてよ」

鼻血を出しすぎたせいか、謝雪《シエシュエ》は呆《ほう》けた表情だ。

「え？　そうだっけ、昔すぎて覚えてないや……」

賀予《ハーユー》はため息を吐いて、ティッシュを一パック差し出す。

「だと思った。ほんとさ、その記憶力でどうやって大学出て先生になったの」

謝雪《シエシュエ》が新しいティッシュを取り出して鼻を押さえるのを眺めながら、賀予《ハーユー》は問う。

「……鼻血のこと、君の兄さんにちゃんと言ったのか？」

「お兄ちゃん忙しいし、面倒をかけたくないの」

その時、謝雪《シエシュエ》は視界の端に遠くからこちらに向かって歩いてくる人物を捉えた。しかも、その人物は手を軽く振っている。謝雪《シエシュエ》の顔はにわかに赤くなった。

賀予《ハーユー》がその人物に気づいていないのをいいことに、謝雪《シエシュエ》は空いた手で賀予《ハーユー》を軽く押した。

「あっ、ほら、学校に戻ったばっかだよね。早く荷解きしておいで。私は大丈夫！　また鼻血出たら医務室に行くし、それでも治らなかったら病院に行くから。あ、この後会議があるから、もう行くね」

「……行ってらっしゃい」

謝雪《シエシュエ》はその場を後にした。

賀予《ハーユー》は謝雪《シエシュエ》の行動に違和感を覚えたが、深くは考えずにスーツケースを引っ張り、一人で寮へ向かった。

今、自らの気持ちを謝雪《シエシュエ》に伝えるつもりは毛頭ない。最近、様々なことを経験し、特にホテルで自制を失って謝清呈《シエチンチョン》にキスしたあと、賀予《ハーユー》は気づいたのだ。理性を完全に失ったことはないが、自分自身は確かに危険な病人である、と。

これから先も平常な状態を維持していけるのか、今の賀予《ハーユー》にはもう断言できない。

もし、もっとおかしくなってしまったら?

だから、おそらく謝清呈《シエチンチョン》の言っていたことが正しいのだろう――。

今の不安定な状態から脱却して、謝清呈《シエチンチョン》に認められるほどメンタルを安定させるのが先決だ。そうなれてから改めて謝雪《シエシュエ》に気持ちを伝えても、遅くはないだろう。

どうせこれまで長年待ってきたわけだし、そのぐらいの時間は誤差の範囲内だろう。それに、と賀予《ハーユー》は思う。衛冬恒《ウェイドンホン》のようなゴロツキが本当に謝雪《シエシュエ》と付き合うなど、ありえないはずだ。

寮に戻ると、ルームメイトたちはちょうど全員出払っていた。荷物を片付け、休憩しようと座ってスマートフォンを見た時、賀予《ハーユー》は未読のメッセージが一通あるのに気づいた。

謝清呈《シエチンチョン》からだ。

一日中賀予《ハーユー》を無視していた謝清呈《シエチンチョン》は、ここに来てようやくその高貴な手を動かして返事をくれたようだ。

『午後六時、医科大第三実験棟の入り口で待っててくれ』

謝清呈《シエチンチョン》との約束通り、「鍛練」が始まる。

六時。

賀予《ハーユー》は時間通り、医科大の実験棟にやってきた。

しかし、謝清呈《シエチンチョン》が出てきたのは、それから三十分近く経ってからのことだった。

謝《シエ》教授は専攻科目の授業を終わらせたばかりらしく、雪のように真っ白で汚れのない実験用白衣を着ていた。滬州《こしゅう》の初秋はまだ少し気温が高く、ムシムシとした晩夏の暑さが余韻を残している。教室から出てきた彼は白衣のボタンをはずしており、白衣の間からカジュアルなライトグレーのスーツとピシリと伸びたスラックスが露わになっていた。

首にかけていた職員IDをセンサーに「ピッ」と通し、建物のスライドドアをくぐる。吹き抜けた風は謝清呈《シエチンチョン》の服の裾を高く吹き上げたが、彼は慣れたようにクリップボードで風を遮っただけで、足は止めない。そのまま実験棟の長い階段を、焦らず落ち着いた足取りで降りてきた。

賀予《ハーユー》は片手でショルダーバッグのベルトを掴《つか》み、もう片手をポケットに入れて冷ややかに謝清呈《シエチンチョン》を見やる。

「自分で言った時間すら守れないわけ？」

謝清呈《シエチンチョン》が答える。

「授業が長引いたんだ」

「結構待ったか？　先に飯に行こう」

医科大の学食は滬大《こだい》のそれよりもおいしいので、謝《シエ》教授と賀予《ハーユー》はそちらへ向かうことにした。

すでに食事時をすぎていたため、注文後に調理を行う窓口がいくつか開いているだけだった。広い食堂にはちらほらとピークを逃した学生が座っている。

謝清呈《シエチンチョン》はそのうちの一つの窓口で職員IDを読み取らせる。そして、食堂のおばさんがサッと料理名を書いた注文票を持ってテーブルへ戻った。

テーブルで料理を待っていると、謝清呈《シエチンチョン》と賀予《ハーユー》の隣に二人の男子学生が、なんと手を繋《つな》いでやってきた。初めは謝清呈《シエチンチョン》も気づいていなかったが、向かい合って話をしていた男子たちの背の高いほうが突然顔を寄せて、肌の白いほうの頬にゆっくりとキスをした。

「……」

しばしの沈黙のあと、いきなりゲイカップルに遭遇したドがつくほどにストレートな二人は、寸分違わぬタイミングで同時に動いた。お互いの反応も待たずに立ち上がり、一番端のテーブルへ移る。

「なんであんたまで……」

「耐えられないから」

「……あんた、医者だろ。差別はよくないんじゃ？」

「医学的な理念と、個人の考えは別物だ」

謝清呈《シエチンチョン》はついでにビールを買い、冷蔵ケースから二缶取り出した。一缶を賀予《ハーユー》のほうへ滑らせてから、残った一缶のプルタブをプシュッと音を立てて開ける。溢《あふ》れ出すビールの白い泡に口をつけて一口飲んだ。

「なんで大の男が同性と一緒にいるんだ……少しも変な感じはしないのか？」

賀予《ハーユー》もビールを開けて、乾杯するように謝清呈《シエチンチョン》のとぶつけてから言う。

「不本意だけど謝《シエ》先生の考えには、ほんと同意だね。昔、同じ学校の男子に告白されてさ……でっかいバラの花束を渡されたんだ」

「それで？」

「脛《すね》を折ってやった」

「……」

食堂の窓口からおばさんが顔を出して、声を張り上げる。

「十九番の汁なし麻辣《マーラー》鍋二つ、できたよ！　取りに来な！」

謝清呈《シエチンチョン》は立ち上がり、料理を取りに行った。

二つの汁なし麻辣鍋のうち、一つは鮮やかなほどに赤く、たっぷりの鷹《たか》の爪や五色トウガラシ、花椒《かしょう》を入れた鶏肉のから揚げ炒《いた》めでできている。サクサクな鶏肉の塊が強火で炒められた唐辛子の海に浮かび、油でつやつや光る柔らかい葱《ねぎ》が彩りを添える。同じく強火で炒めたニンニクの欠片《かけら》が、こんもりとした鶏肉や唐辛子の中で、食欲そそる濃厚な匂いを優しく漂わせていた。

これは謝清呈《シエチンチョン》のものだ。

もう一つは名前こそ、「汁なし麻辣鍋」だったが、辛味は一切感じられない。紅腐乳《あかふにゅう》[29]の汁で漬け込まれたスペアリブはオニオンパウダーをまぶされたあと、表面をカラッと揚げられ、噛《か》めば肉汁が溢《あふ》れ出す。厚めにカットされた太いエリンギは、網のように切り込みが入った状態でくるりと巻かれており、豪快にぶつ切りされた葱は、新鮮なキノコと肉類の香りを遠慮なく引き立たせている。食堂は薄暗かったが、香りも良くサクサクな見た目のこの料理は、見ているだけでよだれが垂れそうなほどに、柔らかい光を放っていた。腐乳と鼻を突くニンニクの匂いも言わずもがな、ダイレクトに胃袋を刺激するものだった。

謝清呈《シエチンチョン》はスペアリブのほうを賀予《ハーユー》の前へ押し出した。

「……」

謝清呈《シエチンチョン》は賀予《ハーユー》を一瞥《いちべつ》して、「嫌いなのか？」と尋ねる。

「揚げ物はあまり好きじゃないし、腐乳アレルギーなんだ」

答えてから、賀予《ハーユー》はフッと笑った。

「もしかして、これってマンゴーを食べさせた仕返し？」

「……知り合いで、お前よりちょっと年上の奴がいるんだが、ここに来るたびにそれを注文するんだ。だから、若い男子はみんなこういうのが好きだと思ってた。アレルギーなら食べるな、別のを頼もう」

賀予《ハーユー》は気にした風もなく問いかける。

「知り合いって、僕も知ってる人？」

「いや。前回病院で一緒にいたが、お前は会ってない」

謝清呈《シエチンチョン》がＩＤカードを賀予《ハーユー》に差し出した時、スマートフォンがいきなり鳴り出した。謝清呈《シエチンチョン》は画面を見て、箸を

29　赤麹（あかこうじ）を使った豆腐の発酵食品。

下ろす。

「……噂《うわさ》をすれば影、だな。ちょっと失礼」

「もしもし、謝《シエ》兄さん。いま講義棟の近くにいるんだけど、授業は終わったのか？」

陳慢《チェンマン》の声がスマートフォンから聞こえてくる。それは賀予《ハーユー》の耳にも多少届いたが、ハッキリとは聞き取れない。

謝清呈《シエチンチョン》は賀予《ハーユー》を一瞥《いちべつ》する。

「患者と一緒にいるんだ。今夜話さないといけないことがあって。なんで来たんだ？」

数秒黙ってから、陳慢《チェンマン》は答えた。

「し、仕事上がりでちょうど通りかかって。今朝、ノートを車に忘れていっただろ？ それを届けに来たんだ。でも忙しいなら、そっちを優先して」

賀予《ハーユー》はこの影に興味があった。というより、謝清呈《シエチンチョン》と安定した関係を築ける人物全般、どんな奴なのか見てみたいのだ。少し考えて、賀予《ハーユー》は口を開いた。

「僕は構わないから。せっかく来たんだし、一緒にご飯でも食べよう。ちょうどこの鍋を食べられないし、その人の好物だって言ってたでしょ」

「気にしないのか？」

「うん」

謝清呈《シエチンチョン》は陳慢《チェンマン》に今いる場所を伝えた。

賀予《ハーユー》は改めて窓口へ行き、さっぱりした海鮮の土鍋粥を注文して、ビールを買った。

注文を終えた時、ちょうど陳慢《チェンマン》が謝清呈《シエチンチョン》のノートが入った紙袋を片手に、せかせかと食堂に入ってきたところだった。

片手をポケットに、もう片手で三缶のビールを持った賀予《ハーユー》は、ショルダーバッグを背負い、前を向いて多少冷淡な様子で謝清呈《シエチンチョン》のところに戻ってくる。

賀予《ハーユー》と陳慢《チェンマン》は謝清呈《シエチンチョン》のテーブルの前で顔を合わせ、お互いを見た。

二人とも、目立つ顔立ちをしている。さわやかではつらつとしている陳慢《チェンマン》。このうえなく美しく優雅な賀予《ハーユー》。ほとんどの人が、一目見れば思わず少し見惚《みと》れてしまうような顔立ちだ。

目が合っている間、二人とも呆気《あっけ》に取られていた。

賀予《ハーユー》は陳慢《チェンマン》になんとなく見覚えがあり、陳慢《チェンマン》も同じように感じているらしかった。

ただ、どこで会ったのか、どちらも鮮明には思い出せない。

陳慢《チェンマン》は温和な性格をしており、我に返ると先に賀予《ハーユー》へ微笑みかけた。賀予《ハーユー》は人前ではいつも礼儀正しく、性別が違うので例として不適当かもしれないが、昔話に出てくる良家のお嬢様のようなのだ。見知らぬ人に不作法をすることなどはありえないため、賀予《ハーユー》も同様に陳慢《チェンマン》へ丁寧に笑いかけた。

「どうも」

「こんにちは、お巡りさん」

陳慢《チェンマン》は驚き、「なんでそれを?」と問いかけた。

「謝《シエ》教授から話を聞いたことがあって」

しかも、謝清呈《シエチンチョン》が君の制服を羽織ってるのも見たからね、という一言を、賀予《ハーユー》は飲み込んだ。

立ったまま話している二人が後宮を舞台にしたドラマの答応《とうおう》と、答応と会話する貴妃[30]を連想させて、謝清呈《シエチンチョン》は微かに眉を寄せた。

「突っ立ってないで座れ」

警察官で、人民の公僕らしい謙譲の精神を持っている陳《チェン》答応は、ニコニコと促す。

「同志《どうし》、お先にどうぞ」

30 答応とは皇帝の側室の下位の階級。貴妃とは、二番目に高い階級。

かたや幼い頃から両親とビジネスの場に出席し慣れている賀《ハー》貴妃は、資本主義の他人行儀な譲り合いを重んじるため、微笑んで「そちら様こそ、お先にどうぞ」と答えた。

人民警察は予期せず「そちら様」と呼ばれ、不慣れな呼称に頭を掻いて慎ましく腰を下ろした。

一方のブルジョワは出し抜けに「同志」と呼ばれたが、泰然自若として笑うと、続いて椅子に座った。

二人とも、具体的な自己紹介はしなかった。

現代の社交の場においては、よくある光景である。友達の友達に会っても、わざわざ名乗ったりしない。ある種の一線を画すようなこの暗黙のルールは、定着しつつある。つまり、お互いの縁はこの食事で終わり、深く関わることはないと知っているので、名前を教える必要もない、というわけだ。

とはいえ、若者二人は順調に友好的な会話を交わしていた。

二人は年齢が近く、共通の話題も多い。おまけに、賀予《ハーユー》は元より「謝清呈《シエチンチョン》の顔馴染《なじ》みなんて、どんな変人なのか見てみたい」という気持ちを抱いている。そのため、お互い名前すら知らない人間同士だが、ゲームからスタースポーツ選手、それから注目すべき試合まで話が及んだ。

若いイケメン二人の会話が盛り上がり、陳慢《チェンマン》も賀予《ハーユー》もどこか楽しそうだ。資本主義と社会主義が和気あいあいとおしゃべりしているその様は、まさしく国民党と共産党が統一戦線を結成したかのようだった。

二人との間に巨大な断層のごとくジェネレーションギャップが現れ、謝《シエ》のお兄さんは一言も会話に加われずにいた。

「ははは、そう、あのパスはマジですごかったですよね」

「完封して挽回の余地も与えないなんて、確かに珍しいですよ」

「イングランドのあの試合、見ました?」

「あの日は当直で、再放送を見て……」

会話を楽しむ若者二人に中年男はうんざりする。

「飯は食わないつもりか?」

陳慢《チェンマン》はすぐに反応した。同世代とのおしゃべりに夢中になりすぎていたのに気づき、急いで謝清呈《シエチンチョン》へビールを渡した。

「どうぞ、兄さん」

賀予《ハーユー》は静かにうつむき、指を曲げてこめかみに当てて、口元に浮かんだ一抹の嘲笑を隠した。

全部、わざとだ。

病院で謝清呈《シエチンチョン》に付き添っていたくらいだから、この人と謝清呈《シエチンチョン》の関係は良好なのだろう。そう考え、賀予《ハーユー》は目の前にいる警察官の性格に、がぜん興味を抱いた。謝清呈《シエチンチョン》のような、いちいち父親面する男に耐えられるのはどんな奴か、見てやろうと思ったのだ。

(ふうん、コイツは明るいアホってところだな)

謝清呈《シエチンチョン》を仲間外れにしないよう、陳慢《チェンマン》は賀予《ハーユー》と話すのをやめた。代わりに、無理やり話題を探しながら、謝清呈《シエチンチョン》に話しかける。

料理をほとんど食べ終え、これ以上話題もないだろうと思った賀予《ハーユー》は、笑って切り出した。

「謝《シエ》教授、僕がやるべきことを教えてください。それで僕はお暇《いとま》します」

謝清呈《シエチンチョン》も引き留めず、賀予《ハーユー》に名簿を差し出した。

「ここに書かれているのは、頻繁に授業を無断欠席する学生だ。一週間やるから、一人ひとりと話をしてこい。それで一週間後、状況が改善されているかどうかを見てやる」

名簿を受け取った賀予《ハーユー》が問いかける。

「なんで全員女子なんです？」

「男子のは俺が持ってる」

賀予《ハーユー》はじっくりと名簿を見た。

謝清呈《シエチンチョン》は続ける。

「男子の名簿に載っている人数はお前のと同じで、俺も今週、こいつらと面談をする。来週の授業で点呼を取るから、もしお前の名簿からの出席者が俺より少なかったら、お前の負けだ。俺の代わりに仕事をしてもらうぞ」

「それ、結構難しくないですか。あなたは教授ですし、単位を落とすって脅せば全員授業に出るでしょ」

「あっさり成功することなら、鍛錬にならない。それならいっそ、ミルクを飲ませてくれって直接俺にねだったほうがマシだ」

賀予《ハーユー》はもう謝清呈《シエチンチョン》と言い合いをしたくなかった。それに、優等生は挑戦を恐れないものである。そういうわけで、賀予《ハーユー》は名簿を適当にショルダーバッグにしまった。

「じゃあ僕はこれで。一週間後の結果を楽しみにしててください」

言い終えると、賀予《ハーユー》は礼儀正しく陳慢《チェンマン》にも会釈をした。

「ごゆっくり。また機会があれば、ぜひ」

賀予《ハーユー》がいなくなるのを待って、陳慢《チェンマン》は謝清呈《シエチンチョン》に問いかけた。

「兄さん、あの人が患者？　結構明るそうに見えるけど」

「……失恋しただけで、大したことじゃない。父親が心配して、俺に白羽の矢が立ったんだ」

途端に陳慢《チェンマン》は驚きの声を上げた。

「えっ？　あんなイケメンも失恋するのか。相手の女の子はずいぶん理想が高い……」

「イケメンが、なんの役に立つって言うんだ」

失恋の話になった途端、謝清呈《シエチンチョン》は杭市《こうし》を思い出し、そして芋づる式に、目が節穴になった賀予《ハーユー》のキスも脳裏に蘇った。あのキスのことを考えるだけで気分も悪くなり、謝清呈《シエチンチョン》は冷酷な表情で陳慢《チェンマン》に言う。

「あいつの様子を見てみろ。あんなんじゃ金も稼げなければ、家庭も支えられないぞ」

なぜか陳慢《チェンマン》はしばし黙り、その後、笑いながら言った。

「兄さん、おれは金も稼げるし、家庭も支えられるよ」

その言葉を謝清呈《シエチンチョン》は全く気に留めず、若いイケメン同士のよく分からない競争心だろうと決めつける。

「いいじゃないか。若いうちに、早く彼女を見つけろ」

「……」

黙った陳慢《チェンマン》をよそに、謝清呈《シエチンチョン》はさらりと続けた。

「ほら、もっと野菜を食え」

「分かった……」

第二十九話　あいつはズルをした

数日後、滬州《こしゅう》医科大学。

謝清呈《シエチンチョン》の研究室にて。

「うぅっ、謝《シエ》教授、すみませんでした！　本当にごめんなさい！　俺は自己中な人でなしです！　教授の信頼を裏切っただけでなく、党と国からの期待も裏切ってしまいました。もう二度と授業をサボったりはしませんから、うぅうっ……」

デスクの後ろに座る謝清呈《シエチンチョン》は、万年筆で名簿にチェックを入れた。そして、あられもなく泣いている学生には目もくれずに「分かった、もう帰っていいぞ」と告げる。

男子学生は、ぼろぼろと泣きじゃくりながらその場を後にした。

問題ある学生に対して、謝清呈《シエチンチョン》は独自の対処法を心得ていた。でなければ、研究室に入る時は傲岸不遜《ごうがんふそん》に振る舞っていたこの臨床医学専攻の男子学生も、涙と鼻水まみれの惨めな姿を晒《さら》して出ていくことにはならなかっただろう。しかも帰る時は謝清呈《シエチンチョン》に何度も頭を下げて、嗚咽《おえつ》しながら、心を入れ替えること、そして二度と授業をサボらないこと、たとえほかの授業はサボっても謝《シエ》教授の授業だけは絶対に出席することを誓ったのである。

謝清呈《シエチンチョン》はノートを閉じて、デスクの上で指を組んだ。

これで学習態度に問題がある男子学生たちはみな、今後は必ず真面目にやると約束した。賀予《ハーユー》が持つ名簿に載っている女子学生を全員説得できなければ、賀予《ハーユー》に勝ち目はないだろう。

ピシリと背を伸ばしてデスクチェアに座り、謝清呈《シエチンチョン》は勝利を確信した。さて、負けた優等生くんをどう懲らしめてやろうかと、しばらく物思いに耽《ふけ》る。

適当に考えを巡らせているうちに、スマートフォンが突然鳴り出した。

「もしもし」

「謝《シエ》教授、今お電話大丈夫ですか？」

電話してきたのは、法医学科一年の女子学生だった。

賀予《ハーユー》と同じく優等生で、名簿に名前が載っているが、謝清呈《シエチンチョン》が教えている中でも一番規律を守っている、素行になんの問題もない生徒だ。

彼女は、謝清呈《シエチンチョン》があえて名簿へ入れた学生だった。ディオールやシャネルよりも、死後硬直した死体やら水死体の研究に精力を費やしているクールな女性で、本来必修である専門科目に必ずしも出席しなくていい、と特例で認められている。理由はほかでもない、この女神のように美しく気高い女子学生は独学で、クラスの進度より遥《はる》か先のほうまで進んでいるからだ。

勉強もできて顔立ちも整った完璧な学生は、往々にして周囲に馴染《なじ》めない。クラスメイトたちとあまり交流がなく、先生の言うことなら全部聞く、というわけではないが、謝清呈《シエチンチョン》のことはかなり尊敬していた。

謝清呈《シエチンチョン》は専門分野でも極めて優秀であり、この優等生の〝すごい人に憧れを抱く〟心理を刺激するという理由だけではない。女子学生の自主学習申請が学校側に却下された時、謝清呈《シエチンチョン》が交渉してくれたおかげで許可が下りた、という経緯もあってのことだ。学生の能力に応じた教育をすべきだと言った謝清呈《シエチンチョン》に、感謝の気持ちを抱いているのだ。

「謝《シエ》教授、あの賀予《ハーユー》っていう学生から連絡がありました」

「なんて言われたんだ？」

「頭ごなしにちゃんと勉強しろとかは言われなかったです。私と話をするよう教授に言われたから、明日コーヒーでもどうかと誘われました」

「行けばいい。でも、説得されるなよ」

「分かってますよ。教授との約束はちゃんと守りますから。でも教授、あの子って隣の滬大《こだい》の学生ですよね？　うちの医学部の学生でもないのに、どうやって知り合ったんです？　親戚か何かですか？」

謝清呈《シエチンチョン》が答えた。

「知り合いの息子なんだ」

「あいつの父親に昔助けてもらったことがあって。息子にちょっと問題があるからということで、俺も躾《しつ》けを手伝っているんだ」

これも事実だ。賀継威《ハージーウェイ》がいなければ、こんなに長く賀予《ハーユー》の面倒を見たりはしなかっただろう。

「なるほど」

優等生は根掘り葉掘り聞くことはなかった。

「分かりました。安心してください。失望はさせませんから。じゃあ勉強に戻りますね。失礼します」

電話を切り、謝清呈《シエチンチョン》はスマートフォンをポケットに入れた。そして、資料を片付けて寮へ戻った。

もちろん、あの賀予《ハーユー》がそう易々《やすやす》と負けに甘んじるはずがないと分かっている。謝清呈《シエチンチョン》は冷静に構えていたが、期限の一週間がスタートして二日目の時点で、勉強に身が入っていなかった女子学生たちがぞろぞろと授業に戻ってきた。一人また一人と人数が増え、木曜日には例の優等生以外の、名簿に載っていた十一人の学生たちが改心して教室に戻っていた。

優等生は、最後の砦《とりで》だ。

木曜日の午後、優等生は問題集を抱えて、謝清呈《シエチンチョン》のところへ質問しに来た。解説が一通り済むと、謝清呈《シエチンチョン》は「賀予《ハーユー》とはもう会ったのか？」と問いかけた。

「はい」

髪をすっきりポニーテールにまとめた、いかにもインテリ然とした女子学生は答える。

「今週はもう二回会いました。でもどっちも午後にお茶を飲んだだけでしたよ」

そこまで話して、女子学生は少し戸惑った様子を見せた。

「ただ……無断欠席とかの話は出てないんです。本当にちょっと一緒にお茶を飲んで、おしゃべりをするだけみたいな感じでした」

謝清呈《シエチンチョン》は微かに眉を寄せる。

もう木曜日なのに、まだ本題を切り出していないのだろうか？

（今週は、もうあと三日だぞ。あいつ、いったい何を考えているんだ……）

訝《いぶか》しんでいると、優等生が突然軽く咳払いをした。

「謝《シエ》教授」

「ん？」

謝清呈《シエチンチョン》は視線を上げ、心ここにあらずといった様子で、淡々と優等生を一瞥《いちべつ》する。

「ちょっとお聞きしたいことがありまして」

「なんだ？」

謝清呈《シエチンチョン》は説明に使っていた万年筆を手に取る。

ところが、優等生の次の台詞で、謝清呈《シエチンチョン》は再び万年筆にキャップをすることになった——。

優等生は、勉強とは全く関係のない質問をしたのである。

「あのぅ、賀《ハー》くんって滬大《こだい》の脚本演出科一〇〇一組ですか？」

女の子がここまで聞いているのに、その真意を理解できないのは、おそらく謝清呈《シエチンチョン》のような女心を全く察せない男くらいだろう。謝清呈《シエチンチョン》は眉を寄せ、ノートを抱えて立っている普段は男勝りな女子学生を眺める。

（そんなことを聞いてどうするんだ？）

とはいえ、謝清呈《シエチンチョン》はそっけなくうなずいて、「そうだが？」と聞き返した。

「いえ、なんでもないです」

優等生は潔く答えて、ノートを広げる。謝《シエ》教授の意識は一気にそちらに集中した。

「教授の専攻の分野で今週疑問に思ったことをまとめたんです。こっちも教えていただけませんか」

あれよあれよという間に、日曜日になった。

謝清呈《シエチンチョン》の元に、優等生からメッセージが届いた。

『謝《シエ》教授、夕方にお時間いただけませんか？　一日中、考えてやっと分かったことがあるんです。ちょっとお話させてもらってもよろしいでしょうか？』

夕方の六時半、謝清呈《シエチンチョン》は約束通り研究室へやってきた。

謝清呈《シエチンチョン》の研究室は講義棟五階の一番奥にある。長い廊下を歩く間、ずっと前を向いていたにもかかわらず、手すりの近くにいた女子学生が誰なのか、謝清呈《シエチンチョン》は全く認識できていなかった。

研究室の前で鍵を出し、ドアを開けようという段階になってもまだ、すぐ傍らにいたその女子をごく普通に無視していた。それどころか、相手が「謝《シエ》教授」と声をかけてきた時も、すぐにその女子へ視線を向けず、きょろきょろといつものスッピンで白いTシャツにジーンズ姿の学生を探した。

「……謝《シエ》教授。ここにいますよ」

謝清呈《シエチンチョン》は振り返り、絶句する。

「……」

直後、反射的に一歩後ずさった謝清呈《シエチンチョン》は、「ゴンッ」と音を立てて研究室のアルミ合金の防犯ドアに後頭部をぶつけた。痛みに思わず息を呑み、頭を押さえて目を細める。

「教授！　大丈夫ですか？」

「……問題ない」

頭をぶつけたのは大したことではない。むしろ目の前にいる女の子のほうが、問題がありそうだ。

優等生は普段とまるで違っていた。

いつものポニーテールは解かれ、スタイリストに頼んだのだろうか、今まで見たこともないゆるふわスタイルになっていた。丁寧なメイクが施され、真っ白なチュールワンピースを着ている。玉のような両脚がスラリと覗《のぞ》き、足元には黒いサテンのヒールサンダル。ヒールには銀色に輝く飾りボタンがあり、幼さを残すくるぶしとベビーピンクのつま先を引き立てていた。

謝清呈《シエチンチョン》は視線を上下させて何回も確認してから、ようやく鑑定結果を出した。目の前にいるのは偽物などではない。疑いようもなく本物だ。

そして突然、頭の痛みが一層増した気がした。なんとなく、嫌な予感がする。

案の定、再び口を開いた優等生は、ここへ来た理由を単刀直入に告げてきた。

「謝《シエ》教授、その、お伝えしたいことがあるんです。今日また賀《ハー》くんと出かけてきました。今回は授業に出席する件についてて話をしたんですが、謝《シエ》教授との約束についても話してくれました」

「……」

「教授、確かに私、教授のことはすごく尊敬しています。ですが、人の足元を見るようなことはよくないです。教師がやるようなことではないと思います」

ドアを開けようとしていた謝清呈《シエチンチョン》が動きを止める。

「……賀予《ハーユー》から何か言われたのか」

「ええ、全部話してくれましたよ。好きな人に告白したけどダメで、教授からもっと自分を磨くよう、たくさん難しい課題を与えられたと」

謝清呈《シエチンチョン》は骨ばった綺麗《きれい》な長い指を、前髪のほうへ持っていく。きっちり整えられていた黒髪は苛立たしげに乱され、ぱらりと額にかかった。

乱れた黒髪の間から、冷たく鋭い桃花眼《とうかがん》で優等生を見たあと、謝清呈《シエチンチョン》はチッと舌を鳴らして視線をそらす。

「君が考えているような、単純な話じゃないんだ」

そこで一旦言葉を切り、付け足す。

「……まあいい、もう帰りなさい」

優等生は引き下がらず、それどころか優等生特有の粘り強さを発揮し、負けじと謝清呈《シエチンチョン》を見つめる。

「教授、賀《ハー》くんの気持ちも分かってあげてください。こんな時に意地悪をするなんて。この件に関しては、本当に教授のほうが間違っていると思います。もし今後、機会があったら、賀《ハー》くんに謝ったほうがいいかと」

賀予《ハーユー》はこの女子学生に血蠱《けっこ》でも使ったのだろうか。

謝清呈《シエチンチョン》の顔つきはすっかり冷ややかなものになり、額にかかった前髪の後ろから放たれる視線が優等生を貫く。

「もう帰りなさいと言ったんだ。分からないのか」

「分かってますよ。でもその前に、教授にちゃんとお伝えしようと思って。教授と私の約束も、賀《ハー》くんに伝えましたから」

「……」

「仕方がなかったんです。賀《ハー》くんはすごく誠実でしたし、私も嘘《うそ》を吐《つ》きたくはないので。教授が私の名前を名簿に入れたのは勝負に勝つためだってこと、これ以上隠すなんて無理です」

誠実な裏切り者は、最後に礼儀正しくお辞儀までした。

「ご了承ください」

それだけ言い残して、すっかり別人になってしまった女子学生はきびすを返してヒールの音も高らかに、艶っぽく去っていった。しかも、知り合って長いこと経つ謝清呈《シエチンチョン》も初めて見る、モデルのような歩き方で、だ。


謝清呈《シエチンチョン》はひどい頭痛を感じていたが、女子学生相手にウダウダ言うわけにもいかない。歯を食いしばって低く「賀《ハー》、予《ユー》……」とつぶやくしかなかった。

光と影が揺れ動く。

それほど遠くない場所から、近づいてくる足音。

そして――。

「謝《シエ》教授、僕をお探しで?」

勢いよく顔を上げた謝清呈《シエチンチョン》の髪は、さらに乱れた。突き刺さんばかりの視線が、声のするほうに向けられる。

視界に飛び込んできたのは、手をポケットに突っ込み、ショルダーバッグを肩にかけた、長身の男子学生だ。リラックスした表情でゆったりと構えている。軽く前髪を上げた額の下、杏眼《あんがん》がどこか傲慢な色をたたえており、口元には微かな笑みが浮かんでいた。

賀予《ハーユー》は廊下の突き当たりにある、ゴシック風の大きな柱の後ろにずっと隠れていたのだ。優等生も謝清呈《シエチンチョン》もそのことに気づいていなかった。

優等生が憤りを胸に、賀予《ハーユー》のために物申していたその時。謝清呈《シエチンチョン》が学生の指摘に一言も言い返せなくなっていたその時。賀予《ハーユー》はポケットに両手を入れて落ち着き払った様子で、あの憎たらしい三人で腕を広げてやっと一周できるほど太い柱の後ろにもたれて二人のやり取りを聞いていた、というわけだ。

（こんなの、真っ当な人間のやることか？）

謝清呈《シエチンチョン》は凶悪な表情で、賀予《ハーユー》に陰険な視線を向ける。

「お前――」

「あぁ、お説教はちょっと」

賀予《ハーユー》は手を上げ、シーッとジェスチャーをする。細められた目には、賀予《ハーユー》の本性を知らない人間には絶対に察することのできない、チンピラのような気配があった。

上から見下ろすように謝清呈《シエチンチョン》を眺めながら、賀予《ハーユー》は冷ややかに笑う。

「僕が勝てないようにって、先に手を回したのはそっちでしょ。それなら僕のやり方だって、卑怯《ひきょう》じゃないはず」

「……」

負けは負けだ。これ以上何を言ったって、恥の上塗りにしかならない。

そう考えて、謝清呈《シエチンチョン》は歯を食いしばり、しばらく経ってからようやく、再び口を開いた。

「どうやってあの学生を言いくるめた？　それにあの妙な格好はなんだ。学生のあるべき姿ですらないぞ。腕と脚が丸出しの服なんて……」

「何がダメなの？」

賀予《ハーユー》は謝清呈《シエチンチョン》のすぐ前へやってきた。片手をポケットに入れ、片手はショルダーバッグのバックルを掴《つか》んだままだが、距離を縮めたことで、謝清呈《シエチンチョン》を見下すような格好はさらにあからさまなものになった。

「じゃあ教えてよ。学生のあるべき姿ってどんなの？」

謝清呈《シエチンチョン》をドアに縫い付けるかのように、賀予《ハーユー》は近づく。

「Tシャツにジーンズ、ポニーテールにスッピン？　謝先《シエ》生さあ――」

賀予《ハーユー》はため息をこぼした。

「前から言おうと思ってたんだけど、病気なのは僕だけじゃないよ。あんたも診てもらったほうがいい。支配欲強すぎだし、頭が固いにもほどがあるって。女の子が肌を見せた服を着たくらいで素行が悪いと思うとか、いつの時代の話だよ」

さらに一歩、賀予《ハーユー》は詰め寄った。下を向くと、鼻先が触れ合いそうだ。

異性であれば多少曖昧な意味合いを持つ距離だと思う

ところだろうが、二人とも男で、性的指向も異性愛である。それもあって、この距離は攻撃的で侵略的なものであることを意味していた。

状況を説明する言葉が不要なほど、攻撃的な雰囲気は、否応なしに真っ直ぐ謝清呈《シエチンチョン》の肉体に入り込んでくる。

賀予《ハーユー》に迫られた謝清呈《シエチンチョン》は思わず後ずさった。背中が冷たいドアに当たり、我に返る。居心地が悪くて仕方がない。話す気も失せ、謝清呈《シエチンチョン》は賀予《ハーユー》の広くがっしりとした胸元に手をあてた。

「もういい。話すだけ無駄だ、どけ」

言うなり、賀予《ハーユー》を思い切り押しのけ、軽く右の手首をさする。手を下げて賀予《ハーユー》を睨《にら》みつけると、行く手を遮る壁のような青年を避けて、曇った表情で歩き出した。

「……待ってよ、謝清呈《シエチンチョン》」

謝清呈《シエチンチョン》が十数メートル離れたところで、賀予《ハーユー》は顔を謝清呈《シエチンチョン》のほうへ向け、後ろからのんびり声をかけた。

謝清呈《シエチンチョン》の顔色はひどいものだったが、それでも嫌々立ち止まり、苛立ちを滲《にじ》ませた表情で振り返る。

「なんだ?」

いつの間にかバッグから取り出した名簿をひらりと振って、賀予《ハーユー》は「今回はあんたの負けだよね」と言い放つ。

それだけにとどまらず、ろくでなし賀予《ハーユー》は名簿をバッグの中にしまうと、今度はピンク色の包装紙で包まれた何かを取り出した。

何気なく謝清呈《シエチンチョン》を見ながら、片手で丁寧に包みのリボンを外し、ゆったりと言った。

「僕を鍛えるためのゲームとはいえ、そっちが負けたら罰くらい受けてもらわないとつまんないでしょ」

「……」

「教授で、人生の先輩で、それに僕の昔の専属医なのに、そうやってルール違反するなんてさ。どんな罰を与えればいいかな。何をすれば、あんたを懲らしめたことになるんだろう?」

ゲームに負けたうえ、面目まで失ってはいけない。ここは潔く負けを認めるしかないのだ。

謝清呈《シエチンチョン》は愛想なく問う。

「どうしたいんだ?」

「ざーんねん。僕、まだ思いついてなくて」

賀予《ハーユー》は優しく答えた。

「ツケといてよ。いいのを思いついたらまとめて罰を受けてもらうし」

「まとめて？」

「うん、どうせこれからも僕に勝てないだろうから」

謝清呈《シエチンチョン》は、とうとう苛立ちを抑えきれなくなる。

「賀予《ハーユー》、調子に乗るなよ」

「とんでもない」

笑ってそう言ったものの、賀予《ハーユー》は調子に乗って、挑発を込めた視線で謝清呈《シエチンチョン》を上から下までじっくりと見た。

「でも、謝《シエ》教授、もうズルはやめてくださいね。そういう立ち回りへタクソなんだし、ちょっと何かしようとしてもすぐバレますから」

賀予《ハーユー》はわざと丁寧に言って、手でピンク色の包装紙を破いた。

中から現れたのはチョコレートだった。歪《いびつ》な形で、どこかで買ったもの、というより初心者の下手な手作りに見える。

「どうやって言いくるめたか、だっけ？　大したことはしてないよ。二回くらいお茶に誘って、今日は一緒に手作りチョコの教室に行っただけ。あの子、学校で友達がいないみたいだし、ほかの学生たちは付き合いが悪いだの、物言いにいつも含みがあって苦手だので、あの子のことを嫌ってるけど、実は結構いい子なんだよ。ただ、誰も積極的にあの子を遊びに誘わないだけで」

そう言うと、パキッと音を立てて賀予《ハーユー》はチョコレートをかじった。茶色いカカオの小さな塊を、真っ白な歯の間に挟む。

そして、ショルダーバッグを背負って、謝清呈《シエチンチョン》の横を通りすぎた。

すれ違う瞬間、若者は謝清呈《シエチンチョン》には目もくれず、丸くて大きな瞳を前へ向けたままチョコレートを口内へ入れて、ゆっくりと咀嚼《そしゃく》した。

「甘いなぁ」

言い終えると、もう一人の優等生も去っていった。夕日に照らされた、上品な後ろ姿を謝清呈《シエチンチョン》に残して。

＊　＊　＊

一方。

夕暮れの黄昏色《たそがれいろ》が深まる頃、滬州《こしゅう》の某邸宅にて。

女のハイヒールがバルコニーのタイルを踏みつけ、赤いドレスの裾が男の脚を撫《な》でる。

「段様《ドワン》」

笑いながら男の傍らに身を寄せて座ると、女は男のためにタバコに火をつけた。

「梁季成《リアンジーチョン》の家にある物は全部片付けたか？」

「全て綺麗《きれい》に」

段《ドワン》はフッと笑って差し出されたタバコを一口吸う。女は波打つ長髪をかき上げ、ついでに近づいてキスをしようとする。段《ドワン》は顔を横へ向けて避けると、女の首辺りの臭いを嗅いだ。

「今日は何人と寝たんだ？　臭うぞ」

「あなたのためでしょう」

女は気怠《けだる》げに答える。

「いつになったら滬大《こだい》に手を出していいんですか？　大学のお偉いさんたちと寝るの、もう飽きちゃった。脂っこいジジイばっかり」

「理事たちのことはジジイ呼ばわりして、黄《ホアン》社長は違うのか？　黄《ホアン》社長のことは結構気に入っているんだろう」

女は艶めかしく指先で髪をいじる。

「黄《ホアン》社長は気持ちが若いですし、歳を取れば取るほど、ますます風格が増して素敵になられるんです。でも……」

女が笑った。

「あの人なんかより、段様《ドワン》のほうがもっと好き……」

段《ドワン》は指を一本立て、女の柔らかい唇に押し当ててすげなく言った。

「またそうやって行儀の悪いことをするんなら、君の黄《ホアン》社長に言いつけるしかないぞ。黄《ホアン》社長が知ったら、どう思うだろうな？」

女は一瞬動きを止めて、なんとか笑みを取り繕う。

「もう、冗談です。そんな真に受けないでくださいよ」

段《ドワン》は冷静な目つきで手を持ち上げ、軽く女の髪を撫でた。

「自分のやるべきことをしっかりやりなさい。分かったんだよ。成康《せいこう》病院の件以来、不相応にも悪だくみをしようとする下の奴らがかなりいるってな。もうしばらくあのネズミどもと遊んでいろ。アメリカから買った装置が、ここで育てたハッカーの元に届けば、奴らを震え上がらせる仕事の始まりだ」

女の顎をクイと持ち上げ、段《ドワン》はじっくりと相手の顔を見つめたあと、小さな声でゆっくりと言った。

「その時、技術面はハッカーがやってくれるが、滬大《こだい》のネズミ小屋掃除は君と彼女に頑張ってもらわないと」

明かりが女の、水も滴りそうなほどに妖艶な顔を照らし出す。

――女は滬大《こだい》の補導員、蒋麗萍《ジアンリーピン》だ。

「その時は思い切りやってくれて構わない」

段《ドワン》の指が蒋麗萍《ジアンリーピン》の頬を撫《な》でる。

「ここ数年、辛《つら》い目に遭ってきたんだろう。知っているぞ……これが終われば、君はもう年寄りネズミに紛れて、〝盗聴器〟をやらずに済む……」

第三十話　誰がおっぱいなんて飲むか

そうしてまた一週間が過ぎた。

週末、謝清呈《シエチンチョン》は医科大の寮に戻らなかった――たまには滬州《こしゅう》の市街地にある古い実家に様子を見に行かないといけないからだ。

謝雪《シエシュエ》が大学に入って兄妹が家を離れてからというもの、実家はあまり使われなくなった。血が繋《つな》がっているとはいえ性別が違うので、四十平米にも満たない小さな家では、謝清呈《シエチンチョン》も謝雪《シエシュエ》も気を遣ってしまうからだ。

ただ、二人とも近所の住民たちと仲が良く、黎《リー》に至っては実の子のように二人を可愛がってくれている。それもあり、謝清呈《シエチンチョン》も謝雪《シエシュエ》もちょくちょく帰ってきては、黎《リー》と食事をして二日くらい実家に泊まるようにしている。

近頃、謝清呈《シエチンチョン》は仕事が忙しく、しばらく実家に戻っていない。ちょうど今週は手が空いたこともあって、謝雪《シエシュエ》に電話をかけた。

「週末は黎《リー》おばさんの家に行くぞ。車で迎えに行くから」

しかし全く予想外なことに、謝雪《シエシュエ》は断った。

「実は、一昨日《おととい》の夜近くを通ったから、おばさんに会いに行ったの」

「……なんで言わなかったんだ」

「それは――」

何か言いかけた謝雪《シエシュエ》は、サッと話を変える。

「ちょっと暇だったから、ぶらついてただけだよ」

「滬大《こだい》から陌雨巷《はくうこう》まで地下鉄を三回も乗り換えるし、あそこには買い物するような場所もないだろ。そんなところまで、ぶらぶらしに行ったのか？」

「ま、まあね」

「謝雪《シエシュエ》、俺に嘘《うそ》を吐《つ》こうとするなよ？」

謝清呈《シエチンチョン》の声はたちまち冷たくなる。

「最近、何か俺に隠し事をしているんじゃないのか？」

謝雪《シエシュエ》はしばらくもごもごと言い澱《よど》んでいたが、結局ハッキリしたことは言わずに、慌ただしく「あっ！」と声を上げた。

「お兄ちゃん、スマホの充電ヤバいから」

「謝雪《シエシュエ》！」

「ほんとにもう充電なくなっちゃう。じゃあ切るね。お兄ちゃん一人で行ってきてよ、私、週末は用事があるから。黎《リー》おばさんにもよろしく伝えといて！　バイバイ！」

謝清呈《シエチンチョン》はさらに何か言おうとしたが、電話の向こうから聞こえたのは「ツーツー」という音だけだった。

謝清呈《シエチンチョン》は通話を切り、無表情でスマートフォンをテーブルの上に放り投げた。寮のベランダへ出ると、苛立ちに任せてタバコを一本吸いきる。

謝雪《シエシュエ》が帰らないからと言って、謝清呈《シエチンチョン》も、というわけにはいかない。

帰るのは黎《リー》に会うためだけではなく、家の掃除も兼ねている。普段は誰もいないが、あの家こそ、謝清呈《シエチンチョン》と謝雪《シエシュエ》の本当の家なのだから。


金曜日の夕方。

授業を終わらせた謝清呈《シエチンチョン》は最低限必要なものを持って、地下鉄に乗って陌雨巷《はくうこう》へ戻った。

陌雨巷《はくうこう》は市内でも珍しく、昔ながらのまま残されているおんぼろな弄堂《ロンタン》の一つだ。清の時代、この一帯に外国人の居留地である租界《そかい》が作られた時にできたもので、赤黒いレンガに白みがかったピンク色の縁《へり》を持つ。政府は毎年お金をかけて外側を綺麗《きれい》に修繕しているものの、衰えていく美人のごとく、時の流れを阻むことはできていない。縦横に交差する洗濯ロープはファンデーションでも隠せない皺《しわ》のようで、ところどころ剥がれてしまったペンキは色のくすんだリップグロスのようだ。背の低い建物は、立派で煌《きら》びやかな現代的なビルに紛れ、若者に囲まれて写真を撮る曽祖母を自然と連想させるほどに、強く時代を感じさせる。

謝清呈《シエチンチョン》が弄堂《ロンタン》に入ると、洗濯物を取り込んでいる住民たちに出会った。謝清呈《シエチンチョン》を見かけると、すぐに声をかけてくる――。

「謝《シエ》教授、おかえり」

「謝《シエ》先生、飯は食ったかい？　うちでトウモロコシを茹《ゆ》でたんだが食いきれんくてな。あとで届けてやるよ」

それぞれに返事をして、謝清呈《シエチンチョン》はぼろぼろな自転車がたくさん停《と》められた建物を抜けて、自宅に続く庭の門を入る。

近所の人々は初め、親しみをこめて、謝清呈《シエチンチョン》を「小謝《シアオシエ》」と呼んでいた。謝雪《シエシュエ》が成長してからは、謝清呈《シエチンチョン》よりも口達者で人付き合いも上手《うま》いこともあって、「小謝《シアオシエ》」という呼称は妹に引き継がれた。一方の謝清呈《シエチンチョン》は丁寧に「謝《シエ》教授」や、医師だったことから「謝《シエ》先生」と呼ばれるようになった。

職業と関係ない呼び方で謝清呈《シエチンチョン》を呼ぶ年長者は、黎《リー》だけである。

謝清呈《シエチンチョン》の家と黎《リー》の家は隣り合っていて、謝清呈《シエチンチョン》は持参した着替えを自宅に置くと、すぐに家を出て黎《リー》家のドアを叩いた。

「うるせぇ。死にてぇのか、こんな時間に――」

いくら叩いても黎《リー》家のボロい赤色のドアは開かず、代わりに屋根裏に住む老人が窓を開けて、毛の薄くなった頭を覗《のぞ》かせた。しかし、老人は下で立っている人物が誰か分かると、ピタリと罵るのをやめた。

「あぁ、謝《シエ》先生。帰ってきたのか」

「おじさん、黎《リー》おばさんはどこです？」

「あぁ、こないだ小謝《シアオシエ》に会ったばかりで、お前たちはしばらく帰ってこないだろうって、今朝友達んちに行ったんだ」

「友達のところに？」

謝清呈《シエチンチョン》は僅かに眉を寄せる。

「そうさ。まあ、お前もあの人がどんな性格か知ってるだろ。ありゃ、子どもだ。いい歳して、楽しいからって、友達と旗袍《チャイナドレス》のショーとかなんとかをやるんだと。ここ何日かは帰らねぇと思うぞ」

「……」

「謝《シエ》先生、飯は食ったかい？」

老人は世間話を終わらせると、謝清呈《シエチンチョン》を誘った。

「食ってねぇんなら、この爺《じい》と一緒にどうだ」

謝清呈《シエチンチョン》は昔から近所の人には遠慮しておらず、「何を食べるんです？」と聞いた。

「マンゴーだ」

老人は狭い窓から樹皮のように皺《しわ》だらけの手を突き出した。その手には、皮の剥《む》かれた金色の大きなマンゴーが握られている。

「……」

やんちゃな老人は、すっかり黙ってしまった謝清呈《シエチンチョン》を見てガハハと笑う。残った少量の髪が風に揺らいでいた。

「ほれほれ、鏡でも見てみろ。なんだそのクソ真面目なツラは。眉間に皺《しわ》まで寄せちまってよ。ハハハッ！　おもしれえなあ」

「……俺はやめておきます、お一人でどうぞ。もう帰りますね」

謝清呈《シエチンチョン》は、さっさと自宅に入った。

室内は簡素なブルーのカーテンで半分に仕切られている。窓外の景色が見える窓側は謝雪《シエシュエ》の空間だ。狭いものの、窓際にはいくつもの可愛らしい多肉植物の鉢植えや、満開のコウシンバラが置かれている。ベッドは謝雪《シエシュエ》が中学生の頃に、謝清呈《シエチンチョン》が買い換えてやったお姫様風のものだ。様々なぬいぐるみや抱き枕が並べられていた。ベッドがくっついている壁には、すでに色褪《いろあ》せてしまった芸能人のポスターがまだ貼られている。

謝清呈《シエチンチョン》は上着を自分のベッドに放り、長い指でネクタイのノットを緩め、息を吐いた。

謝清呈《シエチンチョン》のベッドは玄関に近いほうにあり、薄いカーテンで目隠しをしている。特にこだわりがないため、両親が使っていた古い木製ベッドをそのまま使っていた。年季が入っているもののしっかりしており、三十数年間寄り添ってくれた。今もまだ真面目に役目を果たしている。

忙《せわ》しない一週間を過ごし、謝清呈《シエチンチョン》はすっかりくたびれていた。水を少し汲《く》んで薬を飲んだあと、ベッドに横たわってしばらく眠る。再び目を覚ました時、辺りは完全に暗くなっていた。

黎《リー》が留守で、きちんと食事をするのも面倒に思えた謝清呈《シエチンチョン》は、スマートフォンを取り出してデリバリーを頼んだ。

注文を終えて画面を閉じようとした時、WeChatメッセージの通知が入った。賀予《ハーユー》からだ。

『今どこ？』

返事をするのが億劫《おっくう》で放置していると、二通目のメッセージが入った。

『医科大まで会いに来たんだけど、いなかったから』

「……」

あまりの疲労に文字を打つのも面倒で、謝清呈《シエチンチョン》は簡潔に『家』とだけ返信した。

それとは対照的に、賀予《ハーユー》からはたくさんの文字が打ち返されてくる。

『家って、実家に帰ったの？　謝雪《シエシュエ》も一緒？』

普段張り詰めて生きている人間は、安心する場所で一旦徹底的にリラックスしてしまうと、すぐに元の状態には戻れない。

謝清呈《シエチンチョン》はまさしくそのタイプだ。古い木製ベッドに横たわる彼のネクタイは緩められ、シャツも上の二つのボタンを外していた。だらけた、どこか柔らかい雰囲気をまとっている。指を動かす気にもなれず、謝清呈《シエチンチョン》はボイスメッセージを返すことにした。ボタンをタップし、疲れを滲《にじ》ませたかすれ声でゆったりと言う。

「鬱陶しいぞ。謝雪《シエシュエ》は一緒じゃない。週末だろ、なんの用なんだ？　俺はお前の母親じゃないんだから、飲ませてやるおっぱいもないぞ。デリバリー頼むのも付き添いが必要ってか？」

普段であれば、賀予《ハーユー》と話す時にこんなに刺々《とげとげ》しい言い方はしない。

ただ、少し前、賀予《ハーユー》にインチキがバレて恥をかいたうえに、挽回《ばんかい》する方法もまだ見つけられていない。それもあってこの一週間、謝清呈《シエチンチョン》はこのガキンチョと連絡を取っていなかった。

その賀予《ハーユー》がここにきて自ら連絡してきたので、謝清呈《シエチンチョン》も苛立ち始める。頭のおかしい青年のことを心配するよりも、今は休みたい。

頭のおかしい青年は狙い通り、しばらく静かになった。

しかし、また文字のメッセージが届く。

『暇なんだよ』

返す謝清呈《シエチンチョン》のボイスメッセージには、全く感情の起伏がない。

「クラスメイトと遊んでこい」

賀予《ハーユー》からの返事には、『あんたに会いに行きたい』とあった。

「俺の言葉を理解できないのか、賀予《ハーユー》？　週末は休みたいんだ。それに俺は今実家にいる。お前はガキん時に何回か来ただけだし、道も覚えてないだろ」

謝清呈《シエチンチョン》はイライラしながら断る。ベッドに横たわっているのに加え、疲れもあるのだろう。その声はどうしても多少柔らかさを帯びた鼻声になっていた。

また、テキストが届いた。

『安心してよ、ちゃんと覚えてるから』

「……」

(それもそうか。じゃなかったら優等生にはなれんな)

「来るんじゃない、お前をもてなす余裕はないんだ。また発作を起こしてれば話は別だが、発作か？」

『発作じゃない』

「なら、来るな」

やりとりは終わらない。

『前回僕に負けた時、まだこっちの要求を伝えてなかったよね？』

謝清呈《シエチンチョン》はぼうっと天井を見つめた。スマートフォンの画面の明かりが彼の顔を青々と照らし、ますます陰鬱に見える。

「……賀予《ハーユー》、いったいなんのつもりなんだ」

すぐに返事は来なかった。何かを考えているようだ。

謝清呈《シエチンチョン》が待ちきれずに、スマートフォンを放り出してまた寝ようとしたその時、賀予《ハーユー》から再びメッセージが入った。

今回はなんとボイスメッセージだ。青年の声音は耳心地が良く穏やかで、単語一つひとつが控えめに吐き出される。

とはいえ、その内容はそんな声の調子とは真逆で、かなりずうずうしいものだった。

「発作じゃないけど、気分が悪くて。人前だと普通なふりをしないといけないし、結構疲れるんだ。でも、あんたの前ではその必要がないから、ちょっと気晴らしに会おうと思って」

「……俺は学校のグラウンドか？　用もないのに気晴らしに来るなんて」

謝清呈《シエチンチョン》は耳心地の良い声に怒りをぶつける。

「賀予《ハーユー》、お前、何か変だぞ。昔は俺を見ると、犬より早く逃げてったくせに、ちょっと優位な立場に立ったからって、今度は俺のことを追っかけ回すなんて。なんだ、俺に勝つことに味でも占めたのか？」

賀予《ハーユー》自身も、なぜなのかは分からない。

昔はずっと謝雪《シエシュエ》ばかり視線で追いかけていて、いつも胸に多少の希望を抱いていた。

それが潰《つい》えた今、謝雪《シエシュエ》に彼女を見る自分の視線に気づいてほしくないので、賀予《ハーユー》は目を別の場所へそらさざるを得なくなった。

為す術もなく茫然《ぼうぜん》としていた時、賀予《ハーユー》はやっと、謝清呈《シエチンチョン》が自らのわだかまりを紛らわすのに最高な相手だと気づいた——謝清呈《シエチンチョン》は賀予《ハーユー》をよく知っていて、それに……。

少なくとも謝清呈《シエチンチョン》は、謝雪《シエシュエ》と似た目を持っている。偽物だと分かっていても、見ていれば多少気持ちは慰められる。何より、謝清呈《シエチンチョン》を負かすというのは本当に愉快だ。こんな気持ち、賀予《ハーユー》は今まで考えたことも、想像したこともなかった。

謝清呈《シエチンチョン》の指摘はおそらく正しい。賀予《ハーユー》は確かに若干、謝清呈《シエチンチョン》に勝ったと思った時の心地良さに味を占めていた。

ところが、謝清呈《シエチンチョン》から頼み事をされるのを待っていたが、いくら待っても連絡の一つもない。一週間がすぎる頃にはむしゃくしゃしてしまい、とうとう今夜、自ら折れて、先ほどのメッセージを送った。そして今、何度も謝清呈《シエチンチョン》に断られ、賀予《ハーユー》はついに我慢できなくなった。自分の不機嫌さを伝えるために、表情を曇らせて文字の代わりにボイスメッセージを送った、というわけだ。

「今から行くから」

謝清呈《シエチンチョン》は苛立って、スマートフォンを壁へ向かってぽいと放り投げた。賀予《ハーユー》の忌まわしいボイスメッセージが自動再生され、狭苦しい古い家に響く——。

「教授、一週間、僕に連絡してませんよね。まさか怖くなったんです?」

謝清呈《シエチンチョン》はため息をこぼした。

「誰が怖がるかよ、クソが」

賀予《ハーユー》はフットワークが軽く、本当に謝清呈《シエチンチョン》の家へやって来た。記憶違いを起こして、ほかの人の家に行ってくれないだろうかと謝清呈《シエチンチョン》は淡い期待を抱いたが、古びた防犯ドアがのんびりとノックされた時に彼は思い知った。賀予《ハーユー》のIQが下がることを期待するくらいなら、賀予《ハーユー》が工事中のマンホールへ落ちますようにと願ったほうが、まだ望みがある。

「コンコンコン」

「……」

疲れすぎてバッテリーの切れかかった謝清呈《シエチンチョン》はベッドに横たわったまま、ピクッと指を動かしたが、それでも起きようとはしなかった。

賀予《ハーユー》はイマドキな大学生が持つ、老いを敬って幼きを愛する、礼儀正しく優しい性格を発揮し、相手を急《せ》かすようなことも無言で立ち去ることもしなかった。謝清呈《シエチンチョン》が起きてこないため、少し間を置いてからまた、指を曲げてちょうどいい音量でドアをノックする。

彼は焦ってすらいなかった。

ただ、賀予《ハーユー》が焦っていないからといって、上に住む元気でまだ耳もよく聞こえている老人もそうとはいかない。

バッと屋根裏部屋の窓を開けて、老人は怒鳴った。

「コンコンコンコン！　ちんたら叩きやがって、誰かいますかくらい聞けんのか！　あれ？　若造、見慣れん顔だな。誰の家に来たんだ？　地域ボランティアで独居老人の見守り訪問にでも来たのか？」

（クソが、とんだ恥晒《はじさら》しだな）

ベッドで死んだふりをしていた独居老人こと謝清呈《シエチンチョン》は、もう起き上がるしかない。勢いよくドアを開け、上の階へ声をかける。

「すみません、俺の知り合いなんです」

言いながら、外にいた青年の襟を掴《つか》み、グッと半開きのドアの隙間から家の中に引きずり込んだ。

「さっさと入れ」

ボロボロの防犯ドアは、バンッと大きな音を立てて二人の後ろで閉ざされる。その衝撃といったら、ドアに貼られていた〝福〟の文字が若干ずれてしまうほどだった。

謝清呈《シエチンチョン》は不機嫌を露わに、賀予《ハーユー》を壁へ押しやった。

「何しに来た」

壁にもたれて立つ賀予《ハーユー》からは、ほんのりと洗濯洗剤のさわやかな香りと、長い間太陽に照らされていた若い男性の、青春真っ盛りな匂いが漂ってくる。

それは堂々と謝清呈《シエチンチョン》の家に広がり、もともとそこにあった散漫とした冷たいタバコの匂いと混ざる。

賀予《ハーユー》は眉を軽く上げ、指を立てると上をさした。

「さっきの方も言ってたでしょ？　独居老人の見守り訪問に来たんだよ」

言うなり、賀予《ハーユー》は立ちはだかる謝清呈《シエチンチョン》を避けて、流れるような動きで明かりをパチッとつけた。若者はボランティアらしさなど微塵《みじん》もなく、まるで我が家のごとく振る舞っている。

何よりも憎たらしいのは、家をぐるりと一周したあと、この自称ボランティアはなんと振り返り、丁寧に見守り訪問されている「独居老人」に要求をしたことだ。

「謝《シエ》兄さん、ちょっとお腹すいたんだけど、なんかない？」

今にも爆発しそうな謝清呈《シエチンチョン》は、額にかかった前髪をかき上げる。

「おっぱいでも飲んでろよ」

「謝《シエ》兄さん、あるの？」

「……」

謝清呈《シエチンチョン》はムスッと段ボールから小さい紙パックのミルク

を一本取り出し、賀予《ハーユー》へ投げて渡した。

チラリとそれを見てから、賀予《ハーユー》は口を開く。

「添加物が多いから、僕、このブランドのは飲まないんだ」

謝清呈《シエチンチョン》の眼差しは刃のごとく鋭く、薄い唇は霜のように冷たい。少し沈黙したあと、彼は口を開いた。

「なら坊ちゃま、何なら飲むんだ？　いっそのこと今から誰か引っ張って来て、この場で搾りたてでも用意してやろうか？」

第三十一話　あいつは本当にずうずうしい

添加物の多いミルクは却下。

先ほど謝清呈《シエチンチョン》自身が頼んだデリバリーは中華まん二つ——一つは肉まんで、もう一つは野菜まん——のみで、ブルジョワジーのお坊ちゃまは「肉まんは嫌いだ」とのたまった。肉が多くて脂っこすぎるからだという。そして野菜まんにいたっては、「菜っ葉がきちんと洗われているか疑わしいから嫌だ」と言った。そのわがままっぷりは、さながら中国建国前の、金と権力のある旦那に囲われた妾《めかけ》そのものだった。謝《シエ》旦那は、とうとう表情筋を殺して冷蔵庫を開けた。やっとの思いで冷蔵庫の中からワンタンを探し出すと、妾の賀《ハー》さんに問いかける。

「お隣さんの手作りで、最後の一袋だ。無添加で衛生的。もうこれしかないが、食うか？」

妾の賀《ハー》さんは謝《シエ》旦那の目を一瞥《いちべつ》し、大黒柱である男の堪忍袋の緒がそろそろ切れかかっていることを察した。

なんせここへ来たのは気晴らしのためであり、謝清呈《シエチンチョン》を怒らせてもなんの得もない。

そう思い、賀予《ハーユー》は小さく笑った。美しくハンサムな顔に、意外にも控えめな色が浮かぶ——偽物ではあるが。

「じゃあ、お言葉に甘えて」

続く一幕は、ボランティア界では滅多に遭遇できない摩訶不思議な光景だった。

見守り訪問される側の独居老人謝《シエ》先生は、曇った表情で唇をきつく一文字に結び、木製のお玉を手に、湯が沸くのを待っている。

一方、見守り訪問する側の大学生ボランティア賀予《ハーユー》くんは、自主的に謝清呈《シエチンチョン》からなるべく離れた場所に立っていた。男子厨房に入らず、を体現している様子だ。彼はさも当たり前のように、静かにさりげなく、部屋の中を眺め回していた。

中学生の時、謝雪《シエシュエ》と何回かここへ来たことがある。当時はまだ李若秋《リールオチウ》がいて、部屋には謝清呈《シエチンチョン》と彼女の結婚写真が飾られていた。

今、その写真はもうない。

けれども、なくなったのは李若秋《リールオチウ》の写真だけではないようだ。しっかり見ないと気づかないが、明らかにもっと前に外されたであろう写真の跡が、ほかにもいくつかある。かつてここを訪れた時には、それらの写真はすでになかったようにも思えた。ただ当時は謝雪《シエシュエ》のことで頭がいっぱいになっていて、そこまで気を配る余裕はなかったが。

「お酢はいるか？」

謝清呈《シエチンチョン》が聞く。

「いる」

賀予《ハーユー》は答えて、「自分で入れるから」と付け足した。

家の中は静かだった。壁を隔てていても、陌雨巷《はくうこう》の小さな家に住む近隣の人々の些細な物音が聞こえてくる。この世に生きる人々は、体の中にある細胞のようで、活動する時間が見事に異なっている。そして、新陳代謝の周期が異なる細胞と同じく、それぞれの生活リズムがある。かたや東側の家で食器を洗う音が響き、かたや西側の家でコンロに火がつく音がしたばかり、というように。

窓枠に寄りかかっている賀予《ハーユー》は、ふと窓の縁を横切ろうとするトカゲを見つけた。

手を伸ばしてみても、トカゲは賀予《ハーユー》を怖がらず、頭を撫《な》でられるがままになっている。

賀予《ハーユー》が持つ雰囲気ゆえだろう。冷血動物は賀予《ハーユー》によく懐き、逃げようとしない。同類と見なしているのかもしれない。

一方の謝雪《シエシュエ》は、ふわふわな温血動物が大好きであり、虫や蛇《へび》、サソリや蜘蛛《くも》といった生き物を受け付けない。

謝雪《シエシュエ》がこのトカゲを見たら、きっと大慌てで悲鳴を上げ、追い払おうとするに違いない。

トカゲの頭を撫で続けていると、トカゲは気持ちよさそうに目を細めた。

賀予《ハーユー》は思う。自分と謝雪《シエシュエ》は何か決定的に異なる部分があるのだろう。だからこそ、彼女は賀予《ハーユー》ではなく、衛冬恒《ウェイドンホン》を好きになったのだ。

今、賀予《ハーユー》は謝雪《シエシュエ》が幼少期と思春期を過ごした場所に立っている。賀予《ハーユー》の心を慰めていたはずの謝雪《シエシュエ》の生活の気配は、もれなく生い茂る茨《いばら》に変わった。

茨は土の奥深くに根を張り、その枝は真っ直ぐ蒼穹《そうきゅう》を貫いている。

一旦心に根を下ろしたそれは、天と地をも痛みを与える存在へと変えてしまう。

そんな想像をしていると具合が悪くなってきて、賀予《ハーユー》はトカゲに小声で別れを告げると、窓から離れた。

ワンタンを盛り付けて振り返った謝清呈《シエチンチョン》の視界に飛び込んだのは、いつの間にか自分のベッドに寝そべっている大学生ボランティアの賀予《ハーユー》だった。しかも、謝清呈《シエチンチョン》の枕を顔の上に乗せている。

「……何をしてるんだ。勝手に俺のベッドに寝るなんて、シャワーは浴びたのか」

顔の上に枕を置いたまま、賀予《ハーユー》は何も言わない。自分を隠そうとしているかのようだ。

そんな様子に、謝清呈《シエチンチョン》は問いを重ねる。

「まだ黙ってるつもりか？」

「……」

「これ以上動かなかったら、窒息死したと葬儀屋に電話するぞ」

数秒の沈黙のあと、葬儀屋行きという惨事を避けるためか、賀予《ハーユー》はやっと手を持ち上げた。少しだけ枕を下げ、顔を半分覗《のぞ》かせる。枕の後ろの杏眼《あんがん》は嫌そうに謝清呈《シエチンチョン》を見つめていた。

「あんたのベッド、すごくタバコ臭い」

謝清呈《シエチンチョン》は器を置く。

「タバコ臭いのが嫌なら、ベッドから起きて飯を食え。それを食い終わったらさっさと帰れ。俺は疲れてるんだ」

「前に来た時は、ここまで匂いキツくなかったのに」

「前って、いつの話だ」

それもそうか。

賀予《ハーユー》は思い浮かべる。

あの人、李若秋《リールオチウ》がいた時は、謝清呈《シエチンチョン》はタバコを吸っていなかった。

多分妻が許さなかったのだろう。謝清呈《シエチンチョン》は冷淡な性格だが、責任感が強く、男として果たすべき役割はきっちりこなそうとする。妻が嫌がることはしない、くらいの配慮はしていたはずだ。

謝清呈《シエチンチョン》のベッドに横たわり、相手の冷淡な横顔を眺めていた賀予《ハーユー》は、初めてこの家に来た時のことを思い出した。

李若秋《リールオチウ》がニコニコと飲み物やお菓子を準備するのを待っている間、この薄いカーテンで半分ほど隠された大きなベッドを視界に捉えた。あの時、賀予《ハーユー》は不思議でならなかった。謝清呈《シエチンチョン》が女と寝る姿を想像できなかったからだ。

謝清呈《シエチンチョン》の厳粛で冷酷な顔が情欲に染まる時など、あるのだろうか？

「何を考えている？」

謝清呈《シエチンチョン》が眉間に皺《しわ》を刻んで問うと、賀予《ハーユー》は優雅に、「人生を」と答えた。

「……」

「謝《シエ》兄さん、あれからお見合いはしてないの？」

「再婚するつもりはないからな」

「まだ三十ちょいなのに……」

賀予《ハーユー》はゆっくりと問いかける。

「寂しくない？」

謝清呈《シエチンチョン》は無表情に賀予《ハーユー》を一瞥《いちべつ》する。

「問診範囲が太平洋並みに広いんだな、賀予《ハーユー》先生は」

賀予《ハーユー》は笑った。

謝清呈《シエチンチョン》は本当に性的に淡泊な人間なのだろう。

「ワンタンは食わないのか？　いらないなら捨てるぞ」

空腹であることは確かだったので、賀予《ハーユー》はようやく謝清呈《シエチンチョン》の言う通りに体を起こして小さなテーブルの横に置かれた椅子に腰掛ける。

謝清呈《シエチンチョン》が賀予《ハーユー》に使わせている椅子は、謝雪《シエシュエ》が幼い頃に使っていたもので、小さくて座面も低い。百八十九センチある賀予《ハーユー》にとっては、非常に座り心地が悪いものだった。謝清呈《シエチンチョン》は大きな子どもにお酢とスプーンを渡して、冷ややかに付け足す。

「よだれかけはいるか？」

賀予《ハーユー》は気にした風もなく、顔を横に向けて小さく笑う。素直に見える笑顔だが、瞳から滲《にじ》む刺々《とげとげ》しさで挑発しているのが分かる。

「じゃあ先生、いっそのこと、あーんして食べさせてよ」

「……」

それだけに留まらず、賀予《ハーユー》は「はい」とスプーンを謝清呈《シエチンチョン》に差し出した。

謝清呈《シエチンチョン》の表情は冷えきっている。

「自分で食え」

ワンタンが熱かったため、賀予《ハーユー》は冷めてから食べようと思い、スマートフォンを取り出すと画面をタップし始めた。

謝清呈《シエチンチョン》の父性が頭をもたげる。

「食事中だぞ、ゲームなんてやめろ」

賀予《ハーユー》は顔も上げずに、軽快に指を動かし続けた。

「ゲームじゃないから」

謝清呈《シエチンチョン》が視線を下げて賀予《ハーユー》のスマートフォンの画面を覗《のぞ》き見ると、確かにゲームではなかった。映し出されているのは、ものすごい速さで入力されていくプログラミングのコードのようだ。

「なんだそれは」

「練習。ハッキングのコマンドだよ」

「ハッカーは普通パソコンを使うんじゃないのか？」

「自分で設定したんだ。このスマホでパソコンみたいな操作もできる」

賀予《ハーユー》はさらりと答えた。

謝清呈《シエチンチョン》はハッキングにはさほど興味がなく、詳しく知らないものの、賀予《ハーユー》がどれほどのレベルなのかは大まかに知っている。おそらくかなり腕が立つ。ただし、賀予《ハーユー》は高い集中力を要するゲームとして他人のファイアウォールを攻撃しているだけで、それ以上のことはしたことがない。

「二分か」

ついに、賀予《ハーユー》はタッとエンターをタップした。画面は、とある有名なサイトを突破したことを示すページで止まっている。彼は腕を持ち上げてチラリと時計を見た。

「今回はまあまあなスピードだね。早くワンタンを食べたかったからかも」

賀予《ハーユー》は笑いながら画面を閉じる。相手のファイアウォールと遊びたいだけで、それが守っているデータには少しも興味がない。まるで様々なタイプのハイレベルな鍵を開けるだけ開けて、中の物を奪おうとしない奇妙な盗人のようである。

黙った謝清呈《シエチンチョン》をよそに、賀予《ハーユー》はスマートフォンを置いた。ワンタンの温度がちょうどいい具合になったので、頭を下げてのんびりそれを食べ始める。

手作りワンタンはなかなか味わえない。賀予《ハーユー》は静かに汁に浮かぶワンタンを食べきると、まだ物足りないのか、謝清呈《シエチンチョン》に視線を向けた。

「なんでこっちを見るんだ。俺の顔にコードなんて書いてないぞ」

「おかわり」

「当たりでもう一杯のつもりか。今お前が食ったのが、お隣さんがくれた最後の一袋だ。もうない」

「じゃあ、作れる?」

謝清呈《シエチンチョン》はタバコを咥えて、もごもごと「できたとしても、お前には作らない」と告げる。

言うなり、カチッとライターを灯《とも》す。そしてフィルターを咥えたまま顔を傾けて、タバコに火をつけた。

賀予《ハーユー》は、きつく眉間に皺《しわ》を寄せる。

「謝清呈《シエチンチョン》、いつからそんなひどいニコチン中毒になったのさ。ていうか、吸わないでよ。部屋が狭いんだから、煙が充満して息ができなくなりそう」

「ここはお前んちか?」

謝清呈《シエチンチョン》は息を吸い込むと、容赦なく賀予《ハーユー》のほうへ煙を吹きかけ、紫煙漂う中で賀予《ハーユー》を見やる。

「俺があっためたワンタンを食べて、俺の家の椅子に座って。さっきは俺のベッドに寝転がってたし、俺の枕も使ってたよな。なのに、偉そうに要求ばかり。息ができないなら帰ればいいだろ。お前の家は緑もたくさんあって、空気もいいはずだ。ほら、ドアは向こうにあるから」

「……」

何も言い返せない賀予《ハーユー》に、謝清呈《シエチンチョン》は軽く灰を落とした。

「行かないのか?」

「……」

「なら食器を洗え。ほかの人の家では礼儀正しくしているようだが、俺のところで怠けようとするな」

「……」

(ふん、洗えばいいんだろ)

お坊ちゃまでも海外に住んでいたので、食器くらいは洗えるのだ。

ザーザー流れる水音を聞きながら、謝清呈《シエチンチョン》は窓のそばに寄りかかってタバコを一本吸いきった。

それなりに疲れていたのだが、賀予《ハーユー》の世話をしていたせいで、逆に疲労が消えてしまった。眠気が過ぎ去りタバコも吸ったので、頭がさえてくる。謝清呈《シエチンチョン》はシンクで洗い物をしている賀予《ハーユー》を観察した。青年は普段、さわやかに前髪をあげて線の美しい額を露わにしているが、今は頭を下げて皿洗いをしているため、垂れた髪が額に少しかかっていた。ハリのある若者の肌が、暗めの明かりに照らされている。しかし、その横顔は相変わらず柔らかい光を放つかのようだった。

このうえなく若々しく、このうえなく秀麗《しゅうれい》だ。それに、相当に賢い。ろくでなしなケダモノの匂いは、かなり近づかないと嗅ぎ取れない。

謝清呈《シエチンチョン》は賀予《ハーユー》をしげしげと見ながら思う。

こいつに精神疾患がなければ恋なんて連戦連勝、それこそほしいままに女の子を落とせるはずなのに。賀予《ハーユー》を好きにならないなんて、相手はどんな子なのだろう。

「蛇口、変えたほうがいいよ。水の勢い弱すぎ」

賀《ハー》お坊ちゃまは高貴な手でワンタンの入っていた器を洗い終えると、蛇口を閉めた。捲り上げた袖を下ろし、濡《ぬ》れた手を拭く。

「最近あまり帰って来てないから、変えるのが面倒なんだ」

謝清呈《シエチンチョン》の答えを、お坊ちゃまは特に気に留めていない様子でさらりと続けた。

「なら今度、趙《ジャオ》さんに業者を呼んでもらって、交換させるよ。それからこの家の照明さ……」

「照明がどうした」

謝清呈《シエチンチョン》は不機嫌な表情になる。

「暗すぎるって、お化け屋敷みたい。これ以上暗かったら、そこに立ってるのが誰かすら分からないよ」

あれこれと文句を言われて、謝清呈《シエチンチョン》は怒りを感じた。ご飯を食べさせてやったのに、粗探しされるなど、そんな筋合いはない。

ハッ、と冷笑して、謝清呈《シエチンチョン》が口を開く。

「ここはお前の家じゃないぞ。それに、暗がりで相手を見間違えたのは誰だよ。お前だろ、賀予《ハーユー》」

「……」

その一言に、賀予《ハーユー》はぐうの音も出なくなる。

杭市《こうし》のホテルで謝清呈《シエチンチョン》を女性と間違えて、押さえつけてキスをしただけではない。テーブルでキスしたあと、ベッドに移動してまた唇を重ねていたのだ。賀予《ハーユー》にとって、この件は確かに受け入れがたい事実である。

賀予《ハーユー》の声はすぐにトーンを落とした。

「それ、水に流そうって言ったのはそっちだろ……」

謝清呈《シエチンチョン》は呆《あき》れて白目を剥《む》く。

「俺だって持ち出したいわけじゃない。お前がベラベラうるさいからだ」

気まずい雰囲気が漂ったその時、ドアが叩かれた。

居心地の悪さを払拭するため、妾《めかけ》の賀《ハー》さんは咳払いをする。皮肉られたせいで、珍しくその口調には下手《したて》に出るような色が滲《にじ》んでいた。

「僕が出るよ」

「こんばんは、順豊《じゅんほう》エクスプレスです。謝《シエ》さんのお宅ですか？」

賀予《ハーユー》がドアを開けると、若い男性配達員が、外で汗を拭《ぬぐ》いながら続けた。

「えっと、謝《シエ》さんですか？　今日荷物を送りたいと、集荷を申し込みましたよね。取りに来ました」

賀予《ハーユー》は振り返り、丁寧に「謝《シエ》さん、集荷ですよ」と言った。

「……」

謝清呈《シエチンチョン》は思い出して、荷物と一緒に持って帰った紙箱を取ってきた。

「そうです、送りたいものがあって。日用品で、あて先は蘇市《そし》。伝票を確認してもらえると」

「はい、分かりました！」

伝票に間違いがないのを確認して、配達員がテープで箱に封をしようとした時だ。腕を組んでそばに立ち、様子を見ていた賀予《ハーユー》はふと違和感に気づいた。

「ちょっと待ってください」

配達員を止めて、賀予《ハーユー》は箱を引き寄せて中のシャツを取り出す。

部屋はしばし静寂に包まれた。

先ほどまでキスをしたことを後ろめたく思い、かしこまっていた賀予《ハーユー》はゆっくりと振り向く。どんよりとした雰囲気が醸し出されていた。

「謝清呈《シエチンチョン》」

謝清呈《シエチンチョン》は顔色一つ変えずに、「なんだ？」と聞き返す。

「……僕が貸したシャツ、フリマサイトで売ったのか？」

「いらないと言ったのはお前だろ。その古着は五千元で売っても取り合う人間がいるが、俺が持ってたら、ただの雑巾にしかならないからな」

謝清呈《シエチンチョン》は落ち着き払って認める。

「何か問題でも？」

「問題でも、だって？　僕が潔癖なのは知ってるだろ？　自分が使ったものを知らない人にあげるくらいなら、全部捨てる」

謝清呈《シエチンチョン》はそっけなく言い返す。

「それは合併症だな。ちょうどいいし、これを機に克服しろ」

言いながらシャツを半ば奪うようにひったくって箱に入れると、どうしたらいいのか分からずにいる配達員に押しつけた。

「これを。購入者からは着払いでと言われているので」

「謝清呈《シエチンチョン》！」

配達員は躊躇《ためら》い、視線を左右させる。

「えっと……これは結局出すんですか、出さないんですか？」

「出さない」

「出す」

妾《めかけ》と旦那は同時に言い放った。

配達員は汗を拭う。

「……え、えっと、もう少し話し合ってからでいいのでは？」

「必要ないです」

独裁者のような一面をまた覗《のぞ》かせながら、謝清呈《シエチンチョン》がキッパリと告げた。

「俺が出すと言ったら出すので」

そして、ギロリと配達員を睨《にら》みつける。

「早くしてください。依頼主は俺ですから」

刃のような謝清呈《シエチンチョン》の視線を、まともに受けられる者はいない。配達員は唯々諾々と伝票を入力して、逃げるようにその場を後にした。

私物を売られたことで完全に表情を曇らせた賀予《ハーユー》と、五千元を手に入れて少しご機嫌な謝清呈《シエチンチョン》を残して。

「気分が悪いんだろ？　行こう、夜食を奢ってやる」

その場にしばし立ち尽くしてから、賀予《ハーユー》は耐えられなくなった。仏頂面でベッドに放り出していたショルダーバッグを背負うと、肩で謝清呈《シエチンチョン》にぶつかって相手をどかし、ドアを開けて振り返りもせずに出て行った。

「お一人でどーぞ！」

賀予《ハーユー》は歯噛《はか》みしながら言う。

「でも僕の服を売って稼いだ五千元、さらっと全部飯代に使わないで、ちょっとは控えてよね！　食い足りなかった時は電話してくれれば、僕が直接食べ物を届けて食べさせてあげるから！」

恨み言を並べてから、青年はバッグを引っ提げて謝清呈《シエチンチョン》の家を去った。

路地の外では運転手がすでに待機していた。賀予《ハーユー》は長い脚を曲げて車に乗り込み、陰鬱な表情で運転手に窓を閉めさせる。窓外の俗世の賑《にぎ》わいに、これっぽっちも目を向けようとしない。

「坊ちゃま」

運転手が口を開く。

「お体の具合が悪いのですか？　病院へ行きましょうか？」

「いい」

賀予《ハーユー》は不機嫌なまま、シートに背中を預けた。

「今日はもう白衣を着た奴なんか、見たくないから」

スマートフォンが振動する。白衣を着た奴からメッセージだ。

『来週の月曜日、オフィスに来い。仕事だ』

賀《ハー》坊ちゃまはムスッとした顔でスマートフォンの電源を落とした。

第三十二話　マジで濡《ぬ》れ衣だって

謝清呈《シエチンチョン》の行動に心底イラついていたものの、結局賀予《ハーユー》は月曜日、時間通りにショルダーバッグを引っかけて隣の大学のオフィスドアをノックしていた。

一番入り口近くにいた教授が「どうぞ」と答える。

賀予《ハーユー》は丁寧に挨拶をした。

「こんにちは、謝《シエ》教授はいらっしゃいますか？」

「謝清呈《シエチンチョン》、学生が来てるよ」

オフィスの奥の部屋から顔を出した謝清呈《シエチンチョン》はなんと眼鏡をかけていて、賀予《ハーユー》は意表を突かれる。

謝清呈《シエチンチョン》は昔、近視じゃなかったはずなのに。

「ちょうどいい」

謝清呈《シエチンチョン》はさらりと言った。

「こっちに来てくれ」

賀予《ハーユー》は我慢できずに何度か謝清呈《シエチンチョン》の眼鏡姿を盗み見た。不覚にも、結構カッコいいと思ってしまう。鋭さがいくらか減って、その分インテリっぽさが少し増え、そこまで憎たらしくないように感じられるのだ。

けれども、謝清呈《シエチンチョン》が口を開いた途端、一気にその感想は台無しになった。

「この資料を使って、授業用のパワーポイントをいくつか作ってくれ。それから、電子化しないといけない書類があるんだ。ほとんどが医学的なデータなんだが、文字認識ソフトの精度はあまり信用していないし、画像から文字を抽出すると間違いやすい。だから、手打ちで入力したあとは何回か見直すように。分かったか？」

賀予《ハーユー》は、謝清呈《シエチンチョン》のデスクに乗っている分厚い医学書の数々を見た。ほとんどが、人を殺せる鈍器ばりの厚さを誇っている。

「謝《シエ》教授、科学技術は人類を解放できるって言葉、知ってます？」

謝清呈《シエチンチョン》は『普通心理学』と『社会心理学』と書かれた本を賀予《ハーユー》の前に放った。本の重みにデスクが揺れ、パソコンのディスプレイが振動する。

「だが、科学技術に頼りすぎてはいけないことも知っている。ほら、手を動かせ。この二冊で俺が赤線を引いたところから始めてくれ」

賀予《ハーユー》は二冊の本を見た。ただでさえレンガのように分厚いのに、たくさんのメモが挟まれているため、本は二倍近くの厚さに膨れ上がっている。今、賀予《ハーユー》は謝清呈《シエチンチョン》の席に座っていて、オフィスにはほかにも教授が数人残っている。それもあって、賀予《ハーユー》はなんとか教養がある体《てい》を崩さずに、声を潜めて謝清呈《シエチンチョン》に聞いた。

「僕を殺すつもりですか？」

「いや。お前の忍耐力と根気強さを鍛えようとしているだけだ」

そばに立っている謝清呈《シエチンチョン》は、手に持ったコーヒーを一口飲んだ。何も言わない賀予《ハーユー》にさらに続ける。

「そこまでハイレベルなものは求めていない。丁寧にやってくれたら大丈夫だ」

そう言って賀予《ハーユー》にレッドブルを一缶残すと、謝清呈《シエチンチョン》はきびすを返して自分の仕事へ戻った。

賀予《ハーユー》は杏眼《あんがん》を細める。

謝清呈《シエチンチョン》のノートパソコンをつけ、ワードのアイコンにカーソルを移動させてから、賀予《ハーユー》は動きを止めた。長いまつ毛の後ろにあるのは、溢《あふ》れんばかりの険悪さだ。

「どれどれ……」

謝清呈《シエチンチョン》のような三十代の男であれば普通、私物のパソコンやスマートフォンに見られてはまずい内容が多少入っているはずである。それは人として自然なことであり、変なことでもない。ただし社会的な死を避けるために、紳士たちは通常、誰かに見られないようパスワードをかけたり、ファイルを隠したりするし、パソコンやスマートフォンを誰かに貸すことなどしない。

それなのに、謝清呈《シエチンチョン》はそうしたことを一切気にしていなかった。

オフィスで賀予《ハーユー》に使わせているこのノートパソコンも、謝清呈《シエチンチョン》の私物だ。トップレベルのハッカーである賀予《ハーユー》は、謝清呈《シエチンチョン》の弱みを握るという下心を胸にフォルダを漁《あさ》った。エロ動画の一つや二つ見つかるかと思ったものの、レッドブルを一缶飲み終わっても、なんの収穫もない。

それでも信じられず、賀予《ハーユー》は検索するコードを変えて、また隅から隅まで探す。しかし、結果は同じだった。

謝清呈《シエチンチョン》のパソコンは綺麗《きれい》さっぱり整理されていて、見られて困るようなものは何もなかった。学術的な資料以外に入っているのは給与明細くらいで、異常なほどに綺麗だったのだ。

賀予《ハーユー》は眉を寄せて、オフィスチェアにもたれかかる。長い指で空になった缶をいじってしばし考えると、プログラミング言語を変えて新しくコードを作り、エンターキーを押して捜索を続けた。

すると今度は、謝清呈《シエチンチョン》が退勤後の時間帯によく見ているフォルダを発見した。付けられた名前も、『幸せ』というものでなんだか怪しい。

センスのない謝清呈《シエチンチョン》の名付けスタイルは至ってシンプルである。重要なものこそ『授業用一』『授業用二』と名前を変えているが、それ以外はシステムのデフォルト名のままで名前を変更すらしていない。『新しいフォルダ』という名のフォルダはすでに二十三番までできていた。

だから、謝清呈《シエチンチョン》らしからぬ『幸せ』という名のフォルダを見つけた途端、賀予《ハーユー》は目を輝かせた。急に元気になって、背筋もピシリと伸びる。全身全霊で画面を凝視し、マウスをその淡い黄色のフォルダへ移動し、軽くダブルクリックした。

フォルダが開かれる。

サッと中身を見た賀予《ハーユー》の表情は、興奮したものから一転〝無〟になり、眉間にも深い皺《しわ》が刻まれた。つくづく謝清呈《シエチンチョン》という人物がよく分からなくなる。

『幸せ』と名付けられたフォルダの中に入っていたのは、数枚のマミズクラゲの画像だ。

それ以外には、動画が数本のみ。再生してみると、どれもが世界各地に生息する水の妖精のものだった。ミズクラゲからビゼンクラゲまで、様々な姿のクラゲの動画が取り揃えられている。中には一時間以上ある動画もあり、何度か再生ヘッドをスライドさせてみたものの、もれなく水の精霊たちが煙のようにふわふわと漂う場面が延々と映し出されるのみだった。

「……」

つまり、謝清呈《シエチンチョン》の〝幸せ〟とやらは、このクラゲ動画を見ることなのか？

水中を漂う古《いにしえ》の生物は水に沈んだ煙か、水面に揺蕩《たゆた》う月の影のようで、確かに綺麗《きれい》だ。それでも賀予《ハーユー》はこの年上男の趣味を理解できず、再生画面をそっと閉じた。

この結果は大いに不満だったが、頬杖《ほおづえ》をついた賀予《ハーユー》が何度手を変え品を変え探しても、謝清呈《シエチンチョン》のパソコンは積もったばかりの雪のように、真っ白で汚れたものが何一つ見当たらない。ついに賀予《ハーユー》はマウスを放り出して、諦めた――。

（普通の健全な男だったら、多少のそういう欲があってしかるべきだろ……）

空の缶をいじりながら、物思いに耽《ふけ》る。

そして、再び視線をパソコンの画面へ戻した。謝清呈《シエチンチョン》は本当に冷淡すぎるし、性欲が薄いのは間違いないだろう。

相手が淡泊男なら、攻め方を変えるしかない。

賀予《ハーユー》は謝清呈《シエチンチョン》のパソコンでエロ動画を探すというミッションを放棄した。舌先で歯茎の柔らかい場所をなぞっていく。ふと、ぼんやりとしていたものがクリアになって、脳裏に何かがひらめいた――。

またいいことを思いついたのだ。


翌日。

謝清呈《シエチンチョン》の合同講義は午後にある。賀予《ハーユー》はちょうど時間が空いており、授業用の資料を電子化した本人であるため、彼も医科大に来ることにした。授業に潜り込み、マルチメディア教室の一番後ろの列に座る。

初め、謝清呈《シエチンチョン》は賀予《ハーユー》を出席させたくはなかった。

「お前、脚本演出専攻だろ。精神医学の授業なんて出てどうするんだ」

賀予《ハーユー》は優雅かつ上品に答える。

「兄さん。僕は精神病患者だよ」

「……」

「それに、そのパワポは僕が昨日の夜作ったものだし。万が一何かあったら、僕もその場で解決できる。でしょ？」

確かに一理あると思い、謝清呈《シエチンチョン》は賀予《ハーユー》の出席を許可した。

ところが、賀予《ハーユー》が教室に入るや否や、謝清呈《シエチンチョン》は少し後悔を覚えた――賀予《ハーユー》は以前、リストに載っていた女子学生たちと話をしていたのを思い出したのだ。精神医学を履修しているその女子学生たちは明らかに、賀予《ハーユー》が入ってくるのを見て目をみはり、珍しくうっとりしたような笑顔を浮かべた。

「イケメンくん、どうしてここに？」

そのうちの一人が問いかける。賀予《ハーユー》は彼女に向かって軽く手を振り、シー、とジェスチャーをしてから講壇に立つ謝清呈《シエチンチョン》を、ちょいちょいと指さした。

女子学生はすぐにボリュームを落とし、「あぁ、なるほどね」と小さく何度かうなずく。その後、いまだかつてないほど従順に真っ直ぐ正面を向いて、真剣に授業を聞く姿勢に入った。

賀予《ハーユー》は最後列の窓側にある席に腰を下ろす。ショルダーバッグを置いて腕を組み、椅子にもたれかかると、ずっとつけていたイヤホンを外して謝清呈《シエチンチョン》を見やった。

声に出さなくても分かる。賀予《ハーユー》はこう言いたいのだ。

ほら、僕は礼儀正しいだろ。あんたの授業は微塵《みじん》も分からないけど、それでも敬意を表して真剣に聞くから、と。

残念ながら、その表面的な礼儀正しさに対して返ってきたのは、謝清呈《シエチンチョン》の呆《あき》れた眼差しだった。

謝清呈《シエチンチョン》は冷淡な顔つきで教材を机の上に置くと、賀予《ハーユー》から視線を外して表情を曇らせる。

「揃《そろ》いも揃ってあいつを見てどうする。隣の学校から潜り込んでくる奴は初めてか？」

謝《シエ》教授の高圧的な態度に、学生たちは怖気づいて黙っていたが、こっそりと視線を交わしていた。

確かに、初めてである。

それこそ、恋愛ドラマにおける学校をまたいだ恋でしか見かけない光景だ。

女子学生たち、特に賀予《ハーユー》と以前話をしたことがある女子学生たちはその点に気づくと、たちまち自分目当てではないかと妄想を繰り広げ始める。妄想力豊かな学生に至っては、将来、賀予《ハーユー》との子どもをどの産婦人科で産もうかまで考えていた。いつの間にかみんな、最後列に座るイケメンが自分を見るようにと、揃って優雅な姿勢を取り始めた。

疑いようもなく、その様子は講壇に立っている謝清呈《シエチンチョン》の視界に入った。

真面目な教授兼性欲減退男の謝清呈《シエチンチョン》は、ひどい嫌悪感を覚える。しかし、父親っぽい性格をしている彼は通常、女性のせいにはせず、賀予《ハーユー》が全部悪い、と思うだけだ。

そういうわけで、謝清呈《シエチンチョン》はまた数秒間じっと賀予《ハーユー》を睨《にら》んだあと、ようやく冷ややかに言い放った。

「教科書を開け、授業を始めるぞ。この授業中は全員、前を見てろ。振り向いた学生は、期末の合計点から六点引くからな。どうするのが正しいか、自分でしっかり考えろ」

「……」

学生たちは言葉を失った。

やり玉に挙げられた賀予《ハーユー》は、思わずうつむいて小さく笑った。

以前、謝雪《シエシュエ》が授業中に学生を脅す様子がアホらしいと思っていたが、そのアホらしさがどこから受け継がれたのか、今やっと分かった気がする。

さては、全部謝清呈《シエチンチョン》から学んだのだろう。

「CCMD－3[31]によれば、気分障害には以下のものが含まれる。躁《そう》状態の発作、うつ状態の発作、双極性障害、気分循環性障害、持続性抑うつ障害……」

謝清呈《シエチンチョン》はまず、学生たちと昨日出した課題について答え合わせをした。

多くの大学生は、四年間の青春を寮の質素な木のベッドに捧《ささ》げ、仙人のような自由自在な日々を過ごすそうだ。とはいえ、医学生がそこに含まれることは絶対にない。事実、彼らは少なくとも五年かそれ以上の歳月、苦しい「大学入試を控えた高三」生活を過ごさなければならないのだから。

前回の授業後に出された、至って普通の課題でも、謝清呈《シエチンチョン》は答え合わせに授業の半分を割いた。そこからも分かるように、医学生たちが解かねばならない問題数は膨大だ。

その間、潜りの賀予《ハーユー》は静かにしていた。招かれざる客としての自覚をしっかり持っている様子で、最後列の一角で腕を組みながら謝清呈《シエチンチョン》を見る。

賀予《ハーユー》は気づいていた。確かに謝清呈《シエチンチョン》が学生を脅す姿は謝雪《シエシュエ》とそっくりだが、講義の進め方はまるで違う。謝雪《シエシュエ》は積極的にクラスの雰囲気を盛り上げ、教える内容がなるべく単調にならないようにしているが、謝清呈《シエチンチョン》は教室にいる学生のことなど、ほとんど無視していた。

背筋を伸ばして講壇に立つ姿は、この世のものとは思えないような雰囲気を醸し出している。現実は自分とは無関係だと言わんばかりに、体の半分を幻の空間に浸しているようだ。また、知識やデータが実体を持ち、謝清呈《シエチンチョン》の背後で旋回しているように感じられた。

31 中国精神障害分類及び診断標準第三版。

明らかに、謝清呈《シエチンチョン》は完全に研究向きの教授である。学生に順を追って分かりやすく知識を伝授する気もなければ、勉強するよう熱心に言い聞かせるつもりもない。そのくせ、謝清呈《シエチンチョン》はお高く止まっている。まるで知識の神殿からのんびりと出てきた先導者だ。今にも優雅に文字を書きそうな美しく長い指先に、上品な言葉を語る薄い唇。真剣で、自己中心的で、ひいては無我にも近い顔つきから、至極高貴な気配が溢《あふ》れ出している。

講義する相手に勉強する気があるかどうかなど、全くどうでもいいようだ。それに、ちゃんと自分のほうを見ているかどうかも、これっぽっちも気に留めていない。ただ、講壇に立っている謝清呈《シエチンチョン》がまとう雰囲気は、それ自体〝知識〟という言葉の一番完璧な解釈である。

賀予《ハーユー》は、今にも謝清呈《シエチンチョン》が「本尊《ほんぞん》[32]は学生諸君に知識を授けるべく、下界へ来た。ここに座している諸君は、跪《ひざまず》いて我が恩恵に感謝せよ」と言い出すのではないかと思ったほどだ。

そう考えながら、青年は講壇にいる冷淡な表情を浮かべた、医学の世界に深く身を投じている男を眺める。

「よし、昨日の問題の答え合わせは以上。顔を上げて、パワーポイントを見てくれ」

その一言で賀予《ハーユー》は我に返った。

瞼《まぶた》を持ち上げて、胸元に組んでいた腕を解く。指を絡ませて机の上に置くと、軽く体を前へ傾けた。

何かを期待しているような姿勢である。

賀予《ハーユー》が謝清呈《シエチンチョン》の授業に期待をすることなど、ありえないはずなのに。

あいにく謝《シエ》教授は教室において独裁者のように振る舞うのが常で、賀予《ハーユー》のような授業に潜り込む暇な馬鹿に構うのを面倒に思っていた。それゆえ、いきなり気を僅かに引き締めた様子の賀予《ハーユー》に全く気づかない。

パソコンをつけ、プロジェクターと接続して、調整する。

その後、学生たちが見つめる中、謝清呈《シエチンチョン》は賀予《ハーユー》が作った『授業用一』というパワーポイントにカーソルを移動した。

ダブルクリック。

開かれるパワーポイント。

謝清呈《シエチンチョン》はスクリーンへ目もくれず、顔を上げて続けた。

「さて、今日は幻覚について話そう。体感幻覚、真性幻覚、仮性幻覚……」

32 中国神話や小説などで神通力を持つ者の一人称。

一人でしばらく話を続ける謝清呈《シエチンチョン》だったが、前列に座っている男子学生がとうとう我慢できずにうつむいてプッと吹き出したのを見て、ようやく何かがおかしいことに気づいた。だが、スクリーンを振り返らず、代わりに眉間に皺《しわ》を寄せて、その大胆な男子学生に尋ねる。

「どうした？」

その一言に、もう何人かの学生も吹き出してしまう。

「謝《シエ》教授、パワーポイントが……」

言われて初めて、謝清呈《シエチンチョン》はハッとして振り返った。

学生たちの学習環境を心配した校長が、親切にも予算を割いて学校のデバイスをリニューアルしたばかりだった。おかげで、マルチメディア教室の新しいプロジェクターはスクリーンが大きく、画質もいい。それはパワーポイントのページを、細部までハッキリと映していた——。

画面に広がるのはパソコンのペイントソフトで描いたであろう、可愛らしい赤ちゃんクラゲたち。ミズクラゲのちびキャラのようにも見える。

しかも忌々しいことに、イラストはＧＩＦ形式だった。赤ちゃんクラゲたちは無邪気な様子で「ぷんぷん」、「クラクラしちゃう」、「もう遊んでやんない、ばいばい」という一連の愛らしい動きを延々と繰り返しているではないか。

その光景は虫唾《むしず》が走るほど幼稚で、あまりにも衝撃的だった。謝清呈《シエチンチョン》は思わず息が止まり、心を落ち着けようと反射的にタバコを取り出そうとしたほどだ。

後ろにいた賀予《ハーユー》は我慢できずに、顔をそらした。微かに肩を震わせ、半ばうつむいて笑う。

謝清呈《シエチンチョン》は怒りのままに顔を前へ戻した。のんびり椅子にもたれて、下を向いている事件の元凶をすぐに見つける。

謝清呈《シエチンチョン》の視線に気づいて、賀予《ハーユー》は顔を上げた。口角に残ったひと欠片《かけら》の笑みを、余すことなく謝清呈《シエチンチョン》に見せつける。

（このガキ……）

謝清呈《シエチンチョン》の眼差しは、賀予《ハーユー》を椅子に釘付けにせんばかりだった。

学生たちの手前、そこら辺で捕獲した学生に無理やりパワーポイントを作らせたなど、謝清呈《シエチンチョン》はきっと認めないだろう。そう確信した賀予《ハーユー》は絡めていた指を解いた。笑いながら眉を軽く跳ね上げ、机に置いたスマートフォンをちょん、と指す。

言うまでもない。この青年は、謝清呈《シエチンチョン》にメッセージをチェックしろ、と暗に言っているのだ。

「……」

謝清呈《シエチンチョン》は不愉快を極めた表情で、パワーポイントを閉じた。

「資料を間違えた。ちょっと待ってくれ」

あの謝《シエ》教授がミスをしただけでも珍しいのに、ここまで低レベルなものだとは。謝清呈《シエチンチョン》のプライドに配慮していなければ、今頃、教室は爆笑の渦に巻き込まれていたことだろう。学生たちは必死になって、一生懸命笑いを噛《か》み殺している。そのせいで、隣の学校から潜り込んできた学生と自分たちの教授が、密かに火花を散らしていることにまで気づかない。

その隙に、謝清呈《シエチンチョン》は曇った表情で自らのスマートフォンを確認する。

案の定、二分前に賀予《ハーユー》からのメッセージが送られてきていた。

『本物のパワポ、ほしい?』

『何がしたいんだ』

名前の枠に現れる、『入力中……』の文字。

謝清呈《シエチンチョン》はしばらく待ったが、『入力中……』は消えない。

いよいよ辛抱できなくなり、謝清呈《シエチンチョン》は顔を上げた。彼の視線は笑わないようにしている学生たちを抜け、上品に椅子に背を預けて、ポチポチとスマートフォンをタップしている賀予《ハーユー》へ突き刺さる。

賀予《ハーユー》はわざと謝清呈《シエチンチョン》の痛いところを突いて、謝《シエ》教授を社会的に死なせるような気まずさを、できるだけ引き伸ばそうとしているようだ。謝清呈《シエチンチョン》を見ることもなく、長い指を一本だけ出して、ディスプレイを何度かなぞる。文字をいくつか入れては消し、また入れては消しを繰り返した。

その姿は真剣に交換条件を考えているようにも見える。けれども、悪だくみが成功したことで得意げに吊り上がった眉は、仮面に隠されている人でなしな喜びをさらけ出していた。

謝清呈《シエチンチョン》が耐えられず、賀予《ハーユー》の机を叩きに行こうとしたその時、やっとメッセージが届いた。

謝清呈《シエチンチョン》は、ブブッと振動したスマートフォンをすぐさま見る。

『僕の服を売ったこと、覚えてるよね?』

『五千元、振り込んでよ。そしたら、ちゃんとしたパワポを出してあげる』

『ついでに言っとくけど、このまま放っておいたら、十分後、パソコンは自動で低俗な動画をダウンロードして再生するからね。強制終了したって無駄だよ。教授、ご判断を。あと何分かしたら値上がりしちゃうかも』

送信を終えたハッカーは、みんなが見ている中で、秘密のやり取りに使っていたスマートフォンを置いた。

心地良さそうな姿勢で座り、片腕を後ろへ移動させて肘を背もたれに乗せる。

続いて顎をしゃくり、周りの人には気づかれないであろう動きで、すっとプロジェクターをさした。それが終わると片手を持ち上げ、何気なく自分の襟をクイと引っ張って、謝清呈《シエチンチョン》に無実そうでいて腹黒い微笑みを向ける。

「……」

謝清呈《シエチンチョン》は陰険な表情で賀予《ハーユー》と目を合わせながら、スマートフォンを握りしめた。支払いアプリを開き、歯を食いしばりながら「五〇〇〇」と入力する。

一秒後。

机に置いていた賀予《ハーユー》のスマートフォンが振動した。

下げられた瞼《まぶた》が杏眼《あんがん》を遮る。賀予《ハーユー》は新しく振り込まれた五千元を確認した。

賀予《ハーユー》は立ち上がる。さすが、下らない内容だったとはいえ、一度は人前でドラマを演じた役者というべきか。賀予《ハーユー》の演技は進歩していた。謝清呈《シエチンチョン》を心配した風を装って、彼は講壇へ上がる。

「すみません、謝《シエ》教授。昨日、妹さんの資料をパソコンにバックアップしていた時に間違えちゃったみたいです。本当にごめんなさい」

金を受け取れば、相手の面倒を解決する。賀予《ハーユー》くんは礼儀正しく、バラバラになって地面に落ちた謝《シエ》教授のプライドを拾い上げた。そして、うつむいて謝清呈《シエチンチョン》のパソコンを操作した。

しばらくもしないうちに、準備されていた本物のパワーポイントが、賀予《ハーユー》によってフォルダから引っ張り出される。賀予《ハーユー》は手を上げて恭しく優雅にそばに下がり、場所を謝清呈《シエチンチョン》に明け渡した。

「教授、どうぞ」

パワーポイント事件はこうして、また賀予《ハーユー》の勝利で幕を閉じた。

授業の後半、謝清呈《シエチンチョン》の顔色は世紀末の曇り空よりもどんよりとしていた。山雨来《さんうき》たらんと欲《ほっ》して風楼《かぜろう》に満《み》つの言葉のごとく、今にも怒りが大爆発しそうな様子であり、眼差しは氷が混ざっているのかと思うほどに冷たい。

賀予《ハーユー》はあの視線が実体化できるのなら、自分は今頃それに貫かれて蜂の巣になっているだろう、などと考えていた。

しかし、現実にそんなこと起こりえない。賀予《ハーユー》はにこやかに、そして周囲の者では気づかないであろう悪辣さ全開で、謝清呈《シエチンチョン》の目から放たれるナイフを一つ残らず、全部受け止めた。

「……今日の授業はここまで」

授業終了五分前、謝清呈《シエチンチョン》は、なんとかこの憎たらしいパワーポイントを使った講義を終わらせた。つつがなく終わったことにやっとホッとしたと、言わざるをえない。

「今回の課題は学校のイントラにアップするから、各自ダウンロードしてしっかり終わらせるように」

気持ちが落ち着いた謝《シエ》教授はパワーポイントを閉じ、ブラウザを開いた。校内サイトのアドレスを入力し、タンッとエンターキーを押す。

数秒後……。

『お宝画像ザクザク、ダウンロードし放題。美女の写真、一〇〇万以上のエロ動画、サイトはこちらから→http:erosaitono.adoresuja.naidesuyo.kennsakushinaide.kudasaine.warai.com』

それと同時に、プロジェクターに無理やり拡大されたのは、ポップアップ広告だった。服をはだけさせた女がスクリーンの外、眼鏡も砕けんばかりに驚いている学生たちに向かって、いやらしく誘いかけている。

学生たちは完全に言葉を失った。

謝清呈《シエチンチョン》は勢いよく振り向いた。

「………」

一方の賀予《ハーユー》も何も言えずにいた。

何万年生きていても着せられるはずのない、デカすぎる濡《ぬ》れ衣。

今回は本当に、僕じゃない……。

第三十三話　飛んで火に入る夏の虫

笑うに笑えないパワーポイント事件のあと、賀予《ハーユー》は何度も謝清呈《シエチンチョン》に経緯を説明した。

しかし、男らしさを何より重んじる謝清呈《シエチンチョン》のプライドは高く、おまけに教授という立場もある。ほかの悪ふざけであれば、ここまで咎《とが》めることはしないが、あれは到底許すことができなかった。そんなこんなで、数日経っても、謝清呈《シエチンチョン》は賀予《ハーユー》からの連絡を一切無視していた。

賀予《ハーユー》のメンタルの安定に気を配るべき立場ではあるが、賀予《ハーユー》がわざと謝清呈《シエチンチョン》を怒らせるようなマネをしたとなれば、話はまた別だ。自らの禁忌《きんき》を侵してきた相手を無罪放免にしてやれるほど謝清呈《シエチンチョン》の心は広くない。

ちゃんと神は見てくれていたようで、賀予《ハーユー》に一矢報いるチャンスはすぐ訪れた。

この日、謝雪《シエシュエ》から電話がかかってきた。

「お兄ちゃん、滬大《こだい》と医科大で開校一〇〇周年記念の懇親イベントがあるんだけど、知ってる?」

「それがどうした?」

「そのイベントの中で、二校が協力して映像作品を作るっていうのがあってね。あ、外部に見せるものじゃないよ。学校のイントラにアップロードして、あとは校内で上映イベントをやるだけなの」

兄が何も言わないので、謝雪《シエシュエ》はだらだらと話を続ける。

「ちょっとした練習作品みたいな位置付けなんだけどさ、滬大《こだい》と医科大の一〇〇周年記念だから、学校側も気合いが入っててね。予算を結構つけてくれて、私たち先生にも、専攻の学生を集めてきちんと撮影してほしいって、お達しが来たんだよ。滅多にない機会だから、私も今すごく真剣に脚本を書いてるの。でね、お兄ちゃん、医療監修として手伝ってくれない?」

正直あまり興味はなかったが、謝雪《シエシュエ》の頼みは断れない。

「企画書を送ってくれ。ちょっと見てみる」

「うんうん、ありがとう! 絶対だからね! ちゃんと手伝ってよ!」

電話を切ってすぐ、謝雪《シエシュエ》から完璧に揃った企画書ファイルが届いた。どんな作品にするか、滬大《こだい》の先生と学生たちは、すでに大まかなイメージを固めているようだ。隣の医科大とのコラボ作品であるため、企画書にある開校記念の映像作品には、『様々なやまい』という仮タイトルがつけられていた。社会における様々な病気の人やマイノリティの人たちの境遇を描くオムニバス映画のようだ。

謝清呈《シエチンチョン》はオフィスでブラックコーヒーを飲みながらファイルを開く。一通り目を通して、この作品にはかなりの数の役者が必要なことに気づいた。謝雪《シエシュエ》は役者が決まっている役には印をつけていたが、十数人が未定のままになっている。

　これほど盛大なイベントの作品であれば、普通、学生は興味を抱くものだ。なのに、まだ決まっていないということは、誰もやりたがらない類いの役なのだろう。

　少し見て、謝清呈《シエチンチョン》はやはりな、と思った。

　具体的には、病人の排泄物を処理する介護士や、つわりのひどい妊婦、そして相手役とちょっとした絡みのシーンがある同性愛者といったような役だった。

　滬大《こだい》の力の入れ具合を見れば、練習用作品とはいえ、学校の記録にも残るものだからと、学生にリアルな演技を求めるだろう。つまり、介護士役なら本物の排泄物を扱い、妊婦役は本当に吐き、同性愛者役も、本当にキスやハグをしなければならないのだ。加えて、今回は二つの学校の開校一〇〇周年記念という大々的なものであるため、手抜きはなおさら許されない。

　こうした面倒な役を演じると名乗り出る者がいなければ、あとはもう強制的に誰かにやらせるしかない。

　謝清呈《シエチンチョン》はじっくり企画書を読み終えてから、賀予《ハーユー》が自分のパワーポイントにしでかしてくれたことを思い出した。自ずと微かに目を細め……しばし考えたあと、謝清呈《シエチンチョン》はスマートフォンを手に取り、謝雪《シエシュエ》へ電話をかけた。

「企画書を読んだぞ」

　オフィスチェアにもたれかかりながら、謝清呈《シエチンチョン》はペンを回してゆっくりと言った。

「医療監修を引き受けても構わないが、一つ条件がある」

「条件？　遠慮なく言って！」

　謝清呈《シエチンチョン》の桃花眼《とうかがん》には、パソコンの画面上に表示されたとある同性愛者役の説明が映っている。

　サッとパワーポイント上に並ぶ文字を眺めてから、口を開く。

「賀予《ハーユー》にやってみてもらいたい役があるんだ」

　謝清呈《シエチンチョン》の〝バーター〟じみた提案を理解できなかったものの、賀予《ハーユー》はもともと関連専攻の学生であり、この間もしょうもないドラマの助っ人に行ったばかりである。専攻は脚本演出だが、あのイケメンっぷりなら、いつまで裏舞台に留まっているのか分かったものではない。

　謝雪《シエシュエ》は、多分兄は賀予《ハーユー》と仲がいいからこんな提案をしたのだろう、と結論付けた。幼い頃から面倒を見ているので、兄はきっと賀予《ハーユー》にいろいろなことを体験する機会を与えようとしているのだ。そこまで考え、謝雪《シエシュエ》は喜んで謝清呈《シエチンチョン》の条件を呑んだ。

先生直々の頼みは断わりづらい。数日後、夜の自習を終わらせた賀予《ハーユー》は『様々なやまい』の稽古にやってきた。

賀予《ハーユー》が参加するのは、その中でも『愛のやまい』という、同性愛者を取り巻く現状を描いた物語の稽古だ。

謝清呈《シエチンチョン》が到着した時、賀予《ハーユー》は、もう一人の主演と読み合わせの最中だった。

賀予《ハーユー》は新入生で演劇専攻ではなく、役者が早朝に行う専門的な訓練をしたことも、演技の授業もあまり受けたことがない。ドラマ撮影に参加した経験こそあるが、撮影班全体のレベルが低い中で脇役だったうえ、あの役は自身と似たところがあったので、まだ演じやすかった。ところが、今回は同性愛者役である。賀予《ハーユー》は四苦八苦していた。

壁に寄りかかって、謝清呈《シエチンチョン》は少しの間その様子を眺めた——杭市《こうし》で撮影していた時に見たものに比べると、今の賀予《ハーユー》の演技レベルは崖から垂直落下したくらいにひどくなっている。

いや、崖から落ちるレベルでは済みそうにもない。大地溝帯《だいちこうたい》に落下した、と言ったほうがもっと的確だろう。

（なんだ、このクソな演技は）

台本に書かれているのは、主人公と同性の恋人の密《ひそ》やかで甘いデートシーンだ。二人とも初々しい愛と欲を演じなければならないのに、謝清呈《シエチンチョン》にはどこからどう見ても、賀予《ハーユー》の演技に〝愛〟を見出せなかった。ＡＩの演技のほうがよっぽどマシだ。

「どれくらいオレを愛してるの？　オレのために、何かを投げ出せる？」

相手役の男子学生はなかなか素質があるようで、うっとりとした様子で賀予《ハーユー》の首に腕を絡ませ、問いかけている。

賀予《ハーユー》は淡々と答えた。

「すごく愛してるよ。君が望むものなら、なんでも投げ出せる」

「じゃあオレの目を見て」

「……」

その後に続くのは、初恋の人を長く見つめたあと、賀予《ハーユー》は突如溢《あふ》れ出した愛欲を抑えきれず相手にキスをする、というシーンのはずだった。

しかし、相手役を見つめる賀予《ハーユー》の顔色はひどいもので、目の前にいるのは初恋の彼というより、もはや父殺しの仇《かたき》である。

「ねえ、キスしてよ」

男子学生は賀予《ハーユー》の首に腕を回したままだ。まだ稽古の段階で、前後の繋《つな》がりをそれほど気にしなくていいため、ぼうっと微動だにせずにいる賀予《ハーユー》を見て、彼は軽く腕を揺らして優しく促した。

男子学生が声を和らげなければ、まだ我慢できたかもしれない。ふんわりと甘ったるいその声を聞いた途端、賀予《ハーユー》は我慢できずにグイと彼を押しのけた。そして、青ざめた顔で監督に、「すみません、キスしてる風にアングル調整するのはダメですか？」と問いかけた。

この物語を担当するのは、監督専攻の大学院二年生の優秀な女子学生だ。かなり頑固でクールな先輩であり、賀予《ハーユー》の言葉に無情にも首を横に振った。

「ほかの人ならまだ相談の余地はあったかもしれないけど、私はダメだから。私が役者に求めることは全部書いてあったよね。私の撮影ではアングルでごまかしたりはしないって」

「……」

黙り込んだ賀予《ハーユー》に先輩は続ける。

「でもまあ、今はただの稽古だから、本当にキスする必要はないいね」

そうして、先輩は相手役の男子学生へ視線を向けた。

「それから君も、稽古の段階からあまりアクセル全開でいかないで。賀《ハー》お坊ちゃまに心理的な障壁を乗り越えてもらわないと。そうでしょ？　君と違うんだから。君はうちの学校でも有名なゲイだけど、この子はノンケで有名なの」

ゲイだと公の場で言われ、男子学生はどこか嬉《うれ》しそうだ。彼はあえてオープンにしているが、極端なところがある。あらゆる人がＬＧＢＴコミュニティを受け入れなければならない、と思っているのだ。受け入れない異端者がいれば、歴史という名の棺桶を開き、その人たちを全員入れて慈禧老仏爺《ツーシーラオフォーイエ》[33]の副葬品として封じ込めるべきだ、とまで考えている。

一方の賀予《ハーユー》は慎み深い人間である。ゲイは苦手だが、それを面と向かって相手に言ったりはしない。そのせいで男子学生は、賀予《ハーユー》は押せば相手が男でも落ちるタイプだと勘違いし、思わず演技にも熱が入ってしまった、というわけである。

謝清呈《シエチンチョン》が賀予《ハーユー》を虐《いじ》めるために、わざとこの役を演じさせたのも、賀予《ハーユー》のその弱点を突こうとしたからだ。賀予《ハーユー》は車

33　西太后。脅威となる者を闇へ葬ったという逸話がある。

酔いしたかのように、今にも吐きそうになっている。顔色は、熟す前の梅のように青い。それを見て、謝清呈《シエチンチョン》はやっと少しスカッとした――。

幼い頃の賀予《ハーユー》は手のかからない子どもだった。しかし、再会してからというもの、賀予《ハーユー》の心はその身長と同じくどんどん高みへ上っていき、謝清呈《シエチンチョン》を眼中に留めないどころか、楯突くようになった。

謝清呈《シエチンチョン》は冷笑しながら、すっかりお手上げ状態な賀予《ハーユー》を見る。ここに来てようやく、かつて賀予《ハーユー》を圧倒していた頃の感覚を多少取り戻した。

そんな優越感に浸っていると、普段は厳粛で冷酷な鋭い顔にも、ついつい若干の柔らかさが滲《にじ》んだ。

（なかなか笑えるな）

「あ、謝《シエ》教授」

医療監修の教授が来たのに気づいた監督は、休憩のついでに賀予《ハーユー》に気持ちを整える時間を与えて、謝清呈《シエチンチョン》とおしゃべりを始めた。

「賀《ハー》くん、本当にマズイです。こういう演技、下手すぎます」

「そうか」

「あの、教授からも、ちょっと話をしてくれませんか。同性愛者でも普通の人と変わらないんだって。異性に向ける愛情と同じ、そこに違いはないでしょう？　あんな死人みたいな顔で突っ立ったままなんて、演技って言えません。ほんともう、どうにかなりそうです……」

謝清呈《シエチンチョン》はタバコに火をつける。

「じゃあ、あいつを呼んできてくれ」

言いながら、謝清呈《シエチンチョン》は周りがうるさいからと、稽古していた小ホールの舞台の幕裏へ行き、賀予《ハーユー》を待った。

ややあって、顔色の悪い賀予《ハーユー》がバッと幕を捲って入ってきた。赤いベルベッドが、彼の背後で揺れる。幕に遮られた空間は、二人以外誰もいない。入るなり賀予《ハーユー》は、謝清呈《シエチンチョン》を壁のほうへぐいっと押した。非常に強い力だ。指に挟んだタバコからパラリと灰が落ち、謝清呈《シエチンチョン》は背中を冷たい壁にぶつけることとなった。

「謝清呈《シエチンチョン》、殺されたいのか」

平均以上の身長がある謝清呈《シエチンチョン》は、賀予《ハーユー》にきつく押さえつけられていても、気勢では少しも負けてはいなかった。

桃花眼《とうかがん》で無感情に賀予《ハーユー》を見つめながら、謝清呈《シエチンチョン》が口を開く。

「言っただろ。どんな状況でも、冷静でいるのを忘れるなと」

「……」

　小声で放たれる皮肉に、タバコの匂いが混ざる。それは二人の呼吸の間に漂っていた。謝清呈《シエチンチョン》は低く問いかける。

「俺の言ってることの意味が分からないのか？」

「……」

「手を放せ」

　数秒後、どうせ謝清呈《シエチンチョン》を絞め殺せないのだからと思い直した賀予《ハーユー》は、再度思い切り謝清呈《シエチンチョン》を押してから離れた。

「僕はゲイが苦手だって知ってるのに、こんな役をやらせるなんて」

「なんだ」

　謝清呈《シエチンチョン》は手を持ち上げ、タバコを歯の間に挟んだ。賀予《ハーユー》の角度からでは、謝清呈《シエチンチョン》の白い歯がちらりと見える。

「これっぽっちの感情もコントロールできないくせに、日常のほかの場面で感情を制御するなんて論外だろ」

「こんな仕事がらみで個人的な復讐《ふくしゅう》をするとか、職権濫用だろ」

　謝清呈《シエチンチョン》は小馬鹿にしたように笑う。

「そうだとして……お前に何ができる？」

「……」

「しっかりやれよ」

　謝清呈《シエチンチョン》は賀予《ハーユー》の襟を軽く整えた。ほの暗い幕の後ろで、自分のせいでひどい目に遭っている青年をのんびりと見上げる。

「期待してるぞ」

「――賀《ハー》くん、戻って！　始めるよ！」

　外から監督の声が聞こえてきた。

　賀予《ハーユー》はゾッとするような目つきで、しばらく謝清呈《シエチンチョン》を睨《にら》んだ。

「待ってろよ」

　その言葉を気に留める風でもなく、謝清呈《シエチンチョン》は「もう行け」と促し、賀予《ハーユー》は沈んだ表情でその場を離れた。

　稽古が再開された。

　状況はさらに悪化していた。休憩前の賀予《ハーユー》を車酔いレベルだったとするなら、今の賀予《ハーユー》はそれよりひどい船酔いに移行していた。それも、命取りになりかねない勢いの。男子学生が賀予《ハーユー》にまとわりつき、賀予《ハーユー》を役になりきるよう導こうとすればするほど、賀予《ハーユー》の抵抗は激しくなっていく。草を食べようとしない牛の頭を押さえつけて、無理やり食べさせているようなものだ。

その後、賀予《ハーユー》と男子学生は改めて何度か例のシーンを演じたが、賀予《ハーユー》の演技は相変わらず見るにたえないものだった。台詞の一つ、動き一つで十個以上のダメ出しができるくらいで、順調に一発ＯＫが出ることはなかった。

クールな監督は再び「カット！」と叫んだ。

そして、巻いた台本をメガホン代わりにして、賀予《ハーユー》を遠慮なく罵る。

「頼むからさ！　君はロボットか何かなわけ？　もうちょっとリラックスして動いてよ！　レイプされてるんじゃないんだから！　愛してるの、君は相手を愛してるんだよ！　その子は君の初恋の相手で、君もまだ十五歳。純粋で無鉄砲で、でも素敵な未来に憧れていて、社会全体と立ち向かう勇気もある。それが君なの。こういう感情はマジで分かってる？　君さ、もう五回目だよ！　ちゃんと真面目にやってくんない!?」

幸いなことに、人前に出ている時の賀予《ハーユー》は気立てがよく、サイコパス的な性格も綺麗《きれい》に隠れている。彼はみんなから模範的な優等生だと思われているため、こうして高圧的に出られるのだ。


けれども、そんな賀予《ハーユー》とて今は先輩の言葉を根に持つ余裕はない。相手役の男子学生が向けてくる熱すぎる真剣な眼差しに迫られて、発作が起きそうだった。

先輩がカットをかけた途端、賀予《ハーユー》は彼女から飛んでくる罵りを聞き流しながら手で額を覆った。ドクドクと脈を打つこめかみを押さえ、その場で数周ぐるぐると歩き回り、気持ちを落ち着かせる。

その際に、賀予《ハーユー》はチラリと謝清呈《シエチンチョン》の姿を視界に捉えた。のんきに長い脚を重ねて、壁際に寄りかかっている諸悪の根源。危うく怒りに負けて飛びかかり、絞め殺しそうになる。

謝清呈《シエチンチョン》はフッと冷ややかに賀予《ハーユー》へ笑いかけたあと、頭を下げてスマートフォンを取り出す。以前に賀予《ハーユー》にされたことを、そのままやり返そうとしているのだ。三秒後、賀予《ハーユー》のポケットに入っていたスマートフォンが振動した。

「……すみません、監督。ちょっとスマホを確認させてください。終わったらすぐ始めますから」

「早くしてよね！　大根役者のくせに、余計なことにばっか気を取られて！」

賀予《ハーユー》は衆人環視の中で謝清呈《シエチンチョン》が送ってきたメッセージをタップした。

送信者欄には、「義父さん」[34]とある。

「義父さん」は賀予《ハーユー》のスマホでの謝清呈《シエチンチョン》の登録名である。謝清呈《シエチンチョン》は家父長制下の保護者そのもので、実の父親よりも父親らしい時があるからだ。

メッセージにはこう書かれていた。

『さすが、プロだな。キスシーンを楽しみにしている』

メッセージを読んだ瞬間サッと暗くなった賀予《ハーユー》の表情は、隣にいた女子学生が驚いて「大丈夫？」と聞いてくるほどだった。

謝清呈《シエチンチョン》はそっぽを向いて唇を一の字に少し結ぶ。冷静沈着そのもので、賀予《ハーユー》が狂いかけているのは自分と全く関係がない、と言わんばかりだ。

賀予《ハーユー》は一息吐く。瞬きすらせず、謝清呈《シエチンチョン》を強引に壁に打ち付けようとしているかのような目つきで凝視しながら、女子学生に返事をした。

「……うん、平気」

その時、監督の独特な大声が聞こえてきた。

「えっ？　本当ですか？　そんなことがあるんですか？」

34 中国では血縁や婚姻関係のない人を義理親と認めることがあり、その父親を「義父」と呼ぶ。

周りの人々の注意は完全に監督へ引き付けられた。演技コーチが何事かを監督に話したようだった。彼女は不思議そうな表情で、半信半疑にコーチを見ている。

それでも、監督は年長者を敬って、少し躊躇《ためら》ってからうなずいた。

「分かりました、おっしゃる通りに試してみますね。どうせ今の状態でもかなり下手ですし」

言い終えると、監督は遠くから賀予《ハーユー》に手招きをした。

「賀《ハー》くん、ちょっと来て！」

胸に手を当てて考えても、賀予《ハーユー》は二十年近くの人生において、何かを恐れたことはほとんどなかった。しかし先輩の手招きを見た途端、あろうことかそちらに行きたくないと思ったのだ。

謝清呈《シエチンチョン》は椅子に腰を下ろして、脚を組んだ。そして、冷淡に口パクで「行けよ」と催促する。

仕方がなくなって、賀予《ハーユー》は「ぶっ飛ばすからな、待ってろよ！」とでも言うような視線でギロリと謝清呈《シエチンチョン》を睨《にら》んだ。そして処刑場へ行くかのように、足取り重く監督のほうに向かった。

監督は赤い唇を開き、誰も予想だにしなかった言葉をいとも簡単に放った。

「賀《ハー》くんさ、ちょっと相手を代えて試してみよっか」

賀予《ハーユー》は呆気《あっけ》に取られ、眉を寄せる。

「相手を代える？」

「そう」

監督は手を振ってうんざりしたように答えた。相手役の男子学生も、ショックを受けた表情で何か言おうとする。それを見て、監督はすぐに男子学生をなだめた。

「ちょっと試してみるだけだから、焦らないで静かにしてて。今夜はもうあまり時間がないの」

そして、賀予《ハーユー》に言った。

「ここにいる人の中から好きに選んで。君の気に入った人なら誰でもいいよ。時間をあげるから、選んだ相手と話し合ってちょっと演技してみて。それで多少マシになるかどうか、テストさせて」

初めはわけが分からなかったが、賀予《ハーユー》はすぐに何かに気づいて目を細めた。ゆっくりと振り向きながら、歯茎を舐める。唇を歪《ゆが》めた際に露わになった犬歯を隠そうともしない。

「そんなにじっくり選ぶ必要はありません、監督」

気分良く壁際で面白がっている謝清呈《シエチンチョン》を見て、賀予《ハーユー》は微笑む。

「あそこにいる方にします」

監督が聞き返した。

「医療監修者と、稽古したいってこと？」

「ダメですか？」

監督は困った表情で声を潜める。

「別の人にしてよ。うちの学校の人じゃないし、有名な教授だから、やりづらいって」

「ほかの人だとそんな気になれませんし、嫌じゃないって思えるのは、あの人だけなんです」

賀予《ハーユー》は優しく言う。

「先輩、試させてください」

クールな監督は厳しい性格とはいえ、女性である。イケメンに甘えられて、動揺しないほうが難しい。

「わ、分かったよ……ちょっと交渉してくる……」

「いえ。知り合いなので、僕が行きますよ」

そう笑う賀予《ハーユー》は、すでに謝清呈《シエチンチョン》のもとに向かって歩き出していた。

謝清呈《シエチンチョン》の耳には微かに彼らの会話が届いていたようで、

近づいてくる賀予《ハーユー》をなんとも言えない表情で見ている。人目があるところでは、賀予《ハーユー》は品行方正である。彼は極めて紳士的に謝清呈《シエチンチョン》の手を握ると、再び誰もいない幕の後ろに謝清呈《シエチンチョン》を連れて行った。

赤い幕が下ろされるや否や、紳士的な表情は一変した。穏やかで上品なそれは、ゲスいろくでなしに豹変《ひょうへん》する。揺れる幕の後ろで、賀予《ハーユー》はズイッと距離を縮め、謝清呈《シエチンチョン》の首筋に顔を近づけてささやいた。

「謝《シエ》教授、知ってます？　悪いことをした時のバチってね、来世じゃなくて現世で当たることもあるんですよ」

第三十四話　なら稽古をしよう

幕の後ろで賀予《ハーユー》と謝清呈《シエチンチョン》が話し合っている間、クールな監督は、今夜は遅くまでかかりそうだと思い、この撮影班の責任者である蒋麗萍《ジアンリーピン》へ電話をかけた。蒋麗萍《ジアンリーピン》から講義棟の責任者に、小ホールの施錠時間を遅らせるよう一声かけてもらおうとしたのだ。

「プルルル……プルルル……」

監督は呼び出し音を聞きながら相手が出るのを待つ。

一方、大学が経営するホテルのスイートルーム。

蒋麗萍《ジアンリーピン》のスマートフォンはシーツの上で振動していたが、それよりも遥《はる》かに激しく揺れ動いていたのはホテルのマットレスだった。彼女は電話には出ず、男との情交に耽《ふけ》って、媚態《びたい》を晒《さら》している最中だった。

電話が鳴ってずいぶんと経ってからようやく、物音が止んだ。

「さっきかかってきた電話があんなにしつこくなかったら、もっと長いことシてやれたのに」

情事《こと》が済み、がっしりした体つきの男はタバコに火をつけながら、ベッドに横たわる女に言った。

蒋麗萍《ジアンリーピン》は気怠《けだる》げに男へもたれかかり、色っぽい目線を送る。

「私は今ので、もういっぱいいっぱいよ。これ以上何をするつもり？」

おだてられた男は豪快に笑い、得意げな表情を浮かべる。

「お前のほかの男と比べてどうだ？」

「やだもぉ、そんな野暮なこと言わないで」

蒋麗萍《ジアンリーピン》は甘ったるく咎《とが》めた。

「ほかの人たちはぜーんぶ、体だけの後腐れない関係よ。

私がずっと一緒にいたい旦那様は、あなたって決めてるの。あなたからプロポーズされるの、待ってるんだからね」

その言葉に男は一層気分を良くして、蒋麗萍《ジアンリーピン》を抱きしめる。

「ほかの奴じゃ物足りないが、俺なら満足させられるからな。じゃあ、うちの嫁がアメリカ出張している間に、もう少し禁断の愛とやらを楽しもう」

蒋麗萍《ジアンリーピン》は柔らかく豊満な体を揺らし、クスクスと笑った。

「やっと元気になった。近頃ずっと心ここにあらずって感じだったから」

「はあ、それにはわけが……」

言いかけて、男はブルッと体を震わせて口をつぐんだ。

蒋麗萍《ジアンリーピン》は知らないふりをしながら、フフ、と笑って男にすり寄る。

「あなたったら、この私と一緒にいるのに上の空だなんて、やだわ。もうちょっと遊ぶ？　今度は何がしたいのかしら、満足させてあ・げ・る」

男は蒋麗萍《ジアンリーピン》に欲望の火をつけられ、ゴクリと生唾を飲み込んで、もう一戦しようと臨戦体勢に入る。

「本当にお前ってやつは……くだらない悩みなんて忘れちまう……ほら、おいで……もうちょっと、イイコトをしよう……」

蒋麗萍《ジアンリーピン》は笑いながら相手に身を寄せた。


「繋《つな》がらないなあ」

小ホールで、監督は再び電話を切って困ったように頭を掻く。ため息をこぼし、そばにいた後輩の女子学生に言った。

「もう急いでやるしかないね。ホールを管理してるおじさん、すごく口うるさいし、生真面目で全然融通が利かないんだよ。賀《ハー》くんに早くしてって言ってきて」

後輩が答える。

「でも、今、謝《シエ》教授を説得している最中なんです」

それは説得など生易しいものではなく、戦いの様相を呈していた。

幕の後ろで、賀予《ハーユー》は笑っているような、そうではないような曖昧な表情で謝清呈《シエチンチョン》の顔を観察している。

謝清呈《シエチンチョン》も、まさか賀予《ハーユー》がここまでやるとは夢にも思わなかった。

自分を巻き込もうとするなんて。

（ホテルのあのキスぐらいじゃ物足りない、もっと気持ち悪くなりたいってか？）

謝清呈《シエチンチョン》は冷え切った声で問いかける。

「俺に、稽古に協力してほしいのか？」

「ダメ？」

「どうかしてるぞ」

「あんたの自業自得だろ」

賀予《ハーユー》は立ち去ろうとする謝清呈《シエチンチョン》を押さえつけ、ジッと力強く見つめた。謝清呈《シエチンチョン》の全身の骨をほじくり出して、砕きそうな勢いだ。

「もうここまで来てるし、逃がさないよ。そっちが僕をひどい目に遭わせたんだ、苦労するなら一緒に苦労してもらわないと」

「先に俺のパソコンに細工したのはお前だろうが」

「出てきちゃったページはわざとじゃないって、何回も説明したじゃん。更年期でイライラしやすいかもだけど、まだボケるような歳じゃないよね？」

こういう畜生にも劣るような野郎が一番嫌いだ。

人前ではきちんとしていて、品があって礼節も弁《わきま》えている。それこそ、不機嫌な様子などおくびにも出さず、誰が見ても模範的な好青年然としている。ところが、人目につかない所に謝清呈《シエチンチョン》を追いやるなり、賀予《ハーユー》は仮面を外し、聞く価値もないデタラメばかり並べた。汚い罵り文句は一つも使わずに相手を手ひどくこき下ろしたのだ。

謝清呈《シエチンチョン》は冷たい声で、

「誰のことを言ってんだ、そっちは思春期真っ只中のアホ丸出しのくせに」

と言い放ち、左手首を掴《つか》む賀予《ハーユー》の手を振り払おうとする。

「お前とじゃれてる暇はないんだ。それに俺は役者じゃない。適当な女の子でも捕まえて稽古しろよ」

「女の子じゃしっくりこないよ」

賀予《ハーユー》が答えた。

「ゲイの役なんだから、同性とやらないと」

「なら適当な男子を見つけてこい」

「またまた。兄さんに敵《かな》うような奴はいないよ」

謝清呈《シエチンチョン》の小賢《こざか》しいやり方にかなり頭に来ていた賀予《ハーユー》は、身にまとっていた偽装を一つ残らず取っ払った。嘲笑をたっぷり含んで「兄さん」と呼ぶ姿は、まさに服を着たケダモノである。

「この……」

謝清呈《シエチンチョン》は深呼吸をして、改めて目の前の、自分が七年間面倒を見た子ども《クソガキ》を念入りに見直した。

「ずいぶん病気がひどくなってるな。馬鹿みてぇに狂いやがって、宛平路《えんへいろ》六〇〇号にある病院は、なんでてめぇを外に出したんだ？」

罵りの後半は方言で放たれた。賀予《ハーユー》は指を持ち上げて謝清呈《シエチンチョン》をさし、上から下へと視線を移動させる。口元には、謝清呈《シエチンチョン》以外の目には映らないだろう、チンピラのような気配が滲《にじ》んでいる。

「あーあ、滬州《こしゅう》方言が出るほど怒っちゃって」

「……」

「あんたさ、自分の声が結構柔らかいって、気づいてた？滬州《こしゅう》語を話すと、もっとふにゃふにゃするから、全然罵ってるようには聞こえないんだよね」

謝清呈《シエチンチョン》は、顔に怒りを滲《にじ》ませたままだ。

「俺とこんなシーンを演じて、吐きたくならないのか？」

目の前のお坊ちゃまは微笑んだあと、すぐに陰険な表情を浮かべた。

「吐くとしても、兄さんの口に吐くから。一滴残さずに、ね」

「クソがッ！」

賀予《ハーユー》はにこやかな表情で謝清呈《シエチンチョン》の罵倒を受け流し、極めつけに念を押した。

「大事な妹の作品だし、僕にちゃんとやってほしいだろ？僕はもう自分を犠牲にしてるんだからさ、あんたも一緒にひどい目に遭うくらい、いいよね」

「謝雪《シエシュエ》の作品だぞ、手を抜くつもりか？」

「うーん、どうかな」

賀予《ハーユー》は少し離れ、視線を下げて謝清呈《シエチンチョン》を眺めた。どれくらい本気なのか分からないような口調で続ける。

「別にあの子のことを好きってわけじゃないし、僕らはただの友達だよ。本当に僕が頭に来たら、謝雪《シエシュエ》の手伝いをやめるから。この話がダメになっても、面倒なことになるのは謝雪《シエシュエ》で、僕じゃない」

謝清呈《シエチンチョン》は賀予《ハーユー》を睨《にら》んだ。

バチバチと密かに火花を散らしながら、桃花眼《とうかがん》が杏眼《あんがん》を見すえる。

謝清呈《シエチンチョン》の左手首は、相変わらず賀予《ハーユー》にきつく掴《つか》まれていた。膠着《こうちゃく》状態のまま、謝清呈《シエチンチョン》の脈拍が賀予《ハーユー》に伝わる。指の腹を通って骨を抜け、青灰色の静脈を辿《たど》り、密着した二人の皮膚を突っ切って、一ミリもズレることなく賀予《ハーユー》の受容体に入っていく。

「……分かった」

謝清呈《シエチンチョン》は奥歯を食いしばり、覚悟を決めた。

「分かった、いいだろう。やってやる」

言いながら、この恨みは一生忘れないとばかりにうなずく。

「クソが、やればいいんだろ？　これで満足か？」

賀予《ハーユー》は相手を凝視して、ゆっくりと微笑みを浮かべた。それなりに優しく微笑んでいるはずなのに、なぜか見る者をゾッとさせる。謝清呈《シエチンチョン》の痩せた細い手首を解放してから手を持ち上げ、謝清呈《シエチンチョン》の代わりに、自分が引っ張ったことで乱れてしまった白衣と中のシャツを整えた。

襟元をいじる賀予《ハーユー》の手を止めずに、謝清呈《シエチンチョン》は冷酷な視線を向ける。

「言っておくがな、今回は稽古ってほどのものでもない。あの学生監督もはっきり分かっているはずだ。単純に、お前にどういう感覚か掴《つか》ませるためだけのもので、本当にやるのはありえない、と。だから、それっぽく見えるアングルで止めろ」

「もちろん」

賀予《ハーユー》はそっと謝清呈《シエチンチョン》の耳元にささやく。

「あんたを抱きしめるだけでも虫唾《むしず》が走るのに、僕が本当にキスをするとでも？」

言うなり、賀予《ハーユー》は服を整えていた手を下ろして、ポンポンと謝清呈《シエチンチョン》の肩を叩く。笑顔はたちまち消え失せて、暗い表情が取って代わった。

「謝清呈《シエチンチョン》、今回のやり合いで、今までの分は帳消しにして休戦しようよ。じゃないと僕、マジで吐いちゃうからさ」

謝清呈《シエチンチョン》は思い浮かべる。

（なんだ、俺の台詞を横取りすれば、ご褒美に手羽元が一本多めに入ったロケ弁でももらえるのか？）

幕から出た二人は、平静そのものだった。物騒なやり取りなぞ、どこにもなかった、と言わんばかりである。

そして、稽古がまた始まった。

「どれくらい俺を愛してるの？　俺のために、何かを投げ出せる？」

謝清呈《シエチンチョン》は無表情に一言ずつ台詞を吐き出す。醸し出される高圧的で居丈高な雰囲気は、愛をささやくというよりも、肘掛け椅子にふんぞり返っている一家の当主が、下の者を詰問しているかのようだ。

最後に「本当のことを言わないなら、その足の骨を折ってやる」と付け足しても、違和感はないだろう。

「なにこれ、助けて……」

顔を覆ってカットと言いかけた監督を、演技コーチが制止した。

「もうちょっと待とう」

「でも相手役が最悪すぎますって、こんなんじゃ……」

コーチはベテラン役者でもあり、笑いながら「焦ることはないよ。もう少し見てみよう」と言った。

一方、賀予《ハーユー》はすでに謝清呈《シエチンチョン》の台詞に答えていた。

「すごく愛してるよ」

監督はポカンとして賀予《ハーユー》に顔を向ける。

(あれ？　想像してたほど悪くないかも？)

上手《うま》いとは言えないが、少なくとも賀予《ハーユー》の演技は目を当てられるくらいにはなっている。

「すごく、愛してる。君が望むものなら、なんでも投げ出せる」

少しの沈黙のあと、謝清呈《シエチンチョン》は抑揚なく台詞を暗唱し続けた。

「じゃあ俺の目を見て」

賀予《ハーユー》は、なんと言われた通り、謝清呈《シエチンチョン》を見つめ始めた。向けられるのは、温度と感触を伴った目線だ。眉間から鼻先、唇へそれが滑っていった時、謝清呈《シエチンチョン》はどことなくくすぐったさを感じ、唇から首元を辿《たど》った時は、熱い、とすら思えた。

「ほら、目を見たよ……」

謝清呈《シエチンチョン》が協力的に動こうとしないため、しばらく見てから賀予《ハーユー》はいきなり頭を下げた。薄氷のような謝清呈《シエチンチョン》の首筋へ、顔を寄せる。皮膚の下にあるのは頸動脈《けいどうみゃく》だ。急所を守ろうとする動物的な本能により、謝清呈《シエチンチョン》は危険を察知し、にわかに体を強張《こわば》らせた。危うく演技を中断して賀予《ハーユー》を押しのけそうになり、目をそらす。

賀予《ハーユー》の唇は頸動脈のすぐ近くで止まった。

「目を見てほしいって言ってたのは君だろ。なのにどうして、君は真剣にこっちを見ようとしない？」

賀予《ハーユー》はアドリブを入れた。温かい呼吸が、吐息のような小声で放たれた疑問を謝清呈《シエチンチョン》の耳もとへ届ける。それは直接、皮膚の毛穴や血肉、動脈から沁《し》み込んで、激しく謝清呈《シエチンチョン》の心に叩きつけられた。

謝清呈《シエチンチョン》は頭皮までもが痺れた気がした。「お前やっぱり頭おかしいんじゃないか」と言いそうになるのをこらえ、信じられないとばかりに視線を戻して、賀予《ハーユー》を睨《にら》む。

ところが、その行動は間違いだった。

賀予《ハーユー》の演技は確かに良くなっていて、それどころか演技コーチの予想を上回っていた。賀予《ハーユー》の相手を代えようと演技コーチが提案したのは、賀予《ハーユー》と相手役の入り込み具合に大きな差があると感じたからだった。もともとの相手役はカミングアウト済みのゲイで、しかも賀予《ハーユー》にその気があるのは一目瞭然だ。対する賀予《ハーユー》は明らかに不慣れなだけでなく、同性に触れられるのも嫌な様子だった。

そんな状況では、相手役は賀予《ハーユー》の演技を引き出すどころか、賀予《ハーユー》に激しい抵抗感を抱かせ、どのように役に入ればいいか分からなくさせてしまうだけである。酔っ払いとシラフの話が永遠に噛《か》み合わないのと同じだ。今の賀予《ハーユー》に必要なのは、むしろ彼自身と同じくらい醒《さ》めた人に導いてもらうことなのだ。

謝清呈《シエチンチョン》は確かに全く演技ができないが、賀予《ハーユー》の引率役としては、かなり適任だった。

賀予《ハーユー》は謝清呈《シエチンチョン》を全く警戒していない。お互いの性的指向を明確に分かっており、ストレートなのだから、キスしたり抱き合ったりしたところで、個人的な感情は入らない。その前提があるからこそ賀予《ハーユー》は非常にナチュラルな演技ができた。そして、再び目を向けた謝清呈《シエチンチョン》の視界に飛び込んだのは、愛情をたっぷり含んだ青年の瞳だった。

賀予《ハーユー》は首を軽く傾げ、十五歳の、密やかな愛欲を抑えられない少年を演じる。呼吸は徐々に荒くなり、眼差しに切望が滲《にじ》んだ。彼の唇は謝清呈《シエチンチョン》の首筋から、唇のすぐそばへ移動した。

僅かに位置をずらし、離れているものの、二人の呼吸は余すところなく絡み合っていて、熱い口づけを交わしたあとに離れた唇の間に漂う、濡《ぬ》れた空気にも似ている。男を見つめる若者は、すっかり役になりきっていた。繰り返される熱くて速い吐息は、今にも実体を持って相手の魂に深く絡み、肉体に乱暴にまとわりつきそうだった。

「……」

謝清呈《シエチンチョン》は固まっていた。

杭市《こうし》のホテルの夜が脳内に蘇る。酒に酔っていた賀予《ハーユー》は、今と同じくらいに熱く自分に覆いかぶさり、こちらを見ていた。ハイティーンが持つ熱と欲望が、容赦なく謝清呈《シエチンチョン》を圧迫する。

不慣れな情緒や出来事に対し、往々にして人は居心地悪さを感じる。何より、無謀なほどに力強い眼差しは、すぐ近くから放たれているのだ。

あとになって、謝清呈《シエチンチョン》はぼんやりと考えた。あんな視線を向けられたら、ひどく緊張して、真っ青になりながら警戒心を露わにしても普通だろう、と。

(周りの奴らは、何を笑っているんだ!?)

「カット、オッケー!」

監督は今回の演技にかなり満足したようで、タイミングよくカットをかけた。

その声を聞いた途端、謝清呈《シエチンチョン》は即座に暗い表情で、自分より相当年下の若者を押しのけた。賀予《ハーユー》の目に浮かんでいた優しさも、一瞬にして消え失せる。何か思うところがあるのか、賀予《ハーユー》は真意の測れない目つきで、しばらくじっくりと謝清呈《シエチンチョン》の唇を見つめていた。

その後、曖昧な表情で、目を細めて謝清呈《シエチンチョン》を上から下へと何度か眺め回す。

「もしかしてさ……氷を抱きしめて演技をしたほうが、もっと愛情を表現できたりするのかな、君は?」

頬杖《ほおづえ》をついて椅子に座り、一連の演技を目も離さず見守っていた監督が賀予《ハーユー》に問いかけた。

賀予《ハーユー》は目線を下げる。

「多分コツを掴《つか》んだだけです」

コツ。

それは、真剣に演技をすればするほど、謝清呈《シエチンチョン》をより嫌な気分にできるという確信だ。

実際に顔色の悪い謝清呈《シエチンチョン》の様子を見れば、目的を達成したのは明らかである。

監督は大いに喜んで、時計を見た。これならまだ間に合う。

「よし、それならせっかくだし、今のうちに本撮影もしちゃおっか。ほら——」

監督は賀予《ハーユー》の相手役を呼び寄せた。

「趙《ジャオ》くん、おいで。ワンテイクでオッケーを出せるようにね! みんな頑張って、ここが閉まる前に……」

「バンッ!」

言い終えぬうちに、ホールの扉が思い切り開かれた。

驚いて振り向く一同に、ホールの管理人が息を切らせながら命令する。

「ホールはもう閉める、そこまでだ! 今すぐ手を止めろ!」

監督はカッとなった。

「ちょっと、まだ貸し出し時間内ですよね？　ほら、あと四十分以上ありますよ、どうして――」

管理人が口を開く前に、突然、ホールに起伏のない機械的な歌声が次から次へと響いた。

「落とそうよ……ハンカチを……後ろにそっと置いておくから、みんな黙ってて……」

ホールにいた学生たちは呆気《あっけ》に取られる。

その声は、それぞれのスマートフォンから一斉に流れているのだ！

「うわっ、俺のスマホどうしたんだ？」

「なんか変な動画が出てきたんだけど！」

「私のも！　閉じれないし、どうなってんの!?」

謝清呈《シエチンチョン》はサッとスマートフォンをつけた。操作はでき、アプリの動作も正常だが、画面左上の隅に閉じられないポップアップが表示されている。画面をじっくり見る前に、ホールに制服を着た警察官たちが入ってきた。

先頭に立つ警察官が低く言い放つ。

「校内で事件が起きた。それから殺人も。今夜は外出を禁止する。全員今すぐ寮に戻りなさい」

シン、と一瞬静まり返ったあと、たちまち慌てふためいた悲鳴があちこちから上がった。

「きゃあああ!!!」

第三十五話　はあ、また殺人事件だ

謝清呈《シエチンチョン》と賀予《ハーユー》は最後にホールを出た。

外では、学生たちが職員や警察に誘導されながら寄り集まって、寮に向かっている最中だった。その背後で学生たちに避難を呼びかける校内放送が響いている。

「学生の皆さん、落ち着いてください。一人にならずに、離れた場所にいる方は今すぐ先生か、ルームメイト、友達と連絡を取ってください。押し合わず、順に寮へ戻ってください……」

しかし、騒々しい学生たちの声に遮られ、こんな放送程度では混乱した学生を鎮めることはできない。

屋外にいる者たちは皆、じっと自分のスマートフォンか、もしくは学校の象徴とも言える建物――滬伝《こでん》電波塔を見ていた。

それは放送芸術に携わる学生たちのためにわざわざ建て

られたもので、本物の電波塔に似せて作られ、全体がLEDモニターのようになっている。

電波塔は、コントロールシステムをハッキングされているのか、目障りな赤色の光を放っていた。まるで大地に突き立てられた、血まみれの鋭利な剣だ。モニターに表示されているゴシック文字はおそらく数キロ先からでもハッキリ見える。
W、
Z、
L、
ハンカチ落とし殺人ゲーム、スタート。

滬大《こだい》にいる人のスマートフォンは、もれなく騒ぎを起こした首謀者にハッキングされていた。操作はできるものの、突如出現した小さなポップアップを閉じられないのだ。

無数のポップアップはたちまち夜に包まれた滬大《こだい》を煌《きら》めく銀河にした。残念ながら銀河を埋め尽くす星は全部、恐ろしく気味の悪い動画を再生している画面だが。

謝清呈《シエチンチョン》は視線を下げた。改めて自分のスマートフォンを見て、ポップアップに表示されている文字は電波塔のものと同じだということに気づく。

『W、Z、L、ハンカチ落とし殺人ゲーム、スタート。』という文言である。

動画の中、それぞれのアルファベットの下には、イラストで描かれた不気味極まりない子どもたちが輪になって座っており、一人の女の子が真っ赤なハンカチを持って、ニコニコと輪の外側を回っている。子どもの頃に遊んだハンカチ落としと同じ光景だ。

Wのアルファベットの下で、女の子は座っている一人の男の子の後ろにハンカチを落とす。逃げ始める男の子。女の子はニコニコとその後を追いかけた。

突然――。

男の子に追いついた女の子は、クスクスと笑いながら男の子の頭を鷲掴《わしづか》みにしたかと思うと、次の瞬間、その首をもぎ取ったではないか。

数秒後、校内にある全てのスマートフォンから、再び無感情な幼い歌声が流れ始める。

「落とそうよ……ハンカチを……後ろにそっと置いておくから、みんな黙ってて……」

無数のスマートフォンのスピーカーが、優しい童謡を身の毛もよだつような合唱にして、学校中に響かせた。

学生たちはますます恐怖を感じて身を寄せ合った。開けた場所でみんなと一緒にいるほうが安全だと思って寮に戻ろうとしない者や、泣き出す臆病な者もいる。辺りから絶えず着信音が鳴り、なぜか歌声と妙なハーモニーを奏でていた。ほとんどは学生の保護者からの電話だ。あまりにも騒動が大きく、情報社会であることも手伝って、滬大《こだい》の件は瞬く間に様々なSNSで広まり、世間からも注目を集めていた。

「もしもし、母さん！　うん、大丈夫だけど……すごく怖くて……」

「うわあああん、パパ！　みんなと一緒にいるよ！　うん、変なところに行ったりしないから、ううう っ……」

周囲の混乱の中、謝清呈《シエチンチョン》もすぐさま謝雪《シエシュエ》に電話をかけた。妹が実家で黎《リー》とワンタンを包んでいると知り、ホッと胸を撫《な》で下ろす。簡単に状況を説明し、安全に気をつけて家から出ないように、そして、一時間に一回は無事を報告するように伝えてから、それ以上無駄口を叩くことなくさっさと電話を切った。

通話を終わらせてから、謝清呈《シエチンチョン》は賀予《ハーユー》が静かにこちらを見ているのに気づいた。視線が合うと、賀予《ハーユー》はまたふい、と目をそらした。

「……」

ここに来て、謝清呈《シエチンチョン》は察した。賀予《ハーユー》は誰からも心配されていないのだ。

ほとんど全員が親族や友達から連絡を受けているのに、賀予《ハーユー》のスマートフォンは水たまりのように始終静かなままだった。そして、持ち主である若者の表情も同じぐらい落ち着いていた。

謝清呈《シエチンチョン》が何かを言いかけたその時だ。ハンカチ落としの歌が終わり、突然、スマートフォンの画面を覆う写真がパッと現れた。その瞬間、二人は隣にいた警察官が小さく「クソッ」と毒づいたのを聞いた。

直後、その警察官のトランシーバーから、隊長と思《おぼ》しき人物の怒鳴り声が飛び出す。

「これ、警察が現場で撮ったばかりの写真だろ！　なんで外部に漏れてんだ!!」

怒号は全ての人の注意を引きつけた。

現れたのはモザイク処理が一切施されていない写真だ。奇妙で猟奇的であり、かなりショッキングなものが写っている。一人の男の死体だ。ぐちゃぐちゃに乱れたベッドに横たわる男は、首を絞められて死んだようだ。だらりと長く舌を垂らして、全裸だが足には赤いハイヒールが履かされている。

大きなベッドの置かれたこの部屋は、学生たちにとってかなり馴染《なじ》みのある場所だった。

滬大《こだい》が経営しているホテルの部屋なのだ。

毎年始業の時期になると、子どもたちを学校へ送り届けるために多くの保護者が付き添ってくる。その際に利用するのが、このホテルだ。設備がよく、滬大《こだい》の学生なら割引もきく。始業期の保護者たちが去れば、あとは学生カップルがぽつぽつとだが、地道に訪れ続ける。

すぐに「うわっ」と驚きの声があちこちから上がる。ほとんどが男子だ。刺激が強い絵面にそこまで抵抗感のない男子たちは、写真の部屋が彼女との行為に使っているあの場所だと分かった。なんてことだ、〝心休まる場所〟が殺人現場になってしまった。ここに行くことはもう永遠にないだろうが、今後同じような大きさのベッドを見るだけで萎えそうだ。対して、相対的に怖がりな者の多い女子の大半は、この画面を見るや否や、泣きながら目を覆って顔をそらせていた。

賀《ハー》お坊ちゃまはこの類いの平民が通うようなホテルを使ったことがなく、そもそも一緒にホテルへ行く彼女もいないため、軽く眉を寄せただけだった。周りの男子学生の「うわ」という声に、なぜ「マジかよ」といったニュアンスが含まれているのかを理解できない。

とはいえ、賀予《ハーユー》は画面から別の情報を読み取った。振返り、さっきまで火花を散らしていたことに構わず、真っ直ぐ謝清呈《シエチンチョン》の顔を見る。

謝清呈《シエチンチョン》の瞳から、自分が抱いているのと同じ疑問の色を見出した。

成康《せいこう》精神病院。

この殺害方法は、成康《せいこう》精神病院の時のものとどこか似ているのだ。

まずは服である。

死者は明らかにどちらも男性なのに、死亡時に女性的な要素の強い服や装飾品を身に着けさせられている。梁季成《リアンジーチョン》は上から下まで女性の服で、この死体は赤いハイヒールだ。

次に曲。

賀予《ハーユー》と謝清呈《シエチンチョン》は、江蘭佩《ジアンランペイ》がオフィスで死体をバラバラにしていた時に口ずさんでいた歌を鮮明に覚えている。当時、謝雪《シエシュエ》が事件に巻き込まれたと思っていた二人が、ドアの向こうで聞いていたのが、正気を失った女の歌う、このおぞましい歌だった。

「落とそうよ……ハンカチを……後ろにそっと置いておくから、みんな黙ってて……」

最後にWZLという三つのアルファベットである。夢幻島《むげんとう》の洞窟で見た謎のメッセージに書かれていた、あの三文字ではないか。

次第に学生たちも、やり口が江蘭佩《ジアンランペイ》の事件に似ていると気づき始めた。人群れに、恐れを滲《にじ》ませたヒソヒソ声が広まる。

「そう、このハンカチ落としの歌、例の殺人事件の時に歌ってたんだって。ニュースで読んだ……」

「……江蘭佩《ジアンランペイ》……」

「この赤いハイヒールさ、ニュースに載ってた写真で、江蘭佩《ジアンランペイ》が履いてた靴に似てない？」

「マジかよ。っていうか聞いた話だけど、〝靴〟って邪《じゃ》[35]を表していて、〝送り出す〟意味もあるんだって……」

あまりの恐怖に我慢できなくなったのだろう。一人の学生が悲鳴を上げた。

「マジで江蘭佩《ジアンランペイ》じゃねえか！　江蘭佩《ジアンランペイ》の悪霊が命を奪いに来たんだ!!」

その叫び声に、一瞬にして周囲は混乱に包まれた。

以前、賀予《ハーユー》も謝清呈《シエチンチョン》に伝えたことがあった。江蘭佩《ジアンランペイ》が壮絶な死を遂げたあと、その境遇と死に方のせいで、いつの間にかある噂《うわさ》が学生の間で広まっていると。それも、「クズ男の名前と死に方を記して江蘭佩《ジアンランペイ》と署名すれば、あの女は悪霊となって男の命を取りに来る」というものだ。

今スマートフォンに映し出されている写真は、学校に広まった噂を裏付けると捉えられても仕方がないものだった。たくさんのスマートフォンに大きく表示されていることも手伝って、あまりの恐怖に学生たちはどうしてもパニックになってしまう。

ますます広がる混乱。学生を避難させようとしていた警察官と職員たちはメガホンを手に、ありったけの声で叫んだ。

「静かに！　皆さん、ここに留まらず、先生と寮へ戻ってください！　皆さんの安全は我々が守りますから！」

追い立てられる鴨《あひる》のように、促された学生たちは前へぞ

35 靴の中国語発音は「シエ」で、邪の発音「シエ」と同じである。

ろぞろと進むものの、彼らの目は殺人現場の写真に釘付けだ。
　これは普段の過保護の結果とも言えよう。学生たちはこの類いの画像を見る機会などほとんどなかった。しかし、実際にゾッとする血腥《ちなまぐさ》い場面を目の当たりにして、そのショックで目を離せなくなってしまったのである。内心は恐怖に震えているのに、なぜかますます見たいという欲求から逃げられず、見たら見たで、さらにパニックになってしまう。

　何もなくても学生を安全に避難させる作業は難しいのに、こんな時に限って、全員のスマートフォンの画面がまた変わった。

　死体の写真が消え、あの「WZLハンカチ落とし殺人ゲーム」が再び映し出される。

　とはいえ先ほどのものとは、ちょっとした違いがある。

　Wの後ろには、死者の名前であろう「王剣慷《ワンジエンカン》」が表示され、Wの下でハンカチ落としをしていた子どもたちは黒くなっている。全員微笑んだままその場に固まり、男の子が首をもがれたシーンで止まっていた。

　逆に、Wである王剣慷《ワンジエンカン》の次、Zのアルファベットの下で静止していた子どもたちに、変化が起きた。赤いハンカチを持った女の子が、またニコニコと輪の周りを素早く走って、〝お友達〟の後ろを回っている。いつでもハンカチを落とせるように……。

　二巡目の殺人ゲームが、始まったのだ。

　謝清呈《シエチンチョン》と賀予《ハーユー》は目を見合わせる。二人とも、夢幻島《むげんとう》のノートに残された「WZLは近々、殺される」を思い出していた。当時、WZLは誰かのイニシャルだと思っていて、まさか三人分の名前の頭文字だと考えもしなかったが。

　Wを表す王剣慷《ワンジエンカン》が死んだ。

　Zは、誰を指しているのだろうか？

　不意に、賀予《ハーユー》のスマートフォンが鳴った。

　賀予《ハーユー》は呆気《あっけ》に取られる。表示されている名前を見て、一瞬固まってから、ぎこちなく電話に出た。

「父さん」

　賀継威《ハージーウェイ》は空港から出た時、秘書から送られた滬大《こだい》動画殺人事件の知らせを目にした。

「お前の学校はどうなってる？　警備員は仕事していないのか、こんなことになるなんて」

　答えない賀予《ハーユー》をよそに、賀継威《ハージーウェイ》が続ける。

「今どこだ？」

「学校のホールの入り口」

「公安局の李《リー》局長に言って、迎えを寄越させよう」

「いらない」

賀予《ハーユー》は周囲を見渡した。もはやイワシの缶詰並みに、人で溢《あふ》れかえっている。それに、謝清呈《シエチンチョン》もまだ隣にいるのだ。こんな時にパトカーが迎えになんて来たら、謝清呈《シエチンチョン》は口に出しては何も言わないだろうけれど、きっと自分を見る目の温度が八度くらい下がる。

「必要ないよ。どうせパトカーは入れないし、この後すぐ寮に戻るから」

「だが万が一何かあったら――」

電話越しでも、賀予《ハーユー》の周りの混乱ぶりが伝わってくる。賀継威《ハージーウェイ》は足を止めてため息をこぼした。

「今、周りに知り合いはいるのか？」

賀予《ハーユー》は謝清呈《シエチンチョン》を一瞥《いちべつ》する。

この男を、知り合いとしてカウントしていいのだろうか？

それとも前に二人が共通認識として抱いていた、もう綺麗《きれい》に関係が終わっている医者と患者にすぎないのだろうか。

「おい、賀予《ハーユー》？　聞いてるか？」

賀予《ハーユー》が何か言いかけたところで、電話の向こうから少年の声が聞こえてきた。

「父さん、待ってよ！　飛行機に忘れ物しちゃったから、スタッフに言わないと」

「……」

その声に、賀予《ハーユー》の目はすこぶる冷たくなった。

「大丈夫だよ、父さん。知り合いはいるから」

言いながら謝清呈《シエチンチョン》へ目をやり、「謝《シエ》先生と一緒なんだ」とつけ足す。

「謝清呈《シエチンチョン》か？」

「うん……」

「なんで一緒にいるんだ。今も診てもらってるのか？」

実のところ、賀予《ハーユー》もどう答えればいいのか分からない。ホテルのあの出来事から、謝清呈《シエチンチョン》は何かにつけてはケチをつけてきて、カウンセリングもきちんとやってもらっていないように思える。

ただ、どういうわけか賀予《ハーユー》の症状はかなり改善されており、謝雪《シエシュエ》の件について考える頻度も減っていた。

近頃は謝清呈《シエチンチョン》のことをあまり信頼しておらず、相手が隙に付け入って自分を困らせようとしているとばかり思っていたので、今の今まで気づかなかった。ところがこの瞬間、賀予《ハーユー》はハッとした。もしかしたらこれは、謝清呈《シエチンチョン》の治療の一環ではないか、と。

精神エボラは生理的な面以外に、心理的な面にも重大な影響を及ぼす。謝清呈《シエチンチョン》は完全な薬物治療派ではない。それよりも患者の精神世界のバランスを取って、豊かにすることを重視している。唯心主義者寄りと言っても過言ではない時もあるくらいだ。

だからこそ、謝清呈《シエチンチョン》は短期的な相談ではなく、昔、賀予《ハーユー》にしていたように長い時間をかけて患者に寄り添い、世話をする治療のほうが向いているのだろう。彼のようなタイプの医者は、普通「お前は病気だから、話をしよう。言いたいことがあれば俺に言ってくれ」と繰り返し言ってきたりはしない。

謝清呈《シエチンチョン》は往々にして普段の生活に馴染《なじ》み深く、気づかれないような方法で患者に対して心理学的介入を行う。常に、患者に「自分は普通である」と思わせようとしているのだ。

心理療法において、時にはその過程で医者がどれほどプロらしく、言葉巧みに患者と話すのかに注目してはいけない。

何より重要なのは、治療によって患者の気持ちが楽になり、精神面においてどんな良い変化をもたらしたのか、ということなのだから。

近頃、賀予《ハーユー》は謝清呈《シエチンチョン》と喧嘩《けんか》したり、相手が使った卑怯《ひきょう》な手口にどう対処するかについて脳みそをフル回転させたりしていた。そのおかげで、あろうことか失恋のショックから結構立ち直っているのだ。

その発見に思わず呆然《ぼうぜん》として、賀予《ハーユー》は視線を上げ、謝清呈《シエチンチョン》を無言で見つめた。

賀継威《ハージーウェイ》の訝《いぶか》しげな声が聞こえてくる。

「なんで黙ってる？　また何かあったか？」

「なんでもない」

賀予《ハーユー》は一度咳払いをして、謝清呈《シエチンチョン》から視線をそらした。

「うん、最近診てくれているんだ」

「全く謝清呈《シエチンチョン》ってやつは……前は引き留めようとしてもうなずかず、頼んでも断ったくせに、わざわざボランティアでやるなんて」

この前ホテルで発作を起こした自分が齧《かじ》りつ・い・た・せいで、

衝撃を受けた謝《シェ》先生は見かねて、ついでに自分の面倒を見始めた、などとは口が裂けても言えない。賀予《ハーユー》は気まずそうに、「た……たまに診る程度で、いつもってわけじゃないよ」と答えた。

賀継威《ハージーウェイ》は間を置いてから、続ける。

「まあ、いい。なら謝清呈《シエチンチョン》について行け。自分の寮には戻るな。いくら子どもが集まったところで安全でもないだろうし。謝清呈《シエチンチョン》と一緒に、彼の寮に戻りなさい」

「父さん、それはちょっとよくないんじゃ……」

「よくない？　彼は子どもの時からお前の面倒を見ているんだ。これしきのこと、きっと手伝ってくれる」

「でも今は僕の医者じゃないし」

「それはそれだ。雇用関係じゃなくても人情ってもんがあるだろ。でなければ、たまにでもお前を診たりはしないはずだ。それに、謝清呈《シエチンチョン》はうちで嫌な目に遭ったからやめたというわけでもないんだから、そうきっぱり線引きする必要はないぞ。自分から言うのが恥ずかしいなら電話を代われ、私から話してやる」

スピーカーから、再び弟の声が聞こえてくる。

「父さん、歩くの速すぎだって。誰に電話？　賀予《ハーユー》？」

弟の声を聞いた途端、賀予《ハーユー》は電話を続ける気が失せた。

「分かった。もう切るよ」

電話を切って、賀予《ハーユー》は視線を謝清呈《シエチンチョン》へ戻した。咳払いをして、「あのさ――」と切り出す。

「親父さんから俺と一緒に帰るように言われたんだろ」

「……聞こえてたのか」

謝清呈《シエチンチョン》はうん、と答えて賀予《ハーユー》と共に人の流れに沿って歩き出した。滬大《こだい》が封鎖されているので医科大に戻れないが、謝雪《シエシュエ》の寮に行くことはできる。謝清呈《シエチンチョン》はさっきすでに謝雪《シエシュエ》とその件を話し、電子ロックのパスワードも知っている。

押し合う群衆の中、やっとの思いで寮に到着して、謝清呈《シエチンチョン》はドアを開けた。

「入れ」

リビングの明かりがつけられる。家が醸し出すアットホームな雰囲気が、外界に溢《あふ》れていた緊迫した空気や心を押し潰そうとする圧迫感を和らげた。物騒なゲームはまだ続いているが、この環境下では、それはむしろ対岸の火事か、警察と犯人が戦う映画でも観ているみたいで、そこまで息詰まる感じがしない。

何よりも、ここは謝雪《シエシュエ》の部屋である。ドアを開けてすぐ、ローテーブルいっぱいに並べられたジャンクフードとクマのぬいぐるみが二人を迎えた。

　そして、置きっぱなしになっている、空っぽなカップ麺の二つの容器も。

「……」

賀予《ハーユー》も謝清呈《シエチンチョン》も無言になる。恐怖とは程遠い光景だ。

謝清呈《シエチンチョン》はドアを閉めると、襟元のボタンを一つはずし、曇った顔で謝雪《シエシュエ》の代わりに片付けを始めた。

賀予《ハーユー》は足の踏み場もないリビングを眺める。謝雪《シエシュエ》の部屋は前にも来たことがあったが、謝雪《シエシュエ》はいつも先に片付けてから自分を中に入れるようにしていた。

　片付け前の部屋がまさか、こんな状態だったとは。ゴミ捨て場といい勝負だ。

賀予《ハーユー》は一瞬、ここは王剣慷《ワンジエンカン》の殺害現場の写真よりもショッキングではないか、とさえ思った。これほどの汚部屋と普段の謝雪《シエシュエ》のこざっぱりとした様子を結びつけるのは、なかなかに難しい。

　手を後ろで組んでしばらくドアにもたれかかってから、賀予《ハーユー》はようやく慎重に口を開いた。

「普段からこんな感じ?」

「昔からずっとな」

　父親代わりの謝清呈《シエチンチョン》は、無表情で謝雪《シエシュエ》が床に落としていたクマを拾い上げて、ぽんぽんと埃を払ってから棚に並べる。そして、絶句している賀予《ハーユー》に言った。

「湯を沸かして、お茶を淹《い》れてくれ」

「……うん」

　お茶を淹れている時、賀予《ハーユー》はシンクに置かれているカップも二つあるのに気づいた。ティーバッグには、謝雪《シエシュエ》があまり好まない紅茶の茶葉が残されている。

　何かが脳内を過《よ》ぎるが、深く考える前にリビングにいる謝清呈《シエチンチョン》の声が聞こえてきた。

「棚の三段目に入ってる蔵茶《ぞうちゃ》[36]を頼む。俺はそれを飲むから」

賀予《ハーユー》は返事をして、謝雪《シエシュエ》のごちゃごちゃしたおやつと飲み物の中から〝謝《シエ》社長〟ご所望の蔵茶を探すことに意識を集中させた。それ以上、残された紅茶の茶葉と二つのカップについて考えることはなかった。

　部屋はあっという間に綺麗《きれい》になった。謝清呈《シエチンチョン》は精悍《せいかん》なエリート然として、お高くとまって浮世離れした人のように

36 チベット族がよく飲むお茶。

見えるが、それは彼の一面でしかない。

年端も行かない頃から、八歳年下の妹を育ててきた男なのだ。ただ仕事ができるだけのエリート……なわけがない。

淹《い》れたお茶をトレーに載せて、賀予《ハーユー》がリビングに入った時、謝清呈《シエチンチョン》は腰を屈めてカーペットに積み上げられていた最後の本の山を片付けていた。

謝清呈《シエチンチョン》の前屈みになった姿はとても美しい。脚がすらりと長く腰も細いため、屈むとシャツがぴんと張り、隠されている引き締まった腰回りがくっきり見えるのだ。

賀予《ハーユー》が来たのを見て、謝清呈《シエチンチョン》は体を起こして本を本棚へ戻した。横目に賀《ハー》秘書を眺め、綺麗《きれい》になったローテーブルへお茶を置いてくれと言わんばかりに軽く顎をしゃくる。

賀《ハー》秘書が口を開いた。

「雪地冷香《せっちれいこう》を淹れたけど、あってるよね」

「うん」

片付けをやっと終わらせた謝《シエ》社長は手を洗い、ソファに腰を下ろしてさらに首元を緩めた。

壁を隔てていても、外の賑《にぎ》やかな人の声や、サイレンが聞こえてくる。それどころか、謝清呈《シエチンチョン》が少し横を向けば、リビングの窓から深紅に染まった審判の剣のような電波塔も見える。

スマートフォンの中では、Zの下で例の女の子がまだぐるぐると回っていた。

謝清呈《シエチンチョン》は「ハッカーの仕業か?」と問いかけた。

「間違いなくね。ターゲットエリアはこの辺りのモバイル端末と電波塔だよ」

言いながら、賀予《ハーユー》はおそらく謝清呈《シエチンチョン》と自分のスマートフォンで同時に流れている動画が鬱陶しくなり、また、ハッカーの負けず嫌いが頭をもたげたのだろう。自らのスマートフォンのロックを解除するとコードを入力し始めた。

すぐに、賀予《ハーユー》は小声でつぶやく。

「面白い。相手が使ってるのはアメリカの最新デバイスだ。僕も一回遭遇したことがある。このデバイス、影響範囲は広いけど、バグがあるんだ。制御を振り切るのは難しいことじゃない」

賀予《ハーユー》は視線をそらすことなく、画面に映るクラッキングコードが、相手の防御システムを突破するのを見守る。

数分後。

案の定、賀予《ハーユー》のスマートフォンは静かになった。

相手側のコントロールから逃れたスマートフォンを、

賀予《ハーユー》は気に留めた風もなく傍らへ放り投げた。

「ずいぶんあっさり破れたな」

「僕も、そこそこ腕が立つから」

そこそこどころか、ダークウェブのハッカーランキングで五本指に入る賀予《ハーユー》は、謙虚に言う。

「何をしたって、僕にちょっかいを出すべきじゃなかったね」

「全部は止められないのか？」

賀予《ハーユー》はフッと笑う。

「できないよ。ちゃんとしたデバイスがないから、そこまでは無理。それに、それは警察の仕事でしょ。下手に手を出したら、逆に捜査対象に入れられちゃうじゃん。あぁ、あんたのスマホはそのままにするよ。動画を確認する用に」

確かに賀予《ハーユー》の言うことは一理ある。謝清呈《シエチンチョン》はうなずいた。

賀予《ハーユー》は謝清呈《シエチンチョン》の向かい側に腰を下ろすと、思い出したように尋ねる。

「そうだ。あの王剣慷《ワンジエンカン》って人、知ってる？」

謝清呈《シエチンチョン》は滬州《こしゅう》医科大学の教授で、王剣慷《ワンジエンカン》はおそらく滬州《こしゅう》大学の何かしらの職員だろう。賀予《ハーユー》はそう推測していたので、何気なく聞いてみただけだった。ところが、予想外なことに謝清呈《シエチンチョン》は蔵茶を一口飲んだあと、目を閉じてソファにもたれ、驚きの一言を口にした。

「まあな」

第2巻につづく

肉包不吃肉 先生（肉まん先生）からメッセージをいただきました。

"咔嗒"大家好，

故事开始了

贺予

肉包不吃肉（ロウバオブーチーロウ）

中国人作家。壮大な世界観の中での愛憎、嫉妬、焦り、怒りなど細やかな心理描写、陰謀、欲望が渦巻くストーリー展開を得意としている。作品の中には伏線が多数散りばめられていて、回収をしたときの爽快感は病みつきになる。
代表作でもある『二哈和他的白猫師尊』の邦訳版がソニー・ミュージックソリューションズから発行される予定。

呉聖華（ゴセイカ）

中日翻訳家。『千秋』（日販IPS）、『人渣反派自救系統』（すばる舎）など話題の中華BL作品を担当している。

この物語はフィクションです。現実の社会情勢、職場制度、地理位置、科学理論などは、本編内容と大きく異なりますので、ご注意ください。

本書は各電子書籍ストアで配信中の『病案本Case File Compendium』1～35話（本文）の内容に加筆・修正をしたものです。
本書の続きを早くお読みになりたい方は、各電子書籍ストアにて連載中です。
詳細はプレアデスプレスの公式X(@PleadesPress）をご覧ください。

病案本 Case File Compendium 1

2024年11月1日　第1刷発行

著　者　　肉包不吃肉
訳　者　　呉　聖華
発行者　　徳留 慶太郎
発行所　　株式会社すばる舎
東京都豊島区東池袋3-9-7 東池袋織本ビル　〒170-0013
TEL 03-3981-8651（代表）　03-3981-0767（営業部）
FAX 03-3981-8638　https://www.subarusya.jp/
印　刷　　ベクトル印刷株式会社

ISBN978-4-7991-1107-9